데모사이드

국립중앙도서관 출판시도서목록(CIP)

데모사이드 / R.J. 러멜 지음 ; 이남규 옮김. ― 서울 :
기파랑, 2005
     p. ;   cm

원서명: War & Democide Never Again
원저자명: Rummel, R.J.
ISBN 89-956413-0-4 03840 : ₩9500

843-KDC4
813.6-DDC21   CIP2005000709

데모사이드

R.J. 러멜 지음 | 이남규 옮김

기파랑

■ ■ ■ ■ ■ 차례

■ 감사의 글

이 책의 출간에 도움을 준 사람들

원고를 세밀하게 검토해 주고, 유익한 제안을 해 주고, 꼼꼼하게 편집해 준 마그 길크스에게 감사의 뜻을 전한다. 정확한 표현을 할 수 있도록 여러 가지 충고를 아끼지 않은 딸 돈 러멜에게서 나는 많은 도움을 받았고, 내 웹사이트 http://www.hawaii.edu/powerkills를 방문해서 그곳에 공개된 자료에 대해 논평과 질문을 아끼지 않았던 많은 사람들에게서도 큰 도움을 받았다. 그들은 모두 이 소설에 영향을 준 사람들이다.

아울러, 에필로그에 '영혼은 썩어 죽지 않는다.'라는 시를 인용할 수 있도록 허락해 준 니콜라스 고든에게도 감사를 드린다.

그러나 누구보다도 큰 신세를 진 사람은 아내 그레이스다. 아내 덕분에 이 책이 나올 수 있었다고 해도 과언이 아니다. 만약 그녀가 없었다면 나는 이 소설을 쓸 수 없었을 것이다. 아내에게 키스를 보낸다.

분명히 말하지만 이 책은 픽션이다.

비록 몇몇 등장인물의 이름이나 신분이 역사적으로 실존했던 인물과 흡사하더라도 그들은 픽션의 산물이다. 그러나 그런 허구적인 사실에도 오류가 있다면 그것은 전적으로 나의 책임임을 밝힌다.

이 소설은 한국인 여러분을 위한 것입니다

저는 이 소설이 한국어로 번역된 것을 특히 기쁘게 생각합니다. 이 소설이 전하는 메시지는 한국인들이 너무나 잘 알고 있을 것입니다.

여러분은 오랜 세월 외세에 점령을 당하고 여러 유형의 독재에 시달려 왔습니다. 한국인들에게는 데모사이드와 전쟁이 책에서 배우는 추상적인 지식이 아니라 직접 경험했거나 부모 혹은 조부모로부터 전해 들은 슬픈 이야기입니다.

더구나 바로 경계선 너머, 손을 뻗으면 닿을 수 있는 곳에 여전히 데모사이드가 존재하고, 굶주림이 당연시 되는 전체주의 사회에 갇혀 고통스럽게 살아가는 한국인들이 있습니다. 그곳은 국가적 규모의 강제수용소이고, 비참한 수감자들이 탈출을 시도하다가 죽음을 맞는 곳입니다.

따라서 이 소설에 나오는 캄보디아 여인 토르, 중국 여인 구 그리고 그 밖의 다른 인물들이 실제로 체험했던 비극적인 이야기에서 여러분은 강렬한 현실감을 느낄 것입니다.

이 소설의 주인공 존 뱅크스와 조이 핌은 인류가 겪었던 데모사이드의 불행을 막기 위해서, 현세의 안락한 삶을 버리고 사랑하는 어머니의 곁을 떠나 과거 세계를 향해 목숨을 건 시간여행을 떠납니다.

한국에도, 과거 불행한 사건들의 재발을 막기 위해서 한 쌍의 연인이 시간여행을 결심하도록 만들 만한 사연을 간직한 사람들이 많으리라 생각합니다.

이곳 미국에서도 한국인들은 아시아계 이민을 제외한 대부분의 국민들이 가지지 못한 특별한 감수성을 지니고 있습니다. 미국인들은 200년 이상 자유민주주의를 구가해 왔지만, 한국인들에게 민주주의는 아직도 새롭고 신선한 것이어서 여전히 자유에 도취해 있습니다.

이 소설의 연인들이 전 세계에서 목숨을 걸고 지키려했던 것이 바로 그 자유입니다. 그들은 자유를 획득하려 했을 뿐만 아니라 대량살인으로부터 인명을 구하고 평화를 창조하는 기적을 이루고자 했습니다.

그러나 제가 영어판 서문에서 썼듯이 이 대담한 연인들이 그들의 목적에 도달하기 위해서는 필사적으로 맞서 싸워야 할 문제가 있습니다.

그들은 이론적으로 그 문제를 깨닫고 여러 독재자들을 통해 현실로 드러난 그 실체와 싸우지만, 그로 인해서 그들의 사랑이 파탄에 이르고 자신의 존재마저 파괴되리란 사실은 미처 알지 못합니다.

그것은 국가와 지도자 그리고 방심한 국민들을 파괴해왔고, 앞으로도 파괴할 전염병입니다. 그 공포를 한국인들은 직접 겪었고, 북쪽에 있는 한국인들은 아직도 겪고 있습니다.

따라서 이 소설이 전하는 내용에 여러분은 친밀감을 느끼고 수긍하게 될 것입니다. 저는 많은 사람들이 이 소설의 결과를 이미 예측하고 있으리라고 생각합니다.

무엇보다도 저는 한국인들이 미국인들에게는 없는 특별한 이해를 가지고 이 소설을 읽으리라고 믿습니다.

그런 뜻에서 이 소설은 바로 여러분을 위한 것입니다.

R. J. 러멜
하와이 호놀룰루
2004년 12월 27일

사랑의 이름으로

사랑은 우리가 받거나 줄 수 있는 가장 큰 신비이고 가장 큰 보상이다.

사랑은 여러 가지 모습으로 우리를 찾아온다. 아이들에게 주는 사랑, 아이들이 우리에게 주는 사랑, 다른 사람에 대한 사랑, 애완동물에 대한 사랑과 그들이 우리에게 주는 무조건적인 사랑, 인류에 대한 사랑, 나라에 대한 사랑 같은 것이 바로 그것이다.

이 책은 한 남자와 한 여자 사이의 사랑과 그들의 인류애에 관한 이야기다.

여러분은 이 이야기를 읽으면서 미소를 지을지 모른다. 행복감을 느끼고 용기를 얻을지도 모른다. 슬픔을 느낄지도 모른다. 내가 이 글을 쓰면서 종종 그랬던 것처럼 비탄에 빠질지도 모른다. 이 모든 것은 사랑에서 스며 나오는 향기의 일부이고 우리 모두가 경험했던 것들이다.

사랑은 신비스러운 것이지만 인간관계에는 그렇지 않은 다른 것도 존재한다. 그 기원은 고대였지만, 세대마다 사람들은 모든 것을 다시 시작했고, 때로 대 참사를 초래하기도 했다. 그것은 사랑의 적이다. 나는 이 책에서 이 둘 사이에서 벌어지는 개인적이고 국제적인 차원의 투쟁을 추적해 보았다.

장차 여러분에게도 이 소설에 등장하는 주인공들의 임무를 직접 수행해야 하는 날이 올지도 모른다. 그런 경우 나는 그들이 맞서 싸워야 했던, 음험하고 파괴적이며 눈에 보이지 않는 적들을 잘 간파하라고 말하고 싶다. 우리는 그들 적에 대해서 무방비상태로 노출되어 있기 때문이다.

그 정체는 무엇인가? 바로 이 소설 속에 그 해답이 있다.

여러분이 이 책에서 만나게 될 캄보디아 여인 토르, 중국 여인 구, 독일인 루드거와 같은 인물은 허구이지만 이야기의 배경이 된 전쟁이나 인종말살 그리고 대량학살과 같은 사건들은 정확한 역사적 사실에 근거하고 있다. 그 사건들에 대한 자세하고 실질적인 정보는 내 웹사이트에 공개되어 있다.

R. J. 러멜
rummel@hawaii.edu

제1부

구주

OLD UNIVERSE

나는 **외**쳤다.
"20세기에 정부는 **1억 7천4백만**이나 되는 사람을 죽였습니다."
나는 더 큰 목소리로 외쳤다.
"그 수많은 시체를 한 줄로 이어놓는다면 지구를 **네** 바퀴나 돌 수
있는 숫자입니다.
그것도 아주 보수적으로 계산할 때 그렇다는 얘기입니다.
실제로 희생당한 사람들의 숫자는 3억 4천만 명에 달할 겁니다."
나는 잠시 학생들에게 생각할 시간을 주었다.
"이것은 같은 기간에 전 세계에서 벌어진 전쟁에서 사망한
4천만의 희생자들을 포함하지 않은 숫자입니다."

1

조이는, 남자라면 기꺼이 목숨을 바쳐도 좋을 만큼 매력적인 몸매를 가지고 있었다.

그리고 바로 그것이 2억이 넘는 사람의 인명을 앗아간 그 엄청난 사건들을 막을 수 있었던 원인이 되었다. 조이의 몸. 그리고 110층 건물이 내 눈앞에서 무너져 내리는 소리······.

숨 막히던 죽음의 냄새는 지금 생각해도 소름이 끼친다. 예일 대학에서 역사학 박사학위를 받은 것이 전부였던 내가 어떻게 죽음의 냄새를 맡게 되었을까?

박사학위를 받자, 나는 요행히 인디애나 대학교에서 종신교수 자리가 예정된 조교수로 임용되어 학생들을 가르치게 되었다. 내 앞날은 순탄해 보였다. 연구에 열중하고, 연구서를 한두 권 출간하고 논문을 발표하고, 캠퍼스를 오가는 여자들과의 관계만 조심하면 학자들의 천국이라고 할 수 있는 대학의 종신교수직은 보장된 셈이었다.

예일 대학교의 졸업생 담당 지도교수는 내게 학계가 어떻게 돌아가는지 알려 주었다. 학회에서 발표를 하고 책을 내고 관련 분야의 거물들을 잘 알아두어야 했다. 그들과 어울리고, 그들의 이론을 지지해 주고, 발표회에 참석해서 그들이 체면을 유지할 수 있도록 쉬운 질문만 골라서 해야 했다. 그러면 꽃이 벌을 유인해서 꿀을 만들어내듯이, 내가 책이나 논문을 출판할 때 그들의 도움을 받거나 연구비를 타낼 수 있었다. 그러나 그렇게 유명한 사람들은 그들 전공 분야의 학회가 주최하는 회의나 세미나에서가 아니면 만나기 힘든 것이 사실이었다.

나는 그의 충고를 명심했다. 인디애나 대학에서 가을학기를 시작한 지 2주일도 지나지 않아서 학과장 샘 파머턴은 내게 럿거스 대학교의 국제문제 연구협회에서 열리는 민주평화 세미나의 초청장을 건네주었다. 세미나 장에서 무슨 일이 있었는지는 기억나지 않는다. 어쨌든 나는 사교적으로 처신했고, 내 논문을 홍보하려고 애썼던 것만은 분명하다. 하지만, 그 후에 일어난 너무나 큰 사건에 가려져서 당시 상황은 거의 잊어버리고 말았다.

세미나가 끝난 후 나는 사촌 피트 백스터를 만나기 위해, 항공편 예약을 다음날인 9월 11일 정오로 미루었다. 피트는 월드트레이드 센터 노스타워에 있는 터커 증권사에서 일하고 있었다. 그는 내가 상속받았던 4만 3천 달러 가치의 증권을 관리하고 있었는데 나는 그것을 팔아 다른 주식에 투자하는 문제를 그와 상의하고 싶었다. 게다가 실로 오래간만에 사촌을 만날 수 있는 기회이기도 했다.

그날 아침 나는 뉴저지에서 지하철을 타고 월드트레이드 센터로 향했다. 오전 8시 50분에 도착하여 에스컬레이터를 타고 건물 안에 있는 중앙광장으로 올라갔다.

광장은 텅 비어 있었다. 너무 조용해서 으스스한 기분까지 들었다. 나는 주위를 돌아보았다.

바로 그때였다. 연기가 하늘로 솟아올랐다. 역한 냄새가 코를 찔렀고, 공기조차 끈적이는 것 같았다. 바닥에는 신발이 여기저기 어지럽게 흩어져 있었다. 그제야 나는 심장이 뛰는 것을 느꼈다. 뭔가 큰 일이 일어난 것이다.

"나가! 뛰란 말이야!"

경찰관 한 명이 문을 가리키며 미친 듯이 소리치고 있었다. 생각할 겨를도 없이 나는 그의 지시에 따랐다.

건물 밖 거리에는 유리와 콘크리트 조각이 널려 있었고 하늘에서는 계속 종이가 흩날리며 내려왔다. 가솔린과 물건 타는 냄새가 났다. 잔해더미 때문에 나는 달릴 수가 없었다. 장애물을 넘어가고 돌아가다가 한순간 고기 덩어리 같은 것에 걸려 넘어질 뻔했는데, 비켜가면서 바라보니, 그것은 팔과 다리가 떨어져나간 벌거벗은 사람의 몸통이었다! 나는 정신 나간 사람처럼 엉망이 되어버린 그 몸통을 한쪽으로 옮겨놓으면서도 무의식적으로 그의 성별을 파악하려고 애썼다.

좀 더 걸어가서 커다란 타이어 옆을 지나자, 손가락에 반지를 낀 섬세한 여자의 손이 보였다. 손목이 잘린 상태로, 손가락이 약간 굽혀져 있었고 손바닥은 하늘을 향하고 있었다. 손톱의 매니큐어는 깨끗하게 남아 있었다. 손의 임자는 손톱이 예쁘게 칠해져서 만족했을 거라는 바보 같은 생각이 머리를 스쳤다.

대로를 건널 무렵 나는 기운이 빠지는 것을 느꼈다. 길에서 몇 사람이 타워를 올려다보고 있었다. 어떤 사람은 손으로 입을 가리고 있었다. 역한 냄새 때문이거나 공포에 질렸기 때문이었을 것이다.

나는 잠시 건물에 몸을 기대고 진정하면서 침착하게 생각하기 시작했다. 세상에! 난 벌거벗은 시체의 몸통을 보았던 것이다. 몸통의 주인은 남자였다. 그리고 잘려나간 여자의 손도 보았다. 대체 무슨 일이 벌어지고 있는 것일까? 나는 주위에 모여 있는 사람들의 시선을 따라갔다.

타워의 90층 부근에 생긴 커다란 구멍을 통해 화염이 보였고 시커먼 연기가 계속 쏟아져 나오고 있었다. 나는 그저 바라보고 서 있을 수밖에 없었다. 도대체 무슨 영문인지 알 수 없었다.

화염 위쪽으로 창가에 서 있는 사람들 모습이 보였다. 어떤 사람은 유리가 깨진 창틀 위에 서 있었다. 뒤쪽에서는 쉬지 않고 연기가 뿜어져 나왔다. 그때였다. 갑자기 한 남자가 창문에서 뛰어내렸다. 그는 공중에서 몸을 틀면서 90층도 넘는 바닥으로 추락했다.

주위 사람들이 일제히 겁에 질려 비명을 질렀다.

또 한 남자가 뛰어내렸다. 그리고 또 한 사람, 또 한 사람… 다음 사람은 '쿵' 소리를 내며 내 근처에 떨어졌다.

나는 허리를 굽히고 토했다. 그리고 입을 닦으며 간신히 몸을 일으켜 세우고 불타고 있는 건물을 바라보았다. 그런데 오, 하느님 맙소사! 바로 내 사촌이 그 불꽃 위에 서 있는 것이 아닌가!

휴대폰을 꺼내 사촌에게 전화를 거는 내 손이 부들부들 떨렸다. 놀랍게도 그는 바로 전화를 받았다.

"당신이야?"

"아냐, 난 존이야." 내가 대답했다.

"그곳으로 올라가려고 했는데 불길이 보였어. 어떻게 된 거지?"

"비행기가 충돌했어. 줄리에겐 연락이 안 되네. 아직 출근하지 않았을 텐데. 존, 부탁이야. 집에 전화 좀 해 줘. 나도 계속 전화를 걸겠지만 언제까지 그럴 수 있을지 모르겠어."

이어서 발작적인 기침소리가 들렸다.

"죽을 것 같아. 문을 열 수 없어. 벽에 난 큰 틈으로 연기가 들어오고 있어. 뜨거워. 너무 뜨거워. 지금 난 책상 밑에 앉아 있는데 숨을 쉴 수가 없어."

그는 갑자기 말을 멈추었다. 무슨 일이 생긴 것일까? 가슴이 철렁 내려앉았다. 그가 조용히 말했다.

"존, 부탁인데, 만약 아내가 내 전화를 받지 못하면, 내가 사랑한다고, 아이들을 사랑한다고 전해 줘. 다른 사람을 만나 행복하게 살기를 바란다고."

기침 소리가 계속되었다.

"아내와 아이들을 행복하게 해 줄 수 있는 사람을 만나라고… 존, 꼭 전해 줘. 이렇게 전해 줘. 아아… 우린 하늘나라에서 다시 만날 거라고. 잘 있어."

찰칵 소리가 나며 전화가 끊어졌다.

눈물이 솟고, 심장이 뛰었다. 나는 휴대폰을 흔들다가 떨리는 손바닥에 대고 두들겼다. 곧 죽게 될 내 사촌처럼 전화기에서는 아무 소리도 들리지 않았다.

순간, 저공비행을 하는 제트기 소리가 들려왔다. 엔진 소리가 점차 커지면서 고막이 찢어질 것 같았다. 나는 위를 올려다보았다. 비행기는 사우스타워로 돌진하고 있었다. 0.5초 만에 기체가 건물 안으로 사라지자 건물 뒤쪽에서 폭발한 비행기의 연료와 잔해가 불타는 붉고 노란 거대한 버섯구름이 피어올랐다.

비상요원을 제외하고 거리에 있던 모든 사람들은 그 무시무시한 광경에서 눈을 돌리고 현장을 떠났다. 경찰관과 소방대원이 부상자를 도와주려고 했지만 역부족이었다. 머리카락이 녹아 붙은 채 비틀거리며 걸어가는 한 여자가 시야에 들어왔다. 옷은 이미 타버렸고, 팔에서는 살갗이 벗겨져 흘러내리고 있었다. 나는 달려가서 그 여자를 부축해서 앰뷸런스로 데려갔다.

"고마워요."

여자는 힘없는 목소리로 말했다. 그녀의 살점이 내 팔에 달라붙었다. 다시 걷기 시작하자 주위에서는 살이 타는 역한 냄새가 났다.

한 15미터쯤 걸어갔을까? 길가에 앉아있던 피투성이의 또 다른 여자가 나를 불렀다. 여자의 머리카락과 어깨에서는 유리 파편이 빛나고 있었다. 아들로 보이는 소년이 셔츠를 벗어 여자의 머리와 어깨에 난 수많은 작은 상처에서 흐르는 피를 멈추게 하려고 애쓰고 있었다.

내가 다가가기 직전 소방대원이 나타나 그 여자를 덥석 안고 경찰차를 향해 달려갔다. 소년도 여자의 건들거리는 손을 잡고 따라갔다.

나는 그 무시무시한 공포의 아수라장을 달리다가 이번엔 뭔가가 무너져 내리는 굉음을 들었다. 돌아보니 사우스타워가 그대로 주저앉고 있었다. 콘크리트 먼지, 종이, 부서진 벽돌더미 그리고 다른 잔해들이 파도처럼 건물 사이로 밀려와서 거리를 휩쓸었다. 마치 특수효과를 최대로 활용한 할리우드 스펙터클 영화의 한 장면 같았다. 다른 점이 있다면 그것은 영화가 아닌 현실이었고, 그 안에 내가 있다는 사실이었다.

나는 달렸다.

콘크리트 덩어리에 걸려 넘어졌다가 얼른 일어섰지만 이미 때는 늦었다. 먼지구름이 나를 삼켜버렸다. 콘크리트 조각과 강철 조각이 차를 때리는 소리가 들렸지만 주위가 캄캄해서 아무것도 볼 수 없었다. 콧속은 물론 목구멍과 허파까지도 악취를 풍기는 먼지와 매연과 재로 가득 찼다. 눈과 코를 씻어내려고 얼굴을 비비자 온통 흙먼지로 덮여 있는 피부는 마치 접착제를 발라놓은 것 같은 느낌이 들었다.

나는 포복자세로 기어가면서 조심스럽게 앞으로 나아갔다. 그러다가 쓰러져 있는 소녀에게 걸려서 엎어질 뻔했다. 소녀를 일으켜 세우자 얼굴을 덮고 있는 짙은 회색 먼지 사이로 검은 피가 스며 나오는 것이 보였다. 소녀는 손을 쓸 새도 없이 숨졌다.

나는 셔츠를 벗어 코와 입을 막고 힘들게 숨을 쉬었다. 다행히도 체이스플라자에서 희미하게 빛이 새어 나왔고, 안에 있던 사람이 문을 열어 주어 건물 주위에 있던 사람들은 먼지 구름을 피할 수 있었다. 나도 비틀거리며 안으로 들어갔다.

건물 안은 바깥세상과는 너무도 달라서 마치 천국에 온 것 같았다. 사람들은 전쟁터의 피난민처럼 회색 매연과 먼지를 뒤집어쓰고 있었고, 방금 무덤에서 튀어나온 귀신처럼 붉게 충혈된 두 눈이 불거져 있었다. 우리는 음료수를 찾아서 닥치는 대로 얼굴에 뿌리고 목을 씻어내기 위해 마구 마셔댔다. 나도 다른 사람들처럼 구역질을 하면서 검은 매연을 토해냈다.

한 시간쯤 지나자 구름은 회색 안개로 변했다. 나는 용기를 내어 밖으로 나가 브루클린 다리를 건너고 있는 처참한 몰골의 사람들 사이에 끼어들었다. 매연으로 그을린 얼굴에 눈물자국이 나있는 사람도 있었고, 비틀거리면서 걷는 이도 있었다. 어떤 부상자는 두껍게 쌓인 먼지 위로 여기저기 피를 흘리며 걷고 있었고, 길바닥에 긴 핏자국을 그리며 걷는 사람도 있었다.

나는 오른팔이 부러진 소년을 보았다. 상처 밖으로 튀어나온 흰 뼈에 그을음이 앉아 있었다. 나는 소년을 도와서 다리를 건너 경찰차로 데리고 갔다. 한 나이 든 남자는 그 먼지 속에서도 가방 두 개를 들고 또 하나의 가방을 땅에 끌면서 한 걸음씩 옮기고 있었다. 회색 콘크리트 먼지와 매연을 뒤집어쓴 한 여인이 그의 가방을 받아들고 함께 다리를 건너갔다. 여인은 그를 구조대에 인계했다.

퀸스에 있는 피트의 집으로 가는 길에서 다행히도 차를 몰고 가던 사람이 나를 태워 주었다. 차 안에서 얼굴과 머리를 대강 닦아냈지만 거울에 비쳐본 내 모습은 공포영화의 지옥에 나오는 괴물처럼 보였다.

벨을 울리자 피트의 어린 딸 베티가 문을 열다가 나를 보고 비명을 질렀다. 피트의 아내 줄리가 달려와 나를 집 안으로 데려갔다.

거실에는 친구들이 여럿 모여 있었는데 모두 울고 있거나 눈이 통통 부어 있었다. 고통으로 일그러진 얼굴은 창백해 보였다. 아무도 입을 열지 않았다. 어떤 사람들은 손을 잡고 있었다. 채널이 다른 두 대의 텔레비전에서 월드트레이드 센터 피격사건을 보도하고 있었다. 실내에는 커피향이 풍겼다.

줄리 역시 일그러진 얼굴에 눈은 충혈되어 있었고, 뺨에는 눈물자국이 선명했다. 나는 도저히 인사를 건넬 엄두가 나지 않았다. 내가 쉰 목소리로 줄리에게 말했다.

"피트 전화 받았어요?"

"네, 타워가 무너질 때 전화를 하고 있었어요. 목소리가 끊어지고 잡음만 들렸어요." 줄리는 흐느끼며 말을 이었다.

"우린 보았어요. 다 보았다고요. 그이는 죽지 않았어요. 절대 죽지 않았어요!"

줄리의 친구들이 달려가서 그녀를 껴안았다. 피트의 딸 베티가 소리 내어 울기 시작했고, 아들 폴은 눈물을 흘리면서도 그녀를 진정시키려 애썼다. 나는 그들에게 다가가 매연으로 얼룩진 두 팔로 힘차게 포옹했다. 내가 그들을 위해 할 수 있는 일이라곤 위로의 말 몇 마디뿐이었다.

그날 밤 나는 피트의 집에서 지냈고, 다음날에도 줄리와 아이들 곁을 떠나지 않았다. 나는 샘에게 전화를 걸어 강의를 할 수 없는 이유를 설명했고 그는 내가 처한 상황을 이해한다면서 다른 교수가 대신 강의를 하도록 조치하겠다고 대답했다. 그는 큰 소리로 말했다.

"우리 모두가 공포에 떨었습니다. 물론 모두 이해합니다. 정말 처참한 일입니다. 끔찍해요."

사실 학교로 돌아가고 싶었다 해도 그럴 수 없는 상황이었다. 사건이 발생한 뒤 나흘 동안 모든 여객기가 이륙할 수 없었던 것이다. 여객기가 정상적으로 운항하기에는 많은 시간이 필요했다.

피트는 실종자로 분류되었다. 타워가 무너지는 장면을 직접 목격했던 나는 그가 생존해 있을 가능성은 없다고 판단했다. 줄리는 톨리도에 살고 있는 친정부모가 아이들을 데리고 와서 함께 살자고 했을 때 그 제안을 거절했다. 피트가 발견될 경우에 대비해서 퀸스에 머물고 싶었기 때문이었다. 줄리는 실종자 보고서를 작성하고,

DNA 테스트를 할 수 있도록 머리빗에서 채취한 남편의 머리카락을 제출했다.

줄리는 생존자 수색활동에 자원했다. 우리는 붕괴된 건물 안으로 들어가는 통로를 만들기 위해 다른 자원봉사자들과 함께 줄을 지어 잔해물들을 트럭으로 옮겼다.

그러나 얼마 지나지 않아 우리의 임무는 끝났고 희망은 사라졌다. 공격이 있은 지 일주일이 지난 9월 17일 월요일에 줄리의 친구와 나는 줄리가 톨레도 행 기차를 타도록 설득했다. 그리고 그날 오후, 나는 시카고 행 비행기에 몸을 실었고 결국 인디애나의 블루밍턴으로 가는 버스를 타고 학교 캠퍼스 안에 있는 내 아파트에 도착했다.

테러리스트들은 월드트레이드 센터를 파괴하면서 한 가지 중대한 실수를 범했다. 타이밍을 잘못 택한 것이다. 만약 사건이 일주일 전이나 일주일 후에 벌어졌다면 세상은 달라졌을 것이다. 그리고 나도 지금 살아있지 못할 것이다.

2

나는 조이에게서 들은 몇 마디가 결국 무시무시한 결과로 이어지리라고는 전혀 예상하지 못했다.

나는 교편생활을 하고 있던 평범한 대학교수였다. 매력적인 조이는 어떤 존재였던가? 그녀는 그저 내가 지도하는 학생들 중의 하나였을 뿐이다. 적어도 그때는 그렇게 생각하고 있었다.

교수 시절의 나를 회상할 때마다 나는 마치 네 살 어린 시절의 사진을 보는 듯한 기분이 든다. 그렇게 나는 젊었고, 세상 물정을 몰랐고, 그 후에 내가 얼마나 변했는지, 도저히 믿을 수 없을 정도였다. 내가 청부살인을 계약하고, 내 손으로 직접 사람을 죽이게 되리라고는 꿈에도 상상할 수 없었다.

그 마지막 강의를 하지 않았더라면 내 인생은 어떻게 되었을까? 그러나 바로 그때, 교수로서의 내 마지막 강의시간에, 조이는 앞으로 전개될 모든 사건의 단초가 된 질문을 가지고 내 삶 속으로 뛰어들었다.

나는 2001년 가을 학기에 〈민주주의와 폭력의 역사〉라는 제목의 강의를 시작하기 위해서 뉴욕에서 인디애나 대학으로 돌아왔다. 강의를 준비할 시간은 충분했다.

하지만 내 과목을 커리큘럼에 넣는 일은 쉽지 않았다. 나는 신참 교수였고 과목도 좀 특이했기 때문이다. 그러나 샘 자신이 이 주제에 대한 연구발표를 한 적이 있었기에 학장에게 과목의 개설을 권유하는 장문의 편지를 보냈다. 그는 민주적 평화가 역사학이나 국제관계 연구에서 확고하게 자리를 잡고 있으므로 학부 학생들도 그런 주제에 익숙해질 때가 되었다고 주장했다. 학장은 그리 탐탁하게 여기진 않았지만 내 강의를 한 학기 동안 계속할 것을 허락하면서 향후 강의의 존속 여부는 학생들의 평가와 수강신청에 따라 결정하겠다는 조건을 달았다.

놀라운 일이 아닌가? 만약 학장이 거절했더라면 조이는 내 강의를 듣지 않았을 것이고 세계의 역사는 삶과 죽음의 차이처럼 달라졌을 것이다.

나는 그 학기 마지막 강의자료를 준비하면서, 처음 강의를 시작했을 때 품었던 의문을 상기해 보았다. 어떻게 하면 학생들에게 일천만이나 일억 구의 시체가 인간의 삶에 어떤 의미를 가지고 있는지, 자발적으로 생각해 보도록 유도할 수 있을까? 오로지 인종이나 종교 또는 정치적 견해 때문에, 혹은 지배자가 설정한 살인 쿼터를 채우기 위해서 고통스럽게 죽어간 사람들에 대해서 말이다.

그것은 해결하기 어려운 과제였다. 나는 학생들이 강의에 대한 불쾌감을 느껴 외면하지 않도록 하면서도 그 진정한 공포를 전달할 수 있는 방법을 찾아내지 못했다. 나는 우리에게 희망이 있고 온 세계에 민주적 자유를 확산함으로써 전쟁과 테러, 인종말살과 인민학살, 즉 데모사이드라고 부르는 대량학살을 종식시킬 수 있다는 사실을 학생들에게 알려주고 싶었다.

결국 나는 그들과 같은 신분인 학생들이나 그들이 동질감을 느낄 수 있는 사람들에 대해서 이야기하는 것이 좋겠다고 생각했다. 나는 홍위병이었다가 '문화혁명'이라고 부르는 살인숙청 시기에 중국을 탈출했던 사람들을 포함한 중국 난민들에 대해서 잘 알고 있었다. 그 시기의 중국 역사를 상세하게 연구했기 때문에 비록 허구이긴 하지만 정확한 역사적 배경을 가진 이야기를 들려주고자 했던 것이다. 나는 중국을 탈출한 난민들 사이에서 나돌고 있던 한 소녀의 이야기를 소재로 택했다.

교실 안은 무더위로 숨이 막힐 정도였다. 나는 강의를 시작했다.

"사람들은 가장 고통스러운 고문을 당하거나 심지어 처형을 눈앞에 두고도 미소를 지으며 죽을 수 있습니다."

학생들의 시선이 모두 나에게 쏠리는 것을 느끼면서 나는 이야기를 계속했다.

■ ■ ■ ■ ■

상하이 대학교에서 화학자가 되겠다는 희망을 품고 공부하고 있던 첸 잉은 성실한 학생이었다. 그녀는 매력적인 여성이었지만 남학생들을 멀리했고 자기 방에서 공부를 하고 학교에서 강의를 듣거나 도서관이나 화학실험실에서 연구에 열중하는 것 외에는 외출도 하지 않았다.

그러나 그녀는 과학에 대한 열정 때문에 오히려 정부로부터 의심을 받고 있었다. 그녀가 수업을 듣는 동안 홍위병은 그녀의 방에 침입해서 반공주의자나 친서방 주자파로 몰아버릴 수 있는 증거물을 수색했다. 그들은 심지어 영어로 된 물리학과 화학에 관한 전공도서와 일기책까지 뒤졌는데, 바로 그 일기가 치명적인 증거가 되었다. 아둔하게도 그녀는 일기장에 공산당에 대한 비판을 적어 놓았던 것이다.

보안경찰은 화학강의실에서 나오는 첸 잉을 체포해서 시내에 있는 감옥으로 끌고 갔다. 그곳에서 십대의 홍위병들은 그녀를 고문하면서 간첩행위를 도와준 공범자의 이름을 대라고 다그쳤다.

채 열여섯 살도 안 되어 보이는 홍위병 제복차림의 소녀는 험한 욕을 하면서 그녀의 엄지손가락에 채운 압착기의 커다란 나사를 계속 돌려댔다. 고통이 온몸을 휩쓸자 첸 잉은 비명을 지르고 머리를 흔들며 눈물을 흘렸다. 홍위병들이 이미 핏덩어리로 만들어 놓은 다른 쪽 엄지손가락에서는 뼛조각이 하얗게 빛나고 있었다.

두 소년이 그녀를 잡고 번갈아 소리를 질렀다.

"자백해. 넌 간첩이야. 누굴 위해 간첩질을 한 거야?"

고통이 그녀의 온몸을 삼켰다. 그녀는 몸을 떨었다. 어지럽고 구역질이 났다. 고통을 견디지 못한 그녀는 똥을 싸면서 그 위에 주저앉았다. 그녀는 구역질을 하면서 이미 토해 놓은 토사물 위에 다시 토했다. 소년 하나가 그것을 걸레로 쓸어 담아 그녀의 얼굴을 덮어버렸다.

홍위병들의 고함과 자신의 비명 사이로 그녀는 왼쪽 엄지손가락 뼈가 부서지는 소리를 들었다. 그녀는 이름을 기억해내려고 애썼다. 이름 하나. 그녀가 전력을 다해 매달린 것은 그것뿐이었다. 그러나 압착기로 엄지손가락을 조이는 참을 수 없는 고통 때문에 그녀의 사고는 파괴되었고 기억은 소실되어 버렸다.

잠시 후 고통이 다소 잦아들었다. 몸에서 엔돌핀이 나오면서 기적처럼 어느 정도 고통을 견딜 수 있게 되었고 마음 한구석에서 간신히 갈피를 잡을 수 있었다. 그녀는 고통 속에서 이름 하나를 끄집어내려고 안간힘을 썼다.

그러나 다시 시작된 엄청난 고통이 모든 것을 쫓아버렸다. 그녀는 필사적으로 화학분자식에 매달렸다. 처음 그녀가 생각해 낼 수 있던 것은 H_2O, 물뿐이었다. 고통 속에서 1초는 1분처럼 느껴졌다. 그녀는 탄산가스의 분자식 CO_2를 생각해 내고 더욱 정신을 집중시켰다. 그녀는 타는 듯이 죄어드는 참을 수 없는 고통을 밀어내면서 기억 속에 하나의 작은 공간을 만들기 위해 사력을 다했다. 이번엔 좀 더 복잡한 포도당의 분자식을 떠올렸다. 새로운 고통의 파도가 밀려와 사라질 뻔했지만, 그녀는 끝내 머릿속에서 화학분자식을 끄집어냈다. $C_6H_{12}O_6$.

마침내, 그녀가 찾고 있던 이름이 마음속에 떠올랐다.

"그만!" 그녀가 소리쳤다.

"자백⋯ 자백하겠어요."

홍위병 소녀는 그녀의 엄지손가락에 끼고 나사를 돌리고 있던 압착기를 멈추었다.

첸 잉은 가쁜 숨을 몰아쉬면서도 그 이름이 고통으로 지워지기 전에 서둘러 말했다.

"자오 진입니다."

그녀는 속삭이듯 말했다. 그녀의 목소리가 갈라졌다.

"난⋯ 자오 진의 애인이었습니다."

고문을 하던 소녀는 충격을 받은 것 같았다. 두 소년은 몸을 굽혀 첸 잉을 바라보았다. 한 소년이 말했다.

"자오 진? 자오 진과 잤단 말이야?"

"네, 그 사람을 위해서 간첩짓을 했습니다."

그녀는 좀 더 힘 있는 목소리로 말했다.

"그 돼지 같은 놈이 나를 보호해 주겠다고 말했습니다."

"거짓말이야."

소녀가 믿지 못하겠다는 듯 말했다.

"그 사람에게 물어보세요. 내가 왜 거짓말을 하겠어요? 날 구해 줄 사람은 아무도 없어요. 나는 곧 죽게 될 테니까."

홍위병들은 더 이상 할 말이 없었다. 소녀는 피 묻은 손으로 압착기의 나사를 풀어서 다른 고문기구들이 놓여있는 선반에 던져 놓더니 뒤도 돌아보지 않고 밖으로 나갔다.

첸 잉은 이제 피할 수 없는 것을 기다리고 있었다. 고통이 수그러들자 그녀는 비로소 자신이 곧 죽으리라는 사실이 새삼스럽게 느껴졌다. 하지만 자신의 처형 뒤에 펼쳐질 승리의 장면이 떠올랐다.

몇 분 후, 제복을 입은 공안 두 명이 들어와서 그녀의 두 팔을 잡아올렸다. 그녀는 비명을 질렀다. 엄지손가락이 움직이자 새로운 고통이 온몸에 퍼졌다. 공안은 높은 콘크리트 담이 있는 작은 마당으로 그녀를 끌고 갔다.

공안 한 사람이 그녀를 꿇어앉히고 머리를 앞으로 밀었고, 다른 공안이 권총을 꺼내 뒤통수를 쏘았다.

땅바닥에 쓰러진 그녀의 얼굴은 미소를 띠고 있었다.

다음날 공안은 상해지역 홍위병 모택동파 지도자인 자오 진의 집으로 쳐들어갔다. 철저한 가택수색의 결과로 일제 카메라와 미제 라디오 그리고 서양의 음란한 사진들이 발견되었다. 공안은 자오 진을 체포해서 고문했지만 그는 자백하지 않았다. 하지만 그의 집에서 발견된 증거물 때문에 자오 진의 유죄는 명백했다. 공안은 그를 체포한지 일주일 뒤, '나는 주자파 스파이'라는 커다란 간판을 자오 진의 목에 걸었다. 그리고 그를 상해 노동자 광장으로 끌고 갔다. 사람들은 모두 거리로 나와서 그에게 욕설을 퍼붓고 돌과 나무 조각 그리고 손에 잡히는 것이면 무엇이든 닥치는 대로 그에게 던졌다. 그는 모택동 주의자들이 소집한 수만 명의 군중이 작은 모택동 책자를 흔들며 혁명구호를 외치는 가운데 공안에 의해 사살되었다.

사흘 뒤, 관리들은 첸 잉의 어머니가 살고 있는 집으로 몰려가서 딸이 간첩죄로 처형되었음을 알렸다. 그들은 첸 잉을 처형할 때 사용한 총탄이 정부재산이라고 말하면서 딸의 머리에 쏜 총탄의 값으로 5편 (3센트 상당)을 지불하라고 명령했다.

내 얘기가 끝났을 때 학생들은 여전히 숨을 죽인 채 나를 주목하고 있었다. 교실 안을 둘러보던 내 시선은 뒤쪽에 앉아 있는 조이에게서 멈추었다. 그녀는 눈물을 훔치고 있었다. 그렇게 생생하게 감동을 받은 학생은 조이뿐인 것 같았다.

나는 첸 잉의 일화를 내 강의의 종합적인 결론으로 삼았다. 중요한 대목에서는 마치 허공에다 그림을 그리듯 두 팔을 휘젓고, 강단을 오가다가 칠판에 몇 개의 단어를 쓰기도 했다. 강조할 부분을 말할 때는 손바닥으로 교탁을 내려치기도 했다. 나는 사실을 연기하는 배우인 셈이었다.

나는 외쳤다.

"20세기에 정부는 1억 7천4백만이나 되는 사람을 죽였습니다."

나는 손으로 원을 그리면서 더 큰 목소리로 외쳤다.

"그 수많은 시체를 한 줄로 이어놓는다면 지구를 네 바퀴나 돌 수 있습니다."

나는 그 사실을 뒷받침 하려는 듯 허공에 직선을 그리며 더 큰 목소리로 외쳤다.

"네 바퀴나 돌 수 있단 말입니다!"

나는 한 손으로 허리를 받치고 몸을 앞으로 굽힌 채, 다른 손으로는 학생들을 가리켰다. 그리고 마치 속삭이듯 목소리를 낮추었다.

"그것도 아주 보수적으로 계산할 때 그렇다는 얘기입니다. 살해당한 사람들의 실제 숫자는 3억 4천만 명에 달할 겁니다."

나는 잠시 학생들에게 생각할 시간을 주었다.

그리고 10초가 지난 후 조용히 침묵을 깨뜨렸다.

"이것은 같은 기간 내에 국내와 국외에서 벌어진 전쟁에서 사망한 4천만의 희생자들을 포함하지 않은 숫자입니다."

나는 살인과 전쟁에 대해서 좀 더 자세한 설명을 들려준 다음, 첸 잉의 이야기를 다시 언급했다. 그리고 잠시 말을 멈추고 앞자리에 앉은 학생들의 얼굴을 살펴보며 단어를 하나하나 강조하면서 또박또박 말했다.

"그럴 필요가 없었는데도 말입니다. 하지만 우리에겐 희망과 해결책이 있습니다. 민주주의 국가들은 전쟁을 일으키지 않습니다. 역사학자로서 나는 그렇게 단언할 수 있습니다……."

그리고 결론을 내리듯 손가락을 들어 학생들의 시선을 모으며 말했다.

"절대로, 절대로 그런 일은 없습니다."

나는 강단으로 돌아가 교탁에 손을 올려놓고 조용한 목소리로 물었다.

"그러나 인종말살이나 대량학살의 경우는 어떤가요? 이른바 데모사이드, 정부가 저지르는 살인 말입니다."

나는 학생들의 답변을 기다리는 듯, 잠시 말을 멈추었다. 그러나 아무런 대답도 들려오지 않았다. 그들은 내 강의 스타일을 알고 있었다. 나는 강단에서 내려와 맨 앞줄에 앉은 학생에게 다가갔다. 그리고 몸을 앞으로 숙인 채, 손가락으로 교실 안을 가리키며 말했다.

"민주주의 국가들은 서로 전쟁을 일으키지 않을 뿐만 아니라, 민권과 정치적 자유를 존중하는 현대 민주주의 국가에서는 자국민을 학살하는 데모사이드를 저지르지 않습니다."

이제 이 학기의 마지막 질문을 던질 차례가 되었다. 나는 강단으로 돌아가서 교탁에 두 팔을 기댄 채 학생들에게 물었다.

"그렇다면, 민주주의가 실제적인 해결책이 될 수 있을까요?"

"그렇습니다." 나는 스스로 대답했다.

"민주화는 실용적인 정치체제이고 실제로 현대의 많은 민주주의가 이런 문제의 해결에 도움이 되고 있습니다."

나는 하나의 논점을 정리했다는 듯 말을 멈추었다.

"그럼, 민주주의가 전쟁과 데모사이드를 종식한다는 이유 외에도 바람직한 체제라고 생각할 만한 근거가 있을까요? 네. 그렇습니다. 바로 독재정치의 노예가 된 사람들이 그것을 희망하고 있습니다."

이제 가장 중요한 결론을 얘기하는 데 주저할 이유가 없었다. 나는 학생들을 돌아보며 물었다.

"민주적 자유가 이 세계에서 보편적인 가치가 될 수 있을까요? 그 것이 가능할까요? 그렇습니다. 물론 가능합니다. 우리가 보편적 민주주의를 강화하기 위해 노력한다면 충분히 그렇게 될 수 있습니다."

나는 말을 멈추고 손을 내렸다. 이제 더 이상 남은 얘기가 없었다. 땀이 흐르고, 갈색 코르덴 코트 속의 겨드랑이가 젖어 냄새가 나는 것 같았다. 목에서는 쉰 소리가 났지만 나는 미소로 강의를 끝냈다.

"감사합니다."

나는 예일 학부시절부터 전문가로서 이 문제를 연구해왔다. 전공 과목을 가르치는 선생이었지만, 학생들에게 데모사이드의 공포를 알리고 인류의 희망을 전달하기는 이번이 처음이었다. 나는 거의 목이 멜 지경이었다.

하지만 소용없는 일이었다. 내 강의는 실패였고, 학생들의 얼굴에서 확신의 표정을 읽을 수 없었다. 그것은 내가 그 이야기를 할 때 샘 이외의 다른 동료들에게서 볼 수 있었던 것과 똑같은 회의적 반응이었다.

그 학기에는 많은 정치인들이 학교를 방문했고, 나는 가끔 환영 만찬이나 칵테일파티에 초청을 받았다. 그러나 민주주의가 전쟁과 대량학살, 테러리즘 그리고 정부의 데모사이드를 막을 수 있다고 주장하면 그들은 침묵하거나 건성으로 흥미를 보이다가 이내 화제를 돌리곤 했다. 사회학과 교수의 부인은 자기가 주최한 만찬에서 내가 그 문제를 언급하자 얼굴을 찡그리며 고개를 저었다.

강의를 마치자 성의 없는 박수소리가 들려왔다. 그리고 학생들은 급히 강의실을 나가버렸다. 어떤 학생은 마치 도망치듯 교실을 빠져

나갔다. 나는 강의실이 너무 더웠기 때문일 거라고 생각하며 위안을 삼았다. 어쨌든 그것이 그 학기의 마지막 강의였다.

강의가 끝나자 조이가 다가왔다. 나는 학기가 시작될 때부터 그녀의 뛰어난 미모에 주목하고 있었다.

그녀는 항상 맨 뒷자리에 앉았고 한 번도 질문을 한 적이 없었다. 그러나 그녀는 수시시험과 중간시험 그리고 캄보디아의 데모사이드에 관한 첫 학기말 리포트에서 모두 A학점을 받았다. 나는 조이 핌이란 이름으로 보아 그녀가 동남아계 학생일 것이라고 추측했는데, 그녀의 밝은 올리브색 피부와 뒤로 끌어당겨 묶은 검고 긴 머리카락이 내 추측이 옳다는 것을 증명하고 있었다.

"뱅크스 교수님."

조이가 부드럽고 상냥한 목소리로 나를 불렀다.

185센티미터의 내 키에 비해 훨씬 작은 165센티미터 정도의 그녀는 내게 말을 하기 위해서 머리를 높이 쳐들어야 했다. 그런 각도에서 내려다 본 그녀의 계란형 얼굴과 립스틱을 가볍게 바른 도톰한 입술이 내 마음을 흔들어 놓았다.

"저는 교수님 강의에 아주 큰 감명을 받았습니다. 저희 어머니도 대단히 좋아하셨어요. 교수님이 추천해 주신 책도 읽으셨죠. 가끔씩 어머니와 밤늦도록 그 책에 대해서 이야기를 나누곤 했어요."

조이는 한순간 상념에 잠긴 듯 그 아름답고 검은 눈으로 나를 올려다보았다. 아몬드 모양의 커다란 눈 위에 있는 길고 검은 눈썹의 끝이 살짝 올라가 있었다. 나는 그저 그녀의 눈을 바라보고만 있을 수는 없었다. 그녀의 아름다움이 나를 도발하며 이렇게 말하고 있는 것 같았다. '나는 여자예요. 나도 성숙한 여인이라고요.' 지금도 그때를 생각하면 마치 몸이 녹아버리는 것 같은 기분이다.

"어머니가 교수님을 만나고 싶어 하세요. 만찬파티에 주빈으로 참석해 주시기를 바라고 계세요." 조이가 말했다.

그때 나는 기대에 찬 그녀의 표정을 보았다. 마치 자신을 감돌고 있는 고요한 분위기로부터 벗어나고 싶어하는 것처럼 보였다. 그녀의 초대에 놀란 나는 반사적으로 대답했다.

"안 돼요. 갈 수 없어요. 조이는 내 학생이고, 아직 학기말 리포트의 점수도 주지 못했고, 과목의 성적도 결정하지 못했어요. 미안해요. 이런 시기에 학생의 초청을 수락하는 것은 잘못된 일입니다."

"알겠습니다."

그녀는 실망한 표정을 보이지 않으려고 애쓰면서 대답했다.

"어머니께 그렇게 말씀드릴게요. 성적사정이 모두 끝나면 틀림없이 교수님을 초청하실 겁니다. 전 그만 가볼게요. 훌륭한 강의, 감사합니다."

말을 남긴 그녀는 우아하게 돌아서서 강의실에서 빠져나갔다.

나는 그녀의 섹시한 엉덩이 윤곽이 잘 드러나는 바지에서 눈을 뗄 수 없었다. 대단하군. 저렇게 타이트한 진을 입다니. 그 진으로 그녀는 내 욕망에 토대를 만들어 놓았다. 이제 그녀는 그 위에 거대한 건물을 세울 것이다.

나는 즉각 거절했던 것을 후회했지만, 다른 선택의 여지가 없었다. 비록 그것이 잘못이 아니라고 판단했어도, 조이가 A학점을 받게 되면 낮은 점수를 받은 다른 학생이 그 만찬의 의미를 왜곡할 수도 있었다.

일주일 후 실제로 나는 그녀에게 A학점을 주었다. 조이는 베트남 보트피플에 관한 훌륭한 리포트를 제출했다. 베트남 전쟁 이후 박해와 죽음을 피해 탈출하려던 사람들의 이야기였다. 그들은 모두 항해를 할 수 없는 거룻배나 연안용 어선을 타고 대양으로 나가 중국이나 필리핀 또는 인도네시아로 들어가려고 했다. 조이는 그 믿기지 않는 탈출 이야기를 다루면서 50만 명이 익사했거나 해적들에 의해 살해되었을 것이라고 추산했다. 나도 그것이 사실에 가까운 숫자라고 생각했다.

하지만, 그때까지만 해도 나는 그녀의 부모가 그 희생자들에 포함되었다는 사실을 모르고 있었다.

■　■　■　■　■

다음날 학생들의 성적을 발표한 나는 아시아계 억양을 가진 한 여자로부터 걸려 온 전화를 받았다.

"뱅크스 교수님이세요?" 그녀가 물었다.

"그렇습니다. 무슨 일이시죠?"

"조이 핌의 선생님 맞지요, 그렇죠?"

"그렇습니다."

"전 조이의 어머니 토르 핌입니다. 딸이 교수님께서 성적평가를 끝내지 않으셨기 때문에 저녁을 함께 하실 수 없다고 전해 주었습니다. 이제 성적이 나왔잖아요? 그래서 저희 집에서 몇몇 친구들과 함께 저녁식사를 하자고 초대하는 겁니다."

"감사합니다. 하지만……."

"꼭 오세요. 만나 뵙고 이야기하고 싶습니다. 외람된 말씀이지만 만찬에 오시면 5천 달러를 드리겠습니다. 동의하신다면 만찬에 오시기 전에 받을 수 있도록 지금 수표를 보내겠습니다. 수락하시죠?"

나는 깜짝 놀랐다. 내가 어떤 사람인데 그렇게 많은 돈을 주겠다는 건가? 내가 은퇴한 대통령이나 유명한 스타 또는 운동선수라면 그럴 수도 있을 것이다. 하지만 나는 학생들과 소수의 동료들 사이에서나 알려져 있을 뿐, 인디애나 대학교 밖에서는 전혀 유명세가 없는 사람이었다.

"이해를 못하시는군요." 나는 답답함을 느끼며 말했다.

"제가 그 제의를 수락하면 다시는 따님을 제 학생으로 받아들일 수 없습니다."

"괜찮아요. 어차피 딸은 학교를 그만두었으니까요."

"뭐라고요?" 나는 놀라서 언성을 높였다.

"따님은 우수한 학생입니다. 퇴학하면 안 됩니다!"

"퇴학했어요. 어쨌든 만찬에 오시면 그 이유를 아시게 될 거예요."

"알겠습니다. 생각할 시간을 주세요."

"곧 결정하셔야 해요. 먼 곳에서 오시는 분들이 많아요. 스케줄 짜기가 어렵습니다. 일주일 전에 통보해 주셔야 해요."

"감사합니다. 핌 부인. 제가 전화를 드리겠습니다. 전화번호를 가르쳐 주세요."

전화번호를 받은 후 나는 전화를 끊고 의자에 앉은 채 생각에 잠겼다. 혹시 장난은 아닌지, 불안했다. 별 것 아닌 일로 돈을 주겠다고 하는데다가 너무 큰 액수였다. 사기일지도 몰랐다.

나는 컴퓨터를 켜고 인터넷에서 '핌'이라는 단어를 검색해보았다. 3만 5천 개가 넘는 결과가 나왔다. 너무 많았다.

나는 학생과장의 비서에게 전화를 걸어 신분을 밝히고 도움을 요청했다.

"학생에게 추천서를 써주려고 합니다. 그래서 그 학생이 다른 과목 교수나 학교당국과 아무런 문제가 없었는지 확인하고 싶습니다. 조이 핌이란 학생을 조사해 주시겠어요?"

"Fin입니까?"

"아니, Phim입니다."

"잠깐 기다려 주세요."

수화기를 통해 컴퓨터 키보드를 두드리는 소리가 들리더니 비서의 목소리가 다시 들려왔다.

"그 학생은 청강생이고 교수님 과목만 수강했습니다. 이 학교에서 다른 과목은 듣지 않았습니다."

"감사합니다."

나는 내 수업을 듣는 학생 명단을 보고 조이가 청강생이라는 것은 알고 있었지만, 내 과목만 듣고 있는 줄은 몰랐다.

그 후 이틀 동안 조이는 내 뇌리를 떠나지 않았다. 왜 내 과목만 들었을까? 그런 의문을 품고 있는 동안, 간간이 그녀의 아름다운 얼굴과 청바지를 입은 섹시한 모습이 내 마음을 사로잡고 있었던 것이 사실이다.

핌 부인과 전화로 통화한 지 사흘 뒤에 구온 산업이 발행한 5천 달러짜리 수표가 도착했다. 나는 수표를 불빛에 비추어 보면서 자세히 검사하고, 냄새도 맡아 보았다. 단서를 손에 쥔 나는 컴퓨터 앞에 앉아서 인터넷 검색 엔진에 '구온 산업'을 입력해 보았다.

이번에는 검색 엔진에서 수천 개의 결과가 나왔다. 처음 열 개 항목은 구온 산업의 제품 소개였다. 나는 회사 홈페이지를 찾아 들어갔다. 놀랍게도 그것은 개인이 소유하고 있는 복합적인 대기업이었다. 홈페이지에는 선박수송, 수출입, 석유채취, 전자산업 등의 사업내용이 소개되어 있었다. 아울러 최고경영자의 소개 페이지가 있었는데, 그곳에서 그녀의 이름을 확인할 수 있었다. 회장 토르 핌.

나는 호기심을 억제할 수 없었다. 즉시 토르 핌이 준 번호로 전화를 걸었다.

남자의 목소리가 들렸다.

"무엇을 도와 드릴까요?"

"제 이름은 존 뱅크스입니다. 토르 핌 부인이 제 전화를 기다리고 있습니다."

"알겠습니다. 선생님께서 전화를 주실 거라고 말씀하셨습니다. 회장님과 연결해 드리겠습니다. 잠시만 기다려 주십시오."

몇 번 찰칵거리는 소리가 나고, 교환원이 외국어로 이야기하는 소리가 들렸다. 그리고 이내 핌 부인의 목소리가 들렸다.

"여보세요, 뱅크스 교수시죠? 전화해 주셔서 감사합니다. 제 목소리가 잘 들리나요? 저는 지금 한국의 서울에 있습니다."

"잘 들립니다." 다소 당황하면서 내가 대답했다.

"돈은 받으셨죠?"

"네, 감사합니다."

"오시죠?"

"네, 만찬은 언제인가요?"

"날짜는 아직 정하지 않았는데, 언제가 편하시죠?"

나는 크리스마스 휴가 기간 동안에 쓰고 있던 책에 집중할 계획이었기 때문에 수업이 시작되는 1월까지는 시간적인 여유가 있었다.

"봄 학기 전이면 언제든지 좋습니다." 내가 말했다.

"좋아요. 날짜를 알려 드리죠. 그럼, 그때 뵙도록 해요."

■ ■ ■ ■ ■

며칠 후 조이가 항상 열려있는 내 사무실 문을 두드렸다.

"안녕하세요, 교수님. 저를 기억하세요?"

"물론이지. 들어와요."

관능적인 목소리였지만 금방 알아볼 수 있었다. 처음엔 그녀를 볼 수 없었다. 내가 앉아 있는 회색 철제 책상은 벽을 마주하고 있고, 문은 내 뒤에 있었기 때문이다. 나는 책상 너머로 학생들과 이야기하는 것을 좋아하지 않았다. 그녀가 들어오자 나는 의자에서 몸을 돌려 일어났다. 그리고 마음이 진정될 때까지 한동안 그녀를 바라보았다. 조이는 요염한 미소를 지었지만, 내게서 구체적인 반응은 일어나지 않았다. 단지 그녀의 순수한 아름다움에 마음이 흔들릴 뿐이었다.

조이의 빛나는 검은 머리카락은 양쪽 어깨를 지나 허리까지 내려와 있었다. 앞머리는 이마 위에 드리운 커튼을 열어 놓은 듯 크고 밝은 눈과 티 하나 없는 얼굴을 드러내고 있었다. 학생 시절에 가지고 다니던 배낭도 청바지도 볼 수 없었다. 그녀는 몸에 꼭 맞는 블라우스를 입고 있었는데, 윗부분이 드러난 가슴에서 금빛 목걸이가 빛나고 있었다. 짙은 회색 스커트 밑으로 그녀의 올리브색 피부가 돋보이는 긴 다리가 곧게 뻗어 있었다. 한쪽 팔에는 모피 장식이 달린 가벼운 코트를 들고 있었다.

립스틱은 더 밝은 붉은 색이었다. 그녀에게서는 아주 우아한 향수 냄새가 풍겼다. 가벼운 가르데니아 향이었는데, 1온스에 수백 달러가 넘는 고급 향수였다.

조이는 아시아 여자 특유의 상냥함과 성적 매력이 혼합된 묘한 아름다움을 발산하고 있었다. 만약 그녀의 사진이 패션잡지에 실렸더라면 나는 가위로 오려내어 벽에 걸어놓고 항상 바라보았을 것이다. 몇 주일 후 나는 그녀가 내 욕망을 자극하기 위해 옷을 고르고 화장을 했다는 사실을 알게 되었다. 모든 것이 철저한 계획에 따라 진행되었고 결과는 완벽한 성공이었다.

아, 그건 너무도 전형적인 미인계였다.

그녀는 눈웃음을 지으며 숨도 못 쉬고 있는 나의 침묵 속으로 파고들었다.

"만찬에 참석하신다니 기뻐요. 일단, 1월 4일 금요일로 날짜를 잡았습니다. 괜찮으시겠죠?"

"좋아요." 내가 대답했다.

"다음 주까지는 강의가 시작되지 않으니까."

"5시 30분에 차를 보내겠습니다. 댁이 어디세요?"

"교수 아파트에 살고 있어요."

종이에 주소를 쓰는 내 손이 떨리고 있었다. 나는 쪽지를 건네줄 때, 종이가 떨리고 있다는 것을 그녀가 못 알아차렸기를 바랐다. 그래도 최소한 목소리만은 억제할 수 있었다. 나는 다소 변질된 목소리로 말했다.

"5시 30분에 입구에서 기다리죠."

"네 좋아요. 그런데… 도서관에서 교수님의 논문을 찾을 수 없었어요. 그 논문이나 다른 원고의 사본을 가지고 계시나요? 복사하고 싶어요. 어머니와 손님들이 보고 싶어 할 겁니다."

"있어요." 내가 대답했다.

나는 감정을 통제할 구실이 생긴 것이 다행스러웠다. 나는 의자를 돌려 책상을 향하고 책장에서 내 귀중한 재산을 꺼냈다.

"여기 있어요."

그러나 내 시선이 그녀와 마주치자 다시 마음이 흔들리기 시작했다.

"조이가 아주 훌륭한 학생이었기 때문에 믿고 주는 거예요. 하지만 복사가 끝나면 돌려줘야 해요."

나는 평정을 찾으려고 애썼지만 말을 더듬고 있었다.

나는 책상에서 원고 뭉치를 꺼내서 그녀에게 건네주었다.

"여기 20세기의 인종말살과 대량학살에 관한 초고가 있어요. 아직 제목은 없고, 지금 쓰고 있는 부분은 빠져 있죠. 초고라서 지저분하게 표시가 되어 있는 건 양해해 주겠죠? 나는 원래 그런 식으로 원고를 쓰거든요. 난 컴퓨터로 원고를 쓰거나 편집하지 않아요."

나는 조이에게 원고를 건네주면서도, 내가 그렇게 행동하고 있다는 사실을 믿을 수 없었다. 지금까지 단 한 번도 완성되지 않은 원고를 학생에게 보여 준 적이 없었기 때문이다. 하지만 그때는 그녀가 원한다면 내 도요타 MR2의 키도 빌려 주었을 것이다. 그 정도로 나는 그녀에게 빠져 있었다.

"교수님, 고맙습니다."

조이는 논문과 원고를 맵시 있게 품에 안으면서 말했다.

"어머니도 아주 만족하실 겁니다. 안녕히 계세요."

그녀는 꿀처럼 달콤한 미소를 던지더니 사라졌다.

나는 텅 빈 복도를 바라보았다. 믿을 수가 없었다. 조금 전 내가 했던 것과 같은 행동을 글로 읽은 적은 있지만 그건 모두 과장된 이야기에 불과하다고 생각했었다. 그러나 소위 훌륭한 교육을 받은 전문가라는 나 같은 사람이 한 젊은 여자의 매력에 맥없이 쓰러지고만 것이다. 나는 내가 느낀 것이 첫눈에 반한 사랑이라고 믿고 싶지 않았다. 그건 그저 충동적인 욕망일 뿐이라고 내 자신에게 타일렀다. 나는 성적 흥분의 냄새를 맡았다고 생각했다. 그러나 그것을 어떤 이름으로 부르든 이제 다시는 그녀를 내 마음에서 지워버릴 수 없었다. 다시는.

다음날 점심을 먹고 돌아왔을 때, 메일박스에서 소포가 왔다는 쪽지를 발견했다. 나는 조이가 빌려갔던 내 논문과 원고에 붙어있는 쪽지를 뜯어보았다.

> 뱅크스 교수님,
> 감사합니다. 모든 것이 예정대로 되었습니다.
> 1월 4일 만찬에서 만나뵙기를 기대합니다.
>   - 조이 핌

나는 쪽지를 다시 읽어 보면서 그녀가 보여 준 별 것 아닌 예의에 터무니없이 큰 만족을 느꼈다. 그녀의 여성다운 아담한 필체 속에 마치 무슨 중대한 의미라도 숨어있다는 듯, 나는 쪽지를 다시 한 번 찬찬히 훑어보면서 속으로 중얼거렸다.

'존, 이 바보 같은 녀석아. 넌 스스로 함정에 빠지고 있어.'

입에서 비열한 웃음이 흘러나왔다.

'왜 바보라는 거야? 이건……' 그 단어가 떠올랐다.

'대박이야!'

3

아, 바로 그 리무진 안에서 앞으로 내 생애를 지배하게 될 여인에 대한 탐색이 시작되었다. 지금도 나는 자문해 본다. '지금 내가 알고 있는 것을 그때 알았더라면, 그 리무진에서 소리를 지르고 뛰어내려 내 아파트로 달려가 문을 잠가 버렸을까? 내가 사형집행인이나 살인자가 되도록 내버려 두었을까? 내가 신이 된 것으로 착각하도록 내버려 두었을까? 정부를 전복하거나 수립하는 인간이 되었을까? 조이의 애인이 되었을까?'

물론 나는 조이의 애인이 되었다. 그리고 다른 모든 것들은 저절로 이루어졌다.

5시 30분. 나는 교수아파트의 정문으로 나갔다. 거기에는 단지 시간을 철저하게 지킨다는 것 이상의 의미가 있었다. 또 다시 조이를 기다리고 싶지 않았던 것이다.

뒷좌석에 채색 창이 달린 대형 흰색 리무진이 다가왔다. 조이는 운전석 옆에 앉아 있다가 나에게 손을 흔들며 차에서 내렸다. 운전사가 내게 뒷문을 열어 주었다. 날씨가 추웠지만 그녀는 코트를 입고 있지 않았다. 어깨를 지나 엉덩이까지 출렁거리는 그녀의 칠흑 같은 머리는 마치 예술 작품처럼 보였다.

조이는 내게 리무진에 타라고 손짓했지만 내 시선은 그녀의 얼굴에서 떠나지 못했다.

"안녕, 조이 먼저 타지." 나는 겨우 말을 꺼냈다.

나는 그녀의 뒤를 따라 따뜻한 리무진 속으로 들어갔고, 우리는 차 안의 소형 테이블을 가운데 두고 양쪽에 자리를 잡았다. 나는 코트를 벗어 부드러운 흰색 가죽 시트 뒤에 얹어 놓았다. 내가 호화로운 차 안을 둘러보는 사이, 운전사는 뒷좌석과 운전석 사이의 칸막이를 올렸다. 리무진이 조용히 움직이기 시작했다. 좌석 한구석에는 조그만 음료 바가 설치되어 있었고, 다른 쪽에는 텔레비전 스크린이 보였다.

나는 그녀의 어머니가 얼마나 부자인지 알고 있었지만, 아는 것과 실제로 보고 느끼는 것은 전혀 달랐다. 내가 타고 있는 리무진은 믿기 어려울 정도로 호화스러운 것이었다.

테니스 선수였던 우리·어머니는 중산층 생활을 하기에 충분한 돈을 벌었고, 돌아가신 아버지는 연금을 남겨 주셨다. 어머니가 돌아가신 뒤, 나는 어머니의 보험과 아버지의 연금 그리고 내 아르바이트 수입으로 대학을 마칠 수 있었다. 그런 내게 이런 엄청난 부는 경탄의 대상일 수밖에 없었다.

조이는 내 표정을 살피면서 미소지었다.

"리무진이 대단하죠? 10년 전에 뉴욕으로 이사 오기 전에는 캘리포니아에서 살았어요. 거기서도 학교에 다닐 때 이런 리무진을 타고 다녔죠. 그것 때문에 어떤 애들은 나를 괴롭혔어요. 놀려대고 밀어서 넘어뜨리거나 치마를 들치기도 했죠. 책을 훔쳐가기도 했고요. 그래서 마음을 단단히 먹고 그 녀석들을 모두 때려 주었죠. 그랬더니 내 주변에는 얼씬도 하지 않았어요. 끈질긴 녀석 하나가 몇 번 내게 집적거렸죠. 그럴 때마다 주의를 주었는데, 결국 참지 못하고 그 녀석 다리를 부러뜨렸어요."

"다리를 부러뜨렸다고?" 나는 놀라서 되물었다.

조이는 아무렇지도 않은 듯이 고개를 끄덕였다.

"그랬더니, 그 애 아버지가 우리 어머니와 학교를 상대로 고소했어요. 어머니는 사립탐정을 고용해서 그 사람을 미행하도록 했죠. 몇 주일 후에 어머니의 변호사가 그 사람의 변호사를 만나서 간통사실을 폭로하겠다고 협박했어요. 그러자 그 사람은 고소를 취하했죠."

벽돌로 얻어맞은 기분이었다. 강의실 뒷자리에 얌전히 앉아 있는 학생으로만 알고 있던 이 아름다운 여인이 나와의 첫 대화에서 자기를 괴롭힌 아이들을 때려 주고 한 소년의 다리를 부러뜨렸다는 얘기를 천연덕스럽게 하고 있는 것이다. 그것도 의도적으로.

조이는 어떤 기대감을 품고, 크고 반짝이는 눈으로 나를 바라보고 있었다. 그녀는 그런 상황을 즐기고 있는 것 같았다.

나는 침묵을 깨뜨리고 싶었지만 할 말이 없었다.

대화를 이어가기 위해서 적절한 화제를 찾으려고 애썼다.

"미스 핌"

"조이라고 불러주세요."

"좋아, 나도 존이라고 불러 줘. 내 강의를 다시 듣지 않는다는 전제 하에서."

나는 황급히 대답했다. 그러나 할 말이 생각나지 않아 어설프게 물었다.

"아, 참. 그런데 학교는 왜 그만 두었지? 다른 학교에 가려고?"

"어머니가 설명해 주실 거예요. 모두 어머니가 결정한 거예요."

조금 전 그녀의 말에 의문을 품고 있던 나는 용기를 내어 물었다.

"그런데, 그 많은 애들을 어떻게 때려 주었지?"

그녀는 나를 바라보았다. 마치 내가 결투라도 신청했다는 듯이 뚫어지게 바라보며 말했다.

"네 살 때부터 무술을 배웠죠. 최고의 가라테 사범과 유도 사범에게서 훈련을 받았어요. 나는 무기 전문가예요. 특히 칼을 잘 쓰죠."

나는 놀라고 당황했다. 차라리 조이가 남자라고 말하는 편이 나았을 것이다. 나는 스파이 영화 한가운데로 뛰어든 것 같은 기분이 들었다. 영화에서는 여러 가지 사건이 전개되고 있었다. 촬영 기술과 감독은 훌륭했지만 나는 줄거리도 모르고, 누가 주인공이고 누가 악당인지도 모르고 있었다. 나는 손으로 머리를 쓸어 넘겼다.

"왜 그런 이야기를 하는 거지?

"아셔야 하니까요. 그리고 믿으셔야 해요."

"뭘?"

조이는 나의 질문을 무시한 채 몸을 길게 뻗었다.

"나를 힘껏 쳐 보세요." 그녀가 말했다.

충격과 놀라움의 연속이었다.

"농담하지 마. 난 그런 거 못해."

"난 한 대도 맞지 않을 수 있다고 장담할 수 있어요. 또 원한다면 교수님을 죽일 수 있는 자세를 취할 수도 있고요."

말도 안 되는 이야기라고 생각했다. 나는 내키지는 않았지만 그녀의 어깨에 펀치를 날려 보았다.

불리한 위치에 있었지만 그녀는 왼손으로 민첩하게 내 주먹을 잡았다.

"그런 펀치는 내가 다섯 살 꼬마였던 시절에도 간단히 피할 수 있었을 거예요. 다시 해 봐요."

나는 좀 더 힘을 넣어 다시 펀치를 날렸다. 그녀는 다시 내 주먹을 잡았다.

조이는 내게 혀를 날름 내밀었다.

"약골이로군요." 그녀가 놀려댔다. "존은 약골이에요."

나는 그때까지도 주저하고 있었다. 그러자 그녀는 앞좌석 뒤에 붙어있는 포켓에서 종이 한 장을 꺼내 뭔가를 쓰더니 내게 건네주었다. 나는 소리를 내어 읽었다.

"본인은 존 뱅크스 교수에게 힘껏 공격하라고 요청했고, 그 결과로 인해 발생할 수 있는 모든 상해에 대해 어떤 책임도 묻지 않겠습니다."

그녀는 밑에 '조이 핌'이라고 서명했다.

좋다. 그녀가 자청한 것이다. 나는 그녀의 이마를 향해 강한 펀치를 날렸다. 차마 코나 턱을 공격할 수는 없었다.

조이는 거의 보이지 않을 정도의 빠른 속도로 머리를 옆으로 피했다. 그녀는 이마를 향해 날아간 내 주먹을 왼손으로 잡은 다음 어깨 위에서 한 바퀴 돌렸다. 그리고 오른손의 검지로 내 턱을 간질였다.

"이게 실제 상황이었다면 이 손가락으로 당신을 죽였을 거예요." 그녀는 덤덤한 목소리로 말했다.

그 말의 의미를 생각하는 동안 침묵이 흘렀다. 나는 흥분을 가라앉히려고 노력했다.

"도대체 어떻게 된 거지?"

"존은 이제 내가 어떤 특별한 기술을 가졌는지 알게 될 거예요." 그녀는 마지막 단어에서 미묘하고 관능적인 색깔을 띠우며 내 질문에 대답했다.

"하지만 왜 알아야 하는지는 지금 묻지 마세요. 오늘 밤에 모든 걸 알게 될 테니까요."

그로부터 몇 년이 흐른 지금, 나는 알고 있다. 그것은 내가 그녀와 얽히게 된 사적인 관계에 대한 암시이기도 했다. 그녀는 그 자리에서 보여 줄 수 없는 능력을 '기술'이란 단어를 사용하여 감각적으로 강조하면서 암시했던 것이다.

"지금 몇 살이지?" 나는 약간 화가 나면서도 놀라서 물었다.

"스물다섯 살."

"훨씬 더 어린 줄 알았지."

나는 언제나 아시아계 학생들의 나이를 제대로 맞추지 못했다. 어떤 학생은 대학생은커녕 고등학교 학생처럼 보였다. 나는 좀 더 익숙한 분야로 화제를 돌렸다.

"전공은?"

"교수님 강의밖에 들은 것이 없어요." 그녀가 대답했다.

"알겠어. 좀 더 강의를 듣고, 학위를 원한다면 전공을 정해야겠지."

"더 이상 학위는 필요 없어요. 4년 전 버클리에서 정치학을 전공했고 프린스턴에서 2년 동안 공부해서 컴퓨터공학 석사학위를 받았죠."

나는 귀를 의심했다.

"정치학? 컴퓨터공학? 어이구. 그럼, 왜 내 강의를 들었나?"

"어머니는 민주적 평화에 대한 존의 해석을 직접 듣고 싶어 했죠."

그녀는 웃으면서 관능적인 입술에 손가락을 갖다 댔다.

"너무 서두르지 마세요. 곧 모든 것을 알게 될 테니까요. 하지만 어머니를 만나기 전에 드릴 말씀이 있어요. 잘 들으세요. 그 이야기를 들으면 제가 왜 이런 일을 하는지 알게 될 거예요."

"그게 뭔데?" 나는 기분이 언짢아져서 물었다.

"서두르지 말고 내 말을 들어요!"

그것은 그녀의 첫 명령이었다. 그때부터 그녀는 내게 수많은 명령을 내렸다. 나는 그런 관계에 익숙하지 않았다.

그녀는 앞으로 몸을 굽히더니 내 심장까지 들여다보는 듯 엄숙한 얼굴로 나를 바라보았다.

"존, 지금부터 내 얘기를 마음으로 느껴보세요. 우리 어머니가 겪은 고통을 이야기하려는 거예요. 가슴 깊이 담아서 감정을 이입하고, 공감해 보세요. 존, 이해하거나 분석하지 말고 마음을 열고 그저 들어 보세요. 느껴야 해요. 그러면 오늘 저녁에 일어날 일을 좀 더 잘 알게 될 거예요."

그녀는 몸을 세우고 앉아 두 손으로 눈을 비볐다.

"우리 어머니 토르 핌은 캄보디아의 프놈펜에서 남편인 구온 테아리와 행복하게 살고 있었죠."

조이는 이야기를 시작했다.

■　■　■　■　■

1975년 4월, 토르는 그녀가 살고 있던 허름한 건물의 찢어진 차양 아래서 구온을 기다리고 있었다. 그녀는 행복했다. 전쟁이 끝났기 때문이었다. 후퇴를 거듭하던 론놀 장군은 크메르루주 게릴라의 공격으로부터 캄보디아의 수도 프놈펜을 지킬 수 없었다. 캄보디아군은 휴전을 선언하고 무기를 내려놓았다. 얼마 후에 정부는 패배를 인정하고 프놈펜을 크메르루주와 그들의 지도자인 폴 포트에게 넘겨주었다. 6만 8천 명의 게릴라는 만 4천 명의 당원을 가진 공산당을 위해 20만의 정부군과 싸워 승리했다.

선천적으로 체구가 작은 토르는 당시 프놈펜에서 모두가 겪고 있던 식량부족으로 인해 비쩍 말라 있었다. 그래도 얼굴은 통통했는데 남편인 구온은 그 얼굴이 자기가 좋아하는 타입이라고 항상 말했다. 그녀는 사촌이 경영하는 조그만 식당에서 일을 했기 때문에 머리를 짧게 자르고 있었다. 그날 그녀는 오렌지색 블라우스에 베이지색 사롱을 입고 있었다.

구온은 수업 중이었지만, 그 위대한 승리의 소식을 들었을 것이라고 그녀는 생각했다. 틀림없이 수업을 중단하고 그녀와 함께 게릴라 병사들을 환영할 거라고 생각했다. 병사들은 한 시간 안에 시내로 들어올 예정이었다.

토르는 주위에 모인 사람들이 환호하는 소리를 들었다. 많은 지식인과 중산층 캄보디아인들은 정부의 고질적인 부패를 혐오했고 가능한 모든 혁신을 기대했으며 그러기 위해선 공산주의도 마다하지 않았다. 토르도 기뻤다. 그리고 전쟁 때문에 북동지방에 발이 묶여 있던 어머니를 모셔올 기대에 부풀어 있었다.

구온이 나타났다. 그는 항상 입고 다니는 검은 반바지차림으로 다가 오면서 만면에 미소를 지었다. 그는 토르의 손을 잡고 눈을 들여다보며 말했다.

"여보, 우린 이 전쟁이 계속되는 동안 부처님에게 평화를 빌었잖아. 이제 드디어 평화가 온 거야. 오늘부터 세상이 바뀔 거라고. 정말 위대한 순간이야."

그들은 시소와트 퀘이로 걸어갔다. 왕궁으로 향하는 크메르루주의 주력부대가 그곳을 통과하기로 되어 있었다. 많은 사람들이 거리로 나와 웃고 이야기를 나누면서 그들을 기다렸다. 거의 모든 건물의 창문에 침대보나 수건과 같은 흰색 천들이 걸려 있었다.

멀리서 윙윙거리던 소리가 트럭엔진의 굉음으로 변하자 모두가 동작을 멈추고 다가오는 소리에 귀를 기울였다.

시소와트 퀘이를 향해 크메르루주가 행진하고 있었다. 전위부대의 병사들은 여러 종류의 트럭과 자동차에 타고 있었다. 그 뒤에는 게릴라병사들이 도로 중앙을 따라 한 줄로 걸어오고 있었다. 그들은 여러 종류의 무기를 휴대하고 있었다. 열여덟 살이 넘은 병사는 거의 없는 것 같았다. 모두 파자마처럼 생긴 제복에 타이어 튜브를 찢어서 만든 샌들을 신고 중국 모자를 쓰고 있었다. 모자나 목에는 붉은색 띠를 두르고 있었다. 병사들은 도로에 나와 있는 사람들을 바라보거나 미소를 보내지 않았다.

몇몇 사람이 환성을 지르고 박수를 쳤지만, 대부분은 승리를 거두고 입성한 게릴라들이 어떤 행동을 취할지 지켜보고 있었다.

한동안 그들을 바라보고 있던 토르가 말했다.

"병사들이 아주 어리군요. 어떻게 정부군을 물리칠 수 있었을까?"

"잘 싸웠지. 이제 우리는 집으로 돌아갑시다. 충분히 보았으니까."

토르와 구온은 아파트까지 천천히 걸어가 낡은 층계를 올라간 다음 페인트도 칠하지 않은 컴컴한 복도를 지나 방으로 들어갔다. 흥분 때문에 식욕이 없었지만 틀림없이 저녁에 열릴 축하행사에 대비해서 무엇이든지 먹어두어야겠다고 생각한 그들은 데운 밥과 과일 그리고 토르가 식당에서 남겨온 햄 조각을 먹으면서 정세가 안정되면 무엇을 할지 의논했다.

그들이 식사를 끝내고 집안을 치우는 동안 거리에서 총소리가 들려왔다. 토르와 구온은 작은 창문으로 다가가서 밖을 내다보았다. 사람들이 아파트 앞을 지나가고 있었는데 모두가 당황한 모습이었다. 그들은 주위를 두리번거리며 가끔씩 뒤를 돌아보기도 했다. 크메르루주 병사 몇 명이 총을 휘두르고 소리를 지르며 사람들이 이동하고 있는 방향을 가리키고 있었다.

토르는 숨을 몰아쉬었다.

"무슨 일일까? 전쟁이 끝난 줄 알았는데."

"나도 몰라. 론놀의 패잔병들이 저항을 하는 모양이지. 여기 청소가 끝나는 대로 밖에 나가서 알아보지." 구온이 대답했다.

그러나 몇 분 후 청소를 끝냈을 때 거리의 소음은 더욱 커졌다. 아이들 우는 소리가 들렸고 자동차는 경적을 울려댔다. 사람들은 계속 고함을 지르고 있었다. 구온과 토르는 걱정스러운 눈으로 마주 보았다. 그들은 밖에 나가보기로 했다. 그러나 거리에 나간 그들은 눈을 의심하지 않을 수 없었다.

각양각색의 사람들이 빽빽하게 거리를 메우며 병사들이 지시하는 방향으로 이동하고 있었다. 사람들은 마치 바위를 감싸고 흘러가는 시냇물처럼, 소리를 지르며 서 있는 게릴라 병사를 돌아 떠밀려가고 있었다. 여기저기서 사람을 가득 실은 승용차, 소형트럭, 스쿠터가

인파를 따라 천천히 이동하고 있었다. 토르는 가재도구를 가득 실은 오토바이를 바라보았다.

"움직여, 움직여! 앞으로 가!"

크메르루주 병사 하나가 소총을 휘두르며 소리를 질러댔다.

토르는 층계에 서서 사람들이 오고 있는 방향을 바라보다가 건물 아래쪽에 누워 있는 시체 한 구를 발견했다. 조금 떨어진 곳에 또 한 구의 시체가 눈에 띄었다. 군중은 모두 그 시체를 피해서 걸어갔기 때문에 그 흐름 속에 조그만 소용돌이가 생겼다.

검은 옷을 입고 목에 붉은 스카프를 두른 병사가 달려와 그들에게 AK-47 소총을 들이댔다. 어린 소년의 높고 날카로운 목소리가 들렸다.

"이 더러운 곳에서 떠나라. 지금 당장!"

병사는 열다섯 살도 되지 않은 것 같았다.

구온은 이해할 수 없었다. 어디로 가란 말인가? 왜?

"가라! 가! 도시 밖으로 나가. 지금 당장!"

병사는 군중에게 더 큰 소리로 외쳤다.

토르는 문득 겁이 났다. 질문하는 그녀의 목소리가 떨렸다.

"하지만 물건을 가지고 갈 수 없나요? 짐을 챙겨서 가지고 가야 하는데……."

구온은 토르의 손을 잡고 층계에서 끌어내렸다. 그리고 사람들이 가득 들어찬 도로의 한쪽으로 향했다. 그들은 인파에 떠밀려 사람들이 들고 가는 무거운 가방에 부딪혔다. 캄보디아인으로는 키가 큰 편인 구온이 뒤를 돌아보았다. 근처에 병사가 보이지 않자 그는 황급히 토르를 옆길로 끌고 갔다.

"뭘 하는 거예요?"

그녀가 숨을 헐떡거리며 물었다. 그녀는 떨고 있었다.

"아무 말도 마."

구온은 손가락을 그녀의 입술에 대고 말했다.

그는 아내의 손을 잡고 조심스럽게 쓰레기가 가득 찬 좁은 뒷골목을 달려 내려갔다. 길이 교차하는 지점에 이르자 주위를 돌아보았다.

"병사가 없군."

그는 중얼거리며 토르를 끌면서 길모퉁이를 돌았다. 노인 몇 명이 기웃거리며 왜 이리 시끄러운지, 무슨 일이 벌어지고 있는지 물었다. 구온은 그들의 질문에 대답하지 않았다.

그들은 병사들을 피해 몇 분 만에 아파트 건물 뒤편에 도착했다. 병사들은 프놈펜의 모든 골목길과 도로를 장악하기 위해 널리 분산되어 있는 것 같았다. 그들은 이 건물도 곧 수색할 참이었다. 구온은 살금살금 뒷문을 통해 건물 안으로 들어가서 병사가 없다는 것을 확인했다. 그는 토르에게 신호를 보내어 따라오게 한 다음, 방으로 뛰어 들어갔다. 현관에는 아무도 없었다. 건물 안에 있던 다른 사람들도 거리의 소음이 궁금해서 모두 밖으로 나간 것 같았다.

일단 방에 들어가자 구온은 비로소 공포에 떨면서 토르에게 황급히 털어놓았다.

"그 애들이 우리를 총으로 쏠 것 같았어. 왜 이런 상황이 벌어졌는지 도무지 이해할 수가 없어. 최악의 상황에 대비해야 해. 그 애들이 건물을 수색하기 전에 어서 빠져나가야 해."

"우리를 어디로 보내려는 건가요?"

"그건 나도 몰라. 하지만 서둘러야 해. 당장 필요한 물건을 싸. 식량도 준비하고 담요와 옷가지와 숨겨 둔 돈 같은 걸 싸라고."

토르는 방 한구석으로 가서 유리를 덮은 테이블 밑에서 그녀의 집 안에서 두 세대에 걸쳐 사용해 온 낡은 프랑스제 옷가방을 꺼냈다. 구온이 제지했다.

"안 돼. 그건 너무 커. 배낭 두 개만 싸서 하나씩 메고 가자고. 들고 가기에 너무 힘들면 안 돼."

토르는 작은 장에서 버드나무 가지로 짠 장바구니를 꺼냈다. 구온은 책과 서류를 옮길 때 사용하던 배낭을 꺼내서 물건을 채우기 시작했다. 그들은 배낭 하나를 잃어버릴 경우에 대비해서 쌀과 과일은 나누어 넣었고, 각자가 조그만 음료수병을 준비했다. 그들은 또 집안의 패물과 얼마 안 되는 귀중품을 나누어 가졌다. 토르는 부모의 사진이 들어있는 금으로 된 낡은 로켓에 입을 맞추고 빠져나오지 않도록 배낭 한쪽에 잘 넣어 두었다. 그녀는 휴지도 한 통 넣었다.

주위를 돌아보고, 잠시 생각에 잠겼던 구온이 중얼거렸다.

"아차, 잊을 뻔했군."

그는 캐비닛 서랍에서 낡은 캄보디아 여행책자를 꺼내서 지도만 찢어 가방에 넣었다. 그는 싱크대로 가서 오래된 일제 부엌칼을 꺼내 토르에게 주었다.

"이걸 낡은 옷으로 싸서 가방 밑바닥에 감추지."

그는 20센티미터 정도 길이의 고기 써는 칼을 배낭에 넣었다.

"이제 됐어."

구온은 천천히 걸어 나갔다. 거리에서는 총소리가 계속 들리고 있었다.

토르는 창으로 달려가 내다보았다.

"이런 짓을 하다니!" 그녀가 외쳤다.

사람들이 몰려가는 가운데 여기저기 휠체어에 탄 환자들이 보였다. 목발을 딛고 걸어가는 사람도 있었다. 사랑하는 사람이 누워있는 병원침대를 밀고 가는 사람도 있었다. 토르는 한 환자의 팔에 정맥주삿바늘이 꽂혀 있는 것을 보았다.

"병사들이 병원 환자도 쫓아내는 모양이군. 어쩔 수 없지. 자, 갑시다." 구온이 말했다.

그들은 급히 복도를 내려와 계단에서 잠시 길의 양쪽을 살핀 다음 이동하고 있는 군중 속으로 들어갔다.

어린 병사들이 교차로에서 AK-47 소총을 휘두르며 인파를 갈라서 다른 길로 유도하고 있었다. 토르와 구온은 짐을 메고 인파에 시달리면서 몇 시간을 걸어 시골에 도착했다. 그들은 지쳐있었지만 걸음을 멈출 수는 없었다.

그곳까지 오는 도중에 그들은 병사들이 사살한 무수한 시체들을 목격했다.

나이 든 사람이나 무거운 가방을 등에 진 사람들, 여러 명의 아이들을 데리고 가는 사람들이 뒤쳐지면서 일행은 점점 줄어들었다. 토르와 구온은 근처에 있던 검은 제복의 병사 두 명이 갑자기 행렬에서 한 소년을 끌어내는 장면을 목격했다.

소년은 기껏해야 열네 살 정도로 보였다. 병사들은 그를 움켜잡았다. 소년은 반바지에 헐렁한 푸른색 셔츠를 입고 있었다. 그리고 커다란 군화를 신고 있었는데 너무 커서 구두 목이 무릎에 닿아 있었다. 아마 소년은 군화 안에 양말이나 종잇조각을 가득 채워 넣었을 것이다.

"넌 우리 적이야." 한 크메르루주 병사가 눈을 부라리며 외쳤다.

"아닙니다. 아녜요!"

소년이 울면서 애원했다. 큰 눈과 목소리에 공포가 스며 있었다.

"그 군화 어디서 났어?" 다른 병사가 소리를 질렀다.

"애 아버지 거예요."

소년의 어머니가 다가가면서 항의했다. 어머니는 병사들에게 절을 하고 두 손을 비비며 빌었다.

"아버지 겁니다." 소년이 울먹였다.

"네 아버지는 나쁜 놈이야."

첫 번째 병사가 소리 질렀다. 그는 소년을 향해 소총을 겨누더니 배에 대고 쏘았다.

총탄의 충격으로 소년의 몸이 뒤로 밀려났다. 소년과 어머니는 동시에 비명을 질렀다. 소년은 배를 움켜쥐고 넘어졌다. 병사들은 다가가서 죽어가는 아이를 어머니에게서 떼어냈다. 어머니는 무릎을 꿇은 채 아들을 품에 안으려고 했다. 병사는 소년의 군화를 벗겨내서 끈을 함께 묶은 다음 어깨에 걸쳤다. 그리고 흐느끼는 어머니의 머리에 대고 총을 쏘았다.

토르나 구온뿐만 아니라 그 누구도 말을 하지 못했다. 모두들 말을 하면 죽는다는 것을 알고 있었다. 토르가 울기 시작했지만, 구온은 가능한 한 빨리 아내를 데리고 그 자리를 떴다.

밤이 되자 병사들은 사람들이 언덕이나 밭에서 쉴 자리를 찾도록 내버려 두었다. 모두들 가족이나 친구, 또는 아는 사람끼리 모이려고 했다. 노인 몇 명은 그런 무리를 찾아다니며 물이나 음식 그리고 담배를 구걸하고 있었다. 노인들은 집 밖에 나와 있다가 얼떨결에 대열에 휩쓸렸기 때문에 아무 것도 가진 것이 없었다.

병사들은 식량은 물론 아무 것도 주지 않았다. 크메르루주는 식량이나 물, 의약품을 준비하지 않았고 이동 경로에 구호소도 준비해 두지 않았다. 병사들은 병자들이 죽든 살든 신경 쓰지 않았다. 허약한 사람들은 다른 이의 도움을 받을 수밖에 없었고, 대열에서 낙오하면 사살 당했다. 식량을 챙겨오지 않은 사람들은 남에게서 얻거나 훔쳤고 구걸을 하지 못하면 굶어 죽을 수밖에 없었다.

휴식지역에서 사람들은 약간 낮은 장소를 찾아 아무 데서나 대소변을 보았다. 신경 쓰는 사람이 없었기에 부끄러울 것도 없었다. 토르와 구온은 교대로 한 사람이 배낭을 지키는 동안 낮은 곳에 가서 용변을 보았다.

토르는 배낭을 열었다. 무거워서 팔이 아팠지만 그래도 배낭을 가져온 것이 다행이었다. 구온은 아내의 배낭을 대신 메고 갈 생각이었지만 토르가 거절했다. 토르는 흰 천을 꺼내서 땅바닥에 펴 놓았다. 그리고 그 위에 앉아서 손짓으로 구온을 불렀다. 그녀는 배낭에서 젓가락과 먹다 남긴 음식을 담은 찬밥 통을 꺼내 놓았다. 그리고 바나나 두 개와 포도 한 송이도 꺼냈다. 그들은 말없이 음식을 먹고 물을 마셨다.

식사가 끝나자 토르가 낮은 목소리로 말했다.

"여보, 난 도저히 이해할 수 없어요."

"나도 마찬가지야." 구온이 대답했다.

"전쟁이 끝나기 전 크메르루주가, 그들이 장악한 지역에서 사람들을 쫓아낸다는 소문은 있었지. 모든 주민을 강제로 농부로 만들고, 전직 정부 관리와 포로가 된 장교들을 사살한다는 소문 말야. 우린 그게 정부에서 하는 거짓 선전인 줄 알았어."

"저 사람들이 우리를 어떻게 할까요?"

토르는 팔로 두 무릎을 안고, 어둠 속에서 지나가는 병사들을 바라보며 물었다.

구온도 잠시 동안 병사들을 바라보았다. 그는 병사들에게 등을 돌리고 머리를 흔들면서 말했다.

"나도 몰라. 어쨌든 우리는 잠을 좀 자두어야 해"

그는 가방에서 담요를 꺼내 펼쳐 놓고 아내와 함께 그 위에 누웠다. 구온이 담요로 아내의 몸을 덮어 주자 그녀는 남편에게 바짝 다가갔다.

■　■　■　■　■

아침에 구온이 담요를 치우는 사이에 낡은 미제 M-1 소총을 가진 한 크메르루주 소년병사가 다가와서 그의 손목을 가리켰다.

"그 시계 좀 봅시다." 병사가 요구했다.

구온은 말없이 시계를 풀어 그에게 주었다. 소년병사는 시계를 높이 들어 보고 귀에 대보기도 하더니 미소를 지으며 팔목에 찼다. 시곗

줄이 너무 커서 마른 손목에 맞지 않아 헐렁하게 보였다. 소년은 시곗줄을 풀어서 검은 셔츠의 소매 위에 찼다. 그리고 기분이 좋은 듯 시계에서 눈을 떼지 않은 채 돌아갔다.

토르는 나중에 크메르루주가 프놈펜에서 2백만 내지 3백만에 달하는 주민과 피난민을 모두 추방했다는 사실을 알게 되었다. 그들은 승리를 거둔 후 그들이 점령한 모든 도시와 마을에서 주민들을 철수시켰다. 차를 타고 가려던 부유층이나 중산층 사람들은 얼마 못 가서 차를 버리지 않을 수 없었다. 그러지 않으면 크메르루주 병사들이 차를 압수해서 부수어 버렸기 때문이다. 그들은 곧 스쿠터나 자전거도 압수했다. 불쌍한 도시민과 피난민에게 남은 이동수단이라곤 두 다리뿐이었다. 그들은 죽음을 향해 가는 사형수의 행렬처럼 긴 대열을 이룬 채 천천히 걸어갔다.

병사들은 명령을 따르지 않는 사람은 모두 죽였다. 달라는 물건을 주지 않는 사람도 죽였다. 법도 질서도 없었고, 병사들의 명령과 요구와 변덕이 지배하는 세상이었다.

토르와 구온은 프놈펜에서 빠져나온 사람들 사이에서 부대끼며 좁은 시골길을 계속해서 걸어갔다. 크메르루주는 철수가 오래가지 않을 것이라고 했지만 그것은 거짓말이었다. 구온은 그들이 혼란을 피하기 위해 거짓말을 했다고 생각했다.

크메르루주 병사들이 직접 사살한 사람들 외에도 험한 길과 식량과 의약품의 부족, 추위와 피로 그리고 스트레스 때문에 희생자가 늘어나기 시작했다. 유아와 어린이, 노인, 병자, 부상자, 허약자는 길에서 죽었다. 다른 사람들과 함께 대열에 끼어 있었던 반 헤이라는 의사는 2백 미터마다 죽은 아이의 시체를 보았다고 증언했다.

토르와 구온은 열하루를 쉬지 않고 걸었다. 마을이 나타날 때마다 병사들은 십여 명을 선발해서 크메르루주 마을지도자를 따라가게 했다. 어떤 때는 마을에서 이들 뒤를 따라가는 사람들에게 음식을 주기도 했다. 병사들은 도로변에 상점이 나타나면 그곳에 있는 식량을 마음대로 가져가도록 허락했고 자신들은 군용식량이 풍족하게 있는 절에서 식사를 했다.

드디어 그들은 조그만 마을에 도착했다. 구온은 그곳이 그보다 훨씬 큰 마을인 품놀 근처라는 것을 알았다. 그는 몰래 지도를 보면서 위치를 확인하고 있었다. 품놀은 프놈펜의 북서쪽 추오르 프눔 크라반 산맥 끝에 있었다. 산맥에는 낮은 산과 태국으로 통하는 여러 갈래의 길이 있었다.

삼림을 개간하여 만든 이 마을은 길 양쪽에 십여 개의 움막과 작물을 심을 수 있는 밭이 전부였다. 그들은 곡물을 재배하는 농부들의 굽은 등을 바라보았다. 토르와 구온 그리고 열한 명의 다른 사람들은 그곳에 정착한 마지막 집단이었다. 그곳엔 노인 세 명과 젊은 여자 두 명, 부부 두 쌍이 있었다. 그 중에서 아이 둘을 가진 부부는 토르와 아는 사이였다. 병사들이 그들을 마을로 데리고 갔을 때 그곳에는 뚱뚱한 마을촌장 텡 펙밖에 없었다. 그는 지역 사람들이 흔히 입는 검고 헐렁한 파자마 같은 옷을 입고 두꺼운 팔로 팔짱을 끼고 짤막한 다리를 벌리고 선 채 그들을 기다리고 있었다. 병사들은 그의 앞에 사람들을 줄지어 서게 한 다음 뒤로 물러서서 지켜보고 있었다.

펙은 언짢은 얼굴로 입술을 오므리고 한 사람 한 사람 훑어보다가 얼굴을 찡그리며 말했다.

"너희들 중에 의사가 있나?"

아무도 대답하지 않았다.

"변호사, 전직 정부관리, 병사는?"

아무도 말을 하지 않았다. 그들은 이곳까지 오는 도중에 그런 직업을 가졌거나 그런 사람들과 접촉했다고 시인한 이들이 어떤 꼴을 당했는지 잘 알고 있었다. 살려달라고 애원하다가 그 자리에서 사살당하거나 가족과 함께 밭으로 끌려가서 한 사람씩 괭이로 머리를 찍힌 채 죽어나갔던 것이다.

"교사는?"

구온은 말을 하지 않았다. 토르는 숨을 참으며 온 힘을 다해 말했다.

"없어요."

크메르루주의 주장에 의하면 교사, 변호사 그리고 다른 전문직 사람은 서방의 영향으로 오염되었기 때문에 제거해야 한다는 것이었다. 캄보디아는 22년 전 프랑스로부터 독립했지만 크메르루주는 프랑스식 부패가 아직도 전문직에 침투되어 있다고 믿었다. 그들은 때로 대학교육을 받은 사람들조차 제거했다.

펙은 사람들 사이로 지나가면서 그 중 몇 사람 앞에 서서 직업을 물었다. 한 사람은 직장을 얻지 못했다고 말했다. 다른 사람은 요리사였다고 말했다. 한 순진한 사람은 법원서기였다고 대답했다.

펙은 상체를 내밀었다. 식식거리며 말을 내뱉는 그의 입에서 침이 흘렀다.

"넌 반혁명분자야. 넌 인민의 반대편에서 일했어."

"전 정부관리가 아닙니다!" 그 불운한 사람이 항의했다.

"전 그저 사무원이었어요!"

펙이 소리를 질렀다.

"넌 죽어야 해!"

그는 병사에게 손짓을 하더니 그 사람을 가리켰다. 그는 무릎을 꿇고 떨면서 손을 모아 빌며 애원했다.

"전 아무 짓도 안 했습니다. 사무원예요. 그냥 사무원입니다. 전 혁명을 사랑합니다."

병사 두 명이 다가와서 그의 팔을 하나씩 잡고 들어 올렸다. 병사들은 울부짖는 그를 끌고 근처 수풀 속으로 들어갔다. 그리고 몇 분 후에 크고 둔탁한 소리와 비명이 들려왔다. 그리고 아무 소리도 나지 않앉다.

펙은 구온에게 다가와 고개를 들고 의심스러운 표정으로 바라보았다.

"넌 무얼 했어?"

"전 채소와 과일 장사를 했습니다."

"네 가게에서?" 펙이 의심스러운 듯 물었다.

"아뇨. 전 자본주의자들을 증오합니다." 구온이 대답했다.

"손을 내놔 봐." 펙은 험악한 표정으로 말했다.

구온이 손을 내밀자 펙은 허리를 굽혀 그의 손가락과 손바닥을 훑어보았다. 나중에 구온은 토르에게 그가 군인의 손에서 볼 수 있는 물집이나 군살이 없는지 확인했다고 말했다.

펙은 못마땅한 얼굴로 구온에게 셔츠를 벗으라고 명령했다.

토르는 공포에 떨고 있었고, 남편이 셔츠를 벗는 동안 서 있는 것조차 힘들었다.

"허리를 굽혀." 펙이 명령했다.

구온이 명령에 따르자 펙은 눈썹을 찡그리고 구온의 양쪽 어깨에서 피부색이 변했거나, 단단해진 곳이 없는지 살펴보았다. 소총이나 기관총을 어깨에 짊어졌던 흔적이 있으면 부패한 정부군으로 판정할 수 있는 것이다. 구온은 토르에게 그때 조금이라도 그런 흔적이 발견되었다면 벌써 죽었을 거라고 말했다.

펙은 손으로 구온을 치면서 셔츠를 입으라고 말했다. 그는 아무 말 없이 돌아서서 사람들 앞으로 걸어갔다. 토르는 한숨을 내쉬었다. 눈물이 솟았다. 토르가 구온의 손을 잡으려 하자, 구온은 머리를 흔들어 저지했고 손을 입술에 갖다 대면서 병사들이 보고 있다고 눈짓했다.

펙은 사람들에게 모두 자기 앞에 정렬하라고 명령했다. 대열이 만들어지자 그는 짧은 환영연설을 시작했다.

"너희들은 이곳에서 혁명을 위해 일하게 될 것이다. 농부가 되어

농사를 배우고, 위대한 캄보디아의 대지 위에서 노동하면서 너희들의 사고를 오염시켰던 사악한 자본주의와 서방의 영향을 씻어 버리게 될 것이다. 이곳에서 너희들은 이 땅의 진정한 아들과 딸로 다시 태어나게 될 것이다."

펙은 마치 불만을 토로하듯 그들을 노려보았다. 그리고 말을 계속했다.

"자, 이제 규칙을 알려주겠다. 결혼한 사람들은 독립가옥에서 살 것이다. 나머지 사람은 모두 내 뒤에 보이는 저 큰 집에서 함께 살게 된다. 옷이나 담요를 제외한 모든 도구와 식량, 그릇, 칼과 모든 소지품을 내놓아야 한다. 우리는 공산주의자들이고 모두가 평등하다. 모든 것을 공동으로 소유한다."

펙은 말을 멈추고 팔짱을 낀 다음, 다시 사람들을 하나하나 노려보았다. 그는 다시 열변을 토했다.

"부부 사이가 아니라면 허가 없이 집안에서 이야기를 주고받아서는 안 된다. 통행증 없이 마을을 떠날 수 없고, 작업을 나갈 때는 다섯 명 이상 집단으로 감시병과 함께 이동해야 한다. 돈은 필요 없다. 필요한 것은 모두 우리가 준다. 허가 없이 숲에서 과일을 딸 수 없다. 허가를 받고 과일을 딴 경우에는 모두 마을로 가져와야 한다."

토르 뒤에 있던 사람이 불만족스러운 듯 몸을 움직였다. 펙은 말을 멈추고 잠시 그를 노려보더니 말을 계속했다.

"너희들은 항상 공동으로 식사를 해야 하고, 개인적으로 음식을 먹을 수 없다. 작업시간은 오전 6시부터 오후 8시까지다. 작업이 끝나면 재교육 강의와 위대한 혁명 교육에 참석해야 하기 때문에 식사시간이 30분을 넘을 수 없다. 라디오는 들을 수 없고, 편지나 다른 글을 쓰는 것도 금지한다. 규칙을 위반하는 사람은 사형에 처한다."

■ ■ ■ ■ ■

작업은 힘들었다. 구온의 손은 항상 피투성이였고, 몸을 펼 때는 허리를 짚어야 했다. 토르의 상황도 마찬가지였다. 충분히 먹지 못한 그들은 모두 쇠약해지고 있었다. 밭에서 캐거나 숲에서 딴 것은 약간만 남겨놓고 모두 트럭으로 실어갔다. 그래도 그들은 감히 불평하지 못했다.

어느 날 토르는 얀이라는 소년이 밭에서 일을 하다가 실신해서 쓰러지는 것을 보았다. 소년은 땅에 닿기도 전에 죽었다. 영양실조나 다른 질병 때문에 사망 직전의 상태에 있었을 것이다. 모두가 언제 어떻게 죽을지 모르고 있었다. 그들은 모두 너무 쇠약한 상태여서 감기처럼 가벼운 병에도 목숨을 잃었다.

체크는 아들이 쓰러지는 것을 보고 비명을 지르며 달려가서 괭이 위에 넘어져 있는 깡마른 아들의 몸을 부여잡았다. 그녀는 힘없이 늘어진 아들의 머리를 무릎에 올려놓았다. 잠시 후 그녀는 아들이 죽었다는 것을 알았다. 그녀는 온몸으로 흐느끼면서 아들의 시체를 잡고 흔들었다.

중국 모자를 쓰고 목에 붉은 스카프를 두른 병사가 그 광경을 바라보고 있었다. 그는 총을 들고 달려가서 체크의 팔을 잡아 끌어내려 했다. 처음에 그녀는 아들을 내놓으려 하지 않았다. 그러나 토르가 달려가 아들의 시체를 그녀의 팔에서 떼어 놓았다. 그제야 체크는 자기가 처한 위험을 깨닫고, 펙에게 끌고 가는 병사들에게 몸을 맡겼다.

사흘 후, 병사들이 보이지 않자 체크는 조용히 눈물을 흘리면서 그 후에 일어났던 일을 토르에게 털어놓았다. 그 병사는 체크가 아들이 죽자 미친 사람처럼 고함을 질렀다고 펙에게 보고했다는 것이다. 체크는 말을 계속했다.

"펙 앞에서도 나는 눈물을 감출 수 없었어요. 하지만 정신을 차리고 펙에게 절을 했죠. 손을 모아 싹싹 빌었어요. 전에 수로를 파다가 지쳐서 실신했던 여자가 어떤 꼴을 당했는지 똑똑히 보았거든요. 그 여자는 감시병이 작업을 하라고 고함을 질러도 삽을 들어 올리지 못했어요. 그러자 감시병은 펙에게 그녀가 반혁명행위를 했다고 보고했죠. 기억해요? 병사가 그 여자를 숲으로 끌고 갔다가 몇 분 후에 혼자서 돌아왔던 일을."

체크는 병사들에게 들키지 않게 눈물을 닦아냈다.

"펙은 혁명에 열광하지 않는 사람은 모두 증오하고 있어요."

토르가 고개를 끄덕이자 그녀가 말을 계속했다.

"펙이 화난 표정으로 왜 우느냐고 물었을 때 정말 무서웠습니다. 혁명보다 아들을 더 생각한다는 거죠. 내가 반혁명분자이고, 아들이 죽었다는 이유만으로 울었다는 겁니다. 혁명을 뭘로 아느냐는 겁니다."

체크는 말을 멈추고 주위를 돌아보면서 듣고 있는 사람이 없는지 확인했다. 눈물이 계속 흐르자 그녀는 손등으로 닦아냈다. 그녀는 속삭이듯 말했다.

"오늘, 일을 하지 않으면 나도 곧 아들처럼 죽게 되리라는 것을 알고 있어요. 나는 지난 수개월 동안 저 무서운 앙카 조직이 무슨 짓을 하는지 알게 되었어요. 나는 아들 생각에 터져 나오는 울음을 멈추려고 머리를 흔들었죠. 내 목소리 때문에 펙이 본심을 알아차릴까 봐 걱정이 되었지만, 목소리는 점점 단호해졌어요. 난 펙에게 말했어요. 운 것이 부끄럽다고요. 혁명으로 아들을 잃었지만, 그 애가 자랐다면 투철한 공산주의자가 되었을 것이라고 말했어요. 나는 펙의 눈을 바라보았죠. 내 손으로 그놈의 눈을 파내고 싶었지만, 그럴 수 있었겠어요? 나는 아들이 그처럼 훌륭한 촌장이 될 수도 있었을 것이라고 덧붙였어요. 펙은 거짓말이라고 소리를 지르면서도 목소리가 누그러들었죠. 나는 아니라고 몇 번이나 강조하면서 혁명을 사랑한다고 말했어요."

토르에게 심정을 털어놓는 체크의 목소리에는 증오심이 서려있
었다.

"나는 혁명을 규탄하고 싶었고, 그 말이 목구멍까지 올라왔지만 죽
고 싶지는 않았어요. 죽은 아들을 위해서 무슨 일이든 하고 싶었죠.
내가 할 수 있는 일이 그저 목숨을 부지하면서 아들을 기억하는 것뿐
이라도 말이에요.

펙은 눈썹을 찡그리더니 한동안 나를 곁눈으로 바라보았어요. 그러
더니 옆에 서 있던 병사에게서 소총을 빼앗아 나를 향해 겨누었죠. 그
러고는 병사에게 내가 다른 반혁명행위는 하지 않았느냐고 물었어요.
병사는 명확한 목소리로 그러지 않았다고 대답했어요. 펙은 또 내가
작업을 잘 했느냐고 물었어요. 병사가 주저하자, 펙이 대답하라고 고
함을 질렀어요. 병사는 차렷 자세를 취하며 그렇다고 큰 소리로 대답
했어요.

그러자 펙은 나를 돌아보았어요. 나는 그때까지도 반쯤 허리를 굽
히고 있었어요. 그는 작업장으로 돌아가서 아들의 시체를 처리하라고
말했어요. 그러면서 계속 나를 감시할 것이라고 경고했죠. 그래서 나
는 밭으로 돌아갔어요."

체크는 잠시 말을 멈추고 군살이 박힌 더러운 손을 내려다보았다.
토르는 체크의 이야기를 들으면서 체크가 어떤 생각을 하고 있었을지
상상해 보았다. 토르는 체크가 땅바닥에 혼자 누워있는 아들의 시체
를 다시 보지 않으리라고 생각했다. 토르는 속으로 울었다. 체크를 위
로하려고 팔을 내밀어 그녀를 품에 안았었다. 하지만 그 사실이 발각
되면 목숨을 잃을 수도 있었다.

체크는 다시 토르를 바라보았다. 그녀의 시선은 내면 깊은 곳에 숨
어있는 공포 속에 잠겨 있었다. 젖은 눈으로 그녀는 말을 계속했다.

"밭에 있는 내 자리로 돌아가자 다시 눈물이 났어요. 펙과 그 병사

가 바로 뒤에 있었기 때문에 걸음을 재촉했죠. 작별인사도, 마지막 키스도 하지 못하고, 예쁜 **뺨**을 만져주지도 못하고, 아들 시체 옆을 지나가야 하는 고통은 도저히 견딜 수 없었어요. 메스껍고 토할 것 같았어요. 슬픔을 참아 내야 하는 지독한 고통 때문에 아무 생각도 할 수 없었어요. 금방 쓰러질 것 같았지만, 간신히 아들의 시체 옆을 지나갈 수 있었어요."

토르는 공감한다는 듯이 조용히 고개를 끄덕였다. 그녀는 다시 체크의 고통을 떠올려 보았다. 아들의 시체 옆을 비틀거리며 지나가다가 바로 몸을 일으켜 세우던 그녀의 모습을 보았던 것이다. 체크는 경련하듯 숨을 들이쉬더니 담담한 목소리로 말했다.

"난 괭이를 집어 들고 작업장으로 돌아갔죠."

■　■　■　■　■

몇 주일 후 토르는 숲에 매달려 있는 체크의 시체를 발견했다. 그녀는 덩굴 줄기로 목을 맨 채 죽어 있었다.

그날 밤, 토르는 펙의 첩자들의 눈에 띄지 않게 울음을 터뜨렸다. 훗날 토르는 자신이 남편의 어설프고 성급한 탈출계획에 동의했던 것은 체크가 죽은 뒤에 모두가 오래 살아남을 수 없으리란 판단이 섰기 때문이었다고 회상했다. 그때 남편은 그곳에서 달아나지 못하면 결국 죽게 되리라고 말했다.

얼마 뒤에 마을에서는 메이 사몬이 살해당하는 무서운 사건이 벌어졌다.

프놈펜에서 온 메이는 대학에서 강의를 하던 농학자였다. 그는 자신의 신분을 비밀로 했으나 폴 포트와 크메르루주의 '관개사업의 획기적 혁신을 위한 위대한 농업혁명'에 대한 재교육 강의에서 그만 실수를 하고 말았다.

구온의 가까운 친구가 된 메이는 그 농업혁명이 완전한 허풍에 불과하다고 속삭였다. 그리고 자신이 그 문제에 정통한 이유를 설명했다. 물론 구온도 자신이 교사였음을 고백했다.

그 후 메이는 밭에서 일을 하면서도 식물과 토양에 대한 깊은 지식을 감출 수 없었다. 그것을 주시하던 병사들은 결국 펙에게 보고했다.

어느 날 저녁, 펙은 메이가 밥을 먹고 있는 테이블로 다가가서 그를 바라보며 유쾌한 표정으로 말을 걸었다.

"당신이 밭에서 일을 잘 한다는 소문이 있던데."

메이는 뭐라고 대답해야 할지 몰랐다.

펙은 10초가량 그를 바라보고 있었다. 마치 크메르루주를 전복할 계획이라도 자백하기를 기다리고 있는 것 같았다. 그러고 나서 그는 기분 나쁜 미소를 지으며 명령했다.

"내일부터 매일 아침 9시에서 11시까지 아이들에게 키질하는 방법을 가르쳐라. 아이들은 우리가 선발한다. 아이들은 혁명의 위대한 과업을 수행하기에는 너무 어리니까."

메이는 떨면서 참았던 숨을 내쉬었다.

다음날부터 메이는 아이들을 가르치기 시작했고, 그 일을 즐기는 것 같았다.

한 달 후 다른 부대의 병사들이 휴식을 하기 위해 마을에 들렀다가 메이가 야외에서 아이들을 가르치고 있는 것을 우연히 보았다. 그 중한 병사가 갑자기 멈춰 섰기 때문에 그 뒤를 따르던 병사와 충돌할 뻔했다. 병사는 메이를 찬찬히 바라보았다. 그는 닭에게 모이를 주고 있는 농부에게 달려가 촌장이 있는 곳을 물었다. 농부는 펙의 움막을 가리켰다. 병사는 고개를 돌려 다시 한 번 메이를 바라보고는 촌장의 움막으로 걸어갔다. 메이는 자기가 주목을 받고 있다는 사실을 모르고 있었다.

병사는 큰 소리로 '촌장동무'를 부른 다음 안으로 들어갔다. 몇 분 후 펙이 그 병사와 함께 밖으로 나왔다. 병사의 AK-47 소총이 메이를 향하고 있었다.

펙은 입술을 악물고, 눈을 가늘게 뜨면서 메이를 향해 걸어갔다. 펙은 손을 저으며 고함을 질렀다.

"중지! 메이, 이리 와."

펙은 병사를 바라보며 큰 소리로 물었다.

"이놈인가?"

"그렇습니다."

병사는 갑자기 약간 겁이 난 듯 대답했다.

"전 저 사람의 학생이었습니다. 저자가 정부를 위해 일을 했다는 이야기를 들었습니다."

"넌 첩자야." 펙이 메이에게 외쳤다.

"아닙니다. 전 망고의 해충을 제거하는 정부사업을 도왔을 뿐입니다."

"넌 첩자야."

펙은 침을 뱉으며 병사에게 손짓을 했다.

"이놈을 끌고 가서 내 숙소 앞에 있는 기둥에 묶어 놔."

병사는 메이의 뒤로 가서 총구를 등에 대고 밀었다. 그는 메이를 떠밀어 기둥 앞에 앉힌 다음 근처에 있던 밧줄로 몸과 팔을 단단히 묶었다. 펙은 그날 저녁까지 메이를 그대로 내버려 두었다. 다른 사람들은 목숨이 위험했기 때문에 아무도 그에게 접근할 수 없었다.

구온은 밭에서 일을 하면서 사람들에게 메이가 어떻게 되었는지 물었다. 닭에게 모이를 주다가 모든 것을 목격했던 농부가 구온에게 전부 이야기해 주었다.

그날의 작업이 끝나고 재교육도 끝나자 구온은 몇 시간 동안 자기 움막에 앉아서 메이가 묶여있는 숙소 쪽을 바라보고 있었다. 토르가 그만 자라고 했지만, 그는 아무 대꾸도 하지 않았다. 아침까지도 그는 그 자리에서 눈을 감은 채 꼼짝도 하지 않고 있었다.

다음날 오전 펙은 농민과 도시에서 온 사람 전부를 집합시킨 다음 움막 뒤에서 자라고 있는 샤워트리로 데리고 갔다. 사람들은 분홍색과 흰색의 아름다운 꽃이 만발한 샤워트리 아래 모여 섰다. 주위에서는 새들이 노래하고 있었다. 아직 태양은 작열하지 않았고, 식물에서 풍기는 상쾌한 아침 향기가 감돌고 있었다. 짙은 푸른색 하늘에는 몇 점의 흰 구름이 떠 있었다. 공기는 건조하고 신선했다. 가벼운 산들바람이 나무 옆에서 기다리고 있는 사람들의 우울한 얼굴 위를 스쳐갔다.

상쾌한 아침이었고, 경치도 좋았다.

메이는 여전히 기둥에 묶여 있었고 병사들이 양쪽에서 지키고 서 있었다. 펙은 항상 입는 검은 제복 차림으로 사람들을 노려보면서 미제 45 구경 군용권총을 메이에게 겨누고 있었다. 아무도 전에 그 권총을 본 사람은 없었다. 그는 열변을 토했다.

"CIA와 KGB가 우리의 영광스러운 혁명을 전복시키려 하고 있다. 놈들의 더러운 첩자는 어느 곳에나 있다. 우리 사이에도 증오스럽고 부패한 자본주의자의 첩자가 활동하고 있다. 이제 너희들은 그런 반혁명분자를 우리가 어떻게 처리하는지 보게 될 것이다."

말을 마친 펙은 권총을 들어 하늘을 향해 한 방 쏘았다.

메이를 지키고 있던 병사 두 명이 기둥에서 그를 풀어 놓았다. 그가 비틀거리며 일어서자 병사들은 다시 손을 묶었다. 기진한 메이는 걷지도 못했다. 병사들은 그를 나무로 끌고 갔다. 한 병사가 올가미가 있는 긴 밧줄을 나무 가지에 걸었다. 메이는 병사들이 밧줄로 다리를 묶고 올가미를 목에 거는 동안 항의를 하거나 움직이지도 않았다. 한마디도 하지 않았다.

병사 하나가 움막으로 들어갔다가 메이가 가르치던 아이 여섯 명을 데리고 나왔다. 병사들은 아이들을 나무가 있는 곳으로 데려가 나뭇

가지에서 늘어진 긴 밧줄 끝에 정렬시켰다. 아이들은 나이치고는 엄숙하고 침착했지만, 어리둥절한 모습이었다. 한 병사가 밧줄을 집어 들어 아이들의 손에 쥐어 주었다. 아마도 이른 아침부터 훈련을 시킨 것 같았다. 그는 그래도 마음이 놓이지 않았는지 아이들에게 몇 번이나 밧줄을 당기는 연습을 시켰다.

아이들은 밧줄과 병사를 번갈아 보며 '악질 교사, 악질 교사'라고 외치면서 마음이 내키지 않는 듯 밧줄을 당기기 시작했다.

밧줄이 당겨지자 메이의 발이 땅에서 떨어져 일 미터가량 올라갔다. 그의 포박당한 다리가 앞뒤로 흔들렸다. 아이들이 밧줄을 놓자 메이는 땅에 떨어졌고, 흔들린 가지에서 꽃잎이 소낙비처럼 쏟아졌다. 병사들의 격려를 받은 아이들은 다시 밧줄을 집어 들고 좀 더 힘차게 잡아당기며 뒤로 몇 발자국 물러났다. 메이의 몸은 다시 땅에서 떠올랐다. 아이들은 계속 외쳤다. '악질 교사, 악질 교사.'

병사들은 메이의 숨이 완전히 끊어질 때까지 아이들에게 몇 차례 더 밧줄을 당기도록 지시했다. 아이들은 이 새로운 놀이에 재미를 들인 것 같았다. 메이 주위의 땅에는 꽃이 수북하게 쌓였다.

구온은 굳은 표정으로 그 광경을 바라보고 있었다. 토르는 그가 혹시 무슨 말을 하지 않을지 걱정이 되어 그녀 옆에 바짝 다가서서 손을 잡았다. 얼음처럼 차고 딱딱한 손에서는 아무 반응도 없었다.

교수형이 끝나자 구온은 관개수로에 있는 자기 작업장으로 서둘러 돌아갔다. 토르도 황급히 뒤를 따랐다. 그는 아무 말없이 저녁까지 일했다. 그는 단호한 결심을 감추고 있는 사람 같았다. 저녁식사 때에도 아무 것도 먹지 않고, 재교육 강의가 끝날 때까지 한마디도 하지 않았다. 그리고 움막으로 돌아오자 그는 비로소 토르에게 펙의 염탐꾼들이 듣지 못하도록 낮은 목소리로 말했다.

"우리 오늘 밤 탈출하는 거야."

"하지만 여보, 우리가 할 수 있을까요? 아무 준비도 없이?" 토르가 속삭였다.

구온은 눈물어린 눈으로 아내를 바라보았다. 그의 얼굴에는 하루 종일 감추고 있던 슬픔이 드러나 있었다.

"탈출해야 해. 이젠 하루라도 더 살 수 있다는 확신이 없어. 그렇다고 우리 둘 모두 죽을 생각을 하자는 건 아니야. 당장이라도 감시병의 총을 훔쳐서 그 못된 펙이란 놈을 죽이고 싶어. 그런 다음에는 기꺼이 죽을 수 있겠지. 하지만, 저들이 당신도 죽일 거야. 그러니 복수는 일단 뒤로 미루고 어서 이곳을 빠져나가자고."

체크가 목을 매달고 있는 모습을 아직도 생생하게 기억하고 있던 토르는 구온의 굳은 입술에 손가락을 갖다 대고 속삭였다.

"합시다. 준비해요."

그들은 탈출을 계획하고 있었지만, 그날이 이렇게 빨리 찾아올 줄은 몰랐다. 그들은 식량과 보급품을 비축하고 있었지만, 움막 안에는 감춰둘 수 없었다. 작업하러 나간 사이에 펙의 첩자들이 수시로 수색을 했기 때문이다. 그들은 물물교환으로 구한 우비 하나에 모든 것을 싼 다음 비스듬히 자란 커다란 나무 밑 돌무더기 속에 숨겨 놓았다. 그곳은 폭풍우만 심하게 몰아치지 않는다면 안전하게 보관할 수 있는 장소였다.

그들은 움막에 보관하고 있던 몇 가지 물건을 배낭에 넣었다. 그리고 때를 기다렸다.

밤공기는 따스했고 낮은 구름이 달을 가리고 있었다. 비가 내릴 것 같았다. 토르는 몸을 떨면서 이마의 땀을 씻어냈다. 그리고 크게 심호흡을 하고 쿵쾅대는 가슴을 진정시키면서 밖에서 들리는 소리에 귀를 기울였다. 그날 밤이 근처에 있는 플루메리에 꽃의 달콤한 향기를 맡을 수 있는 마지막 밤이 될 수도 있었다. 구온은 그녀 옆에서 꼼짝도 하지 않고 조용히 앉아 있었다. 토르는 남편의 손을 잡았다. 그의 심장고동이 전해왔다. 그녀는 남편이 속으로 탈출계획을 검토하고 있다는 것을 알았다. 그리고 그날 밤이 살아있는 마지막 밤이 될지도 모른다는 걱정을 하고 있다는 것도 알고 있었다.

새벽 두 시경, 둘은 랜턴이나 플래시, 성냥, 식량이나 물조차 준비하지 않은 채, 별 희망도 없는 탈출을 시도했다.

다행히 그들은 밤눈이 밝았고 구온은 가야 할 방향을 잘 알고 있었다. 그들은 조심스럽게 사방을 주시하면서 눈에 익혀두었던 나무와 숲을 따라 산속을 걸었다. 돌무더기에 물건을 감추러 갈 때 목표물의 위치를 잘 기억해 두고 있었던 것이다. 그들을 재빨리 모든 것을 배낭에 눌러 넣었다.

"동틀 무렵이면 여기서 멀리 떨어져 있을 거야." 구온이 속삭였다.

그는 숲 속에서 기억과 목표물에 의지해서 마을에서 빠져나가는 길을 찾았다. 그들은 빠른 걸음으로 걸었다. 어느덧 동이 트고 있었다. 하지만 숲 속 깊은 곳으로 걸어갔기에 병사들이 길에서 숲 쪽을 바라본다고 해도 그들의 모습을 볼 수 없었다. 주위가 훤해지자 구온은 바위나 나무에 낀 이끼를 보고 해가 지나가는 길을 알아낼 수 있었다. 그는 태국을 향해서 서쪽으로 걸어갔다.

그들은 며칠 동안 숲길을 걸었다. 낮에는 숲에서 잠을 자고 밤에는 어둠 속에 순찰병이 있는지 경계하면서 좁은 길을 따라 걸었다. 그들은 품놀과 몇몇 작은 마을에서 멀리 떨어진 곳에서 잠시 걸음을 멈추었다. 마침내 태국으로 들어가기 전 마지막 마을인 보이루세이로 가는 산길의 넓은 고개에 도착했다. 그곳에는 캄보디아를 탈출하는 사람들을 잡기 위해 경계와 순찰을 하고 있는 크메르루주 초소가 있었다.

■　■　■　■　■

보이루세이 마을을 지났을 때 폭풍우가 몰아치기 시작했다. 구온은 이끼가 낀 바위에서 미끄러지면서 돌 사이에 발이 끼었다. 그는 고통을 참지 못하고 신음 소리를 냈다. 발목이 부러진 것 같았다.

뒤를 따라가던 토르가 비명을 지르며 달려가서 구온의 다리 옆에 무릎을 꿇었다. 그녀가 남편의 발을 내려다보는 동안 젖은 머리카락이 얼굴을 덮었다. 발은 뒤쪽으로 90도 꺾여 있었다. 그녀는 입을 막았지만 가쁜 숨을 참을 수 없었다.

토르의 팔에 의지해서 몸을 일으킨 구온은 잠시 자신의 발을 내려다보았다.

"헝겊을 줘."

"왜요?" 토르가 물었다.

"그냥 줘." 구온은 고통스러운 목소리로 말했다.

토르는 허리를 굽혀 배낭이 비에 젖지 않도록 조심하면서 낡은 블라우스를 꺼내서 구온에게 건네주었다. 구온은 옷을 받아 두껍게 똘똘 만 다음 이를 악물고 말했다.

"이 옷을 입에 쑤셔 넣고 힘껏 물고 있을 테니까, 즉시 내 발을 잡아서 펴."

그는 옷을 힘껏 문 다음 자기 발을 가리켰다. 토르는 허리를 굽혀 꺾인 발목이 비에 젖지 않도록 몸으로 가렸다. 그녀는 구온의 발을 있는 힘을 다해 잡아 뺀 다음 제 위치로 돌려놓았다. 뼈의 부러진 부분이 서로 부딪히는 소리가 들렸다. 구온이 비명을 질렀다.

토르는 몸을 떨고 흐느끼면서 고통을 참으려고 애쓰는 구온을 바라보았다. 잠시 후 그는 가쁜 숨을 쉬면서 말했다.

"곧고 단단한 막대기를 구해줘."

토르는 일어나서 비를 맞으며 주위를 둘러보다가 땅에 떨어진 나뭇가지 하나를 주웠다. 그녀는 배낭에서 칼을 꺼낸 뒤 가지와 잎을 잘라냈다. 그녀는 구온이 나뭇가지를 가져오라고 한 이유를 알고 있었기 때문에 60센티미터 정도로 잘라서 구온의 부러진 발목 옆에 갖다 놓았다. 그리고 배낭에서 셔츠를 꺼내 길게 잘라서 막대기 옆에 놓았다.

그녀는 울음을 멈추고, 목멘 소리로 말했다.

"여보, 내 블라우스를 입에 물어요."

그는 다시 블라우스를 입에 넣고 이를 악물며 눈을 감았다.

토르는 막대기를 부러진 발목 옆에 갖다 댔다. 막대기는 거의 무릎까지 올라왔다. 토르는 구온의 헐렁한 슬리퍼를 벗겨내고 막대기를 다리에 고정시킨 다음, 움직이지 않도록 헝겊으로 감았다. 가장 어려웠던 것은 다친 발을 부목에 고정시키는 일이었지만, 토르는 발밑에서부터 헝겊을 감아올리면서 부목까지 함께 단단히 묶었다. 그녀는 가쁜 숨을 몰아쉬면서 일을 마쳤다.

구온은 물고 있던 블라우스를 빼냈다. 얼굴엔 핏기가 없었고, 눈에는 고통이 가득 차 있었다. 그는 헐떡거리면서 말했다.

"목발로 쓸 만한 것이 있는지 찾아봐."

토르는 근처 숲을 돌아다니며 가지가 직각으로 뻗은 나무 막대기를 찾아보았다. 구온의 체중을 감당할 수 있을 정도로 굵은 것이 필요했다. 하지만 땅바닥에서는 그런 것을 찾을 수 없었기에, 토르는 나무에 올라가 쓸 만한 가지를 잘라내려 했다. 바로 그때 멀리서 사람 목소리가 들렸다.

토르는 황급히 구온에게 돌아갔다. 구온도 그 소리를 듣고 있었다. 목소리는 분명하지 않았지만 점점 더 커지고 있었다. 돌연 몇 마디 분명한 말소리가 들렸고, 그들이 크메르루주 순찰병이라는 것이 분명해졌다. 그들은 구온과 토르를 추적하고 있었다.

구온은 몸을 일으키려다가 뒤로 넘어졌다. 그는 배낭을 가리키며 황급히 속삭였다.

"어서 가. 이 배낭을 가지고 서쪽으로 가."

그는 그들이 향하고 있던 방향을 가리켰다.

"빨리 가."

"못 가요. 당신을 두고는 절대 못 가요. 우리 함께 죽어요."

그는 이를 악물고 팔꿈치에 의지해서 몸을 일으키고는 토르를 밀어 냈다.

"당신은 죽으면 안 돼. 여기서 벌어진 끔찍한 일들을 사람들에게 알려야 해. 어서 가. 다시는 이런 일이 일어나지 않도록 해야 해."

그는 다시 토르를 밀었지만 팔에는 힘이 없었다. 토르는 눈을 크게 뜨고 공포에 질려 손으로 입을 막았다. 멀리서 병사들이 숲을 헤치며 다가오는 소리가 들렸다.

토르는 마지막으로 사랑하는 남편을 바라보았다. 그녀는 남편의 애 틋한 얼굴을 자기 기억 속에 가득 채우려 애썼다. 시간이 없었다. 목 소리가 점점 가까워지고 있었다.

"여보, 잘 있어요."

그녀는 다정하게 말하려 했지만 거칠고 쉰 목소리가 나왔다.

"절대로 당신을 잊지 않을 거예요. 그리고 저자들을 절대 용서하지 않을 거예요. 사랑해요, 여보."

그녀는 숲 속으로 몸을 감추었다.

15분가량 지난 뒤 그녀는 멀리서 희미하게 울리는 총 소리를 들었 다. 그녀는 발을 멈추고 나무에 기대어 조용히 흐느꼈다.

"여보, 당신을 절대로 잊지 않을 거예요. 그리고 저도 가능한 빨리 당신이 있는 곳으로 가겠어요."

그런 약속을 하고 난 토르는 힘을 내어 다시 걷기 시작했다. 그녀는 비구름 속에서도 태양의 위치를 확인하며 서쪽으로 향했다.

■ ■ ■ ■ ■

토르는 며칠 동안 숲 속을 헤맸다. 길을 잃었지만, 한 가지는 확실 히 알고 있었다. 서쪽, 서쪽으로 가야 한다. 무슨 일이 있더라도 서쪽 으로 가야 한다. 태양이 그녀의 길을 인도했다. 날씨가 흐려서 태양의 위치를 알 수 없을 때면 나무기둥을 덮은 이끼가 두꺼운 쪽이 서쪽이라고 판단했다. 그녀는 체크나 메이도 생각했지만, 무엇보다도 구온과 함께 했던 행복한 결혼생활을 떠올리면서 끔찍한 고통을 견뎌내고있었다.

가시에 찔린 맨다리에서는 끊임없이 피가 흘렀다. 바위나 나무뿌리에 걸려 넘어져서 온몸이 상처투성이였다. 슬리퍼는 헤져서 맨발로걸을 수밖에 없었다. 발의 물집과 상처에서도 피가 흘렀다.

작은 시냇가에 이르자 토르는 몸을 씻고 엉망이 된 발을 담갔다. 그녀는 마지막 남은 쌀과 숲에서 딴 과일로 요기를 했다. 기진맥진한 상태였지만 차가운 물이 그녀의 원기를 회복시켜 주었다. 토르는 인간이 흘릴 수 있는 모든 눈물을 흘렸다고 생각했지만, 시냇물에 비친 자신의 모습을 보자 다시 울음이 터져 나왔다.

토르는 기운을 차리려고 애썼다. 남편을 위해서라도 살아남아야 했다. 남편은 살아남아서 '다시는 이런 일이 일어나지 않도록 해야 한다.'고 말했다. 토르는 눈물을 닦고, 휴식을 취할 때마다 항상 그랬듯이 구온이 가지고 있던 칼을 꺼내어 곁에 놓았다. 토르는 만신창이가된 발을 시원한 물속에 깊이 담갔다.

바로 그때 숲에서 목소리가 들렸다.

"누구야?"

가슴이 뛰고, 겁에 질려 정신이 혼미했지만, 그녀는 천천히 일어났다. 채 5미터도 되지 않는 거리에 크메르루주 병사가 서 있었다. 순찰대원으로 보이는 그 병사는 물을 마시러 온 것 같았다. 어깨에 미제 M16 소총을 걸고 있는 그의 미군용 벨트에는 대검이 달려 있었고, 탄대에 수류탄이 매달려 있었다. 바짝 마른 체구에 앳된 얼굴이었다.

토르는 앉은 채 꼼짝을 하지 못했다. 심장이 뛰었다. 그러자 몸속깊은 곳에서 가장 원초적인 본능이 어떻게 해야 할지를 가르쳐 주었다. 생각할 필요가 없었다. 토르는 두 번 심호흡을 한 다음 미소를 지었다.

토르는 아무 말없이 일어나서 병사를 향해 돌아섰다. 그녀는 요염한 눈빛으로 그를 바라보면서 얼굴을 가린 머리카락을 쓸어 올렸다. 그리고 천천히 블라우스 단추를 풀고 옷을 벗었다. 안에는 아무 것도 입고 있지 않았다. 그녀는 허리를 앞으로 굽히고 가슴을 약간 흔들었다. 다시 몸을 반듯이 세운 그녀는 반바지와 팬티를 벗었다. 그녀는 그 소년병사로부터 몸을 돌려 칼 옆에 있는 돌 위에 벗은 옷을 올려놓으면서 칼을 주워서 오른쪽 팔 뒤로 숨겼다.

토르가 허리를 굽혔을 때 소년병사는 그녀의 음부를 보았다. 그녀가 몸을 일으켜 정면을 향하자 그의 눈은 휘둥그레져 있었고 얼굴이 벌겋게 물들어 있었다. 그녀는 알몸으로 그에게 다가가면서 쉰 듯한 목소리로 속삭였다.

"해줘. 섹스하고 싶어. 날 안아줘."

소년은 그녀의 가슴과 음모를 바라보면서 그 자리에 얼어붙은 듯 서 있었다. 병사들에게는 성행위가 엄격하게 금지되어 있었기 때문에 그도 틀림없이 숫총각이었을 것이고, 벌거벗은 여인을 그렇게 가까운 곳에서 본 적도 없을 것이다. 토르는 그에게 다가가서 손을 잡아 자기 가슴에 올려놓고, 왼손으로 부풀어 오른 그의 사타구니를 어루만졌다.

소년병사는 그녀의 다리 사이에 손을 넣었다. 그녀는 칼을 감추고 있던 손을 들어 그의 목을 끌어안는 자세를 취하다가 순식간에 그의 목 깊숙이 칼을 찔러 넣어 경동맥을 자르고는 솟구치는 피를 피해 재빨리 뒤로 물러났다.

소년이 자신의 목을 잡았다. 손가락 사이로 피가 솟구쳤다. 그는 꿀컥거리면서 무릎을 꿇더니 이내 쓰러져 버렸다.

토르는 황급히 옷을 주워 팔 밑에 끼고는 시냇물에 칼을 흔들어 씻었다. 그녀는 배낭을 집어 들고 소년의 시체로 다가가서 팔 밑에 있던 소총을 빼냈다. 무기를 손에 넣은 토르는 계속 서쪽으로 걸어갔다. 죽은 소년과 순찰대로부터 안전한 거리에 도달하자 그녀는 걸음을 멈추고 옷을 입었다.

■ ■ ■ ■ ■

그 후 사흘 동안 토르는 끝없는 고난을 겪으면서 숲이 있는 언덕을 오르내리고, 배고픔에 허덕이며, 피가 흐르는 발과 무거운 다리를 끌면서 관목과 풀이 덮인 평지로 내려왔다. 그녀는 거의 광란 상태에서 주문을 외우듯 중얼거렸다.

"나는 살아남는다. 나는 살아야 한다. 남편에게 약속했다. 살아남아야 한다……."

그때 자동차 소리가 들려왔다. 토르는 걸음을 멈추고 몸을 흔들면서 속으로 외쳤다.

"안 돼요. 제발 안 됩니다. 그자들이면 안 돼요. 여기까지 왔는데."

그녀는 죽음을 정면으로 마주 볼 용기가 나지 않았다. 하지만 힘을 내어 고개를 들고 앞을 바라보았다.

아, 그런 것이 아니었다! 눈앞엔 전혀 다른 풍경이 펼쳐지고 있었다. 산을 따라 이어지는 넓은 길 위에 한 남자가 자전거를 타고 가는 모습이 보였다. 반대 방향에서도 자전거를 탄 또 다른 사람이 오고 있었다. 그녀는 풀숲에 몸을 숨기며 종종걸음으로 큰길을 향해 내려갔다. 한 여자가 파란색 옷자락을 날리며 스쿠터를 타고 달려갔고 그 뒤에 미국산 자동차가 달리고 있었다.

그렇다. 그녀는 태국에 도착한 것이다!

토르는 몸을 곧추 세웠다. 그리고 힘겹게 몸을 돌려 마치 비에 젖은 유리창을 통해 밖을 바라보듯 지금까지 지나온 산을 올려다보았다.

그녀는 들고 있던 소총의 총열을 잡아 캄보디아 쪽을 향해 힘껏 던졌다. 그리고 바닥에 쓰러져서 풀밭에 얼굴을 파묻고, 자라고 있는 풀과 기름진 태국 땅의 냄새를 한껏 들이마셨다. 땅에 입을 맞추는 그녀의 눈에서 눈물이 흘러내렸다.

그녀는 몸을 돌려 땅에 등을 대고 누운 채, 구름 낀 하늘을 올려다보았다.

"여보 우린 성공했어요. 당신은 여기 내 안에 있어요."

그녀는 가슴을 만졌다.

"내 남편, 당신은 영원히 이 안에 있어요."

토르는 몸을 일으켜 세우고 배낭을 끌어당겼다. 그리고 구온이 항상 가지고 다니던 사진을 찾아냈다. 그녀는 사진을 무릎에 올려놓은 뒤, 세상 그 무엇과도 바꾸지 않을 로켓을 꺼내서 그 사진 옆에 놓았다. 그녀는 손으로 눈물을 닦고, 칼을 꺼내 사진에서 그녀와 구온의 얼굴을 오려냈다. 구온의 얼굴이 로켓에 맞는지 확인한 그녀는 자기 얼굴을 접어서 사진이 로켓에 들어가도록 크기를 맞추었다. 그녀는 로켓을 열고 그 사진을 부모의 사진 위에 끼웠다. 그녀는 구온의 얼굴을 한동안 바라보다가 입을 맞추고 뚜껑을 닫은 다음 줄을 목에 걸어 로켓이 심장이 있는 곳까지 늘어지도록 했다.

"이제 당신은 여기 있는 거예요."

그녀는 오른손을 로켓과 심장 위로 가져갔다.

그녀는 일어서려고 했지만 피로 때문에 쥐가 난 다리는 말을 듣지 않았다. 그녀는 피투성이가 된 발을 끌면서 지나가는 차를 향해 비틀거리며 걸어갔다.

4

어머니의 이야기를 마친 조이의 얼굴은 눈물로 흐려져 있었다.

"존, 내게 어머니는 영웅이에요. 어머니의 반만큼만 용감해도 바랄 게 없겠어요. 그렇다면 행복하게 죽을 수 있을 거예요."

조이는 용감했다. 하지만 행복하게 죽지는 않았다.

나는 조이의 이야기가 당황스러웠다. 그것은 영웅적인 이야기였지만 그동안 내가 읽은 수많은 캄보디아 난민에 대한 보고와 별로 다를 것이 없었다. 이제 막 알기 시작한 이 이국적인 여인에게서 이런 생생한 이야기를 듣는 것은 바에서 처음 만난 낯선 사람으로부터 가족의 은밀한 비밀을 듣는 것 같은 기분이었다. 호기심이 생겼지만 한편으로는 이렇게 말하고 싶었다. '이런 이야기를 내게 해선 안 돼요.'

그녀는 울고 있었다.

나는 조이에게 얼굴을 돌리고 위로하듯이 손을 내밀었다.

"알았어, 조이. 당신 어머니 이야기는 정말 인상적이었어. 하지만 왜 내게……."

리무진이 멈춰 섰기 때문에 나는 말을 잇지 않았다. 덕분에 어리석은 짓은 피하게 되어 다행이라고 생각했다.

나는 그녀에게 매료되었고 그녀의 이야기에 압도되어 있었기 때문에 우리가 저택에 도착한 것조차 깨닫지 못하고 있었다. 나는 시계를 보았다. 거의 한 시간을 달려온 셈이었다. 우리가 도착한 곳이 어딘지는 정확하게 알 수 없었지만 블루밍턴에서 꽤 떨어진 곳이라는 생각이 들었다.

조이는 이내 냉정을 회복하고 눈물을 닦아냈다. 운전기사가 차에서 내려 차문을 열어 주었다. 저택의 현관에서 나이 든 아시아계 숙녀가 우리를 기다리고 있는 모습이 보였다. 그녀의 회색 단발머리는 화려한 옥으로 만든 핀으로 한쪽에 고정되어 있었다. 흰색 블라우스 아래 황갈색 스커트를 입고 있을 뿐, 조이처럼 코트를 입고 있지는 않았다.

그녀는 조이가 미처 소개를 하기도 전에 나에게 다가와서 손을 내밀고 악수를 청했다. 그리고 미소를 지으면서 아직 젊고 매력적인 목소리로 말했다.

"어서 오세요, 뱅크스 교수님. 전 조이의 어머니입니다. 토르 핌예요."

그녀의 따뜻하고 검은 눈이 내 눈을 깊숙이 들여다보고 있었다.

조이가 아름다움과 교양으로 나를 압도한 데 비해 어머니의 카리스마는 내게 강한 인상을 남겼다. 그녀가 거대한 재벌기업의 회장이라는 사실은 의심할 여지가 없다고 생각했다. 나는 잠깐 뒤에야 정신을 차리고 대답했다.

"제자들 중에서 가장 우수한 학생의 어머니를 만나 뵙게 되어 정말 영광입니다."

"아, 그래요?"

그녀는 미소를 짓고 눈을 반짝이며 말했다.

"딸아이가 나를 닮은 모양이군요."

그녀는 웃으면서 나를 저택 안으로 안내했다.

나는 조이가 어디서 겸손함을 배웠는지 알 것 같았다.

저택의 일층에는 방 세 개와 거실 쪽으로 열린 커다란 식당이 있었는데 가구는 모두 한쪽 벽으로 밀려나 있었다. 돌로 만든 벽난로에서는 불이 타고 있었고 넓은 공간 한복판에는 둥글고 큰 참나무 테이블과 열두 개의 회의용 의자가 놓여 있었다. 의자와 거의 같은 수의 사람들이 문 옆과 테이블 주위에 서 있었다.

"여러분."

토르는 사람들을 향해 입을 열고는 나를 가리켰다.

"이분이 존 뱅크스 박사입니다."

나는 의식적으로 손을 흔들며 말했다.

"그냥 존이라고 불러주세요."

토르는 내 코트를 받아들고 청색 옷을 입은 아주 멋진 아시아계 중년 숙녀에게로 나를 인도했다.

"이 아름다운 숙녀는 구 야핑 박사입니다."

"구라고 불러주세요." 그녀가 미소를 지으며 내게 말했다.

"구는 물리학자인데 펭 자력추진 연구소를 운영하고 있습니다."

토르가 덧붙였다.

"조이가 교수님 강의를 듣기 전에는 거기서 컴퓨터 일을 했어요."

그녀는 배가 나오기는 했지만 키가 크고 자세가 곧은 나이 든 남자에게로 갔다. 그의 헐렁한 바지 위로 긴 스포츠 셔츠 자락이 나와 있었다.

"이 핸섬한 친구는 루드거 슈미트 박사입니다. 전자공학 엔지니어이고, 스위스에 본사를 둔 월드 엔터프라이즈의 사장입니다."

나는 깜짝 놀랐다. 월드 엔터프라이즈라면 세계 10대 전자회사들 중의 하나이고, 전 세계에 투자를 하고 있는 세계적인 기업이었기 때문이다. 나는 어머니가 뉴욕 증권거래소에서 매입했던 이 회사의 주식을 상속받았기 때문에 잘 알고 있었다. 그 회사의 주가는 매년 오르고 있었다.

토르 핌은 그곳에 있던 사람들에게 돌아가면서 나를 소개했다. 거의 모두가 회장이거나 자기 회사의 경영자이거나, 연구소 또는 센터의 이사장이나 이사였다. 나는 마치 다른 세상에 온 것처럼 느꼈다. 나는 혀가 굳어서 처음 몇 번 자기소개를 한 다음에는 그저 '반갑습니다.' 라고 중얼거렸을 뿐이다.

조이의 어머니는 내가 어색해 하는 것을 눈치 챘는지, 나를 격려하는 듯 미소를 지으며 이렇게 말했다.

"여기서는 우리 모두 존칭은 생략하고 이름을 부르기로 하지요. 격식 차릴 것 없이, 긴장을 풉시다."

그러고 나서 그녀는 나를 테이블로 안내해서 앉으라고 손짓했다. 다른 사람들이 자리를 잡자 그녀는 말했다.

"저녁식사를 들기 전에 이야기를 나누는 것이 관례이지만, 오늘은 식사를 마친 다음에 모두가 존의 이야기를 듣도록 하지요. 존도 우리가 이 만찬의 성격 못지않게 조금 특이한 사람들이라는 걸 알게 될 겁니다."

시중드는 사람들이 차와 수프를 가지고 왔다. 달걀과 돼지고기, 간장, 죽순 같은 것이 들어있는 푸짐한 수프였다. 토르가 수프를 가리키며 말했다.

"제가 이 음식을 준비하도록 했어요. 간소한 식사입니다. 식사가 끝나면 일을 시작합시다. 지금은 그저 맛있게 드시면 됩니다."

나는 그 수프가 식사의 전부인 줄 알았다. 하지만 수프를 끝내자 다른 음식이 나왔다. 내가 동양음식을 좋아하는 건 사실이지만, 대체 무엇을 먹고 있는지 전혀 알 수가 없었다. 주 요리는 향신료로 맛을 낸 쇠고기에 라임과 후추를 많이 넣은 것으로 쌀밥이 곁들여졌다. 아주 맛있는 요리였다. 디저트로는 바나나 라이스 푸딩을 먹었다.

식사 중 대화의 화제는 전 세계 시사적인 문제들이었다. 아랍의 석유수출 거부 가능성, 이스라엘과 인근 국가 간의 새로운 전쟁 발발 가능성, 아프가니스탄 공격 후 미국에 대한 새로운 테러의 가능성, 그리고 전 대통령 클린턴의 재출마 가능성 같은 것들이었다.

"클린턴은 차라리 뉴욕시장에 출마하는 것이 낫지 않을까요?"

누군가가 빈정거렸다.

조이는 식사하는 동안 말이 없었다. 내 오른쪽에 앉았던 얼굴이 좁고 큰 눈을 가진 마른 흑인이 내게 몸을 내밀며 말했다.

"전 로랑 콩골리 박사입니다. 토르가 우리를 소개했지만, 교수님께서는 그 많은 이름들 중에서 제 이름을 기억하지는 못했을 겁니다."

그는 말을 멈추고 미소를 지었다.

"저는 토르가 뉴욕에 설립한 사모운 의약연구소의 연구부장입니다."

그렇다. 로랑은 내게 엄청난 이야기를 들려주었다. 한 달 후 나는 그에게서 르완다에서 의사로 일하고 있던 시절의 이야기를 들을 기회가 있었다. 그는 악명 높은 르완다의 인종학살 사건을 생생하게 들려주었다. 그와 그의 조카는 죽음을 피해 간신히 도망쳐 나올 수 있었다. 나는 지금도 그의 이야기를 상세하게 기억하고 있다.

■ ■ ■ ■ ■

1994년 4월의 인종학살이 시작되었을 때 로랑의 조카 세트 센다숑가는 부타레에 있는 르완다 국립대학교의 학생이었다. 이 대학교의 투치족 학생과 교수들은 수도 키갈리에서 르완다 육군이 시작한 투치족 학살을 주목하고 있었다. 그러나 르완다 대학교에서 보자면 그것은 먼 곳에서 일어난 사건이었고, 걱정하는 사람은 별로 없었다. 따라서 4월 10일 아침, 후투족 민병대와 육군병사들이 대학 건물을 포위하자 모두가 깜짝 놀랄 수밖에 없었다.

민병대의 지휘관 스타니슬라스 무니야카지는 대학 건물에서 아무도 빠져나갈 수 없다는 것을 확인하자 사살할 투치족과 온건파 후투족 학생과 교수의 명단을 배포했다. 각각의 이름 옆에는 건물과 기숙사 방 또는 사무실 번호가 적혀 있었다. 민병대는 세 명이 한 조가 되어 명단을 보면서 건물을 이 잡듯이 뒤졌다.

얼마 후, 학살을 선동한 사람들과 그들에게 동조하는 후투족 교수와 학생들이 민병대에 합류해서 살인할 대상을 확인하는 작업을 도와주었다. 캠퍼스의 지리를 잘 알고 있는 그들은 칼로 무장하고 투치족들이 숨어 있을 만한 곳을 수색하고 다녔다. 대규모 수색반은 강의가 진행되고 있는 교실로 들어가 투치족 교수와 학생을 끌어내어 대학 주차장으로 몰고 갔다.

민병대가 수색에 가장 애를 먹었던 곳은 바로 대학교 안에 있는 레오폴드 도서관이었다. 그들은 한 번도 도서관에 들어가 본 적이 없었기 때문에 복잡하게 배치된 서가의 위치를 파악할 수 없었다. 그들은 도서관이 이상적인 은신처라는 것을 알아내고 수색을 시작했으나 서가들 사이의 좁고 복잡한 미로에 갇힌 채 길을 잃어버리곤 했다.

그 덕분에 세트는 목숨을 구할 수 있었다. 당시 늘씬한 투치족 청년이었던 그는 부타레 병원에서 일하고 있는 삼촌 로랑처럼 훌륭한 의사가 되고 싶었다. 세트는 의예과 2학년 재학중이었다. 주차장에서 총성이 울렸을 때 그는 도서관 1층에 있는 정부문서실에서 UN이 발간한 세계 각국 국민들의 건강상태에 대한 통계자료를 찾고 있었다. 그는 창가로 달려가 다른 학생들과 함께 밖을 내다보았다. 주차장에는 트럭과 무장한 민병대들의 모습이 보였다. 땅바닥에는 시체처럼 보이는 여러 개의 물체가 널브러져 있었다. 눈이 휘둥그레진 세트는 숨을 몰아쉬었다.

창가에 있던 학생 하나가 다른 학생에게 물었다.

"무슨 일이지?"

"나도 몰라."

그러나 세트는 알고 있었다. 그의 부모는 수도에서 벌어진 인종학살에 대한 소문을 들었지만, 부타레의 지방정부에서 일하던 로랑의 사촌은 그것이 일부 후투족 극단주의자들의 소행이니 걱정할 필요 없다고 말했었다. 그러면서도 세트에게 학교에 갈 때는 칼을 가지고 다니라고 충고했다.

창가에 있던 학생들은 대부분 후투족인 것 같았다. 무슨 일이 벌어지고 있는지 알게 된 세트는 창가에서 물러나 서가의 통로로 뛰어갔다. 황급히 도망가는 바람에 여기저기 서가에 부딪히면서, 책이 우수수 떨어져 내렸다. 그는 뒤쪽의 비상탈출구로 빠져나와 플로랑스홀 뒤에 있는 쓰레기장으로 달려가 쓰레기통을 열었다. 그는 숨을 헐떡이며 안을 들여다보았다. 그가 겨우 들어가 숨을 수 있는 정도의 크기였다. 하지만 그것은 좋은 생각이 아니었다. 민병대는 틀림없이 이곳을 수색할 것이고 그렇게 되면 그는 꼼짝없이 독 안에 든 쥐 꼴이 될 판이었다.

그때까지 그는 배낭을 메고 있었다. 뛰는 가슴을 진정시키면서 무릎을 꿇고 배낭을 연 다음, 칼과 물 그리고 어머니가 만들어 준 점심만 남겨두고 책은 모두 버렸다. 그는 25센티미터 길이의 칼을 꺼냈다. 햇빛을 받은 긴 칼날이 번쩍였다. 그는 상황에 따라서 언제든지 던져 버릴 수 있도록 배낭을 한쪽 어깨에 걸쳤다. 그리고 한 손에 칼을 든 채, 벽에 바짝 붙어서 떨리는 다리로 건물의 모퉁이를 돌아 건물과 도서관 사이의 좁은 길로 들어갔다. 길은 주차장을 지나 숲으로 연결되어 있었다.

그의 몸은 본능적으로 숲까지 갈 수 있다는 것을 알고 있었다. 이제 정신을 차리고 마음의 결정을 내려야 했다. 숲을 향해 천천히 기어가던 그는 갑자기 자신이 얼마나 죽음과 가까이 있었는지를 깨달았다.

굶주린 사자의 입속으로 뛰어들 뻔했던 것이다. 총을 든 민병대원이나 병사 한 명만 있었어도 그는 벌써 목숨을 잃었을 것이다. 그의 몸은 사시나무처럼 떨렸고 심장은 크게 고동치고 있었다. 호흡도 곤란했다. 하지만 계속 가지 않으면 오직 죽음이 있을 뿐이었다.

그는 길 끝에서 주차장 구석을 보았다. 순간 그는 속도를 늦추었다. 총을 든 민병대원 두 사람이 서 있었다. 학살을 피해 달아나는 사람들을 잡기 위해 지키고 서 있는 것 같았다. 세트는 숨을 몰아쉬고 나서야 자신이 그동안 숨을 참고 있었다는 것을 깨달았다. 그리고 건물 그림자가 몸을 가려주고 있었기 때문에 민병대에게 발각되지 않았다는 것도 알게 되었다.

세트는 조금씩 뒷걸음질쳐서 주차장에서 벗어난 다음, 총을 맞은 사람처럼 길에 엎드려 있다가 살금살금 기어갔다. 그는 칼을 쥔 오른손을 배 밑에 감추어 언제라도 재빨리 꺼낼 수 있도록 준비했다. 그리고 배낭으로 머리를 반쯤 가린 채, 떨면서 기다렸다.

멀리서 비명과 울음소리, 총성, 고함, 그리고 환호성이 들렸다. 그것은 소름끼치는 대량학살의 교향곡이었다. 가벼운 바람을 타고 화약 냄새와 비릿한 피 냄새, 그리고 시체의 냄새와 죽음의 공포에 질린 사람들이 배출한 배설물 냄새가 실려 왔다.

울음소리와 고함, 총성과 비명은 점점 더 커졌다. 그 소리는 이제 주차장에서 들려오고 있었다. 세트는 아주 천천히 움직이면서 혼란스러운 틈을 타서 도망칠 기회를 엿보았다. 주차장에 있던 민병대원 두 사람은 모여 있는 남자들과 아이들을 향해 총을 쏘면서 칼을 휘두르고 있는 다른 민병대원에 합류했다. 그들은 그 어떤 동정심도 보이지 않았다. 어떤 자들은 투치족이 겪는 단말마의 고통을 즐기려는 듯 그들의 배를 가르고 다리나 팔을 잘라내어 피를 흘리며 고통스럽게 죽어가도록 하고 있었다. 모여 있던 희생자들은 단 몇 분 만에 모두 땅에 쓰러졌다. 어떤 사람은 피투성이가 되어 고통으로 몸부림쳤고, 또 어떤 사람은 신음 소리를 냈다.

그 끔찍한 학살의 장면보다 세트의 시선을 더 잡아 끈 것이 있었다. 바로, 민병대가 남자들로부터 분리해낸 여학생들과 좀 더 나이 든 여자들의 무리였다. 민병대원들은 서로 부둥켜안고 비명을 지르거나 울고 있는 여자들에게 다가갔다. 어떤 여자들은 무릎을 꿇고 살려달라고 빌었다. 한 여인은 애원했다.

"제발 빨리 죽여줘요, 지금요. 고문은 하지 말고, 제발."

민병대 지휘관이 대원들을 헤집고 여자들의 무리 속으로 들어갔다. 세트는 전에 사진을 본 적이 있기 때문에 대번에 그를 알아보았다. 그의 이름은 스타니슬라스 무니야카지였다. 그는 여자들 앞에 서더니 손을 들고 조용히 하라고 명령했다.

여자들은 더 큰 소리로 울었다.

스타니슬라스는 잠시 기다리다가 양옆에 서 있던 민병 대원에게 미소를 지었다. 그리고 여자들을 향해 얼굴을 돌려 고함을 질렀다.

"살고 싶어?"

순간 울음소리가 멈추었다. 이제 들리는 소리라곤 죽어가는 남자들의 신음소리와 근처 건물 안에서 울리는 둔중한 총성뿐이었다. 여자들은 모두 스타니슬라스를 바라보았다.

"좋아. 좋았어."

그는 소리 질렀다. 그리고 징그러운 웃음을 흘리며 말을 이었다.

"벗어. 전부 벗어. 안 벗으면 죽는다."

어떤 여자는 망설였다. 어떤 여자는 즉시 옷을 벗어 땅에 내려놓았다. 어떤 여자는 눈앞에서 벌어지고 있는 상황을 믿을 수 없다는 듯 멍하니 서 있었다.

스타니슬라스는 옆에 서 있는 민병대원의 손에서 칼을 빼앗아 들었다. 그는 채 열여덟 살도 안 되어 보이는 한 여학생에게 다가갔다. 그녀는 머리를 꼿꼿이 들고 입술을 다문 채 꼼짝도 하지 않고 서 있었다. 그리고 눈도 깜빡이지 않고 스타니슬라스를 바라보았다.

그는 갑자기 그녀의 블라우스를 잡아 끌어당기더니 다리를 걸어 땅에 쓰러뜨렸다. 그는 양손으로 칼자루를 쥐고 순식간에 그녀의 팔을 내리쳐서 동강내 버렸다. 그는 떨고 있는 그녀의 몸을 타고 넘어가서 다른 쪽 팔도 잘라 버렸다.

그리고 그녀의 다리와 등에서 커다란 살덩이를 잘라냈다. 그녀는 몸에서 쏟아져 나온 커다란 피 웅덩이에 잠긴 채 더 이상 꿈틀거리지 않았다. 그리고 아무 소리도 들려오지 않았다.

그는 일을 마치자 헐떡거리며 여자들이 모여 있는 곳으로 갔다. 여자들은 모두 옷을 벗고 있었다. 민병대원들은 여자들을 보면서 음란한 농담을 하며 시시덕거리고 있었다. 트럭 두 대가 다가오자 스타니슬라스는 여자들에게 타라고 명령했다. 세트는 그것이 무엇을 뜻하는지 알 수 있었다. 트럭은 여자들을 민병대 숙소로 데려갈 것이고, 그들의 노리개가 되었다가 결국 죽게 될 것이다.

알몸의 여자들은 트럭 뒤에 줄을 섰다가 한 명씩 올라탔다. 성기가 그대로 보였다. 세트는 그 기회를 이용했다. 민병대원들은 도주하는 사람들을 잡아야 한다는 임무를 잊은 채, 여자들에게 추파를 던지며 즐거워하고 있었다. 세트는 떨면서 몸을 일으켜 세웠다. 그는 칼을 소매에 접어 넣다가 팔을 베었지만, 배낭을 어깨에 걸치고 비틀거리면서 주차장을 지나 숲으로 들어갔다.

일단 나무로 몸을 가릴 수 있게 되자 그는 벌렁 누워서 주먹으로 땅을 치면서 안도의 숨을 내쉬었다. 그리고 호흡이 진정될 때까지 누워 있다가 부타레 병원으로 달려갔다.

세트가 병원에 도착했을 때 그곳에는 모든 것이 평화로워 보였다. 환자들은 평상시처럼 입구에 모여 있었다. 그는 병원으로 들어가서 로랑이 일하고 있는 외과병동으로 갔다.

간호사가 그를 보고 말했다.

"닥터 콩골리는 수술 중입니다. 유방절제 수술예요. 30분 뒤에나 나오실 거예요."

세트는 쪽지에 몇 마디 적어 간호사에게 건네주었다.

"수술이 끝나면 이걸 꼭 전해 주세요."

세트는 아직도 주체할 수 없이 떨리는 몸을 끌고 대기실로 갔다.

그러나 채 십 분도 되기 전에 스피커에서 소리가 들렸다. 뒤에서 약간의 소음과 중얼거리는 소리가 들리더니 한 사람의 목소리가 또렷하게 울렸다.

"정부당국은 모든 후투족 의사에게 즉시 병원입구에 집합하라는 명령을 내렸습니다. 지금 하고 있는 일은 조수에게 인계하십시오. 이것은 비상사태입니다."

불길한 생각이 든 세트는 미친 듯이 뛰어다니며 병원 입구로 향한 창문이 있는 방을 찾았다. 병실을 하나하나 열어보고 안에 사람이 있으면 사과를 했다. 화난 간호사가 따라나와서 야단을 치기도 했다. 그는 마침내 병원 주차장이 내려다보이는 창문을 찾았다.

예상대로였다. 스타니슬라스 무니야카지와 그의 민병대가 입구에 모여 있는 의사들에게 나오라고 명령하고 있었다.

세트는 간호사에게 그 장면을 보여 주고, 몸을 숨긴 채 천천히 창문을 열었다. 세트가 이미 들어서 알고 있는 스타니슬라스의 목소리가 쩡쩡 울렸다. 그는 목청을 돋우어 의사들에게 소리를 질렀다.

"투치족은 외국인이다. 그들은 사실상 북쪽에서 온 백인들이고, 우리나라를 다시 차지하려 하고 있다. 르완다의 장래를 위해서, 우리의 아녀자를 보호하기 위해서 너희들은 이 병원에 있는 모든 투치족 의사, 간호사와 환자를 하나도 남김없이 죽여야 한다. 다른 선택은 없다. 투치족을 죽여라. 안 그러면 우리가 너희들을 죽일 것이다."

스타니슬라스는 천천히 의사들의 눈을 바라보았다.

"알았나?" 그는 조용한 목소리로 물었다.

아무도 말을 하지 않았다.

"좋아."

스타니슬라스는 의사들 뒤에 있는 트럭을 가리켰다.

"저 트럭 안에는 너희들이 사용할 칼과 도끼와 같은 무기가 들어 있다. 무기를 들고 즉시 시작하라."

간호사는 사라졌다. 세트는 대기실로 뛰어가 배낭을 집어 들고 놀란 간호사 옆을 지나 수술실로 달려갔다. 그는 간호사의 팔을 잡고 헐떡이는 목소리로 물었다.

"닥터 콩골리가 들어간 수술실이 어디예요?"

간호사는 눈썹을 찡그리며 복도로 연결된 두 번째 문을 가리켰다. 그는 달려 나가면서 뒤에 서 있는 간호사를 향해 소리를 쳤다.

"나가요. 후투족이 투치족을 모두 죽이고 있어요."

그는 문을 밀치고 바깥쪽 수술실로 뛰어 들어갔다. 로랑은 마침 손을 씻고 있었다. 세트가 다급한 목소리로 말했다.

"삼촌! 어서 도망쳐야 합니다. 놈들이 여기 있는 투치족을 모두 죽이고 있어요."

■　■　■　■　■

"누가?"

로랑은 세트를 보면서 물었다.

로랑은 조카가 공포에 질려있다는 것을 알았기 때문에 그를 진정시키려고 계속 손을 씻으면서 조용히 말했다.

"후투족 의사와 민병대요. 그렇게 명령하는 것을 들었어요."

로랑은 세트를 바라보았다. 그의 손에서는 물이 떨어지고 있었다. 그는 평상시에 침착한 세트가 공포에 질린 것을 보자, 신속히 행동하지 않으면 죽게 된다는 것을 깨달았다. 로랑은 보급품이 들어 있는 캐비닛으로 달려가 흰색 코트와 수술용 모자를 꺼냈다. 그리고 나서 간호사들이 청소를 하고 있는 수술실로 달려갔다. 그는 간호사들에게 외쳤다.

"어서 나가. 투치족들을 모두 죽이고 있어."

아무도 그가 그처럼 고함을 지르는 것을 본 적이 없었다. 그들은 모두 순식간에 사라졌다.

세트가 뒤쫓아 오는 동안 로랑은 수술대 밑 폐기물상자에 방금 절제한 유방이 아직 들어 있는 것을 보고 안도의 숨을 쉬었다. 그는 그것을 집어 들고 흰색 코트와 모자 그리고 수술 도중 핏자국이 뛴 자신의 코트와 마스크에 덧칠을 했다. 로랑은 수술용 칼에도 피를 묻혔다.

아, 그렇지! 그는 수술대 밑에서 혈액용기를 꺼내서 걸레를 담갔다가 구두와 코트 아랫쪽에 칠하고 피를 뿌렸다.

로랑은 세트를 불러 코트와 마스크, 모자를 건네주었다. 세트는 수술복을 입고 배낭을 멘 다음 피투성이가 된 코트를 걸쳤다. 로랑은 세트의 코트와 구두에도 피를 뿌렸다.

"무기가 있나?" 로랑이 물었다.

세트는 말없이 칼을 보여 주었다. 로랑은 거기에도 피를 묻혔다.

"자, 자세를 낮추고 뚱뚱한 사람처럼 보이게 해. 키가 크고 마른 사람처럼 보이면 절대 안 돼. 알았지?"

속임수를 쓰려는 생각이었다.

"우리가 투치족을 찾아 죽이는 사람들처럼 보여야 한다고."

그때 갑자기 수술실 벽을 통해서 비명과 총성이 들려왔다. 총소리가 난 곳을 바라보는 세트의 목소리가 공포에 질려 있었다.

"후투족 의사들이 우리를 알아보지 않을까요?"

"못 알아 볼 거야. 내가 피 묻은 마스크를 쓰고 네 뒤에 바짝 붙어서 간다면. 어서 가자. 빨리!"

그들은 마치 누군가를 찌를 듯한 태세가 되어 있는 듯 피 묻은 칼을 들고 급히 수술실을 나가서 계단으로 향하는 복도를 달려갔다.

회복실을 지나갈 때 한 환자가 외치는 소리가 들렸다.

"무슨 일이 났어요? 무슨 일예요?"

그들은 환자들에게 희망이 없다는 사실을 알고 있었기 때문에 아무 말없이 달려갔다. 민병대와 후투족 동조자들은 투치족은 물론이고 학살을 반대하는 후투족까지도 모두 죽이려 들었다.

세트와 로랑이 계단을 내려가기 시작했을 때, 민병대원 두 명이 올라오고 있었다. 그들은 세트와 뒤따라오는 로랑과 마주치자 총구를 들이대며 멈춰 세웠다. 세트는 미소를 지으면서 자기가 한 일을 과시하듯이 피가 묻은 칼을 보여주었다.

민병대원 하나가 그 피를 보고 웃으면서 계단 위를 향해 소리를 질렀다.

"사냥 잘했군."

칼을 쥐고 있는 세트의 손이 마구 떨렸다. 민병대원은 아마도 세트가 그의 말에 동의한다는 뜻으로 손을 흔들었다고 생각했을 것이다. 세트는 넘어지듯 계단을 뛰어 내려갔고 로랑이 그 뒤를 따랐다. 그들은 두 민병대원을 스쳐 지나갔다.

1층으로 내려오자 로랑은 세트에게 응급실 입구로 가라고 말했다. 그들은 복도에 흩어져 있는 환자와 방문객의 시체 옆을 통과했다. 병사들은 시체를 뒤지며 귀중품을 찾고 있었다. 의사 한 사람이 피 묻은 소화용 도끼를 들고 방에서 나왔다. 세트는 그를 보자 칼을 흔들어 인사했다. 의사는 소름끼치는 미소를 짓더니 커피숍으로 들어갔다.

그들은 응급실로 들어갔다. 몇 명의 의사와 간호사들이 피가 흥건한 바닥에 누워 있었다. 맞아 죽은 여자 응급환자의 시체가 피 묻은 병상 위에 놓여 있었다. 한 응급실 조수가 죽은 의사의 주머니에서 돈을 뒤지고 있었다.

그것을 본 로랑은 미간을 찡그리며 입술을 깨물었다. 그는 주위를 돌아보았다. 살아 있는 사람은 아무도 없었다. 로랑이 그 조수에게 다가가자 그는 고개를 돌려 그를 보았다. 그는 로랑의 피 묻은 메스를 흘낏 보더니 몸을 돌려서 하던 일을 계속했다.

로랑은 조수에게 몸을 굽히고 물었다.

"뭘 찾았나?"

조수가 대답을 하려는 순간, 로랑은 갑자기 그의 등 뒤로 올라타더니 왼손으로 턱을 잡아 머리를 뒤로 젖힌 다음, 외과 의사다운 능숙한 솜씨로 목을 그어 버렸다. 로랑은 아무런 공포나 가책도 느끼지 않았다. 그에게는 그것이 정당한 처형이었고 정의의 실현이었다.

그때 피투성이가 된 흰 코트를 입고 피 묻은 칼을 든 의사 한 명이 들어왔다. 그는 방 안을 두리번거리며 시체를 보더니 미소를 짓고 손을 흔들며 나갔다. 조수가 바닥에 쓰러져 죽어가면서 목에서 쏟은 피 때문에 세트는 구역질이 났다. 곧 토할 것처럼 속이 울렁거렸고, 다리는 힘이 풀린 채 서로 엉켜 뒤틀렸다. 그는 주위를 돌아보면서 필사적으로 의지할 물건을 찾았다. 로랑이 그의 팔을 잡아 부축하면서 응급실을 빠져 나갔다.

앰뷸런스에 타고 있던 병사 하나가 차를 후진하여 응급실 주차장으로 들어왔다. 세트는 정신을 차리고 로랑과 함께 병사에게 손을 흔들었다. 로랑은 남부 르완다 사투리를 쓰면서 병사에게 인사말을 건넸다. 그러자 병사는 로랑에게 담배가 있는지 물었다.

남부 후투족의 전형적인 둥근 얼굴과 건장한 몸집의 병사는 벡터소총을 왼손에 들고 개머리판을 허리에 올려놓은 채 셔츠 주머니에서 담배를 찾고 있었다. 로랑은 카메오 담배 한 갑을 병사에게 주면서 말했다.

"성냥은 투치놈들을 죽이다가 잃어버렸어. 성냥 가진 거 있소?"

병사가 웃으며 대답했다.

"여기 있지."

그는 총을 앰뷸런스에 기대 놓고 종이성냥을 꺼내서 불을 붙인 뒤 로랑의 입에 물려 있는 담배에 갖다 댔다.

순간 로랑은 메스를 병사의 심장 깊이 찔러 넣었다. 병사는 비명을 지르며 가슴을 부여잡고 쓰러져 죽었다.

로랑은 세트에게 따라오라는 신호를 하고 앰뷸런스의 운전석에 앉 았다. 키는 그대로 꽂혀 있었다. 그는 시동을 걸고 기어를 넣은 다음 최대 속도로 응급실 주차장을 빠져나갔다. 그들은 샛길을 지나 대로 를 달렸다.

갑자기 주변에서 총성이 울렸다. 유리창에 구멍 두 개가 뚫리면서 파편이 세트의 얼굴로 날아왔다. 등에 메고 있던 배낭 때문에 머리가 조금 앞으로 나가 있지 않았더라면 총탄에 맞았을 것이다. 총탄은 계 속 날아왔다. 도로변에 배치된 민병대가 차를 타고 도주하는 사람들 을 막고 있었다. 다급해진 로랑은 차의 속도를 높여서 민병대가 미처 총을 조준하기 전에 사정거리를 벗어났다.

"어디로 가는 거예요?"

세트는 피 묻은 코트로 상처를 닦으면서 겨우 입을 열었다.

"자이레 국경으로 가는 거야. 민병대에게 걸리지 않으면 두 시간 안에 도착할 수 있어. 하지만 길을 막겠지. 우린 두 명뿐이지만, 그들 은 우리 투치족 수십만 명을 죽이려고 하고 있어. 그게 더 중요한 일 이니까 우리 때문에 시간을 허비하지는 않을 거야."

"고모와 저희 부모님은 어떻게 하죠?"

"우린 인종학살에 대비는 했지만, 막상 이런 일이 우리한테 일어날 줄은 몰랐어. 형님 부부와 아내가 이 나라를 탈출할 때까지 안전한 곳 에 숨겨달라고 후투족 친구에게 부탁을 해 두었지."

"하지만 어디 어떻게 숨어야 하는지 알고 있나요?"

"대통령이 죽고 수도에서 투치족과 온건파 후투족이 학살당했을 때, 나는 전화로 연락을 취하는 방법을 생각해 두었지. 매일 병원에서 정오와 오후 5시에 아내가 전화를 걸었어. 만약 30분 이내에 내가 응답하지 않으면 미리 싸두었던 물건을 들고 내 후투족 친구 집으로 대피하도록 되어 있어."

그는 운전석에서 손을 내밀어 세트의 다리를 가볍게 두드렸다.

"걱정하지 마. 그 후투족 친구는 평생 알고 지내는 좋은 사람이니까."

로랑은 국경에서 1마일정도 떨어진 부카부라는 르완다 마을 외곽에서 앰뷸런스를 세운 다음 길가에 감추어 놓았다. 그리고 그들은 자이레와 르완다의 국경지대를 덮고 있는 숲 속 깊은 곳으로 들어가서 휴식을 취하며 안전하게 기다릴 수 있는 조그만 공터를 발견했다.

세트는 피 묻은 코트와 배낭을 벗은 다음 나무에 등을 대고 앉아 있는 로랑에게로 갔다.

"뭘 좀 먹어야겠어요. 아침을 먹은 지 오래 되었어요."

세트가 중얼거렸다.

그는 배낭을 열었다. 이제는 폭풍 속의 나뭇가지처럼 손을 떨지는 않았지만, 물과 음식을 꺼낼 때 팔이 여전히 흔들리고 있었다. 그는 전혀 배가 고프지 않았다. 그는 과일과 닭고기를 로랑에게 권했지만 로랑은 사양했다.

"잘 간직해 둬. 자이레에서 다른 투치족을 만나기 전에 필요하게 될지 모르니까. 그리 멀지는 않을 거야. 국경에서 서쪽으로 3킬로미터 떨어진 곳에 커다란 투치족 난민수용소가 있어. 하지만 물은 좀 마셔야지."

로랑은 한밤중이 될 때까지 잠을 잤다. 세트는 걱정스러운 시선으로 어둠 속을 들여다보았다.

그들은 자이레로 걸어 들어가는 동안에 아무도 마주치지 않았다. 밤하늘에 구름 한 점 없었기 때문에 그들은 수풀 위로 보이는 별을 따라 계속 걸어갔다. 앞서 간 사람들이 여러 갈래의 좁은 길들을 남겨 놓았다. 한 시간 뒤 그들은 어느새 자이레에 들어섰고, 그 뒤로도 계속 서쪽을 향해 걸었다. 한낮이 되자 그들은 안전한 지역에 있는 투치족 난민수용소를 발견했다.

후일 그들은 부타레 병원에서 170명의 투치족 의사, 간호사, 환자가 살해당했다는 것을 알았다. 대학에서 얼마나 많은 사람들이 살해되었는지는 알 수 없었다.

5

내가 로랑의 이야기를 조금 더 일찍 들었더라면 그가 토르의 만찬에서 내 찻잔에 기억을 제거해 버리는 약을 넣었던 것을 용서했을지도 모른다. 사실 나는 그를 용서했다.

우리가 커다란 테이블에 나란히 앉아서 식사를 하고 있을 때 그는 열심히 이야기를 나누고 있던 다른 손님들을 향해 손을 흔들면서 내게 말했다.

"저 사람들은 시사문제를 이야기 하도록 내버려 둡시다. 교수님, 14세기 중반에 흑사병으로 얼마나 많은 사람이 죽었다고 생각하십니까?"

나는 그가 대화를 어디로 끌고 갈지 모르면서도 진지하게 대답했다.

"유럽 인구의 4분의 1 가량, 그리고 죽은 사람의 3분의 1은 영국에 살던 사람이었던 것으로 알고 있습니다."

그는 고개를 끄덕였다.

나는 그가 의학계에서 차지하고 있는 위치를 생각해서 이렇게 물어 보았다.

"그런 엄청난 전염병이 현대에도 발생할 수 있다고 생각하십니까?"

그는 미소를 지으면서 대답했다.

"과학의 발전과 세계적인 의료 시스템 덕분에 이제는 불가능하다고 믿습니다."

그는 한순간 망설이는 것 같았다. 그는 생각에 잠긴 채 앞에 있던 접시를 밀어 놓았다. 그의 접시는 마치 씻어 놓은 듯 깨끗하게 비워져 있었다. 그는 오른쪽 팔꿈치를 테이블에 올려놓고 내 쪽으로 몸을 돌렸다. 그리고 내 눈을 정면으로 들여다보면서 다른 손으로는 손짓을 하며 물었다.

"그 흑사병이 교수님이 말씀하시는 20세기의 데모사이드 같은 것인가요?"

그는 심문을 하듯이 진지한 얼굴로 물었지만, 대답을 기다리지는 않았다. 그 대신에 자기 생각을 강조하듯이 주먹을 다리 위에 내려놓으며 말을 이었다.

"14세기의 흑사병 때보다 더 많은 사람들이 20세기에 정부에 의해 냉혹하게 살해되지 않았던가요?"

내가 그의 배경을 미리 알았더라면 르완다 사례를 인용하여 대답했을 것이다. 그랬더라면 훨씬 더 흥미 있는 토론이 전개되었을지도 모른다. 하지만 그때는 그에 대해서 아무 것도 몰랐으므로 나는 그저 평범한 대답을 했을 뿐이다.

"그렇습니다. 하지만 20세기에는 인구가 중세시대보다 수십억이나 더 많았죠. 그런데 모든 역사책이 현세에 일어나고 있는 대학살보다는 옛날 전염병에 더 많은 관심을 보이는 것은 참 이상한 일입니다."

로랑은 고개를 끄덕이며 한숨을 쉬었다.

"교수님, 실제로 1억 7천4백만 명이 희생되었다고 하셨던가요?"

"그렇습니다."

나는 그가 내가 추정한 숫자를 알고 있다는 사실에 놀라며 대답했다. 나는 곁눈으로 조이를 바라보았다.

"네가 이야기 했지?" 나는 미소를 지으며 책망하듯 말했다.

조이는 그저 미소만 지을 뿐이었다.

식사가 끝나고 빈 접시를 치우는 동안에도 토론은 계속되었다. 테이블에는 우리가 방금 먹었던 음식의 향긋한 냄새만 남아 있었다. 그들이 빈 그릇을 모두 치우고 작별 인사를 하자, 조이의 어머니는 텅 빈 주방으로 들어갔다.

"미세스 핌, 아니 토르는 지금 뭘 하고 있는 거야?"

토르가 주방에서 나와 이층으로 가는 계단을 올라가자 내가 조이에게 속삭였다.

"혹시 집 안에 다른 사람이 있는지 확인하시는 거죠." 조이가 대답했다. "주방을 둘러보셨으니까 이제는 침실과 화장실에 아무도 없는지 돌아보고 계실 거예요."

나는 테이블을 둘러보았다. 모두가 생각에 잠겨 토르가 돌아오기를 기다리고 있었다.

"됐어요."

토르는 테이블로 돌아와 앉으면서 큰 소리로 말했다.

"생존자 자선회의를 시작합니다."

그 말과 함께 그녀는 목에 걸고 있던 오래된 금 로켓을 벗어 들고 사랑을 담아 입을 맞춘 뒤, 테이블 위에 조용히 내려놓았다.

나는 리무진에서 조이가 들려주었던 이야기를 회상하면서 로켓을 바라보았다. 저런 평범한 장신구에 그런 슬픈 역사가 담겨 있다니.

그때 토르가 감상에 빠져있던 나를 현실로 돌아오도록 만들었다. 그녀는 좌중을 둘러보며 말했다.

"아시다시피 회원 몇 분이 참석하지 못했습니다. 그분들은 전화로 원격회의에 참석할 겁니다."

루드거가 뒤에 있던 작은 테이블에서 둥글고 검은 회의용 전화기를 꺼내 테이블 한복판에 올려 놓은 다음 무선마이크 다섯 개를 펼쳐 놓았다.

토르는 전화로 인사를 교환한 다음 슬픈 목소리로 말했다.

"네보즈사 스파호비치가 월드트레이드 센터 피격 때 입은 상처로 인해 어제 사망했다는 소식을 전해 드립니다. 최선을 다해 치료했지만 목숨을 구할 수 없었다는군요. 결국 혼수상태에서 깨어나지 못하고 말았습니다."

그녀는 나를 보면서 설명을 덧붙였다.

"그이는 보스니아 인종학살에서 살아남은 생존자였고, 우리 단체의 회원이었습니다. 노스타워에 사무실로 걸어가던 도중, 월드트레이드 센터에서 떨어진 낙하물에 맞아 부상당했습니다."

그녀는 좌중을 돌아보았다.

"1분 간 묵념하면서 그 훌륭한 친구를 마지막으로 생각하셨으면 합니다."

나는 다른 사람들과 함께 머리를 숙였다. 그 사람은 몰랐지만 내게도 애도해야 할 죽음이 있었고 기억할 만한 무서운 경험이 있었다.

토르는 고개를 들었다.

"그이는 우리 마음속에서 언제나 함께 할 것입니다."

그녀는 낮은 목소리로 말하다가 곧 힘을 주어 말했다.

"자, 이제 회의를 계속합시다. 저는 금년도 회장입니다. 그러나……."

그녀는 나를 바라보았다.

"존, 구 야핑이 우리 모임에 관한 설명을 들려줄 겁니다. 구 야핑은 나보다 영어도 잘하고, 또 과학자이니까요."

나는 구를 살펴보았다. 그녀는 50대 후반이나 60대 초반의 중국 여자였고, 주름이 거의 없는 둥근 얼굴에는 생기가 돌고 있었다. 그녀의 쌍꺼풀진 검은 눈은 조이처럼 끝이 약간 올라가 있었다. 그녀는 검은 머리를 짧게 자르고 있었는데, 염색을 한 것 같았다. 당시 나는 그녀에 대해서 아무 것도 몰랐지만, 이제는 많은 것을 알고 있다. 그녀의 이야기에서 나는 큰 인상을 받았다.

■　■　■　■　■

며칠 후 조이는 구가 중국에서 겪었던 무서운 이야기를 들려 주었다. 중국 역사에 흥미를 느꼈던 나는 그 후 몇 주일 동안 구에게 당시 상황에 대해서 많은 질문을 했다. 특히 첸 잉에 관한 이야기를 들려주면서 그것을 사실로 믿느냐고 물었다. 그녀는 믿을 수 있을 뿐만 아니라 실제로 그런 식으로 살해당한 소녀의 어머니를 알고 있다고 대답했다.

"내 경험 역시 그 당시에 일어났던 사건에서 비롯된 입니다. 마오쩌뚱이 중국에서 일으켰던, 이른바 문화혁명은 그와 류 샤오치 파 사이에 벌어진 피비린내 나는 내란이었습니다. 그 혁명으로 천만 명이 넘는 중국인이 살해당했고, 온 나라를 공포와 대량학살 그리고 치열한 전쟁으로 몰아 넣었습니다."

나는 연구를 통해 당시 상황을 자세히 알고 있었지만, 그녀의 증언을 직접 들어 보고 싶었다. 그녀는 말을 계속했다.

"마오쩌뚱의 지지자들은 중학생과 대학생, 그리고 다른 계층의 젊은이를 동원해서 이른바 홍위병을 만들었습니다. 그들은 부르주아나 반혁명분자라고 지목한 사람들을 고문하고 처형했습니다. 남의 집에 마음대로 침입해서 가재도구를 뒤져 전복활동의 증거를 찾았습니다. 단파 라디오, 서방의 음악, 외국어 간행물, 사진 같은 것만 가지고 있어도 반역자로 낙인이 찍혔습니다. 그것은 곧 죽음을 의미했죠."

나는 그녀에게 물었다.

"당신은 과학자였는데 괜찮았나요? 그 때문에 의심을 받지는 않았나요?"

나는 처음으로 그녀의 얼굴에 생기가 도는 것을 보았다. 그녀는 가만히 앉아 있지 못했다. 자기 이야기를 강조하기 위해서 몸을 내 쪽으로 굽히거나 뒤로 젖히고 손을 흔들었다. 침이 튈 정도로 열광하고 있었다.

"지식인과 과학자 말예요? 우리는 모두 반혁명분자, 우파, 주자파, 혹은 서방 스파이라는 혐의를 받았습니다. 그런 혐의를 받으면서도 살아남을 수 있었다는 것은 정말 기적입니다. 하지만 많은 사람들이 죽었어요."

그녀는 말을 멈추고 흥분을 가라앉히려 애를 썼다. 그리고 버지니아슬림 담배 한 개피를 꺼내서 불을 붙였다. 그녀는 의자에 몸을 파묻고 다리를 꼰 채 몇 분 동안 담배를 피우더니, 그 담배를 나를 향해 흔들며 말을 이었다.

"그건 악몽이었습니다. 지금도 도저히 믿을 수가 없어요. 그러나 내가 할 수 있던 것은 남편의 낡은 사진을 보고… 아, 그 얘기는 그만두고 하던 얘기를 계속하죠.

마오 주의자들은 과학자들이 중요한 기관이나 대학교, 병원, 과학센터, 기술연구소 같은 곳을 관리하는 것이 아주 위험하다고 생각했습니다. 그래서 전복의 위험을 감수하기 보다는 무지하긴 해도 믿을 수 있는 당원이나 광신적인 급진주의자들을 그런 자리에 배치하는 것이 좋다고 생각했습니다."

그녀는 자신의 기억이 믿기지 않는다는 듯이 머리를 흔들었다. 짧은 머리카락이 뺨 위에서 흔들렸다.

"마오쩌뚱은 얼마나 많은 지식인과 과학자가 부르주아지의 동조자나 반혁명분자인지를 알고 있다고 믿었습니다. 10퍼센트 가량이라는 거였죠. 그래서 당 관리에게 그 10퍼센트를 숙청하라는 명령을 내렸습니다."

나는 그 후 몇 주일에 걸쳐 그녀의 개인적인 이야기를 자세히 들었다. 구의 남편은 숙청된 과학자들 중의 한 사람이었다. 나는 그 이야기를 듣고 항상 그랬던 것처럼 조심성 없이 질문을 던졌다.

"남편에게 무슨 일이 있었는지 어떻게 알아냈나요?"

그녀는 개의치 않고 내 질문에 대답했다.

"남편이 일하고 있던 상하이 과학연구소 친구들에게 몰래 물어보았습니다. 소장과 가까운 몇몇 친구에게도 물어보았죠. 그것은 엄청난 모험이었습니다. 그들 중 누구든지 소장이나 보좌관에게 한마디만 일러바치면 나는 죽을 수도 있었으니까요. 하지만 나는 왜 남편이 체포되었는지 최소한 이유라도 정확하게 알고 싶었습니다."

그녀는 말을 멈추었다.

"남편의 이야기를 꼭 알아야 했어요. 모든 이야기를 말입니다."

그녀는 항상 가지고 다니는 버지니아슬림 갑에서 다시 담배 한 개피를 꺼내면서 말했다.

"나는 그 연구소 소장 우 젠이 직원의 10퍼센트를 우파나 반혁명 분자로 몰아 숙청하라는 명령을 받고, 두 명의 공산당원을 시켜 숙청자 명단을 작성했다는 사실을 발견했습니다."

구는 조소하는 듯 웃었다.

"우 젠은 키가 작고 뚱뚱한 몸매에 대머리였습니다. 대머리를 감추기 위해 얼마 안 되는 머리카락을 머리 위로 빗어 올리고 다녔죠. 그는 커다란 배를 감추기 위해서 항상 두 치수가 큰 당원복을 입고 있었습니다. 그 옷으로 늘어진 배는 감출 수 있었지만, 신체의 다른 부분 때문에 마치 옷걸이에 걸린 옷처럼 헐렁했습니다. 그의 얼굴은 둥글납작했고, 눈이 작아서 떴는지 감았는지 알 수 없을 정도였습니다."

그녀는 웃음을 멈추고 또박또박 이야기를 이어갔다.

"그는 광신적이고 무식한 과격파였습니다. 하지만 마오쩌뚱 추종자였기 때문에 그것만으로도 그런 바보 같은 인간이 소장으로 임명될 수 있었습니다."

그녀는 말을 멈추고 잠시 생각을 하다가 쉰 목소리로 말을 계속했다.

"그 사람이 장미목 책상 위에 발을 올려놓고 보좌관이 작성해준 숙청자 명단을 읽고 있던 장면은 지금도 잊을 수가 없습니다. 각각의 이름에는 인적사항이 요약되어 있었죠. 이름 옆의 공란에 표시가 되어 있으면 숙청 대상이었습니다. 의욕에 넘치는 보좌관이 표시가 된 사람의 합계를 전체 직원 수로 나눈 다음 100을 곱해서 백분율을 계산해 놓았습니다. 그 수치는 10.6퍼센트였습니다.

우 젠은 명단을 보안경찰에 넘겨주면서 그들을 모두 반혁명 죄로 파면하라는 명령을 써넣었습니다. 파면 날짜를 다음 월요일로 지정해서 대체인원을 모집할 것과, 그때까지 보안을 유지하라는 지시와 함께 도장을 찍었습니다."

어색한 미소를 띠우듯, 그녀의 입 양끝이 약간 일그러졌다.

"이제부터 진짜 황당한 일이 벌어집니다. 우 젠의 보좌관들 중 한 사람의 말에 의하면 그는 그 주말에 유명한 중국 탐정소설인 매화단 이야기를 읽었다는 겁니다. 그것은 창카이섹이 과학아카데미 안에서 운영했다는 스파이 조직에 관한 이야기인데, 완전한 픽션입니다."

일찍이 역사를 공부했던 나는 바보 같이 해석을 붙였다.

"창카이섹은 20년간 공산주의자들과 싸웠던 중국의 총통이었습니다. 1949년 공산주의자들이 내전에서 승리하자 정부와 함께 대만으로 도피했죠."

갑작스러운 개입에 놀란 그녀는 약간 불만스러운 시선으로 나를 바라보았다. 그리고 내가 정신을 차리도록 짤막하게 대답했다.

"그래요, 존."

그녀는 깨끗한 양탄자에 오줌을 싸는 강아지라도 보듯이 내게 시선을 고정한 채 몸을 뒤로 젖혔다.

"어쨌든 그 소설은 영리한 공산당 공안이 스파이를 적발해서 모두 체포하는 것으로 끝나죠. 그 스파이 두목의 이름이 펭 지아무였는데, 불행하게도 그것은 실제로 존재하는 과학자의 이름이었습니다. 바로 제 남편이었죠."

그녀의 목소리가 떨렸다. 그녀는 마음을 가라앉히기 위해 잠깐 말을 멈췄다. 눈물은 없었다. 얼굴만 굳어졌을 뿐이다.

"남편은 그 연구소 과학자였습니다. 이름이 그 숙청자 명단에 들어 있지도 않았습니다. 믿을 수 없는 이야기지만, 우 젠은 그 책이 픽션이라는 것을 믿지 않았고, 내 남편이 그 스파이소설의 가상인물 펭과 동일한 사람이라고 생각했습니다. 그래서 그 미친 바보 우 젠은 남편을 165명의 다른 과학자들과 함께 체포하도록 했습니다. 그들은 간첩죄로 체포되어 사형선고를 받았죠. 그런 일이 어떻게 진행되는지 잘 아시겠지만."

그녀는 마치 내가 다시 해석을 붙일까 봐 염려되는 듯 재빨리 말을 이었다.

"공안이 명단에 있는 사람들 집에 들이닥쳤습니다. 라디오나 카메라를 가졌거나, 외국서적이 발견되면 간첩의 증거물로 간주되었습니다. 이런 증거물이 발견되지 않으면 자백을 얻기 위해 혐의자를 마구 때리고 죽이기까지 했습니다. 그런 사실을 알고 있는 몇몇 사람들은 체포되자 자살했습니다. 숙청 소식을 듣고 체포되기 전에 자살한 사람도 있었습니다."

구는 자세를 바꾸었다. 그녀는 눈을 약간 가늘게 떴다. 그리고 핸드백에서 담뱃갑을 꺼내어 잠깐 동안 들고 있다가 다시 집어 넣고는 의자 옆에 던져 놓았다.

"존, 지금부터 내가 하려는 이야기는 아주 가까운 사람들만 알고 있습니다. 조이와 토르, 그리고 다른 몇 사람뿐입니다. 당신도 내 이야기를 들어주었으면 합니다. 당신은 이런 비극을 전문적으로 연구한 역사가이고, 우리를 위해서 그리고 나를 위해서 목숨을 바칠지도 모르는 사람이기 때문이죠."

그리고 나서 그녀는 자기가 겪었던 무서운 이야기를 들려주었다. 대부분은 이미 조이를 통해서 들었던 내용이었다. 나는 여기서 구의 진술을 그대로 정확하게 전할 것을 약속한다. 역사학자로서의 명예를 걸고.

■　■　■　■　■

남편이 체포되었을 때 나는 집에 없었다. 장을 보고 난 뒤에 자전거를 타고 집으로 돌아오는 길에 나는 남편이 수갑을 찬 채 경찰차에 실려 가는 것을 보았다. 순간 나는 다시는 남편을 볼 수 없게 되리란 것을 직감했다.

연구소의 과학자들은 언제든지 체포될 가능성이 있다는 사실을 알고 있었다. 그들은 과학자였기 때문에 외국인과 접촉을 했고, 외국 간행물을 읽었으므로, 홍위병이 그런 통상적인 활동을 오해하거나 잘못 해석할 위험이 항상 존재하고 있었다. 펭과 나는 다른 사람들과 마찬가지로 그런 사태에 대비하고 있었다.

나는 서둘러 자전거 페달을 밟아서 경찰차를 지나 옆길로 들어섰다. 너무 몸이 떨려서 자전거의 방향을 바꾸기가 힘들었다. 몇 번이나 발이 페달에서 미끄러지기도 했다. 숨이 차고 구역질이 났다. 무서운 생각, 사랑하는 남편 펭 생각이 마음속에서 쉬지 않고 요동을 쳤다. 나는 눈물이 나서 앞을 바라볼 수 없었다.

그때 내가 어떻게 자전거를 탔고, 경찰차나 나무와 충돌하지 않을 수 있었는지 기억나지 않는다. 만약 그랬더라면 경찰이 내 정체를 파악하고 즉시 체포했을 것이다. 홍위병은 온 가족을 투옥한 일도 있었다. 나는 비틀거리는 자전거를 타고 몇 번이나 모퉁이를 돌아 숲 속으로 들어갔다. 그리고 자전거를 수풀 뒤로 끌어다 놓은 다음 바닥에 쓰러져 주먹으로 땅을 치며 울었다. 남편과 나의 삶은 이제 완전히 끝나버렸던 것이다.

한두 시간이 지나자 나는 정신적으로나 육체적으로나 완전히 기진맥진한 상태였다. 나는 옷자락으로 얼굴과 눈을 닦아냈다. 자전거 뒤에 실려 있던 바구니에서 장을 보았던 물건들이 떨어진 것도 몰랐다. 나는 이제 내가 해야 할 일을 알고 있었다.

나는 우난루에 있는 사촌의 조그만 딤섬 식당으로 향했다. 그곳에서 나는 자전거를 쓰레기통 뒤에 감춘 뒤 뒷문으로 들어갔다.

사촌 딩 샤오슈앙은 주방에서 다른 요리사와 함께 음식을 만들고 있었다. 딩은 요리사치고는 몸이 비쩍 말랐는데, 요리를 하느라고 식욕이 사라져서 그렇게 되었다고 말한 적이 있었다. 요리사가 마른 사람이면 그가 만든 요리의 질을 의심하게 되지만, 그의 친절하고 사교적인 성격이 그것을 보상하고 있었다. 딩은 15분마다 식당 안을 돌면서 손님들에게 가족의 안부를 묻고, 자기가 만든 딤섬의 맛이 어떤지 물었다. 그는 손님에게 계란파이를 무료로 대접하곤 했다.

내가 뒷문으로 들어가자 딩은 당황하지 않고 나를 바라보았다. 그것은 홍위병이나 병사 또는 다른 기관원이 우리 중 누군가를 체포했을 때를 대비해서 준비해 두었던 신호였다. 그렇지 않았다면 나는 식당 앞문으로 들어갔을 것이다.

내 눈은 붓고 충혈 되어 있었을 것이다. 내가 다른 요리사들로부터 얼굴을 돌리는 것을 본 딩은 내게 잘 있었느냐고 물었다. 그리고 식당 위층에 있는 아파트로 향하는 계단을 올라가면서 말했다.

"펑이 구해 달라고 했던 선물이 있어. 2층에 올라가서 주지."

그때까지 나는 한마디도 하지 않았다. 나는 딩을 따라 계단을 올라갔다. 우리는 주방을 드나드는 딩의 요리사와 종업원에게 우리 이야기가 들리지 않도록 앞방으로 옮겨갔다.

그는 두 팔로 나를 끌어안았다. 나는 그의 가슴에 안겨 조용히 흐느꼈다. 그는 나를 안고 한 손으로 내 등을 토닥거렸다. 그는 지금까지 내가 우는 것을 본 적이 없었다. 그는 왜 내가 우는지 알고 있었다. 그는 나를 달래지 않았지만, 요리사들이 의심할 수도 있었기에 나는 울음을 멈추었다. 그리고 감정을 자제하려고 애썼다.

펭과 나는 결혼한 지 일 년밖에 되지 않았다. 나는 그를 연구소의 한 회의에서 만났다. 당시 나는 그 연구소의 실험실 조수로 일하고 있었다. 나는 물리학 학위를 가지고 있었고 그의 주 연구 분야인 자력추진에 관한 실험에 참가하고 있었다. 펭은 키가 크고 건장한 체구에 강인한 만주족의 수려한 용모를 하고 있었다. 우리가 거리를 걸어갈 때면 모르는 사람들이 우리를 향해 시선과 미소를 보내곤 했는데, 그는 그것이 자신의 큰 체구 때문이 아니라 내 가냘픈 몸매 때문이라고 말하곤 했다.

우리는 결혼을 한 후 체포당할 위험을 줄이기 위해 항상 조심했다. 펭은 연구소에서만 일을 했고, 집안에 있는 외국 물건은 모두 치워버렸다. 우리는 연구소 사람들에게 우리가 결혼했다는 사실을 감추려고 애썼다. 앞서 말한 것처럼 전 가족이 체포되는 경우가 많았고, 우리 둘은 모두 영어를 말하고 읽을 줄 알았기 때문이다.

내가 딩에게서 물러나 눈을 비비며 눈물을 닦자 그는 낮은 목소리로 물었다.

"이제 어떻게 할 거지? 너와 펭이 준비해 놓은 것은 그대로 있어. 홍콩으로 도피하고 싶어?"

나는 힘없이 말했다.

"아니. 우선 남편이 어떻게 되었는지 확인해야지."

딩은 내 목소리를 듣기 위해 허리를 굽혔다. 나는 목소리를 높이려고 했지만 떨리기만 할 뿐 소리가 나오지 않았다.

"단순히 경고를 하거나 괴롭히려고 체포한 것일 수도 있어. 일주일 쯤 있다가 집으로 돌아올지도 몰라."

나는 좀 더 힘을 주어 말했다.

"남편이 어떻게 되었는지 알아낼 거야. 그때까지 여기 숨어 있을 수 있을까?"

딩은 망설였다. 그는 두 손으로 내 손을 잡았다.

"내가 대신 알아볼게. 우리 집 딤섬은 유명하니까." 그는 뽐내듯 속삭였다.

"손님들 중에서 가족과 함께 우리 식당에 오는 간수들이 많아. 그 중 한 사람이 자기 아들 졸업 파티를 여기서 했지. 백 명이 넘는 친척과 친구들이 참석했지. 아주 호화로운 음식을 준비했지만 내가 값을 많이 깎아 주었어. 이제 그 대가를 받을 수 있겠지. 안 그래?"

"그 간수가 얼마나 자주 오는데?"

"한 주나 두 주에 한 번은 꼭 와. 지난주에도 왔던 것 같아."

나는 더 이상 생각하고 싶지 않았다. 나는 알아내고 싶었다. 무슨 수를 써서라도 알고 싶었다.

"그렇다면 기다릴게. 의심을 받지 않게 지금 나가는 게 좋겠어. 식당 문을 닫은 다음에 올게."

"그래. 잘 생각했어."

그는 뒷주머니에서 헝겊을 꺼내서 내 얼굴을 조심스럽게 닦아준 다음 허리를 굽혀 내 이마에 키스해 주었다.

"조심해. 아, 이걸 가지고 가. 우리 종업원들이 아까 내가 말했던 선물로 믿도록."

나는 일어나서 먼저 계단을 내려갔다. 바닥에 이르자 나는 돌아서서 명랑한 척, 큰 소리로 말했다.

"고마워, 사촌. 남편이 아주 좋아할 거야"

그날 밤 내가 식당으로 돌아갔을 때 딩은 뒷문에서 나를 기다리고 있었다.

"펭은 죽었어." 그가 손을 내밀면서 말했다. "안됐어."

나는 그 일이 닥칠 것을 예감하고 있었지만, 그것이 사실이 되어 버린 것이다. 나는 그의 말을 듣고 비틀거리며 그의 품안에 쓰러졌다. 딩이 말을 이었다.

"너도 피해야 해. 홍콩으로 가."

딩은 식당에 생선을 납품하고 있는 상하이 부두 시장사람들을 통해서 웬이라는 생선장수를 알고 있었다. 그는 뇌물을 주고 매수한 화물선 선장과 결탁해서 밀항을 알선하고 있었다.

한참 뒤에 내가 울음을 멈추었을 때 그는 얇은 종이를 찢어서 뭔가를 적은 다음, 내 손에 쥐어 주면서 말했다.

"이걸 웬에게 줘. 만약 경찰에 발각되면 종이를 삼켜버려."

아침이 되자 나는 웬을 찾았다. 그를 찾는 일은 어렵지 않았다. 그는 선창에서 가까운 세 번째 구역에 있는 시장에서 참치를 팔고 있었다. 나는 웬에게 참치 한토막을 달라고 말했다. 그리고 돈을 지불하면서 그 쪽지를 전해 주었다. 그는 쪽지를 돈과 함께 돈통에 집어넣으면서 4시 30분에 다시 오면 참치를 특별가격에 주겠다고 말했다.

약속한 시간에 다시 갔을 때 마른 소년 하나가 서 있었다. 웬은 내가 오는 것을 보자 그 소년에게 무언가 지시를 하더니 참치 판매대 뒤에서 나왔다. 그는 내 옆으로 다가와 소년을 따라가라고 속삭였다.

나는 소년을 따라 시장의 군중을 헤치고 상하이 부두로 간 다음 조그만 옆문을 통해 창고로 들어갔다. 내가 들어간 곳은 생선과 나무 썩는 냄새가 나는 조그만 방이었다. 밧줄, 갈고리, 캔버스 그리고 여러 종류의 자루가 양 벽과 구석에 쌓여 있었다. 너무 더러운 곳이어서 안으로 들어가던 나는 멈칫거렸다.

소년은 우리가 시장을 떠난 이후 처음으로 입을 열었다.

"돌아서서 문을 향하고 서 계세요. 소리를 내면 안 돼요."

그는 한동안 호기심에 찬 눈으로 나를 바라보았다. 그리고 어깨를 움칫하더니 돌아서서 재빨리 문 밖으로 사라졌다.

창고로부터 둔중한 소리가 들리고 가끔씩 부두노동자들의 고함소리가 들려왔다. 멀리서 엔진 소리도 들렸다. 나는 웬이 나를 납치해서 중국의 인신매매 조직에 팔아먹는 것은 아닌지, 불안해지기 시작했다. 부두에서는 가끔 그런 일들이 일어났다.

창고의 뒤쪽 문이 열렸다가 닫히는 소리가 들렸다. 처음에는 조용히, 그러다 발자국 소리가 점점 더 커지면서 누군가 내 뒤로 접근하고 있었다. 그가 다가오자 가쁜 숨소리가 들려왔다. 그는 바로 내 뒤에 멈춰 섰다. 숨소리가 더 크게 들렸다. 나는 역한 냄새 때문에 코를 막았다.

순간, 불쾌한 소리가 들려와 나는 깜짝 놀랐다.

"이름?"

남자가 형편없는 중국말로 거칠게 물었다. 포르투갈 악센트 같았다.

"구… 구 야핑입니다."

나는 힘을 주어 대답했다.

"패물 있어?"

그 목소리가 물었다.

"있어요."

펭과 나는 딩이 우리를 위해 숨겨두었던 비상용품 속에 우리 집안의 패물, 특히 부모님이 돌아가시면서 남겨 준 골동품 옥 반지와 상아로 만든 조상을 가지고 있었다. 그것은 암시장에서 수천달러의 가치가 있었다.

"내 놔."

내가 돌아섰을 때, 양 소매에 두 줄의 금장식이 달린 진청색 코트를 입은 나이 든 백인의 모습이 시야에 들어왔다. 그는 소금물로 얼룩진 금줄 장식의 선원 모자를 쓰고 있었다. 얼굴은 잘 보이지 않았지만, 시뻘건 피부색과 주먹코는 뚜렷이 보였다.

"안 돼요." 나는 혼성 중국어로 말했다.

"배에 타면 주겠어요."

그 남자가 물었다.

"홍콩 가?"

"그래요."

"배에서 섹스해?"

나는 기가 막혔다. 얼굴이 화끈 달아올랐다. 방 안은 따뜻했지만 갑자기 몸이 떨렸다.

그 남자는 내 엉덩이를 보면서 벌거벗은 몸을 상상하고 있는 것 같았다. 그리고 나서 그는 천천히 눈을 들어 내 블라우스를 보았다. 그 밑에 감춰진 내 가슴을 상상하는 것 같았다. 나는 회색 바지를 입고 위에는 헐렁한 흰 블라우스를 걸치고 있었다.

나는 가능한 아름답게 보이지 않으려고 최선을 다했다. 전통에 따라 조신하게 처신하기 위해서가 아니라, 많은 매춘부들이 돌아다니는 부두에서 남자들이 접근하지 않도록 하기 위해서였다. 하지만 모든 것을 숨길 수는 없었다.

나는 떨지 않고 꼿꼿이 선 채, 그의 탐욕스러운 시선을 견디어냈다. 그럴 수밖에 없었다. 나는 바보가 아니었다. 일단 배에 타면 그가 패물을 빼앗고 나를 죽인 다음, 시체를 후앙푸 강에 던지리란 것을 잘 알고 있었다. 나를 살려둘 생각이 들게 만들려면 오로지 섹스만이 해답이었고, 더 많은 섹스를 약속하는 방법밖에 없었다.

앞으로 겪어야 할 일 때문에 얼굴이 붉어진 나는 머리를 약간 떨어뜨리고 곁눈으로 다소곳하게 그를 바라보았다. 나는 속삭였다.

"좋아요."

"지금 해. 옷 벗어."

나는 생각했다. 다른 선택은 없다. 이것은 스트립쇼가 아니다. 나는 즉시 기록적인 속도로 옷을 벗어 아무데나 던져 버렸다. 그리고 벌거 벗은 채 허리를 펴고 머리를 높이 들고 서서 그의 눈을 들여다보면서 무릎이 떨리지 않기를 바랐다. 그는 내 몸을 훑어보더니 급히 코트를 벗어 더러운 바닥에 펼치고는 그 위에 누우라고 손짓했다.

그는 욕망을 충족시키기 위해 서둘렀지만, 나도 빨리 일을 끝내고 싶었다. 나는 누워서 다리를 벌리고 그에게서 머리를 돌렸다. 그는 바지의 단추만 풀고 내 위로 올라왔다. 그는 발기된 성기를 그대로 삽입 하려고 했지만 내 안은 너무 메말라 있었다. 너무 고통스러웠다. 나는 멈추라고 손짓했다. 나는 그를 멈추기 위해 온 힘을 다해 한 손으로 그의 성기를 잡고 다른 손에 침을 뱉어 그의 페니스에 발랐다. 그리고 그를 내 안으로 인도했다.

그가 격렬하게 아래위로 몸을 움직이는 동안 내 몸도 그에 따라 움직이고 있었다. 그것은 내게 강요된 육체적 작업에 불과했지만 목숨을 부지하기 위해서는 쾌락을 가장하지 않을 수 없었다. 나는 신음 소리를 내고 다리로 그의 등을 감으면서 리듬에 맞추어 엉덩이를 움직였다. 다행히도 그가 사정하는 데 걸린 시간은 그 단어를 발음하는 것보다도 짧았다. 나는 재빨리 다리를 내리고, 손을 내밀어 아직도 경련하고 있는 그의 성기를 뺐다. 그리고 그가 사정하기 직전에 그의 성기를 내 입 안에 밀어 넣었다. 임신을 하면 큰일이었기에 그의 정액을 모두 입으로 받아냈다.

사정이 끝나자 그는 내 위에서 올라가 가슴을 어루만졌다. 마침내 숨을 고르면서 그가 중얼거렸다.

"좋았어."

나는 혹시 그에게도 여자가 있다면 참 불쌍한 여자일 거라고 생각 했다. 그는 일어서서 나를 일으켜 세운 다음, 다시 몇 분 동안 내 벗은 몸을 훑어보았다. 마침내 그는 코트를 집어 들고 묻은 먼지를 털어 버리면서 내게 옷을 입으라고 손짓했다. 그는 내가 옷을 입는 모습을 지켜보면서 말했다.

"룽우 로를 따라 룽우 항 부두로 나와. 오전 1시야. 알았지?"

나는 구역질을 느꼈다. 눈물은 내 의지를 따르지 않았다. 눈물을 보이지 않으려고 애를 썼지만, 기어이 얼굴 한쪽으로 흘러내렸다.

"그래요." 나는 낮게 속삭였다.

"뭐라고?"

"알았어요. 그리 가겠어요."

나는 생각보다 큰 목소리로 말했다.

남자는 아무 말없이 사라졌다.

■　■　■　■　■

포르투갈 화물선 바톨로메지 디아스가 홍콩에 입항했을 때 그 배에서 내린 많은 상자 중에는 중국어로 '장난감'이라고 써있는 상자가 포함되어 있었다. 영국인 검사관이 상자를 막대기로 두드려서 안이 가득 차 있고 피난민이 숨어 있지 않다는 것을 확인한 후 세관을 통과하도록 했다. 소형 트럭 한 대가 상자를 싣고 통초이 가에 있는 번잡한 시장으로 갔다. 거기서 두 사람이 그 무거운 상자를 작은 여성복 가게 앞에 내려놓은 다음 문으로 끌고 들어가 뒷마당에 털썩 내려놓았다.

가게 주인 우 진은 30대의 마른 남자였는데 굵은 검은 테 안경이 얼굴을 가리고 있었다. 그는 화물인수증에 서명을 한 다음 가게 안에 있던 두 여자 손님을 서둘러 보냈다. 그들이 떠나자 우는 앞문을 걸어 잠그고 뒤쪽으로 달려갔다. 그는 상자를 열어 그 안에 든 장난감과 동물 인형을 꺼내고, 안에 들어 있던 나를 내려다보았다.

나는 상자 안에서 무릎으로 턱을 받친 자세로 몸을 구부리고 있었다. 나는 천천히 머리를 들어 지치고 충혈된 눈으로 그를 올려다보았다. 고생과 피로로 내 얼굴은 나이보다 훨씬 더 늙어 보였을 것이다. 나는 목쉰 소리로 속삭였다.

"안녕하세요? 제 사촌 딩의 편지를 받았죠?"

나는 상자에서 나오려다가 뒤로 넘어졌다. 우는 투덜거리면서 허리를 굽혀 나를 끌어냈다. 나는 신음 소리를 내면서 그가 나를 낮은 중국궤짝 위에 올려놓는 동안 혹사당한 가랑이에 한 손을 올려놓았다. 체중이 2킬로그램은 줄었을 것이다.

나는 바닥을 손으로 받치고 일어나 똑바로 섰다. 나는 앞에 놓인 상자와 라벨을 바라보았다. '중국산 장난감'이라고 써 있었다. 얼마나 적절한 표현인가. 홍콩으로 향하는 배 안에서 나는 섹스를 위한 장난감에 불과했으니까. 하지만 나는 살아있었다.

손을 입술로 가져가자 팔이 떨렸다. 나는 손바닥에 입을 맞추고 머리를 뒤로 젖혀 하늘을 향해 그 입맞춤을 보냈다. 여보, 이 입맞춤은 당신을 위한 거예요. 나는 탈출에 성공했어요. 나는 당신과 당신이 한 일을 절대 잊지 않겠어요. 이제 편히 쉬세요.

6

나는 구가 이 만찬을 소집한 이유를 설명해 주기를 기다렸다. 특히 내가 왜 유수한 회사의 사장들이나 연구소의 수장들과 함께 이곳에 오게 되었는지를 말이다. 게다가 대가로 오천 달러를 받지 않았던 가? 마치 유명인사라도 되는 듯이.

어디선가 수도꼭지에서 물이 떨어지는 소리가 들렸고, 바깥 기온이 떨어지면서 이 낡은 저택에서는 삐걱거리는 소리가 들렸다. 여러 사람의 체온 때문에 방 안은 후덥지근했고, 나는 숨이 막힐 것 같았다. 참석자들 중 한 사람의 호흡 소리가 귀에 거슬릴 만큼 크게 들렸다. 누군가가 기침을 했다.

나는 의자에 앉은 채 몸을 앞으로 굽히면서 조이를 흘낏 바라보았다. 조이도 똑같이 걱정스러운 표정으로 눈을 크게 뜨고 나를 바라보고 있었다. 훗날 우리는 서로의 그런 시선에 익숙해졌지만, 조이의 시선은 마치 엄청난 금액의 세금고지서를 받아든 사람처럼 걱정스러워 보였다. 나는 '무슨 문제라도 있어?' 라고 말하는 듯한 시선으로 되물었다. 훗날 우리는 그런 의사소통 방식에 통달하게 되었다. 조이와 짧은 의사교환을 끝낸 뒤 나는 구에게 모든 관심을 집중시켰다.

그녀는 입을 굳게 다물고 엄숙한 시선으로 내 눈을 뚫어지게 바라보았다. 그녀가 테이블 위에 얌전히 손을 모으고 앉아 있지 않았다면, 하고 싶은 말을 내 뇌 속에 새겨두기 위해서 내 눈을 뚫고 들어오려 한다고 믿었을 것이다.

그녀는 나를 보면서 말했다.

"존, 우리는 당신의 모든 것을 알고 있어요."

그 말은 내 척추까지 스며들었다.

그녀는 '탁' 소리가 났다고 느껴질 정도로 단호하게 내 눈과의 접촉을 끊더니 단정한 옷차림의 젊은 여인에게 고개를 끄덕였다. 나는 그 여인의 이름은 잊어버렸다. 그녀는 자리에서 일어나 뒤쪽 벽에 기대 놓은 커다란 가죽 가방에서 편지지 크기의 종이 묶음 하나를 꺼냈다. 그녀가 공손하게 그 문서철을 내 앞에 가져다 놓자 구는 이야기를 계속했다.

"우리는 모두 이 보고서를 읽었고 내용에 대해 상세히 토론했습니다. 잠깐 읽어 보세요. 당신이 모르는 이야기는 없을 겁니다."

나는 앞에 놓인 작은 문서철을 바라보았다. 표지에 쓰여 있는 '존 뱅크스의 부모'라는 제목이 먼저 눈에 들어왔다. 나는 소스라치게 놀랐다. 그 밑에는 '초등학교 시절', '대학시절', '교우관계', '애정문제' 등의 제목들이 나열되어 있었다. 맙소사! 그것은 내 삶에 관한 5개 항목의 보고서였다. 나는 놀라고 당황했다. 애정문제라니? 세상에! 나는 건강한 젊은 남성이었고, 십대에는 많은 여자들과 사귀었다. 나는 여자들에게 인기가 있었고 심지어 나이 든 여자들도 나를 좋아했다. 나는 조이를 흘낏 훔쳐보았다. 그녀는 자기 앞의 텅 빈 테이블을 뚫어지게 바라보면서, 지금 일어나고 있는 상황을 즐기는 것 같았다. 조이도 틀림없이 자료를 읽었을 것이다.

제기랄! 나는 더욱 당황했고 화도 났다. 나는 그 문서의 요약을 훑어본 다음, 특히 '애정문제' 같은 항목을 자세히 읽어 보았다.

저택에서 들리던 삐걱거리는 소리는 점점 더 커지고 있었다. 식당의 의자가 바닥에서 끌리는 소리가 나더니, 내 옆에 있던 사람이 문서를 넘기는 소리가 들렸다. 나는 화가 났다.

보고서 내용 때문에 화가 난 나는 구를 노려보았다. 내 시선은 단도처럼 그녀에게 꽂혔다. 실은 그런 표정을 짓고 싶었지만, 나는 훈련이 되어 있지 않았다. 하지만 주먹으로 테이블을 딛고 의자에서 반쯤 일어나 소리를 질렀다.

"도대체 이건……."

구는 부드러운 미소를 지으며 나보고 앉으라고 손짓했다. 화난 남자에게 미소 짓는 여자는 언제나 유리한 위치를 차지하기 마련이다. 나는 무너질 것이고, 조이도 틀림없이 언젠가는 내 모든 비밀을 알게 될 것이다. 이 빌어먹을 보고서에는 그런 내용까지도 들어있을지도 모른다는 생각이 들었다. 내 주위에 있는 사람들의 능력이라면 내가 하루에 소변을 몇 번 보는지도 알고 있을 것이다. 제기랄.

구는 내게 시선을 고정시킨 채 부드럽게 말했다.

"우선 우리가 제안하려는 일에 당신이 적합한 사람인지 알아야했습니다. 이제 모든 걸 설명해 드리겠습니다. 그러나 우선 완벽한 비밀이 보장되어야 합니다. 대부분의 사람들은 우리가 하고 있는 일을 모르고 있지만, 비정부기관들이 우리 계획을 알게 된다면 우리와 우리 협력단체를 대대적으로 도와주려고 할 것입니다."

그녀는 망설이다가 의견을 구하는 듯 로랑을 바라보았다. 그는 고개를 끄덕였다. 그녀는 말을 계속했다.

"로랑은 우리의 비밀을 보장하기 위해서 당신이 마신 차에 무색 무미한 특수한 약을 넣었습니다. 그 약은 세 시간 뒤부터 효과를 발휘해서 당신은 오늘 있었던 모든 일을 잊게 될 겁니다. 해독제를 쓰지 않는다면 당신은 내일 아침, 잠에서 깨어났을 때 조이가 갑자기 뉴욕으로 가야하기 때문에 만찬이 취소되었다는 쪽지를 책상 위에서 발견하게 될 것입니다. 하지만, 만약 당신이 우리 일에 동참하겠다고 약속한다면 해독제를 드리겠습니다. 그러면 모든 것을 기억하게 됩니다."

"도저히 이해할 수 없습니다!"

나는 화가 나서 큰 소리로 항의했다.

"당신들은 내 사생활을 침해했습니다."

조이는 손을 내 주먹 위에 올려놓고 부드럽게 말했다.

"이해하게 되실 거예요. 그냥 들어보세요."

"빌어먹을."

나는 투덜거렸다. 그러나 다시 자리에 앉아서 주먹을 무릎 위에 올려놓고 심호흡을 한 다음 구에게 고개를 끄덕였다. 그녀는 설명을 계속했다.

■　■　■　■　■

"우리 조직은 비밀결사입니다. 이 조직은 오로지 두 가지 목적을 위해 결성되었습니다. 우리가 원하는 것은……."

그녀는 말을 멈추었다. 로켓을 들고 있는 토르의 얼굴에는 슬픔이 어려 있었다. 구는 특별히 위로의 말을 하지는 않았지만 토르가 그대로 앉아 있을 수 있는지를 걱정하는 것 같았다. 그녀는 토르를 살피면서 말을 계속했다.

"우리는 잔혹한 정부와 테러리스트들에게 살해당한 사람들이나 그 외 대량학살의 희생자가 된 사람들, 특히 우리가 사랑하는 사람들을 기억하고 싶습니다. 우리는 모두 생존자입니다. 부모의 고통을 기억하고 우리의 과업에 헌신하기 위해 참가한 생존자의 자녀가 몇 명 있기는 합니다만……."

그녀는 조이를 흘낏 보았다.

"우리는 나치의 유대인 학살, 르완다 대학살, 현재의 방글라데시인 동 파키스탄 대학살, 중국, 캄보디아, 칠레, 멕시코, 소련의 대학살에서 살아남은 생존자들입니다. 이 방에 있는 사람들과 전화로 원격회의를 하는 사람들은 1억 명이 훨씬 넘는 인명을 앗아간 학살에서 살아남은 사람들입니다. 존, 당신은 누구보다도 이 숫자를 잘 알고 있을 겁니다. 그것이 바로 당신의 전공이죠? 20세기에만 1억 7천 4백만으로 추산되는 사람들이 살해되었습니다. 그렇죠?"

나는 아직 화가 풀리지 않았지만 고개를 끄덕였다.

"우리는 죽은 사람들을 기억하고, 우리 결사를 통해 그들의 영혼을 기리는 징표를 만들려는 것뿐만 아니라, 인류가 다시는 그런 비극을 겪지 않게 되리라는 확실한 보장을 얻고 싶습니다. 하지만 '네버 어게인', 이제 다시는 그런 참사가 일어나지 않도록 하자는 구호만으로는 충분치 않습니다. 그런 사태는 처음부터 일어나지 말았어야 한다고 생각합니다."

동조하는 소리가 테이블 주위와 원격회의 전화에서 흘러나왔다.

"존, 당신이 바로 그 임무를 맡게 될 것입니다."

그녀는 나를 가리키며 떨리는 목소리로 말했다.

내가? 나는 생각했다. 그 말을 듣자 그들이 나의 사생활을 침해했다는 사실이 새삼스럽게 떠올랐다.

도저히 이해할 수 없었지만, 나는 입을 다물고 그냥 듣고 있었다. 토르는 한 손에 로켓을 쥐고 다른 손은 테이블에 앉은 사람들을 향해 흔들고 있었다. 구는 말을 계속했다.

"존, 우리의 재산을 모두 합하면 당신의 상상을 초월하는 금액이 될 것입니다. 우리는 우리 여러 기업을 통해서 전 세계적으로 1조 달러 이상의 자금을 관리하고 있습니다. 그 돈은 오로지 우리 비밀결사의 목표를 위해서 조성한 것이고, 조직의 사업을 위해서라면 즉각 전액 인출해서 사용할 수 있습니다."

그녀는 줄무늬 정장을 입고 있는 혈색 좋은 한 노인을 가리켰다.

"여기 있는 에드의 아버지 지미 윌슨은 우리 결사의 창시자였습니다. 영국인인 지미는 1차대전 중에 한 팔을 잃었지만, 그 무서운 전쟁에서 살아남은 뒤에 살인기기가 난무하는 전쟁을 종식시키기 위해서 평생을 바쳤습니다. 그는 미국에 건너와서 학위를 받겠다고 결심했고 자신의 계획대로 콜롬비아 대학교에서 경영학과 경제학 통합학위를 받았습니다. 그는 졸업 후에 영국의 스탠다드 차터드 은행에서 일했고, 저축한 돈을 모두 주식에 투자했습니다. 그는 졸업한 지 10년도 안 되어 그를 신뢰한 투자자들의 도움을 받아 런던에 브리태니커 은행을 설립했습니다. 그는 서른네 살 때 이미 백만 달러를 모았습니다.

지미는 그 돈으로 비밀리에 우리 조직을 만들었습니다. 그는 금융계와 정치계 인사들을 통해서 생존자 자선회에 전적으로 헌신할 수 있는 사람들을 찾아냈습니다. 각 회원의 최우선 목표는 이 조직을 국가나 족벌, 또는 가족을 초월하는 단체로 성장시키는 것입니다." 구는 덧붙여 말했다.

"지미는 1961년에 사망했습니다. 그리고 그의 아들 에드가 아버지의 대를 이어가고 있습니다."

그녀는 에드에게 가볍게 목례한 다음 이야기를 계속했다.

"이 결사는 항상 회원을 소수로 한정하고 있었습니다. 20명을 넘은 적은 한 번도 없었습니다. 그러나 우리가 돈과 전문지식을 제대로 활용한다면 규모는 아무런 문제가 되지 않습니다. 생존자가 우리 단체에 가입하기를 희망하면 우리는 그가 부를 창출할 수 있는 최선의 사업에 대해 논의합니다. 그런 사업에 적합하다면 말입니다. 그 밖의 사람들에게는 그들이 추구할 최선의 학문이나 전문분야 그리고 물리, 화학, 기계, 금융, 건설 등 최선의 전공분야를 결정하도록 도와줌니다. 일단 생존자가 우리 목적을 위해 개인적으로 공헌할 수 있는 분야를 결정하면, 우리 전 회원은 비밀리에 최대한의 지원을 합니다. 돈과 조직망을 사용해서 그들이 성공하도록 돕고, 또 그들이 새로운 회원들을 도와서, 우리의 종합적인 부를 조성하는 것입니다."

구는 풀이 죽은 표정으로 한숨을 쉬었다.

"우리는 지난 72년 동안 활동을 계속했습니다. 처음 우리는 국제연맹을 창설하고 국제법 제정을 촉진하는 데 노력을 기울였습니다. 당시 우리가 자문한 사람들은 국제적인 사법기구와 세계정부를 설립하면 비폭력과 평화가 실현될 것으로 확신하고 있었습니다. 그러나 우리 결사의 회원들은 국제연맹이 1930년대에 스탈린이 저지른 대량학살과 일본의 만주 침략과 식민화, 2차대전의 발발을 방관하고 있었다는 점에서 크게 실망했습니다."

에드가 끼어들었다.

"아버님은 그 전쟁으로 큰 타격을 받았습니다. 아버님의 지휘에 따라서 우리 단체는 평화단체, 국제법연구소, 평화를 지지하는 정치인들에게 많은 자금을 지원했습니다. 뮌헨에서 히틀러와 평화협정을 체결해서 전쟁을 피하려 했던 영국수상 네빌 챔벌린도 우리 단체가 그의 지지 세력과 호의적인 언론에게 비밀자금을 제공하지 않았더라면 권력을 잡을 수 없었을 것입니다."

에드는 슬픈 듯이 고개를 흔들었다.

"아버님은 세계대전의 재발을 막지 못했다는 것과, 그 참상이 전에 겪었던 전쟁을 훨씬 능가했다는 걱정 때문에 몹시 괴로워 하셨습니다. 아버님은 지속적으로 자금을 기부하셨지만, 적극적인 참여는 중단하셨습니다."

테이블 옆에 놓인 지팡이에 의지하고 있던 아주 나이 많은 노인이 몸을 내밀자 에드는 말을 멈추었다. 앞서 참석자들을 소개하는 과정에서 나는 그가 수학자이고 야나 전자의 소유자인 빅토르 핀제니크라는 것을 알게 되었다.

빅토르가 이 단체의 전쟁방지 노력에 대한 이야기를 이어받았을 때, 그의 연로한 목소리는 심하게 떨리고 있었다. 나는 그들의 이야기를 열심히 들었다. 역사학자로서 나는 그들의 증언에 매료되고 있었다. 그리고 그 증언을 내가 가지고 있는 지식과 대조해 보고 있었다. 나는 이 사람들을 어디까지 믿을 수 있을지 알고 싶었다.

역사학자라고? 그렇다. 나는 자신을 지칭할 때 그런 어휘를 사용했다. 훗날 나는 조이와 논쟁을 하게 되었을 때, 내가 '역사학자로서' 란 말을 자주 쓰는 것이 역겨웠다는 이야기를 들었다. 그러나 그녀도 나와 논쟁할 때 '훈련을 받은 무사로서' 란 말을 그에 못지않게 자주 사용했다는 사실을 지적하고 싶다.

어쨌든 나는 빅토르의 이야기를 열심히 들었다.

"저는 2차대전 이후 이 단체의 운영을 책임지게 되었습니다. 우리는 좀 더 민주적으로 활동하기로 결정하고 매년 돌아가며 의장직을 맡았습니다."

토르와 구는 그 말을 듣고 미소를 지었다. 조이는 감사의 표시로 그에게 가볍게 손을 흔들었다.

빅토르는 이야기를 계속했다.

"또한 우리는 접근방식을 완전히 개선했습니다. 우리는 전쟁, 그리고 존이 말하는 데모사이드와 싸우는 데 도움이 되는 기술과 새로운 국제적 전략을 찾는 일에 총력을 기울이기로 결심했습니다. 국제기구와 법이 전쟁과 대량학살을 막을 수 없는 것은 분명합니다."

그는 허리를 굽히고 입을 막더니 기침을 했다. 그는 잠시 후 기력을 회복한 다음 이야기를 계속했다. 구가 무슨 말을 하려고 했으나 빅토르는 손을 저어 저지했다.

그는 쉰 목소리로 말을 계속했다.

"우리는 전 세계의 통신과 이동수단을 개선해서 사람들이 라디오나 텔레비전을 통해 서로를 알고, 만나서 서로의 문화를 공유하는 것이 최선의 방법이라고 생각했습니다. 그래서 우리는 거기에 수십억 달러를 투입했습니다. 오늘날 당신들은 인터넷을 사용하고 있습니다. 그러나 우리가 적절한 시기에 적절한 사람에게 지원한 비밀자금의 덕분으로 컴퓨터와 인터넷의 발전을 10년이나 앞당겼다는 사실을 알고 있나요? 우리 회원들은 그 토대 위에 자신들이 개발하고 발명한 것들을 더해 나갔습니다. 우리는 민간 제트항공기 사업의 급속한 발전에도 공헌했습니다. 우리 회원들은 주요 산업의 주식을 상당량 매입했기 때문에 연구와 제품개발을 가장 유용한 방향으로 이끌어 나갈 수 있었습니다."

그의 목소리는 점점 약해졌지만, 이야기를 끝까지 매듭짓기로 결심한 것 같았다. 토르는 걱정스러운 표정이었고, 구는 안절부절 못하고 있었다. 이유는 알 수 없었지만, 빅토르에게는 그것이 아주 중요한 일인 것 같았다. 훗날 나는 빅토르가 자신에게는 그날의 모임이 마지막이 될 것이라고 생각하고, 평생을 바친 노력의 대단원을 장식하고 있었다는 사실을 알게 되었다.

그는 마지막 남은 힘을 다해서 하고 싶었던 이야기를 끝맺고 있었다.

"우리는 힘의 균형, 특히 핵보유국간의 공포의 균형을 이루기 위해서 주요국의 외교와 무기개발을 지원하는 데 노력을 기울였습니다. 그런 우리의 전략은 성공적이었고 소련의 체제가 붕괴하는 데 일조했지만, 한국과 베트남 전쟁이 일어났고 또 다른 지역에서도 많은 전쟁이 있었을 뿐만 아니라 2차대전 이전보다 더 광범위한 대량학살이 있었습니다. 그리고 국가가 후원하는 테러리즘도 발생했는데 최근에 일어난 가장 대표적인 것이 바로 미국에 대한 911 공격입니다. 신속한 통신과 외교력 그리고 세력균형의 유지는 새로운 세계 대전을 미연에 방지했지만 전쟁이나 인종학살, 대량학살을 완전히 종식시키지는 못했습니다. 물론 그것도 적은 성과는 아닙니다."

로랑이 덧붙였다.

"그렇습니다. 내가 직접 경험했던 르완다의 인종학살을 보세요. 10년도 안 된 일입니다."

"그렇습니다. 그래서 우리가 지금 여기 모인 겁니다."

에드는 로랑을 보면서 동의를 표시했다.

"그래서… 우리는 다시 전략을 검토하는 겁니다."

빅토르는 너무 작은 목소리로 말했기 때문에 나는 무의식적으로 몸을 내밀어 귀를 기울였다.

"20년 전, 우리 회원 한 명에게 우리가 모색하던 해답을 제시할 수 있는 전쟁에 관한 연구를 제안했던 적이 있습니다."

그의 목소리는 새로운 힘을 얻었다.

"그가 발견한 사실은 민주주의 국가들은 서로 전쟁을 하지 않는다는 것이었습니다. 물론, 그가 확인한 것이 옳다면 우리는 민주주의를 발전시켜야 합니다. 우리는 자금을 지원해서 좀 더 연구하도록 고무했지만, 그 결론만 되풀이되었을 뿐입니다. 그에 못지않게 중요한 것은 연구자들이 민권과 정치적 권리를 보장하는 현대 민주주의, 다시 말해서 자유민주주의는 국내에서 데모사이드를 저지르지 않는다는 사실을 발견했습니다. 즉, 민주적 자유가 근본적인 해결책인 것 같았습니다."

그는 다시 기침을 했다. 얼굴이 벌겋게 상기되었다. 그는 손으로 머리를 짚었다. 로랑이 테이블을 돌아 그에게 달려가서 재빨리 청진기를 꺼내 심장에 갖다 댔다.

로랑은 토르를 보았다.

"침실로 모셔 가야겠습니다. 누워서 휴식을 취해야 해요."

가엾은 빅토르. 그는 우크라이나 기근 때 가족을 잃고, 그 자신도 거의 굶어죽을 뻔했다. 그 무서운 경험 때문에 건강이 악화된 것이다.

우크라이나 기근 역시 나의 역사적 관심사였다. 나중에 그에 관한 질문을 하기 위해 빅토르를 찾아갔을 때 그는 적극적으로 솔직한 대답을 들려주었다. 어쨌든 빅토르는 그 사건이 인연이 되어 이 단체의 회원이 된 것이다. 그는 내게 이렇게 대답했다.

"우리는 모두 기아로 죽어가고 있었습니다. 하지만, 나의 아버지 페트로 핀제니크는 아무런 대책도 찾아낼 수 없었습니다. 그래서 그런 사실에 몹시 분노하고 계셨습니다. 나는 아버지가 하늘을 향해 주먹을 흔들면서 나의 어머니 올레나에게 외치는 것을 보았습니다. '어떻게 우리에게 이럴 수 있습니까? 우리를 모두 굶어 죽게 하실 겁니까? 하느님, 왜? 우리가 무슨 잘못을 했단 말입니까?'

어머니는 대답하지 않았습니다. 먹지 못해, 뼈만 남아 쇠약해진 어머니는 침대에서 일어나지도 못했죠."

조이는 토르에게서 빅토르의 이야기를 들은 적이 있었다. 하지만 빅토르의 진술을 듣고 난 나는 그녀에게 더 자세한 이야기를 들려주었다. 나는 지금도 그의 진술을 완벽하게 기억하고 있다.

■　■　■　■　■

우크라이나 기근의 원인은 가뭄 때문이었다. 그러나 그 기근도 공산주의 소련의 절대적 독재자 스탈린이 하고 있던 짓에 비하면 아무것도 아니었다. 그는 어떤 식량도 우크라이나로 들어갈 수 없도록 완전히 봉쇄해 버렸다. 공산당원들은 여행자의 짐까지 수색해서 식량의 반입을 막았다.

스탈린의 광신적 공산주의 논리에 의하면 우크라이나 농민의 민족주의가 그의 권력을 위협하기 때문에 탄압해야 한다는 것이었다. 농민들은 집단 농업공장을 만들기 위해 집과 농장, 가축을 내놓으라는 중앙정부의 명령에 강력히 저항했다. 그런 고집과 민족주의에 대해서 스탈린은 굶주림이라는 무기로 대응했다. 그는 공산당원들과 보안군을 우크라이나 지역으로 파견하여 인공적으로 기근을 만들어냈다.

스탈린에 대해 끓어오르는 분노를 참을 수 없었던 페트로는 기진맥진한 상태였다. 젊은 시절, 그는 매력적인 남자였고 다른 농민보다 키도 컸으며 둥글고 흰한 얼굴에 짙은 눈썹을 하고 있었다. 나이가 들면서 머리가 회색으로 변했지만, 다른 건장한 농민들처럼 여전히 튼튼한 근육을 가지고 있었다. 그러나 지금은 갈비뼈가 드러나고, 배는 움푹 꺼졌고, 팔과 다리에는 뼈만 앙상하게 남았으며 근육도 겨우 형태만 유지하고 있었다.

빅토르는 아버지가 밑창을 떼어낸 구두를 화로 위의 냄비 속에 넣고 끓이는 것을 보았다.

"이걸 넣으면 나무껍질이라도 먹을 만할 거야."

그는 더 이상 제정신이 아닌 것 같았다.

그는 정치에 관심이 없었고, 분쟁에 끼어들지 않았으며, 지방 공산당 관리들이 시키는 대로 일을 했다. 그러나 농장을 가지고 있던 그는 조만간 키에프에서 내릴 지시를 두려워하고 있었다. 키에프에서는 그가 소유하고 있는 1에이커의 밭과 작은 집을 집단농장에 내놓으라고 명령할 참이었다. 빅토르의 아버지는 이 조그만 농토를 개간하고 농장을 만드는 데 평생을 바쳤다. 페트로는 그 농장을 포기하고 싶지 않았다. 하지만, 만약 저항한다면 공산주의자들이 그와 가족을 처형할 것이 틀림없었다.

당시 빅토르는 열네 살이었다. 아버지가 너무 쇠약해졌기 때문에 낮에 빅토르는 혼자서 사냥을 나갔다. 긴 자루가 달린 망태기를 가지고 마을 근처나 밭에서 눈에 띄는 대로 아무 동물이나 잡으려고 했다. 공산주의자들이 놓친 애완동물까지도 잡았다. 그들은 마을에 들어와 애완동물을 총으로 쏘아 죽이고 그 사체를 자루에 넣어 짊어지거나 트럭에 실어서 가지고 갔다. 그들은 가축을 모두 징발했고, 집집마다 식량을 뒤졌으며 테이블 위에 놓인 따뜻한 빵까지 빼앗아 갔다. 그들은 마을 사람들이 새를 잡아먹는다는 것을 알게 되자, 다시 마을에 와서 나무에 앉아 있는 새를 모두 쏘아 떨어뜨려 자루에 담아 갔다.

그들은 빅토르의 집에서 긴 막대기로 집 밖의 마당을 쑤시고 돌아다니며 숨겨 둔 식량을 찾았다. 그들은 빅토르의 어머니가 훗날 심으려고 펌프 옆에 숨겨 둔 종자까지도 찾아내어 약탈해갔다.

빅토르는 믿고 싶지 않았지만 결국 그들 가족이 얼마 살지 못하리라는 것을 깨달았다.

어느 날 저녁, 빅토르가 빈손으로 집에 돌아와 문을 닫았을 때, 멀리서 비명소리가 들려왔다. 페트로는 놀랐지만 쇠약해서 움직일 수 없었기 때문에 손짓으로 빅토르에게 밖에 나가서 무슨 일인지 알아보라고 했다. 페트로와 올레나는 빅토르가 집에서 나간 뒤 긴장한 채 기다리고 있었다. 빅토르는 부모가 무엇을 두려워하고 있는지 알고 있었다. 그는 소리가 들리는 곳으로 다가갔다. 하지만 비명은 곧 잦아들고 고통스러운 신음 소리와 헐떡이는 숨소리가 뒤섞여서 들려왔다. 그 비명의 원인을 발견한 빅토르는 빈속에 남아있던 모든 것을 토했다. 그는 구역질을 하면서 집으로 달려가 담 옆에 누운 채, 지쳐서 더 이상 울음이 나오지 않을 때까지 울었다. 마침내 그는 비틀거리며 집 안으로 들어갔다.

그는 문을 닫은 다음, 그 자리에 서서 마치 잘못을 저지르고 궁지에 몰린 사람처럼 몸을 떨었다. 그는 경련을 일으키며 입을 벌린 채 부모를 바라보고 있었다. 그리고 다시 울음을 터뜨렸다. 울음을 멈추고 숨을 쉬려고 애를 썼지만 억누를 수가 없었다. 그는 방금 전에 목격한 것을 차마 부모에게 이야기를 할 수 없었다.

"무슨 일이야?" 페트로가 힘없는 목소리로 물었다.

빅토르는 어머니의 침대로 달려가서 그 옆에 엎드렸다. 온몸이 떨렸다. 올레나는 뼈만 남은 팔로 그를 품에 안고 위로하면서 아들이 이야기를 꺼낼 때까지 기다렸다.

마침내 빅토르는 떨면서 말했다.

"그놈이 그 애를 먹었어요."

"누구를 먹었다고?" 아버지가 물었다.

"야나요."

"야나? 그게, 무슨 소리야?"

당황한 어머니는 빅토르에게서 시선을 옮겨 페트로를 바라보았다. 빅토르는 다소 진정이 되자 눈물을 흘리며 이야기를 계속했다.

"저 아래 쪽에 살던 야나요. 그 애가 실종되었거든요. 그래서 그 애 아버지가 숲을 뒤지다가 개울 건너편에 사는 미친 사람 타란의 집에 갔어요. 그 애는……."

"뭐라고?"

"토막이 나서 냄비 속에 들어 있었어요. 그래서 그 애 아버지가 삽을 들고 타란과 그의 어머니를 때려 죽였어요."

그 장면이 떠오르자 빅토르의 내장이 다시 꿈틀거렸지만, 이제 속에서는 아무 것도 올라오지 않았다. 그는 홀쩍였다.

"야나는 아주 재미있는 애였어요. 항상 웃고, 장난도 심했죠 그리고 너무 순진해서 제가 무슨 말을 하든지 그대로 믿었어요."

"하느님 맙소사." 페트로는 탄식했다.

"소문은 들었지만, 우리 마을에서 그런 일이 일어나다니. 아니야. 믿을 수 없어."

올레나는 그저 눈을 감고 눈물을 흘리고 있었다.

세월은 천천히 흘러갔다. 하루하루가 기아의 고통이었다. 페트로는 쇠약해져 침대에서 일어나지 못했다. 빅토르는 사냥을 계속하면서 밭에서 쥐를 몇 마리 잡았다. 그는 냄비에 삶은 쥐의 머리를 가지고 굶주린 개를 유인해서 잡기도 했다. 그 개는 너무 굶주린 나머지 본능적인 경계심마저 사라지고 없었다.

그의 부모는 항상 사냥한 동물의 가장 큰 부분을 그에게 주었다. 그들은 빅토르가 반드시 살아남아서 그들이 겪고 있는 모든 것들을 기억해 주기를 바랐다.

올레나는 2주일 뒤에 죽었고, 페트로도 그 다음 주에 아내의 뒤를 따랐다. 빅토르는 아버지가 죽자 모든 희망을 잃었다. 그는 침대에 누워 죽음이 오기만을 기다리고 있었다. 바로 그때 스탈린은 군대의 창고에서 곡식을 나누어주라는 명령을 내렸다.

지방 관리들은 마을을 하나씩 찾아다니며 생존자를 찾기 시작했다. 그들은 빅토르의 집에 와서 문을 두드렸다. 아무런 반응이 없자 그들은 문을 열고 집 안으로 들어갔다. 나중에 그들 중 한 사람이 들려준 이야기에 의하면 오줌과 배설물 그리고 시체 썩는 냄새 때문에 실신할 뻔했다고 한다. 그들은 더러운 담요 위에서 썩어가고 있는 부모의 시체 옆에 죽은 듯이 누워있던 빅토르를 발견했다. 그런 상황이 처음은 아니었기 때문에 그들은 어떻게 대처해야 하는지를 알고 있었다. 그들은 빅토르를 밖으로 들고 나가 땅에 내려놓은 다음 멀건 수프를 먹여주었다.

대부분의 다른 마을 사람과는 달리 빅토르는 살아남았다. 그러나 5백만의 다른 우크라이나 사람들은 그렇지 못했다.

하지만, 스탈린은 그것만으로 만족하지 못했다. 그는 우크라이나의 핵심적인 문화를 파괴하기로 결심했다. 그 문화의 핵심에 있던 사람이 누구였을까? 우크라이나의 고전음악과 민속음악을 연주하고, 우크라이나 영웅의 이야기를 들려주던 눈먼 방랑연주인들이었다. 그래서 스탈린은 공산당 관리들에게 그 민속 음악인들을 위한 축제를 열어 그들을 소집하도록 한 다음 그들을 모두 총으로 쏘아 죽여 버렸다.

7

시간여행이 이론적으로 불가능하다는 주장은
한 이스라엘 연구자에 의해 잘못된 추론임이 증명되었다.
하이파에 있는 테크니온-이스라엘 기술연구소의 아모스 오리는
케임브리지 대학의 스티븐 호킹 교수가 시간여행의 가능성을 일소한
최근의 주장에서 오류를 발견했다.
이것은 1980년대 말, 캘리포니아 공대(칼텍)의 킵 스론과 그의 동료들이,
비록 타임머신을 제작하는 데는 상당한 현실적인 어려움이 있긴 하지만
현재 수용되고 있는 물리학 법칙에 따르면 불가능한 것은 아니라고
주장하면서부터 시작된 논쟁에서 가장 최근에 기록한 성과이다.

- 존 그리빈

http://epunix.biols.susx.ac.uk/home/John-Gribbin/welcome.htm

로랑은 빅토르를 부축해서 침실로 향했다. 계단에 이르자 빅토르
는 나를 돌아보고 창백한 얼굴로 미소를 지으며 내게 들릴 정도로 큰
소리로 말했다.

"젊은이, 승낙하시오. 당신에게 기대를 걸고 있어요. 우리 모두가

말이요."

빅토르가 민주주의를 언급했으므로 나는 몸을 내밀고 한 마디도 놓치지 않고 그의 이야기를 경청했다. 그것은 오늘의 만찬에서 마침내 내가 이해할 수 있는 내용이었다. 그러나 빅토르가 떠나면서 한 말이 내 마음속에서 요동을 치고 있었다. 날보고 무엇을 하라는 것일까? 빌어먹을. 이 사람들은 도대체 내게 뭘 원하는 것인가?

빅토르가 떠나자 구가 몸을 내밀며 말을 덧붙였다.

"거의 같은 시기에……."

빅토르의 결론이 내 마음속에서 번쩍 떠올랐다. 학교 선생은 어쩔 수 없다. 이런 상황에서도 나는 자동적으로 손을 들고 불쑥 말을 꺼냈다.

"아시다시피 민주적 평화에 대한 이런 사고는 철학자 임마뉴엘 칸트까지 거슬러 올라갑니다."

나는 구가 말할 차례를 기다리고 있는 것을 보았다. 나는 당황해서 얼굴이 달아올랐다.

"미안합니다."

"고마워요, 존." 구는 미소를 지으며 말했다.

"당신의 지식은 높이 평가해요. 하지만 먼저 제 말을 마치게 해 주세요."

나는 고개를 끄덕이고 자리에 앉으면서 모든 사람의 시선이 구에게 돌아가기를 바랐다.

"아인슈타인의 일반 상대성이론에 의하면, 물질은 시공간에서 왜곡됩니다." 그녀가 말했다.

"우리 실험실에서는 시간 이전의 가능성을 실험하기 시작했습니다. 시공간을 충분히 왜곡시키면 과거의 특정한 시간으로 가는, 웜홀이라고 부르는 통로를 만들 수 있다고 생각했습니다."

나는 갑자기 불편을 느껴 앉은 자세를 바꾸었다. 이 논의가 어디까지 갈지 알 수 없었지만, 마치 공상과학 소설에나 나올 법한 이야기처럼 들렸다.

"우리는 강력한 레이저빔을 이용한 복잡한 시스템을 사용해서 시공간을 충분히 왜곡시켜 물체를 과거의 시간으로 돌려보내는 데 성공했습니다. 첫 실험에서 엄청난 양의 에너지를 사용하여 아주 작은 물체를 1천분의 1초의 과거로 되돌릴 수 있었습니다. 연구를 계속한다면 물체를 좀 더 먼 과거로 보낼 수 있고, 소요되는 에너지의 양은 점점 줄어들 것입니다. 우리는 1990년대 중반까지 시간여행을 연단위로 계산하고, 거기에 필요한 에너지를 작은 마을에서 사용하는 정도의 전력 수준으로 줄일 수 있습니다."

"시간여행이라고요?"

나는 물러 앉아 팔짱을 끼었다. 조이의 시선이 나에게 쏠린 것을 느낄 수 있었지만 그녀를 바라보지 않았다. 나는 그녀가 나를 배신했다고 생각했다. 그녀는 나를 미치광이들의 모임에 데려온 것이다.

"그래요."

구는 마치 내가 빨리 이해하지 못한 것이 놀랍다는 듯 대답했다.

"그것이 대체 민주적 평화와 무슨 관계가 있단 말입니까?"

내가 물었다. 나는 당시 무모한 젊은이에 불과했다. 지금처럼 원숙하고 임기응변의 재치가 있는 사람이 아니었던 것이다.

구가 손을 들었다.

"존, 제발 좀 참아줘요. 말을 마치게."

내게 선택의 여지가 있던가? 나는 내가 어디에 있는지도 몰랐고, 나를 태우고 온 리무진이 없다면 다시 돌아갈 수도 없었다. 나는 한숨을 쉬면서 고개를 끄덕였지만 의구심을 감출 수 없었다.

구는 다시 이야기를 시작했다.

"우리가 이룩한 성과가 상대적으로 쓸모없는 것이라고 칩시다. 하지만 우리는 거트루드 자우토키(Gertrude Zawtoki)의 수학연구를 응용하여 물체를 공간 속에서 재배치하면서 과거로 보낼 수 있는 방법을 개발했습니다."

나는 그녀의 비위를 맞춰 보기로 했다.

"좋습니다. 이론상으로는." 내가 말했다.

"그러나 당신이 말하는 '재배치'가 미래 또는 우리가 알고 있는 현재를 바꿀 수 있을까요? 우리가 사물의 자연적인 질서를 회복 불가능하게 바꾸어서, 예를 들어 도마뱀을 지구를 지배하는 종으로 만들 수 있단 말입니까? 미래에서 온 물건이 갑자기 과거의 환경에 나타나 변화를 일으킬 수 있다고 누가 장담할 수 있나요?"

나는 의기양양하게 회심의 미소를 지었다.

나는 조이를 흘낏 보았다. 그러나 그녀는 감명을 받은 것 같지 않았다.

구가 대답했다.

"그것은 그 물체가 가지고 있는 인과관계의 충격량에 달려있습니다. 만약 그 물체가 아주 작고 사막처럼 아주 안정된 환경 속으로 들어간다면 충격은 거의 없습니다. 그러나 만약 우리가 사람을 과거로 보내서 살게 한다면, 물론 환경에 영향을 줄 뿐만 아니라 그 사람이 접촉하는 사회에도 영향을 주게 됩니다. 그럴 때 우리는 이론적으로 병행적인 우주를 만들어내게 됩니다. 그것을 직접 실험할 수 있는 방법은 아직 발견하지 못했지만, 간접적인 실험에 의하면 그 이론이 옳다는 것이 증명되었습니다."

전자공학 엔지니어이며 월드 엔터프라이스의 회장인 루드거 슈미트는 그때까지 조용히 앉아 있었다. 그러나 서서히 그의 눈이 빛나기 시작했다. 그는 몸을 내밀고 나에게 손을 흔들면서 말을 시작했다.

"우리는 열여섯 차례나 시간여행을 실험했습니다. 점점 더 큰 물체를 점점 더 먼 과거로 보내게 되었죠. 존, 우리는 최근 생쥐나 원숭이와 같은 동물을 과거로 보내는 데 성공했습니다."

흥분한 그의 목소리가 높아지고 제스처도 더욱 커졌다.

"우리가 히어로라는 이름을 지어 준 원숭이를……."

내가 생각했던 대로였다. 그들은 속어로 사기와 협잡을 뜻하는 표현인 '원숭이 사업'까지 하게 된 것이다. 나는 멋진 말장난을 찾아낸 내 재치에 너무 만족한 나머지 루드거가 한 말의 일부를 듣지 못했다.

"… 한 달 동안 쓸 수 있는 배터리와 함께 밀폐된 방수 캡슐에 넣어 1900년으로 보냈습니다. 우리는 히어로가 시간여행 중에 생존할 수 있는 식량과 물을 넣어주고, 선을 연결하여 히어로의 상태를 측정할 수 있는 장치를 마련했습니다. 우리는 또 히어로가 평화롭게 죽을 수 있도록 한 달이 지나면 부착된 주사기에서 모르핀이 나오도록 조치했습니다.

우리는 캡슐을 미네소타 주 투하버스 근처에 있는 슈퍼리어 호의 바닥으로 내려 보냈습니다. 우리가 조사한 바에 따르면 그 지역에는 지진이 없었습니다. 물론 허리케인이 하상을 어지럽힌 적도 없었죠. 캡슐의 바깥은 살균을 해서 환경에 끼칠 수 있는 영향을 최소화했고, 실제로 영향을 끼친 일도 없었습니다. 캡슐은 병행우주에 속하지 않았기 때문에 99년 후에 우리는 캡슐을 다시 회수할 수 있었습니다. 캡슐 안에는 1900년에 착륙하여 히어로가 지정된 기간 동안 생존했다는 증거가 들어 있었습니다."

루드거는 영웅이란 뜻을 가진 히어로라는 이름의 원숭이에 대해서 이야기했지만, 몇 주일 후 나는 그 자신이 유대인 학살에서 살아남은 진정한 영웅이었다는 것을 알게 되었다. 내가 역사학적 관점에서 데모사이드를 연구하게 된 한 가지 커다란 이유는 학생시절에 알게 된 유대인 학살에 대한 공포 때문이었다. 나는 정부가 단순히 인종이나 종교상의 이유만으로 수백만의 인간을 조직적으로 멸종시키려 했다는 사실을 믿을 수 없었다. 믿을 수 없었기에 그것을 연구했다. 그 결과 다른 인종학살에 대한 연구도 하게 되었고, 다시 정부에 의한 대량학살과 전쟁 자체를 연구하기에 이르렀다.

만찬이 있은 지 며칠 후 조이는 루드거에 대해서 이야기해 주었다. 그는 나치가 유대인을 학살하던 시기에 독일시민이며 경찰관이었고, 한 걸음 더 나아가 폴란드에서 유대인을 말살하기 위해 파견된 대원의 일원이었다. 나는 그에게서 직접 이야기를 듣고 싶었다. 다음은 그가 커다란 슈프레허 바바리안 흑맥주 잔을 앞에 두고 내게 들려준 이야기다.

■　■　■　■　■

뤼벡의 예비경찰대 17대대에 소속되어 있던 나는 폴란드에서 임무를 수행할 준비를 하라는 명령을 받았다. 우리는 그곳에서 유대인 문제를 해결하는 중요한 임무를 수행할 것이라는 이야기를 들었다. 314명으로 구성된 우리 대대는 중대 별로 트럭에 나누어 타고 각기 다른 캠프로 향했다.

인원수가 적었던 우리 3중대는 폴란드의 플록이란 마을에 도착했다. 그곳에는 벽돌로 지은 낙농농장에 임시로 설치한 병영이 있었는데, 우리가 트럭에서 내리자 한스 셰퍼 중위가 소개연설을 했다.

모자를 똑바로 쓴 셰퍼 중위는 장화 뒤축을 절도 있게 붙이고 차렷 자세로 서서 단조롭지만 큰 소리로 말을 시작했다.

"귀관들이 이번 임무를 위해 선발된 것을 축하한다. 그리고 이곳 플록에 온 것을 환영한다. 귀관들은 제 3제국과 총통에게 봉사하기 위해 이곳에 왔다. 이 영광스러운 임무를 위해 전선으로부터 많은 병사를 동원할 수 없기 때문에 여러분 같은 경찰관들을 투입하는 것이다.

이제 플록에 거주하는 모든 유대인들은 내일 새벽 이곳에서 1마일 가량 떨어진 들판에 집결할 것이다. 귀관들은 아침을 먹고 체조를 한 다음, 그 들판으로 가서 그 유대인들을 한 사람씩 데리고 근처 숲으로 들어가서 엎드리게 해 놓고 머리 뒤에 총을 쏘아 사살해야 한다."

중위는 갑자기 말을 멈추더니 마치 함성이 터질 것을 기다리는 듯이 우리를 바라보았다. 그러나 아무 반응이 없자 설교조로 말을 계속했다.

"본관도 그게 어려운 일인 줄은 알고 있다. 귀관들이 그들을 인간으로 보고 있다는 것을 알고 있다. 그러나 그들은 인간이 아니다. 그들은……." 그는 갑자기 어조를 바꾸더니 침을 뱉었다.

"해충이나 바퀴벌레 같은 존재다."

그는 주먹으로 손바닥을 치면서 힘주어 그 단어를 강조했다.

"그리고 귀관들은 해충구제요원들이다. 귀관들은 독일뿐만 아니라 이 지구상에서 오물을 제거하는 것이다."

그는 정신을 가다듬더니 뒷짐을 졌다. 그때까지 그의 장화는 1밀리미터도 움직이지 않고 있었다. 그는 다시 말을 이었다.

"그러나 본관은 이 임무가 귀관들에게 부담이 되리라는 것을 잘 알고 있다. 귀관들은 인명을 보호하고 구제하는 경찰관으로서 훈련을 받았다. 이 작업에 참가할 특혜를 받은 우리는 그것이 귀관들에게 정서적으로 어려운 일이라는 사실을 잘 알고 있다. 하지만 이 임무는 귀관들의 도전이고 귀관들은 영웅적 행동의 모범이 될 것이다."

그는 말을 멈추고 우리 얼굴을 훑어보았다.

"만약 귀관들이 이 임무를 수행할 수 없다면, 만약 귀관들이 심리적 또는 정신적 이유로 이 임무를 수행할 수 없다면 우리가 일을 마칠 때까지 이곳에 머물러서 숙사를 청소하고, 취사병을 도와줘도 좋다. 귀관들의 인사기록부에는 아무런 기록도 남지 않을 것이다.

자, 닥터 알프레드 헬무트! 임무를 수행하는 방법을 보여 주시오."

의사는 커다란 종이 챠트과 휴대용 이젤을 들고 아무런 표정없이 옆에 서 있었다. 그는 우리 앞에 이젤을 세워놓고 챠트를 걸어 놓았다. 챠트의 첫 페이지에는 인간의 몸과 머리가 대강 그려져 있었다.

그는 호주머니에서 빨간 크레용을 꺼내더니 머리 뒤에 총탄으로 인간을 즉사시킬 수 있는 정확한 지점에 작은 원을 그려 놓았다. 그러고 나서 파란 크레용을 꺼내어 착검한 소총의 총열을 대강 그렸다.

그는 물러서서 자기 그림을 찬찬히 훑어보더니 고개를 끄덕였다. 그리고 우리 쪽으로 약간 몸을 돌리고 그림에서 총검이 향하고 있는 지점을 가리키며 마치 복권이 당첨된 사람처럼 큰 소리로 외쳤다.

"바로 여기다!"

그는 손가락으로 그 지점을 찔렀다.

"귀관들은 총검의 끝으로 이 지점을 겨냥해야 한다. 그러면 총알을 머리 뒤에 완벽하게 쏘아 넣을 수 있을 것이다."

의사는 이젤 옆에 서서 스스로 만족했다는 듯이 우리를 바라보며 질문을 기다렸다.

그러나 아무도 질문을 하지 않자 중위가 물었다.

"질문 없나?"

몇몇 경찰관은 땅을 내려다보고 있었고, 어떤 경찰관은 먼 곳을 바라보고 있었다. 한 경찰관이 자세를 바꾸자 구두 밑창에서 금속 부딪치는 소리가 났다. 근처에서는 북쪽에서 불어오는 상쾌한 산들바람에 나뭇가지가 소리를 내고 있었다.

"좋아. 귀관들은 조국을 위해 할 일을 숙지했다."

중위는 다시 뒷짐을 진 다음 루돌프헤르만 상사에게 고개를 끄덕였다.

헤르만은 중위에게 경례를 하고 즉시 명령했다.

"해산."

우리는 모두 음산한 병사로 들어가서 각자 침상을 배정 받을 때까지 침묵을 지켰다. 나는 메스꺼움을 느꼈고 걱정 때문에 머리가 아플 지경이었다. 나는 양손에 머리를 파묻고 침상에 걸터앉았다. 피부가 달아오르는 것 같았다. 심장이 빠르게 고동치고 있었다. 나는 이 일을 할 수 없다고 생각했다. 그러나 하지 않을 수 없었다. 내가 하지 않으면 그들은 나를 비겁자로 생각할 것이고 유대인 옹호자로 간주할 것이다. 하느님, 나는 어떻게 해야 합니까?

몇 마디 한가한 대화가 오고갔지만 대부분 서로 모른 척 했고 시선을 피했다. 항상 주고받던 농담도 하지 않았다.

나는 배낭에서 집에서 가져온 신문을 꺼내 침상에 펼쳐놓고, 일부러 소리를 내어 신문을 넘기면서 열심히 읽고 있는 척했다. 내일 내가 유대인을 살해해야 한다는 사실이 믿기지 않았다. 나치는 그들이 해충이고 바퀴벌레이며 인간 이하라고 말했다. 설령 그렇다고 하더라도 왜 죽여야 한단 말인가? 왜 폴란드나 다른 거주지에서 추방하지 않는 것일까? 아프리카나 그와 비슷한 곳으로 보내면 되지 않는가? 집단 수용소에 수용을 할 수도 있다. 내가 아는 바로는, 유대인들은 어떤 방식으로든 함께 모여 살기를 바라고 있었다. 그러나 여자와 아이들을 죽이다니?

나는 날이 훤히 밝을 때까지 눈을 붙이지 못했다. 그러나 결국 그 일을 해낼 수 있다는 확신이 생겼다.

안개 속에서 새벽이 지나갔다. 점호와 체조가 끝난 뒤 우리는 아침을 먹었다. 몇 사람은 서로 이야기를 주고받았다. 그리고 나서 우리는 추가로 탄약을 지급받은 후 트럭을 타고 험한 길을 달려 플록 교외의 들판으로 갔다.

트럭이 속도를 줄이자 나는 뒤쪽을 바라보았다. 밝은 아침 태양 아래 그들, 유대인들이 서 있었다. 늙은 남자와 여자 몇 명, 아이와 아기를 데리고 있는 젊은 여자. 그들을 실어온 마지막 트럭이 배기가스가 안개처럼 덮여 있는 다른 길로 빠져나갔다.

나는 소총을 들고 완전무장 차림에 헬멧을 쓴 다른 경찰관과 함께 트럭에서 내렸다. 폴란드 유대인을 감시하고 있던 우크라이나 보조경찰이 그들을 1.5미터 간격으로 열 줄로 정렬시키고 있었다. 유대인들은 마치 무슨 행사에 참가한 사람들처럼 행동했다. 그들은 조용히 명령에 따랐다. 비명도 지르지 않았다. 감시병들만이 고함을 지르고 있었다. 아이들은 재잘대며 어머니에게 말을 걸거나 서로 이야기를 주고받았다. 우는 아기들도 있었다.

경찰관들은 셰퍼 중위 앞에 정렬했다. 그는 평상시와 마찬가지로 모자를 똑바로 쓴 채 가슴을 내밀고, 번쩍이는 장화 뒤축을 붙이고 서 있었다. 그는 한 손에 타이프로 친 명령서를 들고 있었다. 나는 다른 사람들과 마찬가지로 중위를 바라보았다. 아무 생각없이 오로지 그만을 바라보았고, 그 옆에 서 있는 상사에게는 시선조차 돌리지 않았다. 아무도 유대인들을 바라보지 않았다.

"우선, 이 일을 못하겠다는 사람이 있나?" 셰퍼 중위가 물었다.

그는 잠시 기다렸다.

나는 눈을 돌려 우리를 태우고 왔던 트럭이 구름 같은 배기가스를 내뿜으며 떠나가는 모습을 바라보았다.

"좋아." 셰퍼는 계속했다.

"실시방법을 지시한다."

그는 명령서를 훑어본 다음 고함을 질렀다.

"귀관들은 20명이다. 왼쪽부터 번호!"

그는 1번을 가리켰다.

우리는 20번까지 번호를 불렀다. 중위는 말을 계속했다.

"자, 11번에서 20번까지는 뒷줄에 정렬한다. 11번은 1번 뒤로, 12번은 2번 뒤로, 실시!"

우리는 두 줄로 정렬한 다음 지시를 기다렸다. 중위는 명령서를 다시 한 번 들여다보더니 말을 이었다.

"1번과 11번은 내 왼쪽 첫 번째 줄에 서 있는 유대인을 데리고 간다."

그는 돌아서서 팔을 내밀어 그 줄을 가리켰다.

"2번과 12번은 그 다음 줄 유대인을 데리고 간다. 그 다음은 같은 요령이다. 어머니와 아이들은 떨어지지 않도록 해라. 어머니를 해치우고 나면 아이들은 문제가 되지 않는다.

각자가 맡은 유대인을 뒤에 있는 길을 통해 숲으로 데려가라. 헤르만 상사가 그 길에 서 있을 것이다. 상사가 유대인을 데리고 갈 숲 속의 장소로 안내할 것이다. 일단 장소를 지정받으면 자리를 잡고 임무를 완수하라. 일을 마치면 돌아와서 같은 줄에서 다음 유대인을 데리고 가라. 질문 있나?"

경찰관 한 명이 손을 들었다. 중위가 그를 노려보자 그는 물었다.

"저어, 시체는 어떻게 합니까?"

중위는 잠깐 당황한 듯 보였다. 그는 지시문을 보았다.

유대인들 사이에서 아기 하나가 큰 소리로 울기 시작했다. 아기를 달래는 어머니의 목소리가 들렸다. 나는 중위에게서 눈을 뗄 수 없었다.

마침내 그가 입을 열었다.

"여기서 얼마 떨어지지 않은 곳에 조그만 수용소가 있다. 그 수용소에서 유대인 작업부들이 올 것이다. 그들이 구덩이를 파고 시체를 모두 끌어다가 그곳에 던져 넣고 흙을 덮을 것이다. 다른 질문이 있나?"

그는 앞에 도열한 경찰관을 둘러보았다.

"없나? 그럼 조국을 위해서 귀관들의 의무를 완수하라."

첫 줄의 세 번째 자리에 있던 나는 경직된 몸으로 셋째 줄에 있는 여자를 향해 걸어갔다. 그녀는 30대 중반으로 꼬불꼬불한 검은 머리카락이 엉킨 채 어깨에 걸친 숄까지 내려와 있었다. 그녀는 헐렁한 청색 드레스를 입고 있었는데 그 밑으로 슬립 같은 것이 보였다. 잠을 자다가 갑자기 일어나 황급히 옷을 입고 나온 것 같았다. 각이 진 턱에 이마가 넓었고, 작은 눈을 가진 그녀는 평소에는 무척 쾌활한 표정을 하고 있을 것 같았다.

나는 여자의 팔을 잡고 말했다.

"게콘멘. (이리 와.)"

나는 그 여자를 끌고 숲으로 걸어갔다. 그녀는 표정 없는 얼굴로 나를 올려다보고는 묵묵히 따라왔다.

나는 이런 일이 일어나리라고는 상상할 수 없었다. 여자는 기꺼이 나와 함께 걸었다. 그녀는 무서웠을 것이다. 죽음을 두려워했을 것이다. 그녀는 그걸 모르고 있는 것일까? 그녀는 내가 자기를 강간하리라고 생각하고 있는지도 몰랐다. 나는 떨고 있었다. 그녀는 내가 떨고 있는 것을 눈치챘을까?

우리가 헤르만 상사에게 다가가자 그는 오른쪽 숲 깊숙한 곳에 있는 풀밭을 가리켰다.

우리가 정해진 지점에 도달했을 때 첫 번째 총성이 들렸다. 나는 화들짝 놀랐다. 내가 흰 꽃 덤불과 나무 사이에 있는 조그만 풀밭을 가리켰을 때, 또 한 방의 총성이 들렸다. 내 손은 눈에 띌 만큼 떨리고 있었다. 나는 그녀에게 엎드리라고 손짓했다. 그녀는 바닥에 등을 대고 누웠다. 나는 다시 엎드리라고 손짓했다.

그녀가 엎드리자 내가 그녀의 머리에서 볼 수 있는 것은 검은 머리카락뿐이었다. 그 순간 근처에서 사람 소리가 났다. 나는 왼쪽을 보았다. 소녀가 엎드려 있었다. 동료 경찰관 하나가 소녀 머리 뒤에 총검을 대고 있었다. 그 장면은 마치 시간이 얼어붙은 정지된 사진처럼 보였다. 그 장면은 내 마음속에 영원히 새겨져 지워지지 않을 것이다. 그 뒤로도 그 모습이 뇌리에서 사라진 날은 없었다. 때로는 아침에 일어났을 때, 때로는 잠자기 전에, 때로는 꿈속에서도 그 모습이 나타났다. 내가 사랑을 할 때조차 그 모습이 떠올라, 순식간에 열정이 식어버리곤 했다.

소총이 올라가고 총소리가 들렸다. 소녀의 머리에서 피와 뇌가 튀어 바닥에 흩어졌다.

나는 앞에 엎드리고 있는 여자의 등을 보았다. 소총의 총검이 이미 그녀의 머리에 닿아 있었지만, 그녀는 아무 소리도 내지 않았다. 나는 얼마동안 움직이지도 못하고 방아쇠를 당기지도 못한 채 그저 간신히 숨만 쉬고 있었다. 숨을 쉬자 바람을 타고 화약 냄새와 내가 전에 맡아보지 못했던 이상한 냄새가 풍겨왔다. 아마 그것은 사형집행인과 희생자에게서 동시에 발산된 죽음의 냄새였을 것이다.

총소리가 계속 들렸다. 그러나 나는 그때까지 방아쇠를 당기지 못하고 있었다. 결국 나는 그녀의 어깨를 가볍게 두드렸다. 그녀는 머리를 돌려 공허한 눈으로 나를 올려다보았다. 그녀가 그런 행동을 하지 않았더라면 나는 그녀가 이미 죽었다고 생각했을 것이다. 나는 그녀 옆에 쓰러져 그녀를 팔에 안고 온몸을 흔들며 엉엉 울었다. 내 눈물은 내 몸 깊은 곳에서, 내 영혼 속에서 흘러나오는 것 같았다.

처음에 여자는 죽은 듯 내 팔에 안겨 있었다. 그러다가 그녀는 천천히 내 어깨에 팔을 얹고 아무 말없이, 눈물조차 흘리지 않고 나를 껴안았다. 몇 분 후 그녀는 나를 밀어 내고 내 눈의 눈물을 바라보았다. 잠깐이긴 하지만 그녀의 눈에 생기가 돌았다. 그녀는 손으로 재빨리 숄을 벗었다. 그리고 그 숄로 내 눈물을 닦아주고 내 코트 속으로 밀어 넣었다.

근처에서 다시 총성이 들렸다. 동료 경찰관인 노이버가 오더니 내 소매를 잡고 흔들었다. 그는 소리를 질렀다.

"슈미트, 뭘 하는 거야?"

내가 조용히 손을 놓자 여자는 몸을 돌려 엎드렸다. 나는 실성한 사람처럼 일어섰다. 그리고 노이버거를 바라보지도 않고 한 손에 소총을 든 채 터벅터벅 들판으로 걸어갔다.

내가 헤르만 상사 옆을 지나갈 때 뒤에서 총성이 울렸다.

나는 셰퍼 중위가 유대인을 인솔해 온 보조감시병 중대의 장교와 잡담을 하고 있는 것을 보았다. 그들은 이야기를 하면서 작업이 진행되는 상황을 관찰하고 있었다. 나는 중위에게 다가가서 경례를 하고 힘없는 목소리로 방해를 해서 미안하다고 먼저 사과를 한 다음, 어렵게 말을 꺼냈다.

"저를 이 임무에서 면제해 주실 수 없을까요? 속이 좋지 않습니다."

다른 장교는 고개를 돌렸다. 셰퍼 중위는 1분가량 나를 노려보더니 차가운 목소리로 명령했다.

"우리가 작업을 끝낼 때까지 여기 차렷 자세로 서 있어!"

유대인들을 데려가려고 숲에서 나오던 다른 경찰관들이 나를 바라보았다. 숲 속에서는 계속해서 총성이 들렸다. 어떤 소리는 둔중하고 어떤 소리는 날카로웠다. 가벼운 바람이 화약 냄새를 들판으로 실어 왔다. 그와 함께 죽음의 냄새가 묻어왔다. 모든 것이 히틀러의 베를린 연설처럼 순조롭게 진행되었다. 아무 소리도 없었다. 비명이나 고함도 없었다. 그것은 피아노 연주 대신에 단속적인 소총 소리를 사용하는 한 편의 무성영화 같았다.

얼마 후 들판에서는 유대인이 더 이상 보이지 않았다. 우리를 싣고 왔던 트럭이 돌아와서 가까운 곳에 멈춰 섰다. 중위는 손짓으로 나를 부르더니 트럭을 타고 있는 다른 경찰관들과 합류하라고 지시했다. 돌아오는 길에 이야기를 나누는 사람은 아무도 없었다. 아무도 나를 바라보지 않았다.

병사에서도 아무도 내게 접근하지 않았다. 나는 침상에 누워 천정을 바라보았다. 총에 맞은 소녀의 이미지가 내 눈물을 닦아 준 여인의 이미지와 내 마음속에서 함께 섞여 돌아가고 있었다.

한 연락병이 조용히 내게 다가와서 서류 몇 장을 주었다. 한 장은 트럭을 타고 철도역으로 가라는 명령서였고, 다른 하나는 류벡으로 가라는 명령, 또 하나는 통행증이었다. 나는 한 시간 안에 떠나야 했다.

나는 '해충구제임무'를 면제받은 노년의 경찰관이나 전선에서 돌아온 사람들로 구성된 경찰대대에 배속되었다. 그 후로 나는 승진하지 못했고 내가 비애국적이라는 소문이 나돌았고 마을 사람들까지도 우리 가족을 따돌렸다.

나는 전쟁이 끝날 때까지 그 모든 것을 견뎌냈다. 그리고 가능한 많은 돈을 저축한 다음 경찰 인맥을 이용하여 암시장에서 미국 달러를 거래했다.

플록 근처의 숲에서 그런 일이 있은 지 4년이 지난 어느 날, 나는 전 한스 셰퍼 중위가 운영하는 법률사무소로 조용히 들어갔다. 그리고 그의 비서에게 아무 말도 하지 않고 그의 사무실 문을 열고 들어갔다. 결코 잊을 수 없었던 몇 년 전 그 들판에서처럼 내가 그에게 다가가자 그는 깜짝 놀란 것 같았다. 커다란 마호가니 책상 뒤에 앉아 있던 그는 내가 갑자기 나타나자 입을 벌리고 조그만 눈을 치켜떴다. 그리고 그 뚱뚱한 몸을 일으키려는 듯이 두 손으로 책상을 잡았다.

나는 그가 완전히 일어서기 전에 재빨리 뒤로 돌아가 그의 목을 뒤로 젖힌 다음, 갖고 있던 옛날 총검으로 목을 베었다. 피가 솟구쳐 나왔다.

나는 헐떡거리고 있는 셰퍼를 바닥으로 끌어내렸다. 마침내 그가 잠잠해지자 나는 그의 몸을 돌려 얼굴이 위를 향하도록 했다. 그리고 항상 호주머니에 지니고 다니던 살해된 그 유태여인의 숄을 꺼냈다. 그 숄로 눈을 뜬 채로 죽어있는 셰퍼의 얼굴을 덮어버렸다.

8

루드거는 원숭이 히어로의 실험에 대해서 좀 더 자세히 설명하려고 했으나 구가 끼어들었다.

"루드거는 너무 겸손해요. 사실 우리는 한 가지 실험을 더 시도했습니다. 바로 인간을 대상으로 실험을 했죠. 바로 저 사람이 실험대상이었죠."

그녀는 루드거를 가리켰다.

"루드거는 시간여행이 인간에 미치는 효과를 실험하기 위해서 1년간 과거로 돌아가는 실험에 자원했습니다. 우리는 1년이면 충분한 효과를 측정할 수 있다고 생각했어요. 그러나 자칫 잘못해서 병행적 우주가 생성되지 않도록 조심하면서 실험에 임해야 했죠. 그랬다간 루드거가 영영 우리 세계에서 사라져버릴 수도 있었으니까요. 그래서 우리는 루드거가 안에서 누울 수 있을 정도 크기의 조그만 잠수함 같은 장치를 만들었습니다. 그리고 히어로의 경우처럼 그의 몸에 선을 연결했죠.

루드거는 대략 일주일 동안 깨어 있었어요. 그러고 나서 로랑이 발명한 특수한 약을 복용하도록 했습니다. 루드거는 11개월이 지나서 문을 열 때까지 신체활동이 정지되어 있었어요. 그 후 우리는 그의 신체와 정신을 대상으로 가능한 모든 실험을 했고, 아무런 신체적, 정신적 변화 없이 생존할 수 있다는 사실을 확인했죠."

토르는 루드거를 바라보았다.

"루드거, 아무런 부작용이 없었다는 것을 존이 이해할 수 있도록 뭔가 말을 좀 해 봐요."

"어, 링컨이 아직 안 죽었나요?"

그의 농담에 우리는 모두 웃었다.

루드거는 진지한 표정으로 자신의 경험을 설명했다.

"나는 그 시간여행 중에 마치 긴 잠에서 깨어난 것처럼 온몸이 쑤시는 느낌을 받았습니다. 그 외 다른 문제는 없었고, 내 몸의 부정적인 반응을 조사하고 밀렸던 연구를 계속하면서 시간을 보냈습니다."

그는 내게 미소를 지었다. 나는 불안했다. 그는 내게 확신을 주려고 애쓰는 것 같았다.

"우리는 이제 더 이상 한 주일도 우리의 임무를 떠나 있을 수 없습니다. 내가 타고 있던 타임 캡슐이 배로 끌어 올려져 내가 깨어났을 때, 나는 아주 희한하고 멋진 잠을 잤다는 느낌이 들었습니다."

"나는 사람이 과거로 돌아가면서 같은 우주에 공존할 수는 없다고 생각합니다. 그건 공상과학 소설가들이나 하는 이야기입니다." 내가 반박했다.

구는 주저없이 단언했다.

"그것은 잘못된 생각입니다. 이 문제에 대한 수학적 계산은 아주 명쾌합니다. 그리고 분명히 복잡한 공식을 다각적으로 재검토해서 우리 친구 루드거가 해낼 수 있다는 절대적인 확신을 얻었습니다. 지금 우리는 실제적인 실험에 근거한 확실한 증거를 가지고 있습니다.

비결은 두 사람의 루드거를 서로 분리시키는 데 있습니다. 이전의 과학자들이 할 수 없었던 것은 동일한 우주 안에서 그들이 만나 서로 악수를 하도록 만드는 것이었습니다."

"잘 알겠습니다. 하지만 이 모든 것이 나와 무슨 관계가 있습니까?" 내가 물었다.

나는 비밀캡슐에 관한 이야기가 전개되어 가는 과정이 불안하게 느껴졌다. 그들은 대체 나에게 무슨 짓을 하려는 것일까?

"좋아요, 존." 구가 말했다.

"이제 우리가 인간을 1900년까지 보낼 수 있다는 것을 아시겠죠? 그것이 인류의 위대한 발견이 될 수도 있고, 그렇지 않을 수도 있습니다. 그러나 우리는 이런 사실을 공개할 생각은 없습니다. 하지만 그것은 우리에게 아주 중요한 일이고 이제 당신이 등장할 차례입니다."

결국 올 것이 왔다. 왜 그렇게 시간을 끌었을까? 나는 조이를 흘낏 보았다. 그녀는 아무 말없이 내 옆에 앉아 있었다. 나는 그녀를 잘 알고 있었다. 그녀는 중대한 상황이 전개되고 있는 것을 즐기면서, 한편으로는 발표를 예고하는 심벌즈 소리와 함께 내가 충격을 받고 나가 떨어지기를 기대하고 있을 것이다. 그녀의 마음속에서는 틀림없이 모리스 라벨의 볼레로가 울리고 있었을 것이다. 그녀는 그 곡이 바로 그 순간에 끝나리라고 상상했을 것이다.

■　■　■　■　■

그처럼 상황은 극적이었다. 어쨌든 나는 그랬다고 회상한다. 구는 손가락으로 나를 가리켰다. 그녀는 의자 끝에 앉아 테이블 쪽으로 몸을 내밀고 있었다. 토르는 초조한 듯 앞에 놓인 공책의 한쪽을 접었다 폈다 하면서 나를 바라보았다. 다른 사람들 모두가 나에게 시선을 고정시키고 있었다. 나는 X 레이를 검사하다가 방금 암을 발견한 사람처럼, 나를 바라보고 있는 로랑의 시선을 의식했다.

빌어먹을. 저들은 나에게서 무엇을 원하고 있단 말인가?

"우리는 당신의 배경만 조사한 것이 아닙니다." 구가 말했다.

"우리는 민주적 평화를 연구하거나 가르치고 있는 모든 학자와 교수들의 배경도 조사했습니다. 우리는 당신이 젊고, 건강하며, 미혼인데다가 민주적 평화를 전공했고 또 지식이 풍부하고 모든 것을 역사적 관점에서 이해하고 있는 역사학자라는 것을 알게 되었고, 그래서 당신을 선정한 겁니다."

고맙다고 절을 해야 하나?

"그리고 당신의 부모가 사망했기 때문입니다."

그녀는 말을 멈추었다가 다시 조용히 말했다.

"존, 당신이 이 우주를 떠나지 못하도록 당신을 얽매는 것은 사실상 아무 것도 없습니다."

내가 항의를 하기 전에 토르는 덧붙였다.

"그리고 당신의 애정관계와 친구들을 조사한 결과, 당신은 성격이 원만한 사람이란 걸 알았습니다. 당신은 아주 믿을 만한 사람이고 우리가 원하는 일에 가장 적합한 자질을 가지고 있습니다."

그녀는 나를 보다가 조이에게로 시선을 옮겼다.

내게 뭘 원하는지 빨리 좀 말해라, 빌어먹을.

"어머니 그리고 구 아주머니, 나머지는 제가 말할게요."

조이가 말했다. 두 사람 모두 고개를 끄덕였다.

나는 이곳으로 오는 리무진 안에서 조이가 들려주었던 그 황당한 자기소개 외에는 그녀에 대해 별로 아는 것이 없었다. 게다가 조이는 지금까지 침묵을 지키고 있었으므로 그녀가 이 자리에 있는 것이 나를 잡아오든 유인해 오든 이곳에 데려오는 임무 이외에 어떤 다른 이유가 있는지 알 수 없었다.

조이는 의자에서 몸을 돌려 나를 향했다. 그녀는 나에게 다이너마이트 같은 미소를 짓고, 조신한 여인처럼 마주 잡은 두 손을 무릎 위에 올려놓은 채, 내 쪽으로 약간 몸을 내밀었다. 그녀의 태도를 보니 다른 사람들의 존재는 아랑곳하지 않고 우리 사이에 있었던 일을 이야기하려는 것 같았다. 나는 이곳에 도착한 이후 처음으로 그녀에게서 섬세한 향수 냄새가 풍기고 있다는 것을 깨달았다.

"그 계획은 당신과 나를……."

나는 그 '당신과 나'라는 말에 깜짝 놀라서 그녀를 정면으로 바라보기 위해 의자를 움직이다가 팔목이 테이블에 부딪쳤다.

"1900년대로 보내서 민주적 평화를 실현하는 것입니다. 존, 당신은 정치적이고 역사적인 사실에 대한 자문을 하고, 나는……."

조이는 머리를 기울이고 쌍꺼풀이 없는 긴 눈으로 비스듬히 나를 바라보면서 진지하게 말했다.

"무술과 무기기술, 컴퓨터기술 그리고 임무에 필요한 다른 모든 기술을 발휘하게 될 거예요."

나는 그녀의 이야기에 빠져들고 있었다. 매순간 혼을 빼앗기고 있었다.

조이가 말을 이었다.

"필요한 기술을 가지고 있는 다른 사람들도 이 임무에 포함시키고 싶지만, 그럴 수가 없어요. 두 명 이상을 보낼 수 있는 에너지가 없기 때문이죠. 두 명을 보내는 데도 우리가 보유한 에너지 자원을 최대한으로 활용하는 겁니다. 일단 그곳에 가면 우리의 목적은 세계를 민주화하고 역사적인 관점에서 민주적 평화에 대해서 연구한 당신이나 다른 연구자들이 주장한 것을 토대로 해서 수백만의 인명을 빼앗아 간 전쟁과 인종학살, 대량학살을 미연에 방지하자는 겁니다."

이게 정말 제정신으로 하는 이야긴가?

나는 소스라쳐 놀랐다. 나는 벌린 입을 다물지 못한 채 몇 분 동안 그 자리에 앉아 있었다. 나는 간신히 말을 꺼냈다.

"여러분, 지금 농담하는 거죠? 그렇죠?"

"아닙니다."

테이블에 둘러앉아 있던 사람들이 동시에 말했다.

"설사 당신들이 말하는 이 미친 타임머신 계획을 실현한다 해도 우리 둘이서 어떻게 그런 일을 해낼 수 있단 말입니까?" 내가 반문했다.

"당근과 채찍을 쓰면 되겠죠." 토르가 말했다.

"대량학살을 저지를 정치가는 아예 집권도 하기 전에 죽여 버리는 겁니다. 그리고 민주주의가 제대로 성장하도록 자금과 지원을 제공하는 거지요."

"뭐라고요?" 나는 소리를 질렀다.

"사람을 죽이라고요? 난 그런 짓은 절대로 못합니다!"

말도 안 되는 소리다. 나는 겁에 질렸다. 당장 자리에서 일어나 이 미치광이 집단으로부터 도망치고 싶었다. 하지만 조이의 곁을 떠나고 싶지는 않았다.

조이는 다시 그 야릇한 미소를 내게 보냈다. 나는 그녀에게 그만두라고 말하고 싶었다. 그녀의 미소와 방금 내가 들은 이야기는 마치 거대한 두 개의 상징물처럼 내 생각을 가운데 두고 격하게 부딪히고 있었다.

그녀는 내 생각을 읽고 있었다.

"진정하시고 이걸 생각해 보세요."

그녀는 손을 내 어깨에 가볍게 올려놓고 말했다. 놀랍게도 그녀의 동작은 내게 즉각적인 효과를 발휘했다. 나는 마음을 진정시켰다.

"당신은 스탈린, 마오쩌뚱, 히틀러, 폴 포트 같은 사람들이 무슨 짓을 했는지 알고 있어요. 전쟁이 수백만의 병사와 시민을 학살한다는 것도 잘 알고 있어요. 지배자들은 궁전이나 대저택에 앉아서 병사들을 마치 장기판의 말처럼 움직이죠. 그런 독재자의 명령에 따라서 수백만이 목숨을 잃는 거예요. 존, 왜 그런 괴물들을 죽이면 안 된다는 거죠?"

나는 머리를 흔들었다.

"우선, 나는 그런 일을 절대로 해낼 수 없습니다."

"전범들이나 인류에 대한 범죄를 저지른 사람들을 재판할 수 있는 국제재판소가 존재하지만, 2차대전 이후 수많은 나치들과 일본 고위 군사지도자들은 사형선고를 받지 않았죠. 이미 우리가 알고 있는 그 끔찍한 범죄를, 그들이 저지를 때까지 기다려야하는 이유가 무엇이죠? 사전에 이런 범죄자들은 암살해서 수천만, 아니 수억의 인명을 구해야 하지 않겠어요?"

이제 나는 누가 학생이고 누가 선생인지 의심하게 되었다. 이 모든 것에 일종의 병적인 논리가 전개되고 있었다.

"그러나… 그것 역시 살인행위입니다!"

"우리들의 계획은 이렇습니다."

구는 내 이야기를 전혀 듣지 못한 듯 무시해버렸다.

"당신들 두 사람 이외에도 무기, 탄약, 통신장비, 의료기구 그리고 당장 필요한 옷가지와 세면도구 같은 것들을 보낼 겁니다. 활동에 필요한 자금은 당시 기술로는 판별할 수 없는 위조지폐와 보석 그리고 19세기 금화와 금괴로 대신할 겁니다. 모두 합치면 현재의 미화로 20억 달러의 가치가 될 거예요."

구는 공중에다 그림을 그리면서 설명했다.

"36시간 지속되는 배터리가 장착된 매킨토시 G4 노트북과 알코올을 연료로 사용하는 발전기 두 대도 보낼 겁니다. 정보자료집 시디도 포함하겠습니다. 그 안에는 1900년 이후 모든 주요 신문에서 발췌한 관련 뉴스가 들어있습니다. 가장 중요한 것은 뉴욕 증권거래소의 주식 시세표예요."

구는 손을 내리며 내게 미소를 보냈다. 그것은 우정을 담은 조이의 미소와는 또 다른 애인의 미소처럼 보였다.

"보시다시피 우리는 이 모든 것들을 치밀하게 계획했고 10년의 세월을 들여 기술을 개발했습니다. 말씀드릴 내용이 아직 많이 남아있지만 당신은 이제 결정을 내리기에 충분한 정보를 가진 셈입니다. 존, 그래도 질문이 있나요?"

내 마음속에서는 수백만 개의 질문이 서로 싸우고 충돌하고 할퀴면서 먼저 튀어나오려 하고 있었다. 나는 그 중에서 가장 중요한 질문을 끄집어내려고 몇 분 동안 말을 하지 못했다. 결국 나는 입을 열었다.

"왜 내가 이 일을 해야 합니까?" 내가 물었다.

내 질문에 대답한 사람은 조이였다.

"당신은 모든 학살행위가 이 지구상에서 사라지기를 바라고 있잖아요. 전쟁이나 데모사이드로 죽은 2억이 넘는 사람들 말예요. 당신은 평화로운 세계를 만들기를 희망하고, 민주적 자유를 신봉하기 때문예요."

나는 멍하니 앉아 있었다. 맙소사. 그녀는 항상 그랬던 것처럼 나를 조종하는 방법을 알고 있었다. 조이의 말은 맞다. 그러나 나는 그 일을 하겠다고 결심할 수 없었다. 그 모든 일은 내가 감당하기엔 너무 벅찬 것이었다.

"내가 타임머신에 관한 이 허황된 이야기를 어떻게 믿을 수 있단 말인가요?"

"그런 질문을 하실 줄 알았습니다." 구가 말했다.

그녀는 일어나서 침실에 들어갔다가 전자레인지처럼 생긴 기계를 하나 들고 나왔다. 기계에 달린 무겁고 검은 전기 코드가 바닥에 끌리고 있었다. 그녀는 다시 침실에 들어가서 똑같은 코드가 달린 커다란 변압기를 밀고 나왔다.

"전기미터와 연장코드를 연결했나요?" 그녀가 루드거에게 물었다.

그가 고개를 끄덕이자 그녀는 변압기 코드 커넥터를 들고 주방으로 들어갔다가 곧 다시 나왔다. 그리고 그 전자레인지처럼 생긴 기계를 변압기에 연결한 뒤 테이블 위에 올려놓았다.

"실험에 사용하려는데, 지갑 좀 주실 수 있어요?" 그녀가 내게 말했다.

나는 호주머니에서 지갑을 꺼내 그녀에게 주었다.

"자, 이 지갑을 15초 안에 당신이 앉은 의자 밑으로 보내겠습니다. 우선 정확한 좌표를 알아야 합니다."

그녀는 호주머니에서 도구 두 개를 꺼냈다.

"하나는 이 집의 정확한 해발고도를 측정하는 데 사용할 거예요."

구가 그 도구를 들고 측정을 하는 동안 조이가 말을 이었다.

"다른 도구는 위치추적 위성을 이용해서 의자의 공간 좌표를 측정합니다."

"15초 거리입니다." 구는 측정을 마치고 말했다.

"이제 우리가 조금 기다리면 지갑이 한 장소에서 동시에 공존할 겁니다. 이처럼 짧은 시간에 이 조그만 물체로 병행적인 우주를 생성하는 데에는 그리 큰 문제가 없습니다."

그녀는 기계의 문을 열고 내 지갑을 집어 넣었다. 그리고 문을 닫은 뒤 기계에 부착된 5개의 다이얼을 아주 조심스럽게 돌리고 나서 루드거에게 제대로 세팅이 되었는지 재확인하라고 말했다. 그는 손에 들고 있던 인쇄물을 참조하면서 기계 상태를 확인한 다음 고개를 끄덕였다.

구는 버튼 몇 개를 눌렀다.

"준비 되었어요?" 그녀는 물었다.

내가 그렇다고 대답하자, 그녀는 토글스위치의 자물쇠를 풀어 젖혔다. 윙윙거리는 소리가 점점 크게 들리더니 집안의 전등이 몇 초

동안 깜박였다. 그러더니 이내 소음이 멈추었다.

구는 나에게 허리를 숙이며 말했다.

"자 의자 아래를 보실까요?"

나는 허리를 굽혀서 내 의자 아래를 보았다. 거기엔 분명 내 지갑이 있었다. 지갑을 집어 들었을 때 뜨겁지도 않았다. 신용카드와 지폐도 그대로 들어있었다. 그것을 보자, 정신이 퍼뜩 들었다. 그들이 말한 것은 부정할 수 없는 사실이었다. 나는 은근히 화가 났다.

"왜 우리 둘만 보내는 겁니까? 당신들은 타임머신을 가지고 있습니다. 내가 정확하게 이해했다면, 당신들은 언제든 더 많은 사람을 동일한 날짜와 시간으로 보낼 수 있는 프로그램을 만들 수 있습니다. 왜 10년 또는 그 이상 시간이 걸리더라도 더 많은 사람들을 훈련시키지 않는 건가요? 당신들은 준비만 되면 그들을 언제든 과거로 보낼 수 있을 테니, 조이와 나도 그때 가겠습니다."

나는 재빨리 덧붙였다.

"만약 내가 가게 된다면 말입니다."

원격회의 전화에서 한 회원이 대답했다.

"우리 기술을 개발하기 위해서는 거대한 규모의 실험실이 필요합니다. 우리가 아무리 완벽하게 보안을 유지해도, 과학자와 기술자들에게 아무리 철저하게 보안훈련을 시켜도, 이런 연구에는 비서나 회계직원이나 건축업자 그리고 여러 분야의 많은 인력들이 연관될 수밖에 없습니다. 우리가 발명한 것의 일부, 특히 타임머신의 비밀이 누출되면 정말 큰일입니다. 벌써부터 중국과 미국 정부가 이 기계를 찾아내려고 첩보활동을 벌이고 있다는 정보를 입수했습니다. 관련된 사람이 너무 많기 때문에 미국 같은 나라의 거대한 정보기관에서 찾아내려고 작정하면 우리는 그 사실을 오래 숨길 수 없습니다."

토르가 끼어들었다.

"한순간 엄청난 양의 전력이 소비되기 때문에 정보기관에서는 쉽게 위치를 추적할 수 있어요. 당신과 조이를 과거로 보낸 다음 우리는 타임머신과 물자와 장비들 그리고 그것을 제작하기 위해 사용했던 모든 기구들을 파괴할 겁니다. 아울러 자료나 기록도 모두 없애야 합니다."

"왜요?" 나는 반문했다.

"이것은 모든 인류가 공유해야 할 놀라운 발명입니다."

"이해를 못하시는군요." 에드가 대답했다.

"원자폭탄의 경우처럼 소수의 나라가 보유하면 이내 다른 나라들도 가지게 됩니다. 이라크의 절대적 독재자 사담 후세인이 원자폭탄을 가지고 무슨 짓을 할지 상상할 수 있어요?"

"그리고 중국 공산당도." 구가 덧붙였다.

"우리가 당신과 조이를 과거로 보내서 인류를 괴롭히는 불행을 종식시킬 수 있다면, 이런 잔학한 정권의 지도자들도 과거로 돌아가서 정적을 모두 죽이거나, 자신들의 특정 종교 혹은 이념이 지배하도록 만드는 데 사용할 수 있을 겁니다."

나는 내 생각이 짧았다는 것을 깨달았다. 소름이 끼쳤다.

"그 기계를 파괴한다면, 우리는 어떻게 돌아옵니까?"

내가 물었다.

"우린 안 돌아와요."

조이는 아무렇지도 않은 듯 대답했다.

"우리는 과거에서 살아야 해요."

나는 깜짝 놀라서 사람들의 얼굴을 하나씩 바라보았다. 테이블 주위에 앉은 사람들은 하나같이 동정하는 시선으로 나를 보았다.

마침내 구가 낮은 목소리로 말했다.

"이것은 돌아올 수 없는 여행입니다. 타임루프를 역전시켜 미래로 여행하는 방법은 아직 발견하지 못했습니다. 기본적인 전제는 시간의 물리적이고 사회적인 환경에 당신들이 가져올 변화가 하나의 병행적

우주를 생성한다는 점입니다. 당신들은 그 병행적 우주에 거주하게 되어 다시는 이 우주에서는 살 수 없게 됩니다. 우린 아직 하나의 병행우주에서 다른 우주로 이동하는 방법을 발견하지 못했습니다."

"우린 시간 속에 좌초하는 셈이군요."

나는 내 목소리가 너무나 담담한 데 스스로 놀랐다.

"그래요." 조이가 말했다.

"난 사랑하는 딸을 잃게 되고." 토르가 속삭였다.

나는 토르를 보았다. 그녀의 그늘 진 얼굴에 눈물이 보였다. 아래 입술이 거의 보이지 않게 떨리고 있었다. 그녀는 자기 목소리가 얼마나 컸는지 깨닫지 못하고 있는 것 같았다. 그녀는 구가 깊은 동정심을 가지고 자기를 바라보고 있다는 것을 알고 생각을 떨쳐 버리려는 듯이 시계를 들여다보았다. 그녀는 황급히 입을 열었지만 목소리는 떨리고 있었다.

"존, 한 시간 안에 해독제를 주사해야 합니다. 그렇지 않으면 오늘 밤의 모든 기억을 잃게 됩니다."

구는 토르에게 진정할 시간을 주려는 듯이 말했다.

"당신이 동의한다면 석 달 동안 집중적으로 무술, 응급 처치법, 무기와 장비의 사용법, 회사 경영기술 같은 것들을 배우게 됩니다."

"회사 경영이라고요?" 내가 반문했다.

그녀는 고개를 끄덕였다.

"당신은 우리가 만들어 놓은 지침에 따라 수출입회사를 설립해야 합니다. 국제적인 접촉을 하고 외국인에게 송금할 때 사용할 위장회사입니다." 그녀는 잠깐 말을 멈추더니 짤막하게 말했다.

"존, 할 말은 다 한 것 같네요."

"45분 안에 결정을 내리셔야 해요." 토르가 말했다.

"시간을 더 드릴 수 없어 죄송합니다. 하지만 당신은 우리 비밀을 너무 많이 알고 있어서, 결정을 내릴 때까지 지켜보고 있어야 합니다. 질문이 있으면 여기서 우리가 대답해 드리겠습니다. 조이와 함께 밖에 나가서 이야기해도 좋아요."

그들은 설명을 끝냈다. 구는 자리에서 일어나 토르에게 갔다. 그녀는 토르의 어깨를 팔로 안고, 그녀와 이마를 맞대었다.

나도 자리에서 일어나 떨리는 다리로 문을 향해 걸어갔다. 내겐 신선한 공기와 생각할 여유가 필요했다.

조이는 내 코트와 자기 코트를 들고 따라왔다. 그녀는 말없이 내 코트를 건네주었다. 그녀의 검은 눈썹은 걱정스러운 듯 아래로 처져 있었다. 우리는 함께 밖으로 나갔다. 땅 위에는 그동안 내린 눈이 얇게 깔려 있었다. 하늘에는 차가운 보름달이 보였고 은하수가 별무리를 넓게 펼쳐놓고 있었다.

나는 조이를 바라보았다. 부는 바람에 머리카락이 코트 깃을 스치며 흩날리고 있었다. 차가운 달빛 아래서 그녀의 아름다움이 오묘하게 빛나고 있었다. 우리는 통로를 지나 찻길까지 걸어갔다. 그녀는 그 자리에 멈춰 섰다. 발걸음을 옮기던 나는 그녀가 따라오지 않는다는 것을 깨달았다. 나는 돌아서서 그녀를 보았다.

"존."

조이가 부드러운 목소리로 말했다. 그녀의 흰 입김이 차가운 공기 속에 퍼지고 있었다.

"가능한 한 편안한 마음으로 결정을 내렸으면 해요. 당신의 생애가 걸린 문제니까요. 게다가 지금 가지고 있는 모든 것을 포기해야 하니까요."

그녀는 우리 주위를 손으로 가리키면서 말했다.

"그러나 존, 당신과 내 앞에는 인종학살이나 대량살인, 테러리즘이나 전쟁 같은 것들이 존재하지 않는 세상을 만들고, 모든 사람에게 인권이 보장되는 민주적 자유 속에서 살 수 있는 기회가 주어져 있어요."

나는 그녀가 과장하고 있다고 생각했다.

"우린 실패할지도 몰라요. 부분적으로 성공할지도 모르죠. 하지만 완벽하게 성공할 가능성도 있어요. 한번, 해 볼 만 하지 않아요?"

그녀는 땅을 내려다보다가 얼굴을 들어 하늘을 바라보았다. 마침내 그녀는 나를 정면으로 바라보았다. 나는 그녀의 검은 눈이 달과 별이 반사되고 있는 넓은 호수 같다고 생각했다. 그녀는 거의 들리지 않을 정도의 낮은 목소리로 말했다.

"존, 그리고 그곳에는 당신과 나밖에 없을 거예요."

그녀는 다시 망설이다가 내게 한 걸음 다가섰다. 차가운 공기 속에서 그녀의 미묘한 향기가 페르몬의 강도를 높여주고 있었다. 나는 내가 흥분하고 있다는 사실을 믿을 수 없었다. 그럴 때가 아니었다. 나는 정신을 차리려 애썼다.

그녀는 계속 나지막한 목소리로 말했다.

"난… 이 모든 계획을 위해서 당신의… 파트너가 되겠어요."

조이는 영리한 여자였지만 너무 예민했다. 나는 여자에게서 성적인 매력을 느끼고도 이처럼 아둔하게 행동한 적은 거의 없었다. 하지만, 방금 사람들에게서 들은 모든 이야기와 내가 내려야 할 결정 때문에 여전히 혼란스러운 상태에 있었다. 그리고 조이에게 너무 압도당하고 있었기 때문에 이런 모임의 의미를 분명히 파악하지 못하고 있었다.

"나는 조이가 아주 아름다운 여자라고 생각해. 그리고… 당신에게 끌리고 있어. 하지만, 이 모든 것들이 너무 외람된 일이라고 생각하지 않아?"

제기랄. 그런 말을 하다니. 나는 속으로 생각했다. 하느님 맙소사. 도대체 왜 그런 말을 했을까? 나는 차가운 밤공기 속에서도 얼굴이 달아오르는 것을 느꼈다.

조이는 다소 큰 목소리로 말했다.

"존, 좀 더 솔직하게 현실을 바라보세요. 우리는 죽을 때까지 새로운 우주에서 살아야 해요. 우리에게 주어진 임무와 감추고 있는 비밀 때문에 다른 사람과 결혼할 수도 없어요. 우리 둘 모두 젊고 성욕이 충만한 성인들이에요. 다른 사람과 관계를 맺을 수도 있겠지만, 거기엔 위험이 따라요. 존, 그건 안 돼요. 당신과 나는 하나가 되어야 해요. 우리 자선회에서 당신을 선택한 이유들 중의 하나도 바로 거기에 있을 거예요. 우리 둘이 잘 맞는다는 것이 당신을 선택한 최우선적인 기준이었어요. 당신 이외에 다른 파트너를 찾지 못했다면, 성공할 확률은 희박해도 나는 혼자서 이 시간여행의 임무를 맡았을 거예요."

그녀는 말을 멈추고 아래를 내려다보다가 더 낮은 목소리로 말을 계속했다.

"그러나 다행히 우리는 당신을 찾아냈죠. 당신은 지적으로 나와 잘 맞았어요. 나이도 비슷하고, 동성애자도 아니죠.

그리고 존, 솔직히 말해서 당신의 강의를 듣던 처음 며칠 사이에 나는 이미 당신에게 반해 버렸어요."

다시 그녀의 감미로운 향기가 나를 향해 풍겨왔다. 그녀는 어쩌면 그렇게 타이밍을 잘 맞추는 것일까? 나는 손을 호주머니에 찔러 넣었다.

짧은 저녁 시간 동안에 사람은 몇 번이나 기절하고, 충격을 받고, 놀라고 감탄할 수 있을까? 나는 그 모든 것을 한꺼번에 경험하고 있었다. 나는 그곳에서 나 자신을 내맡기고 있는, 가장 탐나고 가장 지적인 사람을 바라보고 있었다. 아니, 그건 그녀를 업신여기는 말이 될 수도 있다. 그녀는 단지 주어진 상황에서 만약 내가 제안을 수락한다면 우리 사이의 친밀한 관계가 더 자연스러워질 거라고 말했을 뿐이지, 그것을 어떤 목적을 가지고 미끼처럼 사용했던 것은 아니다.

조이는 눈을 들어 내 눈을 들여다보면서 대답을 기다리고 있었다.

나는 결국 마비상태에서 벗어났다. 보도에서 벗어나 눈 위에 앉았을 때, 아니 주저앉았을 때 나는 다리가 대나무처럼 뻣뻣하게 느껴졌다. 조이는 내 옆에 앉아 코트 안에서 무릎을 모으고 두 팔로 껴안았다. 그녀는 머리를 들어 밤하늘의 차가운 별을 바라보았다.

나는 머릿속에서 생각을 정리하여 찬성과 반대 리스트를 만든 다음 각 항목에 1에서 5까지, 마이너스 또는 플러스 점수를 주었다. 나는 우선 전쟁종식의 가능성에 5점을 주었다. 데모사이드와 테러리즘의 종식에도 5점을 주었다. 현재의 삶과 개인적인 안락을 포기하는 데에는 마이너스 4점을 주었다. 내가 좋아하는 교수직을 포기하는 데에도 마이너스 4점을 주었다. 몇 명이든 사람을 죽이는 일은 마이너스 5점이었다. 임무에 관련된 개인적 위험은 마이너스 3점이었다. 조이는? 나는 그녀를 보았다. 그녀는 너무나 아름답고 인상적이었다. 나는 이미 그녀와 사랑에 빠진 것이 아닌지, 생각해 보았다. 나는 그녀를 원하고 있었다. 좋다. 5점을 주자.

자, 결과가 어떻게 되었는지 살펴보자. 나는 계산을 했다. 합산을 해 보니 마이너스 1점이 되었다. 제기랄. 이런 방식이 내 맘에 든 적은 단 한 번도 없었다.

요컨대, 그 순간 진정으로 내 마음을 움직인 것은 두 가지뿐이었다. 그때까지도 내 마음속에는 월드트레이드 센터에 대한 테러리스트의 공격과 그 후 목격한 끔찍한 공포의 이미지가 생생하게 남아 있었다. 사촌의 죽음. 가족의 파멸. 그런 비극의 재발을 막을 수만 있다면 나는 무슨 짓이든 할 수 있었다. 두 번째는 조이였다.

내가 만든 바보 같은 결정 방식에 그래도 한 가지 성과는 있었다. 내가 무엇을 원하고 있는지는 깨닫게 해 준 것이다.

"좋아." 내가 말했다.

그리고 더 힘찬 목소리로 말을 계속했다.

"좋아. 이 일을 하겠어. 이 일을 하고 싶단 말이야. 그리고 더 나은 세계, 적어도 지금보다는 더 나은 하나의 세계를 만들 수 있는 희망을 준 당신과 자선회에 감사해."

나는 일어나서 허리를 굽히고 조이에게 손을 내밀었다. 그러나 그녀는 벌떡 일어나더니 나에게 매달려 키스를 하고 외쳤다.

"고마워요. 고마워요!"

그녀는 흥분을 가라앉히고 옷매무새를 바로 잡은 다음 내 손을 잡았다. 우리는 손을 잡고 저택으로 돌아왔다. 로랑은 현관에서 우리를 기다리고 있었다. 나는 그에게 엄지손가락을 들어 보였다. 로랑은 미소를 짓더니 해독제가 든 주사기를 꺼냈다.

조이는 아주 현명한 여자였다. 그녀는 내 욕망을 바이올린처럼 연주했다. 그러나 그건 문제가 되지 않았다. 정말이다. 내가 그녀에 대해서 가지고 있던 감정은 그 후 점점 더 깊어져서 절대적인 사랑으로 발전했다. 우리들 사이에 무슨 일이 일어난다 해도, 그 어떤 무서운 일이 닥쳐온다고 해도 우리를 갈라놓을 수는 없었다.

이런 이야기가 유치하게 들릴지도 모르지만, 할 수 없다. 나는 그렇게 말할 수밖에 없다. 그녀는 내 삶의 일부가 되었고 그녀의 존재는 내 가슴을 채워 주었다. 그리고 나는 그녀에게 준 무조건적인 사랑을 절대 후회하지 않았다. 단 한 번도. 단 한 순간도. 그 사건이 일어났을 때조차… 아니, 아직은 그 이야기를 할 때가 아니다.

9

내가 블루밍턴에서 일을 정리하는 동안, 조이의 그 믿기지 않는 몸매가 그림자처럼 나를 따라다녔다. 그녀는 나를 끊임없이 흥분시켰고 그래서 나는 임무를 수락하기로 한 결심을 바꿀 수 없었다. 나는 손만 내밀면 그것을 얻을 수 있다는 것을 잘 알고 있었다. 그러나 나 자신도 믿기 어렵지만 나는 그렇게 하지 않았다.

물론, 그녀 역시 우리가 장차 맺게 될 파트너 관계나 수행해야 할 임무에 대해서 나와 같은 생각을 가지고 있을 가능성이 있었지만 나는 아무런 기대도 하지 않았다.

조이와 함께 과거로 돌아가는 임무를 수락한 다음날, 나는 인디애나 대학교에 사직서를 냈다. 우선 사전통보가 너무 늦은 점을 사과하고 말기 암이 발견되어 몇 달밖에 더 살 수 없으므로 다음 학기 강좌를 마칠 수 없게 되었다고 설명했다. 그것은 사실이었다. 일단 과거로 돌아가면 나는 이 세계에서 영원히 사라지는 셈이었다. 그리고 훈련에 들어가기에 앞서 내게 허용되었던 다음 이틀 동안 나는 모든 금융계좌를 정리했다.

조이는 갈아입을 옷과 화장품이 든 배낭을 메고 항상 나를 따라다녔다. 첫날 저녁 아파트에서 잠자리에 들기 전에 우리는 서로의 희망과 꿈에 대해서 오랜 시간 이야기를 나누었다. 나는 조이를 스스럼없이 대할 수 있게 되었다. 그리고 남자가 가질 수 있는 온갖 성적인 환상도 그려보았다. 그녀는 솔직하고 꾸밈이 없었다. 나는 그녀가 더 이상 나에게 수를 쓰거나 다른 모습으로 보이려고 가장하지 않는다는 것을 알았다. 우리 둘 사이에는 나로 하여금 그녀를 향해 문을 열게 한 강렬한 열정만이 존재하고 있었다.

나는 조이에게 우리 부모 이야기를 들려주었다. 어머니의 죽음이 내게 깊은 의미를 남겨 놓았고, 어머니가 돌아가셨을 때 하염없이 울었으며 지금도 가끔씩 어머니의 사진을 들여다본다고 말했다. 아버지가 거의 집에 들르지 않았다는 이야기도 털어놓으면서, 집에 오셨을 때는 그것을 보상하려고 노력하셨다는 이야기도 덧붙였다. 나는 아버지가 자신의 진정한 존재를 감추고 있었고, 그의 몸속에는 나에게 보여 줄 수 없는 다른 사람이 들어 있다는 생각을 하고 있었다. 아버지는 그의 내면에 지도자로서의 힘과 자질을 지니고 있었고 나는 항상 그것을 흉내 내려 했었다.

나는 조이에게 아버지가 나를 데리고 야구장과 테니스 경기장에 갔던 것과 어머니가 테니스대회에서 기록한 성적을 자랑하던 이야기도 들려주었다. 테니스 프로선수들이 나를 마스코트처럼 대해 주었고 여자 탈의실에 들어갈 수 있도록 해 주어서 때로는 나체의 여자 선수들을 보고 당황했다는 이야기도 들려주었다. 나는 유명한 프로선수 제인 스미스가 샤워를 하고 알몸으로 나오는 것도 보았다고 말했다. 제인 스미스는 빨갛게 물든 내 얼굴을 보고 웃었고 어머니는 정중히 사과했지만, 그녀는 내가 그저 어린애에 불과하다며 어머니를 안심시켰었다.

나는 조이에게 아버지에 대해 물었다.

"전 양녀예요." 그녀가 대답했다.

"우리 부모는 중국계 베트남 사람이었던 것 같아요. 아무도 자세한 것은 몰라요. 부모님은 1979년 박해를 피해서 작은 배를 타고 베트남을 떠나려고 하셨던 것 같아요. 그 배에는 다른 가족도 함께 타고 있었던 것 같은데, 그때 나는 세 살박이 어린애였기 때문에 아무 것도 기억나지 않아요. 부모님은 필리핀이나 인도네시아로 가시려고 했던 것 같아요. 그러나 도중에 해적의 습격을 받았죠. 어떤 일이 일어났는지는 몰라요. 해적은 나를 보지 못했던 것 같아요. 내가 담요 같은 것을 덮은 채 자고 있어서 보지 못했을 수도 있어요. 필리핀 어부가 카브라 섬 근처에서 우리 보트를 발견했을 때, 배 안에는 나밖에 없었고, 햇볕에 타서 거의 죽어가고 있었대요.

마침 카브라가 속해 있는 루방 섬에서 취재를 하고 있던 필리핀 기자 한 사람이 내 이야기를 들었대요. 침몰하고 있던 배에서 발견한 어린 애 하나가 그곳 병원에 있다는 소문을 들은 거죠. 그 기사가 마닐라 신문에 실리자 뉴욕 타임즈에서 그 이야기를 소개했죠."

"믿을 수 없는 이야기군." 내가 말했다.

"부모에 대해서는 아무 것도 모른단 말이야?"

"몰라요. 해적들은 배에서 귀중품을 뒤져서 빼앗은 뒤에 숨어 있던 나를 제외하고는 모두 죽였을 거예요. 그게 해적들이 하는 짓이니까요. 해적들은 젊고 예쁜 여자만 납치해요. 우리 어머니가 크메르루주와 캄보디아에서 도망칠 때 이야기를 기억하죠?"

"물론이지. 어머니가 그런 일을 겪어 정말 안됐어. 난 그 이야기를 들은 뒤에 당신 어머니에게서 큰 감명을 받았어."

우리는 한동안 서로를 바라보았다. 우리 둘은 모두 그 이야기에 깊은 감동을 받았다. 그녀가 말을 이었다.

"어머니는 탈출한 다음에 캄보디아 난민수용소에서 잠깐 머물렀지만, 학교에서 영어를 배웠고, 관리들을 매수할 수 있는 귀중품과 몸매를 가지고 있었기 때문에 많은 사람이 죽은 곳에서도 살아남을 수 있었죠."

"어머니가 그런 이야기를 모두 해 줬어?" 내가 물었다.

"물론이죠." 조이가 말했다.

"존, 이걸 이해해야 해요. 그런 상황에서 여자가 살아남으려면 두 가지가 있어야 해요. 자기 몸과 보석이죠. 보석이나 미모가 없으면 죽을 수밖에 없어요."

그녀가 어머니가 살아남기 위해 자신의 몸을 이용했다는 이야기를 할 때 나는 고개를 끄덕일 수밖에 없었다. 나는 처음에 그런 이야기를 듣고 왜 당혹했는지 알 수 없었다. 나는 연구를 통해 그런 사례를 많이 알고 있었고 또 강의도 했다. 그러나 그것은 책에서 얻은 지식일 뿐이었다. 자기 어머니가 겪은 일을 젊은 여인으로부터 직접 들어 보니 전혀 다른 감동이 있었다.

"어머니는 미국에 정착할 수 있는 허가를 얻었어요. 미국에 오신 뒤에는 수십만 베트남 보트피플의 정착문제를 담당하고 있는 유엔 난민 고등판문관의 통역사로 일했어요. 거기서 일을 하다가 중국에서 온 난민들을 위해 통역으로 자원봉사를 하고 있던 구 아주머니를 만났어요. 어머니에게서 깊은 인상을 받은 아주머니는 자선회에 보고해서 비밀리에 어머니의 뒷조사를 시켰죠. 결과에 만족한 구 아주머니는 모임의 존재는 밝히지 않은 채 목적만 이야기해 주었어요. 어머니는 로켓에 들어 있는 남편의 사진을 보여주면서 단호하게 말했대요. '이 사람은 내 남편이었습니다. 나는 남편을 깊이 사랑했습니다. 남편은 항상 내 가슴 속에 살아있습니다. 나는 그의 죽음이 헛되지 않기를 바라고 있습니다.' 그러자 아주머니는 어머니를 팔로 안으면서 따뜻한 목소리로 속삭였대요. '토르, 당신을 생존자 자선회에 소개하고 싶습니다.'

어머니는 회원이 된 후에 지원을 받아서 파산한 아시아계 무역회사를 인수했어요. 그리고 오늘날의 구온 산업을 만든 거죠. 회사를 인수한 지 얼마 지나지 않아 어머니는 뉴욕 타임즈에서 나에 대한 기사를 읽고, 자선회를 설득해서 나를 미국으로 데려오게 했어요. 샌프란시스코 공항에서 항공사 직원이 나를 어머니의 팔에 안겨 주었을 때 어머니는 나를 부둥켜안고 이마에 키스를 해 주고 울었대요. 어머니는 그 순간부터 나를 사랑하게 되었고, 마치 남편과의 사이에 낳은 친자식처럼 생각하게 되었다고 말했어요. 그래서 내 이름도 기쁨을 뜻하는 조이라고 지은 거래요."

조이는 미소를 지었다. 그녀의 눈은 한순간 먼 옛날을 회상하는 듯하더니 이내 생기를 되찾으며 나를 향해 미소 지었다.

"그래서 나의 정신적인 어머니가 되었고, 다음해 미국 시민권을 얻게 되자 나를 정식으로 입양한 거죠."

나는 조용히 그 모든 이야기를 들었다. 그리고 문득 그동안 그녀에 관해 궁금했던 것들을 물어봐야겠다는 생각이 들었다.

10

남자들이 아름답고 상냥한 창녀를 보았을 때 흔히 그렇게 문듯이 나는 조이에게 물었다.

"도대체 왜 이런 일에 손을 대게 되었지? 무술과 무기훈련을 받은 이유는 뭔가?"

그녀는 어깨를 움츠렸다.

"어머니는 나를 입양한 지 몇 달 뒤에 몸의 유연성을 기르는 간단한 체조를 시켰죠. 이런 체조 말이에요."

그녀는 일어서서 우리가 앉아서 이야기하고 있던 소파 앞에 섰다. 그녀는 장난꾸러기 같은 미소를 지으며 허리를 뒤로 굽히고 팔로 다리를 감은 다음 머리를 다리에 대었다.

나는 입을 벌리고 바라보았다. 그런 것은 중국 서커스에서 본 적이 있었지만, 실제로 그렇게 할 수 있는 사람은 내 주변에 없었다.

그녀는 자세를 유지하면서 왼쪽 다리를 들어서 하늘을 향해 곧게 폈다. 그녀의 발가락 끝이 천정을 향하고 있었다. 그녀의 몸은 등을 다리에 붙인 채 거의 수직선을 이루고 있었다. 그녀는 들어 올린 다리 쪽으로 몸을 일으켜 세우며 반동을 이용해서 올렸던 발로 바닥을 밟고 일어섰다. 그녀는 유연한 동작으로 자세를 취하며 아무렇지도 않은 듯 나를 바라보았다.

조이는 절을 하고 나를 향해 크게 손을 벌리면서 노래하듯 외쳤다.

"따따따 딴……."

그리고 그녀는 다시 자리에 앉았다.

나는 웃으면서 말했다.

"그것 말고 다른 묘기는 없나?"

그녀의 샐쭉한 표정을 본 나는 황급히 말했다.

"농담이야, 농담."

나는 행운아였다. 당시 나는 그런 표정이 무엇을 의미하는지 모르고 있었다. 조이는 키득거리며 웃더니 이야기를 계속했다.

"어머니는 나를 입양한 뒤, 최고의 무술과 무기전문가를 고용해서 단계적으로 훈련을 시켰어요. 내가 너무 어리고 뼈가 아직 단단하지 않았으니까요. 그래서 서둘러 모든 걸 가르칠 수가 없었죠. 하지만 무술을 시작하기엔 아주 적절한 나이였어요. 나는 재미를 붙였기 때문에 훈련시간이 기다려졌죠. 어머니도 매일 아침 식사 전에 나와 함께 준비운동을 했고요. 나는 그 시간을 참 좋아했어요. 어머니도 같은 훈련을 받았는데, 다른 방에서 다른 사범한테 배웠어요. 십대가 되어서야 나는 피로를 느끼고 반복되는 훈련에 싫증을 느끼기 시작했어요. 사범은 머리가 아주 좋은 사람이었죠. 그래서 다른 곳에서 훈련을 받고 있던 소년들을 집으로 데려왔어요. 그 아이들은 대개 나보다 나이도 많았고 키나 몸집도 훨씬 컸어요. 사범은 그 아이들에게 나를 공격해 보라고 말했어요. 내가 질 때도 있었지만 나보다 더 민첩한 애는 없었죠. 그 애들은 훈련도 나보다 훨씬 늦게 시작했어요. 그래서 나는 대련에서 거의 언제나 이기는 편이었어요. 한번은 아주 몸집이 큰 녀석이 화가 나서 온 힘을 다해 달려들었어요. 그때 사범은 뒤에 서서 내가 어떻게 대응하는지 관찰하고 있었어요. 나는 방어하다가 그 애의 팔을 부러뜨렸어요. 녀석은 내 펀치를 맞고 의식을 잃었죠. 사람들이 그 애를 병원으로 데려갔고, 사범은 내 자세와 예측동작의 단점을 고쳐주는 정도로 훈련을 끝냈죠."

놀란 나머지 나도 모르게 입에서 탄성이 새어나왔다. 그녀는 재미있다는 듯 나를 흘낏 보면서 한쪽 눈썹을 추켜세웠다.

"왜 그런 훈련을 받았지?" 내가 물었다.

나는 그녀의 어머니가 캄보디아에서 겪었던 그 무시무시한 시절을 회상하면서 옆에 있는 매력적인 젊은 여인 조이를 바라보았다. 그녀는 귀여운 소녀의 모습을 벗어나 아름답고 성숙한 여인으로 활짝 피어나고 있었다.

"어머니는 흉악한 인간들로부터 자신을 보호할 수 있는 힘을 길러주려고 했겠지만, 한편으로는 이미 그때부터 당신에게 이 임무를 맡기려는 계획을 세웠던 것은 아닐까?"

"그럴지도 모르죠. 하지만, 반드시 임무 때문만은 아니었을 거예요. 어머니는 대단히 위험한 일을 하고 있어서 반드시 비밀을 지켜야 한다고 말씀하셨죠. 그리고 우리 회원 이외의 그 누구에게도 비밀을 발설하지 않겠다고, 내 가슴 속에 간직한 모든 사랑의 이름으로 맹세하라고 하셨죠. 그런 어머니의 딸인 내가, 훈련 받은 기술을 당연히나 자신이나 다른 사람들을 보호하는 데 사용하지 않겠어요? 어머니는 직접 겪었던 그 무서운 일들을 이야기해 주시면서, 비록 우리가 세계에서 가장 안정된 민주주의 체제 속에서 살고 있지만, 언제든지 쿠데타나 내란을 통해 위험한 독재자가 집권할 가능성은 있으니까, 살아남기 위해서는 그런 기술이 반드시 필요하다고 말씀하셨죠."

■ ■ ■ ■ ■

조이는 말을 멈추고, 앞으로 들려 줄 이야기에 내가 어떤 반응을 보일지 걱정스럽다는 듯, 정면에서 내 눈을 들여다보았다.

"존, 당신은 서양인이기 때문에 이제부터 내가 하는 말을 듣고 당황할지도 몰라요." 그녀는 천천히 말했다.

"이 이야기는 내가 사랑하는 사람 이외에는 그 누구에게도 하지 않을 거예요. 어쨌든 그 사람은 모든 걸 알게 될 테니까요."

나는 긴장하고 있었다. 그녀의 입을 통해 들려 올 무서운 비밀을 상상해 보았다.

"무슨 말인지……."

조이는 손가락을 내 입술에 대면서 말을 막았다.

"아시아에서는 섹스를 자연적인 기능으로 생각하고 그 기술을 터득해 왔죠. 그것은 은밀하게 치러지는 외설적이거나 상스러운 행위가 아니에요. 그건 일종의 제식적인 행위죠. 아시아 어느 지역에서는 발기한 페니스를 어린 소녀에게 바치면서 다산을 기원하는 축제가 있어요."

나는 얼굴이 달아오르고 심장이 요동치기 시작하는 것을 느낄 수 있었다. 그것은 처음 겪어보는 놀라움이었다. 나는 이처럼 정열적이고 매력적인 여인에게서 그런 이야기를 들으면서 흥분을 느끼지 않을 수 없었다.

"아시아의 부유층과 중산층 가정에는 이런 관습이 있어요.

소년 소녀에게 사랑의 기술을 가르쳐서 결혼에 대비하도록 하고, 특히 소녀가 훌륭한 첩이 될 수 있도록 준비를 시키는 거죠. 내가 열일곱 살이 되어 내 몸속의 여성 호르몬이 마음을 혼란스럽게 만들기 시작했을 때, 어머니는 나를 차이나타운에 있는 비밀 학원에 넣었어요. 거기서는 남성과 여성의 해부학적인 구조, 피임 법, 동양의 성애

기술을 가르쳤어요. 물론 나는 거기서 처녀성을 잃었고, 남성과 여성 강사들로부터 여러 가지 사랑의 기술을 배웠죠."

그녀가 예고했던 대로 나는 당황하고 있었다. 나도 모르게 쉰 목소리로 물었다.

"그럼 섹스를 했단 말이야?"

그런 바보 같은 질문을 하면서 내 얼굴은 시뻘겋게 달아올랐을 것이다. 마치 겨울날 뜨거운 난로에 기대고 있는 것 같은 기분이었다. 제기랄!

조이의 입술 끝이 올라갔지만, 이내 다시 오므렸다. 그녀는 웃음을 참으려고 애쓰고 있었다.

"경험하지 않고 어떻게 배울 수 있어요?"

그러나 그녀는 그 말이 무엇을 의미하는지 즉시 깨닫고, 걱정스러운 표정으로 나를 바라보았다.

"존, 그건 훈련일 뿐이에요. 단순히 육체적인 훈련일 뿐, 마음이나 정신이 포함된 건 아니에요. 자위행위처럼 그저 섹스를 잘 하기 위한 훈련이었을 뿐예요."

내 얼굴은 더욱 시뻘겋게 달아올라 보라색으로 변해가고 있었을 것이다. 머리를 뜨거운 난로 속에 집어 넣고 있는 것 같았다. 조이는 더욱 걱정스러운 듯 나를 바라보았다.

나는 절망적이고 허탈한 심정이었다. 기어들어가는 목소리로 조이에게 물었다.

"그 후에도 섹스를 했나?"

"존, 난 스물다섯 살이에요."

그때 그녀는 내게 그런 이야기를 했던 것을 후회했을 것이다. 그녀는 내 손을 잡고 진지하게 말했다.

"지금까지 단 한 번도 사랑하고 싶은 사람을 만나지 못했어요. 그게 무슨 뜻인지 아세요?"

그녀의 말 한 마디가 내 생각을 바꾸어 놓았다. 그렇다. 그녀는 '지금까지'라고 말했다. 지금까지. 그 말이 머릿속에서 맴돌았다. 그렇다. 그녀는 내 평생의 반려자가 될 것이다. 그리고 그녀는 우리가 섹스 파트너가 되리라는 것도 이미 암시했다. 이 아름다운 여인, 이 대단한 여자와 내가…….

나는 갑자기 그녀의 암시에 압도당했다. 하기야 그런 친밀관계는 내가 이 임무를 수락하기 전부터 이미 확인했던 것이다. 그래도 나는 믿을 수 없었다. 나는 그녀를 바라보았다. 그녀는 내 손을 놓고 두 다리를 모아 소파 위에 올려놓은 다음, 창 밖의 밤하늘을 올려다보았다. 늘어뜨린 긴 머리가 얼굴을 반쯤 가리고 있었다. 언제나 그렇듯 그녀의 턱은 반듯하게 세워져 있었고, 코는 뒤에서 비치는 램프의 불빛을 받아 멋진 실루엣을 보여주고 있었다. 그녀의 자연스러운 체취가 내 코를 즐겁게 해 주었다. 그녀는 나에게서 어떤 반응을 기다리고 있는 것이 분명했다.

나는 그 순간 조이와 사랑을 하고 싶었지만 그럴 수 없었다. 그것은 너무 급작스러운 일이기도 했다. 타임머신을 알게 된 것, 1906년으로 떠나는 시간여행에 동의한 것, 이 세상에서 내가 알고 있던 모든 것을 잃는 것, 그리고 내 것이 될 조이……. 이 모든 것이 너무 갑작스럽게 닥쳐왔다.

나는 그녀를 바라보았다.

"오해하지 마. 난 무엇보다도 당신을 원해. 난 당신이 내 첫 번째 진정한 파트너가 되기를 바라고 있어. 당신과 사랑을 나누고 싶어. 그러나 지금은 할 수 없어. 내가 당신의 파트너가 되기로 결정한 다음부터 일어난 이 모든 것에 압도당해서 너무 혼란스러워. 이제 정신을 차려야지. 지금은 마치 1억 달러짜리 복권에 당첨된 기분이야."

나는 마치 고환에 마취 주사라도 맞은 듯한 기분이 들었다.

나는 자리에서 일어섰다.

"당신은 침실에서 자. 난 소파에서 잘 테니까."

그것이 우리 사이의 첫 번째 전투였다. 우리는 서로 소파를 차지하겠다고 싸웠지만 결국 전투에서 승리한 것은 조이였다. 내게는 싸울 힘이 없었다. 알을 품고 있는 암탉을 이길 수가 없었던 것이다. 나는 한꺼번에 알게 된 그 모든 것들과, 이제 머지않아 맡게 될 임무에 압도당한 상태였다. 나는 그녀에게 경고했다.

"이번에는 당신이 이겼어. 하지만 내가 정말 마음먹고 싸운다면 절대로 날 이길 수 없을 거야."

내 말에 조이는 애교 있게 대답했다.

"물론이죠."

그러고 나서 그녀는 마지막 단어를 특별히 강조하면서 덧붙였다.

"당신은 남자니까요."

내가 베개와 시트, 담요를 그녀에게 가져갔을 때 그녀는 옷을 반쯤 벗고 있었다. 나는 가지고 갔던 것들을 소파 위에 던져 놓고 잘 자라는 인사를 웅얼거린 후 재빨리 침대로 도망쳤다. 잠이 드는 데 세 시간이 걸렸다. 여러 가지 이유가 있었지만, 코앞에서 쿵 소리를 내며 떨어진 기회를 잡지 못했던 나 자신을 자책하는 데 오랜 시간을 보내야 했던 것이다. 그저 문을 열고, 그녀처럼 '따따따 딴…….' 하고 노래를 부르는 것으로 충분했을 텐데.

아, 내일 밤은… 나는 끊임없이 떠오르는 환상에 빠졌다가 결국 잠이 들었다.

11

조이는 바람둥이였다. 그리고 불같은 성격의 소유자였다. 그녀의 바람기는 내게 어리석은 질투심을 불러일으켰고, 그녀의 성격은 핵 전쟁을 일으키는 기폭제 역할을 했다. 그러나 그때까지 나는 그런 사실을 전혀 모르고 있었다.

다음날 아침, 나는 여전히 그 생각에 몰두해 있었다. 오늘이 바로 결전의 날이다. 저녁에 나는 그녀에게 뜨거운 피를 가진 남자는 성애의 기술 따위는 배울 필요가 없다는 것을 똑똑히 보여 줄 것이다. 모든 것은 본능에 달려 있다는 것을 말이다.

오전에 나는 변호사인 피트 소여를 찾아가서 유언장을 작성하는 문제를 논의했다. 조이도 나와 함께 그의 사무실로 갔다. 그것은 훗날 우리 둘이서 때로 1개 연대를 격파할 수 있는 하드웨어로 무장하고 방문하게 될 무수히 많은 사무실들 중의 하나였다.

나는 그녀를 내 연구 조수라고 소개했다. 피트는 조이를 한참 동안 바라보았다. 그녀는 자주 입는 진과 헐렁한 셔츠를 걸치고 있었다. 셔츠의 소매를 걷어 올리고 머리는 길게 땋아서 늘어뜨리고 있었다.

그녀는 부끄러운 듯이 피트를 바라보았다. 나는 많은 여자들과 데이트를 했지만 그런 모습은 처음이었다. 그녀는 그를 유혹하고 있었다. 나는 기가 막혔다. 한동안 말문이 막혀 있던 피트도 마침내 그녀에게 인사했다.

한참 뒤 우리가 그의 책상에서 머리를 맞대고 그가 만든 유언장의 초안을 보고 있을 때 그가 내게 속삭였다.

"어디서 이런 여자를 찾아냈나? 이런 여자 더 없어?"

"미안해." 내가 속삭였다.

"그녀는 고장 난 로봇이야. 그래서 싸게 샀지."

그는 입을 딱 벌리고 나를 보더니 정신을 차리고 웃었다. 그는 팔꿈치로 나를 치면서 중얼거렸다.

"물건이야, 그렇지?"

피트는 자기가 얼마나 정확한 사실을 말했는지 믿을 수 없었을 것이다. 나중에 그녀가, 피트가 자기를 좋아하는 것 같다고 말했을 때 나는 아무 말도 하지 않았다.

나는 유서에서 모든 재산을 자선회에 기부하겠다는 의사를 밝혔다. 나는 피트에게 이제 살 날이 얼마 남지 않았고, 정 고통을 참을 수 없으면 아무도 모르는 곳에서 자살할지도 모른다고 말했다. 나는 그 모든 것을 서면으로 작성한 뒤에, 만약 내가 실종되면, 나의 서면 선언에도 불구하고 주정부가 사망판정을 내리는 데 필요한 최소한의 기간인 1년이 지난 뒤, 내 차와 상속받은 패물, 얼마 안 되는 저축 그리고 주식과 채권을 팔아서 생긴 돈을 자선회에 보내겠다는 의지의 집행을 그에게 위임했다.

피트는 내가 얼마 살지 못한다는 사실을 알게 되자 슬퍼했고 나를 위로하면서 자기 집에서 저녁 식사를 하며 술을 한 잔 하자고 청했다. 그는 조이도 함께 초대했다.

이 녀석 봐라? 조이는 나를 바라보면서 가볍게 머리를 저었다. 나는 다음날 비행기로 출발하기 전에 할 일이 많다는 핑계로 그의 초대를 거절했다.

"어디로 가는데?" 그는 물었다.

"세계일주를 하면서 구경이나 하려고. 무슨 말인지 알겠어? 물론 방콕부터 갈 거야."

나는 체념한 듯 슬픈 미소를 지으면서 말했다.

피트도 우울한 얼굴로 고개를 끄덕이며 말했다.

"훌륭한 여행이 되기를 진심으로 빌겠네. 기적이 일어나서 회복되기를 바라고."

우리가 문을 나가는데 피트가 불렀다.

"조이, 만나서 아주 즐거웠습니다. 혹시 내가 도울 일이 있으면 알려 주세요. 정말입니다."

조이는 아주 상냥하게 미소를 지으면서 명랑한 목소리로 대답했다.

"어머, 감사해요 피트. 그럴게요."

천만에. 그럴 일은 절대 없을 것이다.

그 후 오랜 세월이 흘러간 지금 생각해 보면, 리무진을 타고 조이와 처음 대화를 나눈 지 겨우 이틀 만에 내가 왜 그리 흥분하고 있었는지 이해하기 어렵다. 그러나 나는 이미 그녀를 친밀한 파트너로 생각하고 있었고, 처음으로 그녀에 대한 사랑이 소용돌이치고 있는 것을 느꼈다. 그것은 정열이 아니라 사랑이었다. 그것은 점점 커져 나의 온 생애를 장악하고 내 삶을 좌지우지하게 되었다. 나는 내 모든 것을 바쳐서 그녀의 파트너, 그녀의 동지가 되기로 맹세했다. 나는 우리의 임무를 위해 모든 것을 포기했다. 그리고 조이는 분명 나를 좋아했고 전날 저녁 나와 사랑을 나누기를 원했다. 간단히 말해서 그녀는 내 영역 안에 있었다.

나는 무분별하지 않았다. 내게 그녀를 추궁할 권리가 없다는 것을 잘 알고 있었다. 그녀에게는 자신이 원하는 사람에게 상냥하게 대하고 애교를 부릴 권리가 있었다. 하지만, 제기랄! 그녀는 분명 내 것이 되겠다고 말하지 않았던가. 한때 교수였던 나는 이런 인간관계에서 벌어지는 상황을 너무 복잡하게 따지고 드는 경향이 있다. 간단히 말하자면 나는 화가 났던 것이다. 나는 질투하고 있었다.

그날 저녁까지 내내 그런 기분이었다. 조이가 지나가는 말로 피트가 아주 좋은 사람이라고 말했을 때 내게선 무심결에 이런 말이 튀어나왔다.

"우리 관계를 청산하고 그 사람하고 교제하지 그래?"

우리는 블루밍턴에 있는 마더비어에서 피자를 먹고 있었다. 그곳은 인디애나 대학의 본향이고 대학 도시였다. 그래서 어디를 가나 내 제자들이나 동료교수를 만날 확률이 아주 높았다. 그러나 다행스럽게도 우리는 피자집에서 아무도 마주치지 않았다. 하지만, 내가 조용하고 침착한 목소리로 그녀에게 그 말을 했을 때 근처에 앉아있던 몇몇 사람들이 갑자기 고개를 돌려 우리를 바라보았다. 그건 분명히 텔레파시였을 것이다.

조이는 그들의 호기심을 실망시키지 않았다. 그녀는 내가 처음 보는 낯선 표정을 지었다. 마치 정신적인 처녀성이라도 빼앗긴 것 같은 표정이었다. 그것은 정말 평생 잊을 수 없는 첫 경험이었다.

조이는 굳은 표정으로 자세를 고쳐 앉았다. 그녀의 입에는 막 한 입 베어 먹으려던 피자 조각이 물려 있었다. 그녀는 가늘게 뜬 눈으로 나를 노려보면서 내 앞에 있던 코카콜라가 얼어붙을 정도로 차갑게 말했다.

"내 말, 분명히 들으세요." 그녀는 바보라도 이해할 수 있을 정도로 또박또박 말했다.

"당신은 절대로 나를 소유할 수 없어요. 내가 악마와 놀아난다고 해도 당신은 할 말이 없는 거예요. 아시겠어요?"

그녀는 들고 있던 피자 조각을 접시에 던지고 남은 피자가 담겨 있던 쟁반을 내게 밀쳐 버렸다. 쟁반은 내 앞에 놓여있던 컵에 부딪혔고 쏟아진 콜라는 불행하게도 내 신체의 가장 부적절한 부위로 흘러내렸다. 나는 요실금의 느낌이 바로 이런 것이리라 생각했다.

조이는 몸을 일으키더니 자리에서 일어났다. 그녀는 걸어 나가려다가 엎어진 피자 쟁반이 내 무릎과 식탁 사이에 비스듬히 걸려 있는 것을 보았다. 조이는 마치 그런 상황에서 취한 자신의 행동이 아주 이성적이고 절대로 감정적이 아니라는 것을 보여주려는 듯, 침착하게 쟁반을 뒤집어 놓았다.

나는 당황해서 얼굴이 달아오르는 것을 느꼈다. 사람들이 나를 보고 웃었다. 나는 사태를 지켜보고 서 있던 종업원에게 점잖게 손짓을 했다. 그녀는 타월을 가져왔지만, 나는 우아한 동작으로 거절한 뒤, 남은 피자를 개에게 가져다 줄 봉투를 달라고 부탁했다.

조이의 숙녀답지 않은 행동은 내게 또 하나의 첫 경험이 되었지만, 그것이 마지막은 아니었다. 그 후 오랜 세월이 흐르는 동안, 그녀가 터무니없이 화를 낼 때면 내 사타구니는 많은 물건의 종착지가 되었다. 불행하게도 그녀가 집어던진 물건들은 항상 젖은 것이거나 뜨거운 것이었다. 나는 프로이트의 심리학이론을 별로 신뢰하지 않지만, 그녀가 물건을 던질 때 목표지점으로 내 신체의 특별한 부위를 선택한 데에는 무언가 프로이트적인 것이 있었다고 생각했다.

우리 사이가 평화롭고 사랑이 넘칠 때 나는 용기를 내서 이 문제를 제기한 적이 있었다.

"그런데, 왜 하필이면 내 불쌍한 사타구니야?" 나는 공손하게 물었다. "알다시피 거긴 좀 그런 데잖아?"

"거긴 당신이 고약한 짓을 할 때 쓰는 데니까요."

그것이 그녀의 대답이었다. 프로이트의 이론은 증명된 셈이다.

어쨌든 조이는 나를 피자가게에 남겨두고 밖으로 나갔지만 달리

갈 데가 없었다. 그녀는 내 자동차 MR2 옆에서 등을 돌린 채 나를 기다리고 있었다. 나는 한 손에 개밥이 든 봉투를 들고, 다른 손으로 차에 키를 꽂고 문을 열어 주었다. 그녀는 한마디 말도 없이 냉랭하게 차 안으로 들어갔다. 나는 운전석으로 들어가기 전에 바지에 붙은 피자조각을 털어 버렸다. 콜라에 젖은 바지는 어쩔 도리가 없었다. 나는 차 안으로 들어갔다. 당시 블루밍턴은 겨울이었고, 차 안은 더욱 추웠으므로 히터를 최고온도로 올렸다. 그래도 냉기가 갑자기 사라지지 않으리란 것은 알고 있었지만 바지가 몸에 얼어붙지 않도록 무슨 수라도 써야 했다.

나는 개밥 봉투를 그녀의 무릎 위에 던졌다. 그녀는 마치 봉투 안에 뱀이라도 들어있다는 듯, 혐오스러운 시선으로 바라보았다.

아파트에 도착하자, 조이는 내 방으로 따라 올라왔고 내가 문을 열자, 먼저 안으로 들어갔다.

거기까지는 모든 것이 순조로웠다.

그녀는 소파 옆에 있는 안락의자에 앉았다. 아마도 내가 옆에 앉지 못하도록 하기 위해서였을 것이다. 나는 냉장고에서 사무엘 아담스 맥주 두 병을 꺼냈다. 내가 한 병을 건네주자 아무 말없이 받았다. 일이 잘 풀리는 것 같았다.

나는 찬 피자 한 조각을 권했다. 그녀는 한쪽 눈썹을 추켜세운 채 입술을 굳게 닫고 있었다.

좋았어. 이제 서서히 녹고 있군. 나는 용기를 내어 그녀에게 물었다.

"피자집에서 불똥이 튀기 전에, 우리가 무슨 얘기를 하고 있었지?"

멀리 이웃 주택가의 음악 소리가 벽을 통해 희미하게 들려왔다. 차 한 대가 밖에서 큰 소리를 내며 지나갔고, 트럭 한 대가 반대방향에서 덜컹거리며 지나갔다.

그녀는 맥주를 반쯤 마시고 나서 도전적인 투도, 사과하는 투도 아닌 담담한 어조로 내게 물었다.

"아까 내가 한 말을 이해했어요?"

"물론이지. 당신은 당신 자신의 주인이고, 그 누구도 소유할 수 없지. 누구하고든 바람을 필 수 있고. 내가 바로 이해했나?"

조이가 고개를 끄덕였다. 화가 나지는 않았지만, 바람 이야기는 마음에 걸렸다. 나는 변함없이 점잖은 목소리로 말을 이었다.

"그리고 나도 마찬가지야. 내가 스무 명의 애인을 데리고 마흔한 명의 자식을 낳는다고 해도 그건 전적으로 내 문제지. 아무도 나를 소유할 수 없어. 맞지?"

조이는 알라스카의 빙산만큼이나 많은 표정을 가지고 있었는데, 나는 그때 또 하나의 새로운 표정을 보았다. 이번에는 머리를 기울이고 입술을 약간 벌린 채, 눈은 크게 뜨고 있었다. 눈 안에서는 불꽃놀이가 벌어지고 있었다.

"당신이 그런 바보라면 마음대로 하세요. 나 같은 여자 하나 때문에." 그녀는 머리를 숙였다.

"당신이 그만한 일에 격분한다면, 나 같은 여자 스무 명이 있다면 어떻게 될지 생각해 보세요. 당신 사타구니가… 견뎌나겠어요?"

그녀는 웃었다. 나도 웃었지만 속으로 중얼거렸다. 어휴. 이 여자는 통제가 불가능하구나.

"그리고, 피자 좀 남았어요?" 그녀가 물었다.

나는 그녀에게 순화된 언어를 사용하라고 말하려다 입을 다물고 마지막 남은 피자조각을 그녀에게 건네주었다. 피자는 엎지른 콜라 때문에 약간 젖어 있었다. 그녀는 거의 보이지 않게 미소를 띠면서 피자를 한 입 베어 물었다. 그녀의 시선은 내게서 떠나지 않고 있었다.

그녀는 피자를 다 먹고 맥주를 마지막 한 방울까지 마신 뒤, 옆에 있는 커피 테이블에 내려놓았다. 그리고 냅킨으로 손을 닦고 부엌으로 들어갔다. 그녀는 젖은 타월을 들고 와서, 내게 일어서라고 말하더니 바지에 묻은 토마토소스와 녹은 치즈를 닦아내기 시작했다. 나는 그것이 최선의 사과로 이어질 것인지, 아니면 그저 철없는 순진한 행동인지 알 수 없었다. 아니, 나는 알고 있었다. 그녀는 자기가 무슨 짓을 하고 있는지 잘 알고 있었다. 그녀는 나를 흥분시키고 있었다.

나는 그런 식으로, 그녀의 도발을 받아 사랑을 하고 싶지는 않았다. 그녀가 이런 식으로 나를 지배하도록 방치해 둘 수는 없었다. 시간과 방법은 내가 선택해야 한다. 나는 그녀의 손을 잡고 소파로 데리고 가서 앉혔다. 그녀가 놀라서 나를 바라보자, 나는 타월을 뺏어들고 그만하면 바지는 충분히 잘 닦았다고 말했다.

나는 맥주 한 병을 더 꺼내서 조이에게 갖다 주고 소파에 함께 앉았다. 그녀는 조용히 맥주를 마셨다.

밖에서는 자동차 지나가는 소리가 계속 들렸다. 어디선가 아이 우는 소리도 들렸다. 나는 원목 커피 테이블에 발을 올려놓고 구두 안에서 발가락을 움직였다. 마침내 나는 대화를 이어가기 위해 그녀에게 물었다.

"타임머신은 언제 알게 되었지?"

"열여덟 살 때요." 그녀가 대답했다.

"자선회 사람들은 모두 흥분했죠. 그해에 나는 정식으로 자선회에 가입했어요. 어머니는 모임의 목적을 설명해 주고 회원들의 배경을 다시 알려 주셨죠. 나는 그들이 어떤 고초를 겪었는지 자세히 알게 되었어요."

내 질문은 아주 적절했다. 조이의 표정과 시선이 누그러지고 정신을 가다듬어 아주 감동적인 이야기를 들려주려는 것 같았다. 그녀는 손을 내 팔에 얹었다. 나는 온기를 느꼈다.

그녀는 동정심어린 목소리로 말을 계속했다.

"구 아주머니나 다른 사람들에게 일어났던 일들을 좀 더 자세히 들었던 그날, 나는 밤새도록 울었어요. 어머니도 자선회가 계획하고 있는 사업과 그 이유에 관한 모든 것을 읽으라고 했어요. 존, 그 이유 말예요! 난 그 이유를 내 마음속에서 지울 수 없었어요."

조이는 갑자기 몸을 앞으로 기울이며 말했다.

"내가 이 임무를 맡은 것은 어머니와 구 아주머니가 겪었던 일 때문만은 아니에요. 르완다에서 로랑과 그의 조카 세트도 그랬고, 다른 회원들도 그에 못지않은 끔찍한 경험을 했죠. 그것이 내 결심에 영향을 주었어요. 나는 자선회에서 알게 된 사람들을 존경했어요. 그 중에서 많은 사람들과 함께 성장했고 그들은 내게 친척 아주머니나 아저씨 같았어요. 구 아주머니는 내 대모예요. 나는 몇 년 동안 구 아주머니의 이야기를 듣고 또 들었어요. 그리고 이 돌아올 수 없는 임무에 지원해야 한다는 것을 깨달았어요."

조이는 손을 맞잡았다. 눈물이 그녀의 뺨 위로 흘러내리고 있었다.

"내가 이 임무를 자원한 것은 사랑 때문이에요. 그렇지 않았다면 평생 어머니 곁에서 살았겠죠."

조이는 나에게 바짝 기댄 채 내 눈을 들여다보았다. 눈물에 젖은 그녀의 커다란 눈은 램프 불빛 아래서 반짝이고 있었다. 나는 그녀가 눈을 깜박였을 때 뺨 위로 흘러내린 두 줄기 눈물을 닦아 주었다. 그녀는 머리를 흔들며 말을 계속했다.

"다음날, 어머니와 함께 운동복을 갈아입다가 나는 단숨에 말해버렸어요. 시간여행에 자원하겠다고. 어머니는 잠시 꼼짝도 하지 않고서 계시더니 울기 시작하셨어요. 나를 바라보는 어머니의 얼굴에는 고통으로 생긴 깊은 주름이 보였죠. 입술을 떨고 있었고 얼굴은 번민으로 일그러졌어요. 그러더니 말씀하셨어요. '알았다' ⋯⋯."

조이는 큰 소리로 흐느끼기 시작했다. 나는 두 팔로 그녀를 안고 등을 어루만졌다.

조이는 울면서도 말을 계속했다.

"어머니도 다른 선택이 없다는 것을 알고 있었어요. 이 임무에 가장 적합하고 가장 능력 있는 사람은 바로 나였어요. 그러나 한 사람이 더 필요했죠. 자선회에서는 그 대상이 남자여야 한다는 데에 의견을 모았고, 임무 수행에 필요한 역사적 지식이 풍부한 명망 있는 역사학자를 물색하고 있었죠. 그리고 그에게 젊고 건강한 여자를 파트너로 만들어 주는 것이 바람직하다고 판단하고 있었어요. 내가 지원하지 않았다면 자선회에서는 후보자 두 명을 모두 외부에서 찾아야 했는데 그건 너무 위험한 일이었죠."

그녀는 말을 멈추고 몸을 뒤로 젖히더니 몇 초 동안 자기 무릎을 응시하면서 마음을 진정시키려는 듯했다. 그녀는 다시 마음을 다잡고 말을 계속했다.

"어머니는 일단 내가 타임캡슐에 들어가면 다른 우주에서 무슨 일이 일어나든 결코 우리가 다시 만날 수 없다는 것을 알고 있었어요." 그녀는 나를 올려다보았다.

"어머니는 놀랍고도 사랑이 깊은 분이죠. 어머니가 내게 어떤 의미를 가지고 있는지는 표현할 길이 없어요. 난 절대로 어머니를 잊지 못할 거예요. 어머니는 항상 이곳에 있을 거예요."

그녀는 손을 가슴 위에 올려놓았다.

"난 절대로 어머니를 잊지 못할 거예요."

조이는 큰 소리로 흐느꼈다. 무술과 무기에 통달한 여인, 믿을 수 없을 정도로 노련하고 침착한 여인, 한번 화를 내면 그 질긴 버팔로 가죽도 여지없이 찢어지고 공기 중의 산소마저도 얼어붙게 만드는 여인, 사람들이 보는 앞에서 내게 피자를 던져버린 여인, 사랑을 나누자고 내게 은밀한 초청장을 보낸 이 여인이, 처음으로 나약한 소녀처럼 고뇌하는 모습을 보인 것이다. 나는 그녀를 두 팔로 끌어안았다. 내가 그녀를 억세게 포옹하고 있는 동안 그녀는 내 품에서 울었다. 나는 내 삶과 부모의 죽음을 돌아보면서 그 모든 것을 버리고 쉽게 과거로 떠날 수 있을 것 같다는 생각이 들었다. 분명히, 이 임무에서 우리 둘이 느끼고 있는 부담은 동일하지 않았다.

나는 그녀를 보면서 어떻게 해서든 그녀의 상실감을 덜어주기 위해 최선을 다하겠다고 속으로 다짐했다. 하지만 그것이 결코 극복할 수 없는 것이라는 사실도 알고 있었다.

당시 나로서는 그녀에게 이미 익숙한 그 정서적 고통을 완화시켜 주는 것 외에는 달리 아무것도 할 수 없었다. 나는 여전히 그녀를 품에 안고 있었다. 그녀의 눈물은 곧 울먹임으로 변했고 천천히 울음소리가 잦아들었다. 마침내 그녀는 나를 밀어내고 눈물에 젖은 얼굴을 셔츠 소매로 닦으면서 말했다.

"내가 격언을 만든다면 이렇게 하겠어요. '해야 할 일은 해야 한다.'"

나는 침실에 들어가서 티슈박스를 가져다 그녀에게 주었다. 그녀는 눈물을 닦고 몇 분 동안 말없이 앉아 있었다.

마침내 그녀는 일어나서 나를 바라보았다.

"가슴을 빌려 줘서 고마워요. 그게 필요했어요."

그녀는 미소를 지으며 덧붙였다.

"당신은 내 파트너가 될 테니까 한 가지 말씀드릴 것이 있어요. 내가 타임캡슐에 들어가기로 결정한 다음, 자선회에서는 나와 마음이 잘 통하는 사람을 고르는 것이 매우 중요하다고 생각했어요. 두 사람이 서로 미워한다고 해서 임무를 완수하지 못할 건 없죠. 하지만 상황이 아주, 뭐라고 할까… 복잡해지겠죠. 그래서 자선회에서는 당신을 지목했을 때 우리 둘 사이의 관계가 가장 중요하다고 판단했어요.

존, 그래서 내가 당신 강의에 나간 거예요. 자선회를 대신해서, 당신이 어떤 신념을 가지고 있는지 파악하고, 또 당신이 나와 맞는 사람인지를 알아보기 위해서였죠. 그런데 당신은 우리의 기대에 잘 맞았고, 나는 당신에게 끌렸죠. 그리고 지금 당신의 동정심과 이해가……."

그녀는 약간 수줍은 미소를 지으면서 티슈박스를 가리켰다.

"나를 완전히 사로잡았어요. 존, 당신과 나는 아주 훌륭한 파트너가 될 거예요."

조이는 갑자기 방석을 던져 나를 쓰러뜨렸다. 완전한 기습이었다.

"자, 난 이제 자겠어요. 어서 내 소파에서 비키세요."

그녀는 발로 나를 밀어냈다.

"아침에 다시 봐요."

"잘 자. 다시 울고 싶은 생각이 들면 날 불러." 내가 말했다.

나는 침실 문을 열어 놓았다. 다시 조이를 위로할 필요가 있을지 모른다는 생각에서였다. 나는 어둠 속에서 그녀가 영원히 어머니를 잃게 된다는 사실을 떠올렸다. 그리고 만약 우리 어머니가 아직 살아 있고, 내가 영원히 그 곁을 떠나는 결정을 내려야 한다면 어떤 기분이 될지 상상해 보았다. 나는 토르와 구가 사랑하는 사람을 잃었던 그 비극적인 상황도 상상해 보았다. 참을 수 없이 가슴이 뭉클해지면서 눈물이 흘러나왔다. 나는 조이가 듣지 못하도록 베개에 얼굴을 파묻고 조용히 울었다.

12

　나는 마치 굶주린 매춘부를 취하듯, 매력적인 조이를 내 것으로 할 수 있었다. 나는 그 순간이 바로 내일 밤이 될 것이라고 스스로 다짐했다. 내일 비행기에서 내리면 행동을 개시하는 것이다. 함께 자자는 한 마디면 충분할 것이다. 그러면 그녀가 옷을 벗을 것이고, 나도 옷을 벗는다. 그리고 실행에 들어가는 것이다! 나는 여태껏 조이와 충분히 이야기를 나누었고 함께 울기도 했다. 이제 할 말은 다 했다. 그러니, 내일 밤을 기다리자!

　그렇다고 내가 섹스에 탐닉하고 있었던 것은 아니다. 나는 교수였고 지성과 정서를 갖춘 남자였다. 그저 내게 다가오는 것을 원했을 뿐이다. 그게 전부다.

　셋째 날 아침 나는 블루밍턴에서 일을 모두 마치고, 훈련을 받기 위해 실리콘밸리에 있는 자선회 본부로 갔다. 그곳은 과거로 시간여행을 떠나는 우리들의 출발점이기도 했다.

　우리는 산호세 국제공항에 착륙하기 전에 시카고와 달라스에서 비행기를 갈아타야 했다. 조이의 어머니는 우리에게 일등석 표를 사주었다. 항상 신사였던 나는 조이를 창가에 앉혔다. 나는 그것이 이 세상에서 하는 마지막 비행이라는 것을 알고 있었다. 정확한 날짜는 결정되지 않았지만 1900년경으로 돌아가게 되어 있었으므로 다시는 하늘에서 땅을 내려다볼 수 없는 운명이었다. 그래서 나는 우리의 비행기가 이륙하자 조이가 가끔씩 통로 건너편에 비어있는 창가에 앉아 집과 빌딩과 도로와 마을을 내려다 볼 수 있도록 해 주었다. 창 밖에서는 언덕과 사막과 불모의 땅에 설치된 관개수로망과 무인지역을 가로지르는 곧고 좁은 길이 내려다보였다.

이제 나는 이 모든 것을 버려야 했다. 이 모든 것들이 내가 곧 살게 될 과거 세계에서는 사라질 것이다. 그러나 절대로 변하지 않는 것도 있을 것이다. 구름. 나는 눈높이에서 보이는 구름의 모습에 빠져있었다. 나는 흰색과 회색, 검은색 구름이 차례로 꽃처럼 피어났다가 파도치고 천둥을 울리는 그 아름다운 광경을 마음껏 즐겼다. 그리고 그 모든 것들을 내 기억 속에 담아 놓으려고 노력했다.

조이도 같은 노력을 하고 있는 것 같았다. 그녀 역시 자리에 꼼짝도 하지 않고 허리를 굽힌 채, 창문을 통해 땅과 구름을 바라보고 있었다. 내가 자리를 옮겨 다니는 것을 본 스튜어디스가 조이에게 허리를 굽히며 물었다.

"필요한 것 없어요?"

조이는 잠깐 생각을 하더니 대답했다.

"저 사람, 참 치사해요. 여기 이 자리에서 나와 섹스하는 걸 거부하고 있어요. 내가 마일하이 클럽에 가입할 수 없게 말예요. 아시죠? 5,280피트 이상의 상공에서 섹스를 한 사람들의 모임 말입니다."

놀란 스튜어디스는 몸을 일으키더니 마치 머리카락 속에 벌레라도 들어간 듯 머리를 흔들었다. 그러더니 다시 조이의 귀에 대고 속삭였다.

"취사실 뒤에 조그만 비밀 장소가 있으니 가서 쓰세요." 그녀는 조이에게 미소를 지었다. "우리도 가끔 사용한답니다."

"고마워요." 조이는 쾌활하게 손을 흔들었다.

"좌석이 불편하면 통로를 사용하겠어요. 내가 저 사람을 설득할 수 있으면 말예요."

"그건 안 돼요!" 스튜어디스가 외쳤다.

그러나 조이의 웃음을 보자, 그녀도 웃으면서 말했다.

"좋아요. 마음대로 하세요."

비행기가 착륙하자 우리는 통로를 걸어가면서 스튜어디스 옆을 지나갔다. 그녀는 옆에 서 있는 남자 직원을 팔꿈치로 찌르며 조이와 나를 가리켰다.

"조이, 스튜어디스가 왜 저러지?" 내가 물었다.

"나중에 말해 줄게요." 조이가 대답했다.

나중에 조이가 그 이야기를 해 주었을 때 나는 허리를 잡고 웃었다. 나는 조이에게 말했다.

"당신은 장난꾸러기야."

"그 정도는 아무 것도 아네요."

조이는 내 머리카락을 흩어놓으며 말했다. 조이의 또 다른 모습이었다.

공항 밖으로 나오자 리무진이 우리를 태우고 사라토가 애비뉴에 있는 큰 창고처럼 생긴 건물로 데리고 갔다. 건물에는 창문이 하나도 없었다. 리무진 운전사가 미리 연락을 했기 때문에, 그녀의 어머니가 입구에서 기다리고 있었다. 토르가 우리를 환영했다.

"모든 일이 다 잘되었겠지?"

조이가 그렇다고 대답하면서 어머니에게 키스했다. 그들은 오랫동안 포옹했다. 조이가 내 손을 잡고 말했다.

"들어가요."

늦은 저녁이었다. 비행시간과 공항 대기시간을 더하면 8시간의 긴

여행뒤에 우리는 지쳐 있었고, 피로한 모습이 역력했는지 집 안으로 들어가자 토르가 말했다.

"아침에 교실을 돌아 본 뒤에 바로 훈련을 시작할 거야. 그러니 오늘 밤에는 충분한 수면을 취하도록 해."

그러고 나서 그녀는 나란히 붙어있는 두 개의 침실을 보여주었다.

나는 토르에게 감사의 인사를 건네고, 조이에게도 잘 자라고 손을 흔든 다음 방으로 들어갔다. 방 안에는 커다란 침대, 안락의자와 테이블, 벽에 붙은 캐비닛, 옷이 걸려 있는 옷장이 있었다. 나는 옷을 살펴보았다. 대부분은 운동복이었다. 구식 양복도 걸려 있었는데 선반 위에는 기묘한 모자도 놓여 있었다. 그 옷은 분명 시간여행을 위한 것이었다. 나는 풀어 놓을 짐이 없었으므로 옷을 벗고 침대로 들어갔다.

내게 새로운 생활이 시작되고 있었다. 그러나 침대에 누운 내 머릿속은 온통 조이에 대한 생각뿐이었다. 리무진을 타고 드라이브를 한지 사흘이 지났고, 그 후 매일 밤 나는 그녀를 가질 수 있었다.

그런데도 아직 성공하지 못하고 있었다.

빌어먹을, 도대체 내가 어떻게 된 게 아닌가? 조이보다 훨씬 덜 적극적인 여자와도 첫 데이트에서 더 많은 것들을 할 수 있었다. 처음엔 다 그런 거지. 나는 미소를 지었다. 내일 밤은 그냥 넘어가지 않을 것이다. 지금 나는 녹초가 되었다. 이번만은 자극을 받지 않고 잘 수 있다. 나는 피로와 기대 속에 긴 한숨을 내쉬며 곧 잠이 들었다.

13

다음날, 꼭두새벽에 잠에서 깬 나는 화장실 변기 위에 앉아서 오늘 밤 거사에 대해서 생각했다. 나는 처음 외설영화를 본 십대 소년처럼 흥분되어 있었다. 나는 섹스의 냄새를 맡았고 맛을 보았고 느낄 수 있었다. 나는 소변을 보고 간단히 냉수 샤워를 마쳤다.

그날 아침에 시작된 훈련은 내가 일찍이 경험하지 못했던, 집중적이고 광범위한 것이었다. 그날 일과의 반도 마치기 전에 나는 그것이 해병대 기초훈련과 같은 것이란 사실을 알았다.

우리는 오전 5시에 일어나 5마일을 달리고 조깅과 걷기와 구르기를 했다. 그렇게 힘든 시간을 보낸 다음 30분간 체조를 했고 30분 동안은 근육 강화훈련을 했다. 그리고 15분 동안 주스와 과일과 시리얼로 준비한 아침식사를 마쳤다. 근육이 아파서 스푼조차 들지 못하는 나를 조이가 도와주어 식사를 끝낼 수 있었다. 우리는 계속 새로운 종류의 훈련을 받았다. 점심과 저녁을 먹기 위해 쉬는 시간을 제외하고 훈련은 오후 9시까지 계속되었다.

첫날 저녁, 너무 피곤했기 때문에 나는 옷을 입은 채 침대에 쓰러져 순식간에 깊은 잠에 빠져버렸다. 섹스는 생각조차 할 수 없었다. 설령 여러 명의 조이가 알몸으로 내 침대 주위에서 캉캉 춤을 추었대도, 내겐 아무런 반응도 없었을 것이다.

■ ■ ■ ■ ■

조이는 내가 받고 있던 훈련을 이미 모두 마쳤으므로 복습 과정을 밟고 있었던 셈이다. 그녀는 우리가 앞으로 사용하게 될지도 모를 고급 컴퓨터 프로그래밍과 같은 새로운 훈련을 받고 있었다. 조이는 전자공학 석사학위를 가지고 있었으므로, 컴퓨터와 프로그램 언어에 완전히 익숙해져 있었다. 그러나 조이의 말에 의하면, 우리가 사용할 노트북은 특수한 것이기 때문에 자선회의 컴퓨터 기술자들이 그것을 잘 사용할 수 있도록 솔로라고 부르는 새로운 언어를 혼합하여 트리플 C의 변종을 만들었고, 그 언어에 익숙해지기 위해서 훈련이 필요했다.

응급처치 훈련을 받으면서, 우리는 수천 가지 종류의 주사를 맞았고 강사들은 조이에게 상처나 골절, 감염을 치료하는 방법을 가르쳐 주었다.

"제기랄! 이건 팔이 아니라 바늘집이구만!"

주삿바늘 자국으로 얼룩진 팔을 내려다보며 내가 불평했을 때, 조이는 날카롭게 소리쳤다.

"제발, 계집애 같은 소리 좀 하지 말아요!"

■ ■ ■ ■ ■

우리는 따로 훈련을 받았지만 무술만은 예외였다. 조이가 내 사범이 되었던 것이다. 나는 그런 상황에 결코 적응할 수 없었다. 그것은

192

옳지 않은 일이었다. 자연과 진화의 법칙에 비추어 보아도 그렇고 인권의 측면에서도 그렇고 모든 포유동물의 남성과 여성 사이의 균형이란 측면에서도 그랬다. 미국 독립선언문의 취지에도 어긋난 일이었다. 키도 나보다 20센티미터나 작고 몸무게도 25킬로그램이나 가벼우며, 근육도 적고 허리도 가늘고 작은 손과 조그만 발을 가진 이 미치도록 매력적인 여자가 남자인 내게 격투기술을 가르친다는 것은 정말 말도 안 되는 소리였다. 빌어먹을!

첫 번째 무술훈련이 시작되자, 조이는 조심스럽게 내게 옷을 꺼내주었다.

"복장단정, 태도단정." 그녀가 말했다.

"가라테와 유도를 가르칠 거니까, 그에 관련된 일본어를 배워야 해요." 그녀는 내 옷을 가리켰다.

"그것이 당신의 도복이에요."

그녀는 내게 흰 바지를 주면서 입으라고 했다.

나는 바지를 입으면서 물었다.

"왜 이렇게 헐렁한 거야? 이런 옷은 싫은데."

"그건 하카마라고 불러요. 헐렁하기 때문에 내가 당신을 잡아 던질 수 있는 거죠."

"바지를 잡고?"

그녀는 미소를 지으면서 깃이 없는 흰색 상의를 건네주었다.

"이건 우와기예요."

그 옷 역시 흰색이었고, 두꺼운 목면으로 만들어져 있었다. 옷은 허벅지까지 내려왔고 소매는 4분의 3정도 길이에 옷 뒤가 터져 있었다.

그 다음 조이는 상의 위에 매는 흰색 띠를 주었다. 그녀는 오만하게도 두 손가락으로 그것을 들고 '이건 오비'라고 말했다.

조이도 비슷한 옷을 입고 있었다. 다른 점이 있다면 빨간 머리띠에 검은 공단 허리띠를 매고 있다는 것뿐이었다. 그녀는 처음으로 머리카락을 말아서 매듭을 만들고 있었는데 그녀의 헤어스타일로는 드문 일이었다. 보통 그녀는 머리카락을 땋아 내리거나, 포니테일을 하고 있었다. 나는 그녀가 첫 무술시간에 내가 실수로 머리카락을 잡아 뽑을까 걱정하고 있다고 생각했다.

연습실은 넓었고 두 벽면에 거울이 달려 있었다. 타일을 깔아 놓은 현관을 제외하면 바닥은 모두 매트로 덮여 있었다. 우리는 연습실 한복판에 섰다.

나는 검은 띠가 무술에서 고단자를 의미한다는 것을 어렴풋이 알고 있었지만 어쨌든 물어보고 싶었다. 나는 그녀의 검은 띠를 가리키면서 눈썹을 치켜 올렸다.

"이 오비는 내가 맨손으로 강철봉을 휘고 발로 콘크리트에 구멍을 낼 수 있다는 것을 의미해요."

"그럼 내 벨트는 왜 흰색인가?"

"흰색 벨트는 젖은 종이도 발로 차서 구멍을 내지 못하는 얼간이 초보자용이에요."

그녀가 친절하게 가르쳐 주었다.

"하지만 당신은 고층 빌딩을 단번에 뛰어넘을 수 없지. 그렇지?" 내가 점잖게 물었다.

조이는 내 상의를 잡더니 순식간에 어깨 위로 넘겨버렸다. 나는 조이 앞 1미터 되는 곳에 떨어졌다. 조이는 손을 털면서 대답했다.

"그럴 필요가 없어요. 그렇죠?"

조이는 훈련을 시작하면서 말했다.

"이곳은 내 도장이고 나는 당신의 사범이에요. 이 방에 들어올 때는 입구에 서서 도장에 절을 한 다음 나에게도 절을 해야 해요. 연습을 시작하기 전에도 사범인 나에게 절을 해야 해요. 내가 가르쳐 준 것을 해 보라고 하면 나에게 절을 한 뒤에 실행에 옮겨야 해요. 그리고 연습이 끝난 다음에도 내게 절을 해야 하고요."

나는 조이를 멍하니 바라보았다. 그녀는 상황을 즐기고 있었다.

조이는 마치 우리 관계가 이미 확정된 것처럼 말하고 있었다.

"그런데, 시간은 부족하고 당신이 배울 것은 너무 많아요. 어쨌든 나는 무술도장에서 지켜야 할 모든 예절을 강요하지는 않겠어요. 사범에게 절을 하라는 명령도 하지 않겠어요. 하지만 시작하기 전에 서로에게 절은 해야 한다고 생각해요. 그건 악수와 같은 것이에요. 단순히 나를 당신의 사범으로, 당신을 내 제자로 인정하는 거예요. 절하는 법을 아세요?"

"물론이지."

나는 머리를 숙여 절을 하면서도 시선은 그녀에게서 떼지 않았다. 나는 불만의 표시로 어깨를 으쓱거렸다.

조이는 멍한 표정을 지었다.

조이는 마치 역한 냄새라도 흩어 버리듯이, 얼굴 앞에서 손으로 부채질을 하며 중얼거렸다.

"내가 미쳤지. 이런 일에 자원하다니."

조이는 엉덩이에 손을 갖다 댔다.

"자, 절을 할 때는 나를 정면으로 바라보고 팔을 펴서 옆구리에 붙이고 손가락 끝은 엉덩이 근처에 있어야 해요. 허리는 30도가량 굽히고 1초 가량 그 자세를 유지하세요. 각도가 깊을수록, 시간이 길수록 더 깊은 존경심을 나타내는 거예요. 하지만 허리를 45도 이상 굽혀도 안 되고, 20도 이하로 굽혀도 안 돼요."

조이는 시범을 보여주었다.

"그건 20도밖에 안 되어 보이는데?"

"그래요 멍청한 초보 훈련생에게는 20도면 충분해요."

그러자 나는 갑자기 조금 전의 상황에 생각이 미쳤다.

"조금 전에, 나를 내던지기 전에 절을 했어야 하는 게 아닌가?"

"아뇨." 조이가 대답했다.

"그건 훈련이 아니었어요. 그건 여자들을 위한 남자교정법이었어요."

나는 그런 우스꽝스러운 이야기를 무시하고 농담을 하려고 했다. 나는 오만하게 말했다.

"난 아무에게도 그런 절은 하지 않을 거야. 특히 여자에게는. 더구나 동등한 입장에서 내 파트너가 될 사람에게는."

조이는 내 미소를 보지 못한 것 같았다.

"알겠어요."

그녀는 방에서 나갔다. 화는 내지 않았다. 그냥 우아한 걸음으로 문을 열고 조용히 나갔고, 문소리도 내지 않았다. 문이 닫혔을 때 그저 찰칵 소리만 들렸다.

"아이고, 무서워라. 이것 정말 큰일 났는데?"

나는 과장하여 소리를 질렀다. 나는 그녀가 떠난 자리에 그냥 서 있었다. 모르는 사람과 악수를 하려고 손을 내밀었다가 무시당한 기분이었다.

좋다. 조이가 이번 일을 그렇게 심각하게 받아들인다면 나도 그럴 것이다. 나는 움직이지 않았다. 앉기도 거부했다. 나는 움직이지 않을 것이다. 북극의 빙산이 다 녹아내려도 말이다. 나는 벽에 대고 소리쳤다.

"당신은 절대로 나를 지배할 수 없어!"

한 시간이 지나자 나는 지치기 시작했고 몸을 비틀며 우리 임무를 생각하고 조이에 대한 생각도 하고 그녀에게 들려 줄 농담을 연구해서 그것을 써먹는 방법도 상상해 보았다. 아주 멋있는 농담이 떠오르면 웃기도 했다.

나는 아침 내내 그 자리에 서 있었다. 점심도 먹지 못했고 오후 시간도 반쯤 지나갔다. 나는 다른 수업에도 출석하지 못했다. 그래도 아무도 묻는 사람이 없었던 것을 보면, 조이는 다른 강사들에게 양해를 구했던 것 같다. 그녀는 틀림없이 내가 보여주었던 그 놀라운 남성적인 자존심에 대해서 이야기 했을 것이다.

다리가 떨리기 시작했다. 내 모든 피가 다리로 몰려 빈혈상태의 뇌가 죽어 버린다면 조이는 그제야 자신의 행동을 후회하고 나의 죽음을 안타깝게 생각할 것이다.

바로 그 순간 조이가 마치 방금 전에 나갔던 것처럼 태연하게 문을 열고 도장으로 들어왔다.

우리는 한마디도 하지 않았다.

조이는 내 앞에 서서 기다렸다. 나는 그녀가 내 의지와 독립심에 대해서 큰 존경심을 감추고 있었다고 확신했다. 나는 천박한 말을 입에 올렸다가 다시 삼켜버렸다. 빌어먹을. 이것은 나를 위한 것이고, 우리 임무를 위한 것이다. 나는 이성이 있는 사람이다. 나는 내 생각을 행동으로 보여주고 싶었다. 그래서 그녀를 향해 15도가량 머리를 숙여 절을 했다. 전에 보았던 사무라이 영화를 떠올리면서 허리를 굽히고 이렇게 말했다.

"내 이름은 존 뱅크스입니다. 난 일리노이 주 블루밍턴 출신이고, 우리의 우두머리는… 부시 대통령입니다."

설사 나를 고문대에 묶고, 관절에서 뼈를 뽑아낸다고 해도, 나의 우두머리가 조이 핌이라고는 말할 수 없었다.

그녀는 미소도 없이 알 수 없는 표정으로 내 곁에 오더니 허리의 각도를 30도로 조정했다. 그러고 나서 그녀도 내게 절을 했다. 각도는 정확하게 20도였다. 그녀가 말했다.

"처음치고는 괜찮군요."

난 누가 그 대결의 승자였는지 모른다. 하지만 기분은 좋았다. 어쨌든 다리를 움직여서 피가 뇌에 흐르도록 할 수 있었기 때문이었을 것이다.

조이는 거의 망설이지 않고 말을 이었다.

"존, 두 번째로 배울 것은 기본자세예요. 자세에는 고양이, 모래시계 등 여러 가지가 있어요. 상대방의 행동이나 적용하고 싶은 기술에 따라서 자세를 바꾸어야 해요. 그러나 지금 가르치려는 것은 시작자세예요."

"알겠습니다. 사범님."

그녀는 한순간 눈을 가늘게 뜨더니 말을 계속했다.

"똑바로 서서 오른발을 움직여 어깨 너비만큼 벌려요."

나는 그렇게 했다.

"존, 왼발이 아니라 오른발예요."

"하지만 결과는 마찬가지 아닌가?"

조이는 뭐라고 중얼거렸지만 들리지 않았다. 그녀는 한숨을 쉬고는 코를 비볐다.

"자, 무릎을 약간 굽히고, 손은 가볍게 쥐고 심장 높이로 몸에서 15센티미터 되는 곳까지 올리세요. 눈은 곧장 앞을 보고 어깨는 수평으로 유지해요."

그녀는 내 자세를 조정하더니 뒤로 물러섰다.

"어깨가 말 엉덩이처럼 기울었어요. 나처럼 나란히 해요."

조이는 시범을 보여주었다. 그녀가 어깨를 펼 때 가슴이 상의 밖으로 솟아 나와 내가 갈구하던 것을 상기시켜 주었다. 나는 발기한 페니스가 내 손보다 더 앞으로 나갈까 봐 두려웠다. 나는 조이의 주의를 돌리기 위해 어깨를 바로잡았다.

그녀는 물러서서 한 팔로 배를 잡고 다른 팔의 팔꿈치를 그 위에 올려놓은 다음 그 손으로 턱을 괴었다.

새로운 모습이었다. 로뎅의 조각, '생각하는 사람'이 떠올랐다.

조이는 진도를 계속 나가기로 작정한 것 같았다. 나는 그녀가 고려하고 있었을지도 모를 다른 대안은 생각하고 싶지 않았다.

"세 번째로 배울 것은 우케미… 몸을 안전하게 바닥에 떨어뜨리는 낙법이에요. 앞으로, 옆으로 그리고 뒤로 넘어지는 방법을 배워야 해요. 넘어지면서 몸을 돌려 다시 일어나 준비자세를 취해야 해요. 이런 용어를 모두 기억할 수 있어요?"

이것 봐라. 또 빈정거리는군.

"한번 넘어져 봐요." 그녀가 말했다.

나는 무릎을 꿇고 넘어진 다음 매트 위에서 굴렀다.

조이는 넋을 잃고 나를 바라보았다. 그녀는 한순간 하느님 맙소사! 라고 말하듯 천정을 올려다보았다.

"존, 그건 낙법이 아니에요. 젖은 옷을 던져도 그보다는 나을 거예요. 나를 보세요."

그녀는 매트를 향해 머리를 앞으로 향하며 굴렀다. 그녀는 넘어지면서 머리를 회전시켰기 때문에 어깨가 먼저 매트에 닿았다. 그녀는 체중과 전진타성을 이용하여 일어나 몸을 웅크렸다. 왼쪽 다리를 앞으로 내밀고 두 발을 어깨보다 약간 넓게 벌렸고, 주먹은 손가락을 아래로 향한 채 앞으로 내밀고 있었다.

"반달자세예요. 공격과 수비에 적합하죠." 그녀가 말했다.

그 다음 그녀는 옆으로 또는 뒤로 넘어지는 시범을 보여주었다. 그녀는 언제나 즉시 일어서서 가벼운 동작으로 매번 다른 자세를 취했다. 그녀는 마치 발레 댄서처럼 믿을 수 없을 만큼 민첩했고, 모든 동작이 리듬에 맞추어 연결되고 있었다.

나는 감탄했지만 이렇게 말했다.

"좋아. 몇 시간만 연습하면 나도 그 정도는 할 수 있어."

내가 그런 말을 했을 때 조이는 고도의 무술전문가도 알 수 없는 자세를 취하고 있었다. 그녀는 오른쪽 다리로 일어서서 오른쪽 엉덩이를 내밀고, 오른팔을 그 위에 걸쳐 놓았다. 왼쪽 다리는 가볍게 무릎을 굽힌 채 왼쪽 손을 그쪽 엉덩이에 올려놓았다. 그리고 머리를 기울이고는 '그래, 당신은 광선을 타고 우주선에 올라가 외계 여인과 섹스를 하고 싶다고 했던가요?' 라고 묻는 듯한 표정을 지었다. 몸

전체가 표정이었다. 그 모습은 너무도 사랑스러웠다. 나는 항상 그런 모습 앞에서는 무너질 수밖에 없었다.

나는 웃음을 터뜨렸다. 그녀도 얼굴에 다정한 미소를 띠고 말했다.

"정말 그런지, 곧 알게 되겠죠?"

나머지 연습은 처음부터 끝까지 하나의 동작으로 넘어지고 일어나는 훈련뿐이었다.

그날 밤 나는 쓰러졌다. 그렇다. 젖은 옷처럼 녹초가 되어 침대 위에 쓰러져 버렸던 것이다. 나는 조이의 알몸을 떠올리기도 전에 잠이 들었다. 그러나 나는 내일을 생각할 정도의 여유는 있었다. 그건 아마 습관이었을 것이다. 나조차 그것이 무엇을 의미하는지 몰랐다. 그 날이 신년 전야라는 것도 모르고 있었다.

14

"오늘 밤엔 반드시."

나는 침대에서 일어나면서 주문을 외웠다. 방에서 화장실로 걸어가는 동안에도 온몸의 근육이 쑤셨다.

신년에도 휴식은 없었다. 조이는 쉴 시간이 없다고 말했다. 그곳 사람들은 군사작전을 수행하는 장군들처럼 진지했다.

우리의 두 번째 훈련시간은 내가 서 있는 5분 동안 조이가 마치 풀이라도 돋아나기를 기다리듯 아무 말없이 나를 바라보고 있는 것으로 시작되었다. 영화 〈하이눈〉에서의 결투장면이 그랬듯이 우리는 두 명의 냉정한 총잡이처럼 서로를 노려보며 서 있었다. 순간, 나는 깨달았다. 그녀는 내게서 절을 기다리고 있었던 것이다.

나는 절을 했다.

조이는 답례를 했지만 나처럼 깊은 절은 아니었다. 그녀는 내 사범이었기 때문이다.

조이는 훈련시간 내내 낙법을 가르쳤다. 나는 공중에 몸을 던져 우아한 포물선을 그린 다음 매트 위를 구르고 일어나 준비자세를 취했다. 훈련이 끝날 무렵 그녀는 내 상의를 잡고 이리저리 내던졌다. 그녀는 다른 사람이 나를 던질 때도 매트에 올바르게 떨어져 구르고 일어나 준비자세를 취하라고 말했다. 나는 그녀가 다시 나를 집어 던질까 봐 겁이 나기 시작했다.

나는 아직도 화가 치민 조이의 절규에 가까운 외침을 기억하고 있다.

"존 굴러, 굴러! 총 맞은 사슴보다 못해?" 혹은 "맙소사 그게 준비자세야? 오줌 누는 자세지."

나는 대학교수였기 때문에 적어도 교수법은 알고 있었다. 조이는 교사가 아니었다. 그녀는 기술은 가지고 있었지만 매너가 없었다. 그 임무만 아니었더라면 나는 그녀에게 해부학적으로 불가능한 자세를 요구하면서 사랑을 나누었을 것이다. 임무를 잊지는 않았지만 날이 갈수록 나는 그녀와 깊은 사랑에 빠져들고 있었다.

나는 나름대로 그녀에게 반항을 계속했다. 예를 들면 "내가 당신보다 더 빨리 배우는 게 질투가 나는 거지?"라고 하던가, "야, 네 혀를 뽑아서 목구멍에 처박을 거야."라고 말하며 언짢은 표정으로 그녀를 째려보곤 했다.

그럴 때마다 조이는 뒤로 물러나서 의심스러운 눈으로 내 온몸을 훑어보는 것으로 내 공격에 대응했다. 그리고는 산뜻한 눈썹을 추켜세웠다. 그러면 나는 여지없이 무너져 버렸다.

그렇게 십 분 정도 버티다가 나는 다시 훈련으로 돌아갔다. 미소가 사라진 그녀는 꼼작도 하지 않고 서서 매트에서 구르는 내 모습을 주시하고 있었다. 그럴 때 내가 그녀를 보고 웃으면 상황은 더욱 악화될 뿐이었다. 하지만 그녀가 험한 말로 나를 괴롭히는 경우는 많이 줄어들었던 것이 사실이다.

그날 밤 역시 나는 너무도 피곤해서 생각을 할 여유가 없었다. 침대 위에 앉아 있다가 간신히 이불 속으로 들어갔을 뿐이다. 하지만 나와는 반대로 조이는 에너지로 충만해 있었다. 나는 어떻게 그녀와의 정사를 이처럼 계속 미룰 수 있는지 이해할 수 없었다. 나는 눕기만 하면 그대로 곯아 떨어졌다. 잠들기 전 마지막 생각은 내일 아침 조깅을 시작하기 한 시간 전에 조이를 깨워 격렬한 준비운동을 시키겠다는 것이었다.

15

다음날 아침, 나는 너무 피곤한 나머지 자명종의 버튼을 여러 번 누르면서도 깨어나지 못하다가, 조이가 문을 두드리는 소리를 듣고서야 결국 자리에서 일어날 수 있었다. 그래서 달리기와 조깅, 걷기, 구르기를 못할 뻔했다. 아침식사로 시리얼과 바나나를 앞에 두고 앉을 때까지 '오늘밤'을 생각할 겨를조차 없었다. 나는 바나나를 밀쳐두고 시리얼만 먹었다. 나는 조이가 바나나를 먹는 광경을 보지 않으려 애썼다. 남자로서 그렇게 힘든 징벌은 견디기 힘든 것이다.

나는 세 번째 시간에는 제대로 절을 했다. 조이는 내가 절을 하는 모습을 찬찬히 바라보더니 답례를 했다. 우리는 곧장 훈련을 시작했다. 그녀는 상대방을 어깨로 넘기는 간단한 동작을 가르쳐 주었다.

그녀가 내게 말했다.

"지금부터 당신은 내 수업을 신뢰해야 해요."

그녀는 도장 벽에 걸린 전화기로 누군가에게 말했다.

"타이니, 준비 되었어요."

1분 뒤에 문이 열리고 몸집이 큰 남자가 들어왔다. 그는 거의 190

센티미터의 키에 체중은 90킬로그램이 넘는 것 같았다. 각이 진 턱에 작은 눈 그리고 이마가 넓은 슬라브계 사람이었다. 그는 역도선수라기 보다는 수영선수의 근육을 가지고 있었고 가벼운 걸음으로 우리에게 다가왔다.

조이는 그에게 나를 소개하고 내게는 그가 가라테 붉은 띠라고 알려주었다. 그녀는 나에게 비켜나서 벽에 붙어 서라고 말했다.

"존, 무슨 일이 벌어지든 개입하지 마세요. 확실히 하기 위해서 결박까지 할 필요는 없겠죠?"

"걱정 말아요. 꼼짝하지 않을 테니까."

나는 호기심에 찬 목소리로 말했다.

타이니는 매트 중앙으로 갔고, 그녀가 그 뒤를 따랐다. 남자는 탱크 같은 몸을 돌려 조이와 마주 섰다. 둘은 서로에게 절을 했다. 그녀는 나를 향해 미소를 보낸 것 같았다. 조이는 전에 내가 본 적이 없었던 준비자세를 취했다. 그녀는 거의 타이니의 옆에 서서 손은 가볍게 엉덩이에 대고 무릎은 약간 굽힌 채 중심은 뒤쪽에 두고 있었다. 그녀는 나중에 그것이 후방자세라고 부르는 것으로 체구가 큰 상대방과 싸울 때 사용한다고 설명했다.

타이니는 자세를 낮추었다. 무릎을 굽혀 하체를 낮추고 주먹을 가슴 높이로 올리고 있었다: 조이는 레슬러 앞에서 놀고 있는 어린 소녀 같았다. 내 머리에는 다윗과 골리앗의 대결이 떠올랐다.

그들은 한동안 서로의 눈을 노려보면서 바위처럼 버티고 있었다. 그들은 훈련과 연습의 결과가 담겨 있는 잠재의식 속에서 상대방의 육체언어를 자동적으로 계산하고 있었다. 그것은 선을 하는 사람들이 '제 2의 자신'이라고 부르는 것과 같았다.

타이니는 돌연 오른손으로 조이의 뺨을 가격했다. 조이는 왼손으로 마치 창문을 닦는 것 같은 동작으로 공격을 막은 다음 그의 오른쪽으로 파고 들어가 타이니의 왼손을 잡고 돌면서 그의 손을 뒤로 젖혔다. 그리고 그것을 지렛대로 이용하여 그의 무거운 몸을 휘둘러 매트에 던졌다. 그는 한 바퀴 구르고 일어나 앞으로 나오는 듯하더니 몸을 비틀어 조이를 잡아 던지려 했다. 그러나 조이는 왼쪽으로 한 발자국 내디디면서 오른손으로 그의 음부를 치고, 오른발로 그의 얼굴을 찼다. 그러고 나서 그녀는 타이니의 오른쪽으로 들어가 오른손으로 그의 오른쪽 팔목을 잡고 왼손으로는 그의 팔꿈치를 잡은 다음, 뒷걸음질치면서 팔꿈치를 누른 채 오른발로 그의 오른쪽 무릎을 찼다. 그녀는 타이니의 손목을 자기 쪽으로 끌어당기면서 그를 내던졌다.

타이니는 큰 포물선을 그리며 나가 떨어졌지만, 매트 위에서 몸을 비틀어 다시 일어났다. 그리고 사정거리 안에 있는 조이의 목을 손날로 치려했다. 조이는 다리를 꼬면서 매트 위에 넘어졌지만 한 발로 그의 엉덩이를 차고 다른 발로는 그의 다리를 걸었다. 그는 어깨를 매트에 대고 굴러 다시 일어난 다음 준비자세를 취하며 그녀와 맞섰다.

조이는 다른 자세를 취했다. 나중에 들은 설명에 의하면 그것은 고양이자세였다. 타이니는 선공을 하지 않았다. 필요하다면 밤까지라도 기다릴 기세였다. 하지만 조이는 기다리는 여자가 아니었다. 그녀는 눈 깜짝할 사이에 오른쪽으로 몸을 돌리다가 타이니가 다리를 내뻗어 막자 왼쪽으로 뛰어올랐다. 타이니가 조이를 막으려고 방향을 바꾸자 그녀는 오른쪽으로 돌아서 그의 팔을 잡아 비틀어 매트로 던졌다.

그는 다시 일어났다. 이번에는 이 조그만 악마에게 대응할 공간을 확보하기 위해서였는지 조이로부터 30센티미터가량 물러났다.

그녀는 이른바 반달자세로 몇 분 동안 그의 눈을 노려보더니 한 손은 왼쪽 허리에 대고 긴장을 푸는 듯한 자세로 그에게 다가오라고 손짓했다. 그는 두터운 눈썹을 추켜세우고 눈빛으로 대답했다. 손은 여전히 준비자세를 취한 채 그는 천천히 그녀에게 다가왔다.

조이는 그에게 미소를 지었다. 그는 수비하던 두 팔을 내리고 더욱 가까이 다가왔다. 조이는 그의 오른쪽으로 매트를 향해 뛰어들더니 몸을 접은 다음, 손으로 매트를 밀면서 다리를 높이 들어 가위처럼 타이니의 머리를 감아 돌리면서 앞으로 나아갔다. 그녀의 두 다리가 그의 목을 조이자 그는 비틀어 빠져나오면서 그녀의 발을 잡으려고 했다. 그녀는 믿을 수 없는 유연성으로 그의 팔을 뒤로 꺾어 잡은 다음 손가락을 잡아 힘껏 비틀었다.

목과 팔을 감고, 손가락까지 비틀자 승리는 그녀의 것이 되었다. 타이니도 패배를 인정했다. 그녀는 천천히 그를 풀어주었다. 둘은 일어나 서로에게 절을 했다. 타이니는 한마디도 하지 않고 사라졌다.

나는 박수를 쳤다. 조이는 불쾌한 눈으로 나를 바라보았다. 아마도 내가 도장 수칙을 어긴 모양이었다.

"좋아요. 이제 믿겠어요?" 조이는 물었다.

"믿지. 하지만 당신이 졌더라면 절대로 믿지 않았을 거야."

"나는 질 수 없어요. 그 사람은 붉은 띠밖에 안 되지만 나는 가라테가 7단이고, 유도가 6단이거든요."

나는 그만하면 감동을 받아야 했지만 더 확인하고 싶었다.

"단은 몇 개가 있는 거지?"

"내가 훈련을 받은 도장에서는 유도 10단, 가라테 9단이 있어요."

"왜 가라테와 유도를 둘 다 하지? 한 가지에 집중해서 최고의 단을 따는 것이 좋지 않은가?"

"나는 경기에 출전하기 위해서가 아니라 싸우기 위해서 훈련을 받았어요. 가라테는 치고 막고 차는 데 유리하죠. 유도는 접전에서 굳히고 던지는 데 더 좋고요. 한 가지만 잘하면 다른 부분이 약하죠. 나나 당신의 생애에서 언젠가 이 두 가지 기술의 덕을 볼 때가 있을지 몰라요." 그녀는 곁눈으로 나를 보면서 말했다.

"다른 무술은 어떤가?"

그녀의 눈이 빛났다. 그녀는 나에게 몸을 기대고 빠른 속도로 대답했다.

"아, 무술에는 수백 가지의 변종이 있지만, 나는 소림사 쿵푸, 태권도, 태극권처럼 가장 오래되고 가장 중요한 무술의 기초 동작을 터득했어요."

그런 질문은 하지 말았어야 했다. 나는 주제를 바꾸었다.

"좀 전에 썼던 치사하고 비신사적인 속임수는 뭐라고 부르지?"

내 반응에 실망한 그녀는 허리를 뒤로 폈다.

"내가 긴장을 풀고 타이니에게 다가오라고 손짓했던 것 말인가요?"

"그래."

"난 신사가 아니에요." 그녀가 말했다.

"그 수법에서 교훈을 얻도록 하세요. 싸울 때는 절대로 수비에 방심해선 안 돼요. 상대방이 앉아서 뒷주머니에서 신문을 꺼내 읽기 시작해도 말예요. 최선의 방어는 의심예요."

"그럼 언제 경계를 풀지?"

"상대방이 쓰러져 꼼짝 못할 때죠. 죽었을 때가 가장 좋아요."

"좋아."

나는 그녀의 말을 인정한 다음 한 마디 덧붙였다.

"하지만 당신도 패배할 수도 있어. 아무리 가능성이 낮아도 충분히 일어날 수 있는 일이지. 결국 당신도 인간이거든."

"존, 이걸 알아야 해요. 난 절대 지지 않는다는 것을."

그녀는 마치 지구가 태양 주위를 돈다고 주장하듯이 단호한 어조로 말했다.

나는 지지 않는다든가, 나는 반드시 맞춘다든가, 당신을 지킬 테니 걱정 말라든가, 나는 할 수 있다는 등, 그녀가 가지고 있는 자존심의 근거가 아무리 확실한 것이라고 할지라도 그것은 그 후 가끔 내 화를 돋우어 우리들 사이에 싸움을 일으켰던 조이의 새로운 면이었다. 그녀처럼 여러 가지 기술을 가진 사람의 자존심이 내걸고 있는 네온사인을 못 본 척하고 함께 살아간다는 것은 쉬운 일이 아니다.

나는 가끔 행복한 순간을 보냈다. 아니 그랬다고 생각한다. 오랜 세월이 흐른 뒤, 언젠가 나는 부엌에서 조이가 투덜거리는 소리를 들었다. 내가 미처 무슨 일인지 물어보기도 전에 조이는 커다란 병을 손에 들고 나타났다. 그녀는 뚜껑이 열리지 않는 그 병을 나에게 내밀었다. 사람은 그런 달콤한 순간을 기억 속에서 소중하게 간직하는 법이다. 그런 경우는 우리 삶에서 흔하게 만날 수 없다. 나는 그런 것이 나와 우리의 삶, 우리 사이의 힘의 균형, 그리고 우주에 대해서 어떤 의미를 가지고 있는지 알게 되었다.

그녀가 무언가 말하려고 했을 때 나는 거만하게 손을 내밀어 그 병을 받은 다음 자신있게 말했다.

"문제없어."

나는 강력한 악력을 발휘하여 뚜껑을 쥐고, 무쇠 같은 왼손으로 병을 잡아 지렛대 힘을 가장 효과적으로 이용할 수 있도록 가랑이 사이에 고정시키고 허리를 굽혔다. 그리고 젖 먹던 힘을 모두 짜내어 뚜껑을 비틀었다. 나는 간단하리라고 생각했다. 병이 아니면 나였다. 뚜껑이 열리지 않으면 내 팔이 부러질 지경이었다. 그것은 내 모든 존재가 달려있는 순간이었다. 나는 큰 소리로 투덜거렸다. 용을 썼기 때문에 얼굴이 일그러졌다. 순간, 뚜껑은 쉭! 소리를 내며 돌아갔다. 나는 내 승리가 퇴색되지 않도록 아주 덤덤한 표정으로 허리를 펴고 병을 조이에게 돌려주었다. 자랑은 하지 않았다. 나는 겸손한 사람이었다.

조이는 나를 바라보았다. 한쪽 눈썹이 올라갔다. 그녀의 눈이 빛나고 입술의 양끝은 웃음을 참느라고 씰룩거렸다. 그녀는 손에 든 병을 잠시 내려다보더니 다시 나를 보았다. 그녀의 턱은 억지로 참고 있는 웃음 때문에 흔들리고 있었다. 한심한 사람……

마침내 그녀는 다른 손에 들고 있어 내가 미처 보지 못했던 스푼을 내 코앞에서 흔들면서 설탕을 넣은 시나몬마저도 쓰게 느껴질 만큼 달콤한 목소리로 말했다.

"아저씨, 뚜껑은 벌써 내가 열었어요. 난 단지 그 안에 든 잼 맛을 보라고 가져왔던 거예요."

하루 종일 그녀는 웃음가스를 마신 사람처럼 보였다. 나는 아마도 치과수술을 받은 사람처럼 보였을 것이다.

그녀의 자존심이 발동한 사건은 그뿐이 아니다. 한번은 약이 오른 내가 조이에게 예의 그 명랑한 목소리로 말한 적이 있었다.

"당신은 못하는 것이 없지. 하지만 나는 화장실에서 선 채 오줌을 눌 수 있어."

조이는 한 손으로 허리를 짚고 서서 오랫동안 나를 노려보았다. 그러더니 돌아서서 화장실로 들어갔다. 그녀는 내가 따라 들어올 때까지 기다렸다가 옷을 벗고 그녀가 좋아하는 흰색 면 팬티를 내린 다음 골반을 앞으로 내밀고 오줌을 누었다. 오줌은 변기 안으로 떨어졌다. 나는 그녀에게 만점을 주고 싶었지만, 다리와 팬티에 흘린 몇 방울을 보았다.

"흘렸어." 나는 유쾌한 어조로 그녀의 다리를 가리키면서 말했다.

조이는 갑자기 돌아서더니 내가 피하기도 전에 내 다리에다 오줌을 쏘았다.

"그래요." 그녀가 말했다.

그녀는 의도적으로 탄약을 남겨두었던 것이다. 그래도 그것은 나의 승리였다.

아, 달콤한 순간들… 조이가 부엌에서 비명을 질렀다. 내가 달려갔다. 그녀는 빗자루를 들고 선반을 향해 흔들고 있었다. 얼굴은 혐오감으로 일그러져 있었다. 나는 그 자리에 얼어붙은 듯 서 있었다. 나는 램프에서 요정이 나오듯 선반에서 악마라도 나온 모양이라고 생각했다.

"무슨 일이야?" 나는 무서워서 소리 질렀다.

"거미, 큰 거미예요!"

그녀는 떨리는 손가락으로 선반을 가리키고 빗자루를 쥔 다른 손으로는 방어자세를 취한 채 소리를 질렀다.

"거미라고?"

"존, 치워줘요."

하하하. 나는 이 사건을 마음속 깊이 간직했다. 그것은 생존본능이었다.

그것은 우리의 관계에서 가장 위대한 순간의 하나였다. 나는 아무렇지도 않은 듯이 선반으로 걸어가서 한 번에 한 개씩 접시를 내려놓고, 손에서 그 접시를 하나씩 뒤집어 겁쟁이 조이의 눈앞에서 그 거미가 내 팔위를 기어 올라가기를 바랐다. 접시를 몇 개 내리자 거미가 선반 구석에서 등을 돌리고 붙어 있는 것이 보였다. 손바닥만한 크기의 전형적인 늑대거미였다. 나는 손을 내밀어 방어를 위해 두 개의 앞다리를 벌린 채 움츠리고 있는 거미의 등을 잡았다. 나는 그것을 조이에게 보여 주었다. 거미는 다리를 모두 방어자세로 넓게 펴고 있었다.

"이게 그건가?"

조이는 두 손으로 빗자루를 잡고 앞으로 30도 각도로 기울인 채, 한 다리는 약간 앞으로 내밀고 부엌 입구에 서 있었다. 전형적인 사무라이 칼잡이들의 방어자세였다.

이제 내가 자비를 베풀 차례가 되었다. 나는 거미를 그녀에게 던져서 그녀가 빗자루를 얼마나 잘 다루는지 볼 수도 있었다. 아니면 바닥에 던져서 허둥지둥 그녀를 향해 달려갈 때의 오락적 가치를 즐길 수도 있었다. 나는 모든 음절에 강한 의문부호를 붙이면서 질문을 하기로 결정했다.

"그런데 왜 무사의 그 무서운 손으로 저걸 쳐서 납작하게 만들지 않나?"

"존, 그 빌어먹을 놈을 치워 버려요!"

뭐라고? 그게 무슨 말투야?

나는 뒷문을 열라고 말했다. 그녀는 조심스럽게 빗자루를 앞으로 향한 채 옆으로 비켜났다. 나는 불쌍하고 겁에 질린 거미를 밖으로 가지고 가서 놓아 주었다.

내가 돌아오자 조이가 물었다.

"그걸 어떻게 했어요?"

"살려 줬어."

"흥, 죽이지 않았다고요? 그놈은 다시 돌아올 거예요."

살아가는 동안 모든 남자는 완전히 자기 것인 순간, 특정한 날짜나 시간이 없는 순간, 언제나 가장 암울한 순간을 잊기 위해서 즐기거나 회상할 수 있는 순간을 운명적으로 기억 속에 간직하기 마련이다. 그것이 내게는 바로 그런 순간이었다. 조이가 오만해지거나 그녀의 자존심이 밝은 불빛과 요란한 음악 속에서 모습을 드러낼 때, 나는 그때 대꾸로 사용했던 그 멋진 말을 생각할 것이다.

"아기야, 내가 보호해 줄게."

16

우리는 사랑을 해야 했다. 오늘이 바로 그날이었다. 그러나 나는 준비하거나 계획하지는 않았다. 우리는 자연스럽게 그리로 미끄러져 들어가게 될 것이다.

조이는 타이니를 무자비하게 제압하고 대단한 자존심을 과시한 뒤에 내게 물었다.

"훈련받을 준비는 되었나요?"

"그럼."

난 안 되었다고 말하고 싶었다.

그러자 조이는 나를 몇 차례나 자기 어깨 위로 내던지면서 내가 떨어질 때마다 잘못을 지적했다. 그녀는 팔, 가슴 그리고 한번은 사타구니 등 내 몸의 여러 곳을 잡고 자기 어깨, 엉덩이에 대고 넘겼다. 그럴 때마다 그녀는 아시 구루마, 닛폰 네오이나게, 하라이 고시 등 여러 가지 기술의 명칭을 가르쳐 주었다.

그녀가 타이니와의 대결에서 발휘한 힘과 민첩성을 보는 것은 그것을 경험하는 것과는 전혀 달랐다. 그녀는 키가 165센티미터도 안 되었지만 나는 185센티미터였다. 그녀의 체중은 55킬로그램이었지만 나는 80킬로그램이었다. 그런데도 그녀는 나를 마치 빨래주머니처럼 이리저리 매트 위로 내던졌다.

결국 나는 땀을 흘리고 고통스러워하면서 물었다.

"도대체 어떻게 하는 거야? 내가 당신과 키가 같다고 해도 당신보다 근육이 두 배는 될 텐데."

"그건 물리학이에요. 상대방의 체중과 운동의 방향을 거꾸로 이용하는 거죠. 그러면 나머지는 저절로 돼요. 내 힘을 분산시키지 않고 집중하는 것이기도 하구요. 그리고 아주 중요한 것은 준비태세를 갖추고 상대방의 움직임을 예측하면서 모든 움직임과 속도에 반사적으로 대응하는 거예요."

"그걸 다 어떻게 하지?"

"가르쳐 드릴게요. 나를 던져보세요. 그럼 기초 동작을 설명해 줄게요." 그녀가 말했다.

그녀는 나에게 자기 몸을 매트에 던져보라고 했다. 그럴 때마다 그녀는 몸을 돌려 일어섰다. 이번에는 자기 가슴을 가리키며 말했다.

"자, 여기를 잡아 봐요. 그리고 나를 이렇게 던지세요."

그녀는 던지는 시범을 한 번 보여 준 다음, 내 가슴팍을 거머쥐더니 몸을 돌려 나를 자기 엉덩이 위로 내던졌다.

"이건 하네고시라고 불러요. 자, 해 보세요."

나는 망설이면서 조이의 가슴을 보았다. 나는 그녀의 겨드랑이 밑을 잡고 던져보려고 했다. 그녀는 여자였다. 그리고 그녀와는 달리 나는 신사였다. 어쨌든 그녀는 저항했고 꼼짝도 하지 않았다.

"존, 가슴을 잡으라니까요."

조이는 자기 가슴을 두드렸다.

나는 다시 망설였다.

"알겠어요."

그녀는 잠시 생각을 하는 듯 입술을 오므렸다.

"이 덩어리가 맘에 걸리는군요."

조이는 나에게 다가오더니 검은 띠를 풀고 상의를 벗었다. 그녀는 검은색 스포츠 브래지어를 머리 위로 벗었다. 그녀의 알몸이 그대로 드러났다.

나는 숨도 못 쉬고 서 있었다. 심장이 뛰고 턱이 떨렸다. 나는 접시만큼 커진 눈으로 그녀를 멍하니 바라보았다. 브래지어에서 해방된 그녀의 멋진 가슴이 당당하게 돌출한 자태를 자랑하고 있었다.

"자, 이걸 만져서 익숙해지면 앞으로는 나를 잡으면서 부끄러워하지 않겠죠."

그녀는 내 손을 잡아 단단한 자기 유방에 갖다 대고 비볐다.

나는 한 손을 그녀의 유방에 댄 채, 넋 나간 바보처럼 서 있었다. 허리 아래에서는 무엇인가가 심하게 요동치고 있는 것 같았다. 농담이 아니었다. 하느님 맙소사!

조이는 내 바지를 내려다보고는 한숨을 쉬었다. 그녀는 내 손을 자기 유방에 갖다 댄 채, 다른 손으로 자기 도복바지를 벗어 내리고, 흰색 면 팬티도 벗었다. 그녀는 그것을 발로 차버리고 골반을 앞으로 내밀고 섰다. 그녀는 내 다른 손을 잡아 자기 음부에 올려놓았다.

"당황하지 마세요."

그녀는 나를 올려다보며 말했다.

나는 달아오른 내 손이 그곳에서 쉬도록 내버려 두었다. 나는 극도로 흥분되어 있었으므로 내 바지는 안에 그녀를 겨누고 있는 권총이 들어있는 것처럼 보였다.

"느껴보세요. 내 온몸이 어떻게 생겼는지 알아보세요." 조이가 말했다.

그녀의 손은 음부에 올려놓은 내 손 위에 그대로 남아 있었다. 내 손가락은 내 의지와 무관하게 그녀 속으로 들어가 클리토리스를 애무하기 시작했다. 나는 이성을 잃었다. 광란하는 욕망의 바다에서 흔들리고 있는 해파리 같았다. 그녀도 흥분한 것 같았다. 나는 다른 손으로 그녀의 단단한 유두를 애무했다.

조이는 반쯤 눈을 감고 나를 바라보았다. 그녀의 얼굴은 홍조를 띠고 있었다. 그녀는 내 손에서 손을 거두어 고동치고 있는 내 페니스에 갖다 대면서 고양이 울음소리를 냈다.

"우리 해요."

나는 상의를 벗었다. 그녀는 재빨리 내 도복바지의 끈을 풀고 잡아내렸다. 그러고 나서 우아하게 내 바지를 들어 내 페니스 위에 걸어놓았다.

"으음." 그녀가 중얼거렸다. "몇 달 동안이나 당신을 원했어요."

"잠깐. 콘돔이 없는데."

나는 아직도 내 몸 어느 구석에 남아 있을 멀쩡한 정신을 찾으면서 불쑥 말했다.

"걱정 말아요. 난 우리 임무를 준비하기 위해 수술을 받았어요."

그녀의 목소리에는 여전히 콧소리가 섞여 있었다. 그녀의 평범한 말이 내게는 마치 에로틱한 노래처럼 들렸다. 그런 목소리라면 암 선고조차도 쾌락을 약속하는 달콤한 유혹처럼 들리게 만들었을 것이다. 조이는 나를 풀어주고 허리를 굽혀 자기 옷을 매트 위에 펼쳐놓았다. 나는 뜨거운 열정에 몸을 떨면서 거의 그녀를 올라탈 뻔했다. 그러나 그 덧없는 기회의 순간은 지나갔다. 그녀가 매트 위에 누웠다. 나는 겨우 몸을 움직여 그녀의 옆에 앉아 그녀의 아름다운 얼굴과 육체를 탐욕스럽게 바라보았다. 유방은 너무 크지도 작지도 않은 알맞은 크기였다. 그녀의 긴 다리는 이미 여러 번 보았다. 백만 번이나.

내가 그녀의 몸에 감탄한 것처럼 그녀도 내 몸에 감탄했다고 생각한다. 우리는 서로를 어루만지고 쓰다듬기 시작했다. 그러자 그녀는 혀를 내 입 안으로 깊숙이 밀어 넣으면서 키스했다. 내가 같은 키스로 보답하자 그녀는 조금 물러서더니 신음 소리를 냈다.

"들어와요."

나는 안으로 들어갔다.

믿을 수 없었다. 저녁에 우리가 함께 목욕을 하고 깨끗한 침대에서 사랑을 할 수 있었지만 아무 짓도 하지 않았던 그때가 희미하게 떠올랐다. 지금 우리는 대낮에 거울이 달린 도장의 매트 위에서, 누구라도 우연히 문을 열고 들어올 수 있는 이 개방된 장소에서, 땀투성이 몸을 합치며 처음으로 사랑을 하고 있었다. 나는 그 이유를 깨달았다. 조이는 더 이상 내 육체에 저항할 수 없었던 것이다.

나는 이런 여자와 사랑을 해 본 적이 없었다. 나는 그녀의 운동신경, 신체적 단련, 성애기술을 훈련한 효과를 즉각 느낄 수 있었다. 그녀는 질의 근육으로 내 페니스를 꽉 죄었고, 경련을 일으켜서 내가 왕복운동을 하지 않고도 마치 자위를 하고 있는 것 같은 기분이 들게 만들었다. 나는 사정을 참으려고, 빙산에 고립되었거나, 얼음을 가득 채운 욕탕에 들어가 앉았거나, 나선형으로 돌면서 추락하고 있는 비행기에 타고 있는 상상을 했지만, 너무도 흥분한 나머지 내 우둔한 신경이 말을 듣지 않았다. 나는 1분도 안 되어 사정하고 말았다. 같은 순간 놀랍게도 그녀는 몸을 경직하면서 경련을 일으키고 큰 소리를 지르며 오르가즘에 도달했다.

조이는 나를 놓아주지 않고 질 근육으로 압박한 채 계속 나를 흥분시켰다. 우리는 휴식 없이 다시 사랑을 시작했고, 이번에는 둘이 리듬에 맞추어 몸을 움직일 수 있었다. 2분이 지난 다음 그녀는 뒤쪽으로 몸을 활처럼 구부리더니, 자기 몸속에 들어있는 내 페니스를 근육으로 강하게 조인 채, 머리를 자기 엉덩이 아래로 넣었다. 그녀는 몸을 틀어 내 고환을 입에 넣었다. 믿을 수 없는 기분이었다. 나는 아직 그녀 몸 안에 있었지만 엄지손가락을 클리토리스에 대고 **빠른 속도**로 비볐다. 그녀가 다리로 나를 단단히 감고 나를 더욱 깊이 밀어 넣자 나는 곧 폭발하고 말았다. 그녀는 다시 한 번 비명을 지르고 경련을 일으키면서 오르가즘에 도달했다.

나는 마치 온몸이 뒤집어진 것 같은 느낌을 받았다. 우리는 천천히 낙원에서 내려왔고, 서로를 애무했다. 우리는 마침내 떨어졌다. 조이가 나를 껴안고 말했다.

"난 당신을 사랑할 거예요."

나는 너무 만족해서 아무 말도 할 수 없을 정도였다. 나는 마침내 낮고 쉰 목소리로 물었다.

"당신을 만지게 한 것도 훈련의 일부인가? 아니면 그저 호르몬 때문인가?"

"그걸 몰라서 물어요?" 조이가 낮은 목소리로 말했다.

"그렇다고 어리광을 피면 안 돼요. 내일 진짜 훈련으로 들어갈 테니까."

"미안해." 내가 말했다.

"하지만 이게 훈련이 아니란 말이야?"

우리는 함께 큰 소리로 웃었다.

그 일을 회상해 볼 때, 조이는 나를 위해서 표현을 삼가고 있었다고 생각한다. 그녀는 성애기술을 훈련 받았고, 이 부문에서도 내가 훈련을 받을 필요가 있다는 것을 알아차렸을 것이다. 그러나 만약 그녀가 '난 아직 당신을 훈련시키고 있는 중이예요. 이것도 기술이 필요해요.'라고 말했더라면, 그건 내게 전립선 수술을 의미했을 것이다. 내가 입은 손상을 회복하려면 몇 달이란 세월과 그녀의 모든 성애기술 훈련이 필요했으리라고 나는 확신한다. 그녀의 성애기술 훈련에는 남자의 자존심에 관한 것도 포함되어 있었을 것이다.

그 일이 끝났다. 첫 번째 관계가 끝난 것이다. 그것은 내가 끝없는 환상 속에서 상상했던 것보다 훨씬 더 좋았다. 나는 조이에게 완전히 도취되어 '오늘밤'이란 말을 아침마다 주문처럼 외우기로 결심했다.

■　■　■　■　■

그날 저녁, 카페테리아에서 저녁을 먹을 때 토르가 우리 식탁에 앉았다. 그녀는 조이의 장밋빛 뺨과 천국에 다녀온 듯한 내 표정을 오랫동안 바라보더니 미소를 짓고 로켓을 만졌다. 그녀는 조용히 물었다.

"그래, 어땠어?… 훈련이."

"아주 좋았어요. 존은 학습속도가 빨라요."

"그래? 나도 아주 기쁘구나." 토르가 말했다.

그녀는 나에게 미소를 보내면서 환한 표정을 지었다.

토르는 음식으로 눈을 돌리더니 천천히 포크를 움직였다. 그녀의 얼굴에서 미소가 사라졌다. 그녀는 회상에 잠겨있는 것 같았다. 눈은 다른 장소와 시간에 초점을 맞추고 있었다. 그녀는 포크를 내려놓고 잠시 로켓을 들고 있었다. 조이는 나를 조용히 바라보고 머리를 흔들어 어머니의 회상을 방해하지 말라는 신호를 보냈다.

마침내 토르는 현실로 돌아온 것 같았다. 그녀는 로켓을 놓고 우리를 보면서 말했다.

"아, 좋아. 내일 너희가 받기로 되어있는 간단한 수술 이야기를 해야겠어. 너희 두 사람은 송신기를 목 안에, 수신기를 귀 뒤의 뼈에 넣어야 해. 이 장치는 몸 안의 전력망에서 전기를 공급받기 때문에 교체할 필요가 없어. 장치는 삐걱거리지 않도록 쿠션이 들어 있어. 강한 주먹으로 직격을 당하지 않는 한 망가지지 않을 거야. 이 장치는 단파로 1만 킬로미터 거리까지 교신할 수 있고, 태양의 흑점이 조용하면 더 먼 곳에서도 가능하지. 그리고 너희들 몸이 안테나 역할을 할 거야. 'KK'라고 말하면 스위치가 켜질 거야. 일단 스위치를 켜면 목소리로 작동되고 너희가 하는 말은 속삭임까지도 송신이 되지. 다시 'KK'라고 하면 스위치가 꺼져. 이 장치로 너희는 어제, 어디서나 서로 연락을 할 수 있어."

이번에는 그녀가 조이에게 미소를 지었다.

■　■　■　■　■

맛있는 음식, 신나는 하루였다. 그리고 그날 저녁도! 그날 밤 조이는 내 방으로 와서 아무도 엿볼 염려 없이 청결한 시트와 부드러운 침대 위에서 깨끗한 몸으로 나와 사랑을 나눴다. 그리고 우리는 서로의 팔에 안겨 잠들었다. 하지만 나는 도장에 걸려 있던 거울이 아쉬웠다.

그녀는 새로운 기술을 보여주었다. 그러나 내가 카마수트라와 일본의 섹스서적, 그리고 그 분야의 모든 자료를 읽어야 한다고 해도, 언젠가는 내 자신의 기술로 그녀를 놀라게 해야겠다고 결심했다. 사실 그럴 여유도 없었지만 몇 년이 지나자 별로 관심을 갖지 않게 되었다. 그리고 그런 것들이 문제가 되지도 않았다.

다음날, 조이는 자기 물건을 내 방으로 옮겨왔다. 그때부터 우리는 모든 것을 함께 썼다. 모두들 우리 사이를 알고 있었다. 게다가 그들은 우리가 그렇게 되기를 기대하고 있었을 것이다. 자선회 회원들은 끊임없이 우리가 잘 지내고 있는지 물었다. 결국 우리 둘의 밀접한 관계가 그 계획의 핵심이었다. 조이와 나의 관계가 자선회에서는 아주 중요한 문제였기 때문에 나는 혹시 우리 방에 도청장치를 한 것은 아닐까, 하는 생각을 했다. 도청장치가 되어 있다면 훈련조교 조이

핌과 그녀의 졸병 존 뱅크스가 아주 잘 해내고 있다는 것이 널리 알려졌을 것이다. 사실 우리는 잘 해내는 정도가 아니었다.

17

교육은 무기훈련 단계로 발전했다. 나는 조이의 사격술과 훈련 덕분에 우리의 생명을 구할 수 있었다는 사실을 인정하지 않을 수 없다. 그러나 그것은 미래의 일이었다.

나의 아름답고 귀여운 소녀가 여기서도 내 훈련교관이라는 사실을 알았을 때 난 그저 한탄만 했을 뿐이다. 나는 그녀에게서 명령을 받는 운명에 놓여 있었다. 그러나 나는 건강한 남성이었기 때문에, 훗날 이 문제를 두고 우리 사이에 심각한 싸움이 벌어지기도 했다.

그러나 우선 우리는 통신장치를 삽입하는 수술을 받았다. 우리는 그 장치로 연습을 했고 침대에서도 시간을 할애해서 실험을 했다. 재미있는 장치였다. 하지만 우리가 스위치를 켜 놓은 상태로 매트리스에서 뒹굴었을 때, 우리는 곧 그런 장난을 중지해야 했다. 자선회의 엔지니어들이 시험과 조정을 위해서 우리 통신주파수에 맞춘 수신기를 가지고 있다는 당혹스러운 암시를 조이의 어머니로부터 받았기 때문이다. 그랬을 것이다. 틀림없이.

그 후 몇 주일 동안 나는 무기훈련을 받았다. 조이는 총이나 칼을 가지고 공격하는 사람을 처치하는 방법도 가르쳐 주었다. 그녀는 무기가 없어도 속도와 적절한 움직임 그리고 기습을 통해 무장한 사람을 이길 수 있다고 강조했다. 그녀는 구두가 총보다 훨씬 더 치명적일 수 있다고 말했다. 연필, 펜 그리고 손가락도 턱과 목이 만나는 곳이나 눈 속 깊이 찌르면 치명적인 무기가 될 수 있다는 것이다.

한번은 그녀가 무기처럼 보이는 총을 가지고 왔다. 나는 그 총이 탄환대신 레이저광선을 발사한다는 것을 알았다. 그녀는 레이저가 실제 총일 경우 실탄이 맞출 곳을 가리킨다고 말했다. 광선을 쏘자 옷에 조그만 구멍이 뚫렸고, 피부에는 화상 물집이 생겼다.

"이걸 총처럼 사용하세요."

그녀는 레이저 총을 내게 건네 주면서 말했다.

그녀는 용접공이 사용하는 것과 비슷한 안면보호 마스크를 쓰고 3 미터가량 걸어간 다음 말했다.

"자, 이제 날 쏘아봐요."

그걸 예상하고 있었던 나는 그녀의 말이 끝나기도 전에 총을 들어 그녀의 가슴을 향해 '발사'했다. 그녀는 내가 도저히 반응할 수 없을 정도의 빠른 속도로 몸을 지그재그로 움직였다. 그것은 먼 미래의 운명적인 날에 조이가 내게 말했듯이 내가 절대로 흉내낼 수 없는 것이었다. 그녀는 내 옆으로 접근하더니 총을 잡고 있는 내 손목을 내려치는 시늉을 했다.

"난 당신을 죽일 수도 있었어요. 당신 코 밑이나 눈 사이를 손날로 쳐서 그곳에 있는 연골을 뇌 속에 박히도록 하거나, 뇌로 가는 피를 조절하는 목 안의 개폐기관을 쳐서 치명타를 입히는 거죠. 이 훈련의 요점은 갑작스러운 자극에 대해서 인간의 반응 속도가 느리다는 사실을 보여주는 거예요. 다시 보여 드릴게요."

조이는 자기 등 뒤로 30센티미터가량 떨어져서 총을 겨누라고 말했다.

"나보고 손을 들라고 해보세요."

나는 팔을 늘어뜨리고 있는 그녀 앞에서 1분간 기다렸다. 나는 순식간에 레이저 총을 쏠 준비가 되어 있었다. 마침내 나는 소리쳤다.

"손 들엇!"

나는 그녀가 즉각 움직이는 것을 보았다. 그러나 내가 미처 방아쇠를 당기기 전에 그녀는 상체를 비틀고 몸을 낮추면서 뒷발질로 내 목을 건드렸다.

"대단한데. 당신 같은 사람을 만나면 30미터 거리에서 기관총을 쏘아야겠어." 내가 말했다.

조이는 미소를 짓고 공손하게 말했다.

"그럴 필요 없어요. 내가 이미 그곳에 가 있을 테니까요."

또 그 빌어먹을 자존심의 발산이군.

18

암살, 뇌물, 날조, 매수, 로비. 이런 것들이 자선협회가 평화로운 우주를 만들기 위해 사용하려는 방법이었다. 우리는 모두 그것을 그 냥 '계획'이라고 불렀다. 당시 나는 암살이란 개념을 좋아하지 않았 다. 지금도 나는 그 말을 단호하게 증오하고 있다. 우리는 정직해야 하고, 그것을 있는 그대로 '살인'이라고 불러야 한다.

나는 조이에 대한 미친 듯한 욕망이 최고조에 달했을 때조차 임무 를 잊을 수 없었다. 오전 5시에서 오후 9시까지 그 지긋지긋한 운동 과 훈련을 하면서 어떻게 그럴 수 있었을까? 우리는 훈련을 받으면 서 토론하고 자선회의 다른 회원들과 자주 만나 잠정적인 활동계획 을 세웠다. 그들이 지적했던 것처럼, 먼 과거에 도착해서 준비하는 것보다는 역사적 자료를 쉽게 입수할 수 있는 지금 계획을 짜는 것이 더 나았다.

자선회는 시간여행이 가능해지고 조이가 과거로 돌아갈 것이 확정 되자 구체적인 계획을 세우기 시작했다. 구는 내게 말했다.

"이것이 임무에 관련된 주요 사건의 목록과 주요 인물의 명단입니다. 당신이 지원하거나 뇌물을 주거나 암살해야 할 사람들의 명단도 포함되어 있습니다."

나는 자선회가 암살에 대해 너무 많은 강조를 하고 있다고 생각했다.

"사람을 죽이지 않고도 많은 일을 할 수 있지 않을까요?"

"존, 아닙니다." 로랑이 대답했다.

옆에 있던 루드거가 고개를 끄덕였다.

"당신은 이 사람들을 암살해야 합니다. 권력을 빼앗고 살육을 저지를 수 있는 그들의 능력을 의심해선 안 됩니다. 우린 이미 그들이 저지른 만행을 보았습니다. 어쨌든 그들은 살 가치가 없습니다."

그는 잘라 말했다.

토르도 그렇게 주장했다. 구는 논리적으로 설명하려고 했다.

"존, 설령 살인이 옳지 않다고 해도 당신이 그들을 암살했을 때, 그들의 사악한 생명 이외에는 아무런 피해도 없습니다. 하지만, 당신이 암살하지 않으면 그들은 권력을 장악해서 수십만 아니, 수백만의 인명을 앗아갈 것입니다. 죽이지 않으면 임무는 당신 때문에 실패하는 겁니다."

그 후 나는 이 문제에 대해서 더 이상 고집하지 않았다. 결국 우리가 과거로 돌아간다면 모든 것은 우리 손에 달린 것이지, 자선회가 개입할 수 있는 성질의 것이 아니다. 그것은 조이와 내가 결정할 문제고, 조이는 내가 다룰 수 있었다.

그러나 가장 어려운 문제는 우리가 도착할 정확한 시점을 결정하는 것이었다. 처음 계획을 수립한 사람들은 여러 세기를 거슬러 올라가기를 바랐다는 이야기를 들었지만, 그들은 꿈을 꾸고 있었다. 당시의 세계는 준비가 되어 있지 않았고, 조건도 성숙되지 않았다. 우리는 자칫 쓸데없이 사람을 죽일 수도 있었다. 우리가 충실하게 임무를 수행해도 역사는 우리가 죽은 다음에야 다가올 것이기 때문이다. 그것은 마치 손가락을 진흙탕에 박는 것이나 마찬가지다. 손가락을 빼면 손가락이 있던 자리에 물이 들어와 마치 아무 일도 없었던 것처럼 될 것이다.

그래서 문제는 시기였다. 당시 나는 스물여섯 살이었고, 조이는 스물다섯 살이었다. 우리는 수명의 제한을 받고 있었으므로, 아무리 오래 산다고 해도 전 세계를 변화시키기에는 너무 짧은 시간이었다. 우리는 가장 효과적으로 활동을 할 수 있는 시기를 결정해야 했다.

우리는 20세기에서도 그 초기가 가장 적절하다는 데 동의했다. 그러면 우리는 멕시코에서부터 시작할 수 있을 것이다. 나는 자선회가 수집해 놓은 그 시대의 방대한 역사자료를 읽어 본 다음, 1905년이나 1906년을 제시했다. 이 시기에는 계획 중인 회사를 설립하고, 관련 국가에 사무소를 설치하고, 우리가 하려는 일을 위한 하부구조를 개발할 수 있는 2년의 기간을 확보할 수 있었기 때문이다.

우리는 계획을 추진하기 위해서 2003년의 화폐가치로 환산해서 20억 달러에 상당하는 금괴와 보석과 옛날 지폐를 가지고 과거로 가게 되어 있었다. 1906년에는 그것이 4백억 달러의 가치를 가질 수 있어 뇌물이나 다른 목적에 사용할 수 있었다. 하지만 발각되거나 체포되지 않고 그 많은 돈을 사용하려면 조심해야 했다. 나는 자선회가 여러 가지 면에서 지나치게 낙관적이라고 생각했고, 훈련을 하면서도 시간이 있을 때마다 계획을 재검토했다.

자선협회는 마침내 1906년 4월의 대지진과 화재 직후의 샌프란시스코를 도착지로 선정했다. 그들은 당시의 시내 지도와 화재를 면한 부동산 및 법원서류를 검토해서 8번가와 후퍼 가 귀퉁이에 있는 낡은 창고를 발견했다. 주인은 화재 때문에 파산한 사람이었다. 그 창고건물은 1908년까지 아무도 입주하지 않고 있다가 법원 명령으로 철거되었다. 우리는 충분한 시간을 가지고 보급품 캡슐을 그 창고에 보내기로 계획했다. 조이와 나는 11월에 그곳에 도착하기로 했다. 그러고 나서 그 창고를 이용하여 새로운 회사를 설립하고, 사무실을 임대하거나 매입할 때까지 사용하기로 결정했다. 우리 계획에서 이 부분은 아주 순조롭게 진행되었지만, 아무도 상상하지 못했던 한 가지 문제가 있었다.

"왜 뉴욕이 아니고 샌프란시스코입니까?" 어느 날 내가 물었다.

구가 대답을 해 주었다.

"조이는 백인이 아닙니다. 그녀는 아시아 인이에요. 뉴욕에서는 눈에 띕니다. 그 때문에 문제를 일으킬 수 있어요. 샌프란시스코는 세계적인 도시입니다. 심지어 1906년에도."

자선회는 이 문제에 대해서 충분한 조사를 하지 못했다. 1906년, 샌프란시스코의 고위 정치인이나 노동조합, 시장은 열렬한 반동양인 주의자들이었다. 그 중심에는 부패한 시행정기구가 있었는데 이들은 특히 일본인과 동양인 이민에 대한 근거없는 공포심을 이용하여 자신들을 향해 쏟아지는 비판을 모면하려고 했다.

내가 이 문제를 제기했을 때 구는 대답했다.

"다행히 조이는 일본인처럼 생기지 않았어요."

나는 그런 구분을 할 수 있는 백인이 얼마나 될지 의심스러웠다.

조이는 이 문제에 대해 어깨만 움칠할 뿐이었다.

구는 말했다.

"어쨌든 그곳에도 당신들이 결혼한 사이인 것처럼 행동하는 것은 현명하지 못한 태도일 겁니다. 우리는 조이를 당신의 하녀로 만들 생각을 했습니다. 그러면 당신이 접촉하게 될 상류층이나 정치인들이 쉽게 이해할 겁니다. 그러나 조이는 이해하지 못하겠죠."

나는 그녀를 바라보고 웃으면서 말했다.

"하, 그거 아주 훌륭한 생각입니다."

"당신 꿈속에서나 가능한 얘기겠죠." 그녀도 웃으면서 말했다.

구도 웃었다.

"아시아 여인들과는 달리 조이에게는 남자에 대한 복종심이 없다는 것 등, 당신이 처음 직면하게 될 많은 문제에 대한 최선의 해결책은 당신이 수출입회사를 설립하는 것입니다. 그러면 당신은 여러 나라 사람들을 고용할 수 있습니다. 전 세계에 해외지점을 설치할 수 있고 조이를 통역사 겸 조수라고 소개할 수 있습니다. 조이에게 공식적인 직책이 필요하다면 아시아 지역 무역담당 조수라고 하면 됩니다. 당신 둘의 관계에서 발생하는 상황에 대해서는 둘의 나이가 비슷하고 또 친구임에 틀림없으니, 자기들 마음대로 생각할 겁니다. 그 시대에도 그런 관계가 없었던 것은 아니니까요."

도착지와 시기가 결정되자 자선회에서는 출발일을 기다리기보다는 가능한 한 빨리 보급품 캡슐을 보내기 위해 우리에게 필요한 물건을 준비하기 시작했다. 일정이 바뀌어 갑자기 출발하게 되어도 1906년에 맞출 수 있도록 하기 위해서였다.

조이와 나는 당시의 매너와 풍습을 연구했다. 1906년의 여성 패션에서는 코르셋이 중요한 요소였음에도 불구하고 조이는 착용을 완강히 거부했다. 언젠가 그녀는 토르에게 단호하게 말했었다.

"어머니, 전 구두까지 내려가는 롱드레스를 입겠어요. 그 흉측한 뾰족 구두도 신고 머리도 땋아 올리고 그 우스꽝스러운 모자도 쓰겠어요. 무서운 태양으로부터 섬세한 피부를 보호하기 위해 우산도 가지고 다니겠어요. 그러나 코르셋만은 착용하지 않겠어요."

"너와 존은 함께 다닐 일이 많기 때문에, 사람들은 너를 아시아인 창녀나 첩으로 생각할지도 몰라." 토르가 말했다.

"특히 가슴을 덜렁거리고 다니면 말이지." 우둔하게도 내가 한 마디 거들었다.

조이는 내 어깨를 치면서 경고했다.

"이건 맛보기예요. 나를 말리는 어머니가 없을 때, 당신 꼴이 어떻게 될지 알아서 해요."

나는 짐짓 무서워하는 듯이 손을 들고 뒷걸음질을 쳤다.

조이는 내 반응을 무시하고 나에게 물었다.

"내가 코르셋을 입지 않는다고 우리 임무에 지장이 있을까요?"

"그렇지는 않겠지." 내가 말했다. "그럴 수도 있고 그렇지 않을 수도 있겠지. 당신이 원하는 대로 입는 것이 좋을 거야." 그녀의 얼굴이 밝아지자 나는 덧붙였다.

"시대의 관습이 허용하는 한도 내에서 말이야." 나는 이 말을 덧붙이지 않을 수 없었다.

"이봐 여자, 당신은 남성으로서의 나에게 복종을 해야 하는 거야. 그건 그 시대의 관습이니까."

조이는 매섭게 쏘아보면서 냉소했다. 그것은 그녀의 또 다른 모습이었다. 나는 그녀가 보여 준 수많은 모습들을 잊지 않기 위해 도표를 만들어야겠다고 생각했다. 아주 큰 도표가 필요할 것 같았다.

19

자선회는 나를 위해 3개월간의 집중적인 훈련을 준비했다. 정말 기가 막힌 일이었다. 믿을 수 없이 짧았던 5주일이 지나자 하나의 세계가 끝났던 것이다. 갑자기, 그리고 영원히. 내가 어떻게 소총을 잡고 쏘아야 하는지를 배우기에도 충분치 않은 기간이었다. 조이는 내가 총도 제대로 쏠 줄 모른다고 비난할 것이 분명했다.

그 무렵, 나의 기초훈련에 심한 좌절감을 느낀 조이는 다른 것들을 가르쳐 주기로 결심했다. '팔꿈치 가격', '원형 손날 가격' 같은 특수한 기술이었다. 지금 생각해도 믿을 수 없는 그날, 그녀는 나를 먼저 매트에 내던졌다. 나는 벌떡 일어나 나비차기를 하기 위해서 완벽한 자세를 취하고 있는데 체육관의 사이렌이 울렸다. 그녀는 웃음을 멈췄다. 귀를 찌르는 짧은 소음 뒤에 한 번의 긴 신호음이 들렸다. 첫 번째 신호는 건물에 침입자가 있다는 것이고, 그 뒤의 긴 신호는 우리에게 옆방에 있는 타임캡슐로 가라는 뜻이었다.

조이는 웃음이 사라진 걱정스러운 눈으로 나를 보면서 내가 그 경고를 이해했는지 확인한 다음, 문으로 달려갔다. 나는 그녀를 바짝 따라갔다. 우리는 복도를 달려 지시된 방으로 들어갔다. 토르가 문 앞에 있었다. 나는 그녀의 모습을 보고 충격을 받았다. 풀이 죽은 얼굴에는 주름이 깊고 뚜렷하게 보였다. 눈은 젖어 있었고 입술은 떨리고 있었다.

"미안해."

그녀는 조이에게 너무 빨리 말을 했기 때문에 뒤죽박죽으로 들렸다.

"잊을 수 없는 성대한 환송식을 해 주려고 했는데, 미안해. 지금 출발해야 해."

그녀의 얼굴에 눈물이 흘러내리기 시작했다. 그녀는 재빨리 눈물을 닦고 마음을 진정하려고 애썼다. 그녀는 침을 삼키고 심호흡을 한 다음, 천천히 말했다.

"FBI가 우리 건물 수색영장을 갖고 있어. 그들은 우리가 이곳에 등록되지 않은 무기를 숨기고 있고 마약을 생산하고 있다고 주장하고 있어. FBI 본부에 있는 우리 정보원의 말에 의하면 완전무장한 특수공격대가 이곳으로 오는 중이래. 그들의 본심은 우리 타임캡슐을 찾아내려는 거야. 우린 그들과 싸우지 않을 생각이야. 그러니 어서 출발해. 지금 당장!"

다시 그녀 얼굴에 눈물이 흘러내렸다.

"어쨌든 그 사람들이 타임캡슐 장비와 서류를 입수하게 되지 않을까요?" 나는 마치 질의응답 시간이라도 하듯이 토르에게 물었다.

"아니."

토르는 짤막하게 대답하고 황급히 손을 흔들면서 우리를 그 방으로 들여보냈다.

"너희가 과거에 도착하는 순간 모든 것은 자동적으로 파괴될 거야."

돌연 복도에서 뭔가를 두드리는 소리와 커다란 고함이 울렸다. 우리는 타임캡슐이 있는 방으로 뛰어 들어갔다. 그 방은 굵고 검은 케이블이 커다란 기계에서 나와 다른 기계에 연결되어 있는 공간이었다. 한가운데 있는 금고처럼 생긴 작은 방과 그 주변에 유리 칸막이로 막혀있는 조종실을 제외하면 1970년대의 구식 대형컴퓨터의 배치와 비슷했다. 엔지니어들은 조종대 뒤에 서서 우리에게 작은 방 안으로 들어가라고 미친 듯이 손짓했다. 문 밖에는 어둠이 깔려 있었다. 과거의 세계가 우리가 들어오기를 기다리고 있었다.

"가라, 사랑하는 애들아."

토르는 작은 방으로 연결된 케이블에 걸려 비틀거리면서 우리를 밀었다.

열려 있는 캡슐 문 앞에서 나는 토르의 어깨를 잡고 그녀의 젖은 뺨에 키스를 했다.

"고마워요."

나는 점점 커지고 있는 두려움에도 불구하고 내가 느낀 강렬한 감정을 표현하고 싶었다.

"항상 당신을 기억하겠습니다."

그리고 나는 조이가 어머니와 마지막 순간을 나눌 수 있도록 먼저 캡슐 안으로 뛰어 들어갔다.

그들은 굳게 포옹을 한 채 몸을 앞뒤로 움직였다. 토르는 조이의 뺨과 이마에 키스를 하고 한 손으로 그녀의 머리카락을 쓸어 올렸다. 토르는 큰 소리로 울었다. 조이는 흐느끼면서 몸을 떨었다.

바깥 쪽 문이 활짝 열렸다. 검은 옷차림에 헬멧을 쓰고 방탄조끼를 입은 사람들이 방 안으로 뛰어 들어오면서 소리를 질렀다.

"꼼짝 마! 움직이지 마!"

그들은 총구를 앞뒤로 흔들면서 건물을 장악하고 있었다.

토르는 팔을 내밀어 조이를 포옹에서 풀어주었다. 나는 손을 내밀어 조이의 옷을 잡아 캡슐 안으로 끌어들였다.

"어머니, 안녕. 절대로 잊지 않겠어요! 사랑해요." 그녀가 소리를 질렀다.

토르도 소리 질렀다.

"잘 가라."

그리고는 캡슐의 문을 쾅 닫았다.

나는 문이 닫히기 전에 무언가 캡슐 안으로 날아 들어오는 것을 보았지만, 안에서 문을 잠그는 동안 잊어버렸다. 캡슐의 불이 켜졌다. 조이는 문에 기대서 더욱 세차게 흐느꼈다. 나는 떨고 있는 그녀의 어깨를 잡고 천천히 캡슐의 좁은 의자에 앉혔다. 그녀는 머리를 무릎에 파묻고 흐느꼈다.

그러나 내가 자리에 앉기도 전에 캡슐은 스포츠카가 1단 기어를 넣고 페달을 바닥까지 밟아 출발하는 것 같은 소리를 냈다. 나는 본능적으로 손을 천정과 벽에 대고 몸을 지탱했다. 소리는 곧 고통으로 변했다. 밖을 내다 볼 수 있었다면 태양이 서쪽에서 동쪽으로 움직이고, 달은 반대 방향으로 돌며, 물은 산 위로 역류하고, 사람들은 뒤로 걷고, 자동차는 사고에서 벗어나고, 항공기는 꼬리 앞부터 착륙하고, 쥐는 뒤로 뛰어가는 고양이 입에서 튀어 나와 거꾸로 물러나고, 눈에서 욕망의 불길이 타오르는 연인들은 떨어져 나가면서 옷을 주워 입는 광경을 볼 수 있었을 것이다.

이 모든 것이 점점 더 빨라져 낮은 밤이 되고 곧 이어 빛과 어둠, 빛과 어둠, 빛과 어둠, 빛과 어둠이 계속되더니, 빛-어둠-빛-어둠-빛-어둠으로 변하다가 빛 어둠, 빛 어둠이 되면서 스포츠카가 감속하면서 정지한 것처럼 굉음이 점점 점차 줄어들다가 사라졌다.

내 귀에는 조이의 고통스러운 흐느낌과 내 심장의 빠른 고동만 들려왔다.

우리는 도착했다. 어디인지, 언제인지는 몰라도.

나는 심장이 미친 듯 뛰는 것 이외에는 별다른 문제가 없었다. 손으로 뺨을 만져보고 눈을 비볐다. 나는 옷을 만져 보고 발가락을 움직였다. 나는 변하지 않았다. 나는 도마뱀으로 변하지 않았다. 소리가 나긴 했지만 이 기계가 실제로 작동하지 않았고, 나는 그저 작동했다고 상상하고 있으며, 실제는 우리가 아직 실리콘 밸리에 머물러 있어서, FBI가 우리들이 문을 열고 나오기를 기다리고 있는 것이 아닌가 하는 생각을 했다.

나는 조이를 보았다. 그녀는 아직도 얼굴을 손에 파묻고 있었다. 그녀의 온몸은 흐느낌으로 흔들리고 있었다. 나는 그녀를 위로하고, 문을 열면 우리를 겨누고 있을 총에 대비하라고 말해 주려다가, 계기판을 흘낏 보았다. 거기엔 우리가 속한 시간이 표시되어 있었다.

샌프란시스코. 1906년 11월 14일 오전 2시 51분.

제2부

신우주
NEW UNIVERSE

우리가 미래를 알 수 있다면. 시간여행자가
역사라는 기록문서 속에서 발견한 과거 속의 미래가 아니라
우리가 만들어내어 그 안에 갇혀버린
새로운 우주 속의 미래를 우리가 미리 알 수 있다면.
그날 밤의 특별한 의미를 알고,
그 후에 어떤 일이 일어날지를 미리 알았다면…….
그러나 우리 인간은 누구나 시간의 껍질 속에 갇힌 채,
과거는 알지만 미래는 볼 수 없는 존재다.
내일 우리에게 어떤 일이 벌어질지, 우리는 절대로 알 수 없다.
그러기에 우리는 그것이 마지막인 줄도 모르고
마지막 샴페인을 마시고 마지막 사랑을 하는 것이다.
내가 지금 알고 있는 것을 그때 알고 있었더라면.

20

'하느님 맙소사!'

머리가 빙빙 돌면서 나도 모르게 이런 말이 새어 나왔다. 우리는 성공했다. 숨을 쉴 수가 없었다. 나는 무의식적으로 계기판을 두드려 보았다. 계기판에는 변함이 없었다. 세상에! 우리는 정말, 정말 과거로 온 것이다.

벽의 창살문을 통해 캡슐 안으로 산소가 들어왔다. 그것은 예상하지 못했던 지연사태에 대비한 장치로 36시간 작동할 수 있었다. 우리는 닷새 동안 먹을 수 있는 식량과 물을 가지고 있었고, 작은 화장실도 있었다. 자선회는 가능한 모든 것을 배려했다.

그러나 한 가지를 생각하지 못한 것이 있었다면, 그것은 어머니와의 영원한 이별이 조이에게 끼칠 영향이었다. 조이는 아주 강인하고, 자제력이 있고, 단호하고, 정신적으로 준비가 되어있는 여자였기 때문에 나는 조이의 그런 모습이 믿기지 않았다. 캡슐 안은 아주 좁아서 나는 무릎을 꿇고 앉아 그녀를 포용했다. 나는 조이와 토르의 고통을 동시에 느낄 수 있었다. 나는 죽은 남편에 대한 토르의 깊은 사랑을 알고 있었다. 그런데 지금 그녀는 남편 못지않게 사랑하던 딸을 잃은 것이다. 그녀의 헌신과 깊고 영원한 사랑, 그녀의 인간성은 견줄 만한 사람이 없었다. 나 역시 그 훌륭한 여자를 내 삶에서 영원히 잃어버리게 된 것이 서글펐다. 그러나 내 슬픔은 조이가 느끼는 슬픔에 비하면 아무 것도 아니었다.

"난 알아요… 영원히 어머니를 잃는다는 것이….”

그녀는 흐느끼면서 말했다.

"난 알아요. 죽음이 우릴 갈라놓는 것보다도 더 괴로운 일이라는 것을. 난 각오했어요. 나는 그저 한바탕 울고 나면 괜찮을 줄 알았어요. 그래서 그처럼 침착할 수 있었던 거예요. 그러나 나는… 몰랐어요. 존, 나는 이렇게 가슴이 아플 줄 몰랐어요!"

조이는 팔을 내밀었다. 나는 그녀를 힘껏 포옹했지만, 나 역시 눈물을 주체할 수 없었다.

나는 그녀의 머리를 가슴에 안았다. 등을 토닥거리고 머리를 쓰다듬었다. 시간이 얼마나 흐르든 상관하지 않았다. 우린 서두를 필요가 없었다.

조이를 알게 된 후 그녀에 대한 나의 사랑은 더욱 깊어졌다. 나는 여러 번 그녀를 아주 가깝게 느꼈고, 그럴 때마다 조이는 넘치는 사랑으로 내 가슴을 채워 주었다. 그러나 나는 처음으로 조이의 연약한 모습을 보고 있었다. 자존심 강한 여성, 뛰어난 무사, 냉혹한 사범… 내가 알고 있던 그녀의 모든 이미지가 내 가슴 속에서 사라져 버렸다. 여기 있는 그녀는 그저 망연자실하고 있는 젊은 여자, 정신적인 고통을 받고 있는 여자, 내가 사랑하는 여자일 뿐이었다. 내게서도 눈물이 뺨을 타고 흘러내려 그녀의 머리와 어깨에 떨어졌다.

그녀의 흐느낌이 점점 잦아들었다. 마침내 그녀는 몸을 일으키고 코를 훌쩍이더니 훈련 때문에 아직도 땀 냄새가 풍기는 내 상의를 집어 들고 얼굴과 눈을 닦았다. 그리고 나를 올려다보더니 내 눈물을 닦아 주었다.

"이제 됐어요, 존." 그녀는 억지로 말을 꺼냈다. "난 괜찮아요. 우린 새로운 우주에 도착했어요. 그렇죠?"

"그래. 밖으로 나가 볼까?"

"그래요." 그녀는 내 팔을 치우면서 일어섰다.

문 쪽으로 손을 향하던 나는 갑자기 걸음을 멈추었다. 바닥에 로켓이 떨어져 있었다.

"잠깐."

나는 로켓을 집어 들었다. 처음에는 그것이 토르의 로켓이라고 생각했지만, 금사슬이 훨씬 더 정교하고 섬세했으며 고리가 연결되어 있었고 로켓 자체도 타원형이 아니라 하트형이라는 것을 깨달았다. 나는 조이에게 로켓을 건네주었다.

"이거, 당신 거겠지."

조이는 로켓을 두 손으로 받더니 자기 가슴에 갖다 대었다가 열어 보았다. 안에는 손으로 키스를 보내고 있는, 미소 띤 토르의 사진이 들어 있었다. 반대편에는 회원들의 단체사진이 들어 있었다. 가운데 있는 그녀의 어머니 곁에 구가 서 있었다. 그녀는 키스를 하고 로켓을 닫은 다음 목에 걸었다. 조이는 다시 울음을 터뜨렸다. 나는 그녀를 안고 등과 머리를 두드려 주면서 진정하기를 기다렸다.

그녀는 곧 정신을 차리더니 이번에는 자기 옷으로 눈물을 닦았다. 그리고 고개를 들어 나를 바라보았다. 그녀의 눈에는 아직 눈물이 가득 했지만, 문을 가리키면서 씩씩한 목소리로 말했다.

"나가실까요?"

■　■　■　■　■

나는 잠금장치를 풀고 문을 열었다.

밖은 캄캄했고 캡슐에서 새어 나온 불빛이 더러운 나무 바닥을 비치고 있었다. 불에 탄 썩은 나무 냄새가 풍겨와 나는 코를 찡그렸다. 샌프란시스코 화재 때의 연기가 그 낡은 건물에 스며들어 있던 것이 분명했다. 공기는 먼지가 가득 찬 것처럼 무겁게 느껴졌다. 나는 계기판 옆에 부착되어 있던 손전등 두 개를 떼어 내서 하나를 조이에게 주고 밖으로 나갔다.

"자, 이제 도착했다. '인류의 역사를 바꾸는 첫 걸음'이라든지, 뭔가 극적인 말을 해야 하지 않을까?"

그녀의 촉촉한 눈이 나를 향했다.

"방금 말했잖아요?"

"내가 뭐라고 했는데?"

"할아버지 같은 얘기를 했잖아요."

"뭐라고?"

그녀는 고통을 극복하고 있었다. 나는 그녀의 입가에 희미한 미소가 피어나는 것을 보았다.

"'자, 이제 도착했다'고 하지 않았어요? 당신으로서는 최대한 극적인 표현이에요."

손전등을 비추어 본 나는 우리가 목표로 했던 버려진 창고에 들어와 있다는 것을 알 수 있었다. 나는 손전등을 움직여 건너편 바닥에 작은 캡슐들이 있는 것을 확인했다.

"다행히 자선회에서 긴급사태가 발생하기 전에 캡슐을 모두 보내주었군. 보급품이 없었더라면 난감했을 거야."

나는 몸을 떨면서 그것이 찬 공기 때문이라고 생각했다. 어쨌든 때는 11월이었다. 손전등으로 계속 여기저기 비추어보던 나는 갑자기 한구석에서 무언가 움직이는 것을 보았다. 그곳에 불빛을 비추자, 조그만 눈이 광선에 반사되었다. 쥐였다. 그렇게 치밀한 계획을 세웠지만 쥐가 우리를 환영하리라고는 아무도 예상하지 못했다. 나는 멀리 있는 캡슐들을 좀 더 자세히 살펴본 다음 그 옆에 있는 낡고 부서진 의자, 테이블, 구겨진 담요, 옷더미 같은 것도 들춰 보았다. 이곳에서 일하던 사람들이 철수할 때 버리고 간 것 같았다.

나는 통신장치가 제대로 작동하는지 확인하기 위해 'KK 시험 중' 하고 작은 목소리로 속삭여 보았다.

"들려요." 그녀가 대답했다.

"잘 되네. 새벽이 되기 전에 눈을 좀 붙여야지. 계속 전등을 켜고 있으면 문틈으로 빛이 새어 나가서, 사람들의 주의를 끌게 될 거야."

"알았어요. KK." 그녀는 통신장치를 껐다.

나는 조이의 손을 잡고 보급품 캡슐들이 있는 곳으로 갔다. 거기엔 우리에게 필요한 모든 것이 있었다. 캡슐 안의 보급품은 색깔로 구분 되어 있어서 우리가 첫날밤을 보낼 수 있는 따뜻한 담요와 작은 텐트, 공기 매트리스가 어디 있는지 쉽게 찾을 수 있었다. 우리는 필요 한 물건을 꺼낸 다음 쥐가 접근하지 못하도록 작은 텐트를 쳤다. 안 에 담요 두 장과 공기 매트리스를 넣은 다음, 공기펌프 스위치를 올 려서 매트리스를 부풀게 했다.

조이는 텐트 안으로 들어와 말했다.

"안녕, 내 사랑. 자, 이제 도착했어요."

"영원히 기억할 만한 할아버지 같은 말을 다시 해야지. 내 사랑, 이 제 도착했어."

순간, 창고 밖에서 무언가 급히 달려가는 소리가 들려왔다. 철거덕 거리는 소리도 들렸다. 이곳으로 오기 전에 세기 초 샌프란시스코 지 도를 꼼꼼히 살펴보았던 나는 근처 후퍼 가가 번화한 7번가와 연결 된다는 것을 알고 있었다. 그 길은 북쪽으로 마켓 가와 만나고, 거기 서 갈라진 길이 지금 재건축 중인 이 도시의 시장과 금융센터로 연결 되어 있었다. 밖에서 들리는 소음은 아마도 농부들이 장이 열리기 전 에 농산물을 운반하는 소리 같았다. 낯선 소리와 냄새 그리고 불쾌한 공기가 내가 속한 새로운 현실을 파악하는 데 도움이 되었다. 우리는 1906년 샌프란시스코에 있는 것이다. 1906년. 살을 꼬집었더니 아팠다. 꿈을 꾸고 있는 것이 아니었다. 이것은 현실일 수밖에 없었다. 그래도 나는 믿을 수 없었다. 이 환상에 적응해서 앞으로 어떤 일이 일어날지 지켜보리라고 생각했다.

조이도 깊은 생각에 빠져 있었다. 그녀는 갑자기 걱정이 되는 듯 눈썹을 찌푸리면서 내게 물었다.

"어머니와 다른 사람들은 괜찮을까요?"

나는 그녀의 어깨를 가볍게 두드리며 안심시켰다.

"내가 아는 한 그 건물에는 마약이 없어. 훈련을 위해 사용한 무기도 모두 등록되어 있고. 자선회는 그런 사태에 대비하고 있었지. 기억나? 자선회는 캡슐에 넣어 물건을 보낸 다음 불법적이고 의심스러운 것은 모두 치워 버렸거나 파괴했을 거야. FBI는 범죄혐의를 찾아낼 수 없었을 거야. 자선회가 타임캡슐이나 그 부속장비를 파괴하는 것은 절대로 불법행위가 아니지."

"그럼 아무런 문제도 없단 말예요?"

그녀가 물었다. 아랫입술이 떨리고 있었다.

나는 고개를 끄덕이고는 그녀의 턱을 잡고 고개를 숙여 그녀의 눈을 들여다보았다.

"설령 문제가 있다 해도 자선회는 24시간 안에 백 명, 아니 천 명의 변호사를 고용해서 정부에 소송을 제기하고 체포에 불응할 거야. 법무부에서도 예산 문제가 있기 때문에 자선회가 전력을 다해 동원하는 자원과 맞설 수 없지. 마이크로소프트의 소송사건도 거기에 비하면 구멍가게 소송이나 다름없어. 그러니 걱정하지 마. 토르와 구 그리고 다른 회원들이 잘 해낼 테니까."

조이는 턱을 쥐고 있던 내 손을 잡아 자기 손에 올려놓고 한동안 나를 바라보았다. 그녀의 표정은 안정되었지만 눈은 더 깊은 슬픔을 드러내고 있었다. 그녀는 내 등을 여러 번 쓰다듬더니 조용히 말했다. 그녀의 목소리는 마치 무거운 공기 속을 떠다니는 것처럼 울렸다.

"그들이 우리가 성공했는지 여부를 모르고 있다는 것이 너무 슬퍼요. 그렇게 치밀한 계획을 세우고, 준비를 하고, 많은 돈을 투자하고, 기대를 걸고, 정성과 사랑을 기울였는데 결과를 모르고 있잖아요. 어머니도 알 수 없을 테죠. 내가 살았는지 죽었는지도 모를 거예요. 차라리 내가 죽었으면 좋았을 걸."

그녀의 눈시울은 다시 붉어졌고, 목 멘 소리가 흘러나왔다. 나는 그녀의 뺨을 어루만져 주었다. 온 정신이 그녀의 슬픔에 집중되어 있으면서도 나는 그녀의 따뜻한 피부의 감촉과 향기를 즐기고 있었다. 조이는 어머니와의 만찬 이후로 한 번도 향수를 쓰지 않았다. 그럴 필요가 없었다. 그녀는 이미 작살을 꽂아 나를 낚은 다음 자기 보트 안에 던져 넣었으니까. 나는 펄떡거리지도 숨을 쉬지도 못했다. 기쁜 마음으로 그녀의 포로가 되었을 뿐이다. 어쨌든 그녀에게는 향수가 필요 없었다. 가까이 있을 때 그녀에게서는 자극적이고 여성적인 독특한 향기가 풍겼다.

나는 그녀에게 정신을 집중하고 있었지만 뇌의 오른쪽만을 사용하고 있었다. 조이 근처에 가면 항상 그랬던 것처럼 왼쪽 뇌의 논리적이고 합리적 사고능력은 마비되어 버렸다. 나는 그녀의 등을 쓰다듬으면서, 나의 오른쪽 뇌가 말하도록 내버려 두었다.

"이곳 사람들은 무엇이 잘못되었는지 모르고 있어. 그러나 우린 알고 있지. 그러니 우리는 틀림없이 성공할 거야. 우리 임무는 성공한다니까."

나는 그녀에게 용기를 불어넣어야 했다. 그러나 우리는 실제로 과거에 와 있었다. 나는 믿을 수 없었다. 도저히 믿어지지가 않았다. 나는 이 이상한 창고와 역사의 새로운 냄새, 그 옛날 샌프란시스코 교외의 조용하고 으시시한 분위기 그리고 우리가 수행하려는 엄청난 임무에 대한 걱정 때문에 계획이 처참하게 실패하고 우리도 얼마 안가서 고통스럽게 죽을지도 모른다는 생각이 들었다. 다시 몸이 떨리기 시작했다. 이번에는 그것이 추위 때문이 아니라는 것을 알았다. 나는 황급히 조이에게서 손을 떼고 너무 침착해서 나 자신조차 놀랄 정도로 낮은 목소리로 말했다.

"이제 성공 여부는 우리에게 달렸어."

조이는 고개를 끄덕였지만, 여전히 눈을 감고 있었다. 눈물이 한 방울 새어 나왔다. 나도 눈꺼풀이 무겁게 느껴졌다. 우리가 떠난 세계에 맞추어져 있었던 우리 몸의 생체시계로는 늦은 오후였지만, 우리는 정신적으로 기진맥진한 상태였다. 나는 담요 자락을 들어 우리 둘을 함께 덮고 왼팔로 조이를 끌어안았다. 나는 코를 그녀의 머리카락에 파묻고 냄새를 들이마셨다. 나는 눈을 감았다. 그리고 꿈나라로 들어가면서 마지막으로 생각한 것은 이런 것이었다. 인디애나의 블루밍턴에서 아무 탈없이 건강한 몸으로 일어나야지. 내 제자였던 아내 조이가 아침밥을 준비하겠지. 강의시간에 늦지 않도록 서둘러 먹어야 할 거야.

우리는 곧 잠이 들었다.

세상은 급격하게, 돌이킬 수 없이, 영원히 변하려 하고 있었다. 그리고 우리 둘은 그 새로운 세상에 속해 있었다.

21

나는 이 새로운 우주에서 맞는 첫날이 우리를 위해 무엇을 준비하고 있는지 전혀 상상할 수 없었다.

나는 깜짝 놀라 잠에서 깼다. 조이는 내 어깨에 바짝 붙어서 팔로 내 팔을 잡고, 다리로 내 다리를 감고 있었다. 나는 머리를 들어 주위를 둘러보았다. 우리는 텐트 안에 있었고, 갈라진 틈으로 희미한 불빛이 새어 들어오고 있었다.

그렇다: 우리는 틀림없이 텐트 안에 있는 것이다. 아니, 그럴 리가 없다. 나는 지금 꿈을 꾸는 것이다. 우리는 이곳에 있을 수 없다.

나는 천천히 조이에게서 빠져나왔다. 그녀는 잠결에 무언가 중얼거렸지만 일어나지는 않았다. 나는 그녀가 자도록 내버려 두고 텐트에서 기어 나와 주위를 둘러보았다. 창고 위쪽의 구멍과 깨진 널빤지를 통해 내려온 빛이 텐트를 비추고 있었다. 창고 한쪽에 타임캡슐이 있었고 텐트 근처에는 보급품 캡슐이 있었다. 빌어먹을! 우리는 정말 이곳에 온 것이 분명했다. 꿈이 아니었다.

그 부정할 수 없는 사실에 놀란 나는 더러운 바닥에 주저앉아서 텐트를 물끄러미 쳐다보다가 다시 타임캡슐로 시선을 옮겼다. 그렇다. 우리는 이곳에 온 것이다. 하지만 이제 어떻게 하지? 우리 앞에는 그 역사를 바꾸어야 할 세계가 놓여 있었다. 하지만 어떻게 시작해야 한단 말인가? 천리 길도 한 걸음부터 시작된다고 하지 않던가? 그렇지. 이곳 사람들은 그것도 내가 처음 만들어 낸 말이라고 생각할지도 몰라.

나는 시계를 바라보았다. 아직 옛 시간에 맞추어져 있었다. 캡슐에 들어가서 이곳 시간이 몇 시인지 알아보아야겠다고 생각했다. 그러자 갑자기 떠오른 생각이 있었다. 내 오메가 손목시계는 이 시대에서는 아직 흔하게 볼 수 없는 첨단의 기계였다.

나는 새로운 생활의 첫 걸음을 내디뎠다. 그리고 두 걸음, 세 걸음을 내디뎠다. 아주 쉬웠다. 그렇게 천리 길을 걸어가면 될 것이다. 캡슐문은 열려 있었다. 나는 문 안쪽에 붙여 놓은 도표를 보면서 세면도구와 옷, 다른 소지품들을 찾았다. 그리고 14캐럿 순금 사슬이 달린, 1905년에 유행하던 해밀턴 회중시계를 찾아내어 캡슐의 시간 표시판을 보고 시간을 맞추었다.

나는 이 시대에 적응하려면 해야 할 일이 많다는 것을 알고 있었다. 그러나 본격적인 활동이나 살인과 같은 위험한 임무를 시작하기에는 수년간의 충분한 시간이 남아 있었기에 마음은 방황을 계속하고 있었다.

온몸이 끈적거렸다. 나는 도장에서 입고 있던 옷을 여전히 걸치고 있었다. 샤워를 하고 싶었다. 그러나 이곳 사람들은 1주일이나 2주일, 어떤 사람은 한 달에 한 번밖에 목욕을 하지 않는다는 것을 알고 있었다. 여기서는 내가 살던 세계와는 달리 목욕을 한다는 것이 쉬운 일이 아니었다. 꼭지를 틀기만 하면 뜨거운 물이 나오는 수도는 아주 귀했다. 아마 나무를 때는 난로에 솥을 올려놓고 물을 끓인 다음 주철로 만든 물통을 채워야 할 모양이었다. 나는 한숨을 쉬고 어깨를 움츠렸다. 우리 몸에서 냄새가 난다고 해도 사람들은 전혀 신경 쓰지 않을 것이다.

나는 창고 안에서 1906년 옷장을 찾았다. 자선회에서는 우리가 부자가 되고 성공할 때까지 입을 옷에 대해서 많은 고려를 했다. 그들은 중하층 사람으로 지내는 것이 주목을 받지 않는 가장 좋은 방법이라고 판단했다. 그래서 나는 당시의 유행대로 청색 아이리시 스웨터에 울 턱받이 그리고 캐시미어 바지를 입고 골프 모자를 썼다. 그것은 노동자 바로 위 계급의 복장이었다.

내가 막 바지를 입고 있을 때 문이 삐걱 열리는 소리가 나더니 햇빛이 바닥을 비쳤다. 나는 온몸이 얼어붙었다.

젊은 남자 세 명이 손에 상자를 들고 옆문으로 걸어 들어오고 있었다. 순간, 그들은 나를 보았다. 그러자 멈춰 서서 몇 초 동안 큰 소리로 이야기를 주고받더니, 천천히 나에게 다가왔다. 가장 몸집이 큰 남자가 앞장을 섰다. 그가 외쳤다.

"어이, 당신은 누구야? 우리 건물에서 뭘 하고 있어?"

그러자 다른 사람이 캡슐의 열린 문을 가리키면서 외쳤다.

"저것 봐! 저놈이 열었어. 어떻게 열었지?"

그는 의심스러운 눈으로 나를 보았다.

"별 짓을 다 해보았는데. 해머로 두들겨도 끄덕도 안 하더니만."

"안에 뭐가 있나?"

몸집이 큰 남자가 묻더니 캡슐로 걸어갔다.

나는 그가 접근하기 전에 캡슐 문을 닫아 버렸다.

"이놈 봐라?"

그는 소리를 지르더니 두 녀석에게 양쪽에서 나를 둘러싸라고 신호를 보냈다.

떠드는 소리에 잠에서 깬 조이는 사태를 파악한 것 같았다. 그녀는 텐트에서 머리를 내밀면서 상냥하게 인사했다.

"헤이, 아저씨들, 재미 좀 볼래요?" 그녀는 유혹적인 목소리로 말했다.

어라? 나는 구경거리가 생겼다고 생각했다.

조이의 머리는 헝클어져 있었고, 몇 가닥이 얼굴을 가리고 있었다. 그녀도 여전히 도복차림이었지만, 그래도 그녀는 아름다웠다. 세 남자는 얼어붙은 듯이 그 자리에 서서 그녀를 바라보았다.

"이것들이?" 큰 남자가 위협적으로 말했다.

"너 여기서 재미보고 있었나?" 그는 나를 노려보았다.

"어서 오세요."

조이는 그들에게 손짓을 했다.

"마음대로 하세요. 누가 먼저죠?"

그녀는 텐트에서 기어 나와 로켓을 상의 안에 밀어 넣었다. 그리고 자세를 낮추며 다리를 약간 벌렸다. 왼발이 앞으로 나와 있었다. 그녀는 두 팔은 늘어뜨린 채, 발끝으로 완벽하게 균형을 잡았다.

그것은 훈련 중에는 한 번도 보지 못한 자세였다. 아주 심각한 상황이었기 때문에 평범한 자세로 상대방에게 틈을 보이지 않으려는 듯했다.

남자 셋이 동시에 그녀에게 달려들었다. 몸집 큰 남자가 조금 앞에 나서서 팔을 뻗어 그녀를 잡으려고 했다. 그들이 2미터가량 접근했을 때 조이가 움직였다. 그녀는 빠른 동작으로 오른쪽에 있는 남자에게 다가가 그의 이마를 쳤다. 그가 고꾸라지자, 왼발을 축으로 몸을 돌리면서 오른발을 휘둘러 몸집 큰 남자의 목을 가격했다. 그리고 왼쪽에 있던 남자에게 등이 돌아가자 그녀는 손날을 뒤쪽으로 날려 그의 사타구니를 강타했다.

3초? 아니, 어쩌면 더 짧았을 것이다. 나는 두려움과 경탄에 휩싸였다. 그녀가 그렇게 전력을 다해 싸우는 것을 처음 보았던 것이다.

남자들은 바닥에 쓰러져 몸을 비틀며 신음 소리를 냈다. 한 사람은 두 손으로 사타구니를 움켜쥐고 있었다. 몸집 큰 남자는 가쁜 숨을 몰아쉬면서 금붕어처럼 입을 벌리고 있었다. 세 번째 남자는 머리를 감싸고 있었다. 코에서 피가 흐르고 있었다.

"자, 이젠 버릇을 고쳤겠지?"

조이가 머리카락을 뒤로 쓸어 넘기면서 유쾌하게 물었다.

코피를 흘리던 남자가 소리를 질러 대답했다.

"이 쌍년이."

그는 양말 속에서 칼을 꺼내들고 휘두르면서 조이에게 달려들었다.

그때까지 재미있게 구경만 하던 나는 옆에서 뛰어들어 그를 막으려고 했다. 그러나 거리가 너무 멀어서 실패하고 말았다. 나는 조이가 가르쳐 준 대로 바닥에 어깨를 대고 굴렀다가 일어나 웅크린 준비 자세를 취했다. 하지만 내가 끼어들 필요는 없었다.

조이는 자기를 향해 돌진하는 칼이 가까이 오기를 기다렸다가 왼손을 휘둘러 막고는 재빠르게 앞발차기로 그 남자를 바닥에 쓰러뜨렸다. 그가 고함을 지르면서 칼을 들고 일어서려고 하자, 그의 팔목을 쳐서 칼을 떨어뜨렸다. 그녀는 재빨리 그의 뒤로 돌아서 등에 올라탄 다음 가격했던 손목을 잡아 등 뒤에서 힘껏 비틀었다. 그리고 그의 엄지손가락을 잡아서 손목 쪽으로 꺾었다. 그가 비명을 질렀다.

"항복하지?" 조이가 상냥하게 물었다.

"이 쌍년." 그가 다시 고함을 질렀다.

"다시 한번 말해 봐. 손가락을 꺾어 버릴 테니. 자, 항복하는 거지?"

그 남자는 스페인 말로 무언가 중얼거렸다.

조이가 손에 힘을 가하자, 그는 비명을 질렀다.

"그래, 알았어, 알았어!"

바닥에 쓰러져 있던 다른 두 남자는 움직이지 않았다. 그들은 눈을 크게 뜨고 입을 벌린 채 상황을 지켜보고 있었다.

"빌어먹을. 당신들은 누구요?"

몸집 큰 남자가 가쁜 숨을 쉬면서 물었다.

조이는 칼을 휘두르던 남자의 엄지손가락을 풀어주었지만 등 뒤의 팔은 그대로 잡은 채 일어섰다. 그녀는 그를 바닥에 쓰러져 있는 두 남자에게 밀쳐버리면서 상냥하게 말했다.

"네 친구들한테 가."

그에게는 다른 선택이 없었다.

■　■　■　■　■

조이가 그들을 감시하고 있는 동안 나는 캡슐에서 끈과 칼을 가져 왔다. 나는 끈이 바닥에 닿을 정도로 짧게 자른 다음 그 세 남자의 손을 등 뒤로 묶고, 두 다리도 함께 묶었다. 조이에게 사타구니를 맞았던 남자는 약간 저항했다. 그는 허리를 구부리고 사타구니에서 손을 떼려고 하지 않았지만, 우리는 결국 똑바로 앉혀 놓고 손을 묶어 버렸다.

나는 그들이 겁에 질려 있다는 것을 알 수 있었다. 마침내 그 중 한 녀석이 물었다.

"우릴 어떻게 할 겁니까?"

"글쎄. 그건 너희들에게 달렸지. 안 그런가? 이 자리에서 너희들을 죽일 수도 있지. 혀를 잘라 버리고 여기서 굶어 죽도록 내버려 둘 수 도 있고. 아니면 너희가 우리에게 협조할 수도 있지. 너희들 이야기 를 해 봐. 만약 거짓말을 하면 고통을 줄 수도 있어. 여기 내 조수는 남자를 고문하는 걸 아주 좋아하지. 안 그래?"

나는 조이를 돌아보면서 칼을 주었다.

"그래요."

그녀는 몸집이 큰 남자에게 다가가서 칼끝을 그의 사타구니에 갖 다 댔다.

"그리고 여기가 내가 가장 좋아하는 곳이죠."

남자의 얼굴에 겁에 질린 표정이 스쳐갔다. 그는 몸을 뒤로 빼려고 안간힘을 썼다.

맙소사. 조이, 넌 정말 다이아몬드처럼 여러 면을 가지고 있구나. 난 큰 소리로 말했다.

"말해 봐. 한 사람씩. 너희들이 누구고 여기서 무얼 하고 있는지."

조이에게 사타구니를 맞은 남자가 가장 고통이 덜한 것 같았다. 그가 먼저 대답을 했다.

"저는 돌피 도커입니다. 화재가 발생한 다음부터 일을 못했습니다. 말이 많이 죽었기 때문에 마부를 쓰려는 사람이 없었어요. 어머니는 화재가 났을 때 걸린 병으로 죽었습니다. 아버지는 없습니다. 아버지는 제가 네 살 때 어머니를 버렸어요."

"돌피라고? 무슨 이름이 그래?"

"친구들이 그렇게 불렀습니다. 전 사람들이 제 본명을 부르는 게 싫었습니다."

"본명이 뭔데?" 내가 물었다.

"아돌프요." 그가 대답했다.

"자네 부모는 어디 출신인가?"

"독일입니다."

"지 슈프레헨 도이치?(독일 말 할 줄 아나?)"

"야.(예.)" 그가 독일 말로 대답했다.

"어머니는 영어를 거의 할 줄 몰랐습니다."

"독일 어디서 왔나?" 내가 독일어로 물었다.

"뮌헨입니다."

"몇 살이지?"

"노인첸.(열아홉 살입니다.)" 그가 대답했다.

"우리 창고에서 무엇을 하고 있었나?"

그는 놀란 것 같았다.

"선생님이 이 창고 주인입니까?"

"그래." 내가 말했다.

그건 거짓말이었다. 우리는 이 건물을 살 예정이었지, 아직은 소유주가 아니었다.

"여기서 살고 있습니다."

그는 캡슐을 바라보고 있었다.

"저건 뭔가요?"

"우린 수출입사업을 하고 있다. 저건 상품을 저장하는 곳이야. 아주 튼튼하게 만들었기 때문에 너희 같은 놈들은 열 수도 없어."

돌피는 고개를 끄덕였다.

나는 몸집 큰 남자에게 시선을 돌리고 말했다.

"네 차례야."

그는 목이 아픈 모양이었지만 나를 도전적으로 바라보며 쉰 목소리로 물었다.

"저 칭크(중국인)는 누구요?"

그는 시선은 나를 향한 채 머리로 조이를 가리키며 물었다.

처음은 아니었지만, 나는 조이가 화를 내는 모습을 보았다. 그녀의 눈이 험악한 빛을 발산하고 있었다. 전에도 나는 그런 시선을 본 적이 있었다. 나는 손을 들어 그녀가 하려는 행동을 제지했다. 그렇다고 상황이 크게 달라질 거라고는 기대하지 않았다.

"넌 지금 내 조수에게 욕을 했어. 알아?"

"저 여자는 칭크예요. 아네요?"

"아니야. 미스 핌이라고 불러. 예의를 갖추어 질문을 해."

그는 고집을 꺾지 않으려는 것 같았다. 그러다가 조이가 칼로 허공에 작은 원을 그리고 있는 것을 보았다. 칼끝은 그를 향하고 있었다. 그녀는 그를 거세라도 하려는 듯 심술궂은 눈으로 그를 바라보고 있었다.

"저… 미스… 핌은 누굽니까?"

그는 칼끝에서 눈을 떼지 않은 채 물었다.

"좋아. 저 아가씨는 내 통역사 겸 조수야. 이제 '만나서 반갑습니다, 미스 핌'이라고 말해 봐."

그의 친구들은 히죽거리고 있었다. 그는 험악한 얼굴로 나를 보더니 다시 조이와 칼을 바라보면서 마침내 입을 열었다.

"만나서 반갑습니다.… 미스 핌."

조이는 가볍게 눈인사를 하고 상냥하게 말했다.

"반가워요."

"아가씨는 왜 남자 옷을 입고 있죠?" 그가 조이에게 물었다.

호기심이 편견을 눌러버린 것 같았다.

조이가 답하기 전에 내가 말했다.

"나는 조수에게 일을 시키고 있어. 상자를 운반하거나 짐을 실어야 할 때가 있어. 저런 옷을 입으면 일하기가 편하지. 됐나? 자, 이제 네 이야기를 해 봐."

"알렉스 리브스입니다. 친구들은 핸즈라고 부르죠. 야구공을 잘 잡으니까요. 전 샌프란시스코 실즈에서 캐처를 했습니다. 패시픽 코스트 리그의 마이너 리그 팀입니다. 말에서 떨어져 팔이 부러지지 않았더라면 빅 리그 선수가 될 수 있었을 겁니다. 하지만 팔을 고칠 수 없었습니다. 그래서 야구를 포기했죠. 하지만, 야구밖에 아는 것이 없었어요. 여기서 저 같은 사람에게는 일자리가 없어요."

"부모님이 도와주지 못했나?" 내가 물었다.

"농담하십니까? 부모님은 시카고에 있습니다. 항상 절 때렸죠. 전 열세 살 때 집에서 뛰쳐나와 기차를 타고 이곳으로 왔습니다."

그는 냉소적인 웃음을 띠었다.

"자네 부모는 어디서 왔나?" 내가 물었다.

"아버지는 체로키 족 혼혈입니다. 어머니요? 몰라요. 어머니는 한 번도 그런 이야기를 하지 않았어요."

그러고 나서 내 다음 질문을 짐작한 듯 대답했다.

"스물두 살입니다."

나는 칼을 휘둘렀던 세 번째 남자에게 시선을 돌렸다. 출혈은 멈추었으나 그의 조그만 콧수염에서 피가 반짝이고 있었다. 이마에는 멍든 상처가 보였고, 눈에는 아직 눈물이 고여 있었다. 길고 야윈 얼굴처럼 몸매도 깡마른 사내였다. 창고에 들어왔을 때 기름을 발라서 단정하게 뒤로 넘겼던 그의 머리카락은 긴 덩어리가 되어 이마를 덮고 있었다.

"제 이름은 살 가르샤입니다." 그가 즉시 대답했다.

"삼촌과 함께 살고 있어요. 우리 가족은 멕시코에서 왔어요."

"삼촌과 산다고? 부모는 어떻게 하고?"

"어머니는 매춘부였습니다." 그가 변명하듯 말했다.

"어머니는 제가 여덟 살 때 병으로 죽었습니다. 아버지는 누군지 몰라요. 삼촌이 그러는데, 저는 종이 상자 안에서 태어났다고 합니다. 무슨 일이든 합니다. 시킬 일이 있으면 저를 부르세요."

"알겠다. 스페인 말을 하지?"

"시.(예.)" 그는 스페인 어로 덧붙였다.

"나이는 스무 살입니다."

"이제 긴장을 풀어라. 다른 곳에 가지 말고 여기서 기다려. 조수와 할 이야기가 있으니까."

■　■　■　■　■

우리는 그들이 우리의 대화를 듣지 못하도록 캡슐 안으로 들어갔다. 내가 말했다.

"우리에겐 세 가지 선택이 있어. 녀석들을 죽일 수도 있지만 풀어 줄 수도 있지. 그 전에 이 창고나 우리에 대해서 비밀을 지키도록 협박을 해야겠지. 아니면 그 녀석들을 고용할 수도 있어. 저놈들을 믿을 수는 없지만 무조건 죽이는 것도 좋은 방법은 아니야. 저런 건달들을 죽이는 것도 범죄를 저지르는 거야. 이 점에 대해서는 내 생각을 잘 알고 있겠지. 우리는 앞으로 많은 사람을 죽이게 되겠지. 하지만 조이, 제발 그 무사의 기질만은 발휘하지 말아 줘. 알았지?"

조이는 놀란 듯 눈을 크게 떴다가 가늘게 늘이면서 입술을 깨물었다. 나는 다시 말다툼이 시작되는 걸 느꼈다. 그녀는 모욕을 당한 것이다.

"존."

아이고! 나는 흠칫했다. 조이가 '존'이라고 말을 시작하는 것은 좋은 징조가 아니다.

"당신은 정말 내가 무술을 자랑하려고 저들을 죽일 거라고 생각해요? 날 그런 사람으로 생각하고 있어요? 설사 우리 임무에 위험요소가 된다고 해도, 내가 저들을 죽일 거라고 생각해요? 어떻게 죽이나요? 그들을 짓밟고 사무라이 칼로 목을 베어 버리나요?"

그녀는 팔짱을 끼고 턱을 내밀었다. 그녀의 번쩍이는 눈빛은 용광로의 불길로 변했다.

"조이, 우리에겐 사무라이 칼이 없어."

"존!"

"알았어. 내가 잘못했어. 정말 미안해. 나도 당신이 놈들을 죽이지 않으리란 걸 알고 있어. 단지 당신이 무사라는 사실에 집착해서 가끔씩 내 판단력이 흐려질 때가 있을 뿐이야."

나는 그녀의 손을 잡았다.

"당신은 아주 훌륭한 여자고, 당신의 기질도 당신의 한 부분으로 사랑하고 있어."

조이는 나를 바라보았다. 표정이 달라지면서 눈에서 광채가 나기 시작했다. 나는 강철이 녹아 흐르는 것을 보았다. 그녀는 힘차게 내 손을 잡았다.

나는 상황에 슬기롭게 대처했다.

"녀석들 중에서 두 놈은 외국어를 할 줄 알아. 큰 녀석은 쓸모가 있을 것 같고. 녀석들을 고용하고 싶은 마음은 있지만, 믿을 수가 없어. 그렇지?"

나는 젊은이들을 돌아보며 말을 이었다.

"좋은 생각이 있어. 보급품 캡슐 안에는 로랑이 보내 준 의약품과 의료용 용액이 들어있지. 녀석들에게 인체에 무해한 생리식염수를 주사하고, 그것이 갑상선에 축적되어 천천히 효과를 발휘하는 독약이라고 겁을 주는 거야. 그래서 죽기 싫으면 매달 알약을 먹어야 하고, 먹지 않으면 죽는다고 말하는 거지. 알약은 비타민을 주는 거야. 비타민 C는 인체에 해가 없잖아."

"훌륭해요." 조이가 말했다. 농담을 할 정도로 긴장이 풀려 있었다. "혼자서 생각해 냈어요?"

"뭐 보통이지." 나는 미소를 지으면서 대답했다.

"하지만 한 가지, 그 녀석들이 나를 주인으로 모셔야 할 텐데……."

나는 그녀가 갑자기 얼굴을 찡그리는 것을 보며 싱긋 웃었다.

"그놈들이 내가 당신보다 약하다고 생각하도록 내버려 둘 수는 없어. 본때를 보여 줘야지. 이건 남자의 몫이야. 특히 이 시대에서는."

나는 좀 더 큰 미소를 지었다.

"당신은 간섭하지 마. 확실히 해 두기 위해서 당신을 묶어 둘 필요는 없겠지?"

조이가 웃었다.

"마음대로 하세요. 덩치만 큰, 애 같은 사람."

그녀는 내가 1906년 이전의 위조지폐를 꺼내는 사이에 의료보급품이 있는 캡슐로 갔다. 잠시 후 그녀는 주사기 세 개와 소독거즈를 가지고 돌아왔다. 내 주머니에는 화폐가 가득 들어 있었다. 우리는 젊은이들에게 갔다.

나는 뒷짐을 지고 등을 똑바로 세운 채, 몸을 앞뒤로 약간 흔들면서 그들 앞에 섰다. 나는 영화에서 보았던 훈련조교를 흉내 냈다. 입을 굳게 다물고 가늘게 뜬 눈으로 한 사람씩 훑어보았다. 그러자 그들도 자기들의 처한 상황을 깨달은 것 같았다. 사태를 장악한 나는 큰 소리로 말했다.

"여기서 일어난 모든 일은 비밀로 해야 한다. 그런데 너희들 때문에 골치 아픈 문제가 생겼어. 비밀이 새어 나갈지도 모르니, 너희들을 죽여야겠어."

그러자 젊은이들은 칼을 들고 있는 조이를 바라보았다. 돌피는 떨기 시작하면서 내게 애원했다. 그러나 나는 마치 달려드는 개를 위협하여 물리치듯이 손을 들고는, 목소리를 누그러뜨리며 말했다.

"하지만, 너희들을 고용할 수도 있어. 우린 사람이 필요해. 우리 사업체는 뉴욕에 있다가 샌프란시스코로 옮겨 왔어. 우리를 위해 일할 수 있겠나?"

"네." 핸즈가 즉시 대답했다.

"임금은 얼마나 줍니까?" 살이 물었다.

자선회의 은행가 에드 윌슨은 1906년의 경제상황, 특히 서부해안 지역의 상황을 면밀히 검토했다. 그는 주당 평균임금이 13달러가량 된다고 내게 말해 주었다. 내가 살의 질문에 대답했다.

"하루 2달러로 시작한다. 그리고 오늘부터 당장 일을 시작한다."

핸즈가 물었다.

"일주일에 몇 시간 일합니까? 55시간인가요? 아니면 60시간?"

"아니다. 하루 8시간, 일주일에 5일 일한다."

나는 자세를 바꿔 위조지폐 다발을 꺼내어 흔들었다.

"여기 오늘 임금이 있다."

나는 각자 앞에 2달러를 갖다 놓고 뒤로 물러섰다.

"됐지?"

핸즈가 "네"라고 대답했다. 살은 스페인 어로 "시"라고 대답했다.

"야!" 돌피가 환성을 질렀다. "근무시간은 짧은데 임금은 많군."

처음에 나는 그가 비아냥거리는 줄 알았다. 그러다가 이 지역의 근로자들이 주당 평균 59시간을 일한다던 에드의 설명이 떠올랐다. 나는 조이를 가리키면서 말했다.

"너희들은 이제 내 직원이다. 너희는 신입사원이니까, 미스 핌에게 주사를 맞아야 한다."

결박을 풀어 주자, 그들은 묶였던 손을 비볐다.

"코트와 셔츠를 벗고 왼쪽 어깨를 내 놔."

그들은 발목이 묶인 채 힘들어하면서도 내 명령에 따랐다. 조이는 나에게 칼을 넘겨주고 그들에게 다가갔다. 그녀는 한 사람씩 어깨를 소독 거즈로 닦은 다음 식염수를 주사하고, 알코올로 주사바늘을 닦아냈다. 젊은이들은 그녀의 행동을 보고 겁을 내는 것 같았지만 저항은 하지 않았다.

"왜 주사를 맞는 겁니까?" 핸즈가 물었다.

"우리가 너희들의 신원을 확실히 파악할 때까지 너희를 신뢰할 수 없다는 것은 알 것이다. 고가의 수입품을 몰래 훔쳐 도망하거나, 소문을 퍼뜨릴지도 모른다. 그래서……."

나는 몸을 흔들면서 한동안 서 있다가 말을 계속했다.

"아주 천천히 효과가 발생하는 독약을 주사했다. 우리가 해독제를 주지 않으면 너희들은 한 달 뒤에 죽는다. 우리가 너희들을 신뢰할 수 있을 때까지 그 해독제에는 새로운 독약이 첨가될 것이다."

정말 바보 같은 얘기였지만 뭘 알겠는가?

"너희들은 매달 미스 핌이나 나에게 와서 해독제를 받아야 한다. 이것은 중국에서 들여온 비밀 독약이다. 그러니 이곳에서 해독제를 구할 생각은 하지 않는 것이 좋을 것이다."

나는 말을 멈추고 미소를 지었다. 그들의 얼굴이 시무룩해졌다.

살이 주사 맞은 자리를 비비면서 말했다.

"왜 이런 짓을 합니까? 우리는 아무 잘못도 하지 않았는데."

"내 조수를 칼로 찌르려고 하지 않았단 말인가? 내 창고를 마음대로 사용하고, 물건을 훔쳐서 이곳으로 가져오지 않았단 말인가? 신뢰는 거저 얻을 수 있는 것이 아니야."

나는 그들이 질문해 주기를 바랐다.

"독에 대해서 질문 있나?"

그들은 멍하니 나를 바라보고 있었다. 돌피는 금방이라도 토할 것 같은 표정이었다.

그들에게 해야 할 일이 아직 한 가지 더 남아 있었다.

■ ■ ■ ■ ■

"결박을 풀어줘." 나는 조이에게 명령했다.

그녀는 불쾌한 시선으로 은밀하게 나를 바라보더니 칼을 들고 가서 끈을 잘라 주었다.

그들은 비틀거리며 일어났다.

"피가 돌고 근육이 풀리도록 운동을 좀 해라. 이제 너희들은 나를 위해서 일한다는 사실을 잊어서는 안 된다. 내가 하라는 대로 해라. 나를 따라 하란 말이다."

나는 발끝까지 허리를 굽히고, 몇 가지 준비체조와 운동을 했다. 나는 그들이 아직 준비가 덜 되었다고 불평할 수 없을 때까지 운동을 계속했다. 그리고 100달러짜리 위조지폐 한 장을 꺼내서 그들 앞에 흔들어 보였다. 그들은 그런 거액의 지폐를 한 번도 본 적이 없을 것이다.

나는 그 돈을 내 다리 사이에 내려놓았다.

"이 돈은 먼저 줍는 사람이 임자다. 그러나 먼저 나를 이겨야 한다."

"KK. 존, 뭘 하는 거예요?" 조이가 통신기로 속삭였다.

"간섭하지 마." 나도 통신기로 대답했다.

순간 세 명 모두가 내 다리 사이에 있는 지폐를 집으려고 달려들었다. 조이와의 훈련은 즉각적으로 효과를 발휘했다. 시간이 느리게 흘러가는 것처럼 느껴졌다. 내가 돌피의 사타구니를 차서 쓰러뜨리고, 거의 동시에 살이 뻗은 팔 밑으로 들어가 그의 셔츠를 한 손으로 잡아당기면서 오른쪽 발을 걸어 넘어뜨린 것은 마치 영화의 한 장면 같았다. 뒤에 있던 핸즈는 내가 둘을 처리하는 틈을 타서 마치 홈베이스로 슬라이딩하는 야구선수처럼 돈을 향해 돌진했다. 나는 살을 걸어 넘겼던 발로 핸즈를 찬 다음 그가 뻗은 오른팔을 잡아 공중에 내던졌다. 그는 몸을 비틀며 바닥에 떨어졌다. 나는 그가 뻗은 왼팔을 두 손으로 잡고 등 뒤로 비틀어 올렸다. 그런 자세를 잠시 유지하다가 핸즈를 밀어버렸다. 그리고 여봐란 듯이 다리 밑에서 지폐를 집어 들었다.

나는 바닥에 넘어져 있는 그들에게 돈을 흔들면서 경고했다.

"나는 너희들 모두 죽일 수 있었다. 하지만 다치지 않도록 살살 다뤘지. 내가 너희들의 주인이라고 말했던 의미를 알겠지?"

그들은 아픈 곳을 비비면서 얼굴을 찡그리고 나를 노려보면서도 고개를 끄덕였다.

■ ■ ■ ■ ■

나는 회중시계를 보았다. 시간은 오전을 넘어서고 있었다.

"좋아. 이제 일을 해서 돈을 벌어라. 할 일이 많으니 너희가 도와야 한다. 하지만 우리는 옷부터 갈아입어야 하니, 몇 분간 쉬도록 해라."

조이와 나는 자선회가 꼼꼼하게 준비해 준 세면도구 주머니를 꺼냈다. 내 옷차림을 본 그녀가 말했다.

"그런 차림으로 밖에 나갈 거예요? 우리가 할 일을 생각해서 좀 더 품위 있게 옷을 입을 수 없나요?"

순간 나는 얼굴을 찡그렸다. 그러나 내 복장담당 비서의 말을 들어야 했다. 그녀가 옷에 대한 감각이 있다는 이유만으로 나는 그녀가 보급품 캡슐에서 골라낸 새로운 옷으로 갈아입었다. 조이 역시 도복을 입은 채 거리에 나가면 당장 체포될 것이다. 그녀도 캡슐 뒤에서 옷을 갈아입었다.

나는 회색 줄이 들어간 순모 바지에 검은 부츠를 신고 소매가 긴 흰색 면 셔츠에 보우타이를 맸다. 그리고 사선무늬의 소모사 코트를 걸친 다음, 런던 스타일 중절모를 썼다. 나는 캡슐에서 가지고 나온 거울을 들여다보고 미소를 지었다. 흠, 괜찮군. 나는 그런 복장이 그런대로 어울린다고 생각했다.

그러나 조이는 나와 생각이 달랐던 모양이다. 그녀는 내가 옷을 입는 동안 노골적으로 웃진 않았지만 계속 킥킥거렸다. 나는 그녀의 의상을 바라보았다. 그녀가 입은 옷은 '숙녀용 흰색 새틴 웨이스트'라고 부르는 것으로, 유사 실크 넥타이로 목을 단단히 고정한 넓은 칼라가 달린 셔츠였다. 그녀는 허리부분을 청색의 면과 울의 혼합으로 만든 '키 작은 숙녀의 워킹 스커트' 속에 집어넣었다. 스커트는 발목까지 내려왔고, 밑에는 주름장식이 달려 있었다. 그녀는 구두를 들어서 내게 보여주면서 말했다.

"이 끔찍하고, 뾰족하고, 뒤축이 납작한 한심한 구두를 좀 보세요."

구두를 신은 자신의 모습에 실망한 것이 분명했다. 그녀는 포니테일을 풀고 수백만 개의 핀을 사용해서 머리카락을 크고 예쁘장한 덩어리로 만들어 머리 위에 얹었다. 그녀는 그런 스타일을 증오했을 것이다. 자신의 아름다운 머리를 그렇게 만들어야 하는 것이 언짢았을 것이다.

그녀는 스카프를 걸치고 나를 바라보면서 말했다.

"이런 식의 중산층 옷이 6달러나 된다는 걸 알고 깜짝 놀랐어요."

나는 거울을 손에 든 채, 조이가 옷치장을 마칠 때까지 말없이 기다렸다. 그녀는 옷매무새를 바로 잡고 마지막으로 모자를 썼다. 그녀가 쓴 모자는 소위 '론햇'이라고 불리는 것으로 높이는 빌딩처럼 높았고 챙도 넓었으며, 레이스, 보우, 천으로 된 꽃봉오리와 꽃이 달려 있었다. 나는 그때까지도 침묵을 지키고 있었다.

그녀는 모자를 벗고 나에게 당시에 유행하던 화장가방을 들어달라고 부탁하고는 연지와 분, 그리고 립스틱을 발랐다. 그러나 나는 한 마디도 하지 않았다. 마침내 그녀는 만족했고 내 인내심은 보상을 받았다.

그녀는 다시 모자를 쓰고 나에게 물었다.

"어때요?"

나는 유별나게 용감한 사람은 아니었다. 이 여전사가 나한테 무슨 짓을 할 수 있는지 잘 알고 있었다. 그리고 나는 이미 생명의 위협을 느낀다는 것이 어떤 것인지, 팔다리가 부러질 위험에 놓인다는 것이 어떤 것인지, 북극에 있는 것처럼 싸늘한 느낌이 어떤 것인지를 그녀로부터 충분히 배웠다. 그러나 지금 우리는 새로운 세계, 새로운 시간에 와 있지 않은가? 나는 모험심이 발동했다. 한번 해 보자!

나는 그녀를 아래위로 천천히 훑어본 다음 그녀의 배를 노려보았다.

"코르셋은 어디 있지? 배가 제멋대로 움직이는 것은 싫지? 안 그런가?"

나는 최대한 순진한 얼굴로 말했다고 단언한다.

조이는 나를 노려보았다. 그녀의 눈썹은 머리까지 추켜세워지고, 그런 말을 들었다는 사실을 믿을 수 없다는 듯한 눈으로 입을 동그랗게 오므렸다. 내가 만약 그녀의 다리에 오줌을 누었다 해도 그렇게까지 놀라지는 않았을 것이다. 마침내 그녀는 머리를 기울여 곁눈으로 나를 흘겨보았다. 평평한 곳에서도 잘 서 있지 못하는 그 높고 무거운 모자가 그녀의 머리에서 미끄러져 떨어질 뻔했다. 그녀는 재빨리 손을 올려 모자를 고정시켰다.

나는 더 이상 참을 수 없었다. 그녀의 황당하다는 표정과 커다란 머리 위에 삐딱하게 놓인 모자, 지나치게 단정한 블라우스와 목을 단단히 감고 있는 스카프를 보고 나는 웃음을 터뜨리지 않을 수 없었다. 나는 낄낄거리고 웃었다.

조이는 모자를 벗어들어 나를 때렸다. 장식으로 달려있던 꽃과 구슬이 떨어졌다. 그녀는 내 어깨를 힘껏 쳤다. 그녀는 손가락을 흔들며 말했다.

"한번만 더 그런 소리를 하면, 정말 혼내 주겠어요."

그러더니 나와 함께 깔깔대며 큰 소리로 웃었다.

나는 내가 부린 객기가 무사히 넘어간 것을 다행으로 여겼다.

어쨌든 우리는 거의 모든 준비를 마쳤다. 조이는 캡슐에서 여성용 회중시계를 꺼내 핸드백에 집어넣고, 나를 도와서 거울과 다른 물건들을 치웠다.

우리는 캡슐 뒤에서 나와 아무런 일도 없었다는 듯이 청년들이 있는 곳으로 갔다. 간간이 흘러나온 우리의 대화나 웃음소리를 듣고 그들이 무슨 생각을 했는지는 알 수 없었다.

청년들에게 다가갔을 때 그들은 조이에게서 눈을 떼지 않았다.

"왜 그래요? 발목이 보이나요?"

세 청년의 얼굴이 빨개졌다. 핸즈가 더듬거렸다.

"정말 아름답습니다."

"고마워요. 그런 말을……."

조이가 말을 이으려고 하는 순간 나는 그녀의 말을 가로챘다.

"자, 나갑시다."

물론 나는 조이가 내 파트너이며 애인이란 사실이 흐뭇했지만, 그녀는 우리들의 임무에 장애가 될 수 있는 문제를 만들고 있었다. 그녀는 자신이 아름답다는 것을 알고 있었고, 마치 목수가 톱을 쓰듯 자신의 아름다움을 무기처럼 사용했다. 그녀는 그 무기를 내게도 사용했고 그것은 내가 이곳에 온 이유들 중의 하나가 되었다. 우리는 질투와 욕망에 휘말릴 수 있었지만, 그녀는 남자들을 유혹했을 때 발생하는 문제들에 대해서 전혀 신경쓰지 않았다. 무술과 무기에 능했기 때문에, 자신의 아름다움이나 그것을 이용할 때 생길 수 있는 사고에 충분히 대처할 수 있다고, 지나치게 자만하고 있었던 것이다. 결국 그것이 우리 사이에 커다란 문제를 일으키게 되었다.

■　■　■　■　■

우리가 청년들은 고용했던 것은 사실 큰 행운이었다. 그들은 샌프란시스코를 잘 알고 있었다. 자선회에서는 지진과 화재로 파괴된 지역이 포함된 1906년의 샌프란시스코가 상세히 그려진 지도를 주었다. 그러나 그 청년들은 어떤 지도도 보여 줄 수 없는 샌프란시스코의 거리와 문화를 잘 알고 있었다. 그들의 도움으로 우리는 이 창고와 연관된 부동산회사와 법원의 주소를 쉽게 알아낼 수 있었다.

우리는 모두 창고에서 나왔다. 건물 앞에 있는 8번가와 근처의 후퍼 가에서 풍기는 인분 냄새가 코를 찔렀다. 공중에는 파리 떼가 소리를 내며 날아다니고 있었다. 거리에는 마차바퀴 자국이 패인 자갈

이 깔려 있었고, 그 옆에는 실타래처럼 얽힌 전깃줄을 지탱하는 여러 종류의 전봇대가 늘어서 있었다. 어떤 전선은 늘어져 있었고, 어떤 전선은 다발이 되어 하늘을 가리고 있었다. 그 전선은 전화선과 전력선이었을 것이다. 거리에서 자동차나 트럭은 볼 수 없었고 말을 탄 사람과 마차, 짐을 실은 농장마차, 서리(2인승 마차), 수레 같은 것들만 눈에 띄었다. 자전거도 몇 대 지나갔지만 여자는 한 명도 보이지 않았다. 나는 조이에게 그 점을 지적했다.

"저것 봐. 여자가 없잖아. 모두 집에서 일을 하고 있을 거야."

그녀는 내 말에 아무 대꾸도 하지 않았다.

어떤 곳에는 지상에서 20센티미터 높이의 나무 보도가 깔려 있었다. 그러나 여기저기 나무판이 사라졌거나 썩어서 구멍이 났고, 진흙이 삐져나와 있었다.

우리는 창고에서 나온 다음부터 신입 직원들에게 의존하지 않을 수 없었다. 그들은 우리에게 돈을 내고 차를 타지 않겠느냐고 물었다. 우리는 즉각 동의했다.

돌피는 길에 나가서 초록색 줄이 그려진 마차를 세웠다. 돌피가 뭐라고 하자 마차주인이 우리들에게 모두 타라고 손짓을 했다. 그것은 택시가 분명했다.

나는 마차에 올라 조이 옆에 앉았지만 마음이 편치 않았다. 우리는 목적지에 도착했다. 그것은 우리의 첫 일과였다. 우리는 직원 세 명을 고용했고 임무는 순조롭게 진행되고 있었다. 그러나 이유를 알 수 없는 두려움이 나를 짓누르고 있었다.

22

1908년 여름까지는 우리가 처음으로 개입할, 조이 식으로 표현한다면 살인계획에 착수할 시기가 시작되지 않을 것이다. 조이는 듣기 좋게 그것을 처형이라는 이름으로 불렀다. 앞서 말했던 것처럼 나는 그것을 받아들일 수 없었다. 아무리 다른 말로 포장을 해도 결국 살인은 살인이었다.

우리는 2년 동안, 대상에 대해서 더 많은 조사를 한 다음에 임무를 수행할 준비를 할 수 있었다. 나는 혹시라도 조이가 죽거나 내가 병에 걸릴까 봐 두려웠고, 대상을 좀 더 자세히 파악하고 싶었다.

우리가 거쳐야 할 첫 번째 단계는 회사를 설립하는 것이었다. 우리는 뉴욕에 본사를 둔 토르 수출입회사의 위조서류를 가지고 있었다. 그래서 샌프란시스코에 지점을 설치하는 데는 아무런 문제가 없었다. 어떤 사람이 조이에게 토르가 무슨 뜻이냐고 물었을 때, 그녀는 회사 창립자의 이름이라고 대답했다. 우리는 현금으로 창고를 매입했는데 아무도 자금출처를 묻지 않았다.

자선회에서는 당시 샌프란시스코의 중개업자들을 조사해서 그 중에서 가장 신용 있는 레만 브라더즈를 선택해 주었다. 우리는 자선회가 시디에 담아 준 그의 월스트리트저널의 증권기사를 참고하여 단기간 내에 거액의 수익을 올릴 수 있었다. 한번은 증권사로부터 주식 컨설턴트가 되어달라는 제의를 받았지만, 나는 그것이 단순한 행운이었고 결국은 손해를 보게 될지 모른다고 대답했다. 나는 실제로 일부러 손해를 보는 투자를 하기도 했지만 전반적으로 우리의 수익은 급성장을 기록했다.

우리는 세 청년이 회사의 수출입 업무를 맡을 수 있도록 세심하게 교육했다. 그들의 경험과 신용이 축적되자 우리는 각자에게 특정한 지역을 맡겼다. 살은 당연히 남미지역을 맡았고, 돌피는 유럽을 맡았다. 1908년이 되자 우리는 직원 430명을 거느린 잘 나가는 대기업이 되었고, 서류상으로는 천4백만 달러의 자산을 보유하게 되었다. 우리가 가져온 거대한 은닉재산은 거기에 포함되어 있지 않았다. 그러나 그 돈을 오랫동안 묵혀둘 생각은 없었다.

아, 그리고 세 직원에게 주던 가짜 독약도 중단했다. 그들은 1년 동안 우리와 함께 지내면서 훌륭하게 성장했고 우리도 그들을 신임하게 되었다. 따라서 마지막 해독제를 주면서 더 이상의 해독제는 필요 없다고 말했다.

또한 우리가 해외에 나가있을 경우, 부재중에도 회사를 잘 운영할 수 있는 임원진을 구성했다. 그리고 거의 모든 세계 주요국가에 정보망을 구축해 놓았다. 이 시대에는 장거리 통신이 아주 어려웠다. 전화는 대부분의 국가에 아직 보급되지 않았고 대륙 간 국제전화도 불가능했다. 전보가 있었지만 직접 사람을 만나 대화를 하는 것이 가장 좋은 방법이었다. 우리는 전 세계를 누볐다.

장거리 여행의 유일한 방법은 배나 기차를 이용하는 것이었다. 샌프란시스코에는 자동차도 별로 없었다. 전 세계에 있는 자동차는 만천 대 정도였는데, 우리는 도착한 지 한 달 만에 3천 달러를 주고 신

269

형 포드 모델 K를 샀다. 나는 그 차를 운전할 때면 신이 났다.

"이 돈으로 최고 시속 35마일로 달릴 수 있는 6기통 40마력짜리 엔진이 달린 차를 살 수 있다니 환상적이군. 2002년 달러로 환산해도 6만 달러밖에 안 돼."

조이는 자동차의 시끄러운 소음을 뚫고 소리를 질렀다.

"그 가격으로 캔버스 덮개와 헤드램프를 옵션으로 받은 것도 잊지 말아요."

우리는, 아니 조이는 포드를 타고 경적을 울리며 거치적거리는 마차를 몰아내면서 거리를 질주하는 데 재미를 붙였다. 조이는 난폭한 운전자였고, 나는 가끔 차에서 떨어지지 않으려고 안간힘을 썼다.

그녀는 평탄한 거리에서 최고 속도인 시속 35마일로 달릴 때 가장 신이 나는 것 같았다. 연료탱크는 의자 밑에 있었고, 연료는 중력의 힘으로 엔진에 공급되고 있었다. 그래서 가파른 언덕을 올라갈 때는 연료가 공급되지 않아서 엔진이 작동하지 않았다. 그래도 문제없었다. 조이는 후진으로 언덕 꼭대기까지 올라갔다가, 함성을 지르며 경사길을 달려 내려갔다. 배기 파이프에서는 역화가 뿜어 나오고 휘발유 냄새가 코를 찔렀다.

그녀가 좋아했던 고개는 19번 대로에 있었다. 그녀는 깊이 파인 바퀴자국과 웅덩이가 많은 그 길에서 앞뒤로 흔들리며 슬로트 대로를 향해 달려갔다. 어떤 때는 그녀가 좋아하는 또 하나의 거리 버몬트 가에서 경사를 지그재그로 내려가기도 했고, 거의 32도의 경사로 이 도시에서 가장 가파른 도로인 필버트 가 같은 곳에서 전속력으로 달리기도 했다.

"그러다가 차 망가져."

나는 앞 유리창과 캔버스 덮개를 잡고, 구두 속에서 발가락을 웅크린 채 소리를 질렀다.

"그럼 또 하나 사면 되지!"

270

그녀는 소리를 지르며 다른 고개로 향했다.

그녀는 6개월 만에 브레이크 3세트와 타이어 8개를 교체했다. 어쨌든 그녀가 브레이크를 사용했다는 것만 해도 놀라운 일이었다.

처음 몇 해 동안 나는 조이와 늘 함께 있었다. 다른 나라에서 조직을 만들거나 사무소를 설립할 때도 마찬가지였다. 그녀를 깊이 알게 되고 그녀의 내면을 완전히 이해하게 되면서 그녀에 대한 나의 사랑은 더욱 커져만 갔다. 사실상 나는 그녀를 알게 된 지 채 두 달도 되지 않아 갑자기 내가 살던 세계를 버리고 떠났다. 나는 그녀의 열정, 재치 그리고 애교 있는 여성적인 매력을 높이 평가했다. 나는 그녀의 까다로운 성격, 신경질, 보스 기질, 보석에 대한 집념 그리고 자기 아름다움을 이용하는 버릇도 감내할 수 있었다. 나는 그녀 역시 나를 더 잘 알게 되고 완벽을 추구하는 내 성실성을 이해하게 되면서 나를 더욱 사랑하게 되었다고 믿었다.

이곳에서 보낸 처음 한 달 동안 우리는 이 원시적인 생활과 서로에게 적응하는 과정에서 자주 다투었다. 평생 무술을 수련했기 때문인지 조이는 큰 문제에 직면했을 때에도 조용하게 그리고 확신을 가지고 대처했다. 만약 샌프란시스코에 또 한 번의 대화재가 일어났다면 그녀는 침착하게 살아남을 방법을 찾고 다른 사람들을 도왔으리라고 나는 확신한다. 만약 그녀가 결박당한 상태에서 발 밑에서 불이 붙고 있다면 그녀는 틀림없이 자신의 내면으로 들어가 그녀의 사범이 말하는 '자아의 본질'을 들여다보고 엄숙한 죽음을 맞이했을 것이다. 하지만 만약 내가 실수로 우유 한 병을 쏟는다면 그녀는 화가 머리끝까지 치밀어, '조심 좀 할 수 없어요?' 라고 야단을 치고 사무실에서든 주방에서든 눈에 띄는 물건을 반나절은 두들길 것이다.

그녀가 받은 무술훈련에는 사소한 일에 폭발하는 분노를 다스리는 훈련 과정은 없었던 모양이다. 무사도에는 그런 사소한 문제가 들어갈 자리가 없는지도 모른다. 간단히 말해서 그녀에게는 사람들이 흔히 저지르는 사소한 실수나 잘못을 용서하는 아량이 없었고 그 때문에 훌륭한 교사가 될 수 없었다. 변기 사건에서 그녀가 보여 주었던 용렬한 성격은 그런 내 생각의 타당성을 충분히 증명하고 있다.

그녀는 내게 가라테와 유도를 가르쳤지만 나를 상대로 그 기술을 사용한 적은 없었다. 하지만 어느 날 새벽, 불을 켜지 않은 채 화장실에 들어가 무심코 변기에 앉았던 그녀의 엉덩이는 변기 속으로 깊숙이 빠졌고, 그것이 내가 소변을 본 뒤에 변기시트를 내려놓지 않았기 때문이란 사실을 깨달은 순간, 사범과 제자 사이의 윤리규정은 허공으로 날아가 버렸다.

크고 깊은 구식 변기에 빠진 그녀의 모습은 아마도 쓰레기통에 엉덩이가 낀 채 팔다리와 머리만 남은 형상이었을 것이다. 한마디로 멋진 사진 작품의 소재가 되었을 것이다.

간신히 빠져 나와서 엉덩이를 씻은 그녀는 침대로 달려와 험상궂은 얼굴로 나를 흔들어 깨우며 소리를 질렀다.

"빌어먹을, 존. 당신이 변기시트를 올려놓았지?"

나는 분별 있는 사람이었고 그런 사소한 노여움은 쉽게 다룰 수 있었으므로 조용히 물었다.

"변기가 보이지가 않았나? 왜 그런 사소한 일로 화를 내는 거야? 자제를 좀 하라고!"

"이 악당."

조이는 씩씩거리면서 나를 침대에서 끌어내렸다. 나는 도망치려고 했다. 그녀가 다칠지도 모르기 때문이었다. 그녀는 팔을 잡고 나를 번쩍 들어서 침대에 힘껏 내동댕이쳤다. 그리고는 밖으로 나가 버렸다.

그 후 그녀는 이틀 밤이나 나와 함께 자지 않았다.

그러나 나는 그녀가 저녁에 포크찹과 으깬 감자요리를 해 주었을 때 나를 용서했다는 것을 알았다. 중국음식과 일본음식을 좋아하는 조이는 항상 쌀밥을 먹었다. 그녀가 감자요리를 했다는 것은 그녀가 다시 정상으로 돌아왔다는 것을 뜻했다.

나는 결코 조이를 헐뜯을 생각이 없다는 것을 강조하고 싶다. 그 모든 기술과 아름다움을 갖추고 있는 그녀에게 그런 단점은 오히려 그녀가 인간적이고 함께 살 수 있는 여자임을 말해 주는 것이다. 자기가 모자라다는 것을 항상 상기시키는 사람과 어떻게 함께 살 수 있을까? 내가 그토록 그녀를 사랑했던 것은 그녀의 인간적인 면이 심장을 멎게 만드는 그녀의 아름다움이나 뛰어난 무술과 균형을 이루고 있었기 때문이다.

어쨌든 나는 사소한 일에는 신경 쓰지 않았다. 조이가 불을 켜놓든, 라디오를 켜놓든, 치약 뚜껑을 열어놓든, 토스트를 시커멓게 태우든 불평하지 않았다. 내가 에로틱한 기분에 젖어 그녀를 찾았을 때 두통을 호소하며 나를 거부해도 나는 감당해낼 수 있었다. 하지만 조이가 침착하게 우리 임무와 계획을 진행하고 있을 때면 나는 신경이 곤두서 손톱이나 뺨 안쪽을 씹곤 했다.

내가 이 신우주에 도착한 시점부터 조용한 날들을 보냈다고는 생각하지 않는다. 우리가 토론하고 계획을 세우고 그녀가 여러 번 논리적으로 설명을 했어도 나는 사람을 죽인다는 생각을 받아들일 수 없었다. 그러나 내가 해낼 수 있다는 것을 알고 있었다. 또 하지 않을 수도 없었다. 그것이 이곳에 온 이유들 중의 하나였고 자선회가 우리를 보낸 이유도 바로 그것이었다. 당시 나는 그 공포가 결국 우리를 파멸시키리라고는 생각하지 못하고 있었다.

■　■　■　■　■

토르 수출입회사가 급성장하자 우리 두 사람은 자연히 소문의 대상이 되었다. 우리는 부부가 아니었지만 다른 이성과는 공공장소에 나타나지 않았다. 사람들은 곧 우리가 내연의 관계이거나 약혼한 사이거나, 일에 미쳐서 이성은 거들떠보지도 않는 사람들일 거라고 생각하게 되었다. 조이가 동양의 성애술을 사용해서 나를 꼼짝 못하게 사로잡고 있다는 이야기는 우리가 각기 다른 곳에서 들었던 소문이었다. 조이는 내가 중국의 암시장에서 사온 성노예인데, 영리하기 때문에 조수로 이용하고 있다는 소문도 있었다. 조이는 어떤 여자가 자기를 동성애자로 알고 아파트로 초대했지만 시간이 없어 가지 못했다는 이야기도 들려주었다.

회사의 경리부에서 일하던 금발 곱슬머리의 예쁜 비서는 나에게 유별난 관심을 가지고 있었다. 그녀는 회계사와의 연락도 담당하고 있었다. 그녀는 직장여성으로서는 유행의 첨단을 달리는 옷을 입고 엉덩이 선을 그대로 드러내고 있었다. 내가 관심을 보이지 않자, 그녀의 접근은 점점 더 노골적으로 변했다. 마침내 그녀는 사무실 바닥에 종이를 떨어뜨렸다가 허리를 굽혀 집어 올리면서 일부러 풀어 헤친 코르셋을 드러내곤 했다. 그래도 그녀는 나로부터 기대했던 반응을 얻지 못했다. 나는 몇 군데 전화를 걸었고, 다음날 아침 그녀는 샌프란시스코의 피드몬트 패션사로부터 거절할 수 없는 스카우트 제의를 받았다.

내가 조이에게 그 이야기를 들려 주자 그녀는 두 가지만 물었다.

"무엇 때문에 그 여자를 그렇게 오랫동안 내버려 두었죠? 그 여자가 그 짓을 하도록 당신이 유도했던 게 아닌가요?"

그녀가 '그 짓'이란 말을 했을 때, 주위는 시베리아처럼 얼어붙었다. 나는 별로 신경 쓰지 않았다. 이 세상에는 내가 이해할 수 없는 것들이 너무도 많다. 여자도 그 중 하나다.

나는 그럴 때마다 조이의 생각이 얼마나 어리석은지 알려 주기 위해 "넌 바보 같은 짓을 하고 있어!"라든가, 말을 절약하기 위해서 그냥 "넌 바보야!"라고 외쳤다. 이런 말다툼은 둘 사이의 냉전을 종식시키지 못했다. 그래도 이틀만 지나면 조이는 아침식사로 닭고기와 감자요리를 내놓았다.

남자들은 발정 난 암캐에게 몰려드는 수캐들처럼 그녀에게 접근했다. 물론 그녀가 유혹했기 때문이다. 그렇게 그녀는 남자들로부터 주목받기를 원했다. 하지만 그녀는 수많은 남자들의 초청을 공손히 거절했다. 그러나 특히 용감했던 한 녀석은 그녀의 거절을 무시하고 꾸준히 애정을 호소했다. 결국 조이는 접견실에 모인 10여 명의 남자들 앞에서 모두가 들을 수 있도록 큰 소리로 녀석에게 말했다.

"한 가지, 아니 두 가지 분명히 해 둘 것이 있습니다. 난 지금 당신과 함께 외출할 생각이 없습니다. 다음 주에도 그럴 생각이 없습니다. 내년에도 그럴 생각이 없을 겁니다. 그 문제만 제외한다면 우리가 함께 일하는 데는 별 문제가 없습니다."

그녀는 돌아서서 어리둥절한 채 입을 벌리고 있는 사람들을 남겨 놓고 접견실을 나갔다. 사람들은 아마도 녀석이 몹쓸 병에라도 걸렸다고 생각했을 것이다.

이 일은 금발 비서 사건이 있은 지 얼마 후에 일어났다. 그래서 나는 그것이 그녀에게 교훈을 줄 수 있는 황금의 기회라고 생각했다. 복수하려는 의도는 분명히 없었다. 나는 다른 남자들이 그녀에게 집적거리는 데 아무 관심도 없었다. 그것은 내가 감내할 수밖에 없는 또 하나의 사소한 문제에 불과했다. 그러나 핸즈로부터 접견실에서 벌어졌던 상황을 전해 들었을 때 나는 어리석은 질투심으로 인한 오해의 표적이 되는 기분이 어떤 것인지 보여 주어야겠다고 생각했다.

그래서 나는 조이가 혼자 있을 때 그녀의 사무실로 뛰어 들어가 설명을 요구했다.

"이제 사람들을 어떻게 통솔할 거야? 당신이 남자들의 시선을 끌려고 했던 건 분명하잖아. 왜, 내 말에 불만이 있어?"

그녀는 얼굴이 시뻘개 지더니 눈을 가늘게 떴다. 그녀가 두 손으로 콜로니얼 스타일 책상을 짚고 회전의자를 밀쳐내며 일어서려는 순간, 나는 사무실에서 유유히 걸어 나가 문을 쾅 닫아 버렸다.

나는 그만하면 됐다고 생각했다. 나는 콧노래를 흥얼거리며 내 사무실로 돌아가 조이가 항복하기를 기다렸다.

한 시간 뒤에 비서가 조이의 편지를 가지고 왔다. 나는 '당신이 오해할 만한 행동을 해서 미안해요. 당신은 내가 사랑하는 유일한 남자예요.' 라는 식의 해명을 기대하며 편지를 펴 보았다. 안에는 이렇게 써있었다. "엿 먹어라."

나는 그날 밤 조이에게 쌀쌀하게 대하겠다고 작정했다. 하지만 이미 쌀쌀하게 나오고 있는 여자에게 어떻게 쌀쌀하게 대할 수 있단 말인가?

이번에는 시기가 더 나빴다. 그녀가 나에게 으깬 감자요리를 만들어 준 것은 나흘 전이었다. 그러나 내가 능글맞게 웃으면서 조이에게 "용서해 줄게."라고 말했을 때, 그 감자요리는 내 무릎 위로 날아왔고, 우리 사이에는 시베리아의 매서운 추위가 다시 시작되었다. 나는 오후에 시간을 내서 엉망이 된 내 불쌍한 포드를 몰고 차이나타운에 있는 야마시로의 동양식품점으로 갔다. 나는 거기서 가장 좋은 일본산 수입쌀 한 봉지를 샀다. 임페리얼이라는 상표였는데, 야마시로의 말에 의하면 일본 천황에게 바치는 쌀이라는 것이었다. 나는 그의 말이 의심스러웠지만 적어도 가격으로 보아 믿을 수 있을 것 같았다.

나는 아파트에 돌아와서 조이에게 배운 대로 쌀을 씻어서 준비하고, 가스레인지의 불을 켜고, 램찹 두 개를 튀긴 다음 함께 먹을 야채 샐러드를 만들었다. 그녀의 일과는 시계처럼 정확했기 때문에 나는 그녀가 언제 돌아올지 정확하게 알고 있었다.

그녀는 아파트에 들어오면서 음식 냄새를 맡고 곧장 부엌으로 들어왔다. 나는 접시를 꺼내서 요리한 램찹과 쌀밥을 담았다. 그녀는 쌀밥과 쌀 봉지, 내 멋진 표정을 보더니, 다시 램찹과 나를 번갈아 보았다. 그녀는 손을 들고 큰 소리로 웃었다.

"좋아요, 좋아. 꽃보다는 훨씬 낫네요."

그렇다. 그녀는 이번 싸움에서도 승리했다. 하지만 대수로운 것은 아니었다.

신우주에서 보낸 처음 2년 동안, 그녀는 10만 달러에 달하는 반지, 팔찌, 펜던트, 목걸이와 다른 여러 가지 장신구를 샀다. 물론 우리에겐 여유가 있었다. 조이에게는 자선회가 우리에게 준 돈과 내가 주식시장에서 번 돈을 축내지 않고도 보석상점 몇 개를 살 수 있는 재력이 있었다.

그런데 내가 가장 놀란 것은 그녀가 그런 장신구를 전혀 착용하지 않았다는 사실이었다. 조이는 집에서 장신구로 치장하고는 내게 아름답냐고 물었다. 그럴 때마다 나는 "당신이 훨씬 더 아름답지."라고 대답해야 한다고 배웠다. 그러면 그녀는 장신구들을 벗어서 보석함에 넣어 버렸다.

우리가 함께 지낸 첫 달, 그녀가 값비싼 반지를 사서 내게 자랑하자 나는 인내심을 잃고 말았다.

"당신이 보석을 사는 데 쓰라고 자선회에서 그 많은 돈을 보내 줬다고 생각해?"

갑자기 공기가 희박해진 것일지도 모른다. 확실한 건 모르겠지만, 어쨌든 조이가 그 가공할 표정으로 나를 보았을 때 나는 공기가 얼어붙는 것 같았다. 조이는 반지를 내게 던지며 소리 질렀다.

"그럼, 이 빌어먹을 반지를 자선회에 돌려주면 되잖아요! 왜 그러고 있어요?"

그녀가 던진 반지는 나를 맞추지 못했다.

"아하, 빗나갔어!" 나는 히죽거렸다. 바보 같은 짓이었다.

눈 깜짝할 사이에 그녀는 내 팔을 잡고 나를 엉덩이 위로 돌려 소파에 던져 버렸다. 나는 소파에 거꾸로 처박힌 자세에서 "진정해, 진정해."라고 애원하듯 말했지만 그녀는 문을 쾅 닫고 나가 버렸다.

그녀는 그날 이후로 새로 산 보석들을 나에게 보여 주지 않았다. 그러나 나는 가끔씩 그녀의 보석함에 새로운 보석이 있는지 재미삼아 뒤져보곤 했다.

우리에겐 친구가 없었다. 그런 사치를 누릴 여유도 없었지만 임무를 위해서는 사람들을 거짓으로 대해야 했기 때문이다. 처음 몇 년 동안, 앞으로의 계획을 준비하고 있던 우리 생활은 일과 서로에 대한 관심만으로도 벅찬 상태였다.

우리는 둘만을 위한 체육관을 만들었다. 거기서 매일 아침 조깅과 근력운동을 했고 조이는 꾸준히 무술을 연마하면서 나를 훈련시켰다. 그리고 무기훈련을 위해서 산 밑에 25에이커에 달하는 땅을 사들여 소총사격장과 무기시험실을 만들었다. 건축비에만 2만 달러가 들었다. 당시로서는 거액이었지만 비용은 문제되지 않았다. 부동산중개인과 건설업자에게는 우리가 무기거래도 하고 있기 때문에 매입한 무기를 시험하는 데 필요하다고 설명했다.

자선회가 보내 준 캡슐에는 칼, 폭약, 수류탄 그리고 각종 총포와 소총이 들어 있었다. 우리는 야간용 레이저 조준기가 달린 소총과 자동 소총도 가지고 있었다. 간단히 말해서 우리 두 사람만을 위한 무기고를 보유하고 있는 셈이었다. 우리 임무의 성패는 무기의 성능에 달려 있었기 때문에 자선회에서는 현존하는 가장 좋은 성능의 무기들을 보내 주었다.

조이는 내가 그 무기들을 능숙하게 다룰 수 있도록 훈련시켰다. 우리 둘의 관계에서 언제나 서로에 대한 사랑이 중심이 되었다는 것은 좋은 일이다. 하지만 그 사랑 때문에 우리의 임무가 부차적인 것이 되어버린 것은 곤혹스러운 일이 아닐 수 없었다. 나는 강단에서 민주적 평화를 가르쳤고, 그를 위해 지적으로 헌신하겠다고 공언한 사람이었다. 그러나 일단 이 새로운 우주에 도착하자 사랑의 충동은 거의 모든 것을 삼켜 버렸던 것이다. 그렇다. 거의 모든 것을.

하지만 무술훈련이 우리의 사랑을 팽팽한 긴장 속으로 몰아넣었다면, 그것은 또한 사랑을 고문대 위에 올려놓고 강한 힘으로 관절을 비틀었다.

23

조이와의 무기훈련은 내게 달콤한 기억으로 남아있다. 내가 권총을 가지고 사격연습을 하고 있을 때 조이는 내 옆에 서서 소리를 질렀다.

"맙소사. 한 손이 아니라 두 손을 써요. 방아쇠를 너무 급하게 당기지 말아요. 내 젖꼭지라고 생각하세요. 젠장, 부드럽게 만지라고요."

일단 사격장에 들어가면 그녀는 내가 사랑하는 아름답고 상냥한 여인이 아니라 나의 무한한 인내심을 시험하는 훈련교관 핌 상사로 돌변했다.

우리가 이 새로운 우주에 도착한 뒤 2년 동안, 조이는 사격장에서 모든 무기의 사용법을 철저하게 교육했다. 그 덕분에 나는 무기를 능숙하게 다루게 되었고 15미터 거리에서 그녀가 판지에 그려 놓은 히틀러의 얼굴을 열 번 쏘아 일곱 번은 맞힐 수 있었다. 하지만 그녀가 내게 이제 겨우 초보자 수준은 면했다고 말했을 때까지 나는 아주 잘하고 있는 것으로 착각하고 있었다. 조이는 내게 사격연습을 시킬 때도 가라테와 유도를 가르쳤던 일본인 사범의 훈련법을 그대로 적용했다. 나는 그것이 모두 버지니아에 있는 미 해병대 콴타나모 기지에서 훈련조교들로부터 배운 것이라고 확신하고 있다.

어느 날 그녀는 사격장으로 걸어가다가 나무 막대기 하나를 주웠다. 총신이 짧은 산탄총으로 사격연습을 하고 있는 내 옆에서 그녀는 그 막대기로 손바닥을 두드리며 서 있었다. 한동안 내가 연습하는 모습을 바라보던 그녀가 내게 말했다.

"당신은 아직도 목표를 조준하고 있어요. 실제 상황에서는 그럴 시간이 없어요. 허리 높이에서 총을 들고 목표물을 향해 그냥 갈겨요."

나는 다시 해 보았다. 탕탕탕… 화염과 연기가 피어올랐다. 순간 딱! 소리를 내며 조이의 막대기가 내 머리를 때렸다.

"빨리, 더 빨리!" 조이가 외쳤다.

나는 거의 동시에 막대기를 빼앗아 그녀의 머리를 힘껏 내리쳤다. 조이는 마치 애완견에게 손을 물린 사람처럼 충격을 받은 표정으로 서 있었다.

나는 침착하게 말했다. (나중에 그녀는 내가 고함을 질렀다고 주장했다.)

"절에서 참선 중에 죽비로 두들겨 맞는 중들처럼, 내가 당신한테 얻어맞을 이유는 없어! 제기랄!"

화가 치민 나는 차로 달려갔다. 나는 차 안에서 팔짱을 끼고 속도계를 노려보면서 그녀가 오기를 기다렸다. 내 싸늘한 눈초리는 조이에게 아무 효과도 없었고, 그녀는 녹아내리지도 않았다. 조이가 사격연습을 하는 소리가 들렸다. 나는 그녀의 침대 속에 거미를 넣어 두겠다는 생각을 처음으로 진지하게 고려해 보았다.

한 시간이 지나자 그녀는 무기와 탄약을 담은 가방을 끌면서 흙길을 걸어서 차로 왔다. 가방은 그녀가 혼자 끌기에는 너무 무거웠다. 그녀가 뒷좌석과 트렁크에 짐을 실을 때도 나는 그녀를 도와주지 않았다. 조이는 차에 타고 얌전하게 문을 닫았다. 나는 적어도 이 싸움에서는 내가 이겼다고 생각했다.

다음날, 내가 이 나라의 역사에 처음으로 개입하기 위한 예산을 짜고 있는 동안 조이는 으깬 감자요리를 만들어 주었다. 그건 쉬운 일이 아니었다. 2천만 달러가 소요되는 사업이었기 때문이다.

그 무렵, 식사준비는 항상 조이가 맡았고 나는 설거지를 했다. 내가 요리를 맡으려 했지만 조이는 내가 만든 햄버거나 오믈렛은 바퀴벌레도 먹지 않을 거라고 말했다. 조이는 가끔 그것이 내가 꾸민 교활한 술책이라고 주장했다. 물론 나는 절대로 그런 게 아니라고 부인했다. 대학시절 1년 동안 패스트푸드 식당 요리사로 일한 적이 있었던 나는 내 요리에 대한 그녀의 의견은 취향의 문제라고 생각했다. 그녀의 미각은 나보다 약간 더 섬세했다. 가끔씩 나도 요리를 만들었는데, 그녀가 으깬 감자로 사과의 뜻을 표시했던 것처럼 그것은 그녀의 바보짓을 용서했다는 것을 표현하는 수단이었다.

조이가 부엌문을 발로 차서 열고 식사가 준비되었다고 말했을 때 나는 식탁에 놓인 으깬 감자를 보았다. 나는 내가 거둔 희귀한 승리에 만족하면서 식탁 앞에 앉았다. 내가 우쭐한 표정을 지었는지도 모른다. 어쩌면 약간 경멸적인 미소를 띠고 있었을 수도 있다. 하지만 그것은 승리의 표현은 아니었다. 나는 다만 그 무사에게 약간의 우월감을 표시했을 뿐이고, 또 그럴 권리가 있었다. 그러나 나는 그녀가 식탁에 앉지 않고 계속 서 있다는 사실을 경계했어야 했다. 내가 자리에 앉자마자 그녀는 소시지와 으깬 감자가 담긴 접시를 내 무릎에 던져 버렸기 때문이다.

이제 그것은 사소한 문제가 아니었다. 나는 다시 화가 치밀었다. 하지만 무한한 자제력을 가진 나는 자리에 앉은 채 포크를 사용하여 쏟아진 음식을 다시 접시에 담았다. 그리고 무릎에 남은 것까지 우아하게 긁어모았다.

조이는 응접실 소파에서 평소처럼 발을 엉덩이 밑에 깔고 팔꿈치로 몸을 지탱하고 앉아 있었다. 그녀는 멕시코에 관한 책을 읽는 척 했지만 나는 그녀가 사과를 기다리고 있다는 것을 알았다.

나는 그녀 뒤로 걸어가 남아있던 감자를 그녀의 아름다운 검은 머리에 쏟아버렸다. 그것은 치졸한 짓이었지만 그녀에게 교훈을 주기 위해 그렇게 할 수밖에 없었다. 나는 접시에 남은 음식은 없는지 확인까지 했다. 그녀의 검은 머리는 온통 음식물로 뒤덮였다. 으깬 감자는 그녀의 머리 위에서 잠시 어디로 가야할지 망설이는 듯 하더니 이내 얼굴 위로 흘러내렸다.

물론 나는 그녀의 얼굴을 볼 수 없었다. 그녀의 반응을 기다리지도 않았다. 나는 부엌으로 가서 큰 소리로 콧노래를 부르고, 그녀가 달려들면 즉시 물잔을 집어 던질 수 있는 자세로 접시를 닦았다.

하지만, 아무 소리도 들리지 않았다. 내가 설거지를 마치고 조심스럽게 응접실로 들어갔을 때 조이는 이미 사라지고 없었다. 그녀는 감자찌꺼기를 소파에 남겨 놓았다. 나는 그것을 걸레로 닦아낸 뒤, 예산 짜던 일을 계속했다. 그날 저녁, 빙산이 밀려올 것을 기대했지만 그녀의 모습은 보이지 않았다. 그녀는 욕실에도, 침실에도, 어디에도 없었다.

그날 밤 나는 침대에서 책을 읽으려고 했지만 정신을 집중할 수가 없었다. 나는 새벽까지 잠을 이루지 못하고 그녀가 침대로 다가오는 소리를 기다리고 있었다. 조이는 밤새도록 나타나지 않았다. 나는 걱정이 되어 미칠 지경이었다. 오래 전 내가 이 시간여행에 참가하기로 결정한 이래, 우리는 하룻밤도 떨어져 자본 적이 없었다. 나는 최악의 사태를 상상했다. 분노를 삭이기 위해 밖으로 나갔다가 누군가에게 납치되었을 수도 있었다. 무적의 여전사 조이가 납치를 당하다니 얼마나 우스꽝스러운 이야긴가? 나는 오히려 가상의 납치범들이 불쌍하게 느껴졌다. 그녀는 사고를 당했을 수도 있었다. 어쨌든 그녀는 나를 떠났다. 내가 무기를 다루는 기술이 너무 형편없어서 우리의 임무를 위태롭게 할 수도 있다고 판단하여 다른 사람을 구할 계획을 세우고 있는지도 몰랐다.

결국 나는 침대에서 나와 응접실로 내려갔다. 나는 마음을 졸이며 서성였다. 왜 그녀는 집으로 돌아오지 않는 것일까? 그녀에게 무슨 일이 일어났을까? 어떻게 내게 이런 짓을 할 수 있을까? 전날 밤 끝낸 예산계획서 앞을 천 번쯤 지나갔을 때 나는 서류를 집어 공중에 내던졌다. 종이가 날려 떨어지는 소리가 듣기 좋았다. 그때 나는 소파 위에서 그녀가 읽고 있던 멕시코에 관한 책을 발견했다. 그 책도 아름다운 곡선을 그리며 천정에 달린 샹들리에를 향해 날아갔다. 유리조각이 폭포처럼 쏟아지는 소리도 듣기 좋았다.

나는 아침도 먹지 않고 서둘러 사무실로 나갔다. 나는 달려가고 싶었지만 입을 악물고, 남들에게 의심을 받지 않을 한도 내에서 가장 빠른 속도로 걸었다. 때는 1908년이었다. 거리에서 달리는 사람은 범죄자로 간주되던 시절이었다. 우리는 한 번도 포드를 타고 사무실로 간 적이 없었다. 사무실은 집에서 1.5킬로미터 거리에 있었고, 걸어서 출퇴근을 하는 것이 좋은 운동이 된다고 생각했기 때문이다.

나는 회사에 도착하자 즉시 그녀의 사무실로 갔다. 문이 닫혀 있었다. 그래서 나는 조용히 건물에서 나왔다. 경비원은 내게 무슨 사고가 생겼냐고 물었다. 나는 그가 왜 그런 질문을 하는지 알 수 없었다. 나는 그녀의 사무실 창문이 보이는 곳으로 달려갔다. 그렇다. 그녀는 거기 있었다. 사무실에 불이 켜져 있었던 것이다.

한 시간 동안 거리를 헤매다가 드디어 꽃가게를 발견했다. 나는 핑크색 장미 열 송이와 예쁜 꽃병을 샀다. 나는 회사로 돌아와서 꽃을 꽃병에 꽂고 내가 좋아하는 모양으로 둥글게 펼쳤다. 나는 조이의 사무실 문을 노크하고 안으로 걸어 들어가 꽃병을 책상에 올려놓았다.

"조이, 당신을 다시 보니 정말 기뻐."

나는 책상을 돌아서 그녀의 입술에 키스를 했다. 그녀는 망설이다가 천천히 팔로 나를 안고 점점 더 강렬하고 정열적으로 입을 맞췄다. 내가 먼저 눈물을 흘렸지만, 눈물을 흘린 것이 나 혼자만은 아니었다.

그렇다. 이번에도 조이가 이겼다. 그러나 나는 상관하지 않았다. 그녀는 무언가 다른 것을 나에게 가르쳐 주었다. 나는 마음 깊은 곳에서부터 그녀를 사랑하고 있었기 때문에 우리 사이의 사소한 신경전이 걷잡을 수 없는 결과로 발전하는 것을 원치 않았다.

조이는 나중에 그날 밤 차 안에서 잤고, 내가 목과 등의 뭉친 근육을 주물러 주었으면 좋겠다고 말했다.

그렇겠지. 그녀는 내가 엉망으로 만들어 놓은 응접실을 보자, 손으로 허리를 짚고 심각한 표정으로 나를 돌아보았다. 그녀의 두 눈이 빛나고 있었다.

"당신은 감정을 자제할 줄 알아야 해요." 그녀가 말했다.

■ ■ ■ ■ ■

조이는 다시는 사격장에 막대기를 가지고 오지 않았고, 내가 실수로 날고 있는 새를 쏘아 떨어뜨렸을 때에도 전처럼 큰 소리로 야단을 치지 않았다.

"새를 죽였군요." 그녀는 떨리는 목소리로 외쳤다.

조이는 그날 하루 종일 슬퍼했고, 계속 중얼거리고 있었다.

"가엾은 것. 먹이를 기다리는 새끼가 없어야 할 텐데……."

그러나 교관으로서의 엄격함에는 변함이 없었다. 비록 상사에서 하사로 강등되었지만, 뱅크스 이등병이 앞으로 다가올 전투에 대비할 수 있도록 최선을 다하고 있었다.

조이는 나에게 포복도 가르쳤다. 나는 포복이 아무나 할 수 있는 것이라고 생각했었다. 하지만 사실은 그렇지 않았다. 포복에도 여러 가지가 있었다. 내가 처음 포복을 시도했을 때 그녀는 조준경이 달린 볼트식 저격소총을 주면서 말했다.

"이것을 나처럼 팔에 올려놓으세요."

그녀는 시범을 보여 주었다. 그러고 나서 150미터가량 떨어진 곳에 있는 히틀러의 그림을 가리키며 말했다.

"저기 높은 풀 사이로 포복을 해서 90미터 거리까지 접근하세요. 그리고 엎드려서 표적을 맞히세요."

그 정도쯤이야! 나는 농부들이 입는 두꺼운 청색 작업복을 입고 있었다. 나는 엎드려 기어가기 시작했다.

"안 돼요."

그녀는 나를 불러 세웠다. 그녀는 특유의 간단하면서도 화려한 표현방법을 버리지 않았다.

"지금 엉덩이 자랑을 하려는 거예요? 몸을 낮춰서 당신의… 거기가 땅을 긁듯이 기어야 해요."

나는 다시 시도했다. 그리고 성공했다고 생각했다.

"안 돼요. 안 돼."

그녀의 수학은 마이너스와 마이너스를 곱하면 플러스가 되지 않는 모양이었다. 조이의 목소리에 약간 노기가 서렸다.

"돼지 두 마리가 풀밭에서 교미를 하면 어떤 모양인지, 표적에게 보여 주려는 거예요? 잠깐 기다려요. 방법이 있으니까."

조이는 내 엉덩이 위에 올라타더니 발을 내 어깨 위에 올려놓았다. 내 체중에 55킬로그램의 무게를 더한 그녀가 명령했다.

"자 포복 시작! 나를 떨어뜨리면 2점 감점이에요."

나는 기어가기 시작했다. 작업복이 찢어지고, 팔꿈치가 벗겨졌다. 나는 속으로 생각했다. 프랑스 외인부대가 지금도 지원자를 모집하고 있을까? 그러나 나는 포복을 하면서 새끼를 등에 태우고 땅바닥을 기어가는 벌레의 모습을 상상했다.

대부분의 문제는 이곳에서 훈련을 시작한 첫 달에 발생했다. 하지만 내 실력은 점차 향상되었고, 1년 안에 거의 그녀만큼 정확하게 사격할 수 있었지만 그녀처럼 빠르지는 못했다. 마지막 사고는 마지막 해의 속사훈련 때 발생했다. 나는 조이가 줄을 잡아당기면 표적이 내 쪽으로 빠르게 다가오는 활차시스템을 만들었다. 이 장치는 적이 나를 향해 총을 꺼내 겨누는 상황을 가상한 것이었다. 조이는 그 표적에다 총신이 나를 향하도록 총을 끼워 넣었다. 재미있는 생각이었다. 나는 조이에게 그것이 남자 신체의 일부와 아주 흡사하다고 말했다.

"그래요." 그녀는 담담하게 대답했다.

"그래서 내가 조준하는 데 도움이 돼요."

나는 그것이 우스개 소리라고 생각하지 않았다.

그 훈련에서 나는 신사복을 입고 겨드랑이 권총집에 들어 있는 .45 구경 반자동 권총을 사용했다. 나는 긴장을 풀고 서 있다가 그녀가 표적을 내 쪽으로 당기면서 "총!"이라고 소리를 지를 때까지 기다리도록 되어 있었다. 그녀의 구령에 따라 몸의 자세를 낮추면서 총을 꺼내는 것이다. 나는 두 손으로 권총을 쥐고 적의 가슴을 쏘았다. 나는 첫 시도에서 성공했다고 생각했다. 표적의 배를 맞혔던 것이다.

조이가 말했다.

"늦었어요. 다시."

나는 다시 시도했고, 이번엔 표적의 어깨를 맞혔다.

"팔꿈치를 들어요. 더 빨리."

다시 시도했다. 다시 "더 빨리"가 들렸다.

나는 시간을 재보라고 말했다.

조이는 스톱워치를 꺼냈다. 내가 준비를 마치자 그녀는 줄을 당겨 표적을 내 쪽으로 보냈다. 그녀는 다른 손으로 스톱워치를 쥐고 손가락을 버튼 위에 올려놓았다. 그녀는 1,2초간 기다렸다가 소리를 질렀다.

"총!"

나는 허리 높이에서 표적을 향해 총을 발사했다.

그녀는 스톱워치를 보더니 씁쓸한 표정으로 말했다.

"3.6초예요."

그녀는 머리를 흔들었다. 그녀야말로 감정을 자제할 줄 몰랐다.

나는 피로를 느끼기 시작했다. 나는 인간에게 허락된 최대한의 빠른 속도로 쐈다고 생각했다. 나는 그녀에게 몸을 돌리며 이렇게 말하려 했다. '이 총을 잡아. 당신이 쏘고, 내가 시간을 잴 테니'.

그러나 내가 그녀를 향해 몸을 돌렸을 때 내가 손에 쥐고 있던 총의 총구가 그녀의 가슴을 겨냥하고 있었다.

조이의 무사 본능이 즉각 발동했다. 그녀는 몸을 틀어 넘어지면서 발을 날려 내 손에 들려있던 총을 차서 떨어뜨렸다. 총은 3미터가량 날아갔다. 그녀는 눈 깜짝할 사이에 몸을 굴려 다시 일어나 필살의 준비자세를 취했다. 내가 얻어맞아 얼얼한 손을 겨우 비비기 시작할 즈음이었다. 그녀는 이내 정신을 차리고 내 행동이 고의가 아니었다는 것을 알아차렸다. 그녀는 긴장을 풀었다.

나는 그녀의 어이없는 공격에 대해서 아무렇지도 않은 듯 말했다.

"난 그저 당신의 반사 신경을 시험해 본 것뿐인데. 괜찮은 편이군."

퍽! 그녀는 내 어깨를 때렸다.

"나도 그냥 당신의 반사 신경을 시험해 보았어요."

그리고 나서 그녀는 아직 긴장이 풀리지 않은 목소리로 일찍이 사격훈련이 시작된 이래 모든 교관이 제자에게 강조했던 규칙을 설명했다.

"절대로, 정말 절대로 사살하려는 목표 이외의 사람에게 총구를 겨누어서는 안 돼요. 약실을 완전히 비운 상태가 아니라면 말이에요. 실탄을 잃어버렸거나 흘린 경우에는 약실을 열고 클립이나 매거진이 있으면 꺼내야 해요. 그리고 또 뭘 해야 하죠?"

그녀는 머리를 갸우뚱하며 나를 마치 카펫에 오줌을 싼 강아지처럼 바라보았다.

"안전장치를 올려야지."

"맞아요. 잘 했어요."

조이는 숨을 헐떡이면서 말하더니 나한테 다가와서 뺨에 키스했다. 나는 귀여운 강아지가 된 기분이었다.

"그런데 이 사고가 일어나기 전 무슨 말을 하려고 했죠?"

"사고라니?"

"좋아요. 그럼 뭐라고 부를까요? 바보 같은 짓? 멍청이 같은 행동은 어때요?"

"알았어, 그럼 사고라고 하지. 난 당신이 얼마나 빨리 총을 쏠 수 있는지 시범을 보여 달라고 말하려던 참이었어. 결국 나는 비교할 상대가 없는 셈이군. 내가 아는 한, 나는 와이어트 어프나 빌리 더 키드만큼 빠를 거야."

"농담하는 건 아니겠죠?"

나는 신음 소리를 내며 .45구경 권총을 집어서 클립을 빼낸 후 약실에 아무 것도 없는 것을 확인하고 오른손으로 안전장치를 올렸다. 그런 다음 총구를 하늘로 향한 채 미소를 지으며 그 권총을 조이에게 건네주었다.

하지만 조이는 핸드백에 들어있던 자기 총을 가지고 꺼내고 있었다. 내가 건네 준 .45구경 총을 옆에 놓았다. 그녀는 자세를 잡고 긴장을 풀었다. 나는 무기를 가지고 있거나 무술 훈련을 할 때 그녀의 얼굴에 떠오르는 그런 표정을 좋아했다. 그녀의 커다란 눈은 더욱 커지고 얼굴은 평온하지만 입술은 약간 벌어졌다. 부릅뜬 눈만 아니라면 잠을 자면서 즐거운 꿈을 꾸고 있는 듯한 모습이었다. 나는 그녀가 몸속의 기를 불러 모으고 있다는 것을 알았다. 그녀는 그것을 정신을 집중한 상태라고 말했다. 그녀는 순식간에 그런 상태에 몰입할 수 있었다.

나는 표적을 잡아당겼다. 그리고 표적이 목표지점에 올 때까지 기다렸다가 소리를 질렀다.

"총!"

탕, 탕, 탕! 세 발의 총성이 울렸다. 총알은 표적의 심장 한복판을 관통했다. 나는 스톱워치를 보았다.

"3.8초. 당신이 졌어." 내가 말했다.

"내가 볼게요."

그녀는 투덜거리면서 내 손에서 스톱워치를 빼앗았다.

"흥, 1.8초군요. 그럴 줄 알았어요. 자, 이제 훈련이나 계속해요, 이 굼벵이."

훈련 끝에 나는 결국 2.5초의 기록에 도달했다.

1908년 중반에 이르자 나는 조이만큼 총을 잘 쏠 수 있게 되었다. 그녀도 내 실력을 인정하지 않을 수 없었다.

그녀의 훈련이 우리 생명을 구해 주었을지도 모른다. 그러나 당시에는 내 담력에 아무런 영향을 주지 못했다. 우리가 행동을 개시할 시기가 다가오자 무기는 우리에게 스핏볼 같은 존재가 되었다. 나는 그것이 두려웠다.

24

역사학 교수였던 나에게 우리가 들어가려는 세계는 공상과학영화에서나 볼 수 있는 금성의 표면처럼 낯설게 느껴졌다.

일주일 뒤 우리는 멕시코로 떠나야 했다. 2년간의 준비 끝에 마침내 우리는 이 원시적인 시대에서 진정한 우리의 임무를 수행하게 된 것이다. 마지막 준비단계에서 멕시코시티로 가는 긴 여행 시간 동안, 어떤 무장을 하고 무엇을 할 것인가를 결정해야 했다. 특히 멕시코에서 날뛰고 있던 수많은 산적들의 공격을 경계해야 했다.

우리는 자선회가 보내준 무기들을 골라야 했다. 물론 무기의 선택은 조이가 했다. 우리의 동지의식, 우리의 사랑은 건재했다. 나는 전과 마찬가지로 임무를 위한 각오가 되어 있었고, 과거 그 어느 때보다도 조이를 사랑하고 있었다.

나는 그것이 이 새로운 삶의 결정적인 순간처럼 느껴졌다. 실제로 그 순간은 하나의 분기점을 이루고 있었다. 1906년 11월부터 그때까지는 준비와 훈련, 추측과 계획과 예측을 하던 시기였다. 그리고 안전과 보안을 꾀하던 시기였다. 이제 우리는 무기를 들고 다른 존재로

탈바꿈해야 하는 길목에 서 있었고, 평생을 그런 모습으로 살아가야
했다.

나는 조이를 바라보았다. 그녀는 캡슐에서 흘러나오는 불빛 속에
서 허리를 굽힌 채 일하고 있었다. 콧노래라도 부르듯 차분하게, 화
가가 화방에서 물감이나 캔버스를 고르듯이, 연주가가 악기상점에서
악기를 고르듯이 그녀는 무기를 고르고 있었다.

그러나 조이의 강도 높은 훈련을 받은 다음에도 나는 늘 무기가 불
안했다. 총을 손에 쥐고 있으면 이질적인 물건이나 불쾌한 도구처럼
느껴졌다. 그것은 배관공에게 바이올린을 주고 연주를 하라고 하는
것과 같았다. 나는 멀리 있는 물건에 총을 쏘아 구멍을 낼 때 짜릿한
쾌감을 느꼈다. 그렇지 않은 남자가 있을까? 그때 나는 총을 놀이기
구처럼 생각했던 것이다. 하지만 이제 우리는 실전에서 무기를 다루
어야 했기 때문에 나와 내 손에 쥐어야 할 그 물건 사이의 심리적 괴
리감은 더욱 커졌다.

내가 사람들을 죽이기 위한 그 모든 발명품 앞에 섰을 때 왜 갑자
기 조이가 그토록 가깝게 느껴졌는지 알 수 없었다. 아마도 그녀가
그런 무기의 희생자가 될지도 모른다는 생각이 문득 들었기 때문이
었을 것이다. 그 무기의 위력이 그녀의 머리로 향하거나, 비슷한 무
기를 가진 사람의 손에 의해 목숨을 잃을 수도 있었다. 그녀가 어떤
생각을 하고 있든 간에, 나는 그녀 역시 피를 흘리는 인간이라는 것
을 알고 있었다. 그녀의 상처에서 흘렀던 피는 내 피와 마찬가지로
붉은 색이었다. 나는 그녀가 자신보다 더 빠른 사람과 대적하는 날이
올 수도 있다는 것을 알고 있었고, 무사인 그녀가 우리의 임무를 방
해할 어떤 위험도 용납하지 않으리라는 것도 알고 있었다. 그리고 그
녀가 죽음을 무릅쓰고 나를 보호하리라는 것도 알고 있었다.

감정의 폭풍이 나를 휩쌌다. 나는 이 여자를 향해 견딜 수 없는 애
정과 사랑을 느꼈다. 나는 왜 언제나 이런 순간에 눈물이 나는지 알

수 없었다. 나는 정신을 차릴 수 없었다. 나는 조이에게 손을 내밀어 내 쪽으로 끌어당겼다. 그녀는 놀랐고, 눈물에 젖은 내 두 눈을 보고 더욱 놀랐다.

"왜 그래요?"

"설명할 수 없어." 나는 더듬거리며 말했다.

"그냥 당신을 몇 분간 안고 있게 해줘. 괜찮지?"

나는 얌전한 숙녀처럼 새로 자른 그녀의 머리에 내 얼굴을 갖다 대고 풍겨 나오는 향기를 맡았다. 나는 그녀를 힘껏 안았다.

몇 분 후 나는 그녀를 놓아주고 손을 잡았다. 그리고 그 손에 키스하면서 말했다.

"사랑해. 제발 너에게 무슨 일이 일어나지 않게 해 줘. 너 없이는 살 수 없으니까."

그러자 그녀는 내가 왜 그러는지, 이해한 것 같았다. 그녀는 두 팔로 나를 안더니 정열적으로 키스했다.

"나도 같은 생각이에요. 사랑해요."

나는 내 말이 유치하게 들릴 수도 있다는 것을 알고 있었지만, 달리 표현할 방법이 없었다.

멕시코 작전은 코앞에 다가오고 있었다. 나는 우리 둘만의 이 순간이 영원히 계속되기를 바랐다. 나는 조이에게 기다리라고 말하고 캡슐로 가서 커다란 비치타월을 꺼낸 다음 캡슐 옆 콘크리트 바닥에 펼쳐 놓았다. 내가 무엇을 원하는지 눈치 챈 그녀는 천천히 옷을 벗었다. 우리는 멕시코 작전을 목전에 두고 있었고, 그것은 우리에게 가장 중요한 임무들 중의 하나였다. 그래서 우리가 나눌 사랑은 그 어느 때보다 자극적으로 느껴졌다.

조이는 내 옷을 벗겨주었다. 그리고 우리는 타월 위에 누웠다. 우리는 서로를 애무하고 포옹하고 키스하고 또 키스했다. 그리고 천천히 그러나 정열적으로 사랑을 나눴다. 그것은 절제 없는 정열이나 단

순한 욕망의 분출로 이루어진 광란의 사랑이 아니었다. 우리 둘의 몸
과 정신 그리고 영혼이 하나가 된 심오한 사랑이었다.

나는 신앙이 깊은 사람이 아니었지만 그 순간 하느님이 실제로 존
재한다는 느낌을 받았다. 하느님이 말하는 사랑은 우리가 섹스를 통
해 경험한 바로 이런 것이라고 생각했다. 그녀를 위해서라면 당장 그
자리에서 죽을 수 있을 것 같았다.

몇 시간이 흘러갔다. 나는 자리에서 일어나서 그녀를 잡아 일으켰
다. 우리는 마지막으로 포옹을 한 다음, 알몸으로 무기캡슐로 돌아가
서 무기와 탄약을 꺼냈다.

이제 나는 무기에 대해서 다른 생각을 가지게 되었다. 우리는 무기
캡슐에서 퍼져 나오는 악한 기운을 제압할 수 있었다. 무기로 무장하
는 것이 반드시 나쁜 일만은 아니라, 내가 사랑하는 사람을 지키기
위한 것일 수도 있다는 생각이 들었다.

조이는 캡슐에서 진짜 도마뱀 가죽으로 만든 권총집을 꺼내서 루
거 SP101.357 매그넘5 권총을 집어넣었다. 그녀는 안정적이면서도
강력한 성능을 가진 이 권총을 좋아했다. 그녀와 같은 손과 손가락을
가진 사람들에게 적합한 무기였다. 그녀는 이 총의 화력을 신뢰하고
있었다. 총탄을 맞고도 달려드는 적에게 조금이라도 기회를 주고 싶
지는 않았던 그녀는 끝이 파인 .357 실탄을 선택했다. 어깨를 스치기
만 해도 적을 쓰러뜨리고 등에 주먹만한 구멍을 낼 수 있는 실탄이었
다.

조이는 허리에 칼집을 차고 날이 얇은 15센티미터 길이의 전술용
칼을 집어넣었다. 칼집은 골반 오른쪽에 약간 비스듬하게 걸려 있었
다. 그녀는 또 하나의 칼집을 오른쪽 다리에 차고 18센티미터 길이
투척용 칼을 집어넣었다. 그녀는 지금 칼을 차는 것은 피부가 칼집에
익숙해지도록 하기 위해서라고 설명했다. 그녀는 멕시코 여행을 할
때 페티코트 보다는 가볍고 헐렁한 드레스를 입을 생각이었다.

"이걸 보세요."

그녀는 스커트를 만지작거렸다. 그러더니 숨을 들이쉬고 잽싸게 손을 허리벨트 안으로 넣어 칼을 뽑은 뒤 방어자세를 취했다.

마지막으로 조이는 캡슐에서 방탄복을 꺼냈다. 그것은 자선회에서 특별 제작한 것으로 봉긋 솟은 그녀의 가슴을 눌렀지만 몸에는 잘 맞았다. 나는 한마디 하려다가 입을 다물었다. 가짜 유방 같다고 말하려다가 지금 그런 농담을 할 때가 아니라는 생각이 들었던 것이다. 방탄복은 가벼웠지만 기관총 탄환도 막을 수 있었다.

나는 팬티와 바지, 셔츠를 입고서 내가 좋아하는 권총을 겨드랑이에 찬 권총집에 넣었다. 나는 그 권총으로 연습할 때 가장 성적이 좋았다. 가벼운 H&K USP .45 반자동 권총으로, 가장 빨리 꺼낼 수 있다는 장점이 있었다. 특히, 실탄을 많이 장전할 수 있다는 점이 마음에 들었다. 약실에 든 1발 이외에 탄창에 10발을 넣을 수 있었다. 나는 총격전이 벌어지면 그 실탄이 모두 필요하리란 것을 알고 있었다. 그리고 화력을 강화하기 위해 조이의 제안에 따라 끝이 파인 .235 그레인 실탄을 택했다.

그녀가 구태여 표현하지 않아도 나는 칼을 잘 쓰지 못한다는 것을 잘 알고 있었다. 칼을 쓰다가 나 자신을 다치게 할 수도 있었다. 그래서 나는 조이에게 칼 대신에 코트 호주머니에 넣고 다닐 만한 것이 없겠느냐고 물었다. 조이는 40 S&W 2연발 권총을 골라주었다. 나는 방탄복을 끝으로 무장을 마쳤다.

방탄복을 입고 무장을 했어도 나는 총잡이가 되었다는 생각은 들지 않았다. 나는 그저 살인자로 변신한 교수일 뿐이었다. 아니 그건 너무 심한 표현일 것이다. 나는 병사가 되었고, 내 옆에 있는 병장은 전투를 하고 싶어 안달이 나 있었다.

25

사람은 누구나 두려움을 느낀다. 조이의 두려움은 죽음일 수 있었다. 우리는 무장을 하고 회사로 나가 정상적으로 일을 시작했다. 아니, 그렇게 보이려고 노력했다. 나는 평상시 내 몸무게에 새로 더해진 총의 무게와 그에 따른 동작에 익숙해져야 했다. 그리고 무엇보다도 내 자의식이 무기에 적응하는 것이 필요했다. 마치 모든 사람이 내 옷 속을 들여다보고 있는 것 같은 기분이었다. 누군가가 내게 다가와서 '옷차림이 뭔가 이상하네요?' 하고 말할 것 같았다. 그러나 시간이 흐르면서 총을 지니고 있다는 사실에 익숙해졌고, 권총집과 호주머니에 들어있는 피스톨의 무게를 의식하지 않게 되었다.

우리 아파트의 가장 큰 장점은 온수가 공급된다는 것이었다. 우리는 집에 돌아오면 바로 목욕을 했다. 욕조가 아주 작았지만 항상 함께 목욕을 하면서 때로는 그 좁은 공간이 만들어 내는 재미를 즐겼다.

그날도 목욕이 끝나자, 조이는 더욱 상냥해졌고 눈에서 신비한 빛을 발산했다. 내가 타월로 몸을 말리기도 전에 그녀는 손등으로 내 뺨을 어루만지며 말했다.

"사랑해요, 덩치 큰 아저씨."

그러고 나서 그녀는 내 손을 잡고 침실로 가서 말했다.

"아저씨는 누워서 가만히 있어요."

그녀는 내 위에서 사랑을 했고, 만족을 얻고 나자 내 위에 엎드린 채, 조용히 흐느꼈다. 나는 내 가슴이 축축해 지는 것을 느끼고서야 그녀가 울고 있다는 것을 알았다. 아직도 우리가 나눈, 아니 그녀가 느꼈던 사랑의 환희에 취해 있기 때문일까? 나는 그녀에게 왜 우는 지 물었다. 그녀가 이유를 말할 때까지 나는 당황한 채 그녀의 등을 어루만지면서 기다릴 수밖에 없었다.

"무서워요. 여길 떠나고 싶지 않아요. 난 멕시코에 가고 싶지 않아요. 무서워요. 나를 힘껏 안아 주세요."

조이를 품에 안자 그녀가 떨고 있다는 것을 알 수 있었다. 그때까지 나는 단 한 번도 그녀가 떠는 모습을 본 적이 없었다. 믿을 수가 없었다. 항상 침착하고 신중한 무사, 나의 훈련교관이 두려움에 떨고 있다니! 그녀가 두려움을 느꼈다면 나는 벌써 공포에 질려 쓰러졌어야 할 것이다. 그러나 나는 마음속에서 그녀에 대한 보호본능이 싹트고 친근감과 동정심이 자리고 있음을 느꼈다. 나는 그녀가 우는 모습을 많이 보아왔다. 특히 갑작스럽게 어머니와 영원한 이별을 해야 했을 때 그랬다. 그러나 거미를 보았을 때를 제외하고는 지금까지 단 한 번도 그녀가 두려워하는 모습을 본 적이 없었다. 나는 한 팔로 그녀를 힘껏 안고 다른 팔로는 머리를 내 가슴에 대고 누르면서 낮게 속삭였다.

"걱정 마. 당신 곁에는 내가 있잖아. 우린 함께 가는 거야."

"우린 계획대로 해 내지 못할지도 몰라요."

그녀는 계속 울고 있었다.

"수십억 인구 중에서 우리는 겨우 두 명이에요. 우린 지금 수백만 의 병력을 가지고 있는 엄청나게 강력한 적과 맞서 싸워야 해요. 멕시코에서 실패하고, 그 다음 나라에서도 실패하고, 그 후에도 계속 실패만 할 거예요. 자선회에서는 우리에게 큰 기대를 걸고 있지만 난 자신이 없어요. 어머니와 구 아주머니 그리고 다른 사람들이 생각나요. 그 사람들이 실망할 것을 생각하면 견딜 수가 없어요. 난 부끄러워서 죽고 말 거예요."

나는 그녀를 안고 있는 팔에 더욱 힘을 주면서 머리를 쓰다듬어 주었다. 아직도 그녀의 말을 믿을 수 없었다. 조이가 두려워하고 있다고? 이 용감한 여전사가 두려움에 떨고 있다고?

나는 그녀의 등을 쓰다듬으면서 혼란에 빠졌다. 그러자 갑자기 묘한 생각이 떠올랐다. 조이는 조용히 죽음을 맞이할 것이다. 그녀는 당당하게 머리를 들고 총탄을 향해서 걸어갈 것이다. 그녀에게 두려움은 치욕이다. 나는 이해할 수 있을 것 같았다.

가장 용맹스러운 사무라이도 천황이 주인을 비판하거나 자신의 일문이 전투에서 패배하는 치욕을 겪으면 스스로 목숨을 끊는다. 자선회가 그녀를 전적으로 신임했고, 임무를 완수할 수 있도록 모든 지원을 아끼지 않았고, 게다가 토르는 외동딸까지 희생했는데 만약 우리가 실패한다면 조이는 그 치욕을 견딜 수 없을 것이다. 그녀는 임무가 두려운 것이 아니라 실패를 두려워하고 있었다. 그 순간 나는 조이가 실패하면 살아남지 않으리라는 생각이 들었다. 그녀는 스스로 목숨을 끊을 것이다. 그리고 그녀를 내 자신보다 더 사랑하고 있는 나 역시 그녀의 뒤를 따를 것이다. 치욕 때문이 아니라 사랑 때문에.

내 생각이 크게 틀린 것은 아니었다. 처음 몇 해 동안 우리의 뇌리를 떠나지 않았던 생각은 임무가 실패할 가능성에 대한 것들뿐이었다. 다른 것은 생각조차 하지 않았다.

나는 순진하게도 이렇게 말하려고 했다. '내가 최선을 다해서 당신이 죽지 않도록 할게.' 그러나 나는 이내 생각을 바꾸어 거짓말을 했다.

"우린 실패할 수 없어. 난 역사적인 사건들을 훤하게 알고 있고, 내가 해야 할 일도 완벽하게 파악하고 있어. 공연한 걱정은 하지 말라고."

그리고 나는 우둔하게도 그런 쓸데없는 이야기들을 장황하게 늘어놓았다. 그녀의 숨소리가 고르고 깊어졌다. 나는 담요를 꺼내 덮어주었다. 그녀는 몸을 웅크렸다. 꿈속에서도 겁을 내고 있는 것처럼 보였다. 나는 조이 옆에서 등을 바짝 붙이고 누웠다.

나는 잠을 이루지 못하고 조이의 여러 모습을 생각해 보았다. 우리가 처음 만났을 때, 조이가 단 하나의 모습만을 보여 주었더라면 나는 다른 것들을 믿지 않았을 것이다. 그녀는 멋진 몸매를 가진 여학생이었다. 그런 그녀가 무시무시한 힘을 가진 무사라는 것은 상상할수도 없었고 전혀 그렇게 보이지도 않았다. 무사라고? 말도 안 되는 얘기였다. 그녀는 너무나 여성스러웠다. 그러나 그녀는 분명 뛰어난무사였다. 여성스럽다고? 그럼, 내가 알게 된 그녀의 보스 기질은 무엇이란 말인가? 상냥하다고? 그럼, 그 고약한 성질은 어디서 왔단 말인가? 끝이 없었다. 상반된 것으로 느껴지는 여러 가지 성격들이 한여자 안에서 균형을 이루고 있다는 것이 도저히 믿기지 않았다. 게다가 나는 아직도 그녀에게서 새로운 발견을 계속하고 있었다. 그런데지금 나의 아름다운 무사는 두려움에 떨고 있었다. 실패를. 치욕을.

26

피비린내나는 혼란이 다시 멕시코를 휩쓸다.
혁명 5년 째… 수백만 명의 사망자……
산적들, 약탈과 강간 자행

– 라 호르나다, 1915년 9월 6일, 구우주

　오랜 세월이 흐른 지금 생각해 보면 당시 나는 상황을 좀 더 정확하게 파악하고 있어야 했다. 그러나 그때는 무슨 일이 일어날지, 그 무서운 위험이 어디서 닥쳐올지, 전혀 알 수 없었다. 마침내 우리는 멕시코시티를 향해 떠났다.

　살은 우리보다 먼저 현지에 도착해서 작업을 시작했고, 주요 인사들과의 약속일정을 미리 잡아 놓았다. 우리에게 길고 힘든 여행을 각오하라고 경고했던 그의 말은 틀리지 않았다. 멕시코시티는 샌프란시스코에서 3천 킬로미터나 떨어져 있었다. 그러나 기차와 버스, 마차를 갈아타고 길을 우회하고 때로 뒤로 돌아가는 거리를 모두 합한다면 여행거리는 족히 8천 킬로미터는 되었을 것이다. 멕시코에 도착할 때까지 꼬박 일주일 이상이 걸렸다. 아, 미래의 제트여객기 승객들에게는 끔찍한 여행이었을 것이다.

우리는 산적의 출현에 대비해서 충분히 무장하고, 멕시칼리에서 멕시코 기차에 올라탔다. 역에서 처음으로 그 기차를 보았을 때의 놀라움은 아직도 기억에 생생하다. 그것은 이류 서부영화에서 금방 튀어나온 것 같은 광경이었다. 기관차의 원추형 연통에서는 엄청난 양의 검은 연기가 쏟아져 나왔다. 기차는 역에 서 있는 동안에도 덜커덩거리고 식식거리며 김을 뿜어냈다. 남북전쟁이 끝난 뒤 이 기관차가 피츠버그의 공장에서 연기를 뿜으며 나오는 광경은 장관이었을 것이다.

때는 10월이었으므로 우리는 쾌적한 여행을 상상했지만, 멕시칼리를 빠져나와 두 시간 동안 사막을 통과하자 열차 안의 공기는 후덥지근해져서 더 이상 견딜 수가 없었다. 방탄복을 착용하고 코트를 입은 데다 겨드랑이에는 권총집까지 차고 있었다. 땀이 온몸을 타고 흘러내렸다. 아마 손톱 밑에서도 땀이 났을 것이다. 열심히 부채질을 했지만 오히려 열기만 더하는 것 같았다. 내가 부채질한 무거운 공기는 좌석에 앉아 꼼짝도 못한 채 땀을 흘린 내 몸의 악취를 담고 있어서 숨이 막힐 것 같았다. 나는 부채를 옆 자리로 던져 버렸다.

나는 멕시코 역사에 대한 기억을 되살리기 위해 가져온 역사책을 펼쳐놓고 기차 바퀴가 레일의 연결부분을 지나갈 때마다 일정한 간격으로 들리는 철커덕 소리에 귀를 기울였다. 조이는 내 앞의 일등석에서 창가에 기대 놓은 작고 단단한 베개를 베고 다리를 옆 자리에 뻗은 채 잠들어 있었다. 그녀의 몸은 기차의 리듬에 따라 흔들렸고 얼굴에서는 땀이 흐르고 있었다.

조이는 아주 평온한 얼굴을 하고 있었다. 일주일 전, 두려움에 떨며 울던 그날 이후로 그녀는 다시 그 이야기를 꺼내지 않았다. 그리고 우리 임무가 성공할 것을 확신하고 있는 것처럼 보였다. 그러나 나는 이제 그것이 훈련이 만들어 낸 표정이었다는 것을 알고 있다. 전장으로 나가는 무사는 자신감을 보여 주어야 하는 법이다.

나는 냄새 나는 좌석에 머리를 기대고 기차의 흔들림에 몸을 맡겼다. 그리고 그녀가 실제로 나를 얼마나 성공적으로 훈련시켰는지 생각해 보았다. 우리가 처음 이 시대에 도착했을 때 나는 그 창고에서 조이의 도움없이 혼자서 세 녀석을 해치울 수 있다는 것을 증명했다. 그날 이후로 나는 내 능력을 시험할 기회가 없었다. 그녀는 나를 꾸준히 훈련시켰고, 내가 가라테 1단 정도의 실력은 된다고 말해 주었다. 정말일까? 아마 그녀는 내게 후한 점수를 주었을 것이다.

철커덕, 철커덕…….

멕시코시티가 가까워오자 우리의 임무와 그에 따른 위험을 생각하면서 내 두려움은 더욱 커졌다. 나는 평온한 잠에 빠져있는 조이를 바라보았다. 그녀는 기차가 움직일 때마다 앞뒤로 흔들리고 있었다. 나는 복통을 느꼈다.

나는 평범한 조교수에 불과했다. 나는 단정하게 살고 있었다. 마약을 사용한 적도 없었고, 술에 취해서 소동을 벌인 적도 없었다. 열한 살 이후부터는 싸움을 한 적도 없었다. 월드트레이드 센터에 대한 911공격을 제외하면 피를 흘리는 사고를 목격한 적도 없었다. 장례식에서 시체를 본 적도 없었다. 나는 영화나 텔레비전의 폭력도 증오했다. 경찰에게 추격당한 차가 길에서 벗어나거나 충돌하는 장면을 보면 나는 항상 차 안에 타고 있는 사람을 불쌍하게 여겼다. 나는 아주 감상적인 인간이었다. 슬픈 영화를 볼 때, 보통 사람들은 손수건 한 장이면 충분했지만 내게는 세 장이 필요했다. 나는 군대에 간 적도 없었다.

도저히 이 일을 할 수 없다는 생각이 들었다. 나는 부적격자였다. 지금 내 앞에 있는 저 여전사가 나와 함께 있어도 임무를 완수할 수 없을 것이 분명했다. 자선회는 역사학 교수가 아니라, 그린베레나 네이비 실을 선발했어야 옳았다.

나는 보온병에 들어있던 미지근한 물로 손수건을 적신 뒤 공중에서 한동안 흔들어 식힌 다음 얼굴을 덮었다.

이 여행에서 우리 둘 중 한 사람은 살아서 돌아갈 수 있을까? 우리 둘 모두 죽게 될까? 차라리 그 편이 나았다. 우리는 멕시코에서 투옥되어 매를 맞고 고문을 못 이겨 죽거나, 농장에 노예로 팔리거나 중상을 입을 수도 있었다. 이 넓은 세계에서 우리는 단둘이 임무를 수행해야 했다. 미국 정부조차 우리를 보호하지 않을 것이다. 오히려 우리를 잡으려고 해병대를 보낼 것이고 우리는 연방형무소에서 여생을 보내야 할지도 몰랐다.

조이는 내가 얼마나 마음을 졸이고 있는지 모르고 있었다. 농담을 자주했기 때문에 내가 아무 걱정도 없는 사람으로 착각하고 있었을 것이다. 나는 조이에게 두려움을 내비치지 않았다. 어쨌든 나는 남자였고 그녀는 여자였다. 하지만 마음속에서 나는 겁에 질린 한 마리 토끼에 불과했다. 그리고 두려움을 감추고 있다는 사실이 부끄러웠다. 조이는 자신의 무술과 무사도를 존중하고 있었지만 실패에 대한 두려움을 솔직하게 토로하며 울지 않았던가?

나는 왜 한 가지 걱정에 몰두하면 다른 것들은 까맣게 잊을까? 우리가 계획하고 있는 다른 일들은 어떻게 될까? 우리가 거기서도 살아남을 수 있을까? 나는 내 가능성을 알고 있었다. 죽거나 다른 변을 당할 위험은 같다고 해도, 우리가 하려는 위험한 일을 모두 고려해 보면 목숨을 잃을 확률은 아주 높았다. 동전을 던질 때 앞면이 나오는 확률은 뒷면이 나올 확률과 동일하다. 하지만 열 번, 스무 번을 던지면 던질 때마다 앞면이 나올 확률은 지극히 낮다. 다시 말해서 위험한 임무를 여러 번 수행하면서 우리가 살아남을 확률은 거의 없었다.

그러나 결국 우리가 파멸한 것은 임무 때문이 아니었다.

멕시코시티로 향하는 기차 안에서 나는 우리들에게 일어날 수 있는 모든 나쁜 일들을 상상해보고 그것들을 모두 마음의 서랍 속에 넣어버린 다음, 흔들리는 기차에 몸을 맡겼다.

나는 심호흡을 하면서 긴장을 풀었다. 기차 안의 열기에도 불구하고 내 몸은 떨리고 있었다. 나는 그것이 기차의 진동 때문이라고 내 자신에게 타일렀다. 얼굴을 덮은 젖은 순수건 덕분에 기분이 나아졌다. 그리고 곧 기차 바퀴가 레일의 연결지점을 지나는 소리가 다시 들려오기 시작했다.

27

살다보면 오르막길도 있고 내리막길도 있는 법이다. 그러나 마치 2톤짜리 금고가 하늘에서 떨어지듯, 우리가 전혀 예상하거나 예측할 수 없는 것이 우리 머리 위로 떨어질 수도 있다. 내 경우, 그 금고는 실연이었다.

일요일 오후, 우리는 더럽고 피곤하고 흥분한 상태로 멕시코시티에 도착했다. 우리가 타고 있는 기차나 다른 교통수단이 언제 얼마나 지체될지 전혀 알 수 없었다.

살은 첫 번째 약속을 나흘 뒤로 정해 놓았다. 우리는 역에 도착하기 전에 도착시간을 전보로 미리 알려 주어 살이 역으로 마중을 나오도록 했다. 밝은 색 여름 양복을 입은 그는 플랫폼에 서 있는 사람들 중에서 단연 돋보이는 멋진 신사였다. 조이는 나보다 먼저 그를 알아보았다.

살은 그란 호텔 시우다드 데 멕시코에 예약을 해 두었다. 정장을 입고 있었지만 살은 역시 살이었다. 그는 장난기 어린 눈으로 내게 말했다.

"사장님과 조이 방을 따로 예약했습니다."

그는 조이의 이름을 부를 만큼 가까운 사이였다. 사실 우리는 '미스 펌'이나 '미스터 뱅크스' 같은 호칭을 싫어했다. 특히 회사 간부로부터 그런 호칭을 듣고 싶지 않았다. 그는 잠시 망설이다가 눈을 반짝이며 내 이름을 물었다.

"그렇게 하면 되겠죠?"

살은 조이가 나의 조수이고 통역사라는 공식적인 입장을 은근히 시험하고 있었다.

"물론이지, 달리 무슨 방법이 있겠나? 그렇지 살?"

조이가 의미심장한 미소를 지었다.

살도 한순간 당황하더니 미소를 지으며 말했다.

"이곳에서 조이가 할 일이 많겠네요."

우리는 살을 저녁에 초대했다. 그가 대답했다.

"감사합니다. 그런데… 친구를 데려가도 괜찮을까요?"

"좋지." 내가 말했다.

우리는 마차를 타고 호텔에 도착했다. 벨보이들이 각자의 방에 짐을 옮겨 놓고 사라지자 조이가 내 방으로 들어왔다. 살은 멕시코시티를 통틀어 둘밖에 없는 호텔 중 하나를 잡아 주었다. 온수가 공급되는 이 호텔은 주로 외국인들이 사용했다. 우리는 목욕을 했다.

나는 욕조에서 더운 물로 목욕을 하는 사치를 즐기면서 용광로 같은 호텔 지하실에서 웃통을 벗고 땀을 뻘뻘 흘리며 보일러에 석탄을 집어넣고 있을 불쌍한 인디언을 떠올려 보았다. 그런 일을 하고 있는 사람은 틀림없이 인디언일 것이다. 여기서 다른 누가 그런 일을 할 수 있단 말인가?

살은 호텔이 객실에 온수를 공급하기 위해서 낡은 화륜선의 증기 기관을 구입해서 설치했다고 말해 주었다. 그러나 온수 파이프가 호텔 전체에 배관되어 있고, 단열장치가 제대로 설치되어 있지 않았으므로, 물의 온도를 유지하기 위해서는 쉬지 않고 보일러에 석탄을 넣어야 했다.

화부에 대한 나의 동정심은 추상적인 것이었지만, 목욕은 현실적인 것이었다. 여행 기간 동안 온몸에 쌓인 먼지와 땀을 씻어내자 날아갈 것 같은 기분이었다. 물론, 찬물과 목욕수건만 가지고도 목욕은 할 수 있었다. 여행 도중 특실에서 은밀하게 사랑을 나눌 수도 있었지만 우리는 그러지 않았다. 뜨거운 8월 오후 교통체증에 걸린 차 안에 갇힌 것처럼 숨이 막히고 답답한 객실에서는 그런 낭만적인 기분이 들지 않았던 것이다. 그러나 이제 묵은 때를 벗겨내고 서로의 알몸을 바라보며 조그만 욕조 안에서 살과 살이 부딪히자, 발동이 걸린 우리는 내 침실의 황제 사이즈 침대로 뛰어들었다. 하지만 침대 스프링은 형편없었다.

살과 그의 친구인 젊은 멕시코 여인이 벌써 테이블에 앉아 우리를 기다리고 있었다. 우리가 그 테이블을 가리키자 지배인은 불만스러운 눈으로 조이를 훑어보더니 스페인 어로 말했다.

"우리 식당에서는 인디언에게 봉사하지 않습니다."

나는 놀라지 않았다. 멕시코의 토착 인디언들이 3등 시민 대우를 받고 있다는 사실을 잘 알고 있었기 때문이다. 조이는 피부색이나 눈, 입술, 검은 머리카락 때문에 인디언으로 오인될 수 있었다. 나는 60년대의 민권운동을 통해 그런 편견에 적절하게 대응하는 방법을 배웠지만 여기서 그런 편견과 싸워봤자 아무 소용없었다.

이곳은 국제 호텔이었으므로 지배인은 영어를 할 수 있겠지만 조이가 마음에 걸려 나는 스페인 어로 대답했다.

"이 여자는 내 조수이고 인디언이 아니라 중국인이오."

그는 조이를 좀 더 자세히 관찰하더니 내게 대답했다.

"미안합니다, 선생님. 이리 오세요."

조이는 어리둥절한 표정으로 나를 바라보았다. 나는 살이 예약한 테이블에 갈 때까지 지배인과 조이 사이를 가로 막으며 걸었다. 그녀가 스페인 어를 한두 마디라도 알아들을지도 모르는 위험을 피하고 싶었던 것이다.

살이 우리에게 명랑해 보이는 그의 여자친구 알리샤 카르데나스를 소개한 다음 나는 조이를 등이 높은 갈대의자로 인도했다.

"여기가 내 자리예요?" 그녀는 환하게 웃으며 말했다.

나는 의자를 가리키며 근엄하게 말했다.

"앉으시지요, 부인."

그녀는 내게 가볍게 절을 하고 우아한 자태로 의자에 몸을 밀어 넣었다. 그리고 발목을 교차시킨 무릎 위에 얌전하게 두 손을 올려놓은 다음 허리를 곧게 펴고 숙녀다운 자세로 자리에 앉았다. 그것은 내가 평소에 그녀에 대해서 가지고 있던, 얌전한 고양이처럼 처신하려는 야생 호랑이의 이미지와는 전혀 다른 또 하나의 모습이었다. 그리고 그것은 그녀 나름대로의 냉소적인 행동이었다.

그녀 옆에 자리를 잡은 나는 살에게 말했다.

"알리샤에게 우리 유머를 설명해 주는 게 낫겠어."

그는 스페인 어로 설명해 주었지만 그가 실제로 알리샤에게 들려 준 이야기는 우리가 치료 불가능한 장난꾸러기라는 것이었다.

그녀는 스페인 어로 대답했다.

"그렇군요. 나는 존이 대단한 신사이고, 조이는 숙녀인 줄 알았어요."

내가 알리샤의 말을 조이에게 통역하기 전, 조이는 자기 자리로 돌아간 지배인을 바라보며 물었다.

"조금 전에 저 사람이 스페인 어로 뭐라고 했나요?"

"내가 어디서 이렇게 아름다운 여자를 낚았는지 물었어."

"맞아요. 당신은 대어를 낚은 셈이죠."

알리샤는 영어를 모르고 조이는 스페인 어를 모르는 상황에서 대화를 계속하기는 어려웠지만 살과 나는 열심히 통역을 계속했다. 대화 도중 살이 알리샤에게 설명했다.

"조이는 우리 회사 통역사야."

나는 조이에게 그 말을 통역해 주었고, 우리 넷은 통역사에게 통역을 해 주는 이 아이러니에 웃음을 터뜨렸다.

살은 신이 나서 우리에게 말했다.

"알리샤는 유명한 카르도사 집안 출신입니다. 유력한 정치가 가문이고 거대한 농장을 소유하고 있어요. 농장을 횡단하는 데만 기차로 반나절이 걸린답니다."

"두 사람이 어떻게 만났죠?" 조이가 물었다.

"우리는 우연히 같은 마차를 잡았는데 내가 알리샤에게 양보했어요. 그녀는 나에게 양보했고요. 우리는 마주보고 웃다가 함께 마차를 탔습니다."

알리샤는 사랑스러웠고 그녀와 함께 있는 살은 행복해 보였다. 반면에 여행에 지친 우리는 불쌍하고 초라한 모습이었다. 식사를 끝낸 뒤 우리는 양해를 구하고 자리를 떴다. 나는 조이의 뒤로 돌아가 의자를 빼내서 그녀가 자리에서 일어나도록 도와주었다. 그녀는 우아한 자태로 일어섰다. 그리고 우리는 내 방으로 올라갔다. 그녀는 내가 문을 열어줄 때까지 기다렸다. 나는 가볍게 허리를 굽히고 문을 연 다음, 그녀를 따라 안으로 들어갔다.

나는 그녀 어깨에 가벼운 펀치를 날리고 엉덩이를 밀어 침대에 쓰러뜨리고 큰 소리로 말했다.

"아가씨, 너무 우쭐거리지 마세요."

우리는 함께 웃었다. 그녀는 내가 침대에 누울 수 있도록 자리를 내 주었다. 피로에 지친 나는 눈을 감고 이내 잠이 들었다. 조이는 나보다 먼저 잠이 들었다. 우리는 긴 단잠에 빠졌다.

자정이 가까웠을 때, 우리는 잠에서 깨어났다. 조이는 자기 방으로 가서 짐을 푼 다음 침대를 흐트러뜨려서 마치 그곳에서 잔 것처럼 꾸며 놓았다.

조이는 내게 시내 구경을 나가자고 졸랐다. 우리는 편안한 중산층 옷을 입었지만, 안에는 평소처럼 무장을 하고 방탄조끼를 입었다. 그것은 이제 내복처럼 평상복의 일부가 되어 있었다.

우리는 호텔을 출발해서 셉티엠브레 16번 애비뉴에서 가로등이 가장 밝은 곳으로 방향을 바꾸었다. 호텔은 멕시코시티의 상업 지구인 부유한 중심가에 있었다. 환락가는 몇 블록 떨어진 곳에 있었다. 호텔 앞의 도로에는 재질을 알 수 없는 단단한 물질이 깔려 있었는데, 희미한 가로등 빛을 받아 마치 콘크리트처럼 보였다. 차도보다 조금 높은 보도에도 같은 물질이 깔려 있었다. 샌프란시스코에서도 그랬듯이 거리에는 전선을 받치고 있는 전봇대들이 늘어서 있었다. 길에는 마차가 다니고 있었지만 놀랍게도 말의 배설물에서 풍기는 악취는 전혀 없었다. 나는 얼마 후에 삽과 빗자루를 들고 지나가는 등이 굽은 노인을 보고 그 이유를 알게 되었다. 노인은 길에 떨어져 있는 말의 배설물을 삽으로 떠서 넙적한 나무 뚜껑이 달린 통 속에 던져 넣고 계속 길을 걸어갔다.

길가에는 다양한 모양과 색깔의 건물들이 늘어서 있었다. 건물의 전면은 멕시코의 전형적인 붉은색과 초록색 그리고 파란색으로 칠해져 있었다. 그런 점은 다른 주요 도시의 시내와 다르지 않았다. 보도를 따라 몇 그루의 나무가 있었는데, 전선이 지나갈 수 있도록 꼭대기가 잘려 있었다. 이런 나무를 제외하고는 시내에서 나무와 풀을 흔하게 볼 수 없었다. 원래 큰 베란다가 있는 집들을 따라 나무를 심었던 것 같은데, 이제 그 집들은 대형 빌딩에 가려 잘 보이지 않았다.

그것이 멕시코의 일요일 밤 풍경이었다. 주말이어서 그런지 거리에는 마차가 별로 눈에 띄지 않았고 자동차는 전혀 볼 수 없었다. 우리는 가끔 다른 보행자들과 마주쳤지만, 그들은 모두 귀가를 서두르고 있었다. 그 괴로운 기차여행 이후 처음으로 즐기는 산책이었다. 공기가 차가워졌기 때문에 우리는 손을 잡고 걸었다. 나는 우리가 맥시코에 온 목적마저 잊어버리고 있었다.

그때 우리를 향해 천천히 걸어오는 남자 네 명의 모습이 희미하게 시야에 들어왔다. 그들이 가까워지자 나는 그들이 십대 안팎의 소년들임을 알 수 있었다. 그들은 평범한 노동자들처럼 진한 색 바지를 입고 화려한 색깔의 셔츠를 밖으로 내놓고 있었다. 그들 중 하나는 챙 넓은 솜브레로를 쓰고 있었고, 다른 소년은 강렬한 색깔의 스카프를 어깨에 걸치고 있었다. 그들은 흐트러진 걸음으로 서로를 밀치면서 히죽거리며 걸어왔다.

그들은 조이를 보자 걸음을 멈추고, 내가 이해할 수 없는 사투리로 농담을 던졌다. 그들은 우리를 포위하듯이 간격을 넓히면서 다가왔다. 키 큰 소년이 나에게 소리를 질렀다.

"우스테드 양키?"

나는 양키냐고 묻는 말 외에는 알아들을 수가 없었다.

"시.(그래.)" 내가 대답했다.

나는 그의 다음 말을 알아들었다.

"저 인디안 창녀와 뭘 하고 있어?"

그리고 그들의 표정이 험악해졌다.

그 중 하나가 나에게 스페인 어로 소리를 질렀다.

"돌아가 양키. 저 여잔 우리한테 맡기고."

어디서 꺼냈는지 그들은 갑자기 손에 칼을 하나씩 들고 있었다. 한 녀석이 칼을 들고 대담하게 나한테 다가오는 동안 다른 세 명은 조이를 위협했다. 우리는 후방을 차단하기 위해 그림이 그려진 상점 유리창 쪽으로 조심스럽게 뒷걸음질 쳤다. 조이는 공간을 확보하기 위해 나와의 거리를 넓혔다. 나는 그녀가 무엇을 하려는지 정확하게 알고 있었다. 우리는 놀라울 정도로 한 몸이 되어 움직이고 있었다.

그녀의 훈련된 솜씨가 실력을 발휘하기 시작했다. 다행히도 그동안의 모든 걱정과 두려움이 사라진 나는 의연하게 전투에 대비하고 있었다. 실제로 적이 다가왔지만 나는 그것도 훈련의 연장이라는 생각이 들면서 의외로 침착해졌던 것이다.

몸집이 큰 녀석이 무언가 소리를 질렀다. '내가 저년을 먼저 차지하겠다.'는 것 같았다. 의심할 여지없이 이제 실전이 벌어지고 있었다. 나는 조이가 알아들을 수 있게 최선을 다해 침착한 목소리로 말했다.

"저놈들이 널 강간하려고 해."

"그래? 그거, 재미있겠는데?" 그녀의 대답은 그것뿐이었다.

나는 그 대답을 절대로 잊을 수 없다. 그 대답은 그 후로도 나를 끊임없이 괴롭혔고, 내게 엄청난 고통을 주었다. 나는 마음이 찢어지는 것 같았고, 망연자실했다.

내 앞에 선 녀석은 조이를 쳐다보며 칼로 나를 위협하면서 2미터 앞까지 다가왔다. 우리가 서 있던 곳은 약간 더 밝았다. 그 녀석은 친구들에게 말했다.

"예쁜데? 내가 두 번째로 할 거야."

녀석이 놀랄 틈도 없이, 조이는 재빨리 다가가서 칼을 들고 있는 녀석의 팔꿈치를 손으로 잡더니 잽싸게 몸을 바깥쪽으로 틀어 옆구리에 끼었다. 그리고 반동을 이용하여 녀석의 팔꿈치를 위로 밀어 올리며 어깨에서 탈골시켜 버렸다. 녀석의 마비된 손에서 큰 소리를 내며 칼이 떨어졌다. 조이는 고통으로 비명을 지르는 녀석을 일행의 발밑에 내던졌다.

그들은 충격을 받고 물러섰지만 그것도 잠시였다. 그들 생각에 조이는 왜소한 여자에 불과했다. 나는 움직이지 않았다. 그들은 방금 자기 친구에게 일어난 일이 무엇을 의미하는지 이해하지 못하고 있었다. 그들은 그것을 그냥 무시해 버리고 칼을 겨누며 조이에게 접근했다. 그러나 정말 조이를 찌를 생각은 아닌 것 같았다. 항상 하던 대로 위협을 하고 강간할 생각뿐인 것 같았다. 조이를 강간한 다음, 우리를 거리에 버려두고 부상한 친구를 도와 달아날 생각을 하고 있었을 것이다.

나는 조이가 허리의 칼집에서 단도를 꺼내는 것을 미처 보지 못했다. 녀석들 역시 발 밑에 던져진 친구에게 정신이 팔려 조이의 행동을 보지 못했다. 조이는 조용히 그 세 녀석이 접근하기를 기다렸다. 침착한 표정으로 입을 약간 벌리고 턱을 내밀고 다리는 정확하게 공격과 방어 자세를 취한 채, 그녀는 커다란 눈으로 녀석들의 움직임을 예리하게 관찰하고 있었다.

내가 뛰어 오르면서 가장 가까운 곳에 있는 녀석에게 옆차기를 시도했을 때 그녀는 '야잇!' 소리를 지르며 앞으로 한 걸음 크게 내디뎠다. 그녀는 단도를 한 녀석의 국부에 던지고, 손등으로 두 번째 녀석의 코를 치면서 피 묻은 단도를 빼내서 세 번째 녀석의 심장에 꽂아 버렸다.

한 녀석은 죽었고 부상한 두 녀석은 비명을 질렀다. 코가 부러진 녀석은 피를 많이 흘리고 있었다. 그는 비틀거리며 일어나서 고통과 두려움에 울부짖으며 도망치려고 했다. 조이는 투척용 검을 던져 그 녀석의 등에 깊숙이 꽂았다. 녀석은 고꾸라졌다.

그 광경을 본 나는 조이에게서 큰 망치로 얼굴을 얻어맞은 기분이었다. 너무 떨려서 서 있을 수도 없었다. 몸을 굽혀 상점 유리창에 몸을 기댔다. 내 눈을 믿을 수 없었고 한마디도 할 수 없었다.

조이는 등에 칼을 맞은 채 떨고 있는 녀석에게 걸어갔다. 그는 도망가려고 땅바닥을 기고 있었다. 조이가 단도를 비틀어 빼자 그는 고통스럽게 비명을 질렀다. 조이는 녀석의 머리카락을 잡아 머리를 뒤로 젖히고 능숙한 솜씨로 녀석의 목을 베어 버렸다.

팔이 탈구된 녀석은 그 광경을 보자 살려달라고 애원하기 시작했다. 그는 조이에게서 떨어지려고 손바닥으로 땅을 밀면서 뒤로 물러나고 있었다. 조이는 그에게 다가가서 주위를 맴돌았다. 그리고 피 묻은 칼을 들이대면서 유쾌한 듯 물었다.

"아직도 날 강간하고 싶은가?"

그는 그녀의 말을 알아듣지 못했다. 눈을 크게 뜨고 떨면서 코앞에 바짝 다가온 칼끝을 바라보고 있을 뿐이었다. 순간 그는 비명을 지르며 꿀꺽 소리를 냈다. 조이의 칼이 턱 밑에서 시작하여 뇌 속으로 파고들어가고 있었다.

성기에 칼을 맞은 녀석은 고통으로 흐느끼면서 사타구니를 거머쥐고 누워 있었다. 아마도 어머니와 성모 마리아에게 살려달라고 기도하고 있는 것 같았다. 조이가 녀석의 목을 베려고 할 때 나는 겨우 소리를 질렀다.

"안 돼! 안 돼! 제발 죽이지 마!"

조이는 놈의 목을 베었다.

방금 목격한 무서운 광경, 그리고 피와 배설물의 끔찍한 냄새 때문에 나는 숨을 쉴 수 없었다. 그들 중 누군가 바지 속에 똥과 오줌을 싼 것 같았다. 나는 충격으로 힘이 빠져서 창문에 등을 기댄 채 꼼짝도 못하고 방금 건져 올린 물고기처럼 헐떡이며 숨만 몰아쉬고 있었다. 유혈과 폭력이 난무하는 공포영화를 보고 난 것 같은 기분이었다. 사람들은 겁에 질려 눈을 감고 극장을 빠져나갈 것이다. 그러나 그 엄청난 공포 때문에 주저앉아 떨고 있는 사람도 있을 것이다.

나는 조이가 두 녀석을 발로 굴리면서 죽었는지 확인하는 모습을 멍하니 바라보고 있었다. 다른 두 녀석은 죽은 것이 분명한지 그녀는 더 이상 신경 쓰지 않았다. 조이는 그들의 셔츠로 자신의 피 묻은 칼을 닦아내고, 피 묻은 옷을 벗어 뒤집어 입었다.

그녀가 내게 다가오자 나는 비굴하게도 그녀에게 물었다.

"당신, 괜찮아?"

순간 나는 먹은 것을 토해 냈다. 자칫하면 토사물이 그녀에게 튈 뻔했다. 망연해진 나는 속으로 생각했다. 맙소사. 조이는 나도 죽일 수 있겠지. 그렇다. 나는 알고 있었다. 물론 조이가 그러지는 않을 것이다. 그러나 내 마음은 부서진 열차의 잔해처럼 참혹했다.

조이는 손을 내밀어 나를 일으켜 세우면서 말했다.

"빨리 가요. 사람들이 올지 모르니까요."

나는 그녀의 손을 밀쳐 버리고 혼자 힘으로 일어섰다. 나는 마지막으로 네 구의 시체를 돌아보았다. 지금 내가 그들을 구하기 위해 할 수 있는 일은 아무 것도 없었다.

그녀가 처음 했던 첫 말이 내 마음속에서 폭발했다. "그래, 재미있겠는데?" 재미라니. 그녀는 재미를 기대하고 있었다. 그녀에게 그것은… 재미였던 것이다.

오랜 세월이 흐른 뒤에, 나는 그것이 하나의 단순한 표현에 불과하다는 것을 알게 되었다. 극도의 긴장감을 흩어버리기 위한 방법이었을 뿐이다. 그러나 당시 상황에서 그녀가 내뱉었던 그 말은 그녀가 소년들에게 했던 짓이 내게 남겨 준 이미지 위에 마치 기념패처럼 걸려 있었다. 조이는 그런 말과 행동을 통해서 자신이 피에 굶주린 무서운 무사라는 사실을 내 가슴 속에 피로 기록해 놓았던 것이다.

■　■　■　■　■

나는 머리로 호텔 방향을 가리키고 비틀거리며 걸어가기 시작했다. 다리와 팔 그리고 상체를 제대로 움직이기 힘들었다. 그러나 시간이 흐르면서 나는 서서히 안정을 되찾았다. 조이는 내 곁에서 걸으면서 한마디도 하지 않았다. 나는 그녀의 얼굴을 몇 번 바라보았지만, 어둠 때문에 표정을 읽을 수 없었다.

315

우리는 내 방으로 들어갔다. 나는 그녀에게 먼저 들어가라고 하고, 조용히 문을 닫은 다음 욕실로 갔다. 나는 거울에 비친 내 얼굴을 바라보았다. 달빛 아래 드러난 물고기의 배처럼 창백했다. 유일하게 색깔이 있는 부위는 붉게 부어오른 두 눈뿐이었다. 머릿속이 엄청난 압력으로 터질 것 같았다.

조이가 욕실로 들어왔다. 그녀는 내가 얼굴에 찬물을 끼얹고 있는 것을 보고 등을 어루만지려고 했다. 나는 그녀의 손을 뿌리쳤다. 그리고 몸을 돌려 정면으로 그녀를 바라보았다. 나는 떨리는 목소리로 물었다.

"전에도 사람을 죽인 일이 있었나?"

그녀는 장난기가 가득 찬 표정으로 눈썹을 추켜세우며 대답했다.

"없어, 자기야."

나는 고함을 질렀다.

"자기라고 하지 마! 알겠어?"

그녀는 뒤로 물러섰다. 그녀의 놀람은 분노로 바뀌고 있었다.

나는 자제력을 잃고 세면대를 주먹으로 치면서 소리를 질렀다. 입에서 침이 튀었다.

"도대체 왜 그 아이들을 죽인 거야? 당신은 그 아이들을 충분히 제압할 수 있었어. 때려서 기절시킬 수도 있었고, 그저 팔만 부러뜨릴 수도 있었어. 그러고 나서 경찰에게 넘겨 줄 수도 있었어."

나는 몸을 앞으로 내밀며 얼굴을 그녀의 코앞에 바짝 갖다 댔다.

"그러나 당신은 그 애들을 죽였어."

그녀는 그처럼 분노한 나의 모습을 한 번도 본 적이 없었다. 그녀는 말을 더듬으면서 변명했다.

"그… 놈들은 나를… 강간했을 거예요."

정신을 차린 듯 그녀의 얼굴이 굳어지면서 회색빛으로 변했다. 그녀는 눈을 가늘게 뜨면서 강철이라도 뚫을 듯한 차가운 목소리로 쏘아붙였다.

"당신은 그 애들이 어떤 여자들을 강간했는지 몰라요. 앞으로 누굴 강간할지도 모르고요. 난 수많은 여자들을 타락과 번민에서 구한 거예요. 아직은 강간당하고 자살은 하지 않았지만! 이 바보!"

"그래서?"

나는 더 큰 소리로 고함을 질렀다.

"당신이 판사고, 사형집행관이라도 된단 말인가? 그 애들이 저지른 행동이 아니라 저지를지도 모르는 행동에 대해서 말이야?"

그녀는 계속 손을 떨고 있었다. 나는 그녀가 내 뺨을 때리고 싶은 충동을 억누르고 있다는 것을 알았다. 그녀의 눈을 통해서 그녀 안에서 벌어지고 있는 투쟁을 읽을 수 있었다. 내가 그녀의 뺨을 때리면 그녀는 틀림없이 맞서서 나를 때릴 것이다. 내가 정말 그녀를 때리려고 한다면 무사인 그녀는 잘 훈련된 반사 신경을 억제할 수 없을 것이다.

그녀는 주먹을 허리에 대고 얼굴을 내밀면서 소리를 질렀다.

"이 빌어먹을 악당아! 당신은 내가 강간을 당해도, 또 당신이 칼에 찔리지 않게 방어해 준 것도, 아무 상관이 없다는 거야?"

그녀는 욕실에서 뛰쳐나가 현관문에 부딪치면서 밖으로 나가버렸다. 그녀가 문을 얼마나 세게 닫았는지 벽이 흔들렸다.

■　■　■　■　■

나는 감당할 수 없는 강한 정신적 타격을 받았다. 나는 그날 밤 잠을 이루지 못했다. 침대에 누워서 천정에 그려지는 그림자만 바라보고 있었다. 그리고 내가 직접 목격한 것과 내가 사랑한 여자에 대해 알게 된 것을 이해하려고 무진 애를 썼다. 살인을 '재미있다'고 하는 여자를 말이다.

나는 아침과 점심을 거르고 식사하러 내려가지 않았다. 문 밖에 방해하지 말라는 표시를 걸어 놓고 방 안에 머물러 있었다. 저녁이 되자 나는 배가 너무 고파서 식당으로 내려가 테이블에 혼자 앉아있던 살과 합석했다. 이야기를 나눌 기분은 아니었지만 내가 식당으로 들어오는 것을 그가 보았기 때문에 돌아서 나갈 수가 없었다.

나는 무척 수척해진 모양이었다. 그는 인사를 하더니 내게 물었다.

"괜찮으세요?"

"좀 좋지 않아." 나는 간단히 대답하고 화제를 바꾸려고 했다.

"자네는 요즘 무얼 하고 있나?"

"알리샤가 시내 구경을 시켜주고 있습니다. 내일 밤에는 나를 자기 아버지에게 소개한답니다. 그저 데이트를 하는 정도인데 그렇게까지 해야 하는 건지, 잘 모르겠습니다. 그런데 조이는 어디 있어요? 지금까지 두 분이 따로 다니는 것을 본 적이 없는데."

"조이는 쇼핑을 하고 있어."

"밤에 산책하실 때 조심하세요. 알리샤가 그러는데, 어젯밤 갱들의 살인사건이 있었답니다. 호텔에서 얼마 떨어지지 않은 곳에서 소년 넷이 칼에 찔려 죽었어요. 그 애들 중에서 두 명은 형제이고 나머지는 친구 사이이라고 합니다. 알리샤는 호텔 근처에 오는 것이……."

나는 갑자기 테이블 위에 토해 놓았다.

손수건을 입에 대고 살에게 손짓으로 나가라고 한 다음, 식당에서 거의 뛰다시피 나와서 방으로 돌아갔다. 그리고 화장실에 들어가서 찬물을 얼굴에 끼얹고 머리를 물속에 처박았다. 숨을 쉬기 위해 머리를 들었을 때, 거울 속에 비친 내 모습은 거의 알아볼 수 없을 정도였다. 얼굴에는 핏기가 없었고, 뺨은 수척했고, 눈에는 핏줄이 서 있었다. 두 눈은 퉁퉁 부어 있었다. 면도하지 않은 털이 꺼칠했다.

욕실에서 나올 때 머리에서 물이 뚝뚝 떨어졌지만 나는 개의치 않았다.

침대 한쪽에 앉아 머리를 두 손으로 감싸고 있던 나는 결국 울음을 터뜨리고 말았다. 처음에는 흐느낌이었지만 억제할 수 없는 감정 때문에 몸을 흔들며 큰 소리로 울었다.

몇 시간 뒤에 나는 피로와 실연의 아픔을 달래며 잠이 들었다.

다시는 조이를 보고 싶지 않았다.

28

방문을 노크하는 소리가 들렸다.

나는 무시해 버렸다.

다시 노크 소리가 들렸다.

그래도 나는 대답하지 않았다. 나는 문을 잠그지 않은 것을 잊고 있었다. 문이 열리고 조이가 머리를 들이밀었다. 오래 전, 이곳으로 오기 위해 어머니와 영원히 작별을 고할 때 들었던 그 고통스럽고 쉰 소리로 그녀는 내게 물었다.

"들어가도 돼요?"

나는 말할 기분이 나지 않아 고개를 끄덕였지만 그녀의 모습을 보고 흠칫 놀랐다. 그녀의 눈은 부어올랐고, 충혈되어 있었다. 얼굴은 창백했고, 하룻밤 사이에 열 살은 더 먹은 듯 주름이 패어 있었다. 얼굴은 어디서 긁힌 듯 피를 흘린 흔적이 있었다. 그녀는 호텔에 돌아온 이후 머리를 손질하지 않은 것 같았다. 머리카락의 반은 둥글게 뭉쳐서 한 가닥이 옆으로 흘러내렸고, 큰 가닥은 이마 위로 내려와 있었다. 항상 자기 모습에 신경을 쓰고 있던 그녀였는데, 거울을 전혀 보지 않은 것 같았다. 아니면 관심이 없었을 것이다.

조이는 스페인 식 장롱 옆에 있는 안락의자에 앉아서 나를 바라보았다. 그녀는 무언가 말을 하려고 했지만, 갑자기 아랫입술이 떨리고 눈물을 흘리더니 울음을 참지 못하고 흐느끼기 시작했다. 그것은 남자를 사로잡으려는 거짓눈물이 아니었다. 내게 한 번도 그런 수작을 부린 적이 없었다. 그녀는 실제로 괴로워하고 있었다.

그러나 아무 소용이 없었다. 그녀를 보자 네 명의 소년을 아무렇지도 않게 죽이던 모습이 자꾸 떠올랐다. 나는 그 모습을 마음속 깊이 파묻어 떠오르지 않게 하려고 애썼다. 하지만 그 모습은 자꾸 되살아났다.

나는 움직이지 않았다. 내 입술은 굳게 닫혀 있었다.

조이는 고통스럽게 자신과 싸우고 있는 것이 역력했다. 잠시 후 그녀는 조금 회복된 것 같았다. 어머니와 헤어져 타임캡슐 안에서 울던 때와 똑같은 모습으로 나를 바라보았다.

"존, 사랑해요."

그녀의 입술이 다시 떨리기 시작했다. 그녀는 옷자락을 끌어 올려 눈과 얼굴을 닦았다.

나는 그때 조이가 아직도 피 묻은 옷을 그대로 입고 있다는 것을 알았다.

"난 당신을 위해서라면 죽을 수도 있어요." 그녀는 멈칫거리다가 한 마디를 덧붙였다.

"사랑해요."

내 입술은 굳게 닫혀 있었다. 나는 그녀를 외면했다.

"나를 떠나고 싶으면 떠나세요. 우리 임무를 포기한다고 해도 이해하겠어요."

나는 열린 창문을 통해 들어오는 산들바람이 무거운 커튼을 흔들며 바스락거리는 소리를 듣고 있었다. 거리에서는 마차 소리도, 자동차 소리도 들리지 않았다. 주변에서는 아무 소리도 들리지 않았다. 우리 둘은 이 불행한 우주 속에 홀로 남겨져 있었다.

나는 여전히 조이를 외면하고 있었다.

조이는 칼집에서 투척용 단도를 꺼냈다. 나는 곁눈으로 그녀의 동작을 보고 흠칫 놀랐다. 단도를 피하려고 침대에서 몸을 움직였을 때, 조이는 단도의 손잡이를 앞으로 해서 침대 위에 던져 놓았다. 그리고 벨트 속에 있던 다른 칼도 침대로 던졌다. 그녀는 허탈한 표정으로 핸드백을 가져와서 권총집을 꺼내 침대 위에 던졌다. 그녀는 무기들을 가리키며 실성한 사람처럼 손을 저었다.

"이제 난 저걸 사용하지 않을 거예요." 그녀는 슬픈 목소리로 울면서 말했다.

"날 죽여요. 제발! 당신 없이는 살 수 없어요. 지금 당장 죽이세요, 제발. 당신이 날 심판하세요. 그래야 당신은 내가 한 일을 잊어버리고 살아갈 수 있을 거예요."

너무도 갑작스럽고 의외였고 그녀답지 않았기에 나는 마치 말에게 채인 듯 튀어 올랐다. 심장이 얼마나 빨리 뛰는지 몸도 함께 따라 흔들리고 있었다.

그녀의 말은 마술 같았다. 내 마음속에서 살인의 환영이 일순간에 사라져 버렸다. 나는 조이를 바라보았다. 진정으로 그녀를 바라보았다.

나는 그녀를 용서할 수 없었다. 그러나 그녀를 떠날 수 없었다. 나는 그녀를 너무도 사랑하고 있었다. 그녀에게는 내가 필요했다. 그녀는 나를 사랑하고 있었다. 진정으로 사랑하고 있었다.

세계가 다시 바뀌었다. 나는 비틀거리며 침대에서 일어나서 정신 없이 조이에게 다가갔다. 그리고 팔로 그녀를 안아 의자에서 들어올린 다음 침대 위에 앉혔다. 나는 그녀 옆에 앉아서 어깨를 안고 머리를 끌어당겨 내 어깨에 댔다.

그녀는 이제 조용히 흐느끼고 있었다. 나는 그녀의 머리를 쓰다듬으면서 이 새로운 세계에서 처음으로 사랑의 말을 꺼냈다.

"난 절대 당신을 떠나지 않을 거야. 사랑해. 자기."

그녀는 여전히 내 마음속에 있었다. 하지만 자신을 속일 수는 없었다. 그녀는 이제 내 마음에서 조금씩 멀어져 가고 있었다. 그 거리가 그녀에 대한 내 감정에 경종을 울리고 있었다.

나는 바지에서 셔츠를 빼내서 그녀의 부어오른 눈을 닦아 주었다.

조이는 나를 안고 힘껏 당겼다. 그녀는 훌쩍이면서 말했다.

"내 말을 들어줘요. 당신이 내가 한 일을 증오한다는 걸 알아요. 그 때문에 나를 미워한다는 것도 알고 있어요. 하지만 꼭 설명해야겠어요. 제발 들어줘요."

그녀의 아랫입술이 떨렸다. 그녀의 얼굴은 내게 애걸하고 있었다. 한 번도 본 적이 없었던 표정이었다. 나는 고개를 끄덕였다.

이야기를 하면서 그녀의 목소리는 점차 힘을 얻기 시작했다.

"당신은 강간이 여자에게 어떤 의미를 가지고 있는지 몰라요. 특히 멕시코 같은 가톨릭 국가에서는 말예요. 순결을 잃으면 결혼을 해서 아이를 가질 수 없어요. 살아가는 데 심각한 심리적 문제가 생기죠. 사랑을 알지 못하고 진정한 사랑도 할 수 없어요. 때로는 자살을 하기도 해요. 회교국가에서는 가족의 치욕을 아주 심각하게 생각하기 때문에 부모가 강간당한 딸을 버리기도 해요.

존, 이걸 생각해 보세요. 강간당한 딸은 고통을 받는 데서 그치지 않고 집에서 쫓겨나죠. 더 심한 경우도 있어요. 때로는 자살을 하죠. 그 모든 것들이 불법이 아니에요. 칼이나 총구 아래서 강간을 당해도, 강간을 허락한 죄를 저질렀다고 오히려 심판을 받는 거죠."

조이의 목소리는 여전히 떨리고 있었지만 점차 열기를 더하고 있었다. 그녀의 어머니가 캄보디아에서 당했던 일을 이야기했을 때 보여 주었던 열기를 다시 보는 것 같았다.

"난 강간을 당한 적이 없어요. 그러나 어디선가 여자가 강간을 당한다면 그건 내가 강간을 당한 것과 마찬가지예요." 조이는 목소리를 높였다.

"만약 내 마음대로 할 수 있다면 모든 강간범을 처형해 버릴 거예요. 그런 인간들이 한 짓은 살인보다 더 악랄한 경우가 많아요. 살인은 최소한 신속하게 끝나죠. 강간은 평생 계속되는 고통이에요. 존, 이해할 수 있어요?"

나는 대답하지 않았다.

"그 아이들이 가지고 있던 무기나 욕정을 보면, 그들은 엄연한 남자예요. 내가 자신을 방어하지 못했더라면 나를 강간했을 거예요. 내 목에 칼을 들이대고서요. 끝나면 나를 죽이고 좋아했겠죠. 존, 당신도 같은 운명을 피할 수 없었을 거예요. 어쨌든 당신도 그들이 증오하는 양키니까요. 아시잖아요?"

그녀는 내가 말을 중단시키고 쫓아낼지도 모른다고 생각했는지, 하고 싶은 이야기를 전부 털어놓으려고 서두르고 있었다.

"우리는 그놈들이 이미 몇 명이나 강간했는지 몰라요. 앞으로 몇 명을 더 강간할지도 알 수 없었죠. 강간을 하려다가 우연히 또는 자신을 지키려는 희생자 때문에 중단되었다고 해서 그들이 강간범이 아니라고 말할 수 있나요?"

나는 정신적으로 기진맥진한 상태였고 몸은 먹지 못해 쇠약해져 있었다. 나의 대뇌는 부분적으로만 작동하고 있었고, 마음은 그런 정신적 혼란에 대비해서 자신을 보호할 수 있도록 자연이 부여한 10여 가지 화학물질 때문에 혼란을 일으키고 있었다. 그 순간, 도망가던 아이의 등에 조이가 칼을 던져 꽂던 장면이 생생하게 떠올랐다. 나는 다시 그 이미지와 싸웠다. 그것을 밀어내 버렸다. 하지만 나는 그것이 절대로 사라지지 않는다는 것을 알고 있었다. 그저 임시로 치워놓았을 뿐이다.

나는 한동안 시간이 지난 다음에야 말을 할 수 있었다. 마침내 나는 부드럽게 말했다.

"난 당신이 판사나 사형집행인이 되어야 한다고 생각하지 않아. 멕시코에는 그런 범죄를 처벌하는 법정이 있고, 비록 사형은 아니지만 처벌은 가혹해."

조이의 자신감이 살아났다.

"맞아요. 그러나 연줄이 없으면 소용없어요. 인디언을 강간해도 마찬가지예요. 외국여자들도 보호를 받지 못할 수 있죠."

그만! 난 더 견딜 수가 없었다. 가슴이 아팠다.

나는 눈물로 범벅이 된 그녀의 얼굴을 두 손으로 잡고, 젖은 입술을 내 입술에 가져와 부드럽게 키스했다. 그녀는 내 머리를 손으로 잡고 내 입술을 자기 입술에 밀어붙였다.

"사랑해요."

그녀는 울음 섞인 목소리로 내게 속삭이며 더욱 뜨겁게 키스했다.

우리는 서로의 팔에 안겨 한 시간가량 그대로 있었다. 나는 일어나서 조이를 일으켜 세운 다음 욕실로 데려갔다. 욕조에 뜨거운 물을 받는 동안, 나는 그녀의 머리카락에 남아 있던 핀을 빼냈다. 내가 옷을 벗겨 주는 동안 그녀는 그대로 서 있었다. 나는 옷을 벗고 물이 준비될 때까지 포옹하고 있다가 그녀를 욕조 안에 앉히고 나도 따라 들어갔다. 우리는 서로 몸을 씻어주고, 목욕이 끝난 다음 물기를 닦아 주었다. 그리고 나서 우리는 침대로 돌아가 서로의 팔에 안겨 누웠다. 말은 더 이상 필요 없었다. 할 말은 다 했다. 과거는 되돌릴 수 없었다. 내 생애의 파트너, 내 임무의 협조자, 내 사랑은 살인자였다.

29

1908년, 프란시스코 마데로는
〈1910년의 대통령 승계문제〉를 출간하면서
공정하고 민주적인 대통령선거를 실시할 것을 호소했다.
이로 인해 친마데로 대통령 성향의 정치적 폭동이 일어났다.
마데로는 체포되었다가 가족들의 노력으로 석방된 후 망명했고
혁명이 시작되었다.
1910-1920년의 혁명 기간에 200만 명이 사망했다.

– 엘 인디펜덴테, 1947년 11월 20일, 구우주

시간여행을 위해 투자했던 과학적 연구, 자금, 희망, 기대, 훈련,
우려… 그 모든 것들이 채 한 시간도 안 되는 결정적인 순간에 달려
있었다. 나는 극도의 두려움에 빠졌다.

며칠 뒤에 있을 우리의 첫 약속을 기다리면서 비록 전 같지는 않았
지만, 우리 둘 사이의 관계는 상당히 회복된 상태에 있었다. 그것은
마치 침몰한 배를 다시 띄우는 것과 같았다. 우리 배는 수면으로 떠

올랐고 다시 항해를 할 수 있게 되었지만, 이전 같지는 않았다.

우리는 낮에는 쇼핑을 했다. 물론 조이는 멕시코 보석을 엄청나게 사들였다. 우리는 살과 알리샤와 자주 어울렸고, 많이 웃었고, 남들 눈에는 행복한 한 쌍의 연인으로 보였을 것이다. 우리는 전보다 훨씬 더 자주 손을 잡고 다녔다. 그러나 그런 것들은 표면적인 것에 불과했다. 그 이면에는 내가 조이에 대해서 알아버린 그 모든 것들이 깔려 있었다. 그녀에 대한 나의 모든 감정은 하나로 뭉쳐서 새로 탄생하고 있는 태양 주위의 가스처럼 소용돌이치고 있었고, 나는 앞으로 닥쳐올 일을 두려워하고 있었다.

우리는 사랑을 나누지 않았다. 하고 싶어도 그렇게 할 수 없었다. 비아그라 한 병을 다 먹어도 소용없었을 것이다. 우리의 관계에는 새로운 무언가가 자리 잡고 있었다. 내가 두려움 때문에 심란해져서 욕실 물이 넘치는 것도 모르고 있었을 때 그것을 느꼈고, 조이가 새로 산 마리아치 솜브레로 모자를 썼을 때도 그것을 감지했다. 우리 관계는 퇴보하고 있었다. 나는 농담을 하지 않았고 그녀는 내 사소한 실수에 더 이상 화를 내지 않았다.

한숨만 나왔다. 하지만, 솔직히 말해서 나는 그런 것들이 그리웠고 깊은 곳에서부터 원하고 있다는 것을 알고 있었다.

약속이 있던 날, 우리는 아침식사를 제대로 했다. 아니, 조이는 아침을 잘 먹었지만 나는 너무 초조해서 팬케이크를 반 이상 먹어치웠고, 커피를 두 잔이나 마셨다. 우리는 호텔 밖에서 대기하고 있는 마차들 중의 하나를 잡아타고 약속장소로 향했다. 조이가 내 손을 잡았지만 초조하기 때문은 아닌 것 같았다. 그녀는 내가 긴장하면 위에 탈이 난다는 것을 알고 있었고, 그래서 무술로 단련된 자신의 기를 나누어 주고 싶었을 것이다.

나는 곁눈질로 조이를 바라보았다. 그녀의 얼굴은 침착해 보였지만 끝이 올라간 입술과 앞으로 내민 턱에는 평소와 다른 어떤 것이 있었다. 조이는 나를 바라보더니 가벼운 미소를 보냈다. 아, 순간 나는 그녀의 얼굴에서 무엇이 달라졌는지 알 수 있었다. 그 침착한 모습 밑에는 그토록 갈망하던 사건에 대한 열망과 기대가 숨쉬고 있었다. 그 징후는 아주 희미했지만 나는 그것을 놓치지 않았다.

나는 전에도 그녀의 표정에서 그런 것을 읽은 적이 있었다. 우리가 이 멕시코 여행을 시작하기 전이었던가? 아니다. 그때 내가 본 것은 노골적인 열망이었다. 그럼, 시간여행을 하기 전이었던가? 아니다. 그때는 끈질기고 변함없는 기대감이었다.

마차바퀴가 도로의 홈에 부딪쳐 튀어 오르자 말이 발을 헛디뎠다. 그녀가 나를 바라보았다. 바로 그 표정이 있었다. 아, 바로 그것이었다. 나는 언제 그 표정을 보았는지 기억해냈다. 인디애나 대학교에서 내가 마지막 강의를, 이제 다시는 할 수 없는 강의를 하던 날이었다. 강의가 끝나고 그녀가 나에게 와서 어머니의 만찬파티에 초청했을 때 보여 주었던 바로 그 표정이었다.

나는 그 강의를 절대 잊지 못할 것이다. 나는 추억에 잠겨 긴장을 풀어보려고 했다. 조이를 가까이서 본 것, 그녀가 내게 말을 건 것은 그때가 처음이었다. 그것은 얼마나 다른 세계였던가! 아니 얼마나 다른 세계가 될 것인가! 나는 얼마나 달라졌는가! 나는 아직도 그녀에 대해 알아야 할 것들이 많이 남아 있었다. 너무도 많았다.

■　■　■　■　■

마차는 리오하이스 빌딩에 도착했다. 그곳은 멕시코시티에서 가장 아름다운 건물들 중의 하나로, 인퀴시시옹 광장에서 한 블록 떨어진 레푸블리카 데 브라실 가와 베네수엘라 가가 만나는 곳에 있었다. 그 건물은 18세기에 지어진 것으로 종교재판소가 소유하고 있었다.

조이는 정장을 하고 있었는데 필요할 경우 칼을 꺼낼 수 있도록 레이스가 달린 긴 흰색 드레스를 입고 허리에는 벨트를 느슨하게 매고 있었다. 스커트 밑으로 뾰족한 회색구두가 보였고, 머리는 틀어 올려서 단단하게 묶은 다음 흰 해오라기 깃털이 달린 챙 넓은 모자를 쓰고 있었다. 코르셋은 입고 있지 않았다. 나는 그녀에게 칼집을 코르셋 위에도 고정시킬 수 있으므로 허리에 찬 칼 때문에 코르셋을 입을 수 없다는 것은 이유가 되지 않는다고 말했다. 그녀는 마치 내가 스케이트라도 신으라고 강요한 것처럼 묘한 얼굴로 바라보았다.

나는 긴 조끼와 통이 좁은 바지를 입고 중절모를 썼다. 우리는 무기를 옷 속에 감추고 방탄조끼를 입고 있었다.

조이의 살인 때문에 국가간의 분쟁과 비슷한 갈등이 빚어져서 그 후로 내가 '사건'이라고 부르는 그 일이 있은 뒤 처음으로 우리 둘 사이에 싸움이 벌어질 뻔했다. 조이는 다시는 무장을 하지 않겠다고 선언했다.

나는 그녀에게 말했다.

"우리는 요행을 바랄 수 없어. 무장하지 않고 우리 임무를 수행한다는 것은 바보 같은 짓이야."

"내겐 손과 발이 있어요." 그녀는 내게 턱을 내밀고 반박했다.

"무슨 짓이야? 15미터 밖에서 총을 들고 있는 사람에게 맨손으로 덤비겠단 말인가? 난 당신을 믿고 있어. 그러니 무장을 하라고. 젠장." 나는 손을 흔들며 그녀에게 말했다.

그녀는 내 위압적인 어조에 몇 마디 불평을 했지만 결국 무기를 들었다. 그건 쓸데없는 논쟁이었다.

마데로의 사무실은 팔라시오가 보이는 2층 구석에 있었다. 내가 안내 데스크에서 약속 때문에 왔다고 말하자 비서는 사복을 입은 건장한 남자 두 명을 불렀다. 한 사람은 내 몸을 수색해서 권총집에 들어 있던 총을 빼냈고, 예리한 눈빛으로 주머니를 조사했다. 다른 남자는 조이의 핸드백을 뒤지다가 스페인 어로 뭔가 소리를 지르더니 그것을 내 권총 두 자루와 함께 비서에게 건네주었다. 하지만 그들은 조이가 칼을 두 자루나 숨기고 있으리라고는 상상하지 못했을 것이다. 아니면 여자의 몸을 수색하는 것이 너무 민감한 문제라고 생각할 수도 있었다.

경호원으로 보이는 그 두 사람은 우리를 마데로의 사무실로 데리고 갔다. 그 중 한 사람이 근사한 골동품 책상 앞에 앉아 있던 중년 남자에게 귀엣말을 했다. 나는 벽에 걸린 그림을 둘러보았다. 하나는 1810년 멕시코 독립을 주창한 가톨릭 신부 미구엘 이달고의 초상이었고, 다른 그림 속의 인물은 멕시코 대통령 포르피리오 디아스였다. 그의 가슴에는 훈장이 여러 개 달려 있었다.

사무실 안은 무덥고 숨이 막혔다. 나는 땀을 흘리기 시작했다. 나는 코를 비볐다. 재채기가 나올 것 같았다. 조이는 나중에 그 무더위 때문에 칼집 밑의 피부가 가려웠다고 말했다. 그녀도 가려움을 억지로 참고 있는 것 같았다. 에어컨디셔너는 이미 발명되었지만 멕시코에 보급될 만큼 상업적으로 개발되어 있지는 않았다. 나는 미래에 남겨두고 온 현대적인 문명 이기가 너무 아쉬웠다.

경호원이 귀엣말로 보고를 마치자 마데로는 서랍에서 권총을 꺼내 골동품 책상 위에 올려 놓았다. 그는 권총의 총구를 우리를 향한 채 언제든지 잡을 수 있는 위치에 두었다. 두 명의 경호원은 날카로운 시선으로 우리를 쏘아보고 있었다. 조이는 개장에 잘못 뛰어 들어간 고양이처럼 신경을 곤두세우고 있었다. 결국 그들은 방에서 나갔지만, 아마도 문 밖에서 대기하고 있었을 것이다.

눈물방울 모양의 얼굴을 한 마데로는 날카롭게 우리를 노려보더니 마침내 자기 책상 앞에 놓인 두 개의 더글러스 사무의자에 앉으라고 손짓했다. 그는 신중하게 우리에게 인사를 했다. 그의 입은 뾰족한 턱수염과 연결된 커다란 콧수염에 가려 움직이는 모습을 거의 볼 수 없었다.

나는 그에게 영어로 이야기해도 좋으냐고 물었다. 그는 좋다고 하면서 조이에게 불쾌한 인상을 지으며 알 수 없는 인디언 방언으로 뭐라고 말했다.

조이는 미소를 지었다.

"저는 중국계 베트남 인입니다. 인디언이 아네요."

나는 급히 말을 끊으면서 말했다.

"이 여자는 제 파트너입니다."

그 말을 들은 조이의 얼굴에 환한 미소가 돌았다.

마데로는 감탄했다는 듯이 한동안 조이를 바라보더니 마지못해 시선을 내게 돌렸다. 그는 두 손을 책상 위에 올려놓고 사무적인 어조로 말했다.

"살 가르샤씨가 오늘 아침 30분간 당신을 만나는 조건으로 비서를 통해 1만 달러를 내게 보내 주었습니다."

나는 고개를 끄덕였다. 그는 물었다.

"그런 돈을 받고 내가 할 수 있는 일이 뭡니까?"

"마음 놓고 이야기 할 수 있나요?"

나는 손으로 문과 그 뒤에서 엿듣고 있을 사람을 가리키며 말했다. 나는 아주 작은 목소리로 말했다.

"당신을 위험하게 만들 수도 있는 메시지를 가지고 왔습니다."

"문제없습니다." 그는 미소를 지으면서도 무뚝뚝하게 대답했다.

"한 사람은 내 사위이고, 다른 사람은 사촌입니다. 비서는 내 손녀죠."

그는 입을 다물고 옷 속으로 손을 넣어 겨드랑이를 긁었다. 그러고 나서 두 팔을 책상 위에 올려놓고 몸을 앞으로 내밀며 질문을 되풀이 했다.

"뱅크스씨, 무엇을 원하시오?"

나는 그의 눈에서 시선을 떼지 않고 몸을 앞으로 내밀었다.

"나는 당신이 대통령이 되어 진정한 민주주의를 확립하려 한다는 것을 알고 있습니다. 그래서 당신이 혁명을 계획하고 있고, 인디언과 노동자 그리고 민주주의를 원하는 일부 지주들로부터 강력한 지지를 받고 있다는 이야기를 들었습니다. 나는 디아스 대통령에게 뇌물을 주어 사임시킨 뒤, 조기선거를 실시해서 당신을 후계자로 지명할 수 있다는 이야기도 들었습니다. 값만 적당하다면 가능합니다."

마데로는 벌떡 일어나더니 총에 손을 대고 스페인 어로 소리를 질렀다.

"당신은 도대체……."

조이의 손이 다리로 내려갔다. 심장이 멈췄다. 나는 겨우 손을 들어 그에게 앉으라고 손짓했다. 나는 이런 일에 적합하지 않았다. 내 심장은 마치 단거리 육상선수처럼 최고의 속도로 급히 뛰고 있었고, 숨을 쉬기도 어려웠다. 나는 힘주어 이야기를 계속했지만, 분명히 다른 사람의 목소리처럼 들렸을 것이다.

"나는 비밀임무를 띄고 왔습니다. 그러나 실제로 효과가 있는 것은 말이 아니라 돈입니다. 디아스와 측근들에게 영향을 주려면 얼마가 필요합니까? 중산층과 대표적인 지주들의 지지를 얻으려면 얼마가 있어야 합니까?" 나는 목소리를 높였다.

"마데로씨, 얼마면 됩니까?"

마데로는 총에서 손을 거두고 나를 바라보았다. 그는 숙녀답지 않게 다리를 긁고 있는 조이에게 잠시 한눈을 팔고 있었다. 그는 다시 현미경으로 관찰하듯이 내 바지와 코트와 손과 얼굴을 찬찬히 들여다보았다. 그리고 나서 내 눈에 시선을 고정시켰다. 나는 눈 하나 깜짝하지 않고 똑바로 그의 눈을 마주보면서 내 두려움이 드러나지 않기를 바랐다. 그는 일 대 일의 눈싸움에서는 나를 이길 수 없었다. 내게는 특별한 기술이 있었다. 눈을 깜박이지 않는 물고기 두 마리가 그 동그란 눈으로 서로를 마주보고 있는 장면을 떠올린 다음, 나를 그들 중 한 마리의 물고기라고 상상하면서 시선을 고정하는 방법이었다.

그가 눈을 깜박였다. 싸움은 끝났다. 내가 이긴 것이다. 나는 문득 내가 이런 일에 적합한 사람일지도 모른다는 생각이 들었다.

"공직자에게 뇌물을 주는 것은 범죄행위요." 그가 잘라 말했다.

"물론입니다." 나는 동의했다.

"내가 언제 뇌물을 준다고 했나요? 영향을 준다고 했습니다. 합법적으로 영향을 줄 수 있는 방법은 많습니다."

"당신이 하는 말은 모두 거짓말이오. 어디서 그런 정보를 들었습니까?"

"우리 정부에는 정보원이 많습니다."

나는 007영화에서 제임스 본드가 했던 것처럼 아무렇지도 않은 듯이 대답했다. 나는 이야기를 하면서 점점 자신감이 생기기 시작했다. "우리들이 사실로 알고 있는 것을 부인해 봐야 소용없습니다. 얼마면 됩니까?"

몇 분이 흘렀다. 마데로는 다시 나를 찬찬히 노려보았다. 그는 머리를 긁고 손가락으로 책상 위를 몇 초 동안 두드렸다. 그는 디아스의 초상화를 보다가 눈썹을 추켜세우며 내게로 시선을 옮겼다.

뭘 망설이는 거냐. 빌어먹을. 말해라. 나는 우리의 모든 임무, 최종적인 성패가 그의 대답에 달려있는 것처럼 여겨졌다. 심장의 고동 소리가 들리는 것 같았다. 나는 땀으로 흥건한 손바닥을 감추기 위해 주먹을 쥐었다. 그가 조이를 훔쳐보는 것도 신경 쓰지 않았다. 그런 행동을 하는 것은 마데로가 약점을 보이는 것이다. 나는 한동안 숨을 멈추었다. 나도 모르는 사이에 다리 하나가 의자다리를 감고 있었고, 구두 안에서 발가락을 웅크리고 있었다. 내 다른 발은 다른 의자다리를 향해 가고 있었다. 그러다가 다리에 쥐라도 나면 이 만남에 파멸

333

적인 영향을 미칠 수도 있다는 생각이 들자 나는 힘주어 바닥을 밟았다. 하지만, 발가락은 말을 듣지 않았고, 다리는 절망적으로 의자다리를 감고 있었다. 빌어먹을! 마데로. 대체 뭘 하고 있는 거야? 동면이라도 하는 건가?

갑자기 그가 단호하게 말했다.

"2천만 달러. 미화."

성공이다!

긴장이 풀리자 나는 쓰러질 것 같았다. 나는 몰래 숨을 고르면서 으스러질 듯 쥐고 있던 주먹을 풀었다. 나는 코브라가 몸으로 감고 있던 먹이를 풀어 주듯이 구두 속의 발가락과 의자다리를 감고 있던 다리를 천천히 풀었다.

나는 그가 그 엄청난 액수를 부른 것은 나를 떠보기 위해서이고, 진지한 협상이 시작된다면 충분히 조정할 수 있는 금액이란 것을 알고 있었다.

"좋습니다. 내 파트너에게 당신의 거래은행 이름과 계정 그리고 뉴욕의 시티뱅크 수표를 웨스턴 유니온 전신환으로 보낼 수 있는 은행직원의 이름을 알려 주십시오."

그의 눈이 휘둥그레지고 입이 벌어졌다. 그는 정신을 차렸다.

"지금 농담하시는 거죠. 그렇죠?"

"당신은 2천만 달러를 요청했습니다. 2천만 달러를 드리겠습니다. 나흘 안에 당신 은행계좌에 그 돈이 들어갈 겁니다."

그는 팔짱을 끼고 눈을 가늘게 뜨면서 나를 보았다.

"당신이 어떤 사람인지 내가 어떻게 알 수 있소?"

나는 그에게 딱딱한 미소를 보냈다.

"돈을 받으면 알게 될 겁니다."

그는 아직도 계략이 아닌지 의심하는 것 같았다. 그의 목소리에서 그것을 느낄 수 있었다.

"당신은 어느 정부를 대표하고 있습니까?"

"마데로씨, 우리는 비밀공작원입니다. 그 이상 말씀드릴 수는 없습니다."

마데로는 나를 오랫동안 살펴보았다. 그는 조심스러운 사람이었다. 그러더니 나의 제안이 합법적이라는 판단이 섰는지 서랍에서 수첩을 꺼내서 계좌번호와 은행직원의 이름을 조이에게 불러 주었다.

그것으로 회합은 끝났다. 우리는 자리에서 일어섰다.

"돌아가겠습니다. 성공을 빕니다."

이제 조이의 차례였다. 마데로가 대답도 하기도 전에 조이는 재빠른 동작으로 배에 손을 넣어 벨트에서 단도를 꺼냈다. 그녀는 순식간에 칼을 그의 책상에 꽂은 뒤 손잡이를 놓았다. 칼날이 소리를 내며 떨리고 있었다. 마데로의 눈은 마치 책상에서 솟아 나온 악마의 손을 보듯이 칼을 노려보고 있었다.

조이는 공손한 태도로 말했다.

"실례했습니다. 하지만 만약 당신이 그 돈을 가지고 이 나라를 떠나거나, 개인적인 이익을 위해 사용한다면, 우리 정부는 끝까지 당신을 찾아내서 죽일 겁니다. 나와 같은 비밀공작원이 많이 있습니다. '라 무에르테 데 밀 토르멘토스'가 뭔지는 알고 있겠죠?"

그 말을 들은 마데로는 머리를 들고 믿을 수 없다는 듯이 그녀를 바라보았다. 나는 마데로의 사무실로 오는 길에 그 이야기를 조이에게 들려주었다. 그 말은 스페인 어로 고문을 해서 천천히 죽인다는 것을 뜻했다. 타고난 통역사인 조이는 스페인 어를 멋지게 발음했던 것이다.

조이는 그가 이해했는지 확인한 후 거친 어조로 말했다.

"당신을 찾아내면 2층 발코니에서 선인장 위로 떨어뜨려, 꼼짝도 못한 채 햇볕에 천천히 말려죽일 겁니다. 그렇게 죽는 데는 사나흘 정도 걸립니다."

조이는 책상에서 칼을 빼내서 그 끝을 손가락으로 비벼 닦은 다음 마데로가 보고 있는 가운데 다시 칼집에 넣었다.

마데로의 두 친척은 무기를 찾아내지 못한 실수 때문에 야단을 맞았을 것이다. 그리고 앞으로 그의 사무실을 방문하는 모든 여성은 엄격한 신체수색을 받고 당황할 것이다. 나는 그런 생각을 하면서 마데로에게 고개를 끄덕이고 돌아서 나왔다.

나는 문을 나오면서 그를 돌아보았다. 뚱뚱한 몸에 구겨진 옷을 입은 그는 땀을 무척 흘리면서 엉거주춤한 자세로 허리를 굽혀 두 손으로 책상을 짚은 채, 마치 우리가 미쳐 날뛰는 미치광이인 양 노려보고 있었다.

우리는 비서로부터 권총을 돌려받았다.

내가 부탁했던 대로 마차가 기다리고 있었다. 우리는 즉시 호텔로 돌아왔다. 나는 첫 임무에서 성공했기 때문에 기분이 좋았다. 들뜬 기분이었다. 목욕을 하고 나면 더 기분이 좋아질 것이다.

■ ■ ■ ■ ■

점심으로 맛있는 치킨 케사디야를 먹은 나는 기분이 좋았다. 라바스티다 흥신소와의 약속은 두 시간 정도 남아있었다. 우리는 그들을 비밀리에 고용해서 판쵸 비야로 알려진 사람을 찾아냈다.

"그 사람의 본명은 도르테오 아랑고야." 나는 조이의 기억을 환기시키기 위해 말해 주었다.

"알아요." 그녀가 대답했다.

우리는 출발하기 전 내 방에서 잠시 쉬면서 우리가 할 일을 의논했다. 나는 강의하던 시절의 말투로 돌아갔다.

"그 사람은 소도둑과 산적두목 노릇을 하다가 마데로가 반란을 일으키자 장군이 되었지. 그는 마데로를 위해서 몇 차례 중요한 승리를 거두었어. 마데로가 대통령이 되자, 비야는 사회불안의 주원인이 되었어. 더구나 그는 혁명 과정에서 수만 명을 살해한 주범이야."

"알아요." 조이는 거의 자동적으로 대답했다.

이제 우리들의 임무를 수행할 순간이 왔다.

"그자는 특히 중국인들을 증오해서 눈에 띄는 대로 죽였어."

조이는 그 사실을 모르고 있었기 때문에 나는 그녀의 반응을 살폈다. 예상한 대로였다. 그녀는 '알아요.'라고 대답하지 않았다. 그 대신에 타오르는 분노의 불길이 그녀 얼굴 전체에 번지면서 머리카락이 지글지글 소리를 내며 타고 있는 것 같았다. 나는 그런 표정을 바라보느니 차라리 마취제 없이 이를 뽑는 것이 낫겠다는 생각이 들었다. 나는 바보짓을 한 것이다.

난 즉시 잘못을 깨달았다. 그녀는 이제 비야를 손톱으로 갈기갈기 찢어 죽이려 할 것이다. 내가 할 수 있는 최선의 방법은 그녀의 관심을 다른 곳으로 돌리는 것뿐이었다. 나는 목소리를 높여가며 강의를 계속했다.

"혁명 기간 중에 비야는 뉴멕시코의 콜럼버스를 공격해서 미군병사 여덟 명과 민간인 아홉 명을 죽였지. 미국정부는 존 J. 퍼싱 장군과 수천 명의 병력을 멕시코로 보내 비야를 추격했지만 끝내 잡지 못했어. 그런 이유로 비야는 수많은 멕시코 인들의 영웅이 되었지."

나는 그녀에게 비야에 대한 내 생각을 다시 한번 환기했다.

"자선회가 그를 암살 대상의 하나로 제의했을 때 나는 그가 중요한 인물인 것은 사실이지만 암살해야 할 정도로 대단한 사람은 아니라고 말했어. 나는 이렇게 말했지. '나는 비야와 같은 삼류 살인자를 모두 암살하려고 과거로 가고 싶지는 않습니다. 비야가 혁명의 주요 인물이라는 것은 의심할 여지가 없습니다. 그자는 토착민과 농민에게 영향력을 행사했고, 그것을 독재 권력을 얻는 데 이용했습니다. 장기적으로 보아도 그가 어떤 형태로든 헌법적 민주주의를 지지하리라고는 믿을 수 없습니다.' 하지만 나는 암살에는 반대했어도 다른 방법으로 제거하는 데는 동의했어."

조이는 비야에 대해 약간의 자비심을 베풀 기미가 보였다. 아마도 단번에 죽이기보다는 여기저기를 때리다가 마지막으로 목을 내리쳐서 죽일 생각을 하고 있었을 것이다.

나는 결론으로 다가갔지만, 여전히 결정을 내리지 못하고 있었다.

"이제 그건 당신과 나한테 달려 있어. 나는 뇌물로 해결하고 싶어."

그녀가 입을 크게 열자 이마 위의 머리카락이 그녀의 눈썹을 가렸다. 그녀는 귀를 의심한다는 듯이 머리를 흔들었다.

"그놈에게 뇌물을 준다고요? 뇌물을? 맙소사. 우린 그 살인자를 죽여야 해요."

그녀는 나를 설득하기 위해 약간의 자비심까지 보였다.

"그놈을 선인장 위에 떨어뜨려 거기서 죽게 내버려 두면 어떨까요? 그러면 문제를 멋지게 해결하는 거죠. 영원히."

나는 기분이 언짢았다. 그녀도 눈치챘을 것이다. 나는 맥이 빠지고 어깨가 처졌다. 나는 그녀의 시선을 피하면서 손등의 딱지를 잡아 뜯고 있었다. 조이는 흥분을 가라앉히고 내 기분을 살폈다. 그녀는 그 '사건'이 우리 관계에 미친 영향을 생각하고 있는 것 같았다. 그녀는 의자에서 일어나더니 침대에 있는 내 옆에 와서 앉았다. 그녀는 손을 내 무릎 위에 올려놓았다.

"비야가 무고한 사람을 수천 명이나 죽인 것은 당신도 알고 있지 않아요? 문명국가에서 그런 사람은 사형선고를 받고 처형되었을 거예요."

"아니야." 나는 말을 중단시켰다.

"당신이나 자선회는 항상 그런 주장을 했지만, 지금은 사형 제도를 폐지한 나라가 많아."

조이는 이성에 호소하기로 결심했다.

"어쨌든 비야는 우리 돈만 챙기고 약속은 무시한 채, 죽이겠다는 우리의 협박을 비웃을 거예요."

나는 무의식적으로 뜯고 있던 손등의 딱지를 거칠게 떼어냈다. 드러난 상처가 쓰라리기 시작했다. 후덥지근한 실내에서 내 몸의 땀 냄새가 풍겼다.

조이는 가볍게 내 옆구리를 찔렀다.

"동의하죠?"

나는 머리를 돌려 그녀를 바라보고 이마를 가리고 있던 머리카락을 치워 주었다.

"알았어."

나는 망설이면서도 비야가 우리의 첫 번째 암살대상자가 되는 것에 동의했다.

그러고 나서 나는 그녀의 머리카락을 만지며 서슬프게 말했다.

"알아. 이 신우주로 오기 전에 나는 암살에 동의했지. 그때 내게 살인은 추상적인 개념에 불과했어. 그러나 지금 나는 실제로 살아있는 인간을 대하고 있는 거야. 당신이 설득력 있게 주장하지 않더라도, 우리가 구우주에 있었을 때 누군가가 그를 실제로 암살했다는 사실만 듣고도 나는 스스로 위안을 삼았지. 물론 조직적으로 반란을 일으켜 수많은 사람들을 살해한 다음이긴 했지만."

조이는 대답했다.

"좋아요. 한 명 해치우고, 한 명 더 해치워야죠."

나는 일어나서 물을 마시려고 개수대로 갔다. 물은 미지근했지만 갈증이 심했다. 나는 돌아와서 의자를 끌어당겨 침대에 앉아있는 조이와 마주 앉았다.

"에밀리아나 사파타 이야기 같은데… 그 사람도 암살당했지. 하지만 독자적으로 혁명과 반란을 일으켜 수많은 사람들을 희생시킨 다음의 일이야."

"알아요." 그녀가 대답했지만 나는 그 말을 무시했다.

나는 그녀가 그에 대한 역사적 사실을 기억하고 있는지 확인하고 싶었다. 나는 다시 강의 투로 이야기를 시작했다.

"혁명을 일으킨 다음 그는 지방 군벌이 되었어. 따라서 새로운 민주정부에 잠재적인 위험요소가 되었던 거지. 그도 비야처럼 대량학살을 자행했어. 그의 군대는 자신들에게 비우호적이거나 정치적으로 반대 입장에 있는 정적들을 죽일 때 단순히 목숨을 빼앗는 것이 아니라 고통스럽게 고문을 해서 죽이기도 했지. 그들은 하룻밤 사이에 3센티미터 이상 자라는 용설란 위에 희생자들을 묶어두고 서서히 죽어 가도록 만들었어."

"알아요."

나는 신이 나서 계속하다가 그녀의 맥 빠진 대답에 갑자기 말을 멈추고 말았다.

"좋아." 나는 힘없이 말했다.

"사파타도 암살하자는 거지?"

조이는 대답하지 않았다. 그럴 필요가 없었다. 그녀의 표정이 모든 것을 말해 주고 있었다.

나는 그녀의 대답을 포기하고 다소 불만스러운 어조로 암살에 동의했다.

"비야를 죽인 다음 사파타를 살려 두는 것은 의미가 없지."

하지만 나는 내심 큰 충격을 받고 있었다. 우리는 적의 생사문제를 놓고, 마치 신처럼 행동하고 있었다.

"그리고 난 그들이 있는 곳을 알고 있어요." 조이가 말했다.

이번엔 내가 '알고 있다'고 대답할 기회였지만, 아무 말도 하지 않았다.

조이는 일어나서 서랍장으로 다가가 핸드백에서 문서 하나를 꺼냈다. 서류 위쪽에는 파이프를 물고 있는 셜록 홈즈의 기괴한 커리커쳐가 그려져 있고 그 밑에 '라바스티다 홍신소'라는 옛 영자체 로고가 찍혀 있었다. 우리는 이 홍신소에 엄청난 돈을 지불하고 그 보고서를 입수했다. 그들은 며칠 전 이 자료를 호텔로 배달했다.

그녀는 서문은 무시하고 본문을 큰 소리로 읽었다.

"비야는 멕시코의 중심부인 두랑고 주 산 후안 델 리오의 케레타로 시 남동쪽 50킬로미터 지점에 있으며, 현재 그곳에 살고 있는 조카를 방문 중임. 2주일 더 머물 예정임. 사파타의 위치도 확인했음. 그는 모렐로스 주 아네네쿠일코에 있는 한 지주의 집에서 머물고 있음."

조이는 그 종이를 침대 위에 던지면서 명랑하게 말했다.

"놈들이 그곳에 있어요. 우리 가서 해치워요."

그녀의 명랑한 얼굴이 그 '사건' 중에 말했던 '아, 재미있겠는데?'를 상기시켜 주었다. 나는 갑자기 터져 나오려는 격정과 싸웠다. 그 때문에 내 얼굴은 창백해졌을 것이다. 나는 두 손으로 머리를 감싸고 살해된 소년들의 모습을 마음속에서 서서히 밀어냈다. 코끝에서 땀방울이 떨어졌다. 나는 그녀를 올려다보면서 힘없이 대답했다.

"그놈들을 죽이고 싶다는 건가?"

내 마음속에서 무엇이 지나가고 있는지 눈치 챈 그녀는 침대에서 내려와 내 앞에서 무릎을 꿇더니 땀에 젖은 내 손을 잡고 조용히 말했다.

"그게 우리가 해야 할 일이라고 생각해요."

그 사건, 그 사건…… 나는 마음속에서 그 모습을 누르고 쫓아내기 위해서 안간힘을 쓰고 있었다. 나는 손을 빼내며 자리에서 일어났다. 그리고 냉정을 되찾으며 침착하게 말했다.

"잠시, 생각할 시간을 줘."

나는 욕실로 들어가서 세면대에 물을 채우고 머리를 담그고 물을 끼얹었다. 그리고 셔츠를 벗고 타월로 몸통을 닦아냈다. 잠시 후 나는 정신을 가다듬고 침실로 돌아왔다.

조이는 침실 바닥에 앉아 있었다. 그녀는 한 팔을 의자에 걸치고 머리를 괴고 있었다. 그녀는 나를 올려다보았다. 나는 그녀 옆에 앉아 침대에 몸을 기댔다. 그녀의 눈이 젖어 있었다.

나는 내면의 갈등을 억누르고 이성적으로 생각하려고 노력했다. 나는 그녀를 팔로 안고 아무 일도 없었다는 듯이 우리가 할 일을 의논했다.

"비야와 사파타는 아주 위험한 인물들이야. 틀림없이 그들 주위에는 무장한 사람들이 많이 있을 것이고, 그들 자신도 무기를 가지고 있어서 당신의 웃음이 마음에 안 들면 총으로 쏴버릴 거야. 게다가 우리는 금방 남의 눈에 띄는 사람들이지. 설령 속임수를 써서 산 속에 들어간다고 해도 거기서 나오는 것이 문제야."

조이는 젖어 있는 슬픈 눈을 내게로 돌렸다. 나는 욕실에서 가져온 타월로 그녀의 눈과 얼굴을 닦아 주려고 했다. 그녀는 내 손을 치웠지만 내 눈에서 시선을 떼지 않았다. 그녀의 날카로운 시선이 내 눈 속으로 파고 들어왔다. 그녀는 눈을 통해서 진심을 전하고 있었다. 나는 알 수 있을 것 같았다. 장님이 아닌 다음에야 그것을 모를 리 없었다.

그녀의 긴장된 목소리가 침묵을 깨뜨렸다.

"비야는 오로지 중국인이란 이유로 중국인들을 죽였어요. 난 그자를 죽이기 전에 그 악마 같은 얼굴을 보고 싶어요. 내가 중국인이라는 사실을 자랑스럽게 밝힌 다음에 말예요. 말해줘요. 이 대량학살을 저지른 자를 죽이려는 것이 나쁘거나 사악한 일인가요?"

"아니야. 그리고 당신의 기분을 충분히 이해해. 하지만 이 일은 당신 혼자서 해야 해. 그건 당신이 아무런 보호도 받지 못하고 자칫하면 죽을 수도 있다는 얘기야. 하지만 그건 잘못된 거야. 사악하다거나 나쁜 것이 아니고 잘못된 거란 말이야. 그래서 난 이 일에 참여하지 않겠어. 당신도 가지 마. 그놈들이 죽어야 한다는 데는 나도 이견이 없어. 물론 죽어야지. 하지만 다른 사람을 시켜서 하자고."

그녀의 얼굴이 굳어졌다. 그녀의 눈은 번개처럼 빠른 속도로 나를 찔렀다. 그녀는 말했다.

"뭐라고요? 당신은 지금 나를 믿지 못하는 거예요? 내가 또 죄없는 애들이라도 함께 죽여 버릴까 봐 걱정하는 거예요? 나한테 무엇을 할 수 있고 무엇을 할 수 없는지, 가르치지 마세요."

다시 그 '사건'이 터졌다. 그것은 여전히 우리들 사이에 존재하고 있었던 것이다. 나는 그것을 다시 마음 한구석으로 밀어 넣었다.

그녀는 나를 매섭게 노려보았다. 나는 그녀의 어깨에 다정하게 손을 얹어 놓고 그녀가 내게 그렇게 했듯, 그녀의 눈에 시선을 고정시키고 그 속을 들여다보았다. 나는 그녀의 두 눈을 통해서 내 감정을 그녀 가슴까지 흘려 넣으려 했다. 그리고 그녀가 나에 대해서 품고 있는 사랑과 그를 둘러싼 모든 것들을 어루만지고 싶었다. 나는 거의 속삭임에 가까운 목소리로 말했다.

"내 마음을 이해해 줘. 내가 당신을 얼마나 사랑하는지, 당신은 모를 거야. 당신이 죽는 것은 견딜 수 없어. 당신에게 무슨 일이 생긴다면 나도 죽을 거야."

나는 한숨을 쉬고 계속했다.

"그자들은 위험한 놈들이야. 당신이 그런 놈들을 다룰 수 있는 훈련을 받은 것은 알고 있어. 그러나 저격수가 멀리서 사격을 하거나, 말을 타고 달려오면서 총을 쏜다면 막을 도리가 없어. 그래서 적당한 가격에 암살자를 고용하자는 거야. 아코르다다를 고용할 수 있어. 멕시코 전 지역에서 활동하는 전문 암살집단이지. 주지사나 경찰도 정적이나 범인을 제거하기 위해서 가끔씩 그자들에게 돈을 주고 일을 맡기지."

그녀는 서서히 무너지고 있었다. 나는 적절한 순간에 매듭을 지어야 했다.

"돈만 주면 되는데 왜 당신의 목숨과 우리 사랑을 위험에 빠뜨리는 거야?"

그녀의 분노가 사그라졌다. 그녀는 내 눈에서 시선을 떼더니 방바닥을 내려다보면서 실밥이라도 찾는 듯 손가락으로 소매 주름을 만지작거렸다. 그녀는 크게 한숨을 내쉬었다.

"좋아요."

나는 그 한 마디가 내 마음에 끼친 영향을 믿을 수 없었다. 나는 금세 원기를 회복했다. 그리고 지금 우리가 하고 있는 것이 놀이가 아니란 것을 확인했다. 그것은 우리 사이의 승패를 다투는 경쟁이 아니라, 훨씬 더 많은 것을 위험에 빠뜨릴 수 있는 임무였다. 그럼에도 나는 확신할 수 없었다. 왜냐하면 내 말에 동조한 조이의 한 마디에, 마치 윔블던 테니스 선수권대회에서 결정적인 서비스를 넣은 것 같은 기분이 들었기 때문이다.

우리는 그 '사건'을 극복할 수 있었다. 우리들의 사랑은 그보다 강했다. 사랑이 강렬했기 때문에 조이는 나를 떠나지 않았고, 닥치는 대로 중국인을 죽인 대량학살의 원흉에 대한 사적인 복수도 포기했다.

나는 그녀에게 몸을 던지고 머리카락 속에 얼굴을 묻었다. 머리카락의 감촉이 느껴지고 짙은 향기가 풍겨왔다. 나는 그녀의 등을 쓰다듬었다. 나는 갑작스러운 행복감을 느꼈다. 모든 것이 세 글자로 요약되었다.

"사랑해."

"나도 사랑해요."

그녀는 손으로 내 얼굴을 감싸며 길고 다정하게 키스했다.

■　■　■　■　■

그날 오후 우리는 약속대로 라바스티다 흥신소로 갔다. 그들은 비야와 사파타에 대한 정보를 제공하겠다는 계약서를 작성한 뒤, 우리가 얼마나 훌륭한 고객인지, 얼마나 많은 돈을 지불할 의사가 있는지 대번에 알아보았다. 그러나 처음 그들은 우리가 자신들을 고용하려 하려는 이유를 모르고 있었다. 비야와 사파타를 죽이기 전에 그들의 신분을 확인하는 정도로 이해하고 있었다.

우리는 라바스티다를 그의 좁고 더러운 사무실에서 만났다. 사무실은 너무 더워서 계속 부채질을 하지 않을 수 없었다. 여름날 축구 연습을 마친 남자들의 탈의실에서 나는 것과 같은 시큼한 냄새가 풍겼다. 천정에는 조명이 흐릿한 전구가 달려 있었다. 서류들이 산더미처럼 쌓여있는 흉한 모양의 책상 위에 놓인 스탠드 램프에서 나오는 불빛이 방 안을 밝히고 있었다. 처음 나는 살이 왜 이런 회사와 계약을 했는지 알 수 없었다. 하지만, 곧 그들이 제출한 보고서가 매우 신속하고 정확했다는 사실을 떠올렸다.

라바스티다는 뚱뚱한 노인이었는데 머리 위쪽이 회색 머리카락으로 덮여 있었다. 그는 몸에 맞지 않는 짙은 청색 양복을 입고 있었다. 그는 책상에서 일어나지 않았다. 스페인 어로 자기 소개를 한 뒤에 자신을 호세라고 불러달라고 했다. 우리는 기록적으로 짧은 대화를 나누었다. 이야기가 계속되는 동안 그는 조이를 완전히 무시하고 있었다.

그는 영어로 내가 무엇을 원하는지 물었다. 그의 영어는 미국인으로 착각할 수 있을 정도로 완벽했다.

나는 범죄자 비야와 말썽꾸러기 사파타의 '영원한 실종'에 관심이 있다고 설명했다. 그리고 그들의 소재에 대해서 그의 회사가 작성한 보고서를 되돌려 주었다.

그는 양미간을 찌푸리면서 냉혹하고 치밀한 인상을 만들어 내었다.

"왜요?"

"그건 우리 정부의 비밀사업입니다."

그는 날카롭게 나를 바라보았다.

"그렇다면 왜 당신 정부가 직접 나서지 않는 거요?"

"그렇게 하고 있죠. 그래서 우리가 여기 온 겁니다. 자, 얼마면 하겠습니까?"

"1만." 그가 잘라 말했다.

"우리가 돈을 준 다음, 당신네들이 계약을 이행했다는 것을 어떻게 확인하죠?" 내가 물었다.

그는 천천히 미소를 지었다.

"그 사람들의 치아를 보내 드리겠습니다. 하나도 빠짐없이 전부요."

"좋아요. 그럼 1만 달러를 내겠습니다. 당신이 보낸 치아를 받아서 다른 멕시코 정보원을 통해 확인을 한 다음, 여기 내 파트너가 당신의 은행계좌로 1만 달러를 더 보내겠습니다. 치아는 이 주소로 보내면 됩니다."

나는 샌프란시스코에 있는 사서함 주소를 그에게 주었다. 다행히도 그는 우리가 치아에 대해서 아무 것도 모르고, 다른 정보원도 없다는 사실을 알지 못했다.

나는 조이가 이 남자의 무례한 태도 때문에 모욕감을 느끼고 있다는 것을 알았다. 이제 그녀가 나설 차례였다. 조이는 갑자기 묘한 생기를 띠기 시작했다. 뜨겁게 이글거리는 석탄 같은 눈으로 조용히 칼을 꺼내더니 칼끝을 호세의 목에 갖다 댔다. 그는 책상 서랍 속에 손을 넣으려다가, 그녀가 눈을 무섭게 뜨고 허튼 수작 말라는 뜻으로 고개를 흔들자 이내 동작을 멈췄다. 그때 그녀의 눈빛은 달리는 대형 트럭도 세울 수 있을 것 같았다.

조이는 의식적으로 목소리에 기대감을 불러 넣으면서 침착한 어조로 우리가 미리 정해 놓은 협박을 시작했다.

"당신이 그 치아를 위조하거나, 둘 중 한 사람이 나중에 어디에선가 나타난다면, 우리 정부에서는 나와 같은 요원을 보내서 당신을 찾아낼 거야. 그리고 당신을 개미집 위에 묶어 놓은 다음, '라 무에르테 데 밀 토르멘토스'로 죽일 거야."

그는 충격 때문인지 멈칫거리고 있었다. 결국 그는 찡그린 얼굴로 우리에게 필요한 정보를 쪽지에 적은 다음, 조이와 조이의 칼을 외면하려고 애쓰면서 나에게 건네주려고 했다. 그녀는 단숨에 그것을 가로채서 여봐란 듯이 자기 핸드백에 넣었다.

나는 여행가방을 열고 천 달러짜리 위조지폐 열 장을 꺼내서 그가 보는 앞에서 세어본 후 건네주었다. 나는 조이에게 그 돈을 주도록 할까, 하는 생각도 했었다. 나 역시 그가 조이를 대하는 태도가 맘에 들지 않았다.

그는 나를 바라보고, 곁눈질로 조이를 훔쳐 본 다음 재빨리 시선을 내게 돌렸다.

"이 자들은 하찮은 놈들입니다. 그저 날품팔이 노동자에 불과해요. 그런데 왜 그리 중요하게 생각하나요?"

대답을 하지 않으면 그가 계속 의문을 품을 것이고, 그것은 그리 좋은 일이 아니란 생각이 들었다.

"비야는 우리 정부 고위관리를 모욕했소. 그리고 사파타는 다른 관리의 동생의 딸을 강간했습니다."

흠, 이 정도면 나도 만만찮은데?

"아, 그렇군요." 호세가 말했다.

우리는 자리에서 일어나 말없이 밖으로 나갔다.

■　■　■　■　■

우리는 다음날 마지막 약속이 있었다. 나는 조이에게 호텔로 돌아가서 목욕을 하자고 말했다. 조이도 목욕을 하고 싶어 했다.

암살을 둘러싼 싸움은 아직 나를 괴롭히고 있었지만 함께 목욕을 하고 나서 서로 몸을 닦아 줄 때 조이가 달콤한 키스를 해 주자 언짢은 기분은 말끔하게 사라지고 말았다.

　나는 아침에 거둔 성공으로 하늘을 날듯이 기분이 좋았다가 조이와 다투면서 침울해졌지만 모든 것이 잘 마무리되자 다시 기분이 좋아졌다. 그 모든 것들은 감정상의 일이었다. 이성적으로 나는 나의 애인, 생애의 반려자, 영혼의 친구가 피에 굶주려 있다는 사실을 솔직하게 인정하고 있었다.

　우리는 저녁을 먹은 다음 순조롭게 진행된 오늘 임무에 대해서 이야기를 나누었다. 나는 조이에게 말했다.

　"일찍 자야겠어. 함께 잘까?"

　그녀는 대답했다.

　"아뇨. 노트북을 가지고 할 일이 좀 있어요. 나중에 잘게요."

　"그래."

　나는 침실로 들어가 바로 잠이 들었다.

　나는 조금도 의심하지 않았다. 눈치도 채지 못했다. 조이가 내게 거짓말을 하고 있다는 것을.

30

우리에겐 한 가지 약속이 더 남아 있었다. 그것은 이번 작전에서 가장 위험한 임무였다. 만약 성공하지 못하면 목숨을 내놓는 수밖에 없었다. 나는 한층 더 두려움을 느꼈다. 지금까지 우리는 아주 잘 해온 셈이었다. 게다가 나는 조이와의 최악의 악몽을 극복했고, 운명이 나를 어디로 어떻게 인도하는지도 알고 있었다.

우리들의 약속은 빅토리아노 우에르타 장군과 만나는 것이었다. 나는 조이에게 기억을 되살려 주기 위해서 우에르타의 배경에 관한 간단한 설명을 해 주었다.

"멕시코시티에서 마데로 대통령의 군사령부 지휘관이었던 그는 1913년 반란을 일으켜 마데로를 사임하게 만들었지. 그리고 마데로가 암살당한 후에 그가 대통령직을 장악했어."

"알아요." 그녀는 손톱을 내려다 보면서 짧게 대답했다.

우에르타 장군은 휴가 중이었고 라바스티다의 사무실에서 한 블록 떨어진 호화로운 아파트에 머물고 있었다. 무장한 경비병이 우리를 그의 아파트로 안내했다. 신체수색을 하지 않는다는 것이 놀라웠다.

그러나 우에르타는 미육군 1903 스프링필드 소총으로 무장한 경비원이 지켜주고 있어 안심했을 것이고, 특히 내가 혼자였기 때문에 안전에는 별로 신경을 쓰지 않았을 것이다. 경비병은 조이가 여자였기 때문인지, 그녀의 존재는 완전히 무시하고 있었다.

우에르타는 거실 한가운데서 우리를 기다리고 있었다. 그는 즉시 조이에게로 걸어가 손을 잡고 키스를 한 다음 그녀의 눈을 열심히 들여다보면서 스페인 어로 말했다.

"만나서 반갑습니다."

그의 작은 콧수염이 씰룩거렸다. 그는 마지못해 그녀의 손을 놓고 나에게 시선을 돌려 힘차게 악수를 한 다음, 따뜻하게 맞아 주었다. 나는 라바스티다와 우에르타가 여자에 대한 라틴아메리카 문화의 대표적인 두 가지 측면을 대변하고 있다는 생각이 들었다.

"앉으세요."

그는 긴 가죽 소파를 손으로 가리키고 자신은 건너편에 있는 가죽 팔걸이 의자에 앉았다. 의자의 쿠션이 헐렁해 보였다. 경비원은 방문 옆에서 소총을 가슴에 안고 서 있었다.

"뭐 마실 것을 가져올까요?" 그가 물었다. "미국 콜라가 한 병 있습니다. 여기서도 구할 수 있어요."

나는 사양했다. 우에르타는 스페인 어로 잡담을 했으나 그의 눈은 가끔 조이에게로 돌아가고 있었다. 몇 분 동안, 멕시코시티의 기후가 덥다든가, 멕시코 최고의 식당은 자비에르 식당이라든가, 별로 의미 없는 이야기를 나누던 그는 영어로 물었다.

"왜 나를 보자고 했습니까? 내가 관심을 가질 만한 제안을 가져오셨다던데."

나는 그를 경계하고 있었다. 나는 그의 험악한 과거사를 알고 있고, 애완동물이 있다면 결코 맡기고 싶지 않은 타입의 사람이었다. 나는 겨드랑이에 들어있는 H&K를 재빨리 꺼낼 수 있도록 턱을 손에 올려놓고 앉아 있었다. 나는 조이가 오른손을 무릎 위에 올려놓고 있는 것을 흘낏 보았다. 손은 드레스의 허리와 칼에서 얼마 떨어지지 않은 곳에 있었다. 우리는 만일의 사태에 준비하고 있었다.

"스페인에서 영주하여 살려면 얼마가 필요합니까?" 나는 단도직입 적으로 물었다.

그는 얼굴을 찡그렸다.

"지금, 무슨 소리를 하는 거요?"

나는 그의 손이 의자 쿠션의 가장자리를 더듬고 있는 것을 놓치지 않았다.

나는 침을 삼키고 숨을 한 번 쉰 다음 침착하게 대답했다.

"우리 성부는 당신이 이곳에 머물러 있으면 누군가에 의해 임살딩 하리라는 정보를 입수했습니다. 그래서 당신이 다른 나라로 옮겨가 는 것을 도와주려고 합니다. 섭섭지 않게 해 드릴 수 있소."

"경비병, 이놈들을 체포해!"

우에르타는 갑자기 스페인 어로 소리를 질렀다. 경비병은 소총을 들어 나를 겨누고 조이를 향해 다가갔다. 우에르타도 쿠션 밑에 숨겨 두었던 총을 꺼냈다. 그는 총을 쥐고 고함을 질렀다.

"어떤 놈이 보냈나?"

조이는 공단으로 짠 예쁜 핑크색 스커트와 흰색 블라우스를 입고 전처럼 숙녀다운 자세로 앉아 있었다. 허리를 곧게 펴고 손은 무릎 위에 얌전하게 포개고 발목 높이에서 우아하게 다리를 교차하고 있 었다. 아마 그랬기 때문에 경비병은 그녀를 경계하지 않았을 것이다.

조이의 반격이 얼마나 빨랐던지 번개가 무색할 정도였다. 조이는 핑크색과 백색의 회오리바람을 일으키며 소파에서 뛰어 올랐다. 그 녀는 총을 들고 있는 경비병의 겨드랑이 밑으로 들어가서 총이 발사 될 경우에 대비해 그의 팔을 들어올린 다음 머리 위에서 비틀어 제압 했다. 소총이 소파 위로 떨어졌다.

그만하면 됐어. 아슬아슬하게 접전을 피한 나는 2초면 충분히 상황이 종료될 것이라고 생각했다. 나는 우에르타가 방아쇠를 당길 경우를 대비해서 그의 손에서 총을 가로챘다. 그는 늙은이답게 행동이 매우 느렸다.

그래, 정확하게 3초 걸렸다.

조이는 소파에서 소총을 집어 들고 경비병에게 겨누었다. 총구가 그의 배를 찌르고 있었다.

"돌아서서 손을 벽에다 대." 그녀가 명령했다.

나는 아무 생각 없이 그녀에게 소리를 질렀다.

"죽이지 마!"

왜 그런 말이 튀어나왔는지를 이해하기 위해서 정신분석까지 할 필요는 없다. 순간, 조이는 어깨너머로 나를 향해 당혹한 시선을 보내더니, 바로 경비병에게로 고개를 돌렸다. 그가 아직 움직이지 않고 있었으므로 나는 조이의 명령을 스페인 어로 통역해 주었다. 그는 명령에 따랐다.

나는 다시 자리에 앉아서 우에르타의 총을 무릎 위에 올려놓고 그를 바라보았다. 나는 내 심장이 얼마나 빨리 뛰고 있는지 그가 눈치채지 못했기를 바랐다. 하지만 말을 꺼낸 나의 침착한 목소리는 내 자신도 놀랄 정도였다.

"우리는 멕시코의 어떤 인물과도 관계가 없소. 우리는 당신을 위해 최선의 선택을 고려해 주고 있는 어느 정부의 비밀 공작원이오. 여기서 피하지 않으면 당신은 죽어요. 한 달 안에 우리가 주는 돈을 가지고 멕시코를 떠나요. 그럼 평생을 호화롭게 살 수 있습니다. 얼마면 되겠소?"

우에르타는 벗겨진 앞이마를 손으로 비비고 둥근 금테 안경을 벗더니 조이에게 턱을 내밀면서 노려보았다. 그는 마침내 내가 흔히 들었던 질문을 던졌다.

"저 여자는 누구요?"

"저 여자도 나와 같은 비밀 공작원이오. 내 파트너이기도 하죠. 자, 이제 액수를 말해요."

처음에 우에르타는 얇은 입술을 깨물면서 혼란스러운 표정으로 우리를 노려보았다. 그의 콧수염 양끝이 늘어졌다. 그러더니 그의 넓적한 얼굴에서 속으로 계산을 하고 있는 표정이 서서히 나타나기 시작했다. 그는 손가락을 입술에 대고 아직도 벽을 향하고 서 있는 경비병을 향해 고개 짓을 했다.

조이가 그의 의사를 즉시 알아챘다. 그녀는 총을 내리고 한 손을 경비병의 목 위에 올려놓더니 손가락으로 경동맥을 콱 찔렀다. 경비병은 소리도 없이 바닥에 쓰러졌다.

우에르타는 경비병을 내려다보고 다시 조이를 보더니 머리를 흔들었다. 그의 얼굴에서 땀이 몇 방울 흘러내렸고, 땀냄새가 나에게까지 풍기는 것 같았다. 그는 여전히 의심스러운 눈으로 나를 바라보았다.

"50만 달러?"

그는 너무 큰 액수를 제안해서 우리가 거절하지 않을지, 두고보겠다는 표정을 지으며 말했다. 협상에서는 얼마든 액수를 제시해야 이야기가 진전되는 법이다.

"좋소." 나는 즉각 대답했다.

우에르타의 구부러졌던 어깨가 활짝 펴졌다. 그의 눈썹이 올라가면서 눈은 휘둥그레지고 얇은 입술이 벌어졌다. 그는 두 손으로 놀랐다는 제스처를 쓰면서 말했다.

"정말, 그 많은 돈을 준단 말이오?"

우리는 이 협상도 성공한 것이다. 나는 우쭐했다. 제임스 본드도 별 것 아니다!

"그렇소." 내가 대답했다.

나는 그에게 송금을 할 수 있는 은행계좌와 기타 자세한 정보를 요구했다. 그는 꿈을 꾸는 듯 캐비닛으로 가서 가죽표지로 싼 수첩을 꺼내더니 필요한 정보를 종이에 적었다. 그는 종이를 나에게 건넸지만 조이가 가로채서 핸드백에 집어넣었다.

"자, 우리 용무는 끝났소." 내가 말했다.

우리는 자리에서 일어났다. 조이는 전과는 다른 방식으로 끝을 맺었다. 그녀는 총을 왼손에 옮겨 쥐고, 오른손으로 재빨리 투척 검을 꺼내더니 반대편 벽에 걸린 디아스 대통령의 초상을 향해 던졌다. 칼은 그의 코 한복판에 꽂혔다.

넋을 잃고 바라보는 우에르타에게 내가 말했다.

"대부분 양미간에 꽂히지만, 오늘은 약간 빗나갔군요."

조이는 내 말에 아랑곳하지 않고 그가 보는 앞에서 침착하게 걸어가서 칼을 빼낸 다음 끝을 닦아서 칼집에 넣었다. 그리고 멕시코에 남아 있으면 어떤 결과가 온다는 것을 설명해 주었다.

"만약 떠나지 않으면 우리가 당신을 암살할 거야. 그런 죽음은 결코 유쾌하지 않겠지. 아주 천천히 죽게 해 줄 테니까."

우에르타의 눈이 튀어나올 것 같았다. 그는 마치 괴물이라도 본 것 같은 표정으로 우리를 바라보았다. 우리는 소총의 실탄과 우에르타의 권총을 가지고 그 자리를 떠났다.

우리는 걸어서 호텔로 돌아가기로 했다. 그곳은 번화가 중심의 가장 위험한 지역이었다. 우리는 이내 그 결정을 후회했다. 거리는 더러웠고, 바퀴자국과 웅덩이가 패여 있었고, 말똥과 오줌이 널려 있었다. 배설물 위로 파리 떼가 날아다니고 있었다. 지나가는 말과 마부의 몸에서도 냄새가 났다. 어지럽게 엉켜 있는 전선이 하늘을 가리고 있었다. 여기저기 무성한 잡초와 쓰레기가 쌓여 있었다. 우리는 우에르타의 아파트에서 몇 블록 떨어진 곳에서 실탄과 그의 권총을 쓰레기 더미에 던져 버렸다.

그날 밤, 모기장 안에 들어가 담요나 시트도 덮지 않은 채 알몸으로 누워 있을 때 조이가 물었다.

"왜 그 경비병을 죽이지 말라고 소리를 질렀어요? 내가 손을 들고 돌아서 있는 사람을 죽일 거라고 생각한 거예요?"

그녀는 다시 내 마음속에 소년의 등에 칼을 던지던 모습이 떠오르게 만들었기 때문에 나는 애써 그 영상을 떨쳐버렸다. 하지만 이제 그런 노력도 점점 쉬워지고 있었다.

나는 힘없이 대답했다.

"나도 몰라. 아마 겁에 질린 사람의 자연스러운 반응이었겠지."

조이는 한순간 그 말을 음미해 보더니 화제를 바꾸었다.

"이번 여행에서 얼마를 썼어요?"

"글쎄, 21억 달러쯤 될 거야." 나는 잠깐 암산을 해 본 후 대답했다.

"싸네요. 싸. 너무 싸요!" 그녀가 킥킥 웃었다.

나도 입을 벌리고 웃었다.

"멕시코 혁명 때에만 2백만 명이 죽거나 살해당했어. 우리가 성공한다면 한 사람의 생명을 구하는 데 10달러 정도를 쓴 거야. 정말 싸지."

"어머니는 우리가 한 일을 알게 되면 아주 좋아할 거예요."

그녀는 로켓을 만졌다.

"구와 루드거, 그리고 다른 모든 사람들도 그럴 거야."

"그래요."

사랑을 하기에는 너무 후텁지근했다. 그것이 적당한 구실이 될 수 있었다. 내겐 아직 시간이 필요했다. 그러나 우리는 손을 잡았고, 나는 편안하게 잠들었다.

이 모든 것이 시작된 이래 나는 처음으로 전쟁과 데모사이드에 관한 강의를 하고 있는 꿈을 꾸었다. 항상 그랬던 것처럼 조이는 교실 맨 뒷자리에 앉아 있었다. 강의를 마치자 조이가 일어나서 손을 흔들며 내 주의를 끌었다. 그녀는 20세기 초에 유행하던 드레스에 실크 꽃으로 화려하게 장식한, 우스꽝스러울 만치 넓은 테가 달린 모자를 쓰고 있었다. 그녀는 모자 테 밑에서 반짝이는 아름다운 눈으로 나를 보면서 물었다.

"교수님, 멕시코 혁명에 대해서 설명해 주시겠어요?"

"무슨 혁명?" 내가 물었다. "멕시코는 1909년 이래 완벽한 민주주의를 실시하고 있는데."

순간 나는 교실에 앉아 있는 조이의 어머니와 구를 보았다. 그들은 일어나서 박수를 치기 시작했다. 다른 학생들도 모두 일어나 박수를 쳤다. 박수 소리는 점점 더 커지더니 함성이 터져 나왔다.

나는 화재경보처럼 크게 울리는 자명종 소리에 잠을 깼다. 귀머거리도 그런 소리에는 잠을 깨지 않을 수 없을 것이다. 집으로 돌아가기 위해 우리는 마차를 타고 한 시간 내에 정거장에 도착해야 했다. 살은 사업 때문에 이미 베라크루스로 떠나고 없었다. 우리는 첫 임무를 성공리에 마쳤으므로, 1906년 이곳에 도착한 이래 가장 기뻐야 했지만, 그렇지 않았다.

31

히로부미 한국에서 암살당하다.
군부는 합병과 더 많은 권력을 요하다.
정치인들은 뒷전으로 물러나다.

— 아사히 신문, 1909년 10월 26일, 구우주

돌아올 때 이용한 기차 객실은 갈 때 탄 것보다 훨씬 좋았다. 우리는 1등석 티켓으로 침대칸을 이용할 수 있었는데, 벽에서 끌어내릴 수 있는 침대 두 개와 식수대, 세면대, 화장용 거울이 달려 있었다. 하지만 무더위와 기관차의 연기는 여전했다. 창문을 열면 바람이 쏟아져 들어왔고 터널에 들어갈 때는 황급히 창문을 닫아야 했다. 기차 바퀴에서는 단조로운 단속음이 계속 들려왔다.

객실 안에는 우리 둘뿐이었으므로 기차여행의 첫날밤, 우리는 함께 자려고 했다. 그러나 조이와 같은 곡예사에게도 그 작은 침대는 나와 함께 자기엔 너무 비좁았다. 나는 조이에게 이 시대 멕시코에는 비만한 사람들이 별로 없었던 모양이라고 말했다.

나는 신사답게 조이에게 아래 침대를 내주고 나는 위 침대로 올라 갔다. 멕시코에서 거둔 성공이 아직도 생생했기 때문에 나는 그날 밤 기차 침대에 누워서 나와 조이를 이 임무에 투입했던 자선회의 결정을 다시 생각해 보지 않을 수 없었다. 그렇다. 그들은 지금까지 우리가 이룬 성과에 대해 만족하고 있을 것이다. 우리는 임무를 완수했고, 이 나라의 장래도 장밋빛으로 보였다. 그러나 우리는 아직 1908년에 있었고 혁명은 차기 대통령 선거가 있었던 1910년에 일어났다. 그때까지 많은 사건이 일어날 수 있었고, 솔직히 말해서 우리가 상황을 더 악화시켰을지도 모르는 일이었다.

그러나 지금까지의 결과에 자선회는 만족하고 있을 것이다. 특히 강간범을 처벌하기 위해서는 살인도 마다하지 않는 조이의 집착을 지지하고 있을지도 몰랐다. 그 문제로 인해서 불거졌던 조이와 나 사이의 갈등은 이제 해소된 셈이었고, 조이는 전에는 모르고 있던 나의 생각을 알게 되었다. 우리는 임무를 완수했고, 앞으로 더 나아갈 수 있게 되었다. 나는 그렇게 정리했다.

기차에서 보낸 첫날밤, 나는 행복을 느꼈다. 거의 현기증이 날 정도였다. 나는 긴장을 풀고 단조로운 바퀴 소리를 들으며 잠에 빠져들었다. 아마도 얼굴에 미소까지 띠고 있었을 것이다.

■　■　■　■　■

우리는 멕시코시티에서 멕시칼리까지 일주일간 기차여행을 하는 동안 자선회가 준비한 다음 계획과 내가 수정한 계획을 검토해 볼 시간이 있었다.

"다음은 일본이에요." 조이가 말했다.

조이는 임무의 내용을 잘 알고 있어야 했다. 그녀는 줄곧 나와 함께 계획을 실행에 옮겼고, 만약 나한테 무슨 일이 일어나면 다른 사람으로 대체할 책임이 있었다. 나는 임무의 수행사항을 꼼꼼히 기록한 수첩을 가지고 다녔는데, 1906년 이곳에 도착한 이래 그녀는 한 번도 기록을 남긴 적이 없는 것 같았다. 하지만 그녀가 전에는 몰랐거나 지금은 잊어버린 사실들이 많이 있었다.

나는 학술적 연구를 거듭했고 역사학과 아시아 연구에 풍부한 지식을 가진 전문가였다. 하지만 조이는 학생에 불과했다. 조이에게서 군대식 훈련을 받으면서 고생하던 것도 이젠 과거사가 되었다. 이젠 내 차례였다. 핌 학생, 뱅크스 교수의 지시를 잘 따르도록 해……. 물론 이런 행복한 생각은 내 표정이나 행동에서 노골적으로 드러나지 않았다. 나는 차분하게 말했다.

"그래. 하지만 일본의 경우는 멕시코와 많이 다르지. 멕시코 혁명이나 그것을 초래한 장기간의 독재를 피하기 위해서 개입하는 것과는 경우가 다르니까. 일본에서는 1937년의 중국 침략에서 시작해서 1941년 진주만 공격에 이르기까지 일련의 사건이 발생하지. 우리가 개입하지 않으면 그 첫 번째 사건이 곧 터질 거야."

나는 몸을 앞으로 내밀었다.

"지금 동경 사무소에는 열한 명의 일본인 종업원을 데리고 수출입 업을 하고 있는 우리 회사 직원이 있어. 그리고 일본 관청으로부터 비슷한 사무소를 한국에서도 개설할 수 있는 허가를 받았어."

"나도 다 알고 있어요."

그녀는 증명이라도 하듯이 덧붙였다.

"한국 사무소에 있는 종업원은 대부분 일본인이죠. 일본 관청과의 협약에 따라서 그렇게 된 거죠."

물론이다. 내 주책없는 입. 그녀는 사무소를 개설하기 위해서 일본 여행을 했었지.

그녀의 마지막 대답에 나는 그만 탈선해 버리고 말았다.

"그래. 그리고 당신이 사무소를 개설하러 가면서 겪었던 그 끔찍한 선박여행 이야기는 아직도 기억하고 있지. 그런데, 배 안에서 대체 몇 놈이나 유혹을 했지? 선장도 유혹했나? 사내들에게 꼬리치지 않았다고 자신 있게 말할 수 있어?"

그것은 농담에 불과했다. 하지만 그녀는 나의 짓궂은 농담을 발톱을 세워 적을 할퀴는 고양이의 공격처럼 받아들인 것 같았다. 그녀는 내가 농담을 하고 있다고 생각하지 않았다.

조이는 팔짱을 끼더니 다리를 꼬았다. 그녀의 눈에서 불꽃이 튀었다.

"이 나쁜 사람! 당신은 내가 닥치는 대로 아무하고나 섹스를 한다고 생각해요? 내가 적어도 그 이상의 자존심은 가지고 있다고 생각하지 않나요? 어떻게 그런 말을 할 수가 있어요?"

차창으로 연기가 들어오기 시작했다. 나는 참 타이밍이 적절하다고 생각했다. 조이가 일어나서 온 힘을 다해서 창을 힘껏 아래로 밀었다. 순간 객실이 흔들렸다. 나는 속으로 생각했다. 조이가 아니라 레일 때문일 거야.

조이는 시트에 털썩 주저앉더니 다시 팔짱을 끼었다.

"말해 봐요. 핸즈에게서 들은 이야긴데 당신이 비엔나에 갔을 때, 공원에서 모이를 달라고 모여드는 새처럼 여자들이 당신 주위에 몰려들었다고 하더군요. 당신이 먼저 꼬리를 쳤던 게 분명해요."

나는 폭소를 터뜨렸다. 아마 필요 이상의 큰 소리로 웃었을 것이다. 그녀의 얼굴이 점점 부드러워지더니 그녀도 나를 따라 킥킥거리기 시작했다. 나는 기회를 놓치지 않았다.

"미안해, 자기. 아까 한 이야기는 농담이었어. 어쨌든 지금까지 당신보다 더 매력있는 여자는 본 적이 없어."

나는 그런 수법에 점점 익숙해지고 있었다. 나는 화제를 바꾸기 위해 임무수첩을 들여다보았다. 그리고 자리에서 일어나서 건너 편에 있는 그녀 옆 자리에 앉았다.

"여길 봐."

나는 첫 페이지를 보여 주었다.

"이건 내가 만든 개요야. 일본에서 군국주의와 우익성향의 국수주의가 성장하는 데 주도적 역할을 했던 관료, 정치가 그리고 군부 인사들의 이름을 기록해 둔 거야. 이 사람들이 모두 일본의 중국침략과 진주만 공격에서 제각기 임무를 수행하게 되지. 그리고 1908년에서 1937년 사이에 온건파와 야당 정치인과 군부 지도자들이 여러 명 암살당했다는 사실도 주목해야 해."

조이는 조금 전 내 농담 때문에 아직도 분이 안 풀린 눈치였다. 그녀는 몇 분 동안 입을 다문 채 내가 만든 자료를 외면했다. 그녀는 차창 밖으로 지나가는 연기를 바라보고 있었다. 마침내 그녀는 생각을 바꾸어 내가 꺼낸 화제에 관심을 보이기 시작했다. 팔짱을 풀고 나를 바라보면서 과장된 목소리로 물었다.

"한국에서 임무를 시작해야죠. 그렇죠?"

휴우.

"그래. 한국이야." 내가 말했다.

"지금은 1908년인데, 일본은 한국을 보호령으로 만들었지. 한국 사람들 외에는 세계 어느 나라에서도 반대하지 않았어. 그리고 1910년에 한국은 일본의 식민지가 되었지."

"잠깐요."

그녀는 생각에 잠겼다.

"오늘날 일본은 세계정세에 대해서, 특히 미국 여론에 대해서 아주 민감해요. 하지만 과거에는 유럽의 강대국이나 미국 같은 열강이 일본이 한국에 대해서 취한 조치들을 수수방관하고 있었죠. 따라서 우리 과제들 중의 하나는 일본의 한국합병에 대해 적대적인 미국 엘리트의 여론을 조성하는 거예요."

나는 고개를 끄덕이면서 좀 더 자세히 설명했다.

"이토 히로부미 사건이 역사적 전환점을 이루고 있지. 그는 유력한 일본 정치가였는데, 1905년에 한국과 수정된 보호국 협정을 협상했고, 최초의 총독이 되었지. 그는 군부의 노골적인 병합주장을 강력히 반대하다가, 결국 1909년 사임하고 말았어. 그해 10월에 그는 만주 하얼빈 역에서 열차회담을 마친 뒤 러시아 장교단을 사열하려고 코코프체프와 기차에서 내리다가 암살당했어."

"알아요." 그녀가 덧붙였다.

"항일운동을 하던 한국인 안중근이 그를 죽였죠."

제기랄. 조이는 기억력도 좋군!

"조이는 역시 내 제자들 중에서 가장 우수한 학생이네."

나는 그녀에게 미소를 지으며 이야기를 계속했다.

"일본인들은 그를 체포해서 잔인하게 고문하고 결국 처형했어. 그러나 이 암살사건이 결국 일본에게 한국합병의 구실을 마련해 준 셈이 되었어. 여기 내 수첩을 보면 1909년 10월 26일자 아사히 신문의 제목을 번역한 것이 있어."

나는 조이가 '그래요? 어서 읽어주세요.' 라고 말하면서 관심을 보이기를 기대했지만 그녀는 그저 코를 긁으면서 내 설명이 계속되기를 느긋하게 기다리고 있었다. 교수라는 직업은 어쩔 수 없는 것인지, 나는 조이의 반응과 상관없이 수첩에 적힌 내용을 읽었다.

"히로부미 한국에서 암살당하다. 군부는 합병과 더 많은 권력을 요구하다. 정치인들은 뒷전으로 물러나다……."

차창 너머 여기저기서 선인장이 자라고 있는 사막을 무심히 바라보고 있던 조이가 대답했다.

"그래서 우리는 히로부미가 한국에 개입하지 못하도록 하고 한국의 독립을 위해서 게릴라전을 펴고 있는 한국 독립군들에게 자금을 지원하는 거죠. 그러면 그들은 해외에서 병사를 모집하고 무기를 살 수 있겠죠."

"맞아. 그 두 가지 작전으로 우리는 일본군부와 국수주의자들의 한국합병 요구를 물리칠 수 있어. 그러면 만주와 중국에 대한 일본의 제국주의적 욕망을 완전히 막을 수는 없어도 최소한 세력을 약화시키는 데는 도움이 될 거야."

나는 수첩을 다시 보았다.

"이 시기에 일본의 또 하나 정치적 전환점은 1908년의 선거야. 이 선거에서 온건파 수상 사이온지 킨모치의 정당이……."

그녀가 손가락을 들며 내 말을 가로챘다.

"당신은 일본말을 마치 재채기 하듯이 발음하고 있어요. 일본에 갔을 때 행여 그런 발음으로 나를 당혹스럽게 만들지 말아요. 사-이-온-지 킨-모-치, 음절을 너무 강조하면 안 돼요."

"이름이야 어쨌든… 그 수상 말이야. 그가 속한 정당의 당수가 바로 이토 히로부미였거든."

나는 이번에도 그녀의 개입을 예상했지만 이토의 이름을 말하는 내 발음에 시비를 걸지는 않았다. 오히려 앞서 내 말을 중단시킨 것에 대해 다소 당황하고 있는 것 같았다.

나는 이야기를 계속했다.

"그 정당이 중의원의 다수 의석을 장악했지. 그러나 정부를 좌지우지하는 가장 강력한 정치세력은 군부를 지지하는 수상이 선출되기를 바랐지. 구우주에서는 이번 달에 킨모치가 사임하지만, 여기 신우주에서는 당신이 그에게 비밀리에 보낸 천5백만 달러 덕분에 아직 버티고 있지."

나는 냉소적인 웃음을 흘렸다.

"늙은 정치인들도 예쁘고 젊은 여자와 뇌물에는 약하지. 액수만 충분하다면."

조이는 진지하면서도 뒤틀린 표정을 지으며 말했다.

"알아요."

유머 감각이 없군.

그녀가 내게 물었다.

"자선회의 은행가 에드는 일본에 대해서는 아무런 조치도 취하지 않는 것이 최선의 계획이라고 말하지 않았던가요?"

"그랬지." 나는 웃음을 멈추고 대답했다.

"일본의 정치는 파벌과 관료와 정계 지도자와 비밀결사 그리고 군부가 그들의 독특한 문화 속에서 마치 거미줄처럼 얽혀 있으니까."

조이는 담담하게 내 이야기를 듣고 있었다.

"거미줄처럼 얽혀 있다니까."

나는 조이의 반응을 확인하기 위해서 다시 한 번 말했다. 조이는 눈썹을 추켜세웠다. 그렇지. 이제 반응을 보이는군. 나는 말을 계속했다.

"우리는 앞으로 1년이나 2년 동안 발생할 사건들에 대해서 가능한 모든 노력을 기울이고 그 결과를 지켜보는 거야. 그러다가 만약 일본이 만주를 침략하려고 하면, 그 시점에서 직접적으로 개입하는 거지. 그리고 일본의 중국 침략 가능성도 지켜봐야 해. 지금 우리의 임무는 사이온지 수상을 도와주는 거야."

"그리고 한국에 대해서는 일본의 정계 지도자들을 약화시키고 군부를 억제해서 일본 내에 민주주의가 발전할 수 있는 환경을 만들어 주는 것으로 충분히 이 문제를 해결할 수 있을 거야."

비록 조이가 "알아요." 라고 하면서 내 이야기를 자주 중단시켰지만, 우리는 이번 임무에 대해서 많은 이야기를 나누었다.

우리는 샌프란시스코 사무실로 돌아와서 약속했던 자금이 멕시코로 제대로 송금되었는지 확인했다. 그리고 일본에 있는 사무소를 통해 다시 천만 달러를 비밀리에 사이온지 수상의 정당에 보내 정계 지도자들에게 뇌물로 활용할 수 있도록 했다.

우리는 유럽에서도 계속 우리 사업을 확대하고 지점을 늘려갔다.

나는 서류에 서명을 하고, 사업을 관리하고, 회사간부들이 우리의 계획을 제대로 숙지하고 있는지 확인하는 데 대부분의 시간을 보냈다. 한편 조이는 우리의 실제 임무에서 기술적인 부문을 감독하고 있었다. 토르 수출입회사는 훌륭한 인재들을 보유하고 있었고 통신의 발달과 국제간 이동을 가속화 한 새로운 선박의 등장으로 우리의 사업은 번창할 수밖에 없었다. 사람들은 외국의 문화와 다른 생활방식에 더 많은 흥미를 가지게 되었다.

회사의 이윤과 주식거래의 차액 그리고 자선회에서 보내준 보석과 금괴가 있었으므로 우리는 위조지폐를 거의 사용하지 않았고 신속하게 성장한 우리 회사는 사람들의 관심을 끌게 되었다. 우리가 멕시코에 가 있는 동안에도 뉴욕 주식시장에서 천백만 달러를 벌었지만, 우리는 고의로 사백만 달러의 손실을 냈다. 그 이후 회사의 수익과 내 주식 거래 수입을 합치면 멕시코와 아시아 대륙에서 지출한 금액보다 더 많은, 수백만 달러를 벌어들인 셈이 되었다.

멕시코에서 조이를 대상으로 벌어졌던 강간기도 사건과 그로 인해서 내게 남겨졌던 끔찍한 기억은 이제 더 이상 나를 괴롭히지 않았다. 조이의 사랑은 변함없었고 우리는 다시 섹스를 시작했으며 아파트로 돌아오면서부터 나는 그녀가 한 일과 그녀 자신을 있는 그대로 받아들이게 되었다. 그것은, 사랑하는 사람과 떨어져 있을 때는 그의 단점들을 비난하지만, 정작 만나면 그 단점들을 모두 포용하고 이해하게 되는 것과 같은 현상이었다.

나는 그 모든 것들을 직면하고 그녀가 나의 연인이고 파트너이며 우리가 함께 완수해야 할 임무가 있다는 사실을 분명히 자각했다.

나는 왜 그녀가 때로 우울해 하는지 한 번도 묻지 않았다. 나는 또 왜 그녀가 내가 잠이 든 사이 노트북 컴퓨터를 가지고 그렇게 많은 시간을 보내고 있는지도 알려고 하지 않았다.

■ ■ ■ ■ ■

우리는 1909년 9월 7일, 샌프란시스코의 7부두에서 오클랜드 호에 올랐다. 그리고 상하이를 경유하여 일본으로 가는 여행을 시작했다. 나는 이런 식의 여행을 증오했다. 여행은 2주일이 걸렸다. 전신을 제외하고는 현대식 통신수단은 전혀 없었다. 우리는 선장이 허락하는 한 가능한 많은 전보를 보냈다. 선장에게 특별요금을 지불했지만 그것만으로는 충분치는 않았다.

일본 사무소에서 이토 히로부미와 약속을 해 놓았다는 전보가 왔다. 그는 2천 달러를 받고 약속에 응했을 것이다. 조이의 말에 의하면 가슴이 풍만한 열아홉 살의 전형적인 일본 미인이 그 돈을 전달했고, 일본식 뒷거래의 관례에 따라 그 여자도 거래의 일부라는 것을 이토에게 알려주었다는 것이다. 조이가 투덜거렸다.

"그저, 남자들이란!"

"잠깐, 그녀도 자발적으로 거래에 응하지 않았던가?" 내가 응수했다.

빌어먹을, 내가 또 쓸데없는 말싸움을 벌이고 있군.

중국과 하와이 중간 지점에서 우리는 점점 더 드세지는 바람과 파도 속으로 들어가게 되었다. 얼마 안 가서 바람은 시속 160킬로미터를 넘어섰고 비바람이 수평으로 몰아쳤다. 바람은 갑판에 고정되어 있지 않은 모든 것들을 날려 버렸다. 우리는 용기를 내어 선미 갑판 위로 올라갔는데 마치 모래로 살을 깎아내듯 비바람이 휘몰아쳤다. 폭풍과 파도를 피하기 위해 우리는 갑판 양끝을 연결하는 노천통로의 난간에 매달렸다.

한낮이었지만 사방이 어둠과 물에 젖은 회색에 잠겨 있었고, 배의 한쪽 끝에서 다른 쪽 끝이 보이지 않았다. 선장은 더 큰 파도가 몰려온다는 것을 알게 되자 뱃머리를 바람과 파도 쪽으로 향했다. 우리는 선미에 있었으므로 거대한 선체가 광란하는 비바람을 막아 주었지만, 파도가 마치 정상이 눈으로 덮인 거대한 산처럼 솟아오르자 그곳도 안전하지는 못했다. 그렇다고 해서, 배가 갑자기 침몰하면 관으로 변해버릴 폐쇄된 통로로 돌아갈 수도 없었다.

배는 휘청거리며 솟아오르다가 순간적으로 공중에 매달린 듯 정지했다. 배는 장장 네 시간 동안 발톱으로 할퀴고 이빨로 물어뜯으려는 사자 무리의 공격을 받고 있는 거대한 짐승처럼 몸을 떨며 신음했다. 선체는 파도를 따라 10내지 15미터가량 거의 수직으로 올라갔다가 롤러코스터처럼 뱃머리부터 곤두박질치며 거품이 일고 있는 바다 속으로 깊이 파묻혔다. 배는 머뭇거리고 신음하며 비명을 질렀다. 우리는 딛고 선 갑판의 철판이 떨리는 것을 느꼈고, 바닷물에 휩쓸려 들어가지 않으려고 손에 잡히는 대로 아무것이나 붙잡았다. 하지만 결국 배가 침몰할 것 같다는 생각이 들었다. 그러자 배는 무거운 바닷물을 쏟아내면서 다가오는 다음 파도의 봉우리를 향해 천천히 올라가기 시작했다.

선장은 배가 중심을 잃지 않도록 밀려오는 파도에 대항해서 전력을 다하고 있었다. 왼쪽 또는 오른쪽으로 조금만 기울어져도, 치명적인 파도와 바람에 배의 측면이 조금만 드러나도, 우리는 물고기 밥이 될 판이었다. 마치 나이아가라 폭포에서 떨어진 나무통처럼 물결 속에 파묻혀 다시는 떠오르지 못할 것이다.

나는 꼭 그런 일이 일어날 것만 같았다.

우리는 선실로 돌아가라는 명령에도 불구하고 구명보트 근처에 머물러 있었다. 이런 파도와 바람 속에서 구명정을 발진시킬 수는 없지만, 배가 난파했을 때 최소한 물에 뜰 수는 있다는 생각에서였다. 우리는 구명조끼를 입고 바다에 떠 있다가 배나 구명정에서 떨어져 나온 잔해를 잡고 버틸 수 있을 것이다. 나는 조이를 살리기 위해서라면 무슨 짓이라도 할 준비가 되어 있었다.

그러나 그 순간 내가 할 수 있는 것이라곤 오직 희망하는 것뿐이었다. 하지만, 지옥 같은 비바람과 파도를 뚫고 살아남아야 하는 상황에서 희망은 곧 정신적인 포기를 의미했다. 나는 우리 둘 다 여기서 생을 마감하게 되리란 생각이 들었다.

나는 난간이나 배에 고정된 구조물에 필사적으로 매달렸다. 배가 바닥으로 곤두박질하는 순간, 몸서리날 만큼 짜릿한 느낌이 들었다. 나는 물에 젖은 조이의 얼굴에 키스하고 비바람 속에서 외쳤다.

"사랑해!"

그녀는 나를 얼마나 사랑했는지, 우리가 얼마나 멋진 삶을 살았는지, 있는 힘을 다해 소리쳤다.

소금기를 품은 공기와 물이 우리의 코와 입을 가득 채웠다. 우리는 난간과 서로의 몸을 끌어안은 채 쉴 새 없이 구역질을 했다. 바람에 날려 온 물거품이 우리가 토해놓은 것을 순식간에 치워 버렸고, 우리 몸을 씻어 주었다.

배는 거의 침몰 상태였다. 다섯 시간 후, 파도가 잠잠해졌을 때 배 안에는 고인 물이 너무 많아서 펌프로 퍼낼 수 없을 정도였다. 선원들은 하물을 모두 다른 곳으로 옮겼다. 우리는 선수에 있었지만 중앙부는 물 위에서 1미터밖에 올라와 있지 않았다. 사람들이 인간 사슬을 만들고 모두 한 줄로 늘어서 하물을 배 밖으로 내던졌다. 바람과 파도가 배의 상부구조의 일부와 하물 크레인 한 개를 날려 보냈다. 배는 엔진이 손상되어 6노트 이상의 속도로 나아가지 못했다. 선장은 우리가 태풍을 뚫고 나왔다고 말했다. 그 상태로 한 시간만 더 있었다면 우리는 모두 바다 밑에 가라앉았을 것이다.

배는 항로에서 크게 벗어나 있었다. 우리는 겨우 항해를 계속해서 가장 가까운 항구인 필리핀의 아파리 항에서 40킬로미터 정도 떨어진 지점에서 미국 군함을 만났다. 우리 배는 군함이 지켜보는 가운데 천천히 부두를 향해 다가갔다.

우리는 살아남기 위해 발버둥 쳤기 때문에 기진맥진 상태였고, 먹고 자는 것 이외에는 아무 것도 하기 싫었다. 마침내 우리는 부서진 갑판 위에서 배의 구조물에 등을 대고 나란히 앉았다. 나는 평화로운 바다를 보면서, 이번 경험을 통해 깨달은 새로운 사실을 이야기했다.

"자선회는 우리의 임무가 성공하도록 많은 것을 투자했지. 그리고 우리 둘 중 하나가 최소한 20년 내지 30년은 더 살아야 많은 것들의 결과를 기약할 수 있어. 우리는 수억의 생명을 구할 수 있고, 인권과 복지를 위한 세계적인 기구를 만들 수도 있어. 그런데 이번 여행을 함께 했기 때문에 그 모든 것들이 무산될 뻔했어. 우리 사이의 사랑이나 다른 모든 것들도 우리의 임무나 인류의 공익을 생각한다면 부차적인 것이야."

조이는 머리를 내 어깨에 기대기 위해서 자세를 바꾸었다. 그녀는 한 팔로 나를 안고 다른 손으로 내 머리를 쓰다듬었다.

"알아요."

나는 그녀의 등을 쓰다듬으면서 말을 이었다.

"이번 일을 겪으면서 나는 상상도 못할 만큼 생각이 달라졌어. 이 신우주에서 처음 2년 동안 우리는 미래를 위한 임무를 수행했고, 나는 당신에 대한 사랑에 몰입했고, 당신으로부터 훈련도 받았지. 내가 아는 한, 멕시코 작전은 성공적으로 끝났어. 우리 임무의 미래를 위협할 만한 것이 없었어. 그리고 이번에는 기적적으로 죽음을 면했어. 만약 우리가 죽는다면 1차대전이나 2차대전, 공산주의의 확장과 같은 큰 사건들을 다루기도 전에 모든 것이 끝나고 말 거야. 그러니 이제부터는 임무를 가장 우선으로 하는 삶을 살아야 해. 그 밖의 것들은 그리 중요하지 않아."

나는 그 '사건'을 암시하는 정도로 이야기를 끝내고 싶었다.

"당신 말이 맞아요." 조이가 대답했다.

그녀의 부드럽고 슬픈 목소리가 내 어깨에서 울리고 있었다. 그녀는 머리를 들어 촉촉한 눈으로 오랫동안 나를 보았다. 그녀는 내 뺨에 입술을 맞추며 말했다.

"우리 둘 중 하나가 위험에 빠지면 나머지 한 사람이 혼자서 모든 걸 해내야 해요. 이번처럼 자연적인 위험에 처할 가능성도 배제할 수 없겠죠. 나는 혼자서 일본과 중국에 가서 사무소를 개설했어요. 그리 즐거운 일은 아니었지만, 혼자 하는 여행에도 익숙해져야 해요."

내가 말을 꺼내려 하자, 그녀가 손가락을 내 입술에 갖다 댔다.

"이제 기차나 배로 하는 여행은 혼자서 하기로 해요."

그녀의 얼굴에서 눈물이 흘러내렸다. 우리는 어느 날 우리 둘 중한 사람이 배를 탔다가 다시 돌아오지 못할 수도 있다는 것을 깨달았다. 나는 대답을 하려다가 갑자기 목이 메었다.

"그래. 그래야지."

배가 아파리 항으로 들어가자면 하루를 더 기다려야 했다. 그래서 우리는 남는 시간을 이용해서 앞으로의 임무와 예상하고 있는 우리의 사업 그리고 혼자서 여행하는 방법에 대해 이야기를 나누었다. 샌프란시스코로 돌아갈 때에도, 각기 다른 배를 타기로 했다. 일본으로 가는 여행도 물론 마찬가지였다.

아파리에서 조이는 목재를 싣고 일본으로 돌아가는 일본 배의 승객 선실 두 개 중에서 하나의 티켓을 샀고, 나는 동경으로 가기 전에 마닐라에서 하물을 내려놓을 미국 화물선의 선실 네 개 중에서 하나의 티켓을 두 배의 가격으로 구입했다.

조이가 타고 갈 배가 출항하기까지는 사흘이 남아 있었다. 그동안 우리는 마치 밀월여행을 하듯 달콤한 시간을 보냈다. 안락한 호텔에서 뱅크스 부부란 이름으로 방을 얻은 다음, 음식은 방으로 가져오게 하고 방문에는 방해하지 말라는 표시를 걸어 놓고 서로의 품에 안겨 사흘을 보냈다. 죽음을 당연한 것으로 받아들이고, 주어진 유예기간에 자기가 가지고 있는 것을 제대로 음미하는 것은 멋진 일이다. 우리는 임무 때문에 몇 달씩 서로 떨어져 지내야 하고 단둘이 지낼 시간이 얼마 없다는 것도 알고 있었다. 그래서 우리는 함께 있는 귀중한 시간을 1초도 낭비하고 싶지 않았던 것이다. 심지어, 하루도 거르지 않았던 조깅과 운동마저도 포기했다.

그 사흘은 내 생애에서 가장 행복했던 시간이었다.

부두에서 마지막 포옹을 하고 나와 달콤한 말을 주고받느라고 조이는 배를 놓칠 뻔했다. 부두일꾼들이 트랩을 철거하기 시작한 다음에야 우리는 헤어졌다. 그녀는 손을 흔들면서 트랩을 뛰어 올라갔다. 그리고 배 난간에서도 손을 흔들었다. 나도 손을 흔들면서 예인선이 배를 끌고 천천히 바다로 나가는 것을 지켜보았다. 나는 그녀가 수평선 위로 멀리 사라질 때까지 바라보고 서 있었다.

우리는 통신장치를 통해 계속 접촉을 유지했다. 하지만 전과 같지는 않았다. 그녀에 대한 애타는 그리움은 내가 상상할 수 있는 한계를 넘어선 것이었다. 이식한 통신장치를 통해서 그녀의 목소리를 들으면 그녀를 가슴에 안고 싶은 심정만 더욱 간절해질 뿐이었다.

나의 세계는 다시 바뀌고 있었다.

■　■　■　■　■

우리는 사흘 차이로 일본에 도착했다. 내가 탄 배가 부두에 정박하자 성질이 급한 일본 사무소장 신세키 와타나베가 뛰어와 배에서 내리는 나를 맞았다. 조이는 그의 뒤에 약간 떨어져 서 있었다. 공식적으로 그녀는 나의 조수이고 통역사에 불과했다. 그녀는 얼굴에 반가운 미소를 띠고 있었다.

"빨리, 빨리."

와타나베는 재빨리 절을 한 후 완벽한 예일식 영어로 외쳤다.

"서두르지 않으면 약속시간을 변경해야 합니다. 두 시간밖에 남지 않았습니다."

"난 준비가 되어 있어요."

나는 그를 진정시키려고 대답했다. 나는 이미 조이로부터 시간이 넉넉지 않다는 이야기를 들어서 알고 있었지만 와타나베에게 다소 과장된 반응을 보였다.

"와타나베씨, 고맙게도 어제 전문을 보내주셨던 것 같은데, 내가 타고 있던 배의 통신담당자는 그 전문을 어찌해야 좋을지 몰랐던 것 같습니다. 지금까지 한 번도 승객의 전문을 받은 일이 없었기 때문이라는군요. 어쨌든 지금 와타나베씨가 보다시피 나는 바로 약속장소로 갈 수 있도록 정장을 했습니다."

나는 중절모에 손을 댔다.

"내 서류는 받았나?"

내가 조이에게 물었다. 그녀가 손에 들고 있는 커다란 백을 가리키자 내가 말했다.

"됐군. 이제 갑시다."

나는 조이를 팔에 안고 들어올려 빙빙 돌면서 미친 듯이 키스하고 싶었다. 그러나 와타나베가 알고 있는 그녀는 미혼이고 나의 부하직원일 뿐이었다. 특히 외관과 체면을 중시하는 일본에서 우리는 행동을 조심하지 않을 수 없었다.

한 시간 뒤에 마침내 짐을 찾은 나는 걱정이 되기 시작했다. 그러나 와타나베는 빨리 달리는 이두마차를 구해왔고, 우리는 황궁을 둘러싼 해자를 지나 다이이치 빌딩으로 갔다.

우리가 약속장소에 도착했을 때 약속시간은 겨우 몇 분정도가 남아 있었다. 우리는 마차에서 뛰어내려 와타나베를 앞세우고 빌딩 안으로 들어갔다. 커다란 응접실에서 와타나베는 양복차림의 마른 사람에게 절을 했다. 그들은 큰 소리로 말을 주고받았다. 나는 회중시계를 꺼내 보았다. 약속 시간은 2분이 남아 있었다.

나는 조이에게 낮은 목소리로 시간을 알려주었다.

"아슬아슬하군요."

이토처럼 저명한 인사와의 약속시간에 늦는다는 것은 약속을 지키지 않는 것과 다름이 없었다. 약속은 아마 취소될 것이다. 이토는 한국과 만주 여행에서 돌아온 뒤에 만나자고 할지도 모른다. 그러나 그때쯤이면 그는 이미 죽어있을 것이다.

'그가 한국으로 출발하기 전에 약속을 청하면서 수만 달러와 교토의 성 하나를 주겠다고 제안한다면 어떨까?' 나는 마음속으로 궁리했다. '거절하겠지. 우리가 약속에 늦는 것은 그에 대한 모욕이고 그의 체면에 관한 문제다. 자기 체면을 회복하기 위해서 그는 우리가 그렇게도 바라고 있는 약속을 취소할 것이다.'

"맙소사."

나는 목소리를 낮추어 말했다.

"2분. 2분밖에 안 남았어."

나는 한숨을 쉬었다.

"항상 운이 좋을 수만은 없지."

다시 1분을 기다렸다. 그때 접수담당인지 비서인지, 한 남자가 우리에게 따라오라는 손짓을 했다. 조이는 여자였다. 일본에서 조이와 함께 약속장소에 나갈 것인지의 여부는 내게 달려 있었다. 나는 이미 와타나베에게 바깥 사무실에서 우리를 기다리라고 말해 놓았다. 나는 넓고 천정이 높은 사무실로 안내 되었다. 조이가 뒤따라 왔다. 밖으로는 잔디가 내려다 보였고 거리 너머로 황궁과 해자가 보였다. 콧수염에 회색 머리 그리고 안경을 낀 아주 엄격한 표정의 한 남자가 방 한복판에 놓여 있는 커다란 검은색 회의 테이블 상석에 앉아 있었다. 한쪽 벽에는 천황 무츠히토의 커다란 사진이 걸려 있었고, 다른 벽에는 훈장을 단 장군과 제독의 사진이 있었는데, 1905년 츠시마 해협 해전에서 러시아의 발틱 함대를 거의 전부 침몰시킨 유명한 토고 제독의 사진이 들어 있었다. 정치가 사진은 없었다.

이토 히로부미는 일어서서 걸어 나와 우리가 다가오기를 기다리고 있었다. 그는 일본인치고는 키가 컸고, 군인다운 풍채를 지니고 있었다.

이런 경우에 대비해 조이에게서 배운 대로 나는 그의 지위에 걸맞은 깊은 절을 했다. 그는 약간 허리를 숙여 답례했다.

"처음 뵙겠습니다."

그는 딱딱한 태도로 인사했다. 그의 긴 콧수염이 움직였다.

조이는 그 인사에 답례를 했고, 나도 인사를 하면서 손을 내밀었다. 그는 손을 잡더니 빠르게 두 번 흔들었다.

우리 임무를 위해서 일본어를 공부했던 조이는 처음으로 통역사라는 직책에 손색이 없는 실력을 보여 주었다. 이토와 같은 지위에 있는 일본인들은 영어를 배우도록 되어 있었다. 일본은 현대화를 선언했고 많은 일본인들이 미국을 기술과 과학 발전의 모델로 삼고 있었다. 영국과의 외교관계도 그 결정에서 중요한 역할을 했다. 그럼에도 불구하고 많은 고위층 인사들은 대답할 시간을 벌거나 원치 않는 대답을 지연시키기 위해 통역을 선호하고 있었다.

이토는 테이블 상석에 굳은 자세로 앉아서 주위에 놓여있던 부드러운 방석이 깔린 붉은 옷칠의 의자들을 가리키며 앉으라고 손짓했다. 그는 회색 턱수염을 만지면서 몇 분간 기다렸다.

나는 결국 통역을 통해 대화를 시작했다.

"저는 어느 나라 정부에서 보낸 비밀공작원입니다. 우리 정부에서는 만주 하얼빈 기차역에서 당신을 암살하려는 한국인이 있다는 확실한 정보를 입수했습니다."

나는 여유 있는 대화를 좋아하지 않는다. 아마도 그런 대화에 능숙하지 못하기 때문인지도 모른다.

그가 나를 바라보았다. 그의 콧구멍이 움직였다. 나는 그제야 서양인들이 왜 일본인들을 불가사의 하다고 말하는지 이해할 수 있었다.

"여기 상세한 정보가 있습니다."

나는 준비했던 자료를 그에게 보여주었다. 조이가 통역을 하는 동안 나는 그의 얼굴이 변하는 모습을 자세히 관찰했다. 먼저 콧구멍을 벌름거리더니 눈을 가늘게 떠서 마치 눈동자가 사라진 것처럼 보였다. 이어서 짙은 눈썹 꼬리가 아래로 처지면서 입술이 가로로 길게 늘어졌고 턱이 앞으로 돌출했다. 그리고 한순간 귀가 움직이는 것 같았다. 그의 얼굴은 불가사의에서 시작되어 흥미로, 경악으로, 그리고는 분노로 변해가는 모든 과정을 보여 주었다. 그것은 마치 지구가 수십억 년의 세월을 통해 변해가는 모습을 애니메이션으로 보여주는 것 같았다.

"하아, 바카라시이!"

그는 가늘게 뜬 눈으로 나를 쳐다보며 말했다. 그러더니 마치 1개 중대 병사들에게 명령을 하듯 큰 소리로 고함을 쳤다.

조이는 그런 명령조의 빠른 말을 영어로 해석하려고 애쓰면서 통역했다.

"이런 바보 멍청이. 내가 만주를 시찰하러 가는 것이나 러시아 재무장관과의 협상을 하는 것은 물론, 하얼빈에서 머무는 것조차 모두 국가 기밀이요."

그녀는 노트를 보면서 계속 말했다.

"천황과 추밀원의 두 사람밖에 그 사실을 아는 사람이 없소. 당신에게 그런 정보를 흘린 반역자를 찾아내서 처벌하겠소."

내가 대답했다.

"반역자는 없습니다. 우리에게는 당신이 상상할 수도 없는 정보 수집의 방법이 있습니다. 어쨌든 당신을 암살할 사람은 당신이 10월 26일 하얼빈에 간다는 것을 알아낼 것이고, 따라서 그 여행은 당신이 생각하는 것과는 달리 비밀리에 이루어질 수 없습니다. 우리가 요청하는 것은 은밀히 일정을 바꾸어서 그 암살계획을 무산시키자는 것뿐입니다."

그의 얼굴은 다시 불가사의한 표정으로 돌아갔다. 그는 조이가 통역을 하는 동안 굳은 자세로 꼿꼿이 앉아 나를 노려보았다.

얼마간의 침묵이 흘렀다.

나는 잠깐 동안의 침묵을 깨며 내가 했던 말을 다시 한 번 설명했다.

"당신이 일정을 변경하는 것이 쉬운 일이 아니고, 거기엔 큰 비용이 발생하리라는 것도 알고 있습니다. 그것을 보상하기 위해 우리 정부에서는 당신이 합리적이라고 생각하는 금액을 지급할 생각입니다."

조이는 통역을 했고 이토는 무뚝뚝하게 대꾸했다. 둘 사이에는 몇 차례 그런 대화가 오고 갔다. 조이의 목소리는 침착하고 상냥했다. 특히 일본어를 쓸 때는 더욱 그랬다. 마침내 그녀는 나를 돌아보며 말했다.

"자기 정부에 적절한 보상을 할 수 있게끔 돈을 달라고 합니다."

"얼마를?"

이토는 나를 직접 보면서 영어로 말했다.

"미화로 2만 5천 달러요. 동의합니까?"

"동의합니다."

나는 서둘러 말하고 악수를 청하려 손을 내밀었다.

그는 한 손으로 머리카락을 만지면서 내 손을 오랫동안 바라보더니 다른 손으로 내 손을 잡고 두 번 크게 흔들었다.

우리가 그 돈을 보내는 방법을 구체적으로 정한 다음, 자리에서 일어서려고 할 때 그는 일본말로 나에게 신주쿠의 유명한 게이샤 바에서 한잔 하자고 제의했다. 조이는 길고 검은 속눈썹 사이로 나를 사랑스럽게 바라보면서 그 말을 통역했다.

그러자 이토는 조이를 바라보면서 덧붙였다.

"게이샤는 예쁩니다. 당신 같은 사람이 많아요."

조이의 표정이 샐쭉해졌다. 나는 무슨 뜻이냐고 눈썹을 올리며 물었다.

"통역을 할 필요가 없을 거예요. 내가 없어도 되니까."

그녀는 내 코가 얼어붙을 정도로 차갑게 말했다.

"난 여기서 그저 당신의 조수이고 통역사일 뿐이니까."

이런. 나는 황급히 이토에게 대답했다.

"대단히 송구스럽습니다만, 저희가 이곳에 너무 늦게 도착했기 때문에 내일 일본을 떠나기 전에 해야 할 일이 너무 많습니다. 제가 다음에 일본에 들르거나 당신이 미국을 방문했을 때 다시 만나 뵐 수 있다면 영광이겠습니다."

조이는 내 말을 통역하지 않았다.

그가 몸을 일으켰다. 조이와 나도 일어났다. 나는 그에게 깊이 고개를 숙여 절을 했지만, 조이는 내 절의 반 정도밖에 허리를 굽히지 않았다. 그는 그녀를 무시하고 가벼운 절로 나에게 답례했다. 그러고 나서 나는 조이가 가르쳐 준 대로 '사요나라'라는 인사와 함께 자리를 떴다.

우리는 사무실 밖에서 기다리고 있던 와타나베를 데리고 빌딩을 나와 대기하고 있던 마차에 올라탔다. 사무실로 돌아가는 길에 조이는 부드러운 어조로 물었지만, 그녀의 목소리는 이미 얼어붙은 내 코를 녹일 정도는 아니었다.

"왜 이토의 초대에 응하지 않았죠? 일본에서는 사업얘기가 끝나면 손님을 모시고 여자가 시중을 드는 술집에 가는 게 남자들 사회의 전통이에요. 이토가 당신에게 잊을 수 없는 추억을 만들어 주었을 텐데. 그런 일본식 사소한… 전통을 왜 마다한 건가요?"

조이는 어디서 이런 재주를 터득했을까? 그렇게 달콤한 목소리로 내 속을 뒤집어 놓다니. 그것은 여자들만의 타고난 특성들 중의 하나일 것이다. 어쨌든 분위기를 회복할 때가 되었다. 나는 내가 꾸밀 수 있는 가장 결백하고 정직하며 천사와 같은 표정을 지어 보였다.

"자기도 알다시피 나는 일본 사람이 아니잖아. 나는 일본 남자들이 여자를 대하는 방식을 혐오해. 그리고 나는 매춘부를 찾아다니지 않아." 그리고 마지막으로 꿀을 발랐다.

"나는 당신만 있으면 돼. 게다가 내 마음이 당신에 대한 사랑으로 이렇게 넘치고 있는데."

우리는 몇 분간 말과 마차가 먼지를 일으키는 거리를 흔들리며 지나갔다. 내가 이 시대 도시에서 풍기는 냄새, 파리 떼와 쓰레기와 같은 공해가 구우주의 현대도시에서는 매연과 스모그로 바뀌었다고 말하려는 순간, 조이는 곁눈으로 나를 바라보고 미소를 지으며 말했다.

"네, 당신의 사랑은 넘치고 있죠."

32

 나는 그녀가 나를 배반하리라는 것을 일찌감치 눈치 챘어야 했다.

 이제 조이와 나는 따로 여행을 해야 했기 때문에 일본에서 티켓을 바꾸어야 했다. 중국어도 할 줄 알았던 그녀는 북경으로 가서 항일단체의 한정일 장군을 만나기로 되어 있었다. 한 장군은 일본과 맞서 싸우기 위해 중국으로부터 무기와 자금을 구하고 있었다. 나는 집으로 돌아가기로 했다.

 이튿날, 우리는 각각 다른 배를 타고 출발했다. 8일 후 나는 샌프란시스코로 돌아왔다. 조이는 우리 몸에 삽입된 통신장치를 통해 이틀 전에 북경에 도착했으며, 한 장군과 비밀리에 만날 약속을 정했다고 알려주었다. 우리는 그에게 금화 천만 달러와 미화 2천만 달러를 제공하기로 했다.

 그러나 마지막 교신이 있은 뒤에, 이틀 동안 조이로부터 소식이 없자 나는 걱정이 되기 시작했다. 우리는 열 시간 이상 어떤 형식으로든 접촉이 끊어진 적이 한 번도 없었다. 내가 북경에 있는 정보원을 통해 그녀의 행방을 알아보려는 순간, 조이로부터 연락이 왔다.

"KK. 일을 모두 마쳤어요. 돈과 금을 보내 주세요. 자세한 건 나중에 설명 드릴게요."

나는 그녀가 요구한 것들을 받아 적은 다음 간단히 물었다.

"무슨 일이 있었어?"

"돌아가서 설명할게요. 걱정하지 마세요. 내일 차이나 호로 출발해요. 사랑해요."

그녀가 미국으로 돌아오는 배를 타고 있는 동안에도 우리는 계속 교신을 했지만 그녀는 왜 지난 이틀 동안 연락이 두절되었는지, 설명해 주지 않았다.

샌프란시스코 항에서 그녀가 배에서 내리자 우리는 먼저 본부에 들러 몇 가지 일을 정리했다. 마침내 아파트로 돌아온 그녀는 내게 그동안 하지 못했던 포옹과 키스를 퍼부었다. 그리고 내 손을 잡아 카우치에 앉힌 다음 말을 꺼냈다.

"자, 이제 무슨 일이 있었는지 말할게요. 우리 사이에는 항상 진실만 있어야 해요. 우리 사랑뿐만 아니라, 우리 임무를 위해서도 그건 아주 중요해요."

그러나 지금 돌이켜보면 그녀의 표현은 과장된 것이었다. 그건 또하나의 새빨간 거짓말이었기 때문이다. 그러나 당시 나는 사랑에 눈이 멀어 있었다.

말을 마친 그녀는 입을 다물고 시선을 떨어뜨린 채 말없이 앉아 있더니 다시 말을 꺼냈다.

"내가 말을 마칠 때까지 제발 아무 말도 하지 마세요. 알았죠?"

나는 말을 하고 싶었지만 그럴 수 없었다. 대체 무슨 일이 일어났는지 궁금하고 걱정스러웠다.

그녀가 말을 시작했다.

"나는 한 장군을 만났어요. 이토 만큼이나 상대하기 힘든 사람이었죠. 하지만 과거에도 우리는 그런 사람들과 거래를 해 왔고, 또 그것이 우리 임무의 일부죠. 준비했던 대로, 내가 제안을 했어요. 하지만 한은 내가 비밀공작원이라는 것을 믿으려 하지 않았고, 오히려 내가 일본을 위해서 자신을 함정에 빠뜨리려 한다고 생각했어요. 그는 내게 비밀공작원 훈련을 받았느냐고 물었어요. 그렇다고 대답했죠. 그랬더니 즉시 경호원 두 명을 불러서 말했어요. '저 여자를 묶어라.' 그래서 나는 몇 분 만에 그 두 명을 바닥에 쓰러뜨렸어요."

몇 분이라니. 몇 분이 걸렸다니. 다리가 부러지거나 팔이 마비되지 않는 한 그렇게 시간이 걸릴 수는 없다고 생각했다. 그러자 여전히 두려움이 도사리고 있는 내 깊은 기억 속에서 왜 그들을 죽이지 않았느냐는 의문이 솟아올랐다.

그러나 나는 입을 떼지 않았다. 태풍이 영원히 잠재워 버렸고, 뒤이어 우리의 '밀월여행'이 감정의 밑바닥에 영영 묻어 버렸다고 생각했던 그 사건, 조이가 멕시코에서 소년들을 살해한 그 사건이 사실은 나의 뇌리 속에 여전히 남아 있었다는 것을 깨달았다.

조이는 너무 흥분하고 있어서 내 얼굴에 스치는 고통이나, 너무 힘주어 쥔 탓에 관절이 하얗게 변한 내 두 주먹을 보지 못했다. 그녀는 말을 계속했다.

"한은 그 다음부터는 내 말을 믿었지만, 계속 내가 어느 나라를 위해서 일하고 있는지 알아내려고 했어요. 마침내 그는 우리가 제안한 자금을 받기로 했어요."

조이는 갑자기 몸을 앞으로 숙이며 내 팔에 손을 올려놓았다.

"존, 하지만 한은 자기가 우리 제안을 수락하는 데에는 한 가지 조건이 있다고 말했어요. 내가 사흘 밤을 그와 동침해야 한다는 거였어요. 나는 주저없이 안 된다고 말했죠. 그러자 그는 '굿바이'라고 말했어요. 나는 그의 말을 믿지 않았어요. 단지 나와 잠자리를 함께 하지 못했다는 이유로 우리와 합의한 그 모든 것들을 포기하리라고는 믿을 수 없었죠. 나는 그를 시험해 보려고 자리에서 일어나 문을 열고 나왔어요. 그는 아무 말도 하지 않았죠. 내가 북경의 호텔방으로 돌아왔을 때에도 그에게선 아무 연락도 없었어요. 나는 북경을 떠나기로 예정된 마지막 순간까지 기다렸어요. 그러다가 심부름꾼에게 '하루'라고 쓴 쪽지를 팰리스 호텔에 있는 그에게 전해달라고 했어요. 심부름꾼은 '이틀'이란 말과 함께 시간과 장소를 적은 답장을 가져왔어요. 나는 출발일을 변경한 다음 약속장소로 갔죠."

"뭐라고?"

나는 자리에서 벌떡 일어났다. 폼페이를 묻어버린 베수비우스 화산 폭발을 무색케 할 기세였다. 그러자 조이는 조용히 나를 자리에 다시 앉혔다. 그녀의 우아한 태도와 애절한 표정이 타오르는 화산을 잠시 진정시켰다.

"우리 임무를 생각해 주세요. 우리의 임무는 다른 그 어떤 것보다 우선하는 거예요."

점점 더 빌어먹을 소리를 지껄이는군. 그녀의 그 어떤 설명도 내게는 와 닿지 않았다.

그녀는 말을 계속했다.

"그는 여자를 아이를 낳고 남자에게 쾌락을 주는 존재라고 생각하는 가부장적인 문화에서 자란 사람이에요. 나는 그런 문화와는 거리가 먼 사람이라고 했지만, 그는 나를 단순히 동양 여자로 보았어요. 존, 이걸 알아야 해요. 어떤 사람은 돈으로 매수할 수 있지만 어떤 사람에게는 여자가 뇌물이 될 수 있다는 것을."

나는 그녀의 이야기에서 어디까지가 진실인지 알 수 없었다. 일찍이 느껴보지 못했던 분노 때문에 위에는 경련이 일고, 심장은 두방망이질을 해댔다. 나는 뇌가 터질 것 같은 고통을 참으며 앉아 있었다. 나는 떨리는 손바닥을 엉덩이에 깔고 앉았다.

"그자와 이틀간 잤단 말이야? 그래서 한국의 '전통'을 맛보고 즐겼단 말이야?" 나는 고함을 질렀다.

조이의 눈이 휘둥그레지더니 몸이 굳어졌다. 그녀는 양손을 꽉 잡았다.

"그건 나에게 아무 의미도 없는 짓이었어요. 육체적인 노동이었을 뿐이에요. 나는 그저 침대에 누워 있기만 했어요. 그를 쳐다보지도 않았어요. 아마 창녀에게 돈을 주고 하는 게 훨씬 나았을 거예요. 어쩌면 나무 구멍에 대고 하는 게 더 나았을지 몰라요. 어쨌든 그는 만족한 눈치였어요. 그는 나에게 선물을 했는데 나는 그게 뭔지도 몰라요. 인력거꾼에게 그냥 주어버렸어요. 한은 충고도 잊지 않았죠. 사랑하는 방법을 더 많이 배워야 한다고."

그녀 입가에 언뜻 미소가 스쳤다.

조이는 쉬지 않고 손을 만지더니 조금 가라앉은 목소리로 말을 계속했다.

"나는 전쟁 중에 적지에서 활동하는 스파이예요. 우리는 대량학살과 불필요한 살상을 막기 위한 전쟁을 하고 있어요. 그리고 여자로서 내가 해야 할 일이 생길 때가 있어요. 나는 항상 대비하고 있었죠. 성병 예방약도 먹었어요. 구 아주머니가 캡슐에 넣어 보내 줬죠. 만일의 사태에 대비해서 핸드백에 항상 그걸 넣어서 다녔어요."

조이가 한 장군과 이틀을 함께 보냈다는 고백을 한 다음부터는 내 귀에 아무런 이야기도 들어오지 않았다. 나는 그녀가 그런 약을 가지고 다녔다는 이야기의 의미조차 이해하지 못했다. 너무 화가 났던 나는 자제심을 잃어버렸다. 내 안에서 드디어 베수비우스 화산이 폭발했고 그 재는 샌프란시스코를 온통 덮어버렸다. 나는 카우치에서 벌떡 일어나 의자를 걷어차 다리를 부러뜨리고 손에 잡히는 대로 벽을 향해 책을 내던졌다. 부서진 의자를 다시 차고 밟다가 다리를 다쳤다. 숨을 쉬는 것도 힘들었다. 나는 방석을 주워들고 주먹으로 두들겼다. 그러다가 결국 침실로 뛰어 들어가 문을 쾅 닫아 버린 다음 침대에 앉아 비탄에 잠겼다. 나는 이성을 잃어버렸다. 나는 조이에게서, 내가 그렇게도 사랑했던 아름다운 여인에게서 배신을 당했던 것이다.

그녀가 멕시코에서 소년들을 살해했을 때와는 상황이 달랐다. 그때 내가 느낀 것은 도덕적인 혐오감이었고, 우리가 함께 공유하고 있다고 믿었던 윤리적 가치에 대한 타격이었다. 지금 나는 낯선 사내가 그녀의 관능적인 몸을 더럽히는 장면을 상상하고 있었다. 그 모습은 내 머릿속을 가득 채워서, 마치 산소가 가득 찬 방에 불이 번지듯 내 모든 사고를 불태워 버리고 말았다. 남은 것은 오직 철저한 질투뿐이었다.

나는 15분가량 앉아 있다가 천천히 냉정을 회복하고 분노로 마비되었던 사고력을 되찾기 시작했다. 나는 그녀가 그런 행동을 할 수밖에 없었던 정황에 눈을 돌리기 시작했다. 그렇다. 임무를 위해서였다. 이 신우주의 운명은 우리에게 달려 있고, 수억의 무수한 생명이 위험에 처해 있다. 그러나 나는 그녀를 너무도 깊이 사랑하고 있기에 질투가 고개를 들고 내 이성에 비명을 지르며 발길질을 해대고 있는 것이다. 나는 조이가 한 일을 감정의 차원에서는 결코 받아들일 수 없었다.

침실 문이 조금 열리더니 조이가 머리를 들이밀었다. 그녀의 검고 긴 머리가 얼굴을 가리면서 가슴까지 흘러내려와 있었다. 그녀의 커다란 두 눈은 근심으로 가득 차 있었다.

"들어가도 돼요?"

조이는 평소에도 정신을 잃을 정도의 미인이지만, 그때만큼 아름답게 보인 적도 없었다. 나는 그녀에게 들어오라고 손짓을 했는데, 그것은 나 자신도 믿기지 않는 반응이었다. 그녀는 살며시 방 안으로 들어와 내 옆에 앉더니 굳어버린 내 차가운 손을 잡고 얌전히 앉아있었다. 나는 허리를 굽혀 한 쪽 팔꿈치를 무릎 위에 받치고 손으로 이마를 감쌌다.

벽에 드리웠던 그림자가 천천히 모양을 바꾸었다. 학교 수업이 끝난 아이들이 근처의 헤이트 가를 걸어 내려오면서 왁자지껄하는 소리가 들렸다. 밖에는 또 하나의 세계가 존재하고 있었지만 그것은 나와 무관한 세상이었다.

의자를 걷어찼던 발이 쑤시기 시작했고, 너무 오랜 시간 거머쥐고 있던 손에는 감각이 없었다. 뱃속은 옐로스톤 국립공원의 끓어오르는 진흙탕처럼 제멋대로 부글거리고 있었다. 나는 머리를 약간 들어 올리며 말했다.

"난 이런 게 싫어. 당신과 결혼하고 싶어. 당신과 살면서 아이를 가지고 싶어. 가족과 함께 늙어가며 사랑을 나누고 싶어. 그런데 그럴 수가 없어서 괴롭다고."

영리한 조이는 내 말이 진심이란 것을 알고 있었다. 나는 충혈된 눈 한 귀퉁이로 그녀를 흘낏 바라보았다. 그녀는 이해한다는 듯 고개를 끄덕였다. 그녀의 눈에는 사랑이 담겨 있었다.

잠시의 시간이 흐른 후, 나는 힘없이 말했다.

"임무가 가장 중요하다는 것은 나도 알고 있어. 우리는 세계를 구할 수 있어. 유치하고 진부하게 들릴지도 모르지만 그건 사실이야. 그런데 우리 사랑이 그걸 방해할 수는 없지."

나는 두 손으로 얼굴을 감싼 채 눈물을 흘렸다. 조이가 다가와 나를 끌어안고 함께 울었다. 그날 저녁 우리는 서로를 부둥켜안은 채 잠이 들었다. 그러나 내가 조이와 다시 사랑을 나눌 수 있게 되기까지에는 몇 주일의 시간이 더 필요했다. 내가 머릿속에서 그렸던 그녀와 한 장군의 모습이 내 기억에서 자연스럽게 사라지려면 몇 달이라는 시간이 더 필요했다.

그로부터 오랜 시간이 흐른 어느 날 저녁, 이제는 그 문제에 대해서 침착하게 이야기를 나눌 수 있다는 생각이 들자 나는 조이가 이틀 동안 연락을 끊었던 이유를 물었다. 우리는 아파트의 카우치에 앉아 있었다.

"할 수가 없었어요."

조이는 자기 손을 내려다보면서 말했다. 그녀는 긴 머리카락을 만지작거리더니 허탈한 표정으로 손가락에 감기 시작했다.

"난 그 이틀이 우리 삶의 일부가 되기를 바라지 않았어요. 난 당신이 걱정하리라는 것을 알았지만 그때 이야기를 하면 당신은 거기서 벗어나지 못해요. 내 말의 뜻을 이해해요?"

"이해하지."

나는 한숨을 내쉬면서 말했다. 그리고 우리는 그 이틀간의 일에 대해서 다시는 이야기하지 않았다.

몇 년이 지난 후 나는 일본에 대한 우리들의 사업이 얼마나 성공적이었는가를 알게 되었다. 조이는 동경 사무소와 그가 구독하고 있던 아사히 신문을 통해 일본 내에서의 사태의 진전을 주시하고 있었다. 그녀는 내게 정황을 설명해 주었다.

"우리가 지원한 자금 덕분에 일본의 한국합병에 대해서 서방 신문과 정치가들 사이에 그리고 일본의회에도 큰 반향이 일어났죠. 항일단체에 대한 지원도 강화되었고, 그들은 일본에 맞서 몇 차례 큰 승리를 거두기도 했어요. 이런 사건들과 세계여론 때문에 일본인들 사이에도 군부에 대한 반감이 고조되었고, 사이온지 수상의 정당은 중의원에서 압도적인 다수의석을 확보하는 놀라운 승리를 거두게 되었어요. 수상의 세력이 강력해지자, 일본의 실질적 지배자인 정계 대표들은 섣불리 그의 정책에 반대할 수 없었죠. 그 이듬해 예산에서는 군비지출이 대폭 삭감되었어요. 그리고 국회는 놀랍게도 정계대표들의 동의를 받아, 군인이 입각하기 위해서는 수상의 지명과 중의원의 인준을 받아야 하는 법안을 통과시켰어요. 아마 천황의 압력도 있었을 거예요."

조이는 우리가 거둔 성공이 무척 기쁜 것 같았다. 나도 그녀와 함께 승리의 환성을 질렀다. 그러나 나의 환성은 진실이 아니었다. 내게는 그 승리가 장부에 기록된 숫자로서의 의미밖에 없었다. 나는 자랑스럽지 않았다. 축하하고 싶은 생각도 없었다. 나는 조이에 관해서 내가 새롭게 발견한 사실에 집착하고 있었다. 나는 그녀에게 그 이야기를 하지 않았다. 아직까지는.

33

결혼? 우리는 함께 생각해 보았다. 결혼을 하면 달라질까? 그럴 것
같았다.

일본과 한국에서의 임무가 끝난 뒤, 이 신우주에서 1911년 새해가
밝을 때까지 우리는 사업을 확장하는 데 전념했다. 모스크바, 성 페
테르부르그, 베를린, 파리, 그리고 유럽의 중요한 도시에 사무소를
개설했다. 우리는 자선회가 마련한 구우주의 정치연표를 참조하면서
그곳에서 벌어지는 사태를 주시하고 있었다. 우리가 직접 개입하기
에는 너무 일렀지만, 간접적으로 반전운동에 수백만 달러를 지속적
으로 투입했다.

나는 주식을 계속 사들였다. 내가 소유한 주식의 가치는 6억 달러
가 넘어서 가장 큰 증권사도 관리하기 힘들 정도의 금액이 되었다.
이것은 2002년의 가치로 환산하면 110억 달러에 달했다. 조이는 매
주 구우주의 월스트리트저널의 주식가격과 우리 신우주의 주식가를
비교했다. 우리가 도착한 이래 그것은 100퍼센트 맞아떨어졌다. 하
지만 우리는 아직 세계 금융시장을 변화시키지는 않았다.

1910년 12월의 어느 날, 저녁식사를 준비하기 전에 내가 가스레인지를 닦고 있는데 조이가 주방으로 들어왔다.

"이제 됐어요. 우린 마침내 세계정세에 중대한 영향을 미치게 됐어요. 우린 이제 진정한 의미에서 새로운 우주를 창조한 거예요. 뉴욕 증권거래소의 주가지수가 일시에 96퍼센트로 떨어졌어요."

"왜 그렇게 됐지?"

나는 세제가 담긴 통을 바닥에 내려놓으며 미소지었다. 조이가 더 큰 미소를 지으며 말했다.

"조사해 보았더니 동북아시아와 멕시코에서 투자와 영업을 하고 있는 회사들 때문이더군요."

행복한 날이었다. 키스를 하면서 청소를 하던 내 손이 조이의 셔츠를 더럽히고 있었지만 그녀는 개의치 않았다.

■　■　■　■　■

우리 회사는 미국 서부에서 가장 큰 무역회사가 되었고 전 세계에 천3백 명의 직원을 고용하고 있었다. 우리가 처음 고용했던 세 사람은 회사의 중요한 간부가 되었고, 핸즈는 부사장으로 승진했다.

한번은 그를 포함한 여러 직원들을 조그만 파티에 초대한 적이 있었다. 그는 앵커 스팀 맥주를 몇 잔 마시고 난 뒤 내게 물었다.

"사장님의 돈은 모두 어디서 생긴 겁니까? 사장님은 가끔 우리 회사의 수입을 초과하는 많은 돈을 만들어 내고 있습니다. 특히 다른 나라에 사무소를 설립할 때 말입니다. 은행에서 빌린 돈은 아닌 것으로 알고 있는데요."

나는 신중하게 대답을 했다.

"불법적인 자금이 아니야. 그건 내가 보증하지. 귀족이었던 유럽의 선조가 남겨준 유산을 조금 쓴 것뿐이야. 그리고 내 개인 소유의 주식도 있고."

그는 내 설명에 만족한 것 같았다.

핸즈나 회사의 다른 직원들에게 조이는 그저 나의 조수이며 통역사일 뿐이었다. 아무도 우리가 함께 살고 있다는 사실을 몰랐다. 하지만, 회사의 간부들은 우리의 친밀한 관계를 당연한 것으로 생각하고 있었다.

언젠가 돌피는 눈썹을 찌푸리며 내게 물은 적이 있었다.

"사장님, 왜 조이에게 청혼하지 않나요?"

그는 질문을 할 때면 늘 사용하는 어법으로 말했다.

"사장님은 정말 눈 뜬 장님이에요. 길은 어떻게 건너가세요?"

기습을 당한 나는 머리에 떠오르는 대로 대답했다.

"사장은 사원과 결혼할 수 없어."

"그럼 승진을 시키세요." 그는 말했다.

"조이는 부사장감입니다. 핸즈도 그렇게 생각하고 있어요."

"조이가 받아들이지 않을 걸."

나는 약간 짜증스럽게 대답했다.

"그 여자는 현재의 위치에서도 봉급을 충분히 받고 있고, 또 자유로운 삶을 즐기고 있어. 그런데 만약 부사장이 된다면 자신의 소중한 시간을 빼앗기게 된다는 걸 알고 있지."

그는 내 말을 이해했는지 그 후로 다시는 그 문제를 거론하지 않았다. 내가 짜증스러워 한다는 것을 알아차린 것 같았다.

하지만 조이와 나는 실제로 결혼에 대해서 진지하게 생각해 보았다. 우리는 임무를 완수해서 더 이상 역사에 개입할 필요가 없어진다면 그때 결혼하자는 데 동의하고 있었다. 그러면 우리는 은퇴를 하고 결혼을 하고 집을 사고 여생을 즐기며 살 수 있을 것이다. 너무 늙은 나이가 아니라면 아이를 한두 명 양자로 들일 수도 있을 것이다.

어쨌든 나는 핸섬하고 현명하며 수완이 좋은 사장이고 그녀는 아름다운 조수일 뿐이었다. 조이가 우리의 결혼 문제를 거론했을 때 나는 이렇게 말했다.

"임무를 수행하는 데에는 지금의 우리 관계가 더 편리해. 당신이 내 아내가 된다면 우리와 거래할 사람들 중에서는 다른 반응을 보일 사람도 있을 거야. 그건 상대가 이용할 수 있는 약점이 될 수 있어."

"그래요."

조이는 긴 속눈썹 너머로 나를 보면서 말했다.

"이토는 아내 앞에서 당신을 게이샤 바에 초대하지는 않았을 테니까요. 그렇죠?"

나는 서둘러 말했다.

"그래도 비밀결혼은 할 수 있잖아. 안 그래?"

그녀는 한숨을 쉬며 대답했다.

"알아요, 알아요, 하지만 필요 없어요. 우리는 이곳에 도착한 뒤부터 이미 비밀결혼한 부부로 살고 있잖아요."

난 그녀에게 키스했다.

가장 골치 아픈 문제는 조이가 혼자 여행할 때면 끊임없이 남자들의 주목을 끈다는 것이었다. 나는 그것이 때로 조이 쪽에서 남자들을 유혹했기 때문이라고 확신하고 있다. 하지만 그것은 자신에게 매력이 있다는 것을 알고 있는 여자들이 공통적으로 가지고 있는 본능적인 행동이라고 생각했다. 나는 이 문제를 방법적으로 해결했다. 즉, 조이 혼자서 외출할 때는 크고 화려한 결혼반지를 끼도록 하는 것이다. 그러나 강요하지는 않았다. 여자에게 무엇인가를 요구하려면 연주회장의 피아니스트만큼이나 전문성이 필요한 법이다. 그녀는 반지를 계속 바꾸었는데, 새로운 도시를 방문할 때마다 새로운 반지를 샀다. 그녀는 자신이 장신구를 사는 걸 내가 반대할 수 없다는 것을 알고 있었다. 나는 또 직원들 중에서 나이 든 여자를 골라서 조이가 혼자 다른 지역에 있는 사무소를 방문할 때마다 동행하도록 했다.

처음에 우리는 그 문제 때문에 다투었다.

"무엇이 두려운 거예요?" 조이가 다그쳤다.

"난 당신이 딴 놈하고 놀아나는 것이 두려운 게 아냐. 불장난을 하다가 빠질 위험이 두려운 거지."

나는 질투심도 있었지만 그것이 논쟁거리는 될 수 없었다. 논쟁의 가치만 떨어뜨릴 뿐이니까.

조이의 눈썹이 올라갔다. 그녀는 손을 허리에 갖다대고 믿을 수 없다는 듯 대답했다.

"내가 내 몸 하나 간수하지 못한다는 말인가요?"

그녀의 말이 맞다. 그건 아놀드 슈왈츠제네거가 동네 불량배들조차 다루지 못한다고 말하는 것이나 다름없다.

"무술과 롤러스케이팅도 구별할 줄 모르는 열여덟 살 소년도 질투심에 사로잡히면 무심코 호텔 방문을 열었다가 당신을 총으로 쏘아 죽일 수도 있는 거야."

이 대결에서는 내가 승자였다.

특히 지난 한 해 동안 나는 그녀의 건강이 걱정스러웠다. 언제부터인가 그녀는 이상하게 피로를 느끼고 아침 약속을 모두 취소한 채 늦잠을 자기가 일쑤였다. 우리의 운동은 계속되었지만 운동이 끝난 뒤 그녀는 나보다 더 피곤해하는 것 같았다. 그녀의 우울증도 늘어났다. 그래서 나는 그녀에게 의사를 찾아가서 건강상태를 점검해 보라고 권했다. 하지만 그녀는 내 말을 들으려고 하지 않았다.

"이 시대에는 단순한 독감환자에게도 뇌수술을 하자고 덤빌 거예요."

내가 지금 알고 있는 것을 그때 알았더라면, 차라리 뇌수술을 택했을 것이다.

34

중국의 반란 급속 확대. 만주제국 대신 공화국을 목표로
항코우와 한양에서 황실 무기고 탈취
다른 성도에서도 반란 기도가 일어나다.

— 뉴욕타임즈, 1911년 10월 13일, 구우주

나중에 알게 된 일이지만 멕시코와 일본에서의 임무는 비교적 쉬운 편이었다. 중국에서의 임무가 가장 어려웠기에 주의하지 않으면 함정에 빠질 수 있었다. 아이러니 중의 아이러니는 내가 그곳에서 조이의 생명을 구해 주었다는 사실이다.

조이와 나는 계속 중국을 주시했다. 우리는 언제 개입을 해서 그들의 민주화운동을 고무시킬 수 있을지에 대해서 가끔 논의했다. 마침내 나는 그녀에게 말했다.

"혁명의 열기와 민주화 운동이 정점에 달하고 있어. 순얏센이 망명지인 하와이에서 운동을 지휘하고 있지. 만주국은 붕괴되고 있고."

"알아요."

그녀는 약간 걱정이 되는 듯이 말했다.

"중국은 내 전공 지역이에요. 꾸준히 중국 신문들을 읽고 있죠. 한두 달 늦은 것이긴 하지만요. 1908년, 그 나이 든 황후가 세 살짜리 푸이에게 자리를 넘겨주고 죽은 다음, 그의 아버지가 섭정으로 통치를 하고 있는데 힘이 없어서 정권을 장악하지 못하고 나라가 붕괴되는 것을 막지 못하고 있어요."

그래서… 중국이 전공이라서 뭘 어쨌다는 건가? 나는 교수다. 나는 고집을 버리지 못했다. 나는 그녀가 짜증스러워 한다는 것을 알면서도 손을 흔들며 그녀에게 강의 투로 말했다.

"그 섭정이 힘이 없었기 때문에 제국에 대한 민중봉기가 일어났고, 그것을 탄압하기 위해서……."

나는 내 해박한 지식에 우월감을 느끼며 흐뭇한 미소를 지었다.

"섭정은 반은 선출하고 반은 임명한 임시국회를 소집했지. 완전히 민주적인 절차라고는 할 수 없지만, 그래도 수세기에 걸친 낡은 전통을 극복한 셈이지.."

"그래서, 뭐가 달라졌죠?"

그녀는 내 말을 끊으며 말했다. 그녀는 1911년 시어즈 로벅 카탈로그에서 여성의류 상품소개 페이지를 뒤적이고 있었다.

몇 달 후 나는 그녀의 사무실로 달려갔다. 그러나 문을 열고는 별일 아니라는 듯이 그녀의 책상으로 걸어갔다.

"북경 사무소에서 방금 전보가 왔어."

나는 그 전보를 그녀 코 아래 내밀었다.

"제국이 붕괴되고 있어. 반란이 곳곳에서 일어나고 있고. 그래서 중국에서 가장 강력한 군사 지도자에게 호소했지."

"내가 누군지 맞춰 볼게요." 조이가 재빨리 대답했다.

"북벌군 지도자 위안스카이 장군이죠?"

"맞아. 황실은 위안에게 나라를 지켜 달라고 요청하고 그를 아직

제국 통치하에 있는 두 성인 후난성과 후페성의 성장으로 임명했어. 북경에 있는 국회는 그를 수상으로 임명했고. 그러나 그는 혁명주의자들과 싸우는 대신에 협상을 했어. 많은 성이 독립을 선언했는데도 그는 자기 군대를 움직이지 않았어."

"알아요."

조이는 얄밉게 말했다. 그녀는 낡은 책상에서 서류를 꺼내 내 얼굴에 디밀었다. 그것은 상해에 있는 우리 사무소에서 1911년 10월 13일자 센파오 신문의 제목을 번역한 것이었다. 거기에는 이렇게 써 있었다.

중국의 반란 급속 확대. 만주제국 대신 공화국을 목표로
항코우와 한양에서 황실 무기고 탈취
다른 성도에서도 반란 기도가 일어나다.

'알아요.'는 그녀의 단골 표현이 되었다. 그 표현을 쓸 때마다 나는 기분이 언짢았다. 나는 그녀를 골탕 먹이고 싶은 충동을 느꼈다. 볼 일이 있어서 일찍 나가야 한다고 그녀에게 말한 다음, 말 한 마리를 빌려 아파트로 끌고 간다. 그리고 말을 욕실에 매어두고 문을 닫는다. 그녀가 집으로 돌아오면 나는 태연하게 말한다. '욕실에 말이 한 마리 있어.' 그러면 절대로 '알아요.'라고 대답하지 못하겠지! 한숨이 나왔다. 방법이 없었다.

몇 주일 후 그녀가 상하이에서 온 전보를 들고 내 사무실로 뛰어왔다.

"그가 해냈어요!"

그녀의 말이 너무 모호했기 때문에, 나는 '알아'라고 대답할 수가 없었다.

나는 물어보지 않을 수 없었다.

"누가 무엇을 했다는 거지?"

조이가 대답했다.

"쑨얏센 박사가 중국으로 돌아왔어요. 그리고 여러 혁명지도자와 진보적 지도자들이 그를 새 공화국의 대통령으로 선출했어요. 만세! 민주화가 앞당겨지고 있어요."

나는 너무 감격했기 때문에 그녀와 함께 축하했다. 나는 '알아.'라고 말하는 것도 잊어버렸다.

1912년 2월 12일, 우리가 그렇게 고대하던 전보를 받았다. 배달부로부터 그 전문을 받아든 순간 나는 환성을 질렀고, 사무실을 뛰쳐나가 조이에게로 갔다. 그녀도 내 사무실로 달려오고 있었다. 우리는 각기 상하이에서 온 전보를 들고 비서의 책상 앞에서 마주쳤다.

우리는 동시에 외쳤다.

"드디어 그가 퇴위했어!"

수세기에 걸친 만주 지배가 끝났다. 중국에서 황제의 통치가 종식되었다. 그것은 구우주에서와 마찬가지로 1912년 2월 13일에 일어난 사건이다. 역사학자의 관점으로 볼 때, 그것은 정말 믿을 수 없는 변화였다. 역사가 기록된 이래 중국에서는 어떤 형태로든 황제의 통치가 존재했기 때문이다.

물론 우리는 구우주에서 그 사건이 일어난 날짜를 정확하게 알고 있었다. 그러나 여기는 신우주이고 우리는 같은 시간에 같은 방식으로 그런 사건이 일어날 것인지를 알 수 없었다. 너무나 극적인 사건이었기 때문에 우리는 비서 앞에서 춤을 추었다. 비서는 당황했고, 그동안 우리 관계에 대해서 품고 있던 의혹이 사실임을 확인했을 것이다. 1912년에는 아주 친밀한 사이가 아니라면 사장과 조수가 그런 행동을 할 수는 없었다. 하지만 그 무렵 우리와 가까이 일하던 사람들은 달팽이 정도의 지능만 있다면 우리의 친밀한 관계를 모를 리 없었을 것이다.

우리는 다음 배를 타고 중국으로 떠나야 했다. 조이는 다음날, 나는 그 다음날 배를 타기로 했다. 우리는 이런 사태를 예상했기에 티켓을 구입했고, 짐을 싸두고 있었다.

떠나기 전날 저녁, 우리 사이의 사소한 시소게임은 뒤로 미뤄놓은 채 우리는 앞으로 일어날 일과 우리가 해야 할 일들을 점검했다. 나는 일어날 가능성이 있는 모든 사건들을 검토했다. 조이에게 알려주기 위해서가 아니라 그녀의 통찰력을 빌리기 위해서였다. 나는 확인을 위해 내 임무수첩을 들여다보았다.

'이 사건들의 중심은 위안 장군이다. 그에게는 힘이 있고 이미 자기 휘하 장군들을 각 성의 지방군 사령관으로 임명했다. 구우주에서 위안 장군과의 협상에서 동의한 것처럼 순얏센은 곧 대통령직에서 사임하고, 위안이 임시 대통령으로 선출될 것이다.'

조이는 고개를 끄덕이고 그 수첩을 바라보더니 이렇게 덧붙였다.

"그 이후에 만약 우리가 아무 조치도 취하지 않는다면 위안은 의회 정당과 민주운동의 가장 강력한 지도자이고, 순얏센 다음가는 힘을 지닌 쑨원을 암살할 거예요. 그리고 왕정을 복구해서 스스로 황제가 될 거예요."

나는 그녀가 '알아요.'를 뺀 사실도 의식하지 못했다. 내가 말했다.

"그러나 가장 중요한 것은 군부 성장들이 그를 지지하지 않으리라는 거야. 1916년 구우주에서는 그들이 모두 중앙정부로부터 독립한다고 선언했어. 그로 인해서 중국에서는 피비린내나는 군벌통치가 시작되고, 그 기간에 장군들은 수백 번이나 전쟁을 해서 수십만의 중국인들을 죽이거나 살해했어."

"그러니 우리는 위안을 암살하고 순얏센을 도와야죠." 조이는 자신

있게 말했다.

"아니야!" 내가 말했다. 그녀는 잊고 있었다.

"순은 민주주의자가 아니야. 그는 계몽적인 지도자들이 민주적 통치를 주도하고 국민을 가르쳐야 한다고 믿고 있어. 여기서 계몽적인 지도자란 순, 바로 자기를 가리키지. 진짜 민주주의자는 민주의회운동의 지도자 쑨원이야. 그는 가장 강력한 의회정당인 국민당 지도자야. 그러나 내가 말한 것처럼 위안이 그를 암살할 거야. 그래서 결국은 창카이섹 장군이 국민당을 인수해서 파시스트의 길을 걸어가게 되는 거지."

"당신은 강의와 박사학위 논문에서 창카이섹이 일천만 명의 중국인을 죽인 데모사이드의 책임이 있다고 하지 않았던가요? 난 그 논문을 읽었어요."

"그랬지!"

나는 힘주어 대답했다. 나는 너무나 진지해져서 긴장 때문에 무의식적으로 악물고 있던 이가 아플 정도였다.

"하지만 이제는 왕조가 물러났기 때문에 우리는 순얏센이 대통령직을 사임한 후 위안을 암살하고 쑨원을 대통령으로 밀어야 하는 거야. 우리는 또 창과 마오쩌뚱 그리고 마오의 2인자이고 공산 중국의 수상인 저우언라이도 암살해야 해."

조이는 상체를 앞으로 내밀고 팔꿈치를 무릎에 올려놓은 다음 눈을 가늘게 뜨고 입술을 일직선으로 굳게 다물었다. 그녀는 버터도 굳힐 만큼 차가운 목소리로 말했다.

"이제 당신은 이렇게 말하려는 거죠?"

그녀는 내 제스처와 말투를 흉내 내며 말을 이었다.

"자기야, 그건 너무 위험한 임무야. 당신이 목숨을 잃을지도 몰라. 당신은 신이 만든 놀라운 작품이야. 인류가 불을 발명한 이래 인간에게 생긴 가장 훌륭한 창조물이지. 난 당신이 죽게 내버려 둘 수는 없어."

그러고 나서 그녀는 정상적인 목소리로 돌아갔다.

"마피아 두목처럼 당신은 청부살인을 하려는 거죠?"

"맞았어." 나는 약간 퉁명스럽게 대답했다.

그녀는 불만의 표시로 손을 들어 올렸지만 시비를 걸지는 않았다.

나는 어쨌든 내 주장을 관철시키려고 했다.

"우리는 지금 북경에 큰 사무소가 있고 상하이에도 있어. 자원이 있는 셈이지. 일단 상하이에서 만나기로 해. 사무소에서 비밀결사 녹련회와 계약을 체결하도록 약속을 주선해 줄 거야. 그 다음 우리는 함께 기차를 타고 북경으로 가서 쑨을 만나는 거지. 내가 말한 대로 위안은 당장 암살해야 해. 그 다음에 쑨을 설득해서 1913년 선거까지 임시 대통령직을 유지하도록 하는 거야. 그러나 그때가 되면 쑨을 위해서 물러나야지."

거기에는 당시 내가 주목하지 못했던 사실이 있었다. 멕시코에서 처음 암살을 계획했을 때 우리는 논쟁을 벌였다. 그로부터 몇 년이 흐른 지금, 나는 암살에 대해서 의문조차 제기하지 않게 되었다. 제기된 문제는 누가 암살을 하느냐, 하는 것이었고, 그것은 도덕적인 문제가 아니라 실리적인 문제였다. 나는 이제 왜 이런 일이 벌어졌는지 고민하지 않았다. 우리의 지난 임무들이 성공했다는 것, 우리의 계획이 순조롭게 진행되고 있다는 생각뿐이었다. 나는 어느 것도 멈추고 싶지 않았다. 그것은 늘어나고 있는 우리들의 부와 영향력 그리고 나의 권력의식과도 결부되어 있었다. 조이는 아무 상관없었다. 나는 많이 변해 있었다.

조이의 생각은 오히려 다른 부분에서 많이 달라져 있었다. 그녀는 나를 바라보며 낮은 목소리로 물었다.

"당신은 왜 따라오려고 하는 거예요? 난 중국의 문화와 언어를 알고 있지만 당신은 그렇지 못해요. 당신은 내가 혼자서 일을 진행하는 것이 두려운가요?"

나는 대답을 하면서도 그것이 진담인지 거짓말인지 분간할 수 없었다. 그러나 나는 이렇게 말하고 있었다.

"우리는 중국의 지하세계에서 최악의 조직과 거래를 하는 거야. 그들은 당신이 고통스러워하는 모습을 바라보며 즐기기 위해서 당신의 껍질이라도 벗길 놈들이지. 이번 일은 함께 해야 해. 임무의 성공뿐만 아니라 당신의 안전을 위해서."

조이는 내 말을 이해했다. 그리고 내 말은 옳았다.

■　■　■　■　■

우리는 각기 다른 배를 타고서 사흘 간격으로 상하이에 도착했다. 먼저 도착한 나는 상하이 사무소에서 회사업무를 가장하여 우리 계획에 필요한 준비작업에 착수했다. 중국 임무는 지금까지 우리가 해왔던 일이나 앞으로 할 일과는 비교할 수 없을 만큼 복잡했다.

우리는 녹련사에 백만 달러를 주고 위안 장군을 암살하는 계약을 체결했고, 쑨은 그의 세력을 확립하는 데 천5백만 달러면 충분하다고 말했다. 그러나 정작 문제는 순이었다. 그는 결국 다음 선거에서 국민당이 승리하면 쑨을 위해 사임하고 중국을 떠나는 데 동의했지만, 그것은 우리가 그에게 거절할 수 없는 제의를 했기 때문이었다. 우리가 하버드에 비밀 기부를 한 덕택으로 그는 A.로런스 로웰 총장으로부터 종신교수 자리를 제안하는 전보를 받았다. 그는 세미나에서 중국정치와 역사를 가르치는 대가로 미국 내의 교수로는 가장 많은 액수인 일만 달러의 연봉을 받게 되었다.

그러나 녹련사 때문에 우리는 목숨을 잃고 임무도 무산될 위기에 처했었다. 그들의 지도자는 처음 협의를 할 때 우리에게 돈이 많다는 것을 알게 되었다. 그가 우리를 엄청난 부자로 생각한 것은 옳았지만 우리가 돈과 보석을 가지고 다닌다고 생각했던 것은 잘못이었다. 그는 돈을 은행계좌에서 전신으로 송금할 수 있다는 사실을 모르고 있었다. 우리가 도움을 받는 대가로 돈을 지불하려고 한다는 것을 알게 된 그는 우리 지사의 직원 하나를 협박하여 우리의 행동을 낱낱이 보고하도록 했다.

우리는 그런 낌새를 전혀 눈치 채지 못하고 있었다. 우리가 묵고 있던 피스 호텔 앞에서 모여 있는 인력거꾼들을 향해 손짓했을 때, 한 인력거꾼이 다른 인력거꾼을 밀쳐내며 기어이 우리를 태우려고 달려왔다. 몸을 앞으로 숙인 채 달려가는 다른 인력거꾼과는 달리, 종산로를 달릴 때 그가 머리를 들어 주위를 살피는 것을 우리는 대수롭지 않게 생각했다. 또 그가 대로를 벗어났다가 항코우 로로 들어간 다음, 좁은 샛길로 들어섰을 때에도 그 이유를 묻지 않았다. 그러나 우리를 막다른 골목길로 끌고 가서 인력거를 세우고, 그 좁은 샛길에서 도망치는 것을 보고서야 무언가 심상치 않은 일이 벌어지고 있다는 것을 직감했다.

우리는 외출할 때 늘 무기를 휴대하고 방탄조끼를 입는 등, 만반의 준비를 했다.

갑자기 우리 뒤쪽으로 세 사람이 다가와 길을 막았다. 그리고 인력거 앞쪽에서도 세 사람이 나타났다. 그 중 한 사람은 씨름꾼처럼 건장한 체격을 하고 있었다. 두 사람은 둥근 언월도 같은 것을 들고 있었고 한 사람은 총과 흐릿한 빛 속에서도 번쩍이는 긴 칼을 가지고 있었다. 그들이 무엇을 원하는지는 굳이 중국어로 물을 필요가 없었다.

그들은 우리가 공포에 떨면서 가진 것을 모두 내놓을 것을 기대했는지, 여유있는 표정으로 천천히 접근했다. 그들은 조이를 강간하고 나를 죽이고 좀 더 재미를 보기 위해 납치를 하지 않는다면 그녀도 죽일 것이 분명했다. 만일 우리가 저항한다면 그들은 순서를 바꾸어 나를 먼저 죽이고 조이를 강간한 다음 물건을 탈취할 것이다. 그들은 멕시코에서 만났던 어린 소년들이 아니라, 실전 경험이 있는 숙련된 살인자들이었다.

나는 무서웠다. 지금 돌이켜 보면 내가 그 자리에서 오줌을 싸지 않은 것이 신기할 뿐이다. 그러나 나는 정신을 잃지 않았다. 나는 천천히 인력거에서 내렸다. 조이도 내 뒤를 따랐다. 그 순간 내가 가졌던 유일한 이성적인 생각을 말로 표현한다면, '자기야, 네 차례 야. 재미를 봐야지?' 였다.

그놈들은 걸음을 멈추더니 우리를 조심스럽게 바라보았다. 그들은 서두르지 않았다. 그곳은 그들의 영역이었고, 큰 소리로 비명을 질러 도 아무도 신경 쓰지 않을 곳이었다. 그들은 우리가 겁에 질려 살려 달라고 애걸하는 장면을 기대하고, 조이의 옷을 찢을 때 공포에 질린 얼굴을 상상하며 즐기고 있었다.

조이는 충분한 공간을 확보하기 위해 나에게서 1.5미터가량 떨어 져 벽을 등지고 섰다. 나도 같은 자세를 취했다. 놈들이 서두르지 않 았던 것처럼 조이도 서두르지 않았다. 그녀는 신을 벗어 던지고 스커 트의 단추를 풀어 벗어 내린 다음 발로 차버렸다. 그녀는 우스꽝스러 운 모자를 벗어 인력거 안에 던져 넣었다. 그리고 머리를 만지면서 머리카락을 고정시키고 있는 핀이 제대로 꽂혀 있는지 확인했다. 그 녀는 그렇게 멋진 모습으로 전투준비를 마쳤다.

조이는 주름 잡힌 소매가 달린 핑크색 이브닝 블라우스를 구우 주에서 가져온 밝은 청색 실크 팬티 위에 걸치고 있었다. 다리와 허리에 찬 칼이 생경하게 드러났다.

나는 문득 그것이 영화의 한 장면이 될 수도 있겠다는 생각이 들었 다. 어쩌면 우리가 살아있는 동안에 미성년자 관람불가의 영화로 만 들어져서, 조이가 옷을 전부 벗어 버리고 체모를 드러내는 장면이 나 올지도 모를 일이란 생각을 했다. 그녀는 하얀 치아를 드러내고 으르 렁거릴지도 모른다. 물론 나는 벽을 등지고 한 쪽 다리에 체중을 실

402

은 채 태연하게 담배를 피우고 있을 것이다.

그 순간 한 놈이 움직이자 나는 금세 현실로 돌아왔다. 조이는 핸드백에서 매그넘을 꺼냈다. 놀랍게도 그녀는 우리가 연습할 때 썼던 빨간 머리띠를 핸드백에서 꺼냈다. 무슨 이유에서였는지 그녀는 머리띠를 두른 다음 핸드백을 인력거 안으로 던졌다. 그녀는 한 손으로 총을 잡아 다른 손 위에 올려놓고 자기 쪽에 있는 세 남자를 노려보았다.

나도 권총을 꺼내서 두 손으로 쥐고 내 쪽에 있는 세 남자를 바라보았다. 나는 체구가 큰 놈에게 총구를 돌렸다. 단언하지만, 그때 나는 무릎이 떨린다는 말에 새로운 의미를 부여하고 있었다. 마음이 몸과 따로 노는 것은 흔한 경험이 아니다. 나는 조이와 여섯 명의 강도에게 완전히 몰입되어 있었기 때문에 그 샛길 끝에서 비행기가 추락했다 해도 전혀 몰랐을 것이다.

우리는 준비를 마쳤다. 조이는 가장 가까이 있는 남자에게 중국어로 말했다.

"시?(그래?)"

그들은 총을 보고도 물러서지 않았다. 그들은 전에도 총을 가진 외국인과 대결한 적이 있었을 것이고, 총을 가지고도 그들의 상대가 되지 않는다는 것을 알고 있었을 것이다. 그리고 그들은 조이가 나에게 가르쳐 주었던 사실도 알고 있었을 것이다. 즉, 총을 가진 사람의 반응은 공격하는 사람의 갑작스러운 움직임보다 빠를 수 없다는 것을.

내 쪽에 있던 키가 크고 마른 녀석이 두목인 것 같았다. 그는 뭐라고 소리를 질렀는데 아마 공격명령을 내리는 모양이었다. 갑자기 그들은 앞뒤로 왔다갔다 뛰면서 우리 쪽으로 돌진했다. 바로 조이가 총을 가진 사람을 공격할 때 사용하는 방법이었다.

그러나 그들은 조이가 현대식 무기로 얼마나 빨리 그리고 정확히 쏠 수 있는지를 모르고 있었다.

모든 것은 느린 동작으로 움직였다. 조이가 사격할 때, 1초는 1분으로 늘어났다. 그녀는 재미를 보고 싶었는지 나를 겨누다가 반사적으로 총구를 돌려 맨 앞에 달려온 자의 머리를 쏘아 날려 버렸다. 벽에서 튀어나온 벽돌 파편이 등에 쏟아졌다. 나는 즉각 방아쇠를 당겼지만 총알이 발사되지 않았다. 나는 안전장치를 풀고 다시 쏘았지만 이번에는 총알은 빗나가고 또 빗나가다 한 명을 맞히고는 다시 빗나갔다. 조이는 즉각 두 번째 사격을 하고 한 놈이 던진 칼을 피해 몸을 숙여 옆으로 나갔다가 그 놈이 두 번째 칼을 꺼내 달려들 때 얼굴을 쏘아버렸다. 나는 나에게 달려드는 남자를 쏘았으나 다시 실패했고, 그가 커다란 언월도로 나를 반 토막 내기 직전, 조이가 순식간에 몸을 돌려 그를 쏘아 버렸다. 나는 옆에서 섬광이 지나가는 것을 보고 몸을 숙이면서 앞으로 미끄러졌다. 조이가 투덜거리는 소리가 들렸다.

그녀가 지른 소리는 몇 초 전 이 싸움이 시작된 이후 내가 들은 최초의 소리였다. 비명과 고함, 고통으로 인한 신음과 총성이 있었을 텐데도 나는 전혀 듣지 못했다. 그제야 나는 부상을 당한 자들이 내는 신음과 중국말로 외치는 소리를 들을 수 있었다.

나는 해냈다. 우리는 해냈다. 그 모든 것이 2초, 아니 3초밖에 걸리지 않았을 것이다. 아주 짧은 시간이었다. 내 몸은 전투의 긴장과 긴박한 죽음의 공포에 떨고 있었다. 나는 몸을 돌려 조이를 보았다. 승리의 함성을 지르기 위해서였다. 사실은 살아남았다는 기쁨의 소리였다. 그러나 곧 나는 공포에 휩싸여 소리를 지르고 말았다.

"맙소사!"

내가 피했던 칼이 조이를 기습한 것이었다. 칼은 그녀의 허벅지에 깊이 박혀 있었다. 피가 흘러내리고 있었다. 동맥이 절단되었거나 크게 다친 것 같았다. 그녀는 다리를 끌며 벗어 놓은 스커트가 있는 쪽으로 가더니 주저앉아 버렸다.

내가 상황을 파악하고 그녀에게 갔을 때, 그녀는 칼을 빼내고 스커트로 상처를 누르려고 했다. 남자 셋이 땅바닥에서 움직이고 있었으나 나는 신경 쓸 겨를이 없었다. 나는 조이에게 다가가 그녀를 안아올렸다. 희미한 불빛이었지만 그녀의 얼굴이 창백한 은빛을 띠고 있다는 것을 알 수 있었다. 조이는 출혈 때문이 아니라 쇼크 때문에 죽을 수도 있었다.

조이는 저항하려고 했지만 이미 힘이 빠져 있었다. 그녀는 기진한 목소리로 말했다.

"놈들을 죽여, 빌어먹을! 존, 어서 쏴요. 죽여……."

그러나 그녀의 목소리는 더 이상 들려오지 않았다. 쇼크로 의식을 잃은 것 같았다. 좋은 징조가 아니었다. 나는 이런 긴급사태에 대비해서 사무소에 보관해 둔 응급상자를 떠올렸다.

그녀는 힘이 다 빠졌는지 더 이상 상처를 스커트로 누르고 있지 않았다. 피가 솟구쳐 흘러 나왔다. 나는 그녀의 몸을 돌려 한 손으로는 상처를 누르고 다른 손으로는 총을 쥐고 있도록 했다. 그리고 그녀를 안고 달렸다. 아, 하느님. 나는 미친 듯이 달렸다. 아드레날린이 온몸에 넘쳤기 때문에, 자동차를 머리에 이고도 달릴 수 있었을 것이다.

샛길에서 빠져 나오자 나는 항코우 로로 들어가 혼잡한 찻길로 뛰어들었다. 그리고 지나가던 마차 앞에 서서 총을 흔들었다. 말은 머리가 두 개 달린 이상한 동물이 앞에 나타나자 갑자기 앞발을 구르며 소리를 질렀다. 마차꾼은 피 흘리는 조이를 보더니 즉시 그녀를 마차로 옮겼다. 나는 조이를 내 무릎 위에 올려놓고 그녀의 옷으로 상처를 누르면서 우리 사무소가 있는 거리의 이름인 닝보 로를 외쳤다.

사무소 앞에 도착하여 그녀를 안고 사무실로 들어가는 동안 그녀의 머리는 내 어깨에서 흔들리고 있었다. 나는 그녀의 상처를 압박하고 있는 내 피 묻은 손을 바라보았다. 손이 막 떨리고 있었다.

나는 지금도 피를 보고 충격을 받은 사무소 직원들의 표정을 생생하게 그릴 수 있다. 나는 그들이 무엇을 보든 상관하지 않았다. 그들이 내 무기를 보고 놀라든 말든 정신은 온통 조이에게 팔려 있었다. 그녀는 피를 계속 흘렸으므로 혈압이 급속히 떨어지고 있었다. 맥박은 점차 빨라지면서 서서히 약해지고 있었다. 생명이 사라지고 있었다.

하지만, 그녀를 병원으로 데려갈 수는 없었다. 당시의 의학은 1차 대전에서 부상한 병사들을 치료하면서 겨우 알게 된 쇼크현상에 대해서 아직 전문적인 지식이 없었다. 그들에게는 내가 가지고 있는 의약품조차 없었다.

나는 조그만 보급품 창고로 뛰어 들어가 높이가 30센티미터 정도의 박스 하나를 가져와서 그녀의 다리를 올려놓아 피가 쉽게 뇌로 흐를 수 있도록 했다. 창고 안이 서늘했으므로 나는 커튼을 뜯어내어 체온을 뺏기지 않도록 그녀의 몸을 덮어 주었다. 그녀의 팔목을 혈압계 모니터에 연결하고 수치를 보았을 때, 나도 모르게 '빌어먹을!'이 터져 나왔다. 그녀의 최저혈압은 78, 맥박은 124였다.

나는 커다란 키트에 들어있는 응급조치법에서 지혈하는 방법을 찾아 읽었다. '토롬빈-파브린 붕대를 감을 것.' 나는 지시대로 붕대포장을 찢어서 스티로폼처럼 생긴 것을 꺼낸 다음, 피가 흐르고 있는 조이의 상처에 대고 눌렀다. 지혈 붕대는 피에 닿자, 즉시 용해되면서 막을 형성하기 시작했다. 출혈 속도가 떨어졌다.

나는 그녀의 쇼크를 치료해야 했다. 나는 책에서 쇼크 조치부분을 찢어냈다. 조이의 쇼크는 출혈과 칼로 인한 조직손상 때문일 수 있었다. 설명서에는 붉은 글씨로 '출혈에 대한 치료법'이라고 적혀있었다. 4번 꾸러미를 사용할 것. 해야 할 일이 너무도 많고, 너무도 복잡했다. 나는 내용을 다 읽을 수 없었지만 가장 급한 순서대로 정맥용액을 주사하기 위해 그녀의 팔에서 정맥을 찾아냈다. 그러나 그 다음에는 전장 상황에서 해야 할 일을 설명한 페이지를 보라고 적혀 있었다.

나는 해당 페이지를 찾아 다른 페이지 몇 장과 함께 찢어내서 집중해서 읽으려고 애썼다. '… 정맥 주사용액 패키지… 250밀리리터 백… 7.5퍼센트 식염수… 정맥주사용 주사침… 흉골 또는 경골.' 나는 눈에서 땀을 씻어냈다.

"빌어먹을, 조이가 죽어가고 있는데……"

나는 사무소 직원인 찬 치에게 소리를 질렀다.

"빨리. 이걸 걸 수 있도록 뭔가를 찾아와."

그가 키가 큰 램프에 옷걸이를 묶고 있는 동안 나는 조이의 블라우스를 찢어버리고 방탄조끼를 벗겼다. 나는 포비돈-요드액으로 적신 목면 패드가 들어있는 상자를 열고 그것으로 조이의 가슴을 씻었다. 그리고 내 오른손을 잡아 손이 떨리지 않게 고정한 뒤 정맥주사용 주삿바늘을 잡고 찬 치에게 소리를 질렀다.

"내 얼굴 좀 닦아."

그는 얼른 밖에서 타월을 가지고 돌아와 내 땀을 닦아 주었다.

나는 용액 백을 옷걸이에 걸고 조이를 내려다보며 말했다.

"미안해, 자기야."

그리고 주삿바늘로 그녀의 가슴 한복판을 찔러 흉골 속으로 밀어 넣었다.

"제발 골수까지 들어가게 해 주세요." 나는 기도했다.

나는 바늘을 놓았다. 바늘은 뼈 속으로 확실히 들어간 것 같았다.

그녀는 계속 피를 흘리고 있었다. 나는 살균 압박붕대를 트롬빈-피브린 붕대 위에 감았다. 그리고 나서 내 벨트를 풀어 그녀의 허벅지를 조여서 압박붕대가 떨어지지 않도록 했다.

더 이상 할 수 있는 일은 없었다. 기진맥진한 나는 조이 옆 바닥에 주저앉았다. 그리고 회중시계를 바닥에 놓고 다리에 피가 흐르도록

10분마다 벨트를 풀어주었다. 몇 분이 지나면 다시 조였다.

찬 치는 내가 도움을 요청할 경우를 대비해 그곳에 머물러 있으면서 다른 사람이 창고에 접근하지 못하도록 했다. 나는 연신 땀을 흘리고 찬 치가 가져온 타월로 계속 얼굴을 닦아냈다.

나는 그녀의 심장 모니터를 지켜보면서 극도의 피로감을 느꼈다. 사랑하는 사람을 위해서 할 수 있는 것이 고작 그 빌어먹을 기계를 바라보다가 생명이 서서히 사라지는 것을 지켜보는 것뿐이란 말인가? 나는 울 수도, 비명도 지를 수도 없었다. 떠날 수도 없었다. 나는 압박붕대의 압력을 풀어 줄 때를 제외하고는 모니터에서 눈을 뗄 수 없었다.

조이의 맥박이 131로 올라갔다. 최저혈압은 75로 내려갔다.

나는 그녀의 손을 잡았다. 손은 차갑고 온기가 없었다. 나는 그녀의 맥박을 짚어보았다. 너무 약해서 느껴지지 않았다. 나는 그녀의 손을 쥐고 모니터를 바라보았다. 우리가 함께 지내온 삶이 너무도 낯설게만 느껴졌다. 지난 일이 하나도 생각나지 않았다. 모든 것이 모니터에 달려 있었다. 그녀의 생명이 사라져가는 것을 보면서 나는 어리석게도 모니터에게 좀 달라지라고 빌었다. 그녀의 심장 박동이 느려지고 혈압이 오르게 해 달라고 빌었다. 나는 기도했다. 사실이었다. 나는 하느님에게 도와달라고 기도하고 있었다.

언제 밤이 되었는지, 건물에는 누가 있었는지 전혀 알지 못했다. 나는 회중시계를 보면서 10분 간격으로 벨트를 풀었다가 다시 감았지만 실제로 몇 시가 되었는지는 몰랐다.

마침내 출혈이 멈추자 나는 압박붕대를 풀고 최고혈압을 점검했다.

같은 자세로 너무 오래 앉아 있었기에 다리에 경련이 일어났고 허리도 아파왔다. 나는 주먹으로 다리의 근육을 때려가며 모니터를 바라보았다. 하도 뚫어지게 숫자를 바라보았기 때문인지, 눈이 아프고 머리가 쑤시기 시작했다. 혈압계의 빨간 숫자는 하나 내려갔다가 하나 올라가고, 두 단계 내려가고 다시 한 단계 내려가고 한 단계 올라가고, 다시 두 단계 내려가고……. 나는 조이를 잃어가고 있었다. 비탄에 잠긴 나머지, 그녀의 심장박동이 하나만 더 올라간다면 그녀에게 마지막 작별의 키스를 하고, 그녀의 차가운 손을 잡고 총으로 내 머리를 쏘아버리겠다고 결심했다.

정맥 용액 백에는 아무 것도 남지 않았다. 나는 바늘을 그녀의 흉골에서 뽑았다. 상황이 절망적이라는 것을 직감하면서, 나는 소독약을 접착밴드에 발라 바늘을 빼낸 자리에 붙였다. 그리고 그녀의 몸을 블라우스로 덮었다. 그녀가 죽더라도 아름다운 모습으로 떠날 수 있기를 바랐다.

혈압계의 빨간 숫자가 하나씩 서서히 오르기 시작한 것은 한밤중이었다. 나는 그 숫자를 바라보고 또 바라보았다. 나는 숨 죽여 모니터를 바라보았다. 혈압계의 최저수치는 지겨울 만치 느린 속도로 한 번에 한 단계씩 올라가고 있었다. 그녀의 맥박수도 줄어들었다. 나는 긴 한숨을 내쉬었다.

곧 그녀의 뺨에 홍조가 돌기 시작했다. 그녀의 맥박은 120이었고, 최저혈압은 83이었다. 나는 주먹으로 바닥을 치면서 그녀에게 소리를 질렀다.

"자기야, 살았어. 당신이 해냈어."

나는 처음으로 마음 놓고 울 수 있었다.

나는 허리를 굽혀 그녀를 안고 키스를 하면서 그녀가 나에게 얼마나 소중한 존재이며 내가 얼마나 그녀를 사랑하고 있는지를 새삼 깨달았다. 만일 그녀가 회복하지 못했다면 나도 따라 죽었을 거라고 말하려 했다. 하지만 나는 움직일 수 없었다. 한 자세로 너무 오래 있었기 때문에 온몸에 경련이 일어났고 다리와 등이 말을 듣지 않았다. 나를 지켜보던 찬이 등을 주물러 주자 등의 근육이 조금씩 풀리기 시작했다.

나는 조이에게 기댄 채 그녀의 뺨과 입술에 키스했다. 그리고 그녀 곁에 누웠다. 내 평생 그렇게 녹초가 되기는 처음이었다. 조이에 대한 걱정을 한시름 덜자, 피로가 몰려왔다. 나는 한 손으로 조이를 안은 채 마치 죽은 사람처럼 잠에 곯아떨어졌다. 거의 죽은 사람이나 다름없었다.

누군가 어깨를 두드렸을 때 나는 지친 잠에서 깨어나 눈을 떴다. 나는 베개를 베고 담요를 덮고 있었다. 나를 깨운 것은 조이였다.

그녀는 창고를 둘러보며 힘없는 목소리로 물었다.

"호텔에서 나와서 나를 이런 곳으로 데려온 게 당신인가요? 안목이 형편없군요."

그녀는 미소를 지으려고 했으나 얼굴이 말을 듣지 않는 것 같았다. 그녀는 내 뺨을 쓰다듬었다.

"나처럼 점잖은 여자가 어떻게 이런 데서 잘 수 있겠어요?"

만 하루가 지나자 그녀는 의식을 회복했다. 그녀는 우리를 공격한 놈들이 죽었는지 확인했느냐고 물었다. 나는 그것보다는 그녀의 생명이 더 중요했다고 말했다.

중국인 비밀조직은 우리가 기습당했다는 소문을 듣자, 우리 기술에 감명을 받고 협상을 하자는 요청을 해 왔다. 그들과의 협상은 성공적이었다. 협상에서 습격사건이 유리하게 작용했지만 조이가 죽었더라면 아무런 가치도 없었을 것이다.

그녀가 완전히 회복되기를 기다리면서 우리는 중국에서 한 달을 더 머물렀다. 우리는 두 번째, 아니 세 번째 밀월여행을 즐겼다. 그리고 우리가 정한 규칙도 무시한 채, 함께 배를 타고 중국을 떠나 집으로 향했다. 그녀의 건강을 원시적인 선박회사의 의사에 맡기고 싶지 않았기 때문이다. 그녀의 항의에도 불구하고 나는 이 점에 대해서는 끝내 고집을 꺾지 않았다.

■　■　■　■　■

1913년 3월1일, 위안 장군은 잠을 자다가 믿고 있던 경비원에게 암살당했다. 그에게 견줄 만한 기량이나 정치적 세력을 가지고 군대를 장악할 수 있는 사람이 없었기 때문에 지도력 결여와 우유부단으로 북부군은 마비되었다.

순얏센은 다른 장군이 들어서기 전에 그 진공상태를 메우고 임시 대통령으로서의 권위를 확립했다. 그는 우리가 충고한 대로 국민당 출신과 친민주적 혁명세력 출신의 민간인들을 요직에 임명했다. 국민당은 1913년의 선거에서 압도적인 승리를 거두어 의회에서 의원 72명의 다수의석을 확보했다. 순은 내가 일찍이 들어보지 못했던 위대한 사임연설을 끝으로 국민당 지도자 쑨을 위해 자리에서 물러났고 중국을 떠나 하버드로 갔다.

조이는 더 이상 '마피아식 계약'을 방해하지 않았다. 솔직히 말해서 그 습격사건이 있은 후, 나는 임무수행에 살인을 더욱 종용하게 되었다. 비밀결사에게 1인당 만 달러를 주고 창카이섹, 마오쩌뚱, 저우언라이를 암살하라고 지시했던 것도 성공적이었다. 우리는 암살증거로 완전한 치아 세트를 요구했다. 물론, 항상 해 왔던 대로 그들이 살아남았거나 그렇다는 이야기가 들려오면 무사하지 못할 거라는 협박을 잊지 않았다. 그들은 덤으로 녹련사의 두목을 암살했고, 우리를 공격했던 강도 여섯 명 모두가 사망했다는 소식도 들려주었다. 현장에서 죽었거나 얼마 후 죽었다는 것이다. 우리가 사용했던, 탄두가 파인 최신식 총탄의 위력 때문이었다.

우리는 중국에 관심을 집중하면서도 유럽에 대한 준비를 계속했고, 1차대전을 막기 위해 수천만 달러를 투입했다. 일본과 중국에서 민주주의를 확립하고, 1차대전의 발발을 막는 것이 우리들의 임무에서 가장 중요한 부분을 차지하고 있었다. 그러나 우리의 임무수행 방식이 자선회의 계획과 반드시 일치하는 것은 아니었다.

35

타이타닉 호 빙산과 충돌 후 4시간 만에 침몰
카르파티아 호 866명 구조
사망자 1,250명 추정. 이스메이 안전. 아스터 부인 행방불명
저명인사 실종

- 뉴욕타임즈, 1912년 4월 16일, 구우주

며칠 뒤에 런던 사무소에서 우리가 신원파악을 부탁한 사람을 찾아냈다는 전보가 왔다. 나는 영국선원 노조위원장 T. 루이스에게 다음과 같은 전보를 보냈다.

저는 위원장님의 노조를 오랫동안 지지해 온 사람입니다. 그러나 최근 우리 회사 관계자를 통해 확인한 바에 따르면, 화이트스타 해운은 사우스햄프턴에서 처녀 운항하는 타이타닉 호에서 일할 선원들을 모집하면서 노조에서 정한 임금의 반을 지급하고 식민지 출신의 비노조원들을 채용할 계획이라고 합니다.

저는 노조의 열렬한 지지자로서 이러한 처사에 대해 강력하게 대응해 주실 것을 요청합니다. 저는 화이트스타 해운의 비열한 계약 위반 행위에 항의하는 귀 노조의 파업을 지원하기 위해 5천 달러를 보내겠습니다. 건투를 빕니다.

존 뱅크스
토르 수출입회사 사장

나는 10여 명의 흑인과 인도 출신의 이민자들을 고용하여 마치 그들이 타이타닉 호에서 일하고 싶어 하는 것처럼 보이도록, 배가 정박한 44번 부두를 배회하도록 지시했다.

선박회사의 부인에도 불구하고 노조는 결국 파업을 선언했고 타이타닉 호의 출항일자는 4월 15일로 연기되었다. 그제야 화이트스타 해운의 지역책임자 P. E. 커리는 루이스에게 자기 회사가 비노조원 이민자를 고용하려 한다는 주장이 허위라는 것을 설득할 수 있었다.

나는 전보를 보내어 사과하고, 성의를 표시하기 위해서 다시 오천 달러를 보냈다.

2주일 후, 조이는 신문을 흔들며 기쁜 표정으로 내 사무실로 들어섰다.

"봐요!"

그녀는 뉴욕 타임즈의 사교면을 내 책상 위에 던져놓았다. 나는 그녀가 빨간 펜으로 동그라미를 둘러 친 기사의 일부분을 읽어 보았다.

타이타닉 호의 1등실 승객 존 제이콥 아스터와 그의 아내 마들레인 포스는 이집트와 파리에서 장기간 밀월여행을 마치고 돌아왔다. 기자들이 아스터 부인에게 소감을 묻자, 그녀는 이렇게 대답했다.

"그렇게 멋진 배를 탈 수 있어서 참 좋았습니다. 아주 훌륭한 서비스를 받았지요. 하지만 얼마 지나니까 좀 지루하더군요. 보이는 거라곤 물밖에 없었어요."

조이는 1면을 펼치며 '타이타닉 호 기록 수립'이란 제목 아래 있는 기사를 가리켰다.

어제 타이타닉 호는 5일 2시간 24분의 대서양 횡단 기록을 수립했다.
선장 에드워드 J. 스미스는 뉴욕에서 큰 환영을 받았다. 해운업계는 이 배가
신설 체급 불침선박의 선구자가 될 것이라고 선언했다. 화이트스타 해운의
대변인은…….

"우리가 해냈어요."
그녀는 기쁨에 넘쳐 소리를 질렀다.
"우리가 어린이들을 포함해서… 모두 1,503명을 구한 거예요. 만세!"
그것은 나한테도 기쁜 소식이었다. 그 정도의 비용은 다른 지출에 비하면 아무 것도 아니었다. 그것은 우리가 바꾸어 놓으려던 큰 사건들에 비하면 아주 사소한 것에 불과했다. 그러나 몇 주일간의 노력으로 우리가 얼마나 많은 생명을 구했는지 알 수 있었다. 우리 덕분에 지금까지 살아 있는 사람들의 명단도 있다. 조이와 나의 개입으로 천 5백 명이 넘는 사람들이 살아남은 것이었다. 팔에 소름이 돋고 짜릿한 전율이 온몸을 훑고 지나갔다. 우리는 그 순간을 위해서 모든 것을 견뎌냈던 것이다. 이 원시적인 시대에 오기 위해 희생했던 수많은 것들, 여러 준비들, 공포와 고통의 순간들… 그 모든 것들이 의미 있었다는 생각이 들었다.
조이와 나는 샴페인을 들고 축하했다. 우리는 함께 행복한 시간을 많이 가졌지만, 이것은 그 중 가장 행복한 순간이었다. 우리는 취하도록 마셨다.

36

나는 그들을 죽이지 않겠다고 고집했다. 그러나 결국 그들에게 뇌물을 주거나 공작을 하는 것은 마지못해서 동의했다. 그것은 그들이 백인 유럽인이라는 사실과는 아무런 상관이 없었다.

중국 임무를 마치고 우리는 모든 관심을 유럽에 쏟았다. 1차대전이 다가오고 있었으므로 어떻게 해서든 막아야 했다. 구우주에서는 이 전쟁으로 9백만 명이 죽었고, 1918년의 인플루엔자로 2천 내지 4천만 명이 더 죽었다. 우리는 이 전쟁으로 인해 러시아에서 혁명이 일어났고 그 후로 공산주의자들이 74년간 세계에서 가장 큰 나라를 지배했으며, 그 기간 중에 레닌, 스탈린, 그리고 그들의 후계자들이 6천 2백만 명을 살해했다는 사실을 알고 있었다. 만약 우리가 이 전쟁만 막을 수 있다면 우리 임무는 영광스러운 성공으로 매듭짓게 될 것이고 내가 삶에서 겪었던 공포의 순간들도 가치 있는 것이 될 것이다.

1912년이 되기 훨씬 전의 어느 날, 골동품 청동 침대에서 쉬고 있던 나는 조이에게 1차대전 이야기를 꺼냈다.

"1914년에서 1924년까지 10년 동안 유럽에서는 믿을 수 없을 만큼 많은 대량학살과 혁명과 전쟁이 일어났어. 게다가 2차대전은 1차대전에 원인이 있었으니까 1차대전의 다음 단계라고 할 수 있지. 그러니 우리는 동원할 수 있는 모든 자금을 투입해서 이 시대의 가장 핵심적 사건과 그 흐름을 바꾸어 놓아야 해."

"알아요." 그녀는 발톱을 깎으면서 말했다.

"전에 당신 강의를 들었잖아요. 기억나요?"

나는 물러설 수 없었다.

"우리는 악의와 충성심과 공포심이 한데 엉겨 전쟁의 불씨를 만들어 낸 독일, 오스트리아-헝가리, 러시아, 세르비아, 이 네 나라에서 반전사업을 집중적으로 전개해야 해."

"알아요, 사랑하는 교수님."

그녀가 이번에는 약간의 짜증을 내면서 말했다. 그녀가 깎은 발톱이 내게 튀었다. 나는 그녀의 고의성을 의심했다.

"안다고요. 지금 나한테 강의하는 거예요?"

나는 전에 생각했던 대로 욕실에 말을 매두었어야 했다고 생각했다.

1908년, 우리는 유럽의 여론에 영향을 미치기 시작하면서 전쟁에 대한 광범위한 반감을 조성해갔다. 사실 역사적인 관점에서도 그 무렵 사람들의 태도는 달라지기 시작했다. 민족주의, 독일 철학자 프리드리히 니체의 철학사상, 다윈의 도전과 반응이론이 타협을 경멸하는 분위기를 조장했고, 일부에서는 폭력숭배까지 대두되었다.

1908년에서 1914년까지 우리는 이 네 나라에 6억 달러를 뿌렸다. 신문과 대중잡지에 돈을 대주면서 언론이 평화를 강조하고 전쟁이 가져올 파괴와 죽음을 예고하며, 위기가 발생했을 때 협상과 타협이 필요하다는 것을 강조하도록 했다. 우리는 이 운동에 동참한 헌신적인 평화활동가들을 다수 확보하고 있었고, 수백 명의 정치인들과도 접촉하고 있었다. 회사의 간부들이나 유럽 관계자들이 우리에게 왜 그런 일을 하느냐고 물으면 전쟁이 사업에 방해가 되기 때문이라고 대답했다.

우리는 1차대전에서 싸우게 될 주요 국가들에서 사람들을 모아 비밀리에 국제적인 기구를 결성했다. 그 중에는 유럽평화 퇴역 군인회, 반전 어머니회, 평화 인터내셔널, 평화를 위한 크리스찬 모임과 같은 단체들이 포함되어 있었다.

우리는 또 평화의 중요성을 강조하는 논문을 발표하는 연구소와 기관에도 은밀히 자금을 지원했다. 예를 들면 국제 협상연구소와 유럽문제 센터 같은 곳에 말이다. 우리는 우리가 결속시킨 독일 경제인 협회, 러시아 정교연맹 같은 단체들이 정치인들에게 영향력을 발휘하기를 기대했다. 나는 충분한 자금이 있고, 예방하려는 미래의 사건에 대한 정확한 지식만 있다면 무슨 일이든 할 수 있다는 것을 알게 되었다.

처음에는 우리 두 사람의 힘으로 거창한 역사적 사건에 과연 영향을 미칠 수 있을지를 걱정했지만, 이제는 얼마만큼의 영향을 줄 수 있는지를 걱정하게 되었다.

구우주에서는 민주주의 체제 안에서 수많은 이익집단과 로비스트들이 활약했고 또 그것이 당연시 되었다. 그러나 이 신우주에서는 그런 로비스트들의 활동이 별로 알려져 있지 않았다. 돈과 평화와 이익을 위해 노력해야 한다는 호소는 놀랄 만한 성과를 거두었지만, 민족주의의 팽배와 광범위하게 퍼지고 있던 역사적 불만을 과소평가할 수는 없었다. 우리의 활동이 활발하게 전개됨에 따라, 나는 늘 그랬듯이 조심스럽게 내 생각을 조이에게 들려주었다.

"이제 곧 동유럽에서 오토만 제국과 관련된 소규모 전쟁이 발생할 텐데, 우리는 그걸 막을 수 없어. 1911년에서 1912년 사이에 일어난 이탈리아와 터키 사이의 전쟁과 1912년에서 1913년 사이에 일어난 제 1차 발칸전쟁 같은 것 말이야. 하지만 내 희망은 1차대전을 피하고 이 지역, 특히 터키에서 민주주의를 확산하면서 점차 그런 소규모 전쟁의 원인들을 해소하는 거야."

"알아요." 그녀가 대답했다.

나는 드디어 조이에게 언짢은 기분을 드러냈다.

"난 아직 구체적인 이야기는 꺼내지도 않았는데? 척척박사 아가씨."

"나는 당신이 얼마나 비관주의자인가를 안다고 말했을 뿐예요. 비관주의자 교수님."

나는 할 말이 없었다.

1914년이 되자 유럽에서는 그동안의 노력이 어느 정도 성과를 거두기 시작했다. 영국의 재무장관 데이비드 로이드 조지는 비둘기파로 전향하여 바그다드 철도건설과 같은 어려운 문제들을 독일과 협상하여 몇 가지 합의를 얻어냈고, 영국과 독일 간의 적대감이 종식되었다고 선언했다. 나는 신이 나서 런던 사무소에서 보내 온 전보를 조이에게 읽어주었다.

"영국 재무장관은 말했다. '독일과의 전쟁은 사하라의 눈보다도 가능성이 희박한 것이다.' 하원은 해군의 전함 제작비용을 12퍼센트나 삭감했다."

전보를 읽고난 조이도 나 못지않게 기뻐하면서 이번에는 파리 사무소에서 온 전보를 읽어 주었다.

"프랑스에서는 국민투표에 부쳐졌던 징병법이 부결되었고, 하원에서는 반군국주의 의원들이 대거 진출했다. 새 내각은 즉시 군사예산을 18퍼센트 삭감하는 문제를 토의했다."

우리의 노력이 결실을 거두고 있었다.

1912년과 1913년에 우리는 위기가 발생하고 상황이 악화되면 전쟁지지자가 될 것이 확실한 주요 정치가들을 권력의 중심에서 제거하고 보다 온건한 사람들로 기용하는 작업에 전념했다. 세계 각국의 사무소를 통해 추진한 이러한 노력 덕분에, 우리는 이 네 나라에서 정치인들과 정치 브로커들을 찾아내었고, 그들을 통해 실제적인 행동에 들어갔다. 우리는 독일과 오스트리아-헝가리의 황제들이나 러시아의 차르가 호전주의자가 아니라는 것을 알고 있었다. 외무장관이나 군사고문이 그들을 설득하거나 조종해서 나라를 전쟁으로 몰아간 것이다. 구우주에서 오스트리아의 프란시스 페르디난드 황태자가 암살당한 사건은 그들에게 전쟁의 구실과 도구를 마련해 준 셈이었다. 블랙핸드라고 알려진 광신적 민족주의자들의 비밀결사가 그 주범이었다.

■　■　■　■　■

우리는 따로 배를 타고 유럽으로 건너간 다음, 가장 악랄하고 호전적인 지도자들을 정치적 영향권에서 제거하는 계획을 세웠다. 이 문제를 놓고 나는 다시 조이와 다투었다. 나는 적어도 프로젝트A에서는 그들에게 뇌물을 주어 체면도 지키고 가족생활도 유지하면서 정치권을 떠날 수 있도록 해야 한다고 주장했다. 그것이 실패하면 프로젝트B를 실시한다.

조이는 곧바로 프로젝트C로 가자고 주장했다.

"암살해야 해요."

나는 반대했다.

"안 돼."

그녀는 팔짱을 끼고, 턱을 내밀면서 내 벨트 밑을 쳤다.

"당신은 이미 멕시코 사람과 아시아 사람을 암살했어요. 그런데 이제 와서 '안 돼'라고 하는 것은 이 악당들이 백인이고 유럽인이기 때문이죠?"

나는 그런 억울한 비난을 받고 적잖이 실망했다. 나는 짜증을 내면서 반박했다.

"이것은 경우가 달라. 이 사람들은 전반적으로 전쟁을 일으킨 책임은 있지만 직접 사람을 죽인 살인자들은 아니야. 자국의 이익과 안전을 위해서 옳다고 믿는 것을 선의를 가지고 추진한 것뿐이야. 그 사람들은 대부분 가정적이고 아내와 자식들을 잘 보살핀 사람들이야."

조이는 마치 내게 강의하듯이 손으로 허리를 짚으며 말했다.

"아, 그래요? 그럼 위안스카이 장군과 창카이섹은 어떤가요? 그들도 마오와는 경우가 달랐죠. 하지만 자신이 내린 결정 때문에 전쟁과 죽음에 대한 책임을 졌던 거예요. 이 유럽인들도 다를 바 없죠."

조이는 다시 내 전공을 건드리고 있었다.

"똑같지는 않지. 그 두 사람은 실제로 파시스트이고 중국을 지배했어. 그들에게는 데모사이드와 전쟁에 대한 직접적인 책임이 있어. 우리가 지금 이야기하고 있는 유럽지도자들은 국가를 통치한 사람들은 아니지."

조이는 눈을 무섭게 뜨고 입술을 깨물었다.

"역사 선생님, 이 유럽인들의 결정이 수백 수천만의 생명을 앗아간 전쟁을 일으키지 않았다는 말인가요? 그 사람들을 제거하면 수백 수천만의 생명을 구하는 게 아닌가요?"

나는 이 문제에 대해서 양보할 수 없었다. 앞서 언급했던 것처럼 나는 암살에 대해서 더 이상 도덕적으로 반대하지 않았다. 하지만, 이번 경우에는… 쓸데없는 희생이라고 생각했을 뿐이다. 그저 한 번의 예외 -그러나 나중에 한 번의 예외가 더 있었지만- 일 뿐이라고.

나는 조이에게 말했다.

"난 그 사람들을 죽이지 않겠어. 청부살인도 하지 않을 거야. 그냥 뇌물을 주겠어."

결국 그렇게 되었다. 조이는 마침내 나를 설득시켜 만약 뇌물이 실패한다면 그들을 암살하기로 했다. 나는 타협안에 동의했다.

■ ■ ■ ■ ■

우리가 오스트리아에 도착한 지 한 달 뒤에, 오스트리아군 참모총장 프란츠 콘라드 폰 회첸도르프가 열여덟 살의 러시아 소녀와 침실에 함께 있는 사진이 비엔나에서 나돌기 시작했다. 콘라드는 그 사진이 가짜라고 주장했지만 문제의 소녀는 우리가 준비해 준 내용에 따라, 장군이 오래 전부터 자기와 관계를 맺어왔으며 결혼을 희망하고 있다고 폭로했다.

콘라드는 처음에는 그 주장을 완강히 부인했지만 결국 소녀와 하룻밤을 보낸 사실을 시인했다. 그는 소녀의 독일어가 유창했기 때문에 독일인으로 착각했다고 말했다. 그와 같은 지위에 있던 사람들에게 하룻밤의 정사는 그리 큰 문제가 아니었다. 그러나 여자가 순진한 얼굴을 한 열여덟 살의 소녀인데다가 국적이 러시아라는 점이 문제시 되었다. 크게 당혹한 프란시스 요제프 황제의 압력으로 콘라드는 사임하고 흔적도 없이 사라져 버렸다. 황제는 후임으로 세르비아에 대해서 좀 더 온건한 사람을 임명했다.

그 소녀는 스위스로 가는 기차를 탔고, 얼마 안 가서 우리가 준 돈으로 작은 산장을 샀다.

일주일 후, 오스트리아-헝가리 외무장관 레오폴드 폰 베리히톨드가 밝혀지지 않은 이유로 갑자기 사임해서 사람들을 놀라게 했다. 그는 오스트리아를 떠나 스위스로 가서 제네바 호에 있는 성과 호텔을 샀다. 그 돈의 출처는 아무도 몰랐다. 그렇게 하지 않으면 동성애자임이 폭로되어 대중으로부터 치욕을 당하도록 되어 있었다는 사실은 아무도 몰랐다. 물론 그것은 우리가 했던 협박의 내용이었다. 우리는 사진이나 편지와 같은 증거물을 입수하지 못했지만 소문만 듣고 행동에 옮겼다. 그러나 그 협박은 아주 효과적이었다.

러시아에서는 외무장관 S.D. 사조노프의 보좌관이 중병에 걸린 장관을 병원으로 황급히 데려갔다. 의사들은 병명을 알 수 없었지만, 증세는 점점 악화되었다. 그는 정신착란 상태였고, 의식이 회복되었지만 사물을 분간하지 못했다. 차르 니콜라스 2세는 그를 바실리 알렉산드로비치 돌고루키로 대체했다. 그는 군사력 사용에 신중하고 평화를 지지하는 사람으로 정평이 나 있었다. 차르가 새 외무장관을 임명하자마자 사조노프의 건강은 놀라운 속도로 회복되었지만, 그는 정부에서 어떠한 직책도 맡지 않겠다면서 정계를 떠났다.

독일에서는 신고를 받은 한 경찰관이 외무장관 고틀리프 폰 야고브가 술에 취해 정신을 잃고 길에 쓰러져 있는 것을 발견했다. 그는 어느 소년의 팔에 안겨 있었다. 그 소년은 경찰을 보자 소리를 질렀다.

"이 사람이 강제로 자기 물건을 빨라고 했어요. 저는 하고 싶지 않았어요. 전 그런 일을 해본 적이 없어요."

소년은 달아나 버렸다.

각본에 따라 카메라를 가진 기자가 지나가다가 그 소리를 듣고 사진을 찍었다. 그 사진이 몇몇 신문사와 잡지사에 배달되었고, 인쇄물의 배포를 막으려던 정부의 노력은 실패로 돌아갔다. 폰 야고브는 그 사진과 기사가 나온 다음날 사임했고 일주일 후 자살했다.

나는 그의 죽음을 애도했다. 나는 그럴 의사가 없었고 그런 것을 기대했던 것도 아니었다. 그러나 그 책임은 내게 있었다. 나는 그런 사람들을 희생물로 삼고 있는 나의 임무를 증오했다.

자살을 생전에 저지른 죄악에 대한 속죄나 응보로 생각하는 문화에서 그의 죽음은 자신의 죄를 인정한 것이 되어 버렸지만, 야고브는 죽음으로 끝난 협박을 받을 만한 대상은 아니었다.

하지만 조이는 아무런 가책도 받지 않았다. 그녀는 삶과 인간을 사랑했지만 그것은 추상적인 개념에 불과했고 자기가 받아들일 수 없는 특정한 삶의 방식이나 어떤 부류의 인간들을 사랑하지는 않았다. 그녀는 야고브의 자살을 우리가 수행했어야 할 암살과 다름없다고 생각했다.

그 사건 때문에 나는 오래간만에 우리 임무에 대한 도덕적인 의문을 품게 되었다. 야고브의 자살소식을 접한 그날 밤, 나는 잠을 이루지 못했다. 나는 에드의 아버지이고 자선회의 창립자인 지미 윌슨이 솜므 전투에서 모든 생명이 몇 분 만에 사라져 버린 이야기를 들려주었던 것을 회상하면서 양심과의 싸움을 벌였다. 나는 실제로 전투 현장에 있는 것처럼 그 현실과 비극을 상상해 보려고 애썼다.

■　■　■　■　■

지미는 몸을 반쯤 웅크린 채, 진흙투성이 참호 한쪽에 기대서 있었다. 그의 군화 끝은 바닥의 오물 속에 파묻혀 보이지 않았다. 지미는 키가 작고 마른 체격이어서 군대 훈련으로도 근육이 붙지 않았다. 그의 헐렁한 군복은 바람에 접힌 돛처럼 주름이 늘어져 있었고 그의 짧은 갈색 머리는 철모에 가려져 거의 보이지 않았다.

지미는 영국의 브리스톨에서 자랐다. 육군에 입대하기 전, 그는 친구들과 동네 술집에서 술을 마시거나 무성영화를 보면서 저녁 시간을 보내곤 했다. 그것이 그의 유일한 낙이었다. 그는 열여덟 살이 되었어도 데이트를 하지 않고 여자들 앞에서는 수줍음을 많이 탔다. 친구들은 억지로 그를 홍등가에 데려갔지만, 즐길 생각조차 하지 못하고 수줍음만 타는 그를 계속 놀려댔다.

선생들은 지미가 머리가 좋아서 대학에 갈 수 있을 거라고 했지만 그는 대학진학은 생각조차 하지 않았다. 아버지는 생활비를 한 푼도 대주지 않다가 결국 집을 나가버렸기 때문에 지미는 어머니와 여동생

둘을 부양하지 않을 수 없었다. 그는 독학으로 공부할 수 있다고 스스로 다짐했고, 창고에서 짐을 나르는 고된 일도 마다하지 않았다.

지미는 정규군과 함께 싸울 새로운 지원병 사단을 창설한다는 발표를 보고 육군에 자원했다. 군대에서는 같은 회사나 지역 출신의 병사들을 한 부대에 배치했다. 따라서 지미와 함께 있는 병사들은 대부분 서로 아는 사이였다. 그들은 민간인 시절에 함께 술을 마셨거나 혹은 동네 가게에서 물건을 팔거나 집에 얼음이나 우유를 배달했던 좋은 친구들이었다. 그러나 몇 명을 제외하고는 모두가 죽었다. 가장 친했던 친구 두 명과 사촌도 죽었다. 지미는 하체가 날아가 버린 사촌의 상반신을 끌고 후방으로 후퇴하면서 몇 시간 동안을 통곡했다. 함께 자랐고, 같이 놀았고, 같이 먹었고, 다른 친구들처럼 함께 논쟁도 벌였던 사촌이었다.

지미는 일주일간 계속될 예정인 독일군 참호 포격이 끝나기를 기다리면서 죽음을 생각했다. 이번 공격은 손쉬운 승리로 끝날 것이 확실하므로 걸어서 독일군 전선을 넘어 들어가 앞에 널린 독일군 시체만 치우면 된다는 중대장의 약속과는 달리, 지미는 앞서 간 친구들처럼 자신도 죽게 되리란 것을 잘 알고 있었다. 그래서 그는 포격이 끝나면 찾아오는 정적과 중대장의 호각 소리를 신호로, 죽음을 향해 참호를 기어 올라갈 순간을 기다리며 몸을 떨었다. 그는 오직 죽음이 순간적이고 고통없이 찾아와 주기를 바랄 뿐이었다.

참호에서 몸을 웅크리고 있던 조지 핀치는 지미의 옆구리를 찌르며 귀에다 대고 소리를 질렀다.

"지미, 나 좀 도와줄래?"

"뭔데?" 지미가 큰 소리로 물었다.

"내가 죽으면 이걸 우리 어머니한테 갖다 줄래?"

조지는 자기 휴대식량에서 작고 더러운 물건을 꺼내 내밀었다. 그러더니 그는 그 위에 연필로 몇 자를 적었다.

"읽어 봐." 조지가 말했다.

그는 새벽의 희미한 여명 속에서도 쉽게 읽을 수 있었다.

'어머니, 사랑해요. 사랑하는 아들로부터.'

조지는 블르이 가에 있는 지미의 집에서 그리 멀리 떨어지지 않은 곳에서 살았다. 지미는 조지의 어머니를 잘 알고 있었다. 지미가 말했다.

"기운 내. 넌 안 죽어."

"부탁이야!"

지미는 어깨를 움찔하더니 그 물건을 자기 주머니에 넣었다.

"알았어."

지미는 자기는 죽을 테지만 조지는 기운이 났을 것이라고 생각했다.

몇 분이 지나자 드디어 상황이 벌어졌다. 마침내 포격이 끝나고 무서운 정적이 흘렀다. 장교들은 즉각 참호로 내려와 병사들에게 공격 준비를 시켰다. 지미는 날카로운 호각소리와 고함을 들었다. 그는 참호에서 뛰어나와 다른 친구들과 함께 독일군 진지를 향해 진격했다.

지미의 불안감이 사라졌다. 그는 멀리 참호 위에 보이는 물체에 초점을 맞추고 무의식적으로 걸어갔다. 그는 탄약, 식량, 물, 장비가 들어있는 30킬로그램이 넘는 배낭을 메고 아군의 철조망을 통과해서 진흙 위를 천천히 걸어갔다. 지미는 혼잣말을 중얼거렸다.

"하느님, 고통없이 죽게 해 주세요. 하느님 순식간에 끝내 주세요."

지미는 어깨와 어깨를 맞대고 한 줄로 서서 독일군 참호를 향해 전진하는 병사들 사이에 끼어 있었다. 그들은 착검한 소총을 가슴 앞에 비스듬히 들고 있었고, 장교들은 무장도 하지 않은 채 앞에 서서 지휘봉을 휘두르고 있었다.

독일군은 참호 속에 깊이 들어가 있었기 때문에 거의 대부분이 포격에서 살아남았다. 그들은 영국군의 호각소리를 듣자 참호의 기관총좌로 달려갔다. 독일군의 야포는 이미 참호 앞 1킬로미터가량 되는 곳을 조준했다. 독일군 병사들이 사격을 하자 야포도 불을 뿜기 시작했다. 한 줄로 늘어선 영국 병사를 향해서 소총을 가진 병사는 조준해서 사격을 했고, 기관총 사수들은 총구를 한쪽 끝에서 다른 끝으로 훑듯이 돌리며 사격을 계속했다.

일부 병사들은 영국군 장군들이 포격으로 파괴할 수 있다고 예상했던 철조망에 도달했다. 그러나 병사들은 철조망에 걸려 독일군의 손쉬운 과녁이 되어 버렸다. 철조망에는 마구 던져 놓은 자루처럼 수많은 시체들이 걸려 있었다. 영국군은 포격으로 뚫린 구멍을 통해 철조망을 돌파하려고 했지만 독일군의 기관총은 바로 그곳을 조준하고 있었다. 시체더미가 늘어갔다. 거대한 시체더미는 옷과 장비를 버려놓은 쓰레기더미 같았다.

지미는 자기가 아직 살아 있다는 것을 믿을 수 없었다. 그는 왼쪽을 보았다. 연기와 폭발의 섬광 속에서 병사들의 윤곽이 보였다. 그들은 몸을 앞으로 숙이고 강한 바람에 맞서 걸어가듯 앞으로 나아가고 있었다. 지미는 자신도 똑같은 행동을 하고 있다는 것을 깨달았다. 순간 그는 비명소리를 들었다. 옆에 있던 조지가 쓰러져 있었다. 이어서 그의 앞에 있던 병사가 사라지고 다른 병사는 애들이 던진 인형처럼 공중으로 날아갔다.

지미는 대처할 시간이 없었다. 무언가가 그의 철모를 벗겨 버렸다. 누군가 오른팔을 해머로 치는 듯한 충격을 받으며 그는 한 바퀴 돌면서 쓰러졌다. 영국군 병사들이 줄을 지어 전진하는 모습이 마치 안개 속에서 움직이는 그림자처럼 보였다 그리고는 아무 것도 보이지 않았다.

■　■　■　■　■

근처에 떨어진 포탄의 충격으로 지미는 다시 정신을 차렸다. 그는 철모가 날아간 머리를 진흙 속에 처박은 채 누워 있었다. 옆에 있는 시체가 그를 독일군 참호로부터 가려주고 있었다. 예광탄이 머리 위로 날아가고 있었고 뒤를 이어 총탄이 허공을 가르는 소리가 들렸다.

지미는 몸을 만져 보려고 했다. 그는 부상당한 것은 알았지만 어딘지는 몰랐다. 발이 움직였고, 다리도 움직였다. 그는 머리를 약간 움직일 수 있었다. 머리를 한 쪽에서 다른 쪽으로 움직이자 진흙이 달라붙었다. 왼쪽 팔도 움직였다. 그러나 오른팔에는 아무런 감각이 없었고, 반응도 보이지 않았다. 어쨌든 그는 무언가를 움직일 수 있었다.

지미는 진흙탕에서 머리를 들고, 시체를 방패 삼아 독일군의 총탄을 피하면서 포탄이 만들어 놓은 구멍 속으로 다리부터 미끄러져 들어간 다음, 가장자리로 기어갔다. 그는 겁에 질려 잠시 멈추었다. 바닥에는 지미의 상관인 스튜어트가 다리가 하나 날아간 채 누워 있었다. 스튜어트는 마치 지미에게 주려는 듯, 두 손으로 자기 창자를 쥐고 있었다.

구역질을 하던 지미는 진흙 위에 토해 버렸다. 그는 앞으로 더 나아갈 수 없었다. 스튜어트에게 물을 주고 위로를 해야겠다는 생각이 들었지만 아무 것도 할 수 없었다. 몇 분 지나지 않아 스튜어트의 눈이 스르르 감기더니 몸에 경련을 일으키며 죽어 버렸다. 지미는 더 이상 아무 것도 나오지 않을 때까지 계속 토했다.

기진맥진한 지미는 포탄 구멍으로 접근할 때 아무 감각이 없던 자기 팔을 보았다. 하지의 근육이 큰 칼로 자른 것처럼 뼈가 선명히 드러나 있었다. 남은 부분은 이상한 각도로 달려 있어 부러진 것이 분명했다. 그는 손바닥의 일부와 손가락 세 개가 잘려 나갔다는 것을 알았다. 이상하게도 피를 많이 흘리지는 않았다. 뜨거운 파편이 상처를 지지고 진흙이 잘려 나간 부위를 단단히 덮어버렸기 때문인 것 같았다.

지미는 몇 시간 동안 포탄이 파놓은 구멍의 가장 자리에 머물러 있었다. 가끔 연기 속에 사람의 모습이 나타났다가 사라졌다. 새로운 영국군 부대가 다시 독일군 참호로 돌격했지만 지난 번 병사들보다 더 멀리 나아가지 못한 채, 독일군 참호 앞에 수천 구의 새로운 시체더미만 쌓아 놓았다. 순간, 근처에서 폭탄이 터지고 땅이 흔들리면서 시체 한 구가 지미가 있는 곳으로 굴러 떨어졌다. 지미는 재빨리 몸을 피했다.

밤이 되자 전투와 포격이 중단되었다. 부상한 병사들의 비명과 신음, 죽어가면서 어머니를 찾는 소리가 들렸다.

독일군 저격수들은 움직이는 것은 무조건 쏘아 댔지만, 지미는 참호로 돌아가 치료를 받아야 한다는 것을 알고 있었다. 그는 포탄 구멍 가장자리의 둔덕을 기어서 넘어갔다. 그는 오른쪽으로 몸을 돌려 누우려고 하다가 갑자기 오른팔에 격렬한 고통이 느껴져 거의 의식을 잃을 뻔했다. 그가 비명을 지르자 총탄이 비 오듯 쏟아져서 근처에 고랑을 파 놓았다. 그는 땀을 흘리면서 기다렸다. 몇 시간이 흐른 것 같았다. 지미는 총소리가 날 때마다 머리에 심한 고통을 느꼈다.

곧 죽게 될 것 같다는 생각을 한 지미는 입술을 악물면서 고통을 참고 왼손으로 가만히 오른손을 들어올렸다. 그는 손을 배 위에 올려놓고 펴 보았다. 그리고 심호흡을 하며 진흙 속에 누운 채, 다리로 땅을 밀면서 참호 쪽으로 돌아가기 시작했다. 몇 번이나, 땅에 박힌 파편이 몸을 파고들었다. 면도날 같은 파편 하나가 그의 두개골을 찢어 놓았다. 그는 상처에 손을 갖다 대 보았다. 손이 피에 젖어 있었다.

마침내 지미는 영국군 철조망까지 도달했다. 그는 성한 손으로 바닥에 깔린 줄을 조심스럽게 들어 올리고 계속 기어 들어갔다.

영국군 병사 두 명이 참호에서 나와 그를 잡았다. 그는 고통을 이기지 못하고 비명을 질렀다. 그들은 날아오는 총탄을 무릅쓰고 재빨리 지미를 참호 안으로 끌어 들였다. 영국군 병사의 손이 그를 안전하게 참호 바닥에 내려놓았을 때, 그가 속삭였다.

"지미. 난 지미 윌슨입니다. 살려주세요."

다행히도 위생병은 가까운 곳에 있었다. 그들은 의식을 잃은 그를 후방으로 보내어 치료를 받도록 했다. 가벼운 뇌진탕 증상이 있었고 팔 하나를 절단해야 했다. 몸의 여러 곳에 상처가 있었는데 가장 심한 부위는 무려 53바늘이나 꿰매야 했다.

지미 윌슨의 솜므 전투는 끝났지만 그 전투는 3개월간 더 계속되어 6십만 명 가량의 영국군과 독일군 병사가 죽었다. 지미가 부상한 날, 2만 5천 명의 영국군 장교와 사병이 죽었지만 얻은 것이라곤 프랑스 영토 수백 제곱미터뿐이었다. 전쟁이 그들의 생명을 헛되이 앗아간 것이다. 솜므 전투는 아무런 성과도 남기지 못했다.

■　■　■　■　■

지미는 일주일 동안 후방병원에서 치료를 받다가 영국으로 이송되었다. 그는 병상에 누워 부상병이 실려 오고 시체가 치워지는 모습을 지켜보았다. 그리고 신음 소리, 악몽과 싸우며 흐느끼는 소리, 그들을 위로하는 간호사들의 목소리를 들었다. 그는 이제 다시는 이전의 생활로 돌아갈 수 없다는 것을 알고 있었다.

지미는 어머니를 부양하고, 여동생들의 학비를 벌기 위해서 남은 한 손으로 아르바이트를 하면서 대학을 다녔다. 친구와 술을 마시고 영화를 보는 것은 시간 낭비처럼 여겨졌다. 그는 왜 전쟁과 같은 역겨운 사건이 발생할 수 있는지, 연구해 보기로 결심했다. 눈에 보이지 않는 어떤 위대한 힘에 이끌린 것 같았다. 마치 하느님이 내려와서 그에게 '이것은 네가 할 일'이라고 말한 것처럼, 그에게 그런 연구는 명확하고 의문의 여지가 없는 과제였다.

지미는 자신이 입원해 있던 병원에 찾아갔다. 여전히 부상병들이 줄지어 있었다. 어떤 병사는 애처로운 상태에 있었고 어떤 병사는 전장피로나 독가스로 인한 쇼크에서 벗어나지 못하고 있었다. 지미는 왼손으로 악수하면서 말했다.

"이제 다시는 그 누구에게도 이런 일이 절대 일어나지 않도록 내 삶을 바치겠다고 맹세합니다."

간호사들은 전에도 병사들로부터 그런 이야기를 들은 적이 있었다. 하지만, 교육을 많이 받은 장교들은 그런 고지식한 얘기를 하는 것은 세련되지 못한 행동이라고 생각했다.

그러나 지미는 역사와 국제관계에 대한 학술적 지식을 갖추지 않은 사람이었기에, 남의 눈을 의식하지 않았고 세련되지 못한 헌신의 맹세를 하는 데 주저함이 없었다. 결국 그는 미국 대학에 들어가 경영학 학위를 받으면서 학문적인 지식을 쌓아 나갔다. 그는 열심히 일해서 번 돈을 가능한 모두 저축하며 자신의 꿈을 키워갔다. 그는 드디어 서른네 살 때 백만장자가 되었다. 그리고 비밀리에 생존자 자선회를 창설했다.

37

우리에게 가장 위대한 순간은 아직 오지 않았다. 그때가 되면 우리는 축배를 들고 마음껏 술에 취할 것이다. 그러나 잠 못 이루던 그날밤, 나는 1차대전 중 지미 윌슨이 겪었던 그 무서운 사건들을 역사학자로서가 아니라 내가 실제로 경험했던 것처럼 회상했다. 그러자 폰 야고브의 자살이 덜 마음에 걸렸다. 어쨌든 그는 전쟁을 선동한 주요 인물들 중의 하나였다.

나는 옆에서 손을 내 어깨에 올려놓은 채 깊이 잠들어 있는 조이를 바라보았다. 조이가 불만을 품고 있는 이유는 자기 손으로 직접 그를 죽이지 못했다는 것뿐이었다. 그렇다. 나는 그의 죽음에 대한 내 슬픈 감정을 조이에게 떠맡겨 버리고, 우리의 목적은 그런 방법도 정당화할 수 있다고 말하지 않았다.

그러나 나는 잠을 이루지 못했다. 결국 침대에서 빠져나와 어둠 속에서 내 임무수첩을 찾아냈다. '1차 세계대전' 이라는 항목 아래 나는 두 개의 제목을 기록해 놓았었다. 욕실로 들어가 조이가 깨지 않도록 조심스레 문을 닫은 나는, 그 두 가지 제목을 다시 읽어 보았다.

오스트리아, 정식으로 세르비아에 선전포고
유럽평화 카이저의 손에
－ 뉴욕 타임즈, 1914년 7월 29일, 구우주

독일, 러시아에 선전포고
첫 총성 울려. 프랑스에서 동원령 발표. 망설이는 영국
－ 뉴욕타임즈, 1914년 8월 2일, 구우주

나는 죽어가는 수백만의 사람들을 생각했다. 나는 이 역사적 사건을 보도하는 신문기사의 제목을 읽고, 머리를 흔들고 한숨을 내쉬며 중얼거렸다.

"이건 이제 우리 손에 달렸어. 너는 올바른 일을 했고, 지금까지 아주 잘 해 왔어."

나는 수첩을 덮고 침대로 돌아갔다. 그리고 곧 잠이 들었다.

■　■　■　■　■

우리는 폰 야고브를 자리에서 쫓아낸 후, 테오발트 폰 베트만 홀베크 수상의 문제에도 신경 써야 했다. 그는 카이저 빌헬름 2세를 충동질하여 전쟁으로 몰고 간 핵심 인물들 중의 하나로 알려져 있었다.

처음에는 그에게서 약속을 얻어내기가 매우 힘들었다. 보좌관들은 그가 아주 바쁜 사람이기 때문에 아주 중대한 국가일이 아니면 우리를 만나주지 않을 것이라는 말만 반복했다.

그러나 우리에게는 방법이 있었다. 우리는 독일의 사업가이며 독일 경영위원회 위원장인 프란츠 클라인슈토이어를 자문위원으로 고용하여 상당한 보수를 주었다. 우리가 그를 고용한 것은 그가 카이저와 함께 가끔 배를 타고 카드놀이를 하는 사람이었기에 언젠가는 이용할 가치가 있다고 판단했기 때문이었다. 그는 우리의 수출입사업 내용을 잘 알고 있었다. 우리 회사의 규모와 성공담은 그에게 깊은

인상을 주었다. 그는 끊임없이 자기를 우리 회사의 독일 사무소 소장으로 써달라고 졸랐다. 우리는 그에게 가능성을 내비치며 카이저의 힘을 이용해서 베트만을 만날 수 있도록 주선해 달라고 요청했다.

채 일주일도 지나지 않아 그 약속은 실현되었고, 조이와 나는 약속된 시간에 수상실로 갔다. 등이 곧고 콧수염을 기른 남자 비서가 우리를 베트만의 사무실로 안내했다.

베트만은 커다란 책상 앞에 앉은 채 우리에게 손도 내밀지 않았다. 우리가 다가서자 그는 마치 행진 중에 총을 떨어뜨린 병사를 바라보듯 나를 훑어보았다. 짧게 깎은 회색 머리의 윗부분은 거의 평평했고 수염은 뾰족했다. 큼직한 콧수염은 머리보다 색깔이 짙었다. 그래서 그의 모습은 오랜 세월 음식을 묻혀서 아예 주둥이 색깔이 변해버린 흰색 테리어 종 개를 연상시켰다. 굵고 짙은 검은 눈썹은 거의 직선을 그리고 있었다. 그의 얼굴은 한마디로 '무섭다'고 밖에 달리 표현할 방법이 없었다.

그는 인사도 하지 않고 독일어로 물었다.

"왜 카이저가 당신을 만나보라고 했소?"

나 역시 독일어로 대답했다.

"우리 정부가 당신에게 거절할 수 없는 제안을 했기 때문입니다."

베트만은 영어를 거의 하지 못했으므로 나는 계속 독일어로 말했다. 그는 물었다.

"어떤 정부요?"

"우리는 비밀공작원입니다. 우리가 밝히지 못하는 이유는 이해하시리라고 믿습니다."

그는 고개를 끄덕였다.

"알았소. 이야기 해 보시오."

나는 상자에서 사진을 꺼내 보이며 말했다.

"이것은 크리스찬 시스터즈 고아원에 있는 당신 아이의 사진입니다."

그는 사진을 보았다.

나는 상자에서 도장이 찍힌 서류 몇 장을 꺼내 보이며 하나씩 설명했다.

"이것은 이 아이의 출생증명서입니다. 아버지는 미상. 이것은 베를린 출신의 열일곱 살 소녀인 아이의 어머니가 출산 중 사망했다는 서류입니다. 이것은 간호사 두 명이 그 서류가 원본이라는 것을 증명한 서류입니다. 그들은 소녀가 죽기 전에 당신이 아이의 아버지라는 것을 확인한 자리에 있었습니다. 그리고 마지막 서류는 당신이 그동안 이 아이에게 그 어떤 지원도 하지 않았다는 고아원의 확인서입니다."

나는 기다렸다. 그의 얼굴이 하얗게 변했고 굳게 다문 입술의 검은 선이 드러나 보였다. 그는 서류를 계속 뒤적이면서 등 높은 가죽 의자에서 눈에 띌 정도로 몸을 웅크렸다. 책상을 잡고 있는 손의 관절이 하얗게 변해 있었다.

마침내 그는 나를 바라보았다. 턱에 힘이 빠지고 눈은 공포에 질린 채, 이마에는 땀방울이 맺히기 시작했다. 그가 쌓아올린 모든 것들이 한순간에 무너져 내리고 있었다.

그는 절제된 목소리로 나지막이 말했다.

"카이저가 이것을 아시는가?"

"아닙니다. 그럴 필요도 없습니다. 만약 당신이 사임한다면 우리는 이 서류와 원본을 파기하겠습니다. 더 이상 소용이 없으니까요. 우리 정부는 당신이 사임할 만한 설득력 있는 이유를 만들어 낼 것으로 확신하고 있습니다. 당신이 사임한다면 우리는 스위스에 있는 비밀자금으로 당신과 가족이 평생을 풍족하게 살 수 있도록 해 드리겠습니다. 당신이 사임한 후 스위스 계정에 얼마를 입금해 드릴까요?"

"한 푼도 필요 없소. 나는 국가를 위해서 일하고 있소. 내 아이 문제 때문에 독일은 중대한 시기에 대외적으로 난처해질 수 있소. 그러니 나는 지금의 자리에 머물러 있을 수 없소. 하지만 뇌물을 받고 떠나지는 않겠소. 나와 가족은 뇌물 없이도 충분히 살아갈 수 있소."

그는 말을 멈추고 서류를 내려다보았다. 그가 다시 머리를 들었을 때 그의 목소리는 당당했다.

"다른 일은 없소?"

"없습니다. 책상에 있는 서류는 파기해도 좋습니다. 당신이 사임했다는 신문기사를 읽으면 원본을 파기하겠습니다."

"가시오."

그는 문을 가리켰다. 내가 문을 열자 그는 말했다.

"일주일 안에 사임하겠소."

우리는 떠났다. 조이는 한마디도 하지 못했다. 베트만은 마치 그녀가 그 자리에 존재하지 않은 것처럼 행동했다.

베트만은 일주일 후 사임했고, 카이저는 그의 사임에 아쉬움을 표시하면서 의사가 확인한 대로 끈질긴 방광염으로 인한 건강상의 이유 때문이라고 설명했다. 나는 그 이유가 탐탁지 않았지만 독일의 문화적 배경을 잘 알고 있던 그로서는 그것이 더 받아들이기 쉬운 이유라고 생각했을 것이다.

■　■　■　■　■

우리들의 마지막 임무는 매우 위험한 것이었다. 그것은 세르비아의 광신적 집단인 블랙핸드단과 관련이 있었다. 나는 조이의 주의를 환기하기 위해 그녀가 낮잠을 자고 있는 동안 메모를 적어 욕실 거울에 붙여 놓았다. 나는 이렇게 썼다.

읽어볼 것!

1914년 6월 28일, 오스트리아 황태자가 부인과 함께 세라예보를 국빈으로 방문할 때, 블랙핸드단은 그를 암살할 것이다. 구우주에서는 이 때문에 1차대전이 일어났다.

블랙핸드단은 세르비아 육군에도 회원이 있고, 정부에도 지지자들이 있다. 그들의 우두머리는 아피스라고 알려진 드라구틴 디미트리에비치 대령이다. 세르비아군의 정보책임자는 우리 영향권 밖에 있다. 우리가 그를 암살한다고 해도, 누군가 그의 뒤를 이어 황태자 암살을 또 다시 계획할 것이다.

구우주에서는 아피스가 정부의 허락없이 독자적으로 암살을 기도했다. 실제로 자선회에서 조사한 결과 아피스와 세르비아 수상 니콜라 파시치는 적대관계에 있었고, 세르비아의 섭정왕자 알렉산더는 수상 편을 들었다.

자선회는 또 오스트리아 궁정이 황태자를 아주 싫어했고, 황제는 그에게 말도 걸지 않았다는 사실을 알아냈다. 황태자는 황제의 기대를 저버리고 체코의 백작부인과 결혼했고, 이 결혼에 대한 황제의 불쾌감은 대단해서 황태자가 백작부인과 함께 공식석상에 나오는 것조차 금지했을 정도였다.

나는 조이와 함께 낮잠을 잤다.

내가 잠에서 깼을 때 조이는 작은 티크 책상 앞에 앉아 노트북을 켜 놓고 있었다. 나는 욕실로 가서 얼굴에 물을 끼얹었다. 내가 붙여 놓았던 메모는 사라졌고 대신 그 자리에 조이가 립스틱으로 써 놓은 글이 있었다.

　　　　알아요. 백작부인 만세! 황제 엿 먹어라!

5월 11일, 믿을 만한 정부관리의 제보를 받은 세르비아 경찰은 아피스의 자택을 급습해서 우리가 미리 감추어 놓았던 문건을 발견했다. 위조된 정부의 비밀문서와 독일 참모본부와 교신한 무선통신문이었다. 세르비아 경찰은 즉각 아피스를 체포했다. 파시치는 알렉산더의 지원을 받아 아피스의 지지자들을 육군과 정부에서 축출할 것을 요구했다.

황태자에 대해서는 걸려 있는 문제들이 너무 많았기 때문에 우리는 신중을 기했다. 그가 보스니아-헤르체고비나에 가기를 원한다면 몇 년 뒤에 그렇게 하도록 조정하려 했다. 나는 핸즈를 불러서 우리가 구성한 특별팀과 오스트리아 정보원을 지휘하여 일을 추진하도록 지시했다. 핸즈는 유명한 독일 여배우와 친밀한 관계에 있었는데, 그녀의 주선으로 오스트리아의 고급 사교계에 들어갈 수 있었다.

6월 1일, 핸즈와 그 여배우가 참석한 공식 만찬이 있은 뒤에, 황태자는 갑자기 쓰러졌다. 고열과 구토에 시달려서 곧 죽을 것만 같았다. 의사의 치료에도 불구하고 그 증세는 몇 주간 계속되었고 꽤 오랜 시간이 흐른 뒤에야 황태자는 차츰 건강을 회복하기 시작했다.

1914년 6월 28일은 아무 사건 없이 지나갔다.

나는 이틀 동안 신문사 편집국에 전화를 걸어 중요한 뉴스가 없는지 계속 물었다. 자주 물으니 점점 더 짜증나는 대답이 들려왔다.

"아무 사건도 없어요. 세계의 종말이 왔다는 뉴스라도 기대하고 계신 겁니까?"

6월 29일, 조이와 나는 우리의 모든 무기를 가방에 넣은 뒤 침대 밑에 넣어 두었다. 나는 룸서비스에 전화를 걸어 최고급 독일 맥주 프란치스카너를 방으로 배달해 달라고 주문했다. 우리는 맥주잔을 흔들며 노래를 불렀다. 조이의 어머니, 구, 지미 윌슨과 그의 아들 에드 그리고 자선회의 모든 사람을 위해 축배를 들었다. 우리는 춤을 추다가 램프를 쓰러뜨렸고, 창문에 기대어 비틀거리다가 떨어진 커튼을 뒤집어쓰고 웃음을 터뜨렸다. 우리는 기쁨에 넘쳐 울고 웃었다. 술을 너무 많이 마신 탓에 조이는 욕조에서 토했다. 나는 변기에 오줌을 흘렸다. 조이는 이렇게 말했다.

438

"당신은 한 번도 제대로 조준한 적이 없어요."

나는 타월을 변기 물에 적셔서 그녀에게 던졌다. 타월은 빗나갔다. 그 후로는 어떤 일이 일어났는지 기억할 수가 없었다.

우리는 결국 취해서 쓰러졌고, 아침이 되어서야 정신이 들었다. 청소를 하려고 문을 열었던 호텔 여종업원은 우리를 보고 놀라서 다시 문을 닫아 버렸다. 바닥은 차가웠다. 조이는 핑크색 실크 팬티만 걸치고 있었고 나도 속옷 바람이었다.

다음날 우리는 하루 종일 속이 좋지 않았다. 9백만 명의 생명을 구했는데 이보다 더 축하할 만한 일이 어디 있단 말인가?

신우주에서 황태자는 사라예보를 방문하지 않았다. 그가 9년 뒤 그곳을 방문했을 때에도 아무 사건도 발생하지 않았다.

비록 전쟁은 일어나지 않았지만, 이 지역은 다른 원인으로도 유럽의 화약고가 될 수 있었다. 그래서 우리는 정부를 민주적인 방향으로 유도하는 데 많은 노력을 기울였다. 실권을 가진 의회가 있었지만 대외관계에서는 왕정이 여전히 지배적이었다. 그러나 민주주의는 피할수 없는 추세였고, 독일과 러시아에는 강력한 민주화운동과 함께 사회주의 혁명 세력이 태동하고 있었다.

우리는 반전미디어와 로비활동을 통해 민주적 평화의 메시지를 전파하기 위한 노력을 계속했다. 우리는 독일 의회를 통해, 최초의 민주적 평화의 철학자이며 주창자인 임마누엘 칸트의 거대한 동상을 건립하는 데 필요한 자금을 제공했다. 의회는 동상을 건물 앞 광장에 세웠고, 우리의 도움을 받은 독일인들은 제막식을 대규모적인 국제 행사로 만들었다. 행사에는 수상과 정치인 그리고 저명한 배우들이 참석했고 미국 대통령 윌슨은 그곳에서 민주주의를 옹호하는 연설을 했다. 카이저 자신도 기조연설을 통해 칸트와 민주주의를 찬양했다. 우리 회사의 독일 사무소 직원들의 말에 따르면, 의회가 카이저에게 예산안이 통과되기를 바란다면 그 연설을 하는 것이 좋겠다고 권하자 그는 이렇게 대답했다고 한다.

"국민을 이길 수 없다면 유혹하는 수밖에 없지."

1917년, 카이저의 권력에 반대하는 항의와 시위가 터져 나왔다. 사람들은 그에게 독일공화국을 위해 퇴임하라고 요구했다. 거리에서는 사회주의자와 민주주의자들이 싸움을 벌였고, 그들이 연계하여 왕권주의자들과 충돌하기도 했다. 그로 인해 건물 몇 채가 불에 탔다. 그들에게 호의적인 경찰은 개입하기를 꺼렸고, 군대는 병영에 머물러 있었다.

결국 1917년 10월 14일, 칸트의 동상 앞에서 30만 명의 군중이 카이저의 퇴위와 완전한 민주주의를 요구했다. 그 속에는 사회주의자들도 포함되어 있었다. 카이저는 그 다음날 퇴위하고 수상은 사임했다. 의회는 총선거를 실시할 수 있을 때까지 비폭력 사회민주세력의 지도자 프리드리히 에버트를 새 공화국의 임시대통령으로 임명했다.

우리는 이미 구우주에서 독일 민주화운동의 역사를 잘 알고 있었기에, 그들의 성공을 위해 자금이나 기타 다른 동기를 제공할 필요는 거의 없었다.

그러나 그것은 아직 미래의 일이었다. 1914년에는 나 자신이 직접 살인을 할 수밖에 없었다.

38

우리는 서유럽의 역사를 바꾸어 놓기 위해서 해야 할 일이 하나 더 남아 있었다.

나는 처음부터 내 손으로 살인을 저지르지는 않겠다고 고집하고 있었다. 그러나 한 번의 예외, 아니 실제는 두 번의 예외가 있었고, 아직은 그에 대해서 말할 때가 아니다.

우리는 정보를 확보하기가 어려웠기 때문에 흥신소에 일을 맡겼다. 그들은 뮌헨의 예술가 지역 원룸 아파트에서 그를 찾아냈다. 구 우주의 1915년에 한스 포프만 현대미술학교가 건립된 지역이었다. 입체파, 야수파, 미래파, 독일표현파의 많은 작가들이 이곳에서 그림을 그렸다. 그는 동네에서 자신이 그린 명승지 그림을 관광객들에게 팔면서 근근이 살아가고 있었다. 그를 제거하는 방법은 여러 가지가 있었다. 나는 가장 직접적인 방법이 가장 위험이 적고 성공할 확률이 높다고 판단했다.

우리는 그가 살고 있는 낡은 아파트 건물로 들어가 더러운 계단을 통해 2층으로 올라갔다. 알코올과 테레빈 유, 페인트, 그리고 오줌

냄새가 코를 찔렀다. 그의 아파트 29호는 복도 끝 오른쪽에 있었다.

조이는 한 손을 권총이 들어있는 핸드백에 넣고 문 옆 회벽의 페인트가 벗겨진 곳에 몸을 붙이고 서 있었다. 노크를 했지만 안에서는 인기척이 없었다. 우리는 하는 수 없이 거리로 나와 그가 돌아오기를 기다렸다. 얼마 후 흥신소가 알려준 인상착의와 흡사한 사람이 건물로 들어서는 것을 보았다.

우리는 이 사람에 대해서는 이견이 없었다. 조이는 단호한 목소리로 자기가 하려는 일을 설명했다.

"당신이 무슨 말을 해도 상관하지 않겠어요. 나는……."

"이번 일은 내가 한다. 이상."

조이는 놀라서 한순간 나를 바라보더니 내 눈에서 거부할 수없는 완고한 의지를 읽었다. 그녀는 긴장을 풀며 고개를 끄덕였다.

"난 망을 보겠어요."

나는 복도를 비치고 있는 전구 아래에 섰다. 내 손이 더러운 흰색 문을 노크할 준비를 하고 있는 사이, 나는 야가 폴란드 국경을 넘어 포격을 시작하는 장면을 보았다. 나는 독일군 부대가 탱크와 트럭을 타고 국경을 넘어 폴란드로 들어가는 장면도 보았다. 그리고 폴란드 인의 시체가 죽어가는 말과 함께 들판에 흩어져 있는 것도 보았다. 집이 불타고 있는 것을 보았으며, 사람들이 전 재산을 트렁크에 담아 피난길에 오르는 것도 보았다. 독일군 탱크와 트럭에 깔린 사람도 보았다. 나는 아이들의 손을 잡은 여자들이 줄을 지어 가스실로 들어가는 것도 보았다. 또 다른 남자와 여자들이 구덩이 앞에서 체념한 얼굴로 기관총 사격을 기다리는 모습도 보았다. 나는 그 모든 것을 보았다. 드디어 내 손은 문을 두드렸다.

그가 문을 열어 주었다. 그는 내가 상상했던 모습 그대로 그곳에 서 있었다. 커다란 붉은 눈과 악마의 미소 아래 드러난 송곳니, 머리에서는 뿔이 솟아 있었고, 꼬리가 외발굽이 달린 다리를 감고 있는 괴물이었다. 그는 손에 죽음의 긴 낫을 들고 있었다. 나는 그의 뜨거운 숨을 느끼며 불타는 시체에서 나오는 무서운 화염 소리를 들었다. 지옥의 붉은 불길이 그의 주위에서 감돌고 나를 향해 파도쳐 오고 있었고, 붉은 구름과 끔찍하고 역한 죽음의 냄새를 풍기는 노란 연기가 온 주위를 가득 메우고 있었다.

그 모든 영상이 내 마음속에서 사라지자 문 앞에는 한 손에 붓을 든 채 페인트가 잔뜩 묻은 앞치마를 두른 평범한 젊은이가 서 있었다. 그에게서 페인트와 테레빈 유 냄새가 났다. 그는 특징이 없는 눈썹을 추켜세우고 긴 콧수염을 씰룩거리면서 비엔나 사투리의 독일어로 말했다.

"무슨 일인가요?"

나는 거의 말을 할 수 없었다. 아마 나의 독일어는 달걀을 입에 가득 물고 말하는 것처럼 들렸을 것이다. 나는 이렇게 말했다.

"선물을 가져왔습니다. 받으실 분이 맞는지 확인하고 싶어서요."

내 말은 '분'을 발음하는 부분에서 목소리가 갈라지고 말았다. 하지만, 나는 계속했다.

"1889년 오스트리아의 빈에 있는 브라우나우에서 출생했죠?"

"야.(예.)"

"작년에 비엔나에서 왔죠?"

"야."

나는 다음 질문을 하기 위해서 기침을 하면서 목청을 가다듬었다. 나도 모르는 사이에 눈물이 흐르고 있었다. 나는 마침내 힘을 내어 그를 똑바로 노려보며 물었다.

"당신은 아돌프 히틀러죠?"

"야."

순간 나는 주저없이 그의 이마에 총을 발사했다. 땀에 젖은 손으로 H&K 권총을 얼마나 단단히 쥐고 있었는지 총구에 장착했던 소음기를 제거할 힘조차 없었다. 간신히 소음기를 빼내서 코트 주머니에 넣고 총을 권총집에 넣은 다음 시체를 방 안으로 끌고 들어갔다. 돌아서 나오면서 나는 뒤를 돌아보지 않았다. 그가 죽기 전에 무엇을 하고 있었는지 보고싶지 않았던 것이다. 나는 방에서 나와 조용히 문을 닫았다.

끝났다. 전신의 힘이 빠져 나가는 느낌이었다. 나는 등을 벽에 기대고 섰다. 온몸이 떨리고 심장이 마구 뛰었다. 나는 힘없이 벽에서 미끄러져 내렸다.

조이는 눈을 크게 뜨고 잘했다는 듯이 나를 바라보았다. 그녀는 내가 닫았던 문을 열고 히틀러의 방으로 들어갔다. 무언가 둔탁한 소리와 깨지는 소리가 들리더니 몇 분 뒤에 그녀가 주머니 하나를 들고 나와 핸드백에 넣었다. 그녀는 선 채로 권총의 손잡이를 헝겊으로 닦아 방 안으로 던져 넣은 다음 문을 닫고는 매그넘 권총도 핸드백에 넣었다.

나는 떨리는 손가락으로 그녀의 핸드백을 가리키면서 눈썹을 추켜세웠다.

"그놈의 이빨이에요."

조이가 산뜻한 미소를 지으며 말했다

한때 예일대 출신 역사학 박사이고 인디애나 대학교 조교수였으며 2차대전의 역사와 히틀러의 대량학살, 홀로코스트 그리고 인류에 대한 범죄를 전공한 존 뱅크스는 히틀러를 죽였다. 그것은 1914년 9월 1일, 그가 1939년 폴란드 침공을 시작으로 하여 유럽에서 전쟁을 일으킨 이래 천만 명을 죽이고 나치 데모사이드로 2천만 명을 죽이게 만들었던 바로 그날이었다.

나는 히틀러를 죽였다. 내 손으로 히틀러를 죽였다. 그것은 살인이 아니었다. 그것은 처형이었다.

구우주 사람은 아무도 모를 것이다. 이 새로운 우주에서는 아무도 관심을 갖지 않을 것이다. 조이만 예외였다. 그녀는 알고 있었다. 그녀는 관심을 가졌다. 그리고 나에게 박수를 보냈다.

나는 사람을 죽였다. 그리고 그날 밤 기쁨의 눈물을 흘렸다.

39

혁명세력 페트로그라드 장악, 케렌스키 도피
장관들 체포
겨울궁전 점령 여군들 치열한 방어전
미국정부 판단 보류, 혁명 국지화 희망

- 뉴욕타임즈, 1917년 11월 9일, 구우주

　지금까지 우리는 기대 이상으로 임무를 성공적으로 마쳤다. 우리
는 행복하고 아름다운 순간들을 보냈고, 조이에 대한 내 사랑도 깊어
졌다. 그러나 우리의 관계에는 암이 자라고 있었다. 나는 그것을 알
고 있었지만 무시하고 있었다. 아무 생각없이 사랑하는 것이 이 무서
운 병을 인정하는 것보다는 훨씬 수월했다.
　1914년 10월 말 우리는 편안한 마음으로 긴 여행을 마치고 샌프란
시스코로 돌아왔다. 그러나 우리가 유럽에서 사업과 임무에만 시간
을 보냈던 것은 아니었다. 우리는 독일에서 구입하여 사용하고 임무
가 끝난 후에 프랑스 셸부르에서 팔아버린 새 메르세데스 22/50 투

어링카를 타고 여러 곳의 성과 미술관을 방문했고, 유명한 음악회에 참석하고 젊은 여행자들처럼 장난을 치기도 했다. 물론 우리는 파리, 로마, 아테네도 보았다. 역사학자인 나는 조이와 함께 내가 연구했던 역사의 현장들을 방문한 것이 얼마나 기뻤는지 모른다. 우리는 춤을 추고, 손을 잡고 걷고, 많이 웃었다. 우리는 사랑도 했다. 게다가 임무를 끝내고 우리의 아파트가 있는 샌프란시스코로 돌아간다는 것이 무척 행복했다.

그 후 3년간 우리는 계속 사업을 확장했다. 그로 인해서 많은 시간을 할애해야 했지만 돈은 더 많이 불어났다. 나는 구우주의 20세기 역사를 쓰는 데 점점 더 많은 시간을 보내고 있었다. 그 역사에는 모든 전쟁과 데모사이드가 포함되어 있었지만, 그것이 다른 우주의 실제 역사라는 것을 아는 사람은 아무도 없었다. 나는 그것을 책으로 출간할 생각을 했다. 어떤 사건이 세계의 역사를 바꿀 수 있었을까, 하는 내용이었다. 그러나 원고를 완성했는데도 관심을 보이는 출판사가 없었다. 그들은 황당한 이야기라고 했다. 나는 자비출판을 할 수도 있었다. 그러나… 빌어먹을! 조이와 나 사이의 문제가 불거져서 출판에는 전혀 신경을 쓸 수가 없었다. 어쨌든 아무도 구우주가 존재할 수 있다고 믿지 않았다.

조이는 신문에서 '중국 소녀들의 집'에 대한 기사를 읽었다. 중국에서 선교사로 활동했던 바바라 애더턴은 집에서 쫓겨났거나 문제아 취급을 받거나 혹은 양육을 맡아 줄 가정이 필요한 중국인 소녀들을 보살피고 있었다. 그녀는 사람들로부터 받은 기부금으로 그 비용을 충당했다.

조이는 그 집을 방문하여 바바라와 이야기를 나눈 뒤, 큰 감명을 받아 기부금을 보내기 시작했다. 조이는 그 집의 주요 후원자가 되었다.

447

조이의 자선활동은 샌프란시스코의 몇몇 고아원으로 확대되었다. 그녀는 이틀에 한 번 오후 시간을 고아원이나 바바라의 집에서 보냈다. 나는 조이와 함께 여러 번 그곳에 가보았다. 조이가 그 아이들과 함께 놀거나 어린 중국 소녀들에게 이러저런 것을 가르치고 있을 때보다 더 행복해 보인 적은 없었다. 고아원이건 소녀의 집이건 아이들은 모두 그녀를 열렬하게 환영하며 소리를 질렀다.

"미스 핌이 오셨다. 미스 핌, 우리와 함께 놀아요."

조이와 나는 행복한 시간을 많이 보냈지만, 그녀가 아이들과 함께 있을 때는 표정에 무언가 특별한 것이 있었다. 그녀의 눈은 빛났고 얼굴은 상기되었으며 끊임없이 미소가 번지고 있었다. 조이는 아주 행복해 보였고, 아름다웠기 때문에 나는 그녀의 그런 모습을 보면서 더 큰 행복을 느꼈다.

하지만 이제 그것은 추억이 되어 버렸다.

조이는 훌륭한 어머니가 될 수 있었다.

유럽에서 그녀는 항상 활동적이었고 빈틈이 없었다. 그러나 샌프란시스코에 돌아오자 이상한 무기력 상태가 다시 시작되었다. 흔한 것도, 매일 계속된 것도 아니었지만 정상적인 상태가 몇 주일 지속되다가는 갑자기 피로하고 우울해지는 것 같았다. 나는 그런 우울증을 전혀 이해할 수 없었다. 그녀답지 않았다. 그러나 그런 현상이 빈번하지는 않았으므로 문제 삼지 않았다.

우리들의 다툼은 거의 사라졌다. 우리는 우리 관계에서 발생한 거의 모든 문제를 사실상 해결했고 무엇이 상대방의 신경을 건드리는지도 알고 있었다. 우리는 함께 만들어가야 했던 특별한 생활 방식 때문에 30년 이상 결혼생활을 한 부부보다도 서로에 대해 더 많은 것을 알고 있었다.

적어도 나는 그렇다고 생각했었다.

1917년, 우리는 다시 유럽에 가야 했다. 이번에는 모스크바와 러시아의 수도 성 페테르부르그로 향하는 더 길고 힘든 기차여행이었다. 그것은 사실상 1차대전보다 더 중요한 사건이었다. 러시아혁명에서 레닌과 스탈린이 등장해서 70년 이상 계속된 전체주의적 공산주의와 여러 번의 전쟁 그리고 데모사이드를 야기했기 때문이다.

러시아의 차르 니콜라스 2세는 1905년의 반란을 진압했지만, 왕정에 반대하는 친민주세력은 더욱 강해지고 있었다. 우리는 민주화 세력에 가능한 한 많은 지원을 하고 수천만 달러의 자금을 게오르기 Y. 리포프 왕자와 온건파 변호사 알렉산드르 F. 케렌스키에게 전달했다. 우리는 또 친왕정 비밀결사와 두 건의 암살을 공작했다. 스위스에 있는 블라디미르 일리치 레닌과 강제망명을 끝내고 러시아로 돌아오는 레온 트로츠키를 암살하는 계획이었다. 그런 암살공작은 아주 쉬웠다. 장차 대량 학살자가 될 이들은 이름이 알려진 혁명가들이었고, 왕국의 적이었기 때문이었다.

조셉 스탈린은 20세기, 아니 인류역사상 가장 악독한 대량학살의 주범이었다. 새 임시정부는 투루크한스에서 유형 중이던 그를 석방했다. 3월 12일 그는 신우주에서도 성 페테르부르그라고 부르는 곳에 도착하도록 되어 있었다. 나는 또 아무런 가책없이 그의 암살을 계획할 수 있었다. 그러나 누가 그것을 할 것인지를 두고 조이와 나는 유럽여행 이래 가장 큰 논쟁을 벌였다.

조이는 외쳤다.

"그는 내 몫이에요. 당신이 히틀러를 죽였잖아요. 스탈린은 내가 맡을 거예요."

"히틀러는 어렵지 않았어." 내가 말했다.

나는 독일어를 할 줄 알았고, 그 독일 문화도 알고 있었고, 뮌헨은 국제도시여서 외국인이 주목을 받지 않고 돌아다니기도 쉬웠다. 스탈린은 과격파 혁명가들 중에서 큰 영향력을 가지고 있기 때문에 지지자들에게 둘러싸여 있을 것이다. 이곳에서는 암살이 흔하게 사용하는 정치도구이므로 경호원도 있을 것이다.

"그래서요?" 조이는 화가 나서 물었다.

나는 항상 그랬듯이 점잖게 문제점을 지적했다.

"당신은 마치 KKK단 모임에 두건을 쓰지 않고 참석하는 것처럼 눈에 띌 거야."

"그래서요?"

"당신은 죽거나 감옥에서 오래 살아야 할 거야. 가장 중요한 것은 당신이 미래의 모든 시간을 잃게 된다는 거야. 내가 당신의 귀에 사랑을 속삭이고 팔로 안아주고 눈과 가슴에서 사랑을 볼 수 있는 시간을."

그녀의 분노가 서서히 가라앉고 있었다.

"한마디 분명히 할 것이 있어요. 당신은 이 세상을 뒤흔들고 우주를 폭발시킬 만한 당신의 사랑을 잃게 되는 것이 두려워서 내가 죽는 것을 원치 않는 거죠? 그렇죠?"

"바로 그거야."

조이는 웃기 시작했다.

"당신이 그렇게 생각하고 있다면, 내가 항복하겠어요."

어떤 결론이든 효과만 있으면 된다고 나는 생각했다.

스탈린의 암살비용은 만 달러였다. 우리는 계약을 체결했다. 오천 달러는 계약과 동시에, 그리고 나머지 오천 달러는 그의 치아를 받을 때 주기로 했다.

조이가 몸이 아파서 이틀 동안 호텔 방에서 쉬기 전까지, 우리는 여러 곳을 구경 다녔다. 나는 그녀를 편안하게 해 주기 위해 할 수 있는 모든 것을 다 했다. 그녀는 자기를 간호하기 위해서 호텔 방에 박혀 있지 말고 성 페테르부르그에 머물러 있는 시간을 잘 활용하라고 말했다. 나는 그녀의 말에 따랐다. 네프스키 프로스펙트로 알려진 큰 길을 따라 동쪽으로 걸어가서 알렉산더 네프스키 사원, 카잔 성당, 피 흘리는 구세주교회 같은 곳을 구경하며 돌아다녔다. 이 거리는 원래 피터대제 시절의 중심부였다.

나는 프라우다의 영어판을 읽고 있었는데 스탈린과 다른 세 사람이 페트로그라드 기차역에서 벌어진 총격전에서 사망했다는 기사를 보았다. 나는 조이와 함께 무척 기뻐했다. 나는 치아가 든 상자가 배달되기까지 하루를 기다렸다. 그것이 도착했을 때 조이는 욕실에 있었다. 나는 배달한 소년에게 팁을 주고 그 치아를 직접 확인하기 위해 상자를 열었다. 그것은 밀랍 종이에 싸여 있었고 안에는 조그만 쪽지가 들어 있었다.

> 당신이 우리에게 준 돈은 충분했습니다.
> 하지만, 다른 사람이 우리보다 한 발 앞섰습니다.
> 치아는 시체보관소에서 구한 것으로 선물로 드립니다.

조이다! 나도 모르게 마음속에서 외쳤다. 아프다고? 이 가증스러운 것…….

나는 생각을 멈출 수 없었다. 미쳐버릴 것만 같았다. 나는 쪽지를 주머니 속에 밀어 넣고 감정을 억제하려고 애썼다. 그리고 아무렇지도 않은 듯 욕실 문을 통해 조이에게 소리를 질렀다.

"잠깐 로비에 다녀오겠어."

나는 그녀의 대답을 기다릴 새도 없이 밖으로 나갔다. 나는 문을 조용히 닫았다고 생각했지만, 복도에 있던 사람들은 모두 놀라서 나를 쳐다보았다.

나는 쿵쾅거리며 계단을 걸어 내려가 로비 한구석 소파에 앉아 화를 삭였다.

조이를 어떻게 할까? 나는 스탈린을 살해한 사람이 바로 조이라는 것을 확신하고 있었다. 그러나 내가 화를 낸 것은 그 때문이 아니었다. 문제는 그녀가 내게 그것을 숨겼다는 사실이었다. 조이는 의도적으로 나를 속인 것이다. 그녀는 침착하고 냉정하게 나에게 거짓말을 했다. 그녀는 내 도움을 바라지도 않았고 자신을 큰 위험에 빠뜨렸다. 무엇보다도 그 점이 내 화를 돋우었다.

조이는 스탈린 이외에 다른 사람들도 죽였을 것이다. 잘 모르겠지만, 아마도 그 중에는 무고한 사람들도 섞여 있었을 것이다.

한구석에 창백한 얼굴로 앉아 있던 내 모습은 아주 이상하게 보였을 것이다. 옛날 증기선의 연통처럼 내 머리 꼭대기에서 검은 연기가 피어오른다 해도 놀라운 일이 아니었을 것이다. 그러나 다행히도 주위에는 아무도 없었다.

나는 결국 앞으로의 행동을 결정할 수 있을 정도로 냉정을 되찾았다. 나는 오로지 합리성에 입각한 결정을 내렸지만, 조이를 향한 내 큰 사랑에는 달라질 것이 없다고 생각했다.

이제 그녀와 다툰다고 해도 달라질 것은 아무 것도 없었다. 이미 스탈린은 죽었다. 나는 다른 사람들의 과거를 바꿀 수 없었다. 따라서 상황은 단순했다. 아무 것도 하지 않는 것이다. 그러나 나는 경계할 것이다. 나는 더 이상 조이를 완전히 신뢰할 수 없게 되었다.

방으로 돌아가려고 자리에서 일어섰지만 한동안 느꼈던 긴장감 때문에 현기증이 났다. 내가 방으로 들어갔을 때 조이는 창 밖을 내다보고 있었다.

조이는 내가 들어오는 소리를 듣고 창문에서 돌아서면서 말했다.

"그의 치아를 받았어요. 잘됐죠?"

나는 이렇게 말하고 싶었다.

"그래. 아주 잘했어. 축하해 주지." 라고.

그러나 나는 억지로 미소를 지으며 말했다.

"참 대단한 날이야. 잊을 수 없을 거야."

■　■　■　■　■

러시아에서 모든 일이 끝났다. 우리는 모스크바로 가서 관광을 한 뒤 시베리아 횡단철도를 타고 동쪽으로 블라디보스톡까지, 평생에 한 번 할까 말까 하는 9,256킬로미터의 기막힌 기차여행을 했다. 우리는 손을 잡고 러시아의 작은 도시와 마을을 돌아다녔다. 여행이 끝날 무렵, 나는 옛날처럼 조이를 사랑할 수 있을 것 같았다. 처음 우리가 그 여행을 계획했을 때 그것이 우리에게 얼마나 절실한 기회였는지 모르고 있었다. 왜냐하면 조이와 함께 여행하면서 나는 그녀가 한 짓을 잊어버릴 수 있었기 때문이다.

한 달 후에 우리는 블라디보스톡에서 각기 다른 배를 탔다. 나는 도쿄를, 조이는 마닐라를 거쳐 각자 샌프란시스코로 돌아왔다.

배로 하는 여행은 재미도 없었고, 신나거나 유익하지도 않았다. 나는 이제 이 원시적 시대에서 사람들이 이동하는 방법을 직접 경험하고 싶지 않았다. 그것은 지루하고 따분한 시간낭비일 뿐이었다.

40

인간괴물의 치아는 왜 중요한가? 육체를 떠난 치아는 악의 화신처럼 보였다. 그리고 마음대로 처리할 수 있었다.

우리에게는 마오와 히틀러, 레닌, 스탈린의 치아가 있었다. 우리는 수집한 치아들을 가지고 나름대로 축하할 방법을 찾았다.

그것은 병적이고 변태적인 행동이었지만 수천만 명의 생명을 구했기에 축하할 만하다는 생각이 들었다.

우리는 치아를 병에 담고 그 주인의 이름을 붙여 놓았다. 그리고 거실의 벽에 설치된 반달형 테이블 위에 그들이 살해한 인명의 수에 따라 차례로 병을 세워 놓았다. 스탈린-마오-히틀러-레닌의 순서였다. 트로츠키처럼 비교적 규모가 작은 살인자들의 치아도 몇 개 가지고 있었지만 사상 최대의 대량살인자들에게만 초점을 맞추고 싶었다. 그들은 진짜 인간괴물이었다.

우리는 테이블 앞에서 커다란 베개를 베고 누워 진열된 병들을 바라보았다. 조이는 일어나서 숨겨 두었던 노트북을 꺼내와 음악시디를 집어넣었다. 그녀가 다시 내 옆에 누웠을 때 베토벤의 심포니 5번

제 1악장이 방 안에 가득 울렸다. 우리는 최선과 최악의 인류를 한 자리에 모이게 한 것이다.

하지만 그것은 우리 둘 중 누구에게도 행복한 순간은 아니었다. 우리는 그 치아들을 보고 영광스럽게 생각하거나 환희를 느끼지 못했다. 그들이 원인이 되었거나 그들의 명령으로 죽어간 사람들의 무게와 그 보다 몇 배 더 무거운 눈물, 고통, 비통이 우리를 짓누르고 있었다. 병을 바라보고 있는 동안 조이의 뺨에서 눈물이 흘러내렸다. 나는 말없이 팔을 내밀어 그녀의 어깨를 내 쪽으로 잡아당겼다. 그리고 다른 손으로 베개 옆에 있는 샴페인 병을 들고 잔에 따랐다. 조이는 잠시 후 일어나서 샴페인 잔을 받았다.

나도 자리에서 일어났다. 우리는 잔을 들어 부딪쳤다.

"이것은 너희 네 명 때문에 희생된 1억 이상의 사람들에게 바치는 술잔이다. 우리는 그 영혼들이 이 새로운 우주로 건너와서 우리와 함께하기를 바란다. 그들이 이 병을 들여다보고 자신을 죽인 자들이 이 땅에서 사라졌다는 것을 알기 바란다. 우리는 이 신우주에서 그 모든 사람들의 생명을 구했기를 바란다. 영혼들이여! 이제 편히 쉬소서."

우리는 다시 잔을 부딪친 후 샴페인을 마셨다. 눈물이 얼굴 위로 마구 쏟아졌다. 나는 잔을 다시 채웠다.

조이가 말했다.

"어머니, 구, 에드, 로랑 그리고 사랑하는 생존자 자선회 여러분, 이것은 여러분 모두를 위한 것입니다. 이 우주와 시간에 속한 사람들은 여러분에게서 어떤 도움을 받았는지 모르고 있습니다. 그러나 우리는 알고 있어요. 어머니 고마워요."

우리는 그들을 위해 축배를 들었다. 조이는 두껍고 검은 카우치 커버를 벗겨 버렸다. 베토벤의 음악이 부드럽게 연주되고 있는 가운데 그녀는 천천히 그것으로 병들을 덮었다. 나는 커버로 싼 병들을 들고 아파트의 뒷문으로 나가 뷰익 B25 튜어링카를 위해 만들어 놓았던 차고로 가지고 갔다. 나는 그것을 바닥에 내려놓고, 커버의 열려 있던 부분을 막아 안에 든 내용물이 쏟아지지 않도록 묶은 다음 조이에게 망치를 가져오라고 했다.

망치를 건네받은 나는 한동안 망치를 높이 들고 있다가 병을 싼 커버를 향해 힘껏 내리쳤다. 병이 깨지면서 유리 파편과 치아가 섞이는 묘한 소리가 났다. 기분 좋은 소리였다. 나는 망치를 조이에게 주었다. 그녀도 두 손으로 망치를 잡고 다시 한 번 커버를 내리쳤다. 우리는 커버 안에서 유리병과 치아가 가루가 될 때까지 교대로 계속 내리쳤다.

나는 그 커버 안의 내용물이 쏟아지지 않도록 조심스럽게 들어 올린 다음 조이를 데리고 필모어 가로 갔다. 우리는 식당 옆 샛길에 냄새나는 쓰레기통이 줄을 지어 늘어서 있는 곳까지 걸어갔다. 그곳에서 내가 기다리고 있는 동안 조이는 쓰레기통 뚜껑을 하나씩 열어보면서 반쯤 비어있는 작은 통을 찾았다. 우리 둘은 커버 안에 있던 것들을 쓰레기통에 쏟아 버리고 커버도 그 안에 던져 넣었다. 그리고 뚜껑을 힘껏 닫았다.

돌아오는 길에 나는 갑자기 태양이 더 밝아지고 나무에서는 새가 더 큰 소리로 지저귀며, 거리에 있는 사람들이 약간은 더 행복해진 것 같은 묘한 느낌을 받았다.

41

이제 내가 느꼈던 두려움을 얘기해도 될까? 아니면 침묵하며 계속 임무를 수행해야 하나? 어쩔 수 없다. 얘기를 계속하는 수밖에. 지금으로서는 그것이 내가 매달리고 있는 모든 것이며 내 행동에 대한 유일한 보상이다.

1920년대 말이 되자 우리의 임무는 더 이상 우리 삶의 중심이 될 수 없었다. 나 역시 전과 같은 헌신과 정열을 가질 수 없었다. 내 개인적인 삶이 무너졌기 때문에 내 관심은 자연스럽게 그리로 쏠릴 수밖에 없었다. 그러나 나는 여전히 우리가 이루어 놓은 것들을 자랑스럽게 생각하고 있었다. 그에 대해서 몇 마디, 아주 짧게 몇 마디 하는 것은 내가 느낀 실망을 위로하는 데 도움이 될지 모른다.

■　■　■　■　■

우리가 해외여행을 통해서 시작했거나 민주화운동 단체와 정당에게 거액의 자금을 투입했던 사업은 대부분 1920년대에 그 결실을 맺기 시작했다. 이 신우주에서 러시아의 차르는 1924년 2월 25일 퇴위했고 케렌스키가 러시아공화국의 대통령이 되었다. 사회주의 혁명가들이 성 페테르부르그에서 쿠데타를 시도했지만 쉽사리 진압되고 말았다.

구우주에서 터키는 주요 문제 거리였다. 터키와 동맹국인 독일은 적대관계에 있었던 영국과 프랑스를 상대로 전쟁에 몰입하고 있었기 때문에 아무도 터키 정부가 국민들에게 저지르고 있는 만행에 눈을 돌리지 않았다. 그러나 그러는 사이에 백만 명 이상의 아르메니아 인과 그리스 인이 살해되었다. 이 대량학살의 구실은 1차대전과 러시아의 동부 터키지역 침략이었다. 우리는 신우주에서 전쟁을 방지했기 때문에 그들 아르메니아 인과 그리스 인들은 희생되지 않았다.

우리는 그것이 임시방편이며 결정적인 대량학살을 피할 수는 없다는 것을 걱정하고 있었다.

그러나 젊은 터키 지배자들은 우리의 개입 없이도 민주화 반란 기간 중에 암살당했고 영국과의 사이가 그다지 껄끄럽지 않은 임시정부가 수립되었다. 1923년, 터키는 친민주세력을 국회의 다수파로 선출했고, 그 중 15퍼센트는 아르메니아 인이었다. 새 재무장관도 아르메니아 출신이었는데, 선거가 있은 지 두 달 뒤에 그리스와 터키는 두 나라 사이에서 회교도와 그리스 인들이 자발적으로 이주할 수 있는 조약에 서명했다.

그리고 구우주에서 가장 위험한 나라 중의 하나였던 일본에서는 젊은 장교들이 치밀한 계획 하에 추진했던 반란이 실패했다. 그것은 큰 행운이었다. 경찰이 우연한 기회에 정보를 입수했던 것이다. 음모자 중의 한 사람이 술에 취해 게이샤에게 정보를 누설했고, 그녀가 주인에게 이야기를 전하자 주인은 곧바로 경찰서로 갔다. 정부는 장교들을 군에서 추방했고 법정은 그들에게 10년형을 선고했다. 정부는 아무도 처형하지 않았다. 암살도 없었다. 정계 지도자들은 여전히 중요한 입법을 무효화시킬 수 있는 힘을 가지고 있었지만, 전 수상 하라 케이가 죽고, 자유주의자인 카토 코메이가 그 자리에 올라가자 그들은 의회가 승인한 대부분의 법안을 법률로 통과시킬 수 있도록 허용해 주었다. 그 결과 군이 민간인의 지휘를 받도록 한 1935년의 저 유명한 문민통치 법안이 법으로 확정되었다. 그때부터 국방장관 은 수상이 임명하고 의회의 승인을 받은 민간인이 맡게 되었다.

이만하면 충분할 것이다. 이제 나는 우리 임무에 대해서 별로 말하 고 싶지 않다. 어쩔 수 없다. 이제는 나를 죽이기 시작한 것과 대면해 야 할 차례이기 때문이다.

■ ■ ■ ■ ■

나는 늙기 시작했고, 나이의 영향이 서서히 나타나기 시작했다. 나 는 오줌을 누기 위해 밤중에 일어나야만 했고, 그것은 결국 내 생활 습관이 되어 버렸다.

그날 밤, 조이는 침대에 없었다. 나는 그녀가 컴퓨터로 일을 하거 나, 자기가 직접 만들어 몇 시간씩 몰두하던 컴퓨터 게임을 하고 있 다고 생각했다.

잠이 오지 않았기 때문에 그녀에게 간단히 키스하고 무얼 하고 있 는지 들여다보고 싶었다. 나는 거실을 찾아보았다. 조이는 없었다. 주방에도 없었다. 혹시 차고에 있지는 않을까? (내가 메르세데스 투 어링 세단을 새로 사자, 조이는 라살르 쿠페를 샀다.) 거기에도 없었 다. 그리고 그녀의 차도 없었다.

나는 잠에서 완전히 깨어 침대에 누운 채 그녀가 돌아오기를 기다 렸다. 급한 일 때문에 회사에 갔는지도 몰랐다. 아니면 우리 보급품 캡슐에서 무언가를 가지러 차를 몰고 갔는지도 모른다. 나는 모든 가능성을 생각해보면서 그녀를 기다렸다.

나는 침실의 불을 끄고 있어서 시간을 알 수 없었다. 순간 그녀가 거실로 들어서는 소리가 들렸다. 그러더니 그녀는 곧바로 침실로 들어와 내 옆에 누웠다.

나는 그녀 쪽으로 돌아누우며 흔히 하던 대로 엉덩이에 손을 올려놓았다. 몸이 차가웠다. 나는 방금 일어난 것처럼 연기를 하면서 물었다.

"당신이 이겼나?"

그녀는 깜짝 놀랐다.

"이겨요? 뭘요?"

"컴퓨터 게임."

"아, 아뇨. 무기 프로그램을 좀 쉽게 짜야겠어요."

"그래. 다음번에는 이기겠지. 잘 자."

나는 말을 하면서 거의 목이 메었지만, 졸음 때문이라고 생각해 주기를 바랐다.

조이는 곧 깊이 숨쉬기 시작했다. 내 가슴 속에서는 감정이 휘몰아치면서 거대한 소용돌이를 만들어 생각조차 마비되는 것 같았다. 조이가 다시 거짓말을 했다! 그녀는 한밤중에 어딘가로 외출했다. 그녀는 몰래 돌아다니고 있다. 바람을 피우고 있다. 의문의 여지가 없다. 누굴까? 살, 돌피, 핸즈. 그들은 모두 결혼한 남자들이다. 하지만 그게 무슨 문젠가? 조이는 특히 핸즈를 좋아했다. 녀석을 제일 먼저 조사해야지.

조이는 그 무렵 개인 비서를 두고 있었다. 그녀의 비서와 내 비서는 우리 각자의 약속시간, 전화기록, 사무실 도착과 출발시간을 기록해 두고 있었다.

그래서 나는 조이가 언제 사무실에 늦게 나왔는지를 알 수 있었다. 그녀는 컴퓨터를 했거나 밤늦도록 밀린 일을 했기 때문이라고 설명했다. 나는 한 번도 그녀의 말을 의심한 적이 없었다. 이제 나는 그녀가 늦잠을 자는 것은 바람을 피우고 돌아다녔기 때문일 수도 있다는 것을 알게 되었다.

나는 새벽녘에 잠이 들었을 것이다. 그러나 침실이 환해지자 잠에서 깼다. 조이는 그날 아침 늦잠을 자고 있었다. 나는 차를 몰고 회사로 갔다. 비서가 들어오자 모든 약속을 취소하도록 지시하고 조이의 일상적인 활동을 적어놓은 조이 비서의 기록을 가져오라고 했다. 나는 또 비서에게 핸즈, 돌피, 살이 어떤 이유로든지 시 경계 밖으로 나갔을 때의 행적이 담긴 모든 기록을 그들의 비서로부터 받아오라고 말했다.

바보 같은 짓이었지만, 상관하지 않았다. 점심시간에 비서들은 테이블 주위에 모여 입방아를 찧었을 것이고, 소문은 빠른 속도로 회사 안에 퍼졌을 것이다.

나는 그 기록을 받자 즉시 작업을 시작했다.

조이는 아침에 늦게 출근하는 경우가 흔치 않았다. 6주일에 한 번 정도였을 것이다. 나는 그 날짜와 세 녀석들이 외출했던 기록을 대조해 보았으나 맞는 것이 하나도 없었다. 아무도 조이의 일정과 일관되게 들어맞는 사람이 없었다. 조이가 지각을 했던 이틀 동안, 세 사람 모두 시를 떠나 있었다. 나는 실망했다. 회사내의 다른 인물이거나 그녀가 다른 곳에서 만난 사람일지 모른다고 생각했다. 자선사업에 관련된 사람일 수도 있다. 우리는 너무도 많은 비밀을 감추고 있었기에 흥신소를 이용할 수 없었다. 나는 직접 이 문제를 해결하기로 했다.

내 마음은 이제 그런 일은 내버려 두라고 말하고 있었다. 그녀는 바람을 피우고 있다. 우리는 결혼하지 않았고, 그녀는 자기 몸의 주인이다. 나는 오랜 세월, 그녀가 내게 줄 수 있는 가장 아름다운 사랑과 헌신을 누렸고, 우리가 가는 곳마다 다른 남자들의 부러움을 사지 않았던가? 그러나 그 순간, 내 마음속에서는 질투심이 나를 향해 비명을 질렀다. 조이가 다른 남자와 함께 있다. 그녀가 그에게 키스를 하고 있다. 그녀가 신음소리를 내며 그를 애무를 하고 있다. 그녀가 그에게 사랑을 하고 있다. 그 남자가 조이의 몸을 구석구석 더듬고 있다……

나는 금세 지쳐 버렸다. 내 마음이 나를 이겼던 것이다.

나는 기다리기로 작정했다.

조이가 나와 함께 침대에 있을 때에는 아무 문제도 없었다. 그녀의 잠든 숨소리를 들으면 마음이 놓였다. 그러나 그녀가 거실 책상에서 노트북을 가지고 무언가를 하고 있을 때, 나는 혹시라도 그녀가 아파트를 나서는지 예민하게 감시하고 있었다. 심지어 여러 번 침대에서 빠져 나와 그녀가 여전히 거실에 있는지 확인하곤 했다. 그렇게 몇 주가 지났지만 아무 일도 일어나지 않았고 나는 맥이 빠졌다.

7주째 되는 날, 그녀가 노트북으로 무언가를 하고 있을 때 나는 잠자리에 들었다. 그리고 그녀가 외출하지 않는지 감시하던 나는 그만 잠이 들고 말았다. 나는 잠결에 벌떡 일어나 거실로 나가 주위를 살펴보았지만 그녀는 없었다.

그녀는 집에 없었고 그녀의 차도 사라졌다.

"빌어먹을, 빌어먹을!"

나는 혼자서 소리를 질렀다.

나는 침대에서 기다렸다. 몇 시간 후 그녀가 돌아왔다. 이번에도 나는 아무 말없이 자는 척 하고 있었다. 나는 다른 방식으로 이 문제를 처리하고 있었다.

다음날 조이가 회사에 늦게 도착했을 때 나는 비서에게 집에다 무엇을 두고 왔다고 말하고는 회사를 나왔다. 나는 아파트에서 그녀의 서랍 안, 밑, 뒤, 옷장, 보석상자들, 옷장에 있는 옷의 호주머니까지 모든 것을 샅샅이 뒤져보았다. 나는 욕조 안의 대야에 담겨 있는 빨랫감 앞을 몇 차례 지나쳤다. 그녀는 중국인 세탁소에 세탁물을 맡기기 전에 옷에 묻은 음식물을 제거하거나 불리기 위해 빨랫감을 대야에 담가두곤 했다.

아무 것도 발견하지 못한 나는 마지막으로 그 젖은 옷을 대야에서 끄집어내면서 혹시 정액이 묻어있지 않은지 의심했다. 만약 그렇다면 내 의심은 사실이 되는 것이다. 어쨌든 나는 조사해 보았다.

나는 옷에서 흐르는 물이 대야와 욕조 안으로 떨어지도록 높이 쳐들었다. 옷 가장자리에 무언가가 보였다. 그것은… 그것은… 나는 좀 더 가까이 살펴보았다. 그것은… 나는 화장지를 가지고 비벼 보았다. 그것은… 하느님 맙소사!

나는 옷을 대야에 던져 넣고 바닥에 주저앉아 손으로 머리를 감싸 안았다.

그동안 그녀가 무엇을 하고 있었는지 알게 된 나는 충격에 휩싸였다. 모든 것이 한꺼번에 무너져 버렸다. 나는 이제 무엇을 해야 할지 확실히 알고 있었고, 곧 모든 사실이 드러나리란 것도 알았다.

나는 옷을 다시 대야에 집어넣고 처음과 똑같은 상태로 만들어 놓았다. 그리고 바닥에서 물을 닦아내고 세면대에서 얼굴을 씻어 열을 식혔다. 심장이 얼마나 강하게 고동쳤는지, 온몸이 맥박에 따라 흔들리는 것 같았다.

나는 사무실에서 조이의 출근기록을 가지고 샌프란시스코 쿠리어 신문사로 갔다. 내가 회사 일로 중국에 대한 조사를 하고 있다고 설명하자, 그들은 조사부로 안내해서 자료를 열람할 수 있도록 해 주었다.

몇 시간 후 나는 망연한 상태로 조사부에서 나왔다. 나는 떠나면서 편집부장에게 감사의 말을 전하고 차를 몰아 집으로 돌아왔다.

나는 이제 그녀의 우울증을 설명할 수 있었다. 그녀의 옷에 묻은 피. 그녀의 늦은 밤 외출. 구태여 그녀를 따라가서 확인할 필요도 없었다. 나는 확신했다.

밀랍을 먹인 꽃무늬 식탁보 위의 회중시계 이외에는 아무 것도 없는 주방 식탁에 앉아서 나는 그녀를 기다렸다. 나는 그녀가 바람을 피우고 돌아다니는 장면을 목격한 것보다 더 절망하고 있었다. 그녀를 떠나고, 임무도 중단할 각오가 되어 있었다.

아무 것도 보이지 않았다. 위 속에서 끓고 있는 뜨거운 덩어리 이외에는 육체적으로 아무 것도 느끼지 못하고 있었다. 하지만, 내 손은 무언가 행동을 하고 있었다. 나의 통제를 벗어난 손은 무심결에 얼굴을 할퀴거나 권총을 잡을 수도 있었다.

멍하니 앉아서 조이를 기다리는 동안, 내 모든 의식은 부정할 수 없는 하나의 사실 주위를 맴돌고 있었다. 그것은 바로 모든 것을 망쳐놓은 피의 흔적이었다.

5시 33분, 조이는 차고에서 뒷문을 통해 들어와 식탁 앞에 앉아 있는 나를 보자 명랑한 목소리로 "자기야, 안녕?"이라고 말했다.

왜 시간을 낭비하는가? 나는 총알처럼 조이에게 쏘아붙였다.

"작년에 거리에서 몇 명을 죽였어?"

조이는 핸드백을 식탁 위에 떨어뜨리며 내 맞은편에 있는 의자에 쓰러지듯 앉았다. 나는 그 무거운 핸드백을 집어 등 뒤로 집어던졌다.

나는 그녀의 대답을 기다렸다.

그녀의 눈이 풀어지며 눈물이 흘렀다.

나는 소리를 질렀다.

"울어! 울란 말이야! 상관 안 해. 몇 명이나 살해했는지 말 해!"

그녀의 뺨을 타고 눈물이 흘러내렸다. 지금 그녀에게 나타난 모습을 어떻게 설명할 수 있을까? 얼굴은 상기되어 있었고 눈썹은 긴장하고, 입가는 처져서 마치 입술을 깨물고 있는 것처럼 보였다. 그녀는 한 손으로 다른 팔의 소매를 위 아래로 계속 비비고 있었다. 그녀는 식탁에 몸을 기대고 있었다. 턱에서 흘러내린 눈물이 식탁보를 적셨다. 전 같았으면 그녀에게 다가가 머리를 안아 내 어깨에 기대며 등을 어루만져 주었을 것이다. 함께 울기도 했을 것이다.

나는 그녀가 연기를 하고 있지 않다는 것을 알았다. 어쨌든 상관없었다. 나는 소리를 질렀다.

"헛소리 말고 대답해. 몇 명이야?"

나는 그녀의 목소리를 겨우 들을 수 있었다.

"아마… 넷… 아니면 다섯."

마지막 단어를 말할 때, 그녀는 숨이 찬 것 같았다.

나는 벌떡 일어나서 앉아있던 의자를 들어 싱크대를 향해 힘껏 내던졌다. 의자는 산산조각이 났다. 나는 손에 남아 있던 등받이 조각을 창문으로 던졌다. 유리창이 깨지면서 차고 쪽으로 쏟아져 내렸다.

"이 우라질 살인자야. 열한 명이었어. 한 해 동안에. 전부 합치면 백 명 이상을 죽였을 거야."

나는 주먹을 쥐었다. 나는 그녀를 내려다보면서 소리를 질렀다.

"그리고 너는 처음 거짓말을 시작한 이래 매초, 매시간, 매일, 매월, 매년 나를 속였어."

주먹으로 식탁을 얼마나 세게 두들겼는지, 조이의 몸이 뛰어올랐고, 테이블은 그녀로부터 30센티미터가량 밀려났다.

나는 이제 더 이상 그녀를 용서할 수 없었다. 나는 밖으로 뛰어나가 차에 올랐다. 그리고 타이어에서 불이 날 정도로 달려나가려고 했다. 그러나 차는 높은 출력을 받아들일 준비가 되어 있지 않았다. 몇차례나 시동을 꺼뜨린 후에야 험악한 분노를 어느 정도 억제할 수 있었다. 나는 가속페달을 밟아대던 발에서 힘을 뺐다.

나는 정처없이 차를 몰았다. 그저 멀리 떠나 있고 싶었다.

그날 밤 나는 사무실에서 잤다. 그 다음날 아침 내 모습을 본 비서는 과자와 커피를 가져다 주었다. 조이는 사무실에 나오지 않았고, 그녀의 비서는 그녀의 약속을 어떻게 해야 하느냐고 내게 물었다.

"모두 취소하세요." 내가 대답했다.

아마도 분노가 드러났을 것이다. 나는 약속도 취소하고 차를 몰아 골든게이트 공원으로 갔다. 그리고 공원 여기저기를 돌아다녔다. 분노와 피로, 실망으로 속이 뒤집힌 나는 풀이 덮인 언덕 위에 있는 벤치에 털썩 주저앉았다.

내 마음은 혼돈상태에 있었다. 그러나 한 가지 생각이 깃발을 흔들며 계속 마음속을 지나가고 있었다. 끔찍한 일이지만, 내 사랑은 연쇄살인자였다.

내 사랑은 과거형이 아니었다. 나는 아직도 그녀를 사랑하고 있었다. 나는 그녀의 모든 것을 사랑했다. 그러나 연쇄살인자를 사랑하고 있었다면 나는 어떻게 해야 하는 것인가? 그녀를 경찰에 넘길 수는 없었다. 그렇다고 사람들을 죽이는 것을 묵인할 수도 없었다. 나는 심각하게 자살을 생각해 보았다. 자살을 생각할 정도로 고통스러웠고, 그녀에 대해 실망했고 그리고 외로웠다.

놀랍게도 조이가 어느새 내 옆에 다가와 앉았다. 그녀는 내가 우울할 때 어떤 행동을 하는지 잘 알고 있었다. 나는 전에도 혼자 이곳에 온 적이 있었고, 조이와 함께 온 적도 있었다.

그녀는 나이에 어울리는 옷을 입고 있었지만 차림새는 엉망이었다. 그녀가 입은 긴 드레스의 푸른색은 미래에 유행할 헐렁한 스웨터의 갈색과 잘 어울리지 않았다. 그녀는 모자를 쓰지 않았기 때문에 헝클어진 머리카락이 어깨까지 그대로 내려와 있었다. 마치 집시처럼 보였다.

그녀의 악다문 입술이 부어오르고 있었다. 나는 몸을 떨었다. 그녀의 목소리는 마치 강한 바람을 맞고 있는 것처럼 흔들렸고 무언가 설명을 하려고 무척 애를 쓰고 있다는 것을 알 수 있었다.

"우리가 멕시코에 갔을 때, 그 애들이 나를 습격하면서부터 모든 것이 시작되었어요. 그들이 아직 어리다는 것이 마음에 걸렸지만, 그래도 그들은 강간범이었고 살인자였을 거예요. 나는 밤에 번화가를 걸어가면 습격을 당하지 않을까, 하고 생각해 보았어요. 그런데 정말 습격을 받았어요. 불량배 두 명이 칼을 들고 덤볐죠. 나는 그 두 녀석을 모두 죽였어요. 그러자 나를 미끼로 사용하면 이 도시에서 그런 불량배를 소탕하는 데 도움이 되리라는 생각이 들었죠. 그것은 새로운 종류의 임무였지만, 우리 본연의 임무와 아주 동떨어진 것은 아니었어요."

그녀는 시선을 돌리더니 초점을 흐린 채 자기 손을 내려다보았다. 그녀의 손은 마치 저절로 뭉쳤다, 풀렸다 하는 것 같았다. 그녀는 크게 한숨을 내쉬고 말을 이었다.

"그래서 5주 내지 6주마다……."

그녀는 망설였다. 그리고 힘없는 시선으로 내 쪽을 보았다. 나는 머리를 흔들고 내 손을 내려다보았다. 하느님 맙소사! 5주 내지 6주라니.

"거리에 나갔어요. 습격을 한 것은 그놈들이었죠. 나는 옷을 선정적으로 입지도 않았고, 도발적인 행동을 하지도 않았어요. 사무실 여직원이나 밤늦게 심부름을 하러 나온 주부 같은 옷차림을 하고 있었죠.

많은 남자들이 무심코 내 곁을 지나갔어요. 실제로 대다수의 남자들이 말이에요. 몇 사람은 가다가 말고 혼자 다니면 위험하다고 집에 갈 택시 값을 주겠다고 했어요. 그렇게 친절한 사람들도 많았죠. 하지만, 아주 극소수의 불량배들만이 공짜로 여자를 얻었다고 생각했어요. 나는 그런 놈들을 지옥으로 보낸 것이 행복해요."

나는 머리를 손 안으로 더 깊이 밀어 넣었다. 조이는 전에 '아, 재미있겠는데?'라고 말했던 것처럼 이번에는 '행복하다'고 말하고 있었다.

"나는 공익을 위해서 봉사했다고 생각해요. 거리를 깨끗하게 청소하는 데 일조한 셈이니까요. 여자들을 죽음보다 더 불행한 운명에서 구해 주었으니까 집에 돌아와서 행복하게 잠들 수 있었죠."

나는 만약 조이의 입에서 다시 한 번 '행복'이란 말이 나오면 그 빌어먹을 입술을 스테이플로 박아 버리고 싶었다.

"하지만 당신에게는 그 사실을 숨겼죠. 거짓말을 했어요. 당신은 지금 저를 미워하겠죠. 어쩌면 당신이 나를 떠날지도 모르죠. 당신에게는 내가 그저 살인마에 불과하니까요. 하지만 우리는 임무를 위해서……."

"빌어먹을 임무!"

"우리 관계를 정리해야겠죠. 하지만, 아! 존, 난 당신을 정말 사랑해요. 미안해요. 정말 미안해요."

조이는 갑자기 머리를 두 손에 파묻고 큰 소리로 울었다.

나는 황급히 그 자리를 떴다.

조이는 그날 밤 집으로 돌아오지 않았고 그 다음날 출근도 하지 않았다. 그제야 나는 그녀가 혹시 자살을 하려는 것은 아닌지 걱정되었다. 어쨌든 그녀는 무사도 정신을 배우며 자란 여자였다. 나는 그녀를 찾아 다녔다.

결국 나는 그녀를 '중국 소녀의 집'에서 찾아냈다. 바바라는 그녀에게 잠자리를 내주고 위로해 주었다. 그녀는 우리 문제를 사랑싸움으로 착각하고 있었다. 내가 바바라에게 조이가 안에 있느냐고 묻자 그녀는 고개를 끄덕였다. 조이를 볼 수 있느냐고 묻자 그녀는 나를 차가운 눈으로 노려보았다. 얼마나 차가웠던지 내 입김이 서리처럼 얼어붙을 정도였다.

"당신을 볼지, 안 볼지, 그건 저 불쌍한 여자 마음에 달려 있어요.

내가 물어볼게요." 그녀는 소리를 질렀다.

그녀는 돌아와서 '네가 나쁜 놈이야.'라고 말하듯 나를 노려보더니 조이가 나를 만날 것이라고 전했다. 그녀는 나를 조이의 방문까지 안내한 다음, 마지막으로 내게 험악한 인상을 지어보인 뒤 사라졌다. 나는 힘을 주어 노크했다. 조이는 문을 열고 한 손을 손잡이에 대고 기댔다. 그녀의 눈가는 붉게 부풀어 있었다. 얼굴은 젖어있었고 머리카락은 흐트러져 있었다. 스웨터에는 토해 놓은 음식 찌꺼기 같은 것이 말라붙어 있었고, 스커트는 형편없이 구겨져 있었다. 나는 그녀에게서 나는 악취 때문에 숨을 멈추었다.

나는 그녀를 들쳐 업었다.

"핸드백은 어디 있어?"

그녀가 손으로 가리켰다. 나는 그녀를 업은 채, 핸드백이 있는 곳까지 걸어갔다.

"집어."

우리가 밖으로 나왔을 때 소녀들이 문을 열고 우리를 바라보았다. 바바라는 대문을 열어 주면서 다시 조이에게 상처를 주면 죽여 버리겠다는 듯한 시선으로 나를 노려보았다. 나는 조이를 차로 데리고 가서 앞자리에 던져버렸다. 그리고 아무 말없이 차를 몰고 집으로 돌아와 그녀를 안고 아파트로 올라갔다.

나는 조이를 침대 한 쪽 구석에 앉혔다. 그리고 그녀 앞에 무릎을 꿇고 목에서 로켓을 벗겨서 내 심장에 갖다 댔다. 그리고 그녀의 오른손을 내 왼손으로 잡고 내 심장 위에 올려놓았다.

나는 그녀의 눈을 들여다보았다. 그 아름다운 눈에 고뇌가 가득 차 있었다. 나는 말을 꺼내려고 했다. 입술이 떨렸다. 눈물이 앞을 가려 아무 것도 보이지 않았다. 나는 겨우 이렇게 말했다.

"자⋯ 나에게 약속을 해⋯ 이렇게 말해⋯ 난 절대로, 절대로⋯ 거리에 나가서⋯ 사람을 죽이지 않는다고⋯ 불량배든, 강간범이든, 누구든, 다시는."

"그러겠어요. 그럴게요." 그녀가 속삭였다.

"하느님, 조이를 도와주소서."

"하느님, 저를 도와주세요."

나는 그녀의 손을 잡고 아이처럼 울었다.

그외에 내가 무엇을 할 수 있었겠는가?

42

　조이는 더 사랑스러워졌고, 내가 사소한 잘못을 저질러도 너그러
이 이해해 주었다. 우리 관계는 또다시 침몰한 배가 수면으로 떠오른
것처럼 보였지만, 배는 아직 물속 깊은 곳에 잠긴 채 항해하고 있다
는 것을 나는 알고 있었다. 다시 한 번 어뢰를 맞는다면 우리 관계는
살아남을 수 없었다. 그리고 그건 사실이 되었다.

　조이의 우울증과 피로는 자취를 감추었다. 내가 침대에 들어간 뒤
혼자서 일하던 습관도 사라졌다. 나는 이제 조이가 모든 것을 포기하
고 내가 잠자리에 들 때면 노트북을 닫고 책조차 읽지 않고 나와 함
께 잠이 들었다고 믿었다.

　우리가 겪었던 수많은 사건들은 물론이고 조이의 살인습관이 발각
된 이후의 생활까지도 밝혔기에 나는 우리의 새로운 성공담은 꼭 글
로 남겨야겠다고 생각했다. 그것은 나를 위해서가 아니라 그녀를 위
해서였다. 그녀도 그것을 바랐을 것이다. 나는 그녀의 얼굴에 떠오른
행복한 표정과 "어머니, 우린 해냈어요!"라는 말과 함께 토르에게 보
냈을 키스를 머릿속에서 쉽사리 그릴 수 있었다.

1933년이 되자 우리 회사는 세계에서 동종업계 3위의 대기업이 되었다. 이 때문에 조이와 나는 엄청난 책임을 떠안게 되었지만 긴급한 사안들 외에는 모두 핸즈에게 위임했고, 그를 통해 돌피와 살에게도 일을 나누어 주었다. 그들은 우수한 임원진을 구성했다. 우리는 이사회를 만들지 않았기 때문에 모든 권한은 조이와 내게 있었다. 우리는 그 방식을 꾸준히 유지했다. 내가 추산한 바에 의하면 우리 둘의 주식만 합쳐도 20억 달러가 넘어서, 우리는 주식시장의 큰 손이 되었다.

그러나 이 분야에서 나의 성공은 끝나가고 있었다. 조이가 뉴욕 주식시장의 종가를 같은 날 구우주의 것과 비교한 결과 둘 사이의 상관관계는 매우 낮았다. 금융계는 우리들의 개입으로 인해 혁신되었고, 신우주에서는 구우주가 겪었던 1929년 10월의 대공황을 피할 수 있었다. 구우주에서 볼 수 없었던 새로운 회사들이 경제계에서 큰 역할을 하고 있었고 구우주에서 아주 잘 나가던 회사들은 뉴욕의 주식시장에서 상장조차 하지 못했다.

그 주요 원인은 전쟁이 없었다는 사실과 강대국의 민주화에 있었다. 전쟁이 일어나면 항상 어떤 회사는 다른 회사보다 유리한 입장에 놓이게 마련이다. 신우주에서는 오히려 그런 회사들이 손실을 보거나 성장이 중단되었다.

전 세계적으로 민주화가 진행됨에 따라 정부의 권력과 민족주의가 퇴조하고 세계대전이 사라졌으며, 국지전쟁이 감소되는 등 기대하지 않았던 결과가 발생했다. 정부가 전쟁을 일으키면 그 전쟁이 계속되는 동안 계엄령을 선포하게 되고 그 후에도 전쟁 중에 장악했던 권력은 극히 일부만 포기하기 마련이다. 이런 현상은 구우주의 민주주의 체제에서도 빈번하게 목격할 수 있었다. 그러나 이제 그런 위협이나 전쟁의 현실성이 사라졌기 때문에 민주적 유권자와 여론의 압력이 권력의 후퇴를 요구할 수 있는 힘을 갖게 되었다. 이와 같은 권력후퇴로 인해 많은 민주국가들은 소수민족집단이나 식민지들의 독립요구를 검토하고 토의하고 협상하게 되었다. 구우주의 관점에서는 불가능했지만, 신우주에서는 하와이, 알라스카, 캘리포니아가 미국으로부터 독립했고, 영국에서는 북아일랜드, 웨일즈, 스코틀랜드의 독립이 거론되고 있었다. 퀘벡은 캐나다로부터 영구 독립했다.

1936년이 되자 우리는 비행기를 타고 세계 거의 모든 곳을 여행할 수 있게 되었다. 1차대전이라는 큰 요인은 없었지만, 항공사들은 여객을 위한 항공사업을 발전시키면 수익을 얻을 수 있다고 생각하고 있었다.

그러나 아직 해야 할 일이 몇 가지 남아있었다. 스페인 사무소에서는 사회주의적 민주정부에 대해서 프랑코 장군이 이끄는 군세력이 반란을 주도할 가능성이 있다고 경고했다. 조이는 영국의 식민지로 남아있는 인도에서 유혈폭동이 일어날 가능성을 주시하면서 필요하면 그곳으로 가고 싶다고 말했다. 그래서 나는 프랑코 문제를 직접 해결하기 위해 스페인으로 날아갔다.

불행하게도 -정말 불행하게도- 인도에서는 사태가 평온해져서 조이는 그곳으로 갈 필요가 없어졌다. 나는 조이에게 내가 조종한 친정부 반란으로 프랑코 장군이 실각했고, 그의 암살계약이 성공했으며, 민주주의 체제가 유지되었다는 것을 알려주었다.

나는 집으로 돌아갔다. 대서양을 건너 뉴욕으로 비행한 다음 시카고, 덴버, 그리고 샌프란시스코로 날아가는 것은 위험한 항로였다. 그러나 몇 년 전에 우리가 타지 않을 수 없었던 그 삐걱대는 기차나 배와는 비교가 되지 않을 정도로 편리했다.

조이는 새로 산 윌슨 스피드스터를 몰고 공항으로 마중을 나왔다. 나는 내가 만난 사람들과 참석했던 파티, 사람들이 우리 회사에 팔려고 했던 골동품 이야기를 그녀에게 들려주었다. 집에 도착하자 나는 그녀를 포옹하고 키스했다. 공항에서보다 더 가깝게 느껴졌다. 우리는 사랑을 나누고 서로의 품에 안겨 잠이 들었다.

우리가 미래를 알 수 있다면. 시간여행자가 역사라는 기록문서 속에서 발견한 과거 속의 미래가 아니라, 우리가 만들어 내어 그 안에 갇혀 버린 신우주 속에서 다가 올 우리 미래를 알 수 있다면.

그날 밤의 특별한 의미를 알고, 그 후에 어떤 일이 일어날지를 미리 알았다면…….

그러나 인간은 시간여행자이든 아니든 간에 시간의 껍질 속에 갇혀서 과거는 알 수 있되 미래는 볼 수 없는 존재다. 내일 우리들의 삶에 어떤 사건이 일어날지 결코 알 수 없다. 그러기에 우리는 그것이 마지막인 줄도 모르고 마지막 샴페인을 마시고 마지막 사랑을 나누는 것이다.

내가 그걸 알았더라면.

나는 지금 거의 말할 수 없는 이야기를 계속하고 있다.

43

나는 처음으로 돌아가고 싶었다. 그 시절을 처음부터 다시 살고, 지금과는 다른 상황에서 회상하고 싶었다. 그러나 나는 그 긴 회상의 터널에서 빠져 나와야 했다. 시간이 사라져 가고 있었다.

다음날 아침 늦잠에서 깨어보니, 조이는 이미 출근하고 없었다. 그녀는 쪽지를 남겨 놓았다.

> 잘 잤어요? 잠꾸러기.
> 커피는 끓여 놓았어요. 팬케이크는 오븐에 있어요.
> 오늘은 고아원에 가 있을 거예요. 사랑해요.
>   - 조이.

나는 스페인 여행 때 가져갔던 수류탄 두 개와 다량의 탄약을 여행 가방 비밀 칸에 숨겨 놓았었다. 그 수류탄과 탄약을 다시 무기캡슐에 넣어 두어야겠다는 생각이 들었다.

우리는 오래 전에 바로 옆의 아파트를 사서 창고로 사용하면서 특히 무거운 캡슐을 그곳에 보관하고 있었다. 아파트의 바닥은 콘크리트에 나무 널판을 깔아 놓았기 때문에 캡슐의 무게를 충분히 지탱할 수 있었다. 게다가 물건을 보관할 목적으로 아파트를 사용하고 있다는 사실을 관리사무소에 미리 통보했었다.

나는 아파트에 들어서서 처음엔 여유를 즐기면서 물건을 정리하다가, 라디오에서 민주당 대통령후보 노먼 토머스가 오늘 아침 이곳에서 연설을 한다는 뉴스를 들었다. 샌프란시스코는 민주당의 보루였다. 도시는 온통 흥분에 싸여 있었다.

조이는 열렬한 민주당원이었기에 매년 전국당에 천 달러, 지역당에 천 달러를 기부하고 있었다. 우리는 자금을 미국 정당의 정치적 목적을 위해서 사용하지 않기로 합의했지만, 조이는 회사에서 매년 2만 달러의 봉급을 받고 있었으므로 그 돈을 얼마든지 정치적 기부금으로 사용할 수 있었다.

조이는 노먼 토머스를 미워하고 있었다. 전국대회에서 토머스가 선출되었을 때 조이는 분통을 터뜨렸다.

"그 사람은 공산주의자예요. 그걸 감추고 있을 뿐이죠. 우리는 정말 후보를 잘못 선출했어요. 당 지도자들이 제정신인지 모르겠어요. 그 사람은 자기 이념에 동조하는 사람들만 각료로 임명할 거예요. 그리고 자기들과 코드가 맞는 사람들만 계속 끌어들일 거고, 정부와 법원은 골수 혁명가들이 판을 칠 거예요."

조이는 나에게 손가락을 흔들었다.

"4년 임기를 마칠 무렵이면 은밀하게 합법적인 쿠데타를 일으킬 거예요. 난 이번에 공화당에 투표하겠어요. 그런다고 별로 달라질 것도 없겠지만."

그녀는 그런 이야기를 자주 했다.

나는 과장이 심하다고 생각하면서 조이의 얘기를 무심히 지나쳤다. 나도 가끔 바보 같은 정치인이나 정책에 대해서 화를 낸 적이

476

있었다. 하지만 나는 그때 조이에게 더 많은 관심을 기울여야 했다.

무기캡슐에 들어가서 정리를 하려고 탄약과 수류탄을 찾아보았지만 그것들은 제자리에 없었다. 아무리 열심히 뒤졌지만 소용없었다. 나는 갑자기 당황해서 이곳저곳을 뒤져보았다. 없었다. 조이도 없었다……. 나는 캡슐 문을 닫아 버리고 아파트로 돌아와서 집 안을 온통 뒤집어 놓았다.

몇 시쯤 된 걸까? 시계를 보았다. 10시 3분이었다. 맙소사. 27분밖에 남지 않았다.

나는 뛰쳐나가 문을 닫을 생각도 못한 채 차고로 달려갔다. 메르세데스 로드스타에 올라타고 시동을 걸면서 나는 속으로 기도했다.

"제발 빨리 좀 걸려다오."

시동이 걸렸다. 얼마나 페달을 밟았는지 타이어에서 기괴한 소리가 들렸다. 나는 차가 후진을 끝내기도 전에 기어를 1단으로 넣었다. 이 차로는 타이어에서 연기가 날 정도로 출력을 올릴 수 있었다. 나는 힘껏 페달을 밟으며 샛길을 빠져나가 우리 아파트 앞에 있는 필모어 가로 나갔다. 차의 후미가 이리 저리 흔들리면서 거의 운전이 불가능한 상태에 빠졌지만, 골든게이트 공원에 있는 대형 야외음악당으로 미친 듯이 달렸다.

나는 최대한의 속도로 달려 웅덩이를 뛰어넘고, 다른 차와 트럭을 추월하고, 일방통행길을 금지된 방향으로 달리다가 아슬아슬하게 충돌을 피했다. 놀란 행인들이 내 차를 쳐다보았다. 차는 언덕을 오르면서 점프를 하다가 반대쪽에 쾅 소리를 내며 떨어지기도 했다. 그래도 나는 상관하지 않았다. 제 시간에 도착할 수만 있다면 감옥에서 평생을 보내도 좋다고 생각했다. 나는 지나가는 트럭의 옆을 들이받았다. 차의 펜더 하나가 공중으로 날아가면서 차체가 뒤집힐 뻔했다. 나는 차선에 줄지어 선 차들을 우회하기 위해 도로를 벗어나 수풀과 쓰레기통이 있는 골목을 달리면서 꺾인 나뭇가지들과 쓰레기를 날려 보내기도 했다.

차는 급커브를 하면서 링컨 가와 9번가에 있는 공원으로 들어가다가 거의 뒤집힐 뻔했지만 나무 울타리를 뚫고 들어가 공원의 잔디밭으로 돌입할 수 있었다. 차의 후미가 좌우로 흔들렸다. 나는 나무가 막아선 곳까지 계속 나아갔다.

나는 결국 목적지에 도착해서 나무 사이로 달려갔다. 나는 어디로 가야할지 정확하게 알고 있었다. 우리는 공원을 산책하면서 그 문제를 의논한 적이 있었다. 조이는 은폐된 구덩이를 효과적으로 사용하는 방법을 내게 알려준 적이 있었다.

시계를 보았다. 4분밖에 남지 않았다. 나는 작은 개천을 뛰어 넘다가 발목을 삐끗했다. 빌어먹을. 그래도 나는 멈추지 않고 달렸다.

그녀가 거기 있었다.

조이는 애용하던 브리티시 애큐러시 인터내셔널 저격소총을 가지고 사격자세를 취한 채, 바닥에 엎드려 있었다. 그녀는 돌과 나뭇가지로 총신을 고정시키고 망원조준경을 들여다보고 있었다. 멀리, 8백 미터가량 떨어진 곳에 연단이 보였다. 노먼 토머스가 연설을 시작하면 그녀는 절대로 실수하지 않을 것이다. 이처럼 멀리 떨어진 곳에는 비밀경호원도 없었다. 사실 1936년에는 대통령과 부통령 후보 지명자에 대한 경호는 거의 없었다. 1901년의 윌리엄 맥킨리 이후에는 대통령 암살기도가 없었고, 이 나라에서는 그 이후 전쟁이나 테러리스트의 폭발사건 또는 살인사건도 없었다. 1936년의 소총으로는 그런 거리에서 정확하게 사격할 수 있는 사람도 없었다. 전쟁이란 자극제가 없었으므로 당시 소총의 명중도는 구우주보다 훨씬 낮았다.

나는 그녀에게 달려갔다. 조이는 머리를 돌려 나를 보았다. 그녀는 순식간에 소음기가 달린 매그넘 권총을 꺼내 내 심장을 겨누었다. 그녀는 방아쇠에 손가락을 걸고 팔을 뻗어 계속 나를 조준하고 있었다. 나는 무장하지 않았고 방탄조끼도 입지 않았지만 상관하지 않았다.

우리는 아무 말도 하지 않았다. 그녀는 계속 나를 겨누고 있었고, 나는 죽을 각오를 하고 있었다.

6미터. 그녀는 쏘지 않았다. 5미터. 나는 아직 살아있었다. 3미터. 그녀는 틀림없이 쏠 것이다. 1.5미터. 그녀는 쏘지 않았다. 나는 저격소총 위로 몸을 던지면서 총열을 잡았다. 그리고 온 힘을 다해 두 손으로 총을 움켜쥐었다. 설령 그녀가 나를 쏜다고 해도 죽은 나의 손에서 그 소총을 빼낼 수 없기를 바랐다.

멀리서 박수와 환호가 들리고 몇 분이 지났다. 누군가 연설을 하는 소리가 들렸다.

나는 관목수풀을 지나가다 입은 상처의 고통이 느껴지기 시작했다. 거꾸로 잡고 있던 소총의 총구가 내 옆구리를 찌르고 있었다. 나는 그녀에게 등을 돌리고 있었다.

그녀의 목소리가 지옥에서 들리는 듯 귓전에 울렸다.

"당신은 여전히 지그재그로 뛰는 법을 제대로 배우지 못했군요."

그것이 나에게는 그녀의 마지막 말이었다. 아주 오래 전, 민첩한 동작으로 그녀가 나를 훈련시키던 때의 기억이 떠올랐다. 끔찍한 아이러니였다.

나는 곧 그녀의 머리가 내 등에서 떨리고 있음을 느꼈다. 그녀가 울고 있다는 것을 짐작할 수 있었다.

나는 여전히 온 힘을 다해 총열을 잡고 있었지만, 힘이 빠지고 있었다. 곧 어떻게든 하지 않을 수 없었다. 나는 소총을 잡아당겨 빼앗으려고 했다. 아니 빼앗았다. 그녀는 저항하지 않았다. 나는 필사적으로 소총을 쥔 채 그녀에게서 물러났다. 그리고 한쪽으로 엎드린 채 총을 숲 속으로 내던졌다.

마침내 나는 조이를 바라보았다. 이제 그녀는 쉰일곱 살이었다. 어깨까지 내려온 머리카락은 당시의 유행과 나이에 어울리는 스타일이었다. 그러나 검은 머리카락이 모근에서부터 회색으로 변하고 있었다. 아시아 여인들은 60대 후반까지도 자기 나이보다 훨씬 젊어 보였다. 물론 조이도 그랬지만 지금은 어제보다 10년은 더 늙어 보였다. 그녀의 원숙한 아름다움은 얼굴의 주름살과 굳게 다문 입술 뒤로 사라져가고 있었다. 그녀는 울음을 멈추었다. 그리고 그녀 몸에서 아직도 가장 아름답고 가장 인상적인 두 눈을 들어 나를 바라보았다. 눈동자는 거의 풀려 있었다. 부인할 수 없는 결정적인 증거를 제시했을 때 궁지에 몰린 범인의 시선과 같았다. 그것은 체념이었다. 순응이었다. 죽음이었다.

나는 손을 내밀었다. 그녀는 망연한 표정으로, 가지고 있던 매그넘을 그 위에 올려놓았다. 나는 그것도 숲으로 던졌다. 그러고 나서 그녀의 차갑고 생명이 없는 손을 잡고 숲에서 걸어 나와 메르세데스로 향했다.

■　■　■　■　■

아파트 문은 열려 있었다. 나는 조이를 침실로 데리고 가서 문을 닫고 침대를 가리켰다. 그녀는 침대 가장자리에 앉았다. 나는 그녀를 밀어서 침대에 눕혔다. 그녀는 나를 바라보지 않았다. 저항하지도 않았다.

나는 아무 생각도 나지 않았다. 내 마음은 부서져 다시는 회복될 것 같지 않았다. 내 몸은 전적으로 본능적인 충동에 따라 움직이고 있었고, 정신은 완벽한 공백 상태에 있었다.

나는 갑자기 조이 위로 뛰어 올라 두 손으로 베개를 잡아 그녀의 얼굴에 올려놓았다. 그리고 있는 힘을 다해 베개를 눌렀다. 그녀는 순간적으로 저항하려다가 이내 포기한 듯했다. 그녀는 내 손 위에 자기 손을 올려놓고 나와 함께 베개를 눌렀다. 그러나 무사훈련을 받은 그녀의 몸은 본능적으로 저항하면서 우리 둘에 대항하여 싸웠다. 그녀는 더 세게 힘을 주어 내 손을 눌렀다. 힘을 주어 베개를 누르면서 내 얼굴은 그녀의 손에 거의 닿아 있었다. 그녀는 한 손을 내 손에서 거두어, 내 얼굴을 향해 뻗었다. 그리고 손등으로 뺨을 어루만졌다. 손가락으로 내 입술을 만졌다. 그러더니 경련과 함께 그녀의 온몸이 떨리고 근육이 풀어졌다. 그녀의 손가락이 내 입술에서 떨어졌다. 다른 손에도 힘이 빠져나갔다.

　나는 베개로 그녀의 얼굴을 누른 채, 1분 동안 그대로 있었다. 어쩌면 5분이었는지도 모른다. 기억나지 않는다.

　나는 베개를 치우고 그녀의 편안한 얼굴을 보았다.

　조이는 죽었다.

44

나는 공원에서 그녀의 손을 잡은 뒤부터 아무 생각도 하지 않았다. 마치 누구의 지시를 받는지도 모르고 움직이는 로봇처럼, 기계적으로 움직이고 있었다.

나는 메르세데스를 아파트 뒷문 근처 샛길에 세워 놓았다. 그리고 삽과 곡괭이를 찾아서 차 안에 던져 넣었다. 그리고 조이를 안아다가 뒷좌석 바닥에 내려놓은 뒤, 사격장 방향으로 차를 몰았다. 사격장이 내려다보이는 나지막한 언덕에 올랐을 때 나는 차를 멈추었다. 사격장은 오랫동안 사용하지 않아서 나무와 풀이 아무렇게나 자라 있었다.

나는 무덤을 팠다. 깊게 파서 그녀가 앉은 자세로 생전에 드나들던 사격장을 내려다볼 수 있도록 해 주고 싶었다. 나는 그녀가 로켓을 쥐고 있을 수 있도록 두 손을 무릎 위에 모아 놓았다. 그리고 그녀에게 마지막 키스를 하고 무덤에서 기어 나왔다. 구덩이에 흙을 채우고 그 위에 우리 아파트 옆 정원에 심으려고 사왔던 붉은 부겐빌레아를 심었다. 이런 땅이라면 늘 햇볕이 있으니 붉은 꽃이 아름답게 피어날 것이다.

지친 몸을 이끌고 아파트로 돌아왔을 때, 이미 어둠이 내리고 있었다. 나는 목욕을 하고 옷을 갈아입었다. 그리고 차를 몰고 공항으로 가서 다음날 조이가 중국으로 가기 위해 예약해 두었던 팬패시픽 항공의 비행기 티켓을 찾아왔다. 그리고 다시 택시를 타고 공원으로 가서 그녀가 세워 두었던 차를 몰고 아파트로 돌아온 뒤, 그녀가 늘 하던 대로 차고에 넣어 두었다.

나는 여행가방 두 개에 그녀의 물건을 나누어 넣었다. 세면도구와 노트북, 그리고 무게를 더하기 위해서 밖에서 주워온 돌멩이도 집어 넣었다. 나는 바닷가로 차를 몰고 가서 깊은 바다 쪽으로 돌출한 절벽으로 나아가 그 여행가방들을 던져 버렸다.

아파트로 돌아온 나는 쓰러지듯 카우치에 누웠다. 침대로 갈 수는 없었다. 마음은 여전히 텅 빈 채 나는 일종의 쇼크 상태에 빠져 있었다. 그것은 완전한 허무의 세계였다. 그날 밤까지 나는 카우치에 누운 채 꼼짝도 하지 않았다. 잠을 좀 잤는지도 모른다. 전혀 기억나지 않는다.

아침이 되자 라디오에서, 토머스의 연설을 듣기 위해서 수많은 관중이 모였들었다는 뉴스가 흘러나왔다.

나는 욕실에서 소변을 보다가 문득 그것에 시선이 멈추었다. 거울 아래 부착된 유리선반에, 솔의 양끝이 약간 닳고 손때가 묻어 나무 손잡이가 짙은 갈색으로 변한 물건이 놓여 있었다. 조이의 칫솔이었다. 그녀의 칫솔! 조이! 조오이! 나는 정신이 퍼뜩 들었다. 내가 조이를 죽인 것이다!

그리고 모든 것이 한꺼번에 몰려왔다. 조이와의 추억은 생생했고 나는 순간적으로 행복을 느꼈다. 나를 사랑한다고 말하던 그녀의 달콤한 목소리, 그녀를 향한 나의 사랑, 다정했던 우리의 포옹, 그녀의 키스…….

그리고 무엇보다도 견딜 수 없었던 것, 그것은 내가… 우리가… 조이를 죽였을 때, 그녀는 내가 자신을 미워한다고 생각했을지 모른다는 것이었다. 하지만 나는 결코 미워하지 않았다. 나는 사랑했다. 나는 항상 조이를 사랑했다.

눈물이 빗물처럼 쏟아졌다. 꿈을 꾸듯이, H&K 권총이 내 이마를 겨냥하고 있었다. 나는 방아쇠에 손가락을 넣었다. 그러자 내 마음은 천천히 괴로움의 잔해로부터 빠져나오는 것 같았다. 아마 조이가 도와주고 있는지도 몰랐다. 우리가 함께 그녀를 죽였듯이, 이번엔 나를 죽이기 위해서 그녀와 내가 다시 파트너가 된 것인지도 몰랐다.

그러나 아직 할 일이 많이 남아있었다. 우리 임무와 회사 일을 정리하고 끝낼 일이 너무도 많았다. 그녀의 임무를 적절하게 마무리해야 했다. 그녀의 죽음도 인정을 받고 영예로운 것으로 만들어주어야 했다.

나는 권총을 카우치에 던져버리고 기진맥진할 때까지, 내 몸이 휴식과 잠을 원할 때까지 흐느꼈다. 나는 오후 늦게 일어나 세수를 하고 목청을 가다듬은 다음, 마음을 진정시키려 애썼다.

나는 핸즈를 불렀다. 나는 그에게 조이가 아시아 지역의 우리 사업을 위해 비밀협상을 진행 중이어서, 직접 일을 추진하러 비행기를 타야했다고 말했다. 그곳 사무소로부터 대형 수출계약이 취소되었다는 긴급연락을 받았기 때문에 조이가 가지 않을 수 없었다고 설명했다. 그리고 나는 스페인에서 돌아온 뒤에 집에서 정리할 일이 많기 때문에 다음 일주일 동안 회사 일을 맡아달라고 부탁했다.

그 후 이틀 동안 내가 겪은 슬픔은 설명할 수도 없고, 또 하고 싶지도 않다. 여전히 그 슬픔의 끝에 있는 나는 정신적으로 공백상태에 있었지만, 그래도 어느 정도 일을 할 수 있게 되었다. 우리 둘은 여행 중에 한 사람이 죽을 경우에 대비하여 각자 유서를 작성해 두었다. 나는 떨리는 손으로 금고에서 그녀의 유서를 꺼내 읽었다. 나는 다시 정신을 잃었다. 그녀의 이야기는 얼마나 아름답고 사랑스러웠는지 모른다. 나는 정신을 차린 다음 그것이 바로 내가 해야 할 일이라는 것을 깨달았다.

유서에서 조이는 화장을 원하고 있었다. 나는 커다란 금속 통을 하나 사서 바닥에 구멍을 뚫었다. 그리고 대형 용기에 가솔린을 가득 채웠다. 그녀를 무덤에서 꺼냈을 때, 내가 느낀 감정과 고통은 언어로 표현할 수가 없다. 그녀가 남겨놓은 마지막 말이 내게 힘을 주지 않았더라면 나는 그 일을 해낼 수 없었을 것이다. 나는 가져온 헝겊으로 그녀의 얼굴을 닦아주고 입술에 키스했다. 로켓을 떼어 놓고 그녀를 통 속에 넣은 다음, 불을 붙였다.

나는 그녀의 재를, 전에 그녀가 중국에서 사왔던 아름다운 호박 항아리 속에 넣었다.

그리고 무덤을 다시 흙으로 덮은 뒤, 부겐빌레아로 표시를 해 두었다. 그것은 그녀의 임시 거처였지만 나에게는 성소가 되었다.

■　■　■　■　■

그리고 나는 기다렸다. 며칠이 지나갔다. 몇 주일이 지나갔다. 그리고 마침내 회사로 돌아가 정상적으로 일을 하기 시작했다. 나는 사업을 지휘하고 회의를 주관했다. 사람들은 내가 얼굴이 수척해졌고 고민거리가 있는 것 같다고 말했다. 나는 여행 중에 감염된 스페인 바이러스 때문에 병을 앓고 있다고 둘러댔다.

매일 밤 나는 아파트로 돌아가 텅 빈 집을 바라보며 울었다. 기력이 쇠잔했다. 기계적으로 밥은 먹었지만 식욕은 전혀 없었다. 당분간 살아야 한다고 다짐은 했지만 살고 싶은 욕망도 없었다.

결국 내가 기다렸던 뉴스가 라디오에서 흘러 나왔다. 관동에서 베이징으로 정기노선을 비행 중이던 중국 골든 항공사 37편이 폭풍을 만나 추락했다는 소식이었다. 승객 21명은 전원 사망했다.

나는 핸즈를 전화로 불렀다. 이제 나는 내 슬픔을 표출할 수 있었다. 나는 봇물이 터지듯 큰 소리로 흐느꼈다.

"조이가 중국에서 비행기 추락사고로 죽었어."

"말도 안 돼요!"

그는 한동안 정신을 차리지 못한 듯 침묵하다가 목 멘 소리로 말했다.

"정말 안 됐습니다. 뭐라고 위로의 말씀을 드려야 할지……. 지금 그리로 가겠습니다." 그는 수화기를 내려 놓았다.

일주일 후 나는 창고를 뒤져서 가장 예쁜 납골 항아리를 찾아냈다. 화사한 꽃이 그려 있는 최고의 자기였다. 손잡이는 금으로 장식되어 있었고, 청색 바닥과 뚜껑에 금테가 둘러져 있었다. 조이도 이 새로운 집을 좋아할 거라고 생각했다. 나는 항아리를 아파트로 가지고 가서 그녀의 잔해를 넣었다.

아파트에서 간단하게 장례식을 치르기로 한 나는 핸즈, 살, 돌피 세 사람만을 초대했다. 나는 조그만 제단을 만들고 그 위에 그녀의 재가 담긴 항아리를 올려놓았다. 양 옆 초를 한 개씩 켜놓고 뒤에는 조이의 영정을 세워 두었다. 우리가 이곳에 도착한 지 얼마 후에 내가 찍어준 사진이었다. 사진 속에서 스물다섯의 조이는 환하게 웃고 있었다. 쉰여섯 살 때 찍은 사진이 있었지만 나는 그 모습을 내 무의식 깊은 곳에 깊이 파묻어 두었다. 마음의 눈으로 본 그녀는 나이에도 불구하고 여전히 아름다웠다. 나이가 들면서 그녀는 좀 더 원숙해지고 좀 더 세련되었을 뿐이었다.

나는 향을 피우고 조이에게 마지막 인사를 건넸다.

다른 사람들이 같이 있었기 때문에 하고 싶었던 말을 모두 할 수는 없었다. 나는 나중에 그녀 제단 앞에 혼자 남았을 때 정말 하고 싶었던 얘기들을 털어놓으리라고 생각했다.

핸즈와 살, 돌피도 각자 조이에 대한 사랑을 표현하고 나름대로 조용하게 경의를 표했다. 그들이 돌아가자 나는 그녀의 로켓을 항아리에 걸어 놓았다. 그리고 몇 시간 동안 제단 앞에 앉아 있었다. 나는 그녀가 이 신우주에서 겪었던 모든 것들을 떠올려 보았다. 나는 결국 그녀가 목숨을 구해준 수많은 사람들을 만나게 되리라 생각했다.

■　■　■　■　■

나는 매일 하루 일과가 끝나면 조이의 제단에 향을 켜놓고, 그날 있었던 일과 우리 임무를 매듭짓는 작업을 조이에게 들려 주었다.

"이제 강대국간의 세계대전이나 국지전이 벌어질 위험은 더 이상 없을 거야. 독일은 안정된 민주주의를 발전시켰어. 일본은 아직 천황과 그의 이름으로 활동하는 정계 지도자들에게 상당한 권위를 인정하고 있지만, 부분적으로나마 민주주의를 실행하고 있어. 민주세력은 성장을 거듭하고 군부는 제자리를 지키고 있지. 엘리트들 사이에는 불만이 있고, 젊은 장교들이 반란을 일으키기도 했지만 성공하지는 못했어. 군부에서도 문민통치 개념을 받아들이고 있지. 그것은 당신이 이룩한 거야.

러시아의 민주주의는 잘 되어가고 있어. 러시아는 독일, 프랑스, 영국과 산업분야에서 경쟁을 시작했지. 경제학자들은 그 풍부한 자원을 이용해서 러시아가 1980년이나 1990년에는 미국 다음가는 강대국이 될 것이라고 예견하고 있어. 국내 문제라면 언어와 관습이 다른 소수민족들과 공화국들이 좀 더 많은 자치권을 요구하고 있고 완전한 독립까지도 원하고 있다는 것이지. 그러나 우리가 생각하지 못했던 것은 전쟁이나 위협이 사라지니까 민족주의가 쇠퇴하게 되었다는 사실이야. 중앙정부는 이제 소수민족의 분리에 공감하게 되고 식민지의 독립을 허용하고 있어. 사람들, 특히 지식인들은 그것이 싸우는 것보다 유리하다는 것을 인정하고 있어.

당신이 좋아하는 중국은 예외적으로 여전히 많은 문제를 안고 있어. 비록 인권과 정치적 자유가 항상 문제시 되긴 하지만 분명히 민주주의를 실행하고 있지. 서쪽에 있는 큰 소수민족 집단은 언제나 독립을 위해 투쟁하고 있고 아직도 여러 가지 문제를 야기하고 있어. 동투르키스탄이라고도 부르는 위구리스탄은 1910년에 완전한 독립을 얻었지. 당신이 예상했던 것처럼 중국의 중앙정부는 실력행사를 했고 아직도 다른 소수민족의 독립에 반대하고 있어. 하지만 최근의 증거를 보면 그것도 변하고 있어.

민주국가들 사이에서 최초의 범세계적 국제기구인 민주주의연합을 창설하려는 외교적 노력이 추진되고 있다는 사실을 당신이 알게 된다면 기뻐하겠지. 이 기구는 지금 존재하는 110개 민주국가로 구성되어있고 새로운 민주국가는 자동적으로 회원이 되도록 정해졌지. 아직도 민주국가들이 지배하고 있는 식민지 국가들을 민주주의연합의 신탁기구에 이양하자는 협의가 이루어지고 있어. 목적은 이 식민지 국가들이 스스로 민주주의를 유지할 수 있을 때까지 주민들에게 교육, 훈련 그리고 경제적 원조를 제공하는 것이야. 그 다음에는 그들이 독립과 주권을 투표로 결정하게 되는 거지.

내가 가장 두려워했던 것은 테러리즘이야. 그런데 우리가 2001년에 알고 있던 구우주와는 달리 회교권에서도 그 어떤 테러리즘도 싹트고 있지 않고 있어. 2차대전과 냉전이 없었기 때문에 앞으로도 그런 테러리즘을 발생시킬 촉매가 없는 거야. 중동에는 갈등과 분쟁이 있기는 하지만, 새로 독립한 회교국가 어느 하나도 테러리스트 집단을 지지하거나 원조를 제공하지 않고 있어."

내 마음속에서 그녀의 대답이 들려왔다.

"알아요. 이곳은 아직 완벽한 우주가 아니예요. 아직도 약간의 국지전과 반란, 대량학살이 일어나고 있고 특히 아프리카의 경우가 그렇죠. 인류는 아직 데모사이드에 -아직 이 우주에는 그 말을 대체할 수 있는 단어가 없어요- 대항해서 싸워야 해요. 한 부족이 민주적 세력을 획득하면 그것을 이용해서 다른 부족을 굴복시키려고 하기 때문이죠. 더구나 세계는 아직 빈곤에 허덕이고 있어서 평균수명이 우리가 이 신우주에 왔을 때에 비해서 개선되지 않은 지역이 많이 있어요. 그러나 그것도 서서히 변하는 중이고, 민주화는 오지까지도 확산되고 있으니까 복지개념이나 인권문제도 개선될 거예요."

나는 말을 멈추고 그녀의 뺨을 어루만지듯이 항아리를 쓰다듬으며 말했다.

"조이, 자랑해도 좋아. 기뻐해. 전체적으로 보면 이 신우주는, 세계대전과 대량살인이 벌어졌고 많은 사람들이 독재에 신음하던 구우주보다는 훨씬 발전한 세계가 되었어."

■　■　■　■　■

나는 조이와의 다른 대화에서 우리의 약속과 자금을 정리한 이야기를 들려주었다.

"난 주식거래를 그만 두었어. 이 시장은 구우주의 시장과는 전혀 달라졌고, 작년 수익은 거의 없었던 셈이야. 그건 우리가 얼마나 세계를 바꿀 수 있었는지를 보여주는 척도야. 당신과 내가 말이야.

걱정할 것 없어. 어쨌든 모든 걸 현금화 할 거야. 나는 시장을 혼란시키지 않고 모든 주식을 서서히 현금으로 바꾸기로 결정했어. 그리고 사업에서 은퇴한다고 선언했어. 나도 그것이 서글픈 일인 줄은 알고 있지. 당신과 나는 토르 수출입회사를 설립했고, 내가 그 사업을 추진할 때마다 당신의 정신이 그 안에 들어 있다고 느꼈으니까. 그건 당신의 기념비야. 그러나 이제 물러설 때가 되었어.

나는 핸즈, 돌피, 살이 참석한 회의에서 이렇게 말했어.

'나는 이 사업에서 은퇴하고 회사를 전부 또는 부분적으로 매각하겠습니다. 여러분 각자에게는 퇴직금과 보너스로 2억 달러씩 드리겠습니다. 당신들이 그 돈으로 이 회사의 일부를 사거나, 돈을 합쳐서 회사 전체를 사려고 한다면 특별한 고려를 하겠습니다. 나는 나머지 재산을 조이 핌 민주평화연구소 설립에 희사하겠습니다.'

그건 어려운 일이었어. 우리가 헤어진 이후, 내가 해야 했던 가장 힘든 일이었지. 나는 마음을 진정시키기 위해 회의를 중단하지 않을 수 없었어. 그리고 마지막으로 말했지.

'목적은 민주주의에 대한 이해를 촉진하고 평화와 복지에 공헌하는 것입니다.'"

돌피와 살은 그들이 받은 돈으로 우리 회사의 지역 사무소를 매입했다. 살은 남아메리카의 주요 대학교에 장학재단을 설립했다. 평화나 대량학살을 연구하는 학생들을 위한 조이 핌 장학재단이었다. 돌피는 같은 재단을 유럽에 설립했다. 핸즈는 하버드 대학에 조이 핌 강좌를 마련했고 남은 돈은 내가 설립한 조이 핌 연구소에 기부했다. 그는 연구소의 초대 소장이 되었다.

■　■　■　■　■

나는 조이가 마지막 회의에서 내가 한 말을 들으면 놀라리라는 것을 알고 있었다.

나는 제단 위에 있는 향과 초에 불을 붙였다. 나는 심호흡을 한 다음 그녀에게 이야기했다.

"우리는 생각했던 것처럼 우리의 시간여행을 감쪽같이 속이지 못했어. 핸즈가 당신의 이름으로 설립된 연구소 소장이 되었으니까 그에게 우리의 시간여행 이야기를 해 주지 않을 수 없었어. 무슨 사고가 생겼을 때 그가 그 보급품 캡슐과 타임캡슐을 인수해야 했으니까 말이야.

그런데 그는 돌피와 샬도 우리의 비밀을 알고 있었다고 말했어. 돌피가 알아냈다는 거야. 처음에는 믿을 수 없었대. 하지만 너무 많은 증거가 있었기 때문에 확신할 수 있었지. 게다가 돌피는 공상과학 소설을 좋아하는 독자였기 때문에 쉽게 믿을 수 있었고 다른 사람을 설득했다는 거야.

아, 그렇지. 당신의 보석은 모두 '중국 소녀의 집'에 넘겨주었어. 그리고 당신이 도와주던 고아원에도 기부를 했고. 그 재단도 당신의 이름으로 설립되었으니 당신을 영원히 기억할 거야. 당신, 기뻐서 눈물을 흘리고 있군.

나는 사이프레스 론 공원묘지에 납골당을 하나 만들었어. 재단을 설립해서 묘지가 이전을 해도 영원히 관리할 수 있도록 했어. 나중에 우리들의 재를 섞어서 훨씬 더 아름다운 항아리에 넣어 그 납골당에 보관하도록 할 거야. 당신도 좋아하겠지.

나는 그 납골당에 조각할 비명을 골라 놓았어. '나는 처음 도착했을 때 소망했던 것을 이루었다. 우리는 하나였다. 당신은 항상 내 영혼과 마음속에서 내 진정한 아내였다.' 당신과 나 이외에는 누구도 우리 비명을 이해하지 못할 거야. 우리가 처음부터 그렇게 하지 못했던 것이 후회가 돼.

자, 이제 모든 것이 끝났어. 나는 이 건물의 모든 아파트를 매입하고 입주자들이 나가서 새 집을 찾을 수 있도록 도와주었어. 우리 임무는 끝났어. 이제 내가 당신과 만날 시간이야. 나는 당신 재를 납골당에 옮겼고, 나도 며칠 안에 당신과 함께 하게 될 거야. 우리 영혼이 영원히 합쳐지는 거지. 그리고 나머지 일도 순조롭게 진행될 수 있도록 유언을 남겨 놓았어.

이제 준비를 마쳤어. 화염이 다가오고 있어. 연기가 너무 짙어서 아무 것도 보이지 않아. 숨을 쉴 수가 없어. 나는 곧 당신과 함께 자던 침대에 가서 누울 거야. 당신의 사진을 가슴에 안고, 그 위에는 우리가 함께 살아온 놀라운 생애와 성공한 임무에 대한 이야기를 올려 놓을 거야. 그것이 지금까지 내가 살아있었던 이유였지.

내가 당신을 미워한다고 믿으면서 당신을 죽게 한 것이 너무 미안해. 난 당신을 미워하지 않았어. 항상 사랑했지. 이제 내 사랑, 내 아내, 우리는 다시 함께 살 거야. 당신은 내 사랑을 다시 찾게 될 거야. 나도 이제 당신에게로 가."

에필로그

우리는 지난 100년간 평화 속에서 살아왔습니다.
오늘날 그 어떤 국가도 우리를 위협하지 않습니다.
그동안 미군병사는 외국의 전투에서 단 한 명도 죽지 않았습니다.
평화는 민주주의연합이 보장하고 있습니다.
따라서 나는 열 척을 제외한 모든 군함을 무장해제했고,
군 병력의 규모를 5만 명으로 감축하는 정책을 채택했습니다.
그렇게 해서 절약한 자금을 민주주의연합으로 보내
범세계적으로 인류와 경제를 발전시키는 사업에 사용하도록
의회에 건의할 것입니다.

<셜리 모리스 대통령 취임연설>
- 뉴욕타임즈, 2001년 1월 20일 신우주

사이프레스 론 공원묘지의 관리인 해리 개비노는 일주일 뒤에 은퇴할 예정이었다. 오늘 그는 후임인 데레크 코지마에게 묘지를 안내해 주고 있었다. 공원은 아주 넓었기 때문에 그들은 골프카트를 타고 돌아다녔다.

해리는 카트를 몰고 꽃이 피어있는 길을 따라 내려가 조금 떨어진 곳에 있는 한 납골당으로 갔다. 아주 큰 건물이었지만, 아름다운 반투명 대리석으로 튼튼하게 만들어져 있었다. 물론 창은 없었고 바깥에 장식이나 조각도 없었다. 그러나 그 납골당 주위에는 여러 종류의 장미가 잘 가꾸어진 꽃밭이 있었고, 장미넝쿨이 입구의 가장자리를 장식하고 있었다. 문 위에는 〈뱅크스 家 납골당〉이라고 조각된 조그만 화강암 석판이 붙어 있었다.

해리가 자물쇠를 열고 데레크를 데리고 안으로 들어가 전등스위치를 켜자, 납골당 안은 황금빛 여명에 잠겨 있는 것처럼 보였다. 벽 한쪽 끝에 있는 세 개의 흰 이태리 대리석 선반 위에는 금빛 큰 항아리가 놓여 있었고, 납골당 한쪽 벽에는 젊은 백인 남자와 아시아 여자의 사진이 들어있는 커다란 액자가 걸려 있었다.

해리는 그 사진을 가리키면서 말했다.

"이 두 사람은 화장을 한 뒤에 재를 섞어서 같은 항아리에 넣었어요. 이 둘은 끝까지 결혼을 하지 않았지만, 함께 30년을 살았답니다. 그보다 더 되었는지도 모릅니다. 이들은 지금 여기 영원히 함께 있습니다."

데레크는 항아리 위에 걸려 있는 두 사람의 사진을 더 자세히 보기 위해 걸어갔다. 사진 속의 남자는 행복한 표정으로 여자의 어깨를 팔로 안고 있었다.

항아리 옆에는 로켓 하나가 아래 선반까지 내려와 있었다. 그리고 위에는 이 두 사람이 생전에 입었던 것으로 보이는 옷이 있었고, 빨간 머리띠와 칼도 눈에 띄었다. 그런 물건들에 숨어 있는 의미는 알 수 없었다. 열려 있는 스크랩북도 있어 데레크는 사진과 신문기사의 제목을 들여다보았다.

항아리 아래 선반 한구석에는 이런 글이 써있는 명판이 있었다.

· 조이 핌 뱅크스 (-1936), 존 뱅크스 (-1938)
그들은 인류를 사랑하고
서로를 사랑했다
그러나
권력이 그들을 죽였다.

그 아래 선반에는 다른 부부의 재를 섞어 담은 항아리가 세 개 더 있었다. 양쪽 벽에는 그들의 사진이 걸려 있었다. 사진 하나가 유난히 눈에 띄었다. 그것은 뱅크스와 세 남자가 젊었을 때 함께 찍은 흑백사진이었다. 그들은 조이를 가운데 두고 반원을 그리며 머리 위에서 손을 잡고 있었다. 비명에는 〈뱅크스 팀〉이라고 쓰여 있었다.

데레크는 납골 항아리 위에 걸려 있는 뱅크스의 사진을 돌아보았다. 대리석 벽에 시가 조각되어 있었다.

영혼은 죽지 않는다.
세월이 가도 영혼은 사라지지 않는다.
기억은 저 멀리 별과 같은 것,
그 빛은 허공을 넘어 쏟아진다.
우리 눈물과 웃음은 거짓을 말하지 않는다.
우리는 꿈처럼 사라져도, 정신은 남는다.
바로 우리처럼 힘 있게, 그러나 부서지지 않고,
사랑으로 감싸고 있기에.

데레크는 맨 위 항아리 옆에 있는 크리스탈 꽃병에 꽂힌 붉은 장미를 보았다. 그가 물었다.

"매일 이 납골당에 신선한 장미를 갖다 놓는 계약을 했습니까?"

해리는 당혹스러운 표정을 보이면서 대답을 회피했다. 데레크가 자꾸 묻자 결국 그는 내키지 않는 듯 대답했다.

"그 장미가 어떻게 그곳에 있는지 아무도 모릅니다. 열쇠를 달라고 한 사람이 없었으니까요 그러나 매일 아침 이곳에는 신선한 장미가 꽂혀 있습니다. 누가 장미를 가져오는지 알아보려고 어느 날 정원사가 새벽에 출근을 했답니다. 그런데, 아무도 보지 못했는데 문을 열고 들어가 보니 이미 신선한 장미가 꽃병에 꽂혀 있더랍니다."

그들이 돌아서서 납골당을 떠날 때 데레크는 감탄하듯, 다시 한 번 건물을 돌아보고 해리에게 물었다.

"누가 이 납골당을 설계했나요? 마치 무한한 사랑의 손길로 만들어 놓은 것 같습니다."

관리인은 더욱 당혹스러운 표정을 지었다.

"아무도 모릅니다. 저 장미의 비밀처럼, 아무도 몰라요. 장의사가 가끔 돌아봅니다. 1년에 한두 번 들르죠. 그런데 바로 얼마 전 바뀐 것이 있습니다. 사진 한 장이 추가되었고, 항아리 위치도 바뀌었죠. 아무에게도 납골당 열쇠를 준 적이 없는데 말이죠."

어떤 이유 때문에 그는 더 이상 설명을 하지 못하는 것 같았다. 데레크는 해리를 따라 걸어가다가 발을 멈추고 돌아섰다. 그는 천천히 납골당 주변을 바라보더니 경례를 했다. 그는 차렷자세로 한동안 서 있더니 조용히 말했다.

"편히 쉬십시오."

온 세계에 민주 평화가 실현되기를 바라며

이 이야기의 등장인물은 허구이지만, 그 줄거리와 역사적 배경은 대체로 사실에 근거하고 있다. 민주적 평화에 대해서는 상당한 사회과학적 연구가 진행되어 민주주의 국가들 사이에서는 전쟁이 없으며 민주적 자유를 범세계적으로 확산시키는 것이 전쟁과 폭력에 대한 해결책이 될 수 있다는 사실이 확인되었다. 게다가 마치 존 뱅크스와 조이 펌이 자문이라도 한 듯이, 도널드 H. 럼스펠드 국방장관, 클린턴 대통령의 전 국가안보고문 W. 안소니 레이크, 전 이스라엘 수상 벤자민 네타니야후 같은 고위 지도자들은 이 자유의 힘에 대해서 호의적으로 언급했다. 그리고 ASEAN 지도자들은 2003년 10월 민주적 평화를 지향하는 협정에 서명했다. 이 기구의 대변인 M.C. 아마드는 이렇게 말했다.

"민주적 평화의 개념을 도입한 것은 이 지역에 표준적인 정치규범을 설정한 것이다. 그것은 회원 국가들이 민주적 절차가 지역안보를 촉진한다는 주장을 받아들이고 있다는 것을 의미한다."

이처럼 민주적 자유의 힘을 인정했음에도 불구하고 민주적 평화는 최근까지 미국 외교정책의 초점으로 선언되지 않았다. 1990년대 초, 클린턴 대통령은 민주주의를 외교정책의 세 가지 기둥 중의 하나로 채택했지만, 아무리 좋게 보아도 지엽적인 것이었던 것으로 판명되었다. 조지 W. 부시 대통령은 이라크에 관해서 민주적 평화를 이야기했다.

"아시다시피 자유롭고 민주적이며 평화적인 이라크는 미국이나 우리의 우방을 무기로 위협하지 않을 것입니다. 자유로운 이라크는 테러리스트를 위한 훈련장이 되거나 테러리스트에게 자금을 쏟아 붓거나 우리나라를 공격하려는 테러리스트에게 무기를 제공하지 않을 것입니다. 자유로운 이라크는 중동의 안정도 해치지 않을 것입니다."

이제 그것은 명백해졌다. 내셔널 민주주의재단 20주년 기념 연설에서 부시 대통령은 자유의 전진전략을 선포했다. 비록 중동에 초점을 맞추기는 했지만 그 기조는 보편적인 것이었다. 그는 민주적 평화를 미국 외교정책의 기둥으로 삼고 그것을 자유의 전진전략이라고 불렀다.

그러나 이것은 내가 이 시리즈를 시작할 때의 생각이지만, 국제관계와 비교정부를 전공한 많은 연구자들이 평화를 위한 자유의 힘을 확신하고, 현재 고위 미국 지도자들이 외교정책을 그 토대 위에서 수립하고 있지만, 일반 대중은 폭력에 대한 이 해결책을 거의 모르고 있다.

소설 같은 대중적인 접근 방법이 지식을 전달하는 최선의 방법 중 하나라는 것을 깨달은 나는 이 '네버 어게인 시리즈'가 그 공백을 메우는 데 도움이 되기를 바라고 있다.

뿐만 아니라 일반 사람들의 지식에는 얼마나 많은 사람들이 정부에 의해 살해당했는지를 모르는 블랙홀이 존재한다. 소설 속에서 존이 말했던 것처럼 1900년에서 1987년까지 1억 7천만 명의 인구가 살해당한 것으로 추정된다. 이것은 같은 기간 중 세계의 모든 전쟁에서 죽은 사람의 네 배가 넘는 숫자다. 살해당한 사람들을 한 줄로 늘어놓으면 지구를 네 바퀴 돌 수 있다.

이 시리즈의 첫 권에는 이런 살인에 관한 이야기가 많이 들어 있다. 나는 역사적 사실과 그 주변의 이야기들을 가능한 한 생생하게 표현하려고 노력했다. 전쟁에서 승리한 게릴라들이 하루 만에 수도의 시민들을 모두 몰아낸 비극, 선생이 자신의 어린 제자들에 의해 교수형을 당한 사건, 픽션을 읽은 광신적인 연구소장이 소설 속의 가상 스파이를 실제인물로 믿고 부하직원과 다른 많은 사람들을 처형한 사건, 유대인을 살해하기 위해 트럭을 타고 폴란드로 간 독일의 보조경찰과 그들이 실제로 적용했던 처형방식, 르완다의 인종학살, 특히 한 대학과 병원에서 일어났던 사건, 스탈린이 조작한 고의적인 우크라이나 대기근과 농민들의 식량을 압수하고 식탁에 놓인 빵을 빼앗고 나무에 앉은 새를 쏘아 쫓아버린 일화들 그리고 솜므 전투의 상세한 진술 같은 것들이 그것이다. 이들 모두가 실제로 일어났던 사건들이다.

이 같은 살인행위와 민주적 평화에 대한 자세한 자료를 보고 싶으면 내 웹사이트 http://www.hawaii.edu/powerkills를 방문하기 바란다.

무엇보다도 나는 독자가 이 시리즈의 첫 번째 소설에 등장하는 인물들의 움직이는 드라마, 분쟁, 투쟁 그리고 그들의 사랑을 재미있게 읽고 감동을 느끼기 바란다.

이 소설을 통해 무언가 새로운 것을 알게 되었다면, 그것은 내게 더 할나위 없는 기쁨이 될 것이다.

R.J. 러멜
rummel@hawaii.edu

소설로 펼치는 자유민주 평화론 강의
- 저자 러멜 교수의 자유확산투쟁

이상우 | 한림대 총장

전쟁보다 더 무서운 것이 독재정치다. 20세기 백 년 동안 약 4천만 명이 전쟁으로 목숨을 잃은 반면에 자기나라 정부에 의해 학살당한 사람들은 1억 7천만 명이나 된다. 나치 당원, 소련 공산주의자, 마오주의자, 크메르루주⋯⋯. 이들이 자행한 인민대학살의 희생자는 모두 백만 단위를 넘는다.

이 책의 저자 러멜 교수는 작가가 아니다. 전쟁과 인민대학살로부터 인간을 지켜내는 학문연구에 평생을 바쳐온 국제정치학자다. 그리고 노벨평화상 최종 후보에 오른 유일한 학자이다.

러멜 교수는 국제정치학에 과학적 분석기법을 본격적으로 도입한 선구자이며, 〈전쟁과 갈등의 이해 Understanding Conflict and War〉라는 다섯 권의 거작을 쓴 대학자이다. 러멜 교수는 평생의 연구결과를 단 두 마디로 요약했다. '자유의 확산'만이 평화를 가져오는 길, 사람이 사람을 죽이는 인민대학살을 막는 길이라는 것과 민주주의 국가 간에는 전쟁이 일어나지 않으므로 전제정권의 민주화만이 전쟁예방의 바른 길이라는 것이다.

이 연구결과를 널리 알리기 위하여 웹사이트도 활용해보고 그림도 그리고 강연도 하고. 그러다가 마지막 수단으로 일반 대중에 감성적으로 호소해 보기 위해 선택한 방법이 바로 소설이다. 그래서 이 책은 단순한 소설, 즉 문학작품이라기보다는 한 평화학자의 정성어린 호소라고 이해해 주기 바란다.

　러멜 교수는 한국과 각별한 인연을 맺고 있다. 미군 공병으로 한국전에 참전했던 젊은 병사 러멜은 1.4 후퇴 때, 불타는 서울 거리를 헤매던 고아들을 보고 충격을 받아 평생을 전쟁의 참화에서 인간을 구하는 연구에 종사하기로 결심했다. 지금도 그때의 초심을 잊지 않기 위해서 불타는 서울 거리에서 한 소녀가 어린 동생을 업고 울고 있는 그림을 그려 서재에 걸어 놓고 있다.

　러멜은 6.25를 통하여 공산주의자들의 동족상잔을 지켜보면서 전체주의의 죄악을 깨달았다. 그 후 6천3백만 명을 학살한 소련 공산주의, 캄보디아 인구의 3분의 1을 극악한 방법으로 학살한 폴 포트 정권, 문화대혁명의 와중에 죽어간 4천만 명의 중국 인민들을 생각하면서 여생을 인민학살, 즉 데모사이드 방지를 위한 평화투쟁에 헌신해 오고 있다.

러멜은 한국, 중국, 동남아 독재국가에서 유학 온 학생들을 특히 따뜻하게 대해 주었으며 용기를 가지고 민주화에 기여하라고 격려해 주었다. 그의 문하에서 박사학위를 받은 학생 중에서 절반 이상이 한국 학생이었던 것도 우연이 아니다.

러멜은 부시 대통령의 취임사와 라이스 국무장관의 연설에 자신의 '민주평화론'의 주장들이 반영된 데 대하여 흐뭇해하고 있다. 부시 2기 정부의 '자유확산' 정책을 이해하는 데는 아마도 이 소설이 제일 쉬운 지름길이 될 것이다. 그 정책의 뿌리를 풀어 놓은 이야기이니까.

데모사이드란 무엇인가?

데모사이드는 이 책의 저자 러멜교수가 만들어 낸 신조어이다. Demo-cracy(민주주의)나 Demo-graphy(인구학) 등의 접두어 Demo(인민, 대중)와 Patri-cide(부친살해) Sui-cide(자살) 등의 접미어 Cide(살해, 살인)를 합성하여 시민학살, 민주주의 죽이기를 뜻하는 **데모사이드**라는 신개념의 단어를 만들어 낸 것이다.

데모사이드란 정부가 자행한 살인으로서, 공권력이 계획된 살의殺意를 가지고 시민을 살해하는 것을 말한다. 부모가 자식을 영양실조나 위험에 노출시켜 죽게 만든다면 그것을 살인이라고 부를 수 있듯이, 정부가 강제노동으로 사람을 죽게 만들거나 기아상태에 빠트려 아사餓死를 유발하거나, 전시戰時라도 무차별 폭탄을 퍼부어 비무장 민간인을 죽이는 것도 데모사이드, 즉 시민학살이라 할 수 있다.

러멜은 시민학살을 "정부가 종교, 인종, 언어, 출신종족, 계급, 정치, 반정부행동 등의 이유로 시민을 죽이거나 죽음에 이르도록 하는 행위"라고 정의한다. 그리고 데모사이드와 거의 같은 뜻으로 쓰이는 용어에 제노사이드(Genocide)란 것이 있다. 이 용어는 폴란드 법학자인 렘킨(Raphael Lemkin) 교수가 제 2차 세계대전 기간 중에 나치독일이 자행했던 인민학살을 표현하기 위해 만들어 낸 것으로, "인종, 민족, 종교 등의 이유로 사람의 집단을 학살하거나 학살음모를 하는 범죄"라고 정의했다.

시민학살, 대량학살은 21세기에도 세계 도처에서 지속되고 있는데, 그 이유는 전체주의 정치체제를 아직도 그대로 유지하고 있는 나라가 있기 때문이다. 민주주의 국가는 대량학살을 하지 않을 뿐 아니라 민주주의 국가에 대해서 전쟁도 하지 않는다. 오직 교조적 전체주의 국가들만이 이런 범죄를 저지르는데, 아직까지 몇몇 국가에서는 전체주의 정부가 존속하면서 인민학살을 자행하고 있다. 이는 객관적인 자료를 통해 역사적으로 증명된 사실이다.*

---

* 이상우 著〈국제 정치학 강의〉, 박영사, 2005 p.361-362를 볼 것.

이 책에 인용된 20세기 데모사이드의 주범들

중국의 홍위병과 마오쩌둥

1960년대 중국공산당 청년운동에 가담한 홍위병은 마오쩌둥을 지지하고 투쟁했다.

1966년 그의 소집에 응한 홍위병은 중국의 구시대적 문화유산을 청산하고 부르주아적 요소를 축출하는 데 앞장섰다.

같은 해, 수백만의 홍위병들이 베이징으로 집결하여 마오쩌둥과 함께 8회에 걸쳐 대규모 집회를 가졌으며, 전국적으로 그 수는 천만 명에 육박하였다. 홍위병들은 행진과 회합, 열렬한 선전활동에 참가하는 한편, 각 지역의 당 지도자들은 물론 교사 및 학교 지도자, 지식인, 그리고 전통적 견해를 가진 사람들을 공격하고 박해했다. 그 과정에서 수십만의 인명이 희생되었다.

캄보디아의 폴 포트와 크메르루주

프놈펜 기술학교를 졸업한 후 프랑스에서 유학한 폴 포트는 반정부투쟁에 가담하였다. 1960년 공산당 창당대회에서 중앙상임위원에 선출되고 1963년 제2차 당대회에서 서기장이 되었다. 1970년에는 민족해방군 최고사령부 부의장 겸 작전부장이 되었다.

폴 포트는 당시 캄보디아의 지식인들이 외국자본을 이끌어 나라를 망쳤다는 생각에서 모든 지식인들을 프놈펜에서 추방했다. 그런 취지하에 조직된 크메르루주(Khmer Rouge)는 급진적 공산주의자들의 조직으로, 철두철미한 사회개조 작업을 전개했다.

도시 사람들은 모두 농촌으로 내몰려 협동농장에서 극심한 노동을 하였으며 이에 복종하지 않는 사람은 즉결 심판을 받았다. 론놀 정권하의 관리들과 이에 협력한 사람들, 학자, 학생, 교사, 외국어를 아는 사람, 안경 쓴 사람, 손바닥이 말랑말랑하며 노동자가 아닌 사람은 모두 희생되었으며 캄보디아는 공포의 도가니로 변했다.

정확한 통계자료는 남아있지 않으나 미국의 예일 대학에서 실시했던 조사에 따르면 당시 8백만 명의 인구 중 2백만 명 이상이 처형되었다고 한다.

르완다의 후투족 게릴라

투치족은 15세기 나일강 유역에서 남하한 유목민 출신으로 인구의 15퍼센트를 차지하고 있는 반면 나머지 85퍼센트를 차지하고 있는 후투족은 외모나 문화관습이 뚜렷하게 다른 부족이다.

1962년까지 르완다를 식민통치한 벨기에는 소수 투치족을 우대했고 독립후에도 후투족에 대한 투치족의 지배는 계속되었다. 그러나 1963년 12월후투족에 의해 약 2만 명의 투치족이 살해되면서부터 시작된 양 부족 간의 갈등은 날이 갈수록 심화되었다. 1994년 후투족 강경파 무장세력은 게릴라를 형성하여 투치족과 온건파 후투족 80만 명을 무차별 학살했고 1999년에는 투치족의 난민수용소를 공격하여 30만 명 이상이 목숨을 잃었다.

1998년 미국의 클린턴 대통령은 르완다를 공식방문하여 사태의 해결을 촉구하는 한편, '엔테베 선언'을 통해 르완다 비극을 방지하겠다는 강력한 의지를 표명한 바 있다.

소련의 스탈린

스탈린은 구두수선공의 아들로 태어나 티플리스의 신학교 재학 중 마르크스주의의 세례를 받고 직업혁명가의 길로 들어섰다.

러시아 사회민주당의 볼셰비키파에 속했으며 체포와 유형, 탈주를 되풀이하면서 티플리스, 바쿠 등에서 지하활동을 했다. 1912년의 프라하 협의회에서 레닌의 지도 아래 볼셰비키당이 결성되면서 그 중앙위원이 되었고, 기관지 〈프라우다〉 간행에 참여했다.

10월혁명 때에는 레닌의 즉시 봉기론을 지지했으며 내전이 종결된 21년 3월 제10차 당대회에서 레닌, 카메네프, 지노비예프, 트로츠키와 함께 5명의 정치국원 가운데 한 사람이 되었다.

이듬해 당서기장을 겸하게 되었고, 요원 배치를 통해서 당 내의 절대적 실권을 장악했다. 이후 우익반대파 당간부를 차례차례 실각시키고 30년대에 들어와서 당과 정부를 한 손에 장악하는 독재적 정치체제를 구축했다.

1920년대 말부터 시작된 급속한 공업화와 농업의 전면 집단화는 이 강권 아래에서 강행되었다. 34년의 키로프 암살사건을 계기로 '대숙청'을 단행하였는데, 그 대상으로는 구舊반대파 간부뿐 아니라 고참 볼셰비키, 군 수뇌부, 일반당원, 일반시민도 포함되었다.

그는 1932년에서1933년 사이, 집단농장 추진 과정에서 인위적 기아 정책을 실시하여 우크라이나 농민 800만 명을 아사시켰다. 당시 전쟁과 기근으로 많은 국민들이 해외로 이주하여 1939년 당시 4천백만 명의 인구가 1945년에는 2천7백만 명으로 대폭 감소하였다.

독일의 히틀러와 홀로코스트

홀로코스트(Holocaust)는 미증유의 반인륜 범죄로, 유럽의 유대인을 성별과 나이를 막론하고 최후의 한 사람도 남기지 않고 인종청소를 하겠다는 의도에서 출발했다. 이것은 나치 제국이 치밀한 정책결정을 통해 계획적으로 저지른 행위였으며, 나치 친위대, 치안유지군, 독일군, 치안경찰, 그리고 학살 수용소 교도관들이 저지른 잔악상은 상상할 수 없을 정도였다.

유대인에 대한 적대감이 전 유럽적인 현상이었다는 사실은 유럽에서 인종청소가 벌어지고 있는 동안 영국 및 미국의 정책 결정자들이 그들을 구출하기 위한 분명한 조치를 취하지 않았다는 사실에서도 확인할 수 있다.

히틀러는 이러한 반응과 서방 측의 유화정책을 잘 간파하여 반유대주의 조치들을 과감하게 전개했고 유대인들을 볼셰비즘과 동일시하는 위험한 정치적 신화를 자신에게 유리한 방향으로 이용했다.

결국, 나치와 그 동맹국들은 1941년 6월 동부전선에서 대량학살을 감행했다. 홀로코스트로 인해 희생당한 유대인의 수는 6백만 명에 이른다고 전해지고 있다.

멕시코 혁명

1910년부터 1917년 멕시코에서 일어난 민족주의 혁명으로 대토지 소유자와 외국자본의 이익을 대변하는 대통령 디아스의 독재체제(1876~1911)를 타도하고 반∛식민지적 사회구조의 변혁을 목표로 하여 일어났다.

멕시코는 20세기로 접어들면서 각지에서 농민반란, 노동자의 파업, 급진파 지식인의 무장투쟁이 계속되었는데, 1910년 디아스의 유임에 반대하여 자유주의자 마데로가 농민 출신의 비야와 사파타의 협력을 얻어 1911년 5월 독재자 디아스의 추방에 성공하였다.

그러나 대토지 소유자이며 민족자본가인 마데로는 민중이 요구하는 사회경제적 개혁, 특히 토지개혁에 소극적이었기 때문에 같은 해 11월 사파타는 토지 재분배를 요구하는 '아얄라플랜'을 발표하고 마데로와 결별하였다.

혁명파의 분열을 이용하여 1913년 2월 장군 우에르타가 쿠데타에 성공하여 반反혁명 정권을 수립하였다. 그러나 카란사와 오브레곤, 비야 등이 동맹한 입헌파 혁명군과 사파타파의 반격을 받고 1914년 7월 우에르타는 망명하였다.

그러나 혁명파는 지주, 민족자본가, 중간층 등을 대표한 카란사-오브레곤파와 빈농을 대표한 비야-사파타파로 재차 분열되어 같은 해 가을부터 내전에 돌입했다.

솜므 전투

1916년 서부전선에서 벌어진 솜므 전투는 데모사이드의 사례는 아니지만 인류가 저지른 가장 어리석은 분쟁의 경우들 중 하나이다.

전투 발발 첫날, 하루 사상자로는 역사상 최고 기록인 5만 8천 명에 달하는 영국군 사상자를 냈다.

이 전투는 1916년 7월1일 아라스와 알버트 사이의 솜므 강 북쪽에의 30km에 걸친 전선에서 시작되어 11월 18일까지 계속되었다.

원래 전투는 1915년 말에 프랑스군과 영국군의 합동작전으로 계획되었다. 이 작전을 계획한 프랑스군 최고사령관 조프르는 영토탈환보다는 독일의 예비병력을 소모시켜 독일군의 전체 전력을 약화시키기 위한 소모전을 목표로 하고 있었다.

이 전투를 통해 프랑스와 영국군은 12킬로미터를 진격했지만 그 땅을 차지하기 위해서 42만 명의 영국군과 20만 명의 프랑스군이 다치거나 전사했고, 50만 명에 이르는 독일군 사상자가 발생했다.

기파랑耆婆郎은
삼국유사에 수록된 신라시대 향가 찬기파랑가讚耆婆郎歌의 주인공입니다.
작자 충담忠談은 달과 시내와 잣나무의 은유를 통해 이상적인 화랑의 모습을 그리고
있습니다. 어두운 구름을 헤치고 나와 세상을 비추는 달의 강인함, 끝간 데 없이 뻗어
나간 시냇물의 영원함, 그리고 겨울 찬서리 이겨내고 늘 푸른빛 잃지 않는 잣나무의
불변함은 도서출판 기파랑의 정신입니다.

데모사이드

1판 1쇄 발행일 2005년 4월 13일
1판 3쇄 발행일 2005년 4월 30일

지은이 | R.J. 러멜
펴낸이 | 안병훈
옮긴이 | 이남규

편집·디자인 | 김문영
제작 | 신태섭

펴낸곳 | 도서출판 기파랑
공급처 | (주)샘터사
등록 | 2004년 12월 27일 제300-2004-204호
주소 | 서울 종로구 동숭동 1-115 (110-809)
전화 | 763-8996(편집부) 3675-3737(영업마케팅부)
팩스 | 763-8936(편집부) 3672-1873(영업마케팅부)
e-mail | info@guiparang.com

ISBN 89-956413-0-4 03840

● 도서출판 기파랑은 (주)샘터사의 계열사(Imprint)입니다.